主编 凌翔

南珠传奇

饶燕文 著

中国·广州

图书在版编目（CIP）数据

南珠传奇 / 饶燕文著． — 广州 ：广东旅游出版社，2023.2

ISBN 978-7-5570-2928-9

Ⅰ.①南… Ⅱ.①饶… Ⅲ.①长篇小说－中国－当代 Ⅳ.① I247.5

中国国家版本馆 CIP 数据核字（2023）第 020007 号

出 版 人：刘志松
责任编辑：魏智宏 张 琪
封面设计：邓小林
责任校对：李瑞苑
责任技编：冼志良
封底塑像作者：陈 瑾

南珠传奇
NANZHU CHUANQI

广东旅游出版社出版发行
（广东省广州市荔湾区沙面北街71号首、二层）
邮编：510130
电话：020-87347732（总编室）020-87348887（销售热线）
投稿邮箱：2026542779@qq.com
印刷：涿州军迪印刷有限公司
地址：涿州市清凉寺办事处建设路 314 号
开本：710 毫米 ×1000 毫米 16 开
字数：510 千字
印张：30.5
版次：2023 年 2 月第 1 版
印次：2023 年 2 月第 1 次
定价：99.80 元

莫把幺弦拨，怨极弦能说

——长篇言情小说《南珠传奇》序言

陈济华

认识作家饶燕文，是在湛江市作家协会第九次会员代表大会上。其时，我们一起参加作代会，因为文学的情缘，我们相谈甚欢，知道他正在创作一部长篇言情小说。想不到时隔三年多的庚子年冬月，饶燕文约我面叙。他历经五年多创作的长篇言情小说《南珠传奇》终于杀青，并将由广东旅游出版社出版。燕文说："你写过的两部长篇小说，与我写的都是明末清初历史题材的作品，有一定相似之处，所以我想请你为本书作序。"我凝望他那真诚和渴望的目光，想到自己与燕文都是军人出身，而且当过多年的新闻记者，又都有着共同的文学追求，我虽然并非大手笔，但是我深知已不能推辞，这是朋友一份真诚的信赖与嘱托！我唯有遵嘱写就。

长篇小说《南珠传奇》洋洋洒洒五十多万字，以明末清初的历史为背景，深入挖掘，精心构思，用情描画，较好地融入了雷州半岛清代首位进士洪泮洙以及白鸽寨、爬刀梯、跳傩舞、人龙舞等湛江本土元素，将历史真实与艺术真实有机结合起来，将历史人物和传奇人物巧妙统一起来，使得作品更具地方特色，既源于生活又高于生活，具有强烈的艺术震撼力和冲击力。在独特的典型环境中塑造出清太宗皇太极、摄政王多尔衮、黑峰寨寨主闫勃、江湖剑客甄老鳄父女，以及中原三怪和察哈尔部首领林丹汗等一系列人物形象，再现他们悲欢离合的命运遭遇与错综复杂的人生追求，勾勒出一幅幅男女情爱的风景图画。作品以刻画司马冲、林南珠等主要人物为中心，通过构建完整的故事情节和典型环境来再现一处复杂的社会生活场景，将一个个生动的故事向前推进，将一个个人物的悲欢离合不断推向高潮，紧扣读者心弦，让读者在潜移默化中得到教化，受到裨益。下面从以下几个方面点评：

一、故事情节构思精巧，悬念迭出。全书充满一种浪漫传奇色彩，故事构思奇特，情节跌宕起伏，峰回路转。饶燕文在人物故事的架构与典型环境的烘托上，善于谋篇布局，写得悲喜交错，大起大落。如书中第一到第五章，写司马云与林娟秀一家逃难至北直隶山区，从儿子司马冲走失到丈夫不幸遇难，再到林娟秀拾得一女婴，并收为养女。女婴身旁放置一串洁白的珍珠项链，项链玉坠上刻有汉文“海枯石烂，天荒地老”和一串如鸡肠一样的满文，一个乡村少女为何拥有皇家珍品？作家在此埋下了伏笔。为了寻访林南珠生母，一行人后来拿这串珍珠项链去验真伪，被皇太极派出的信使抓获，林娟秀、司马冲和林南珠三人遂被押回盛京。就是凭借这一串珍珠项链，皇太极与林南珠的父女身份得以确认。一夜之间，林南珠由乡野女子，摇身变为汗宫格格，从而引出当年皇太极落难时与唐胜蓉露水情缘的凄美爱情故事。个中故事情节曲折奇特，悬念迭出，既在意料之外，却又在情理之中。这足以体现了饶燕文驾驭构建复杂故事情节的扎实功力。

二、叙述语言古典简洁，诗意盎然。我阅读《南珠传奇》，爱不释手，始终感觉这是一种愉快的轻阅读。《南珠传奇》的叙述语言简洁清丽，语感丰满，自始至终充满一种诗情画意，尤其是对一些场景和细节的描写，叙述刻画得有声有色，入木三分，令人过目难忘。如第五章“册封大典”一节，写皇太极与林南珠父女相认，皇太极册封林南珠为格格，语言叙述清丽婉转。“其时，有人拉二胡，有人弹琴，有人柔声唱起：伫倚危楼风细细，望极春愁，黯黯生天际。草色烟光残照里，无言谁会凭阑意？……对酒当歌，强乐还无味。衣带渐宽终不悔，为伊消得人憔悴”。书中进而写道：“歌声凄婉悲切，令人心碎，布木布泰宽广的衣袖在空中飞舞如铺洒纷扬的云霞，将春日的离愁、举杯的疏狂表现得淋漓尽致，乐声悠扬，声声入耳……”写出了宫廷里的歌舞升平，写出了宫廷里的欢乐与凄美。此外，少量的原创诗词更增添了小说的诗意。

三、标题工整用典精当，恰到好处。本书依次每两章标题为一联，标题对仗工整。既不同于传统的章回小说，又有自己独特的风格。每一标题都是一句诗，且音节朗朗上口，言简意赅，高度概括了本章的主要故事情节。同时书中也时常引用历史典故和文史知识，让人感受深刻。书中第二章“痴凤求凰”一节，写司马冲与林南珠在屋内冬天的火盆旁背诵司马迁的《史记》，无论是场景描写抑或是心理刻画都妙趣横生，含情脉脉。“一朵红云即刻飞上少女的脸庞。南珠翻开书问：‘《凤求凰》原诗你背得下来吗？’司马冲已看到南珠脸上的变化，假装目视他处道：‘凤兮凤兮归故乡，遨游四海求其凰。时未遇兮无所将，何悟今兮升斯堂！有艳淑女在闺房，室迩人遐毒我肠。何缘交颈为鸳鸯，胡颉颃兮共翱翔！……’”以上充分体现出作家具有丰富的文史知识。我以为写作的要诀不在于写作本身，而在于写作之外的博览群书和田野考察，尤其是写作长篇小说更应如此。作家饶燕文如果不是饱读诗书，肚里有墨，断然是写不出来的。

四、人物对话幽默风趣，令人捧腹。品读《南珠传奇》，不仅令人感受到爱情能给人带来充满渴望的神奇力量，而且也让人领略到其中的幽默与风趣。察哈尔部首领林丹汗的大贝勒爷额哲也是作品刻画的重要人物之一。书中第十七章的“六更鸡叫”一节，没有停留在对爱情描写的一般传统手法上，而是通过对人物的精心刻画以及场景的渲染铺垫，增添了幽默搞笑的细节。写额哲清晨到甄老鳄将军府邸探望甄琴，见她仍在睡梦中，于是灵机一动学鸡叫，有意逗弄甄琴，当即走到甄琴的房门前学鸡叫，喀喀的鸡鸣声把甄琴吵醒，甄老鳄也从中默契配合。“额哲躲在角落里继续学鸡叫，冷不防甄琴突然冲出来，当场撞了个满怀。二人脸贴脸，胸对胸。一见额哲，穿着单衣的甄琴知道上当，羞了个大红脸，骂道：‘鸡鸣狗盗的伎俩，也使出来了，原来是你们俩合伙骗我。我外衣也没来得及穿。’”这种精心的细节刻画，幽默搞笑，真实可信，无不挑逗起人们阅读的兴趣！

五、民族关系大起大落，由仇到和。《南珠传奇》主要是言情，并兼带武打。其中着力刻画了中原三怪之一的令狐霸这个武林艺术形象，将这一艺术形象刻画得有灵有肉，个性彰显，突出典型环境中典型人物的特色。令狐霸既疾恶如仇，又刚直不阿；既充满仇恨，又拥有拳拳爱心。作品通过对这一人物形象的塑造，鞭打假恶丑，弘扬真善美。作品描写令狐霸出现在大漠戈壁神秘石井这样一个独特的典型环境：戈壁荒原、无头干尸、神秘的石井和蛇室，令狐霸专杀满人，专吸人血……这一系列恐怖细节描写，将令狐霸刻画得面目狰狞，凶狠险恶，令人感到费解。接着写令狐霸的家人遭遇抢劫，全家不幸为满人盗贼所杀。令狐霸为复仇与这些贼人奋力拼杀，终因寡不敌众，左眼被飞箭射中，成了独眼，从此仇恨满人，与满人不共戴天。随着故事的展开和推进，作品写令狐霸和司马冲等人，为救科尔沁草原贵族首领奥巴台吉于危难和协助平定草原叛乱纷争做出了应有的努力，从而接触到许多满人并结下了不解之缘，使令狐霸认识到天底下多数满人是好的，满人坏蛋只是个别例外，着力刻画表现了令狐霸从仇恨到和解，到最后融入满汉民族一家亲这一心理转变过程。从一个侧面体现出皇太极为入主中原一统江山，倡导民族团结、满汉通婚的施政纲领，令狐霸的转变对颂扬民族大义与家国情怀这一深刻主题思想起到了积极的渲染作用。

纵观本书，故事情节跌宕起伏，结构完整，人物性格鲜明独特，栩栩如生，主题思想积极向上，高昂健康。作品以明末清初的历史为背景，通过对司马冲与林南珠悲欢离合的爱情故事浓墨重彩的生动描写，揭示了那个时代功名利禄对人性的伤害和侵蚀，充满了浪漫传奇的色彩。书中第二十四章，以额哲和甄琴的爱情悲剧为铺垫，以描写皇太极与唐胜蓉，司马冲与林南珠等人的婚礼来作为本书的大结局，具有浓烈的喜剧色彩。男女主角历经磨难终于实现各自的人生梦想，这种人物故事情节的精心构思安排，读后余音缭绕，令人回味无穷。借用宋代张先的一句词："莫把幺弦拨，怨极弦能说。"可以说，《南珠传奇》是湛江市近年来推出的一部优秀长篇言情小说。

是为序。

庚子年十二月十日

于湛江霞山

陈济华，湛江市人，毕业于中山大学汉语言文学专业。十六岁从军，当过十三年新闻记者。广东省作家协会会员、湛江市作家协会理事。先后发表各类作品二百余万字。其中，著有长篇小说两部，散文集两部，诗集两部，其他文集四部。长篇历史战争小说《南天风云》第一部，获 2017 年广东省文艺精品创作扶持奖，同时又获 2017 年湛江市文艺精品创作扶持一等奖。长篇历史战争小说《南天风云》第二部，获 2019 年湛江市文艺精品创作扶持一等奖。

目 录

第一章　金风玉露初相逢

1. 神秘山寨

滔滔南海诉不尽千年的哀怨，隆隆春雷轰不走石狗的忠诚。明朝末年，岭南太平镇麒麟村几名青年汉子正在表演爬刀梯。广场上人山人海，彩旗招展。

须臾，几个青年赤脚爬上十多米高的刀梯，又从刀梯上爬下，竟安然无恙。人们擂鼓喝彩，好不热闹。突然雷声滚滚，乌云密布，眼看一场暴雨将至，年例活动被迫暂停，人们纷纷散去。

其中一名汉子叫司马云，传说是司马懿的第四十五世孙，得到家中急报："夫人临盆，夫人临盆，要生了！"司马云急忙往家里赶，一路小跑，刚到家，一阵阵雷电闪过，接着滂沱大雨便倾盆而下。

"生了个胖小子！恭喜恭喜！"接生婆走出产房，笑成一朵花。

司马云谢过接生婆，仔细看了看孩子，见孩子双眉间有一颗小红痣，叹道："真是奇怪！不知是福是祸？"夫人林娟秀见状也诚惶诚恐，不知所措。

麒麟村的巫师也前来祝贺："贵人自有天相，逢凶自会化吉，可喜可贺！此男降生，适逢乱世，雷雨交加，定有邪气，天庭震怒，必是天将下凡，斩妖除魔，造福苍生。"

司马云请巫师为孩子取名。巫师说："当今天下，兵荒马乱。凡人当韬光养晦，以待时机。大鹏不飞则已，一飞冲天；不鸣则已，一鸣惊人。此男命运坎坷，多灾多难，欲破困局更当奋力，就叫司马冲吧！"林娟秀夫妇点点头谢过巫师。

此后几年，为刹住邪气，麒麟村每年年例都要组织爬刀梯活动。司马云都一马当先，踊跃参加。日积月累，司马云习得一身武艺，手中的红缨枪一时闻名遐迩，人称"神枪小赵云"。司马冲蹒跚学步，渐渐长大，倒也相安无事。

这年春天，一群海盗突然从南海杀来。他们手持利刃，烧杀抢掠，无恶不作。岭南白鸽寨本来驻有水师，因经费短缺，缩减编制只剩下不到百来人。在一群海盗的强攻下，被杀得全军覆没。附近的庐山村、王村等不一日便尸横遍野，血流成河！

司马冲年迈的奶奶因敲锣报信，最先被害。爷爷为抢一匹战马，身中三刀。司马云手持红缨枪连杀数名海盗，勉强护住妻儿。爷爷将唯一的战马让给司马云，颤声说：“带上娟秀和冲儿，快走！走得越远越好！”司马云将妻儿扶上马，从村口突围而去。爷爷为阻挡海盗追杀，死在了一群人的乱刀之下。

司马云一连杀了几个海盗，向北走了好几天，方才停下。一打听，这里是北直隶（今河北省）蓟塘县。三人在此草草安家，司马云靠街头卖艺为生。这一年司马冲才六岁。

阳春三月，乍暖还寒。桃红柳绿，风光旖旎。一日，林娟秀带着司马冲去赶集。寒风如刀削过春天的肩头，大山似豹喘着粗重的呼吸。林娟秀天生丽质，唇红齿白，窈窕丰满，如出水芙蓉。司马冲虎头虎脑，十分顽皮，一会挣脱娘的手，在道上左看右看。

彼时，一只蜜蜂停在一朵野花上。司马冲跑过去伸手想抓住它。

“冲儿，不要抓野蜂，小心它伤人！”母亲林娟秀忙上前拉着男孩的手说，“这样磨磨蹭蹭，几时才能赶到集市，你爹爹还等着我回来做午饭呢！”

遥看悬崖山岌岌，近听溪涧水淙淙。林娟秀上前抱着冲儿跨过一条潺潺的小溪，一放手冲儿又跑了。司马冲仿佛一只离笼的小鸟，眷恋着大自然的一草一木。

晨曦微寒，苍穹澄碧。远处山林百鸟啁啾。太阳穿着耀眼的长裙，漫步于天际。一只黄鹂鸟轻落在道旁的树枝上，司马冲惊喜道：“娘，多好看的小鸟啊！我想抓一只玩。”说完跑到树枝下。

林娟秀看了看黄鹂鸟，想起杜甫的绝句，问道：“冲儿，‘两个黄鹂鸣翠柳’，下一句是什么？”

司马冲一心想抓鸟，摇摇头说：“不知道，我想不起来了。”

这孩子就是笨！昨天刚教的诗句今天就不记得了，长大了有什么出息啊！林娟秀气得柳眉一竖说：“背不下来，就罚你抓鸟，看你有没有本事抓得住！”

司马冲一时眉飞色舞：“娘，这可是你说的，我就不信抓不住这小不点儿，你等着！”

林娟秀找了一块青石板，坐了下来喊道：“你爹不是教了你轻功吗？你抓着了就回来见我。”

只见司马冲蹑手蹑脚，刚靠近那根树枝，黄鹂鸟呼的一声飞走了，停在不远处的一块草地上。司马冲只好再次接近它，一步一步小心前进，爹爹教的轻功，自己根本没学会，学那玩意儿有什么用？那几句歪诗更没用，还不如小鸟好玩。可这次偏偏踩到一块石头上，“扑通”一声，小鸟一惊又展翅飞走了。

林娟秀远远看着，急得直叫：“平时教你练，你懒得像只王八，不肯动，今天怎么样？”这孩子天生少根弦，学文文不行，学武武也不行！长大了恐怕还不如他爹。如今这世道兵荒马乱的，没点本事要饭都没人给，吃屎都没人拉！

那黄鹂鸟又飞到远方的一块岩石上，仅十几步之遥，司马冲对娘喊道：“娘，你等着我，我一定要抓到这小玩意儿！”说完，又跑过去追。追到跟前，不想又踩到一块青苔上，摔了一跤。

等到司马冲爬起来，那小鸟这次又飞到更远的一棵柳树上。司马冲再次小心翼翼地扑了上去……

童心未泯追黄鹂，命运自此罩阴云。司马冲离母亲越来越远，转眼间工夫，消失在树林里。

林娟秀左等右等不见冲儿回来，正准备张口呼喊，突然背后有人伸手一把盖住了自己的嘴。心想，不好！这是遇上劫匪了。紧接着，一把寒光闪闪的利剑，架在脖子上了。

“小娘子，别喊了，喊也没用，老实跟我们走一趟吧。”只见一个身材魁梧，虎背熊腰，留着小胡子的男人向远处一个骑马的穿着黑袍的男子高喊，“寨主，我看不用找了，就这位行不行？”

黑袍男子一拍马走上前，仔细打量了一下眼前的女子。只见她生得腮凝新荔，肤如春桃，纤腰楚楚，双眸如井似有无限忧伤；再看她穿一件红彤彤的小棉袄，耳上一对摇曳生光的翡翠耳坠，的确婀娜多姿，风情万种。

黑袍男子说：“慕容铁，亏你还是武林高手！对付一弱女子还要用剑，快放下兵刃，别伤到美人，给我将嘴堵上。”

原来，小胡子叫慕容铁！林娟秀心想，我且记下他的姓名，冤有头，债有主。这帮人到底要干什么？

慕容铁收了剑，转身找来一块棉布一卷，就堵在林娟秀的嘴上。林娟秀感到一阵恶心，差点呕吐。

黑袍男子再次端详这个女人，说："真是一个大美人！想我黑峰寨树旗已三月有余，日日披星戴月，舞枪弄刀，劫富济贫，不辞辛苦，就差一个压寨夫人！真是踏破铁鞋无觅处，得来全不费工夫！"

说完，黑袍男子抱起美人，送到马背上："我们且回黑峰寨。"林娟秀挣扎了几下，似乎有话要说，指了指远方的树林。慕容铁也翻身上马，全然不顾，扬起马鞭疾驰而去。

这黑袍男子姓闫，单名一个勃字，江湖人称"黑熊小霸王"，身高八尺有余，长着一脸络腮胡子，惯用一口三尺来长的青龙宝刀。半年前，因酒后出手太重，误杀了一家酒店当家的。这当家的有权有势就告到官府，官府就发了通缉令，四处悬赏要捉拿闫勃。

这闫勃三十多岁，本来已娶妻，怎奈妇人产子时，双双命赴黄泉。又碰上这桩案子，闫勃只好纠集七乡八村的无业游民、流氓恶霸占山为王，仗着一身武艺，与官府抗衡。加上朝政腐败，官府横征暴敛，民不聊生。很多人纷纷投靠山寨，找口饭吃。这黑峰寨打出"替天行道，劫富济贫"的口号。伙计们却白天打家劫舍，夜晚偷鸡摸狗，专干坏事。

林娟秀此时才明白，他们是要逼亲，这可如何是好？行走中，那寨主时不时抚摸一下那口沉甸甸的宝刀，想必是威风了得，令人不寒而栗。

一阵快马加鞭，二人眼看快到了黑峰寨。小胡子慕容铁靠近问道："寨主，敢问打算何时洞房？属下也好早做准备。"

这闫勃理了理自己的络腮胡子，高声说："事不迟疑，若是拖上个三五天，恐怕夜长梦多！你看今夜洞房如何？到时杨柳依依，月上高楼时没有美人，就像楚霸王没有虞美人一样，可惜，可惜！"

慕容铁摇了摇身边那空酒葫芦，"扑哧"一声笑道："看你猴急猴急的，有十年没碰过女人吧？属下总得准备几坛好酒，弄点好菜，给新夫人压压惊啊！"

闫勃骂说："酒鬼，就知道要酒喝。"

说话间，二人进了神秘的黑峰寨。黑峰寨三面环山，只有南面一个出入口，而且还是一条小道，只能并行两匹战马。一般百姓听都没听说过，更别说去过。此地易守难攻，两侧山高林密均可伏兵，官府数次派兵围剿，都未曾得手。

见寨主归来，早有侍卫过来听候吩咐。大家见寨主今天抱着个如花似玉的美人回来，都眉开眼笑。闫勃厉声吩咐：“这美人是今天我们在路上捡的，先给我关在最后面的第五间厢房里，好生照顾，增派四名侍卫分班轮流守卫，不得有误。”

两名侍卫过来扶着林娟秀下马，走到第五间厢房，拿掉嘴上的棉布。林娟秀这才透了一口气，脚上的绣花鞋不知什么时候掉了一只，头上的秀发不知什么时候散开如凌乱的稻草。

早有嬷嬷、丫鬟上前侍候。段嬷嬷找来一双新鞋，笑道：“夫人快换上，能嫁给当家的是你的福气。”

而林娟秀根本没有心思换鞋，哭叫道：“快叫你们寨主来，我有话跟他说。”不知冲儿现在在哪儿？他追黄鹂鸟回来找不到娘肯定叫天天不应，叫地地不灵！山中豺狼虎豹甚多，那里离家足有二十多里地，他无论如何是没办法回家的！现在得想个办法确保冲儿无恙。

门口的一名侍卫立即请来闫寨主。那闫勃进门笑得跟活佛一样：“美人，敢问叫什么芳名？令尊大人是谁？我们今晚就要成亲了，有什么话就直说吧。”

那妇人冷笑道：“小女子姓林，叫娟秀，父亲是岭南盐商。寨主的好意我心领了，可惜我们有缘无分，我早已名花有主，儿子都六岁了，不能再嫁人！”

闫寨主收了笑容，摇摇头说：“不要紧，不要紧！敢问夫君是谁，我派人打发得远远的，保证不让他来骚扰我们。如若不然，就一刀……”

林娟秀喝了一口碧螺春，冷笑道：“夫君靠卖艺为生，江湖人称‘神枪小赵云’的司马云。”心想，只要我报上夫君的大名，谅他也不敢动我一根头发丝儿！

没想到闫勃厚颜无耻地说：“这‘小赵云’是有点本事，可也奈何不了我！跟个卖艺的，你是嫁错郎了，现在迷途知返还为时不晚！我就给你直说了吧，今晚你是答应也得答应，不答应也得答应！”

林娟秀一寻思，得动点脑筋确保冲儿平安，于是换好绣花鞋说：“你若想跟我洞房也行，得先答应我一个条件。”

2. 竹篮打水

“什么条件？只要我闫某办得到。”

“当然办得到！请速速派人原路返回找到我的冲儿，将他带到寨子里来。我被你们抓走时，他正好到林中追鸟去了。那荒山野岭，一个六岁的孩子是凶多吉少！否则，想拜堂成亲，你是白日做梦！”

闫寨主哈哈大笑：“这叫张飞吃豆芽——小菜一碟！我这就叫慕容铁去把那个小娃娃给你带过来！免得美人心中挂念。”

于是有人即刻唤来慕容铁。闫勃亲自安排：“就在我们发现林妹妹的山冈上，她儿子还在树林里，请务必将那个小娃娃给带回来，速去速回！”

慕容铁准备了十坛酒，抵挡不住诱惑偷偷喝了一碗，回来后双手一拱：“遵命，属下马上出发寻找，谅他也逃不出如来佛的手掌心！”林娟秀这才稍稍宽心，在段嬷嬷的侍候下，开始梳洗打扮。整个寨子已张灯结彩，准备夜晚的喜宴。

为主分忧，刻不容缓。慕容铁飞身上马，如一阵旋风消失在黑峰寨外。顶着烈烈阳光，凛凛寒风，飞骑扬起的尘土很快模糊了视线。这里，冥冥花正开，楚楚燕新乳。等慕容铁赶到此前的山冈，左找右找，也不见男孩的踪影。慕容铁下马又在树林里喊了半天，也不见有人回应。再朝回路又找了一圈，还是不见人影。

这边黑峰寨彩旗招展，喜鹊啁啾。几个侍卫交头接耳，传递着喜讯：“寨主要娶夫人了！寨主要娶夫人了！”

这个问：“你见过新夫人没有？”那个说：“呦！我偷偷看了一眼，那个娇滴滴，水灵灵，我看貂蝉都不如她！难怪寨主魂都丢了。”这个说：“小心别让寨主听到，我看这寨子今晚有好多男人睡不着觉了！”

其时，段嬷嬷正在为林娟秀梳头，木梳牵出缕缕思绪，铜镜映出啧啧叹息。段嬷嬷一边梳头一边夸赞：“夫人这脸蛋白里透红，哪有男人不爱的！在黑峰寨寨主就是皇上，过了今夜你就是这里的皇后！古人云，良禽择木而栖。你可不要错过机会啊！”

林娟秀因惦记着冲儿，根本没心思听她胡说八道，只是默默配合段嬷嬷盘发擦粉插花。娟秀十分清楚，在这里只要自己反抗，就会引来侍卫加强看守，甚至逼得他们把自己捆起来，就更不好办了。只有假装顺从，才能打消他们的警惕，麻痹他们的注意。

当下，仅凭个人的力量，要想杀出山寨，几乎不可能。门口两个带刀侍卫一个时辰换一班，这里可是插翅难飞。

午饭时间到了，丫鬟端来四菜一汤：腰果鸡丁、四喜丸子、红烧豆腐、干煎小鱼，外加一个乌鸡汤。饭菜倒也丰盛，不管嫁与不嫁，总得填饱肚子再说。

林娟秀接过饭菜，刚吃了几口，猛然看见窗台上有一只鸽子刚刚落脚。这只鸽子双脚各有一个精制的铁环，羽毛呈浅灰色。这不正是自家饲养的信鸽吗？平日自己经常喂食，日久生情。林娟秀心头一阵惊喜，这回有救了！都说鸽子有灵性，此话不假。

门口的侍卫也到了用餐的时辰，见压寨夫人没有想跑的意思，也开始狼吞虎咽起来。林娟秀利用这个机会，找来纸笔，迅速写好了一张纸条：被困黑峰，欲逼成亲。冲儿走失，火速驰寻。林娟秀写毕将纸条小心系在鸽子的脚环上。那鸽子一拍翅膀飞走了。

放飞完毕，林娟秀这才回到餐桌，一本正经地吃饭。到丫鬟来收碗时，没有人发现娟秀的秘密。突然，闫寨主笑容满面地进来：“夫人，午餐是否可口？我们寨刚抓的一个厨子，南方人，晚上的喜宴也是他掌勺。”

林娟秀沉着脸说：“谁是你夫人了？还没拜堂呢！饭菜勉强还可以，多谢关照！请问你那手下的回来了吗？可有冲儿的消息？”

闫勃愣了一下，说：“慕容铁刚刚回来禀报说，山冈上四处都寻找过了，未曾有你儿子的人影，想必是自己回家了吧？”

“没有冲儿的消息，我今晚不能同你拜堂。”

“夫人可不能耍赖，我已经答应你的条件，至于找不到人，你也怨不得我。今晚必须跟我拜堂成亲。”闫勃口气冷冷地说。

这时段嬷嬷买嫁衣刚刚回来，红红的一大摞，有绣着百蝶穿花的大红袍，有绣着凤凰展翅的深红长裙，有绣着鸳鸯戏水的浅红棉袄等。还有珍珠项链、玛瑙手镯、纯银耳坠、足金戒指、翡翠扳指等堆了一个盘子。闫勃仔细看了看，嘱咐道：“小心给夫人换上，少不了你的赏钱！耐心给夫人吹吹风，耽误了晚上的洞房，有你好果子吃。我要准备晚上的宴席，这里就交给你了。”说完离开了厢房。

庭院桃花盛开，窗阁暗香四溢。没有冲儿的消息，娟秀忐忑不安。母爱此刻像一条湍急的河流，冲击着心底沉痛的记忆；泪水此刻如一阵急促的春雨，打湿了思念的窗台。双眸浸泪，怎堪身陷铁笼！任人摆布，冷对风鬟雾鬓。

段嬷嬷一边为其宽衣，一边安慰：“俗话说，嫁鸡随鸡，嫁狗随狗，嫁个棒槌抱着走。我们做女人的只能听天由命，况且寨主对你情深义重。”

林娟秀想起夫君司马云的恩情，犹如打翻了心底的五味瓶。每次卖艺归来，夫君买的馒头、包子总是舍不得先吃，定要先让自己尝鲜；每次头痛发热，夫君总要亲自抓药炖汤，定不让自己插手；每次雨中出行，夫君总是将油纸伞让给自己，他常常淋得像落汤鸡。

换上深红的嫁衣，趁段嬷嬷外出的机会，林娟秀偷偷找了一把剪刀，藏在腰间。如果寨主今夜定要行鱼水之欢，那就让他将喜事办成丧事。今晚的事多半会竹篮打水一场空。只等待时机，不是他死就是我亡。娟秀又找来纸笔写下一首绝命诗《别君》:

黑峰池柳弄骄阳，
扫尽梨花欲断肠。
冽冽寒风棉袄暖，
黄黄小米陋家香。
衣飞凰凤空嬉水，
镜照英台再念郎。
我自挥刀除暴恶，
舜妃无憾葬君旁。

彼时，大堂上人声鼎沸，数百人已陆续抵达，就等新郎新娘行礼。闫勃唤来段嬷嬷：“夫人可否愿意拜堂？”段嬷嬷笑道：“老身已做通她的工作，寨主尽管放心。”

娟秀明白眼下只能逆来顺受，装出一副可怜兮兮的样子，否则就没有下手的机会。在丫鬟、嬷嬷的搀扶下，林娟秀穿戴齐全，款款步入大堂。深红的盖头压得人透不过气来。十多根金钗银簪将新娘打扮得珠光宝气，美艳动人。闫勃也胸戴大红花，穿着红马褂，神采奕奕地迎接宾客。

这宾客基本就是黑峰寨的大小头目及勤杂人员，外人也不敢前来祝贺。寨主吩咐全寨放假三天，只留门哨一名。酉时三刻，师爷吴雕技禀告：“吉时已到，请新郎新娘出来行礼。”一时，鞭炮齐鸣，唢呐声声，鼓乐喧天。

于是，闫勃拉着娟秀强行拜堂。娟秀只能强压着怒火，等待时机。三拜过后，娟秀就被送进了洞房，隔着盖头也不知外面有多少人，只听到吵吵闹闹，阿谀献媚之语不绝于耳。闫勃跟着进了洞房。娟秀正想下手，不料闫勃厉声说："段嬷嬷，你看好房门，防止她逃走。"娟秀说："你还不掀了我的盖头，也让我透口气。"闫勃转身又对娟秀说："夫人稍等片刻，我向客人敬几杯酒再来。"

娟秀心想，等他喝迷糊了，再动手更好，于是摸了摸腰间的剪刀没有动。闫勃随即离开去了大堂，喝酒去了。

很快夜幕降临，山寨黑漆漆一片。不知过了多久，突然从外面进来一个人。隔着盖头，娟秀看不清对方面孔。估计，闫勃这回喝得差不多了。等到来人靠近，娟秀突然掏出腰间的剪刀，猛地刺向来人。

来人顺势一抓，娟秀只感到手腕一痛，剪刀也掉在地上。来人喝道："你到底是谁？是不是林娟秀？"娟秀一听，正是夫君司马云的声音，当即掀了盖头。

夫妻二人立即相拥而泣。娟秀说："我以为是闫寨主回来了。"司马云手持红缨枪一挥道："快快换件外套，趁着天黑赶紧离开。我得到你的飞鸽传书，就即刻赶来了。"

林娟秀换了件外套，走出房门，只见段嬷嬷倒在门口，胸口鲜血直流。二人飞快地跑向门口，刚刚门口的侍卫已被司马云暗杀，本来可以轻易逃走。可这时，有人看见他们，立即高呼："寨主，新娘要逃了，快来人呀！"只一会儿工夫就过来三个手持快刀的侍卫挡在门口。

司马云见状立即改走左侧的高墙，由于娟秀不会轻功，黑暗中让娟秀踏在自己肩头，才送上墙头，道："娟秀，你快走，右侧百步处小树旁有一匹战马，不要等我，我能脱险自然会回家。"娟秀在墙头还在犹豫："夫君，你多保重，我到离寨五里外的青峰冈等你。"

3. 天降美人

这时，一个侍卫一刀劈过来。司马云红缨枪一挺，不一个回合，一枪便刺死一个，回道："你快走，不要等我，不然我们谁也走不了！"不一会儿工夫，人越来越多。林娟秀只好跳下高墙，恋恋不舍地跨上战马，趁着黑夜飞驰而去。

闫勃喝得正得意，忽听有人呼喊，以为是官兵来攻寨，忙高喊："弟兄们，不要慌，操家伙跟我上。"于是带着一伙人冲到寨门口。

闫勃见只一个人，正在同手下的拼杀，忙说："停，你们闪一边去，我来会会。"只见司马云手持一杆红缨枪，左冲右突，上下翻飞，令人眼花缭乱。才一会儿工夫，就有五名弟兄中枪倒地。

见他枪上功夫了得，闫勃猜道："敢问阁下可是'神枪小赵云'？到此有何贵干？"司马云怒道："在下正是，光天化日之下，你敢抢我爱妻，先吃我一枪！"

这"黑熊小霸王"也不是徒有虚名，挥起三尺青龙宝刀，轻轻一挡。刀枪一碰，铿锵之声不绝于耳。司马云连刺两枪，都被其化解。众人将他们二人团团围住。闫勃一招"釜底抽薪"，一刀横扫其下盘。司马云忽然空中一跃，银枪一闪直奔闫勃胸口。只听"咣当"一声，枪头已被快刀挡住。二人刀枪上下翻飞，直杀得天昏地暗，三十多个回合不分胜负。司马云使出独门快枪"群蛇出洞"，闫勃连连砍挡，眼看招架不住。

人群中有一位黑衣男子，心想何时才能拿下"小赵云"，当即掏出独门暗器"血燕王"，趁着黑暗一镖过去。这"血燕王"剧毒无比，见血封喉。只听司马云"哎呀"一声，感到后背中镖，忙用手一摸，道："奸诈小人，敢用暗器！"

司马云伤口血流如注，立即感到手臂无力。闫勃觉得对手异常，就没有动刀。黑衣男子从背后一剑刺去，司马云躲闪不及，中剑倒地。男子抽出宝剑，意欲再刺，被闫勃挡住："不可，使用暗器伤人已是胜之不武。"

司马云毒性发作，转身一枪掷向那黑衣男子。被男子挥剑挡住，红缨枪"咣当"一声掉在地上。司马云随即倒地，气绝身亡。

再说林娟秀逃到青峰冈，左等右等，一直等到半夜，也不见司马云。料想凶多吉少，又不能返回，只好含泪回到家中，但仍不见夫君。

第二天，林娟秀骑马来到冲儿走失的山冈，反复找寻了几圈，仍不见冲儿的身影。难道是遇上野兽了？若是遇上野兽也应该留下蛛丝马迹！"冲儿，冲儿……"林娟秀对着山冈喊了不知多少遍，仍不见有人回应，只听到大山传回自己声嘶力竭的声音。

林娟秀只好在黑峰寨附近策马寻找，走着走着，分明看见一个人倒在草地上。走近一看，果真是夫君的遗体，七窍流血，后背的伤口血迹发黑，显然是中毒而死。好一个黑峰寨！好一个闫寨主！此仇不报，不共戴天。

宁做太平狗，不做乱世人。抚着司马云冰冷的脸庞，林娟秀"哇"的一声号啕大哭起来。如果贸然闯寨，那么死的很可能是自己。夫君将生的希望让给了妻子，自己独自走在黄泉路上。娟秀边哭边整理他的遗容，鬓角还是那样英俊，手臂还是那样苍劲！想到从此阴阳两隔，忍不住再次潸然泪下……

本想拉回去安葬，无奈太沉根本搬不动。黑峰寨的人很可能就在附近，如若耽误太久，有可能再入牢笼。娟秀只好含泪就地掩埋，让夫君入土为安。接着又搬来一块大石头压在坟头，做个标记。此处草木葳蕤，土质松软，面南背北，正前方有一方水塘，后方是一座陡峭的山崖，没准是一块旺子旺孙的风水宝地。

娟秀办完夫君的后事，擦干眼泪，接着寻找司马冲。为防止黑峰寨的人认出来，她故意蓬头垢面，穿着朴素，终日在蘅塘县的各村镇之间以乞讨为名寻找。日子一天一天过去了，每天她都是失望而归，几个月过去了，就是不见冲儿的一点消息。

一天，她像往常一样在一处集镇上乞讨。大清早，镇上人烟稀少。刚刚吃完一个别人剩下的馒头，娟秀就听到一声婴儿的啼哭声。那声音一阵接一阵，甚是凄凉。走近一看，原来墙角放着一个竹篮，竹篮里放着一个婴儿。

婴儿用棉被包着，棉被底下有一张纸，上面写着孩子的出生时间，二月初一申时。孩子大约刚满三个月，小脸红红的，像刚采的樱桃，肤如凝脂，发似花蕊。娟秀打开棉被，仔细看了看，是一个健康可爱的女婴。女婴头部的一侧放着一串洁白的珍珠项链，颗颗硕大饱满，做工十分精致，墨绿色的翡翠弥勒佛玉坠背后还刻有"海枯石烂，天荒地老"的小字。字迹小巧刚劲，似乎是爱情的宣言。汉字的旁边还刻着像蚯蚓一样的小字符，不知写的啥。

自己生活都成问题，再养一个孩子？娟秀刚抱起女婴，又放在竹篮里。可刚放进竹篮里，那孩子哭得更厉害了。那哭声撕人肝胆，催人泪下。无奈，娟秀只好抱起女婴，只要一抱起，就立马不哭了，睁着一双水灵灵的大眼睛看着她。

冲儿找不到了，丈夫也没了，有个女儿也好相依为命。林娟秀下定决心将这个女婴抱回家抚养。想她父母可能是孩子多了，穷困潦倒，没有办法，才出此下策。

林娟秀提着竹篮，抱着孩子回家了。孩子没有名字，想起她娘给了一串珍珠项链，这种珍珠据说产自岭南的海康，于是林娟秀取自己的姓，给孩子起名林南珠。娟秀心灵手巧，女红做得好，就经常做一些鞋垫、手帕、枕巾等拿到镇上卖，维持生计。

光阴荏苒，日月如梭，一晃，过了十七年。南珠长成一位亭亭玉立的少女，每日帮妈妈做女红，洗衣物补贴家用。有空也跟妈妈学点诗文，读读《女训》《诗经》，时间一长日渐长进。女大十八变，越变越好看。娟秀没想到这丫头，也是个美人胚子，甚至不敢为她梳妆打扮，只随意地穿着粗布衣服，扎着粉红的头巾，却引来村民赞不绝口。

为防止引来麻烦，娟秀经常给南珠穿上男子的服饰外出。今天要去赵财主家洗衣，南珠上穿一件蓝布衫，下穿一条亚麻裤，看上去就像一个穷公子。赵财主家衣服多，洗五件才一文钱。南珠女扮男装打算多洗几件衣服，也好有钱到集市上给妈妈买斤肉吃。

走到赵财主家一看，木盆里放着两条床单，还有两床被套，另外还有一大堆换下的上衣、裤子。南珠心里颇高兴，今天可以多挣几文钱。可这些床单衣服泡水之后，就很沉。南珠把衣物搬到附近一条小河边上，埋头搓揉。

小河近处水浅，远处水深，远眺一望无际。搓揉过后，床单、被套需要清水。南珠在水中清了半天，搅起一阵带有泥沙的浑水，那床单不仅没清干净，反而弄得更脏。这样的脏衣服，赵财主是不会给钱的。怎么办？

南珠抬头看见河那边有一块青石板，那里的水应该深点，清洗被套、床单应该没问题。于是，她就将没有洗净的被套和床单，放在木桶里提到那块青石板旁。

南珠将一床被套往水里一扔，正准备伸手去抓时，冷不防脚底下青石板翻了，“扑通”一声一头掉进河里。这里河水深不可测！南珠心想，这回完了，我命休矣！

此时正值深秋，河水有些冰凉。南珠划不了两下，就喝了一大口水，直往河底下沉。

说时迟，那时快。就在这危急时刻，从河边跑过来一个白衣公子，他健步如飞，想都没想，猛地一下就跳了下去。白衣公子在水下摸了半天，什么也没摸到。明明看见有人落水，怎么不见了呢？公子又露出水面换气，再次下水，只摸到一床被套。直到第三次下水，才摸到南珠的一条胳膊，接着伸手抱着南珠的纤纤玉腰，就往河面上游去。

白衣公子将南珠平躺着放在河边，伸手一碰鼻子，已经没有气了。又侧耳听了听心跳，听不到动静。只见南珠一身男子装束，嘴里还在吐着水。心想，不知是哪家的野小子，洗衣服也不选个地方，这里水那么深能洗吗？不过，可惜了一个眉清目秀的小子！

不，肯定还没死！公子就解开了她的领口，伸手按压她的肚子。一压吐了一口水，再一压又吐了一口水。听师父说，吹气肯定有效。公子就立即低下头，嘴对嘴吹气，一边吹一边压肚子。

这小子嘴唇又湿又滑。吹了半天，公子就是不见动静。子规夜半犹啼血，不信东风唤不回。那白衣公子坚持贴着嘴吹呀吹，吹呀吹。实在是吹不进去，这小子没得救了。

正准备放弃，忽然，公子重重被人扇了一耳光。

4. 朝廷选秀

原来，那小子醒了。南珠感觉到有人在吻自己，睁眼一见是个男子。光天化日之下，被陌生男子强吻，这无论如何是不能接受的！娘说，女儿家的身子在出嫁之前，是不能被男人亵渎的。更不要说是陌生男子。这叫我以后怎么嫁人！

南珠一看自己的领口也解开了，不禁杏眼圆睁骂道：“哪里来的浪荡公子，竟敢欺负本小姐！”

那白衣公子也是浑身湿漉漉的，惊讶地说：“原来你是位千……千金小姐，小……小生确实有所不知。刚才多有冒犯，还望海……海涵！”刚才那一耳光在公子的脸上留下五条红红的印痕。他居然也不发火，也不还手，说话结结巴巴的，还算有点文采。

南珠理了理被水浸湿的秀发，抬头仔细看了看眼前这位陌生公子，双眉之间有一颗红痣，生得面若朝霞，发如流云，风姿飒爽，玉树临风，那眉目之间逼人的俊气在南珠心里激起一阵阵涟漪……

南珠不敢看他的眼神，改用轻声问：“是公子救我上来的？你为何不作解释？”那白衣公子红着脸，显得有点紧张：“正……正是。我常年住在山上，没见多少生人。敢问小姐芳……芳名？”

“我还没问公子的大名，你先说，你先说。”南珠故作娇态，欲言又止。

“那就不要说了，既然小姐没事，我要回家换衣服了。我们后会……后会有期。”陌生公子要告辞，就是不肯告知姓名。眼前这位假小子，虽衣衫不整，鬓发凌乱，但身材婀娜，窈窕丰满。

南珠没想到他这么呆，只好直言相告：“慢着，我叫南珠。敢问公子家住何方？改日一定登门拜谢。”

白衣公子抖了抖身上的水，说：“我家离这里有八十多里，在一个叫狻猊墓的山洞里。若不是我今天赌气出来，怕是没人来救你。”

南珠却不理会，心想你夺去了我的初吻，于是生气地说：“今天你救了我，又占我的便宜，不能这么扯平了！我跟你没完……冤有头，债有主。你到底叫什么？”

那白衣公子一步一步向山里走去，离南珠越来越远，终于骂道：“就不告诉你！狗咬吕洞宾，不识好人心！”

见白衣公子远去，南珠气得一脚将木桶踢翻，穿着湿漉漉的衣服，坚持将没洗完的衣服清洗干净，然后送到赵财主家。赵财主的管家给了她两文钱。因为天气冷，南珠一路打了好几个喷嚏，一回到家，换完衣服就感觉不适，接着就发起了高烧。

南珠躺在炕上，盖着厚厚的棉被，仍然感觉还在河水里一样冷。林娟秀刚卖完女红从集市上回来，进门就看见女儿躺在炕上，伸手摸了摸了她的头，惊道：“珠儿，你这是怎么了？烧得很厉害。”

南珠拉了拉被子说：“我今天到赵财主家洗衣时，不小心掉河里，河水凉，我坚持洗完才回的。”

女儿自小体弱多病，又不会游泳。林娟秀瞪大眼睛问：“我的乖女儿，你掉河里是怎么上来的？”

“是一个白衣公子救我上岸的，他也成了一只落汤鸡回家了。”

“救人一命胜造七级浮屠。他叫什么？明儿我们要去感谢一下人家。”

南珠摇摇头说：“我不知道，问他也不说，好像有点呆头呆脑。”

林娟秀进一步追问：“那他家住在什么地方？长得什么样？你总该记得吧。”

“长得倒也眉清目秀的，那公子双眉之间有一颗红痣，你说怪不怪？”

林娟秀连忙抱着女儿的双肩追问："红痣？是眉心间？你看清了？"

"看清了，怎么了？娘，那颗红痣是不是美人痣？可他是个男人不是女人。"

林娟秀忍不住眼泪汪汪："他长得有多高？大约多少年纪？"

"大约二十岁，长得可结实了，就是有点笨！"南珠没想到娘对那公子十分感兴趣。

林娟秀擦着眼泪说："天啊，他可能是你的哥哥，亲哥哥！十七年前，我带着他在山间行走不慎走失，那年他才六岁！我找他很多年，就是杳无音讯。快告诉我，他住哪儿？"

南珠说："他说住在一个叫狻猊墓的山洞里，离这里有八十多里。平素不常出门，要找到他应该不难。"

北方的深秋，寒气逼人。光秃秃的树枝在寒风中挺立着。南珠在茅草房里躺着，听寒风如鬼哭狼嚎。林娟秀说："我今天从集市上回来看见朝廷的官文，今秋皇上要选秀了。我想让你试试，可你烧得这么厉害，如何是好？我去给你请个大夫吧。"

南珠忙拉住她的手说："娘，不用了，就给我熬碗姜汤吧！请个大夫得花不少银子。我也不想选什么秀，宫中的女人有几个是幸福的？有几个下场好的？倒不如陪着娘过得舒坦！"

林娟秀找来生姜，一边洗净切片，一边说："傻丫头，不能这么说！自古以来哪有凤凰不想攀高枝的？况且我家的珠儿不是一般的凤凰。诗文、舞蹈、声乐、女红你哪一样也不差！若是嫁给平常人家就像一朵鲜花插在牛粪上。"

几根木柴推进去后，灶台里火势旺了起来。锅里立即冒着热气。南珠冷笑道："娘啊，你以为我是才女呀！反正我不想参加什么选秀，我谁也不嫁。"

一会儿，锅里的水开了。娟秀放下生姜，足足熬了半个时辰，才放了点红糖。她盛了碗姜汤，给南珠端了过来，说："珠儿，来趁热喝，喝了发汗。"

"听县里官差讲，今秋选秀的比较多，皇上都看不过来，命宫里的画师到各县给每位秀女先画个像，呈进宫，待皇上御览后再确定谁进宫面选。"林娟秀拿起小勺欲给南珠喂姜汤。

南珠坚持着自己坐起来，轻声说："娘，我自己来。那画师几时到蘅塘县？"

林娟秀笑道："听官差说可能就这几天。娘给你指条阳关大道，就看你有没有这个福气。”

南珠喝完姜汤躺下休息，迷迷糊糊中想起那位白衣公子。他真是我哥哥？我真有一位哥哥？过几天我一定要去找他。好一位潇洒帅气的美男！如果不是我哥哥该多好啊！

后半夜，南珠迷迷糊糊睡着了。林娟秀陪她睡着，不时伸手试探她的额头。见那体温不仅没降，反而有升高的迹象。烧得像火炉一样，这可如何是好？娟秀又找来湿毛巾，给她盖在额头，为其散热。就这样，才勉强熬过后半夜。

天还没亮，林娟秀就出门为南珠请大夫。大夫开了三剂水药。林娟秀抓药回来的路上，碰上县里的官差。

官差说，凡是报名选秀的，得排队请张画师，明天就是本县的最后一天了，再不请就没机会了。娟秀只好说：“那就明天吧，我家珠儿偶感风寒，身子骨有些不适。”官差说：“不要紧，只要打点一下画师，皇上怎么会看得出来呢？”

回家后，娟秀为南珠煎水药，日服三次。总算将她的烧退了下来，可又有点咳嗽。整个人就像病西施一样，没得一个好样子。

到第二天，药也吃了好几次了，南珠仍然有些轻微的咳嗽，气色不佳，眼神蒙眬。一番梳妆打扮过后，才出落得像个美人。娟秀只好请张画师登门，为南珠现场画一幅画。

张画师走进林家，但见蓬户瓮牖，绳床瓦灶，穷得一贫如洗。林娟秀将家中仅剩的一两银子从层层包袱中取出，交给了张画师。张画师掂了掂，放进内衣里。心想，这家人太寒酸了，也想攀高枝，真是白日做梦！但是收了银子，也不能不画，总得对付一下。

于是，这张画师就像模像样地支起画纸，取出毛笔。娟秀连忙在一旁为其磨墨，不一会儿砚台上的墨汁已磨好。南珠端坐在室内，在画师的引导下，摆出各种造型，有“风情万种”型的，有“千娇百媚”型的，有“小家碧玉”型的。

最后，张画师确定一种“小家碧玉”的造型。南珠露出如嫩藕般的双臂，转身回眸含情脉脉地注视着前方。画师挥毫泼墨，三下五除二，即刻完成了一幅“小家碧玉”图。端详着墨迹未干的人像画，林娟秀和南珠甚是欢喜。因为自小到大，从来没人为南珠画过像，虽然画得只有六分像，那也算是件妙不可言的事。

娟秀连连称赞：“妙，妙，画得好，画得栩栩如生。”南珠仔细看了看画作也夸道：“先生妙笔生花，小女子承蒙先生的关照，自是感激不尽。他日若能飞黄腾达，定涌泉相报，以谢先生今日之恩。”

张画师连声说罢，心想这小丫头有点文采，可惜投错了胎，生错了人家。他在收起毛笔时，不知有意还是无意，在画像的人脸上溅了一个小黑点。娟秀和南珠都没有发觉。

张画师卷起画像就要走：“待明儿快马加鞭呈给皇上初选，有好消息自然会告知你。我还要到下一家，在下告辞。”娟秀和南珠目送画师离开林家。那满腔期盼外人当然无法体会。

送走画师，南珠微微踌躇道：“娘，我真的不想进宫。再说，这画师也未必靠谱。早早断了那份痴心妄想，免得日日牵挂。”

娟秀关了家门，正色说：“他收了银子，定然会将画像交到皇上手中。以你的相貌还过不了初选？莫要说那些泄气的话。就算进不了宫，娘早早给你寻个好人家嫁得风风光光。”

南珠想起那位白衣公子，笑道：“我不是还有个哥哥吗？这几天我加紧做点女红，等凑够了盘缠，娘跟我一起去找哥去。”

5. 狻猊古墓

林娟秀搬出一些未绣完的枕巾、手绢、鞋垫出来，一本正经地说：“抓紧做工，只要有了足够的盘缠，我们就可以去找。不过，过了这么多年，不知他是否还认得我。再说，是不是你哥得见了面才知道。”

二人一针一线，做着女红。南珠不到一个时辰就绣好一条梅花枕巾，手被针扎破了，用嘴吸吸，接着做。林娟秀飞针走线，心灵手巧不减当年。不几日，南珠的病也好了，二人绣得枕巾四条、手绢十方、鞋垫八双。拿到集市上，卖得银两。

正准备出发，这天刚吃早饭，县里的官差突然到访。林娟秀喜出望外，连忙将他迎进屋：“官爷里面请，有话慢慢说。”官差阴沉着脸好像欠他二石米，大声说：“你家南珠选秀，皇上没选中。今年蘅塘县剃了光头，一个秀女也没选上，皇上要罚多交一成的税收。你说冤不冤？”

林娟秀气得一屁股坐在地上，哭道：“这都什么世道，我家珠儿国色天香，他都瞧不上，还罚交税收。”那官差转身仔细打量了一下正在收拾碗筷的南珠，说：“哟，这妞儿亭亭玉立的，还真是明珠暗投了，不知道那狗屁画师是怎么画的。赶明儿，我找人来提亲，给我做个二房吧。”

南珠放下碗筷，将那官差直往外推：“去去去，我还不稀罕进宫呢！你不要趁火打劫，我自梳也不会嫁给你！”

那官差眨了眨眼睛说：“我估计，你们八成得罪了画师，或是赏钱太少了！平常人家最少也得给十两银子，你家给了多少？”

“送客，官爷请慢走。”林娟秀也不理会他，心想：“送多少关你屁事，就凭珠儿这花容月貌，还愁找不到金龟婿？”

送走官爷，二人收拾行李就上路了。为防意外，南珠还是女扮男装。一路走，一路打听这“狻猊墓”是个什么地方。娟秀想起来就来气。当年我怎么就没找到这个地方？今天，就是找到天边也要找到这个地方。

南珠问了很多人，很多人听都没听说过这个地方。林娟秀就对南珠说：“你向村里年纪大的人请教，或许有点收获。”二人走出七十多里，在山道上发现一个采药的老汉，须发如雪。

当问到“狻猊墓”这个地方，老汉哈哈一笑：“你们要去狻猊墓，老朽劝二位趁早回去，免得白跑一趟。离此东北方十多里，有一座山叫老君山，山上有一个洞叫狻猊墓，墓中住着一位脾气古怪的老头儿，姓甄，外号‘狻猊老鳄’，从不让生人靠近或拜访。甄老鳄学富五车，通诗文，晓兵法，又有一身绝世武功，年轻时做过朝廷的禁军教头。你们若是言语冲撞冒犯，恐有不测。”

南珠坚定地说：“我们今天非去不可，此去是为了寻找……”林娟秀忙给她做了手势，示意不要说。老汉说：“你们明知山有虎，偏向虎山行！那我就没有办法了。”

又走了十多里，二人走到一处山冈，眼前是一块坟地，有的有墓碑，有的没有。南珠不觉毛骨悚然。林娟秀说：“继续走。”走到坟地深处，只见一个修缮十分坚固的墓地，上书“狻猊墓”三个大字，墓门虚掩着。

这母女二人就直接进了狻猊墓。只见墓中寻不见死人，到处怪石嶙峋，机关重重，倒像有人居住的样子。一张石桌上，一个紫砂壶里的茶水还是热气腾腾的。林娟秀壮着胆，喊了一声：“有人吗？”好久也无人答应。

二人径直往前走，走了百余步，猛然看见一间斗室内，吊着一个人。浑身血迹斑斑，皮开肉绽，双手被绳索紧紧缚住，吊在一根横梁上。南珠定睛一看，那人眉心有颗红痣，分明就是那日救人的白衣公子。公子已昏迷不醒，脑袋低垂，双目紧闭。

林娟秀已有十七年不见冲儿，儿时的模样，虎头虎脑，顽皮天真，仍然历历在目。眼前这位公子脸色苍白，眉清目秀，与儿时有些差别，但眉心那颗红痣显然是大了些。娟秀禁不住哭喊：“冲儿！我的冲儿！你还认得娘吗？”

南珠打开室门，惊道：“就是他，是他那天从河中救了我。”说完，南珠上前，想为他解开绳索。无奈绳索太紧，打了死结，解不开。娟秀左找右找，找到一把寒光闪闪的青铜剑。南珠接过青铜剑，挥剑砍断绳索。公子才解开双手，随即躺在地上。

轻轻摇摇他的胳膊，林娟秀喊道：“你醒醒，看看我是谁？”南珠掏出方巾，为他擦着血迹，不知为何打成这样。到底是谁打的？有什么血海深仇要这样打？南珠一边为他整理衣服，一边想。

林娟秀端来一杯热茶，给公子喝下。过了好一会儿，公子才慢慢睁开眼睛，轻声问：“你们是谁？谁将我解开的？快把我吊起来。”南珠大惑不解地说：“是我解开的，为何还要吊起来？曾记否，那天是公子将我从河中救起的。”

公子定睛看了看南珠，一身女扮男装，仍秀色可餐，说：“是那个假小子，你怎么找到这里的？你们快快出去，把我吊起来。不然我师父回来，你们性命不保。”

南珠指了指娘，对公子说：“你看看她是谁？”公子转头看了一眼林娟秀，呆呆地摇摇头说：“不认识，你是谁？”

林娟秀热泪盈眶地拉着他的手说：“冲儿，我是你娘啊！你怎么不认得我了？十七年前，你到树林里抓黄鹂鸟时，娘被坏人抢走。从此，我再也没见过你。这么多年，娘找你找得好辛苦啊！”

此时的司马冲回忆起儿时的往事。那天，当他从树林返回找娘时，再也找不到娘，只找到娘的一只绣花鞋。在山冈上，他哭爹喊娘，好半天没见一个人影。后来，哭声惊动正在山中练功的师父。

在他的印象中，自从师父将他带到这里，就再也没有找到爹娘。师父不让找，自己也不敢找。师父虽然脾气古怪，但对司马冲管教甚严，教他识文断字，平日说话一言九鼎，说过的话就是九头牛也都拉不回。娘在他的记忆中，模模糊糊的，年轻时美貌如花似芙蓉出水；如今年纪大了，风韵犹存，眼角的鱼尾纹昭示着岁月的沧桑。

眼前这个风韵犹存的女人真的就是娘？娘怎么现在才找到这里？司马冲终于想起儿时娘的影子，那么慈祥，那么美丽！那年穿在身上的有一件小棉袄，是娘亲手缝的，虽然早已不能穿了。但司马冲一直留着，舍不得扔掉，那上面的一针一线都饱含着娘的深情厚意，都缝着娘的一颗温暖的心。慈母手中线，游子身上衣。司马冲含着泪水终于喊了一声："娘，你怎么才来呀？"

说完母子抱头痛哭，泪雨滂沱。这一刻，泪水冲垮了思念的栅栏；这一刻，母爱融化了年轻的坚冰；这一刻，春风吹红了芬芳的笑靥。司马冲一边给娘擦着泪水，一边问："爹呢？我爹呢？"林娟秀哭声更大了："十七年前，黑峰寨主闫勃要逼着娘与他成亲，你爹为救娘脱险，被黑峰寨的人杀害了，不是闫勃就是慕容铁！"

司马冲再次潸然泪下，泣不成声，指着旁边的南珠问："那她是谁？"林娟秀擦眼泪说："她是你妹妹，珠儿，快叫冲哥。"

南珠害羞地叫了一声："冲哥！"司马冲心想，我爹不是过世了吗？那她是从哪儿来？她应该不是我的亲妹妹！

林娟秀拉着冲儿的手说："走，趁着没人，我们赶紧走，回蘅塘县。"司马冲说："没用的，我现在浑身没劲，走不动。你们还是把我吊起来吧，我师父很快就会回来的。"

因为司马冲太沉，一个人根本背不动。母女二人一边一条胳膊，将司马冲搀扶着，往外走。刚走出门口，突然耳畔吹过一股阴风，墓中灯光瞬间熄灭。南珠暗想，可能狻猊老鳄回来了。只见一个黑影扑面而来，啪啪两下，林娟秀和南珠各吃了一掌，随即倒地。

却听见一个女子声音："大胆狂徒，竟敢擅闯禁地。冲哥，你还想逃走吗？明年八月就到了乡试的时间，三年才一次，爹爹叫你好好准备。"

南珠虽然受了一掌，但感觉来人明显手下留情，没有伤到要害。那黑影想再次打来，被司马冲拦住："琴妹，请你不要伤害她们。"

那女子道："今天碰到我，算你们走运。如若碰到我爹，准叫你们站着进来，躺着出去。说，你们进来有何贵干？”

司马冲说：“她们一个是我娘，一个是我妹，她们是来看望我的。”

那黑影很快点亮了蜡烛，借着微弱的光亮，南珠瞧见一个绝色女子。肤如皑皑白雪，发似潺潺山泉，眉若皎皎弯月。明眸皓齿，秋波湛湛。玉腰冰肩，春笋纤纤。南珠看得好生嫉妒，冲哥身边还有这等女子。不细看疑是月中嫦娥，再回首好似浣纱西施。

司马冲忙向她们介绍：“她是我师父的女儿，名叫甄琴，比我小七岁。这位是我的妹妹叫南珠。”

南珠看着司马冲身上的伤痕，生气地问：“为何将他吊起来，打得遍体鳞伤？”

第二章　国恨家仇难回首

6. 下山祭父

甄琴微微蹙眉，说："那日，冲哥私自下山，偷偷游泳，回来后爹爹就一直很生气。昨天，罚他背《孔雀东南飞》。他背不下来，还想逃走，被爹爹吊起来一顿毒打。我苦苦哀求，原本罚打一百鞭，爹爹只打了十鞭。"

林娟秀含泪说："原来是这样，我想带他回去养伤行不行？"甄琴斩钉截铁地说："不行，没有我爹的同意，冲哥不能下山，否则非打断腿不可！"

古墓中阴风阵阵，寒气逼人。南珠冷冷道："没想到你爹脾气那么古怪，难道就死在墓中？"甄琴眨了眨眼睛说："除非，冲哥现在将《孔雀东南飞》背下来，也许我爹一高兴，就放他下山。"

此言一出，司马冲吓坏了："干脆还是将我吊起来吧。那诗太长，根本没法背！"南珠灵机一动说："孟简诗云，三冬劳聚学，驷景重兼金。刺股情方励，偷光思益深。只要你肯学，肯下功夫，铁杵能磨成针。"

司马冲想不到南珠小小年纪，能熟记唐诗，实在汗颜。于是，捧起那本发黄的《乐府诗集》读了起来："孔雀东南飞，五里一徘徊。十三能织素，十四学裁衣。十五弹箜篌，十六诵诗书。十七为君妇，心中常苦悲……"

司马冲正用心诵读。其他人都默不作声，忽听墓口传来一声野兽的吼叫。紧接着又叫了几声，声音着实有些凄惨。甄琴说："此时万不可下山，山中常有虎豹出没，待我先关好墓门。"

南珠随甄琴刚走到墓口处，正准备关门，坟地里忽然飞沙走石，赫然走近一位老头，鹤发童颜，虎背熊腰，精神矍铄。背着一张弓，手持一杆红缨枪，枪头还有点点血迹在滴落。南珠想可能就是狻猊老鳄，果然是仙风道骨，不同凡响。

老鳄走近墓口说："琴儿，你猜爹今天打猎遇到什么？"甄琴见他左手提着两只野兔："那还用猜，野兔啊。"老鳄说："笨，那么容易猜到，我还考你干吗？

是老虎，而且是两只老虎。早就听说这老君山上有两只老虎害了不少路人，我苦寻数月找不到。刚才在山冈上，两只老虎想吃我的肉。我一枪一个，全部收拾了，也算是为民除害。”

原来刚才几声野兽的吼叫，是那两只老虎垂死挣扎发出的。南珠正感叹老鳄神武，一不留神那红缨枪直逼胸前。“哪里来的野丫头，快报上名来，俺不杀无名小卒。”老鳄发现有陌生人闯进狻猊墓。

甄琴一把推开他的枪头说：“她是冲哥的妹妹，叫南珠。爹爹不可伤害她。”老鳄走进洞中，发现司马冲正在读书，旁边还有一位妇人，气道：“今天是刮什么风，谁将那小子放下来的？我外出半日，你放了两个生人进来送死。哈哈！”

说完，老鳄枪头已指到林娟秀的喉结处。甄琴只好再次挡开他的红缨枪，说：“她更杀不得，她是冲哥的亲娘。”

林娟秀和南珠忙起身行礼：“民妇林氏带小女见过英雄，久仰大名，如雷贯耳。冲儿是我放下的，遇英雄多年养育教导之恩，民妇感激不尽。”

“别以为你说得好听，我就会放过你。你是如何找到这里？谁能证明你就是冲儿的亲娘？”

“十七年前，我遭歹徒绑架，和冲儿走失。冲儿眉心有一颗红痣，为娘怎会不知？上月，冲儿无意中救了他妹妹，这才找到这里。失礼打扰，失礼打扰。我想带冲儿回去休养一段时间，不知意下如何？”

老鳄哈哈大笑：“既是亲人重逢，当痛饮三杯。来来来，琴儿将两只野兔杀了，烤着吃。饭后，只要冲儿背得下《孔雀东南飞》，我立马放行。如果背不下，就不要讲情了。”

这老鳄心想，以他那呆头，背得下才怪。到时，就怨不得我。

几个人吃完野兔。老鳄也酒足肉饱，唤来司马冲，当面背诵。这次，司马冲摇头晃脑背得有滋有味，一直背到“……青雀白鹄舫，四角龙子幡。婀娜随风转，金车玉作轮。踯躅青骢马，流苏金镂鞍”。

只听司马冲咳嗽了两声，整了整衣衫，很快背到“……东西植松柏，左右种梧桐。枝枝相覆盖，叶叶相交通。中有双飞鸟，自名为鸳鸯。仰头相向鸣，夜夜达五更。行人驻足听，寡妇起彷徨。多谢后世人，戒之慎勿忘”。全诗背完，众人都称奇。

老鳄也甚感意外，没想到呆头还真背下来了。无奈，只好放行。林娟秀说：“老英雄养育教导之恩，林氏没齿不忘。这次让冲儿下山，一来休养身体，闯荡江湖，长长见识；二来好好温习，准备乡试，求取功名。”

司马冲饱食之后，感觉神清气爽，浑身渐渐有了些力气，收拾好衣物后说：“师父，冲儿已经长大，早就想见识……见识一下外面的世界，并非有意跟师父作对。这次下山，还有一桩心事，就是要拜祭……拜祭爹爹。冲儿直到今日才知爹爹离开人世已经十七年了。”

老鳄拿出一把青铜剑，交给冲儿，苦笑道：“孺子可教！你虽然天资不足，还算有些良知。我们相濡以沫多年，实在舍不得你。这把宝剑你就留在身边以防意外。记住，你现在武功太差，切不可惹是生非，争强好胜。”

临行，甄琴从包袱里取出一双新做的布鞋交给司马冲。司马冲说：“你留给师父穿吧。”甄琴说：“我爹的还有，跟你的脚尺寸不同。”司马冲穿在脚上试了试，刚好，不大不小。

林娟秀带着冲儿、南珠走出狻猊古墓，墓边刮着阵阵寒风。走出一程后，甄琴从后面追上来，递给司马冲一封密信，说：“江湖险恶，爹爹一再叮嘱在你遭遇险境，无法脱身时才可打开它。”

“你们多虑了，江湖上还是好人比坏人多。”司马冲不以为然，但也只好将密信收下。南珠见甄琴对他情意绵绵，心里酸溜溜的，一时欲言又止。

返回蘅塘县的路上，南珠换上一套女儿装，头上斜插一朵菊花，留着黑油油的发髻，身穿毛绒边的百褶棉湘裙，柳叶眉下两朵桃花，最是妖娆。一双手臂如粉妆玉琢，一张巧嘴似鲜贝嫩叶。一对酥胸微微隆起，仿佛春风中的远山；一张小脸微微泛红，恰似朝霞中的青果。沉鱼落雁不如其婀娜多姿，闭月羞花不如其缱绻情深。看得司马冲心里咚咚直跳，先前一直没细瞧，这次一瞧，没想到这世上还有如此绝美的女子。

三人蹒跚行走在山路上。南珠无心欣赏一路风光，想试试司马冲的武功是不是真的很差。当即伸腿一绊，司马冲本来就没看路，一不留神重重摔了一跤，青铜剑也扔了老远。南珠“扑哧”一声笑得像一朵花：“你走路不看路，看哪儿？”

林娟秀忙将冲儿扶起：“别逗了，赶路要紧。”南珠问道：“冲哥，你跟了那老鳄十多年，真的什么武功也没学到？”司马冲站起来红着脸说：“他嫌我笨，只教我识文断字，马步、拳击等粗浅的功夫。他的甄家枪法，和有本听说绝版的《九玄神剑》从不让我学。我这点功夫主要是琴妹教的。”

南珠说：“这老头真有点怪，自己功夫那么好，就是不肯传授点给你。”他们一路说一路走，不知不觉快到黑峰寨了。这里山势越来越陡峭，路也越来越不好走。

忽然面前出现一方水塘，那水面波光粼粼，清澈见底。林娟秀想起夫君的坟茔应该就在附近。沿着堤岸往前走，东面是一处山崖，甚是险峻。眼前是一片松树林，枝繁叶茂，临近冬天，仍然苍翠欲滴。找了半个时辰，也没找到司马云到底埋在哪里。

司马冲问道：“娘，你好好想想，做了什么记号没有？”林娟秀这才想起说：“当年匆匆埋葬你爹时，上面压了一块大石头，有两尺来长。”

于是大家分头寻找那块大石头。走着走着，果然在一棵松树底下，发现了一块两尺来长的大石头。十七年了，如今松树已长到两人多高，树冠如云，枝干向空中伸展，足可遮风挡雨。林娟秀一见石头，忍不住悲从中来：“夫君，你死得好惨啊！是哪个挨千刀的害了你？你撇下我们，孤零零在这山冈上躺了十七年啊！”

司马冲“扑通”一声跪在松树底下，哭道：“爹，你在这儿受苦，不孝儿来迟了！你在天有灵请告诉我，到底是谁害了你？儿子一定将他碎尸万段，让你在此安息。”

南珠将坟边的杂草一一砍去，露出一块光滑的石板。司马冲取出青铜宝剑在石板上刻下“司马云之墓”五个大字。林娟秀哭道：“十年生死两茫茫，不思量，自难忘。你爹死时七窍流血，一定是中了剧毒。以他的武功杀出黑峰寨完全没有问题，极有可能是中了敌人的暗器。娘要你在此立誓，此生与仇人不共戴天，从今日起卧薪尝胆，奋发图强，来日让他血债血还。”

司马冲跪在爹的坟前，右手拔出宝剑，一剑刺向脚下的泥土，对天起誓：“我司马冲此生，与杀父仇人不共戴天，从今日起卧薪尝胆，奋发图强，来日让他血债血还！”

在一旁的南珠说：“过去的日子你有些碌碌无为，你以为爹爹仍在人世，这怨不得你。从今以后，你要调整自己人生的方向，让每一天都激越高亢，不能再虚度光阴。”

此刻的司马冲感觉好像有人狠狠抽了自己一鞭子，那疼痛刻骨铭心，泪水洗涤了昨日的轻狂。在人生的航道上点起希望的火种，在时间的河床上撒下顽强的种子。再也不能徘徊在叹息的巷道，再也不能抱怨苍天的不公，再也不能重复昨天的脚印。是真钢，就不会畏惧烈火的焚烧；是雄鹰，就不会畏惧雪山的高寒；是劲帆，就不会畏惧海浪的冲击……

林娟秀轻轻为司马冲擦干泪水："孩子，你天资不够聪慧，这也许是娘的失误，但娘也没有办法，你只能勇敢地面对。纵然前方是龙潭虎穴，你也没有退路。孟子曰：故天将降大任于是人也，必先苦其心志，劳其筋骨，饿其体肤，空乏其身，行拂乱其所为，所以动心忍性，曾益其所不能……然后知生于忧患而死于安乐也。"

司马冲又采来几个山果，倒出一碗烈酒，置于父亲的坟前。三人祭过之后，泪水汪汪地离开了山冈。

7. 痴凤求凰

这一年，正值旱灾。司马冲返回蘅塘县牛店乡，沿途数十里稻田青禾全部干死，农田干裂开一道道深沟，基本无人耕作。村民们排着长队在山中一口深井旁，等待汲水度日。有人为生存干脆往外地逃，实在不能逃的，就要忍受官府的剥削，人头税是一文钱也不能少。

林娟秀所在的牛店乡还有口老井，旱情稍稍好点。三人经过长途跋涉，终于回到家里。司马冲身上的皮外伤尚未康复，一到家就躺在炕上了，浑身疼痛动弹不得。

南珠见此情景，当即跑到药铺，抓了点药，说："冲哥，你好好休息。我给你擦点药。"司马冲说："我这伤身上到处都有，穿着衣服没法擦，你出去，我脱衣服自己擦吧。"

这时林娟秀外出挑水去了，家里只剩下他们二人。南珠说："不要紧，你不是对着嘴给我吹过气吗？你脱掉上衣，我给你擦药。我看你敢非礼我，我就哪儿痛打哪儿，让你痛上加痛。"

司马冲苦笑道："好妹妹，我不敢了，你就给我擦吧。"说完脱下上衣和长裤，只剩下一条短裤。司马冲虽然是个肌肉男，可也经不起那一顿皮鞭。那一条条鞭痕从后背到前胸清晰可见，南珠小心地将药粉一点点擦上。擦一下，司马冲就哆嗦一声。当擦到腋窝附近时，司马冲忍不住哈哈大笑。

南珠说："现在不痛是吧？你伤疤还没好，就忘了？"司马冲说："谁让你擦我腋窝？我实在忍不住。"

不一会儿，林娟秀挑着水回来，问："冲儿，你那《孔雀东南飞》是怎么背下来的？我和你师父都不相信。"

南珠说："娘，你就不要问了，没有我那小纸条，冲哥能回来吗？"原来南珠那天事前就将《孔雀东南飞》全文写在小纸上，藏在司马冲的衣袖里。

林娟秀放下水桶说："这种小把戏只能玩一回，学习要脚踏实地，切不可弄虚作假，到头来搬起石头砸自己的脚。要想复仇，自身必须要有过硬的本领。我读过一些诗书，在文学方面可以给你加点油，好好准备明年秋天的乡试。"

昏黄的煤油灯下，司马冲拿着本《孟子》在细细品读。尽管身上疼痛难忍，也只能咬紧牙关，坚持读到深夜。南珠翻出家里唯一的一本兵书《孙子兵法》，问道："这本兵书你看过吗？"

司马冲抬头回答："没有。"南珠说："这是娘收藏的兵书，我仔细读过。这本书可有用了，只要读通了，就可以统兵御敌，出将入相。"

深夜，司马冲饥肠辘辘。林娟秀就熬了一点小米粥充饥。粥好了，南珠取出自家腌制的萝卜干，给他端了过去。

司马冲翻开《孙子兵法》，说："这本书是应该好好研读，就是天天喝粥，又有什么关系。萝卜干、臭豆腐都是好菜，另有美人陪读，其乐无穷。"

南珠揪着司马冲的耳朵，说："看你美的，如果再不专心读书，就把你的耳朵切下来炒着吃了。"

就这样，日复一日，司马冲的伤势渐渐康复，学习也不断进步。林娟秀发现这两人的关系也发生了微妙的变化。

蘅塘的这个冬天来得有些早，农历十月初二，一场鹅毛大雪将大地打扮得银装素裹。茅草屋上积雪足有一尺多厚，缤纷的雪花从天际缓缓降落，冬天踏着冰冷的积雪来了。

司马冲早早起炕，生了一盆炭火，火苗太小，室内的冷气让他打了好几个喷嚏。他打开房门，门前的小径已被积雪覆盖，如不清扫，出行多有不便。他又挥起铁铲将家门口那条小径铲了出来，厚厚的积雪堆起一座小山。

听到声音，南珠也穿衣起来，用小扇将炭火扇旺了。屋里顿时温暖起来，火苗将南珠那张脸烤得白里透红。林娟秀起炕生火准备做饭，袅袅炊烟为这个农家小屋带来了勃勃生机。

南珠正拿着一本司马迁的《史记》，在火盆边诵读。冷不防一双冰冷的手掌突然蒙住双眼，南珠知道是冲哥扫雪回来了："别欺负人，快放开我！你们司马家都是大坏蛋。"

正喘着粗气的司马冲一愣说："此言差矣！我们司马家文有司马相如、司马迁、司马光；武有司马懿、司马师、司马昭……我们司马家可是人才辈出啊！"

刚才，南珠正看到《史记》中《司马相如列传》一章，其中司马相如和卓文君的故事让她感叹不已。见司马冲仍不放手，南珠掰开他的手腕道："司马相如原来家徒四壁，一贫如洗，自从娶了卓文君，得到老丈人的资助才慢慢发家。还不是大坏蛋？那司马懿父子更是谋权篡位的奸诈小人，还不算坏蛋算什么？"

司马冲接过《史记》，翻了翻说："你不可断章取义！司马相如本来是汉代学富五车的才子，生得一表人才。卓文君十七岁就死了丈夫，司马相如也没有嫌弃她，二人结为秦晋之好。凭着一篇《子虚赋》得到汉武帝的赏识，才当了官。他不能算坏蛋。至于司马懿父子在乱世中开创一代帝业，更是雄才霸主，怎能算坏蛋？"

士别三日，当刮目相看。南珠这几天书看得少了，想不到居然辩不过他，当即考问："司马相如是凭什么让一代才女卓文君芳心萌动的？"司马冲对答如流："卓文君喜爱音乐。当然是一首琴曲，在卓王孙家里，一曲《凤求凰》，寡妇也疯狂。"

一朵红云即刻飞上少女的脸庞。南珠翻开书问："《凤求凰》原诗你背得下来吗？"司马冲已看到南珠脸上的变化，假装目视他处道："凤兮凤兮归故乡，遨游四海求其凰。时未遇兮无所将，何悟今兮升斯堂！有艳淑女在闺房，室迩人遐毒我肠。何缘交颈为鸳鸯，胡颉颃兮共翱翔！……"

司马冲突然"太监"了，见南珠脸上如一片火烧云，伸手去抢书："好妹妹，我实在想不起来了，让我看一看吧。"南珠凤眼一瞪说："会背古人的诗，算不得本事。有种你也写一首给我瞧瞧。"

捧着已被翻破的《史记》，司马冲在火盆边上默默诵读。这句话是真的击中了他的软肋！看花容易，做花难。以自己的学问，想作一首诗，真是难于上青天！

“我以今天的大雪入题出下联，看你什么时候对得出上联？”南珠取出一幅枕巾，一阵飞针走线，绣出下联：

霜雪难冻金玉缘。

司马冲见那枕巾上字字娟秀，文采斐然，下联以天气造势，虚实结合，巧妙含蓄地表达了少女的情怀，同时提出挑战。这上联要想对仗工整，意境深远，气势压倒下联就难啊！

司马冲抓耳挠腮好半天：“我对不出，只能甘拜下风。”南珠扯着他的耳朵说：“你少在那凤求凰的，对不出你就滚一边去！”

“别对了，开饭了，吃葱油饼。”林娟秀煎好几个葱油饼端了出来。在那个年头，能吃上葱油饼，不亚于过节。

南珠一把抢过刚煎的葱油饼，吼道：“对不出，不能吃！”闻着香喷喷的油饼，司马冲铲了好半天雪，此时已是饥肠辘辘，口水都快流到地上。

“好妹妹，别闹了，给我几天时间，我一定对得让你心服口服。”

林娟秀也瞪了南珠一眼：“别闹了，饿坏了身子，凭什么复仇？先吃饭要紧。”

南珠拿起筷子先夹起一块，咬了一口，可那饼太烫，烫得她只好吐了出来。一口葱油饼掉在地上。司马冲笑道：“小馋猫，烫得好！小馋猫，烫得好！”

一家人吃完早餐。司马冲拿着书继续在火盆边读，从火盆里冒出的浓烟呛得他眼泪直流。可天气太冷，外面冰天雪地，到书桌上看书，简直要冻死人。

司马冲只穿两件单衣，没有棉衣过冬。才几天工夫，手脚都长了冻疮，红红的一大块，一动就破了皮，流血流水，就是不见好。这呆头，也不知将手脚搓一搓。南珠看在眼里，急在心上。可家里实在拮据，没有银子去买棉衣。

衣柜里有一串精美的珍珠项链。南珠很早就发现了，听说很值钱的，不如拿到集市上卖了，给冲哥买件棉衣。她打开衣柜，翻出那件包袱里的项链，拿着就往外跑。

林娟秀一把拉住南珠说：“丫头，你到哪儿去？”南珠拿着串项链说：“这项链也没什么用，不如拿到集市卖几两银子，给冲哥买件棉衣。”

关于珠儿的身世，娟秀一直守口如瓶，秘而不宣。现在孩子大了，到了该告诉她的时候。娟秀忙拦住说："不行，什么都可以卖，这条项链不能卖。"

"为什么？难道它是你的命根子？"南珠睁大眼睛望着娘。

林娟秀从南珠手中拿过那条洁白的珍珠项链，只见墨绿色的弥勒佛玉坠上刻有"海枯石烂，天荒地老"八个小字，小字旁还有一串蝌蚪一样的文字。大家都看不懂。娟秀拉着南珠的手说："孩子，这是你娘留给你的唯一凭证。如果卖了，你就有可能永远找不到你娘。"

南珠吃惊地问："你不是我娘？我难道有两个娘？"

8. 被困牢房

"十七年前的一天，我在集市上乞讨，发现襁褓中的你躺在一个竹篮里。才三个月大！一声声啼哭让人心如刀绞。尽管生活很困难，我还是将你抱回家抚养成人。你娘将你弃在集市，这条珍珠项链是襁褓中的物件，是你的命根子，怎能卖掉？我打听过，这种珍珠产自岭南的海康，故而给你起名叫南珠。过去你还小，不懂事，娘没敢告诉你。如今你已长大成人，娘不该再瞒着你。"

南珠没想到这个日夜为自己操劳的女人，居然不是自己的娘。那我娘呢？到哪儿去找娘？她也太狠心了，才三个月，就将我抛弃！可转念一想，那冲哥就不是我的亲哥了。最好不是我亲哥！最好不是我亲哥！

一半是欢喜，一半是忧愁。喜事不好说出口，愁的是上哪儿去找亲娘？南珠含泪说："这不是真的吧？这条项链十七年了依然光彩照人，精美绝伦。不能卖，那冲哥的手疮怎么办？棉衣怎么办？"

林娟秀看着专心读书的冲儿说："不能卖项链，我们这几天加紧做点女红，冬天棉鞋最好卖，就赶做几双棉鞋。"

南珠含泪点点头，默默找来剩布条做鞋底。林娟秀认真做着鞋帮。只一天工夫，二人就做好两双棉鞋。挑了一双好的给冲儿试了试，正好。这双就不卖了。几天下来，二人赶做了十双棉鞋。拿到集市上卖了，终于买到一套棉衣棉裤。还剩五文钱，南珠想起冲哥整天看书，手上长了冻疮，就买回了冻疮膏。

夜阑人静，滴水成冰。司马冲穿着暖暖的棉衣看书到深夜，不再感到寒冷。

南珠轻轻给他手背上擦着膏药："都好几天了，你那对联对出来没有？"

司马冲惭愧地说："你这对联太难了，就多宽限些日子吧。"南珠使劲儿弹了一下他的冻疮："呆头，我们还指望你考取功名呢！连个对联都对不上，还怎么参加乡试啊？"

如今之计，只有两耳不闻窗外事，一心只读圣贤书。司马冲每日忍着冻疮，顶着严寒，坚持苦读。在娟秀母女的悉心照料下，学习渐渐有些进步，但总不见多大的起色。

冬去春来，寒来暑往。这一年八月，三年一次的乡试终于盼来了。今年正逢太子大婚，为恩科。官文说，各地的秀才于八月初八务必赶到鉴城的贡院，要在规定的"号舍"内答题。

为了准备乡试的盘缠，娟秀母女连续数月做工到深夜。这天，他们母子三人找了一辆马车，从蘅塘就出发了。一路历经千辛万苦，风雨无阻，到了鉴城已是八月初七。

由于人生地不熟，还得一路打听。到了鉴城，经多方打听，才找到去贡院的路。就在主考官将近宣布结束报名的前一刻，司马冲才赶到贡院。他是最后一个报名参加乡试的。主考官说："机不可失，时不再来，就给个机会吧。"

初九凌晨，司马冲经过抽签搜身放号，才进入规定的"号舍"答题。娟秀、南珠在外住宿等候。第一场考试到初十黄昏结束，司马冲答得很顺。第二场、第三场考试，司马冲在规定时间内完成了好几篇八股文，自我感觉良好。一起参加乡试的秀才很多，可能是题目有点难，有的只考完第一场就溜号了，有的考到第二场就提前交卷了。能坚持到最后的，没有几个人。

乡试结束，三人在鉴城焦急地等候结果。听监考官透露，考生中有人作了一篇《锦绣中华赋》，其辞藻铺排之华丽，思想辨析之深邃，音韵对仗之优美无人能及。全体主考官、监考官一致推荐，此人为本年恩科解元已无悬念。作此赋的不是别人正是司马冲。

数日后，就在这年乡试即将发榜的时候，鉴城传来一个晴天霹雳：有起义军一夜间攻破鉴城。连主考官、监考官在内数十名朝廷命官被杀。三人只好望风而逃。经过贡院时，司马冲看见发榜的官文已经贴上墙了，自己明明中了解元，却等不到发榜。

三人匆匆收拾行李坐着马车，沿街一路狂奔。其时，有起义军一队人马刚刚杀完朝廷命官在后面追赶。为首的高举“闫”字旗呐喊：“前面的马车快停下，我们专门劫富济贫，替天行道。”

林娟秀扬手就是一鞭：“快走！快走！跟这些人无理可讲，弄不好引火烧身。”司马冲虽然手持一把剑，但武功平平，根本不敢停下。南珠掀开车帘，远远看见义军个个手持大刀长矛，寒光闪闪。

“闫”字旗！是不是黑峰寨寨主闫勃的人？历经十八年的发展壮大，想不到这草寇能攻破鉴城！连朝廷的官员都敢杀。不知有多少兵马，只知后面尘土飞扬，喊声震天。马车在急速奔驰，后面有人骑马在追，高喊：“前面的马车坐的是什么人？快快停下。”

前面一个下坡，马车越跑越快，司马冲坐在车上飘飘忽忽感觉像在飞一样。突然路边闪出一块大石头，马是跃过去了，缰绳断了。整车“扑通”一声摔倒在路边。三人随车一起滚落草地。林娟秀大叫：“我的天啊！”

三人连滚带爬正想逃走。一队追兵赶了上来，为首的左脸一块刀疤痕，手持弯刀叫道：“什么人？快快投降，不然格杀勿论。”司马冲拔出青铜剑，左右划了两圈，横在胸前说：“我等皆是良民，同义军素来无冤无仇。”

只听刀疤痕说：“我们抓的就是良民，如果是朝廷的走狗，就要送你上西天。”刀疤痕走近一瞧，发现还有一老一少两个女人，看见南珠更是眼珠子都不动，叫道：“原来还有一位倾国倾城的美人，走走，快快投降。”

司马冲踏开马步，挥剑在空中晃了三圈亮出一副高手的架势，以为可以吓退对手。谁知刀疤痕一刀上来，不到三个回合，那刀尖已直抵自己胸口。刀疤痕叫道：“老实点，带上美人跟我们走一趟。”几个人上前，将三人结结实实绑了，押在队伍中。

林娟秀被反绑着双手，心想这回完蛋了，这伙人都不是好东西，要想脱身可就难了。不如先打听打听虚实，于是问左右：“敢问你们首领是谁？我等又不会武功，帮不了什么忙！”一个义军回答说：“我们首领姓闫叫勃，原来是黑峰寨寨主，如今我们已攻下山东、山西等地，首领自封闫平王，拥兵十万。我们正在招兵买马，男女都要。”

原来是抓壮丁，这可不行！这闫勃可能正是自己的杀父仇人，怎能投靠他的门下？只要有机会，一定要让他血债血还。司马冲一边走一想着深仇大恨。南珠一边走一边朝他做着鬼脸说:“冲哥，这回人为刀俎，我为鱼肉。我们只能听天由命了。”

一行人到了兵营，刀疤痕示意其他人在外等候。一位队长走进营帐报告：“慕容将军，秦黑岚今天抓到三人现在帐外，其中还有一位绝色美人，请将军发落。”这慕容将军听说有美人，当即手一挥：“带上来。”

三人走进营帐。林娟秀远远看见堂上那位将军有些面熟，身材魁梧，皮肤黑得发亮。秦黑岚在一旁叫道：“这位就是慕容将军，你们快快报上名来。”林娟秀用胳膊将司马冲推了一下小声说：“不可报真名。”

司马冲正想开口，好久没想出一个名字，愣了半天说：“草民程飞见过将军。”林娟秀想起这人应该是慕容铁，跟着说：“民妇王巧见过将军。”南珠说：“小女李腊梅愿将军万福金安。”慕容将军扫了一眼这三个人，林娟秀，当年的压寨夫人早就不记得了，唯有亭亭玉立的南珠小姐，着实让他动心。

“我们现在差人手，你们三个可否愿意加入我们义军？”慕容铁直截了当地问。司马冲笑说:“我武功很差，连只狗熊也打不过，要不然刚才你们也抓不住我，留下确实没什么用。”

林娟秀更是担心妇人在军中不安全，尤其是将军的眼神老是在南珠身上打转，于是假装笑脸说：“行军打仗都是男人们的事，我们女人在军营多有不便，请将军放行！我们一定会铭记将军的大恩大德。”

这时，那刀疤痕对慕容铁说：“将军不用跟他们费话，我们男女都要。我还没讨老婆呢！军中像我这样的光棍太多了。再说女人也可以随军做饭洗衣，护理伤员。”

慕容铁将明晃晃的弯刀往桌上一拍，吼道：“武功差点可以练。凡是参军的，我们每月都发银子，有酒有肉吃。不用讲了，给你们半天时间考虑，如果再不答应，别想吃饭了。把他们关起来，别让他们跑了。”

几个人将他们押进一间囚室，用一把铜锁将门锁了起来。其时，司马冲内急，只好大叫:“我要小解，我要小解！”正在锁门的秦黑岚说:“你小子艳福不浅啊！小姐不是给你了吗？还要个屁。”

南珠抬了抬手说：“我们都绑着双手，如何方便？想不到你们义军竟是这样待人的！”秦黑岚这才明白她的意思，于是又打开门锁，先给南珠解开了双手。

南珠也不理他，很快将司马冲和林娟秀的双手都解开了。秦黑岚重新锁了门，离开时说："好好想想，不当兵就别想吃饭了！听说今晚吃红烧肉啊！"

司马冲到牢房的一侧，小解之后对两位说："这回如何是好？我肚子已经饿得不行了，饭是一定要吃。兵是绝对不能当！"

9. 搬兵救子

大家一筹莫展。这时，另一个牢门打开了。一个身着朝廷官服的男子摇摇晃晃被推了进来，刚倒地不久，就口鼻流血。林娟秀想起夫君死时也口鼻流血，模样相似，就连忙上前问道："敢问官人是中了什么毒？"

那人奄奄一息地回答："血……血燕王！我中了慕容铁的'血燕王'飞镖。"林娟秀仔细一看，只见那人背后腰间的伤口仍在流血，一滴滴染红了衣衫。刚说完，那男子两腿一伸，双眼一翻就断气了。

林娟秀大喊："出人命了！出人命了！"几个人闻声过来，见那男子面色发黑，七窍流血，已经没了气息。大家只好将他抬了出去。眼前的一幕让林娟秀想起夫君死时的情景，以夫君的武功，如果不是中了他人的暗器，断然不会命丧黑峰寨。莫不是也中了"血燕王"？那慕容铁很可能就是毒杀夫君的真凶！

林娟秀拉着司马冲的手说："冲儿，你看到刚才那个抬出去的士兵没有？他身上所中之毒跟你爹极为相似，也是口鼻流血，脸色铁青。他临死前说他中了慕容铁的'血燕王'飞镖。我猜你爹当年可能也是中了慕容铁的暗器。日后，你打听一下，看看军中还有没有人会用这门暗器？"

刚才的一幕，司马冲看在眼里，听娘的一番话，顿起疑心。莫非爹爹当年也是中了"血燕王"？那慕容铁嫌疑最大！可此时想复仇好比登天，自己连他属下都打不过。司马冲垂头丧气地说："就算是他，我们现在也奈何不了他，更何况我们……我们连牢房也出不了！"

南珠安慰道："君子报仇，十年不晚！我们先想想办法如何离开此地。对了，琴儿临别不是送给你一封密信吗？说等你无法脱身时打开。呆头，你放哪儿了？"

司马冲一拍脑袋，想起密信一直放在衣兜里，当即掏出打开一看，只见上面写着："将欲取之，必先与之。"司马冲不解："师父这是什么意思？"

南珠眨了眨眼睛说："这还不明白？师父是让我们欲擒故纵，不管怎么说，眼下最要紧的是吃饭，不是报仇！”司马冲还在摇头叹道：“可这是仇人的军营，我总不能良莠不分，为虎作伥！”

林娟秀接过纸条想了想说：“冲儿，听为娘的，我们就一定能逃离此地。”此时，已是深夜时分，三人已两顿没吃，又渴又饿。再这样下去，恐怕凶多吉少。

恰逢秦黑岚过来查房，见三人无精打采呆坐在一起，于是问道：“想好了没有？想好了就有饭吃。”

只见林娟秀“扑通”一声跪在地上说：“秦队长，我们想好了，义军是为咱们老百姓打天下的。请告诉将军，我们愿意加入。”

油灯闪烁，映着秦黑岚一张笑脸：“这就对了！早想好也省得饿成这样。马上传饭，明早立即登记注册，编入队列。”不一会儿工夫，有人提着饭菜进到牢房。

虽然是剩饭残羹，三人依然吃得十分香甜。秦黑岚本想连夜去告知将军，不想将军已经睡下。来不及安排房间，三人只好在牢房里睡一宿。这一夜，司马冲心里忐忑不安，不知是福是祸。不知娘葫芦里装着什么药，南珠同他背靠背坐着，似乎胸有成竹。

此时的牢房犹如一个蒸笼闷热无比，牢房里连一把扇子也没有。灯光摇曳，蚊虫飞舞，热汗淋漓，小小的窗口连一丝微风都没有。长这么大，从没蹲过牢房，今天可是长见识了。南珠睡不着，起来用衣衫给司马冲扇风：“早答应，也就不至于活受罪了。”

夜深人静，娘蹲在一角睡着了。司马冲瞧着南珠那张绝美的脸说：“你还是想想怎么脱身吧，美人要是落在坏人手里，后果不堪设想啊！”南珠冷笑道：“不用你操心，娘早有主意了。”

晨曦微露，旭日东升。次日，秦黑岚向慕容将军禀告：“将军，昨夜他们三人都答应参军了。敢问如何安排他们？属下已经三十好几了，为投义军抛弃娇妻，能不能将那小妞赏赐给我？”

慕容铁刚刚起炕，心想，走江湖，攻城堡十多年，见过的女人不少，没见过像李腊梅那样风姿绰约的。于是抬头说：“你的老婆以后再说，叫那个李腊梅先到我的府上当差。那个程飞就编入你的队伍，要加紧操练。”

秦黑岚心里甚是生气，这妞儿明明是我抓的，赏给我理所当然，非要横刀夺爱！从将军处回到牢房，再次召见三人，秦黑岚气得嘴唇哆嗦：“你们既然参军，就要服从军中安排。将军有令，程飞就编入我的队伍。李腊梅即刻到将军府上当差。王氏……”

秦黑岚突然想起老妇王氏没有着落。林娟秀忽然再次跪倒在地：“秦队长，老身王氏家中上有八旬公公、公婆，下有两岁孙儿，无人照料。我儿子儿媳都参军了，能否放过老身？”话音刚落，南珠小脸升起一片红霞。明明八字没一撇，哪来的孙儿？

这一招果然不出所料。那秦黑岚正在为王氏的安排发愁，年纪大了，人老珠黄，留在军中也做不了什么。秦黑岚愣了下说：“难得你有这份孝心，为使他们俩安心，王氏就回去吧。”

司马冲双手抱拳道：“秦队长英明！我娘手无缚鸡之力，打仗确实是添乱，回家还可以解决我们的后顾之忧，我们也好在此安心习武。”林娟秀闻言立即拜谢：“王氏谢过队长，我儿子儿媳就交给你们了，请多多关照。”

林娟秀收拾完行李，在司马冲和南珠耳边小声叮嘱了几句，如此这般，就直奔军营门口。秦黑岚答应放行，侍卫也就没有为难她。娟秀逃离义军营地，一路风餐露宿。从鉴城到蘅塘县，足有几百里路。不能一直步行，就找来了一匹好马。日夜兼程，风雨无阻。

没几天光阴，娟秀就到了蘅塘县。现在能救冲儿的只有狻猊老鳄父女，就是不知他们肯不肯出山。老头儿脾气古怪，但还有些正义。甄琴对冲儿倒有点意思，不妨试试看。

到了古墓门口，只见墓门紧闭，四周到处是坟墓，野草遍地。林娟秀在门口徘徊，一时不知所措。敲了半天门，一点动静没有。也不知那老鳄在不在，如果失礼惹火了他，不去施救，那该怎么办？烈日当头，骄阳似火。娟秀感到又渴又累，汗水一滴滴从额头上滑落，不一会儿工夫，衣衫被汗水湿透。

没人开门，娟秀只好轻敲大门。敲了好一会儿，还是无人应答。正郁闷，忽听得耳畔传来一声呼啸，原来是一颗石子击中墓门。娟秀回头一看，只见草地里走来一妙龄女子。远远听到：“大胆，何人竟敢私闯古墓？”

定睛一看，女子身穿一条粉红色的百褶裙，头上绾着个飞仙髻，几朵野花点缀其间。手上提着一只鸡、一个小南瓜和一棵大白菜。原来是甄琴姑娘。甄琴显然也发现了林娟秀，当即抱拳施礼：“不知林伯母驾到，失礼，失礼！刚才的小石子不曾击中你吧？可有冲哥的消息？”

林娟秀伸手擦了擦汗道：“冲儿已被起义军抓走，我特来求援，还望姑娘和令尊大人想个万全之策。”

甄琴打开古墓石门，娟秀走进其中感到一阵清凉，顿觉神清气爽。甄琴随后伸手示意：“请林伯母慢慢道来，我这就给你倒点水。爹爹这月正在闭门练功，可能无法出山。”

甄琴取出一个盛满水的竹筒，递给林娟秀。娟秀一饮而尽，叹道：“冲儿回到牛店乡养好伤后，南珠日夜陪读，我们希望他能考取功名，早日出人头地。学业日渐长进，听说这次乡试冲儿考了头名解元，可没等到发榜，起义军突然杀到。冲儿的功名即刻化为泡影，连考官都被义军杀戮了。我们来不及逃脱，被义军抓了去。我略施小计侥幸被他们放回，冲儿和南珠都被逼参军。最可气的是义军的首领很可能就是当年杀害冲儿他爹的凶手。这可如何是好啊？我担心冲儿他贸然寻仇，那样就会白白丢了性命！”

10. 深夜行刺

天将正午，到了该吃午饭的时间了。甄琴劝道：“请伯母少安毋躁，我刚从集市回来，买了点小菜，一会儿午饭时再同爹爹商量商量，总会有办法的。”

林娟秀洗了洗手，钻进厨房同甄琴姑娘一起准备菜肴。不到一会儿工夫，午饭做好了。甄琴得空来到爹爹练功的地方，这是一间秘密小洞。洞中还熏着檀香，香气馥郁。一盏油灯映着老鳄那张古铜色的脸庞。老鳄正在闭目养神，见女儿走近，突然责骂道：“跟你说了多少次，我练功的时候别来烦我！”

甄琴低声说：“刚才林伯母突然到访，说冲哥和南珠被义军扣押，如不设法解救，二人恐有不测。请爹爹出面商量想一个上策应对。”老鳄生气地说：“我的九玄剑法已练到第八层，还差一个月时间，就可以练到第九层，别来烦我，此时绝不能出山，否则前功尽弃。”

“请爹爹先出来用过午饭。如果你不能出山，我愿独自涉险，也要救出冲哥。往日，我劝你尽快传授武功给冲哥，你偏不听。现在以他的武功根本不能自保，这回麻烦来了！”

“谁叫他笨头笨脑，又不肯吃苦，现在活该受点罪！你也不要去了。”说完，老鳄起身走出练功房，来到大堂。林娟秀远远看见老鳄红光满面的样子，随后弯腰行礼：“民妇林氏见过甄大哥。冲儿珠儿现在被困于乱军中，不得脱身，只能假装参军，还望英雄设法解救。以他的武功，日久恐有性命之忧，故而我从鉴城长途奔波数百里来求大哥。”

甄琴端出饭菜。醋熘白菜、清炒南瓜、茄子闷鱼柳、土豆炖排骨外加一个鸡汤。如此丰盛的菜肴，娟秀却无心就餐。老鳄一边喝酒一边说：“大妹子，你且先吃饭，容我从长计议。我正在闭门练剑，不能下山。让他在军中历练历练也好啊！”

只听“扑通”一声，甄琴双膝跪地：“爹爹，你常常教导我们，习武要除暴安良，扶危济困。现在冲哥有难，你却袖手旁观。如果冲哥有不测，你练成盖世武功又何用之有？今天你不答应出山，我就长跪不起。”林娟秀见状，也“扑通”一声跪地，含泪道：“夫君遭奸人毒杀，大仇未报。如果冲儿珠儿有个三长两短，我这把老骨头岂能苟且偷生？”

老鳄又倒了一杯酒，一饮而尽：“如此说来，我是非去不可。你们都起来用餐吧，容我想一个万全之策，方才行动。”娟秀和甄琴破涕为笑。老鳄将救人的办法如此这般地给他们讲了。二人这才高高兴兴地用餐。

再说秦黑岚给司马冲和南珠安排完工。聪明的南珠见母亲已走远，转身就找到秦队长说：“我不适合到慕容将军手下当差，我和程飞已是夫妻，已经分不开了。”

正在生闷气的秦黑岚根本听不进：“这是慕容将军的命令必须执行，违者军法处置。你们既是夫妻晚上安排住在一间，省得另外找一间房给你。”此言一出，南珠为难了，母亲撒谎说还有个两岁的孙子，可自己跟冲哥，根本没那回事！又不能推辞。转念一想，军中男多女少，不守纪者甚多，住在一起也好有个照应。

司马冲心想，晚上两个孤男寡女住一间房，不知如何是好。当即回道：“遵命，请队长放心，我一定专心习武，为义军效力。”秦黑岚吩咐：“今天我队练习射箭，你速速随邱副队长去练兵场。”

不一会儿，一名身穿盔甲的中年男子进来。秦黑岚介绍说：“他叫邱峰，是我队的副队长，箭法超群，好好跟着练习，定有收获。”司马冲跟着邱副队长来到靶场。

靶场就是几个稻草盘子摆成一个射箭场。司马冲在太阳底下练了一天，眼酸手疼，汗流浃背，吃过晚饭回到队里安排的单间，只见南珠眼泪汪汪地回来。

司马冲就问："是不是慕容将军欺负你了？"南珠摇摇头说："没有，将军已有两个老婆，还在打我的主意。冲哥，我该怎么办啊？"

司马冲一本正经地说："这个好办，嫁给他吧。"南珠在他后背使劲一拧："你个猪头！我跟他说已有夫君，可他仍然不依不饶。一双贼眼紧盯着我不放。一会叫我扫地倒水，一会叫我起草文书，一会叫我陪他饮酒吃肉。反正是黄鼠狼给鸡拜年——没安好心，我一眼就看穿了他的贼心。"

渐渐地，司马冲明白她的意思："不行，就嫁我吧。"南珠立即羞红了脸，忽然想起一件事："不行，亏你说得出口，哪有妹妹嫁亲哥的？我上次出的对联你还没对上，下联是：霜雪难冻金玉缘。"

军营的房间十分简陋，只有一张床、两条板凳、一张桌子。在这里举目无亲，人生地不熟。一个小姑娘要想保全自己，谈何容易？南珠终于想出一个拒绝他的理由，这对联对不上，就不能怨天尤人了！

暮霭沉沉，太阳将那张羞红的脸躲进了大山后面。司马冲确实将对联的事给忘了，一拍脑袋说："你是我娘在集市上捡来的，我本来就不是你亲哥。这样吧，我如果对上了，我们就……怎么样？"

天气炎热，浑身是汗。"不行，不行！"南珠红着脸要去洗澡间，没有理他。司马冲说："你先去洗澡，让我好好想想。"南珠收拾衣服，去了洗澡间。进去以后，她关上房门，有意没有反锁。

可这个细节，司马冲没有注意。他正埋头想着上联，只要我对出来了，看她还有什么理由？这时，浴室里传来哗啦啦的水流声，似乎也没有引起司马冲的注意。

夜晚的军营灯火通明，操练了一天的士兵此刻疲惫不堪，陆陆续续进入梦乡。司马冲伏案苦苦思考：能和"霜雪"对上的只有"松梅"。突然，一句上联有了！他挥笔写在纸上。

松梅常开坚贞志。

南珠洗完澡，穿着一件薄薄的睡衣，走出浴室，从背后看到上联，吃惊地说："这真是你对的？"司马冲拿起那张纸，笑道："士别三日，当刮目相看。何况已经过了那么多天！此对联工整否？”

就连南珠也忍不住赞叹：“这上联无论词性、词意还是平仄，的确无可挑剔。你是如何想出来的？”司马冲看着那张秀美的脸庞、婀娜的身材，摇摇头说：“我也不知，好像文思如涌，天助我也！外人都以为你我是伉俪，不如我们顺水推舟……不知意下如何？”

青丝上一滴水珠滑落南珠的脸庞，犹如玉承明珠，花凝晓露。她伸手一抹说：“不行，不行！对上对联也不行。我还没来得及绣在枕巾上，哥哥不可以欺负妹妹啊！今晚你睡床铺，我睡地板。咱们井水不犯河水！”

司马冲索性将眼睛一闭：“我不管你了，你想睡哪儿睡哪儿。我洗澡去了。”说完拿着衣服头也不回，走进了洗澡间。南珠找了床棉垫、凉席，真的在地上铺上了。

和衣躺在凉席上，少女的心如风中的柳枝，久久不能平静。只要我不松口，他能奈我何？不能就这样把自己嫁了，我连花轿都没坐，连喜酒都没摆！这以后怎么见人啊？在军营中也只有这里是安全的，也只有在这里等娘的消息。不知不觉南珠进入甜美的梦乡。

司马冲洗完澡回来，发现南珠躺在地板上睡着了，双腿弯曲侧卧活像一尊玉像。总不能让妹妹睡地板吧，地上太凉！索性伸手将南珠横着抱起，一手抱头一手抱脚，放到床上。

就在司马冲抱起南珠时，其实南珠已经醒了，只是她不想睁开眼睛，因为睁开眼睛，她不知该如何面对冲哥。不知是该拒绝他，还是该接受他。南珠默默紧闭双眸，心跳得如同怀揣着一只小兔子，不知所措。

司马冲将她放在床上，目睹绝美的容颜、乌黑的秀发、起伏的胸部。一时情不自禁，在南珠脸膛上轻轻吻了一下。虽然只是蜻蜓点水式的一下，那种温热的感觉却让她脸膛红得像一片火烧云。南珠微微睁开眼看了一下，手脚都不敢动，就那样静静躺在床上。

司马冲并没有注意到南珠微妙的变化，慢慢转身走到地板上睡下了。这一夜南珠总在半醒半梦之间辗转，这一夜月亮总在门外忧伤地徘徊，这一夜轻风吹动着两颗驿动的心。爱情的花蕾在这间小屋悄悄绽放，思恋的种子从此根植于岁月的沃土。午夜，月光踏着晶莹的步子在二人床头走过。清晨，凉风弹奏着青春的琴弦。这一夜咫尺仿佛天涯……

第三章　有心栽花花不发

11. 逃离虎口

第二天，司马冲起床就去操练去了。南珠迷迷糊糊睡着，也不知什么时候天亮的。晨练结束，司马冲回来对着南珠耳语："我打听到一个天大的秘密。"南珠翻身下床，惊道："什么秘密？"

"一大早，我问一个义军老兵，江湖上还有谁会用'血燕王'？那个老兵说，除了慕容铁没有第二个人，他的师傅早在二十年前就辞世了。"司马冲肯定地说，"如此说来杀害我爹的凶手就是慕容铁，不会是闫勃。"

南珠见四下无人，小声说："此事非同小可，复仇之事宜从长计议，切不可走漏风声。"司马冲也低声说："这几日，我加紧练习射箭，大仇不日可报。"

一连几天，司马冲都在烈日下跟着邱峰苦练射箭。有时也练剑术。靶场上，士兵众多，刀枪林立。数十丈之遥，只见邱峰骑在马上，取箭张弓，发发命中靶心。司马冲站在百步之外射箭，不是脱靶，就是射中靶边沿，却总也不能射中靶心。邱峰下马嘲笑："你小子金屋藏娇，是不是女人玩多了，肾亏眼花？"

司马冲再次张弓射箭，还是只射中靶边，惭愧地说："某之不才，实乃技不如人，与女人无关。请容我多加练习，必有长进。"邱峰有些不耐烦："跟你说过多少遍，射箭要先瞄准后放箭，有了感觉再松手。弓拉得大小不是最重要，最重要的是要精准。你总是本末倒置，弓拉得太大，射不中靶子又何用之有？"

"感谢队长教导，在下明白。"司马冲细细揣摩，渐渐有些长进。一个上午射了百余支箭，总算有一支命中靶心。队友纷纷前来取笑："晚上离女人远点，这箭自然精准。"司马冲回道："呸！什么东西。"

司马冲的箭技一天比一天长进。这天下午，南珠进门忽然说："今天是慕容将军的生日，吩咐要我准备五十坛佳酿，想必慕容将军要一醉方休。"

司马冲灵机一动，小声说："今晚你只要让他喝多点，我就有办法了。靠单打独斗，我加上你也不是他的对手。”说完，对着南珠耳朵又补充了几句。

南珠就问：“你有把握吗？要不这事以后再说吧。”司马冲拿出师父飞刀传书的纸条说：“按照师父的交代办，错不了。‘今晚戌时，后门接应。’我们如此这般……办完之后，走后门逃走。我观察过，夜里，那里的门卫经常没人。”

是夜，义军帐中灯火辉煌。慕容铁召集各营骨干一起来庆贺生日。南珠先前只负责给他们斟酒。这帮人越喝越来劲，非要南珠跳舞助兴。南珠推辞不过，就心生一计说：“若要奴家跳舞也行，须将桌上所有的小酒杯换成大碗喝酒，每跳一曲就要干掉一碗酒。”

本来就爱酒的慕容铁也没想那么多，几杯酒下肚一时高兴就答应了。南珠先跳了一曲《霓裳羽衣舞》，众人都叫好，接着又来一曲《春江花月夜》，一曲《惊鸿舞》。三支舞跳下来，大家桌上三碗酒都见底了。大家都向慕容将军敬酒，慕容铁本来就喝高了，这三碗酒下肚，已分不清东西南北了。

酒会结束，南珠搀扶着慕容铁回营。慕容铁顺势扶着南珠纤纤玉腰说：“美人，今晚就陪将军一夜如何？”南珠心里有鬼，又不好完全拒绝，掰开他的手说：“将军，你今晚喝多了，咱们来日方长啊！”

二人一摇一晃，到了慕容将军的卧室。侍卫一见将军醉醺醺扶着一位美人回来，纷纷识相躲避。慕容铁快走到炕边，强拉着南珠的手说：“今晚就别走了，好好陪我一回。”

南珠挣扎着想摆脱他的纠缠，无奈那只手像鹰爪一样死死抓住南珠的手腕。南珠急得快哭了：“将军请自重，我要回去了。”就在这时，从窗棂上突然射过来一支箭，不偏不倚正好射中了慕容铁的右手臂。伤口处立即鲜血直流。

射箭的不是别人正是躲在暗处的司马冲。司马冲张弓正要射第二箭。这时，只听慕容铁大叫：“有刺客，抓刺客。”南珠见事情败露，推开慕容铁就跑，边跑边对司马冲说：“快走，晚了就来不及了。”

司马冲拉着南珠就往后院飞跑。一个侍卫首先发现他们，跟在后面穷追不舍，边跑边喊：“有刺客，快来人啦！”司马冲转身对着那名侍卫就是一箭，正好射中咽喉，那人当场毙命。可惜刚才射向慕容铁那支箭，没有射中要害，功亏一篑。

此时，后门正好无人看守，二人眼看快跑到后院门口，只因刚才那名侍卫一叫，又冲过来五名义军侍卫。为首的正是秦黑岚手持一把钢刀，吼道：“我们好心收留你，你为什么要谋害将军？原来是一对亡命鸳鸯，哪里走！”

司马冲只好拔出青铜剑：“你管不着，识相的赶紧给我让开一条道，饶你不死！几个侍卫冲上前来，司马冲挥剑左冲右突，没有占到便宜，也没有吃亏。

秦黑岚大吼一声：“你们都滚开。”说完挥刀上前，杀向司马冲。司马冲挥剑迎敌，居然还接了他三招。当啷之声不绝于耳。秦黑岚叹道：“多日没有比试，没想你小子剑法大有长进啊！”

秦黑岚突然一招“猛虎下山”，快刀直逼司马冲右手，这一刀若下去，司马冲右手臂要生生砍断。说时迟，那时快。南珠突然冲到秦黑岚的刀前，挡在了司马冲的前面。如果这一刀落到南珠身上，南珠的肩膀要劈成两半。

可这一刀被突然而来的一把剑，挡住了。那刀尖只将南珠手臂划伤了一道小口子。秦黑岚抬头一看，只见黑暗中从树后突然闪出一名陌生女子。女子背后还跟着一个老者，老者手持一杆红缨枪。

那陌生女子剑光霍霍，秦黑岚只好频频后退。借着微弱的灯光，秦黑岚终于看清女子的脸蛋，那脸蛋白里透红，肌肤晶莹如玉，双眸闪亮如水。好一位绝色佳人！秦黑岚有些招架不住，想休息一下，于是停住说：“来者何人？秦黑岚不杀无名小卒。”

“在下甄琴，请放过他们俩！”甄琴此言一出，有些后悔，不该向陌生人透露自己的姓名。那边老鳄已连连刺杀多名侍卫。几名侍卫应声而倒，就再也没起来。很快，老鳄挺枪就向秦黑岚刺来。

才一会儿工夫，这边已倒下四名义军侍卫。秦黑岚马上从一对二，变成一对四。远处，又有一队人正往后院这边跑过来。秦黑岚见对方已报了姓名，忽然有些怜香惜玉，虚晃一刀说：“放了他们不难，只要你留下也行啊！”

甄琴怒道：“放你娘的屁！不放人就吃我一剑。”说完，连刺三剑，剑剑都是要害之处。老鳄也不说话，挺枪就刺。那秦黑岚片刻之间，只有招架之功，毫无还手之力。老鳄枪法古怪，招招致命。秦黑岚自参军十余年来从未见过，枪头犹如银蛇出洞，神出鬼没。刚才对付甄琴，秦黑岚还能勉强接上几招。这次老鳄举枪刺来，秦黑岚只能步步后退，一直逼到墙角。

眼看增兵很快就到了。甄琴回头说：“冲哥，你们快走，你娘在后门处备有马匹。”司马冲闻言携南珠朝后门飞奔而去。

那一队卫兵赶到后，立即将老鳄父女团团围住。父女俩只好背靠背，并肩战斗。秦黑岚见援兵到了，精神倍增，一时间刀光剑影，打得难分难解。甄琴道：“爹，他们人多，我们不可恋战。等冲哥出门走远了，我们就走。”

老鳄见他们已跑出后门，就说：“女娃子被人抓住可就麻烦了，你先走了，我来断后。”甄琴说：“你年纪大了，要走一起走。”

其时，只听副队长邱峰带着四五个弓箭手也赶到，高喊：“秦队长，不用跟他们比刀枪，准备放箭。”弓箭手在一侧齐齐张弓，有的箭已上弓，只等一声令下。东边一侧的卫兵见弓箭手准备好，纷纷让出一个缺口。

老鳄也感觉情况紧急，连催：“琴儿快走，不要管我。”甄琴深知，如若自己走了，爹爹凶多吉少，于是急中生智，对秦黑岚柔声道：“秦大哥，九月初九我在老君山设下擂台比武招亲，你若赢得了我，我就嫁给你。怎么样？有没有胆子赴约？”

其实明眼人一看，此乃缓兵之计。甄琴也来不及跟爹爹商量，设计引他上钩，目的很明显。偏偏那秦黑岚信以为真，心想有这样一位武功高强的美人做夫人，当然求之不得。于是说：“此话当真？可不要后悔啊！你就往门口退，且战且走。”

混乱中，别人也没听清他们的对话。老鳄父女一边打一边往门口退。秦黑岚也跟着往门口追打，回头吼道：“不许放箭。”那几个弓箭手待在那里也不敢动，不知他葫芦里装着什么药。

等过后门口，老鳄父女施展轻功，撒腿就跑。林娟秀准备的快马就在后门附近，司马冲和南珠先到，骑一匹走了。只剩下两匹。老鳄父女到后，甄琴和娟秀共骑一匹，老鳄单骑一匹断后。一行人马不停蹄地在黑夜里飞奔。

秦黑岚接着回去找马，领着一队人马像模像样地去追。秦黑岚假装追了一程，又一程。追了一会儿，没有看见他们，也听不到马蹄声，就回去了。慕容铁十分生气，骂道：“你们这群酒囊饭袋，他们基本不会武功，还让他们跑了。”

12. 绝世剑谱

秦黑岚安慰道：“刺客本不足为患，主要是他们有两个在外接应。那一男一女枪法剑法均属上乘，我之所以不许放箭，目的就是为了以后收服，为将军所用。

将军莫急，我们已约定九月初九再战，到时请将军看好戏。”狡猾的秦黑岚就是没说比武招亲这事。慕容铁信以为真，只是受了箭伤，对司马冲恨之入骨：“那小子下次给我抓到，定教他死无葬身之地。”

夜黑风高，骏马萧萧。司马冲和林南珠两人共骑一匹马，跑了好一程路，不见有人追上，只好放慢了速度。此时，南珠飘逸的秀发经夜风一吹，散发出阵阵清香。南珠一手护着伤口，一手抓住缰绳。前方刚好有一个驿站。司马冲说：“我们在此包扎一下伤口，顺道等一等他们。”

借着驿站微弱的灯光，司马冲发现南珠右手衣袖上全是鲜血，当即翻身下马，急忙说：“快快脱衣，我给你包扎一下止血。”情急之下，忘记了男女授受不亲。

伤口在后上臂靠近肩膀处，足在两寸长，幸好只伤到皮肉，没有伤到筋骨。南珠下马低着头说：“不用脱衣，我自己包扎一下。”司马冲动情地说：“如果不是你替我挡了一剑，受伤的可能就是我。”说完，在自己身上撕了一条袖子下来，递给南珠。

南珠一看不脱衣实在包扎不上，于是红着脸说：“我脱了，你必须要转过身去，不准看。”司马冲只好点头答应，转身背对着南珠。可南珠接过那条袖子，脱了上衣，怎么也包扎不上。于是只好说：“你转过来，给我包上吧。”

司马冲一转身，看见那白嫩如雪的双肩，拿着半条袖子颤巍巍地包扎好伤口，心跳得如敲鼓似的。这时，南珠紧抱着前胸，柔声地说：“你是我长大后，第一个吻过我的男子，所以必须答应我一件事，你不能再喜欢别的女子！”司马冲半天也没明白她的意思，随口说：“那怎么行！”

南珠穿好上衣，突然怒嗔：“你混蛋！人家不许你看。”正当二人争执时，又一匹马到了驿站，马上坐的正是林娟秀和甄琴。娟秀显然是看见了刚才的一幕，一下马就骂道：“你们两个小王八，刚救你们出来，就做出苟且之事。珠儿，娘是白教你多年，这叫我这张脸往哪儿放啊！”

司马冲说：“娘，你冤枉我们了。南珠手臂上受了刀伤，她只是脱衣让我为她包扎而已，并没有做出苟且之事。”娟秀看了看南珠的伤口说：“真的没做？没做就好！伤到哪儿？我来看看。我可怜的珠儿！”

不久，甄老鳄的快马也到了，催道：“此地不可久留，不然追兵很快到了。”甄琴笑道：“爹爹多虑了，我谅他们也不敢追了。”老鳄诧异地瞟了女儿一眼问：“你跟那个姓秦的说了什么？他们为何不敢追？”

甄琴嫣然一笑：“他们人多势众，像那样打下去我们是要吃亏的。我跟他约定九月初九在老君山比武招亲，到时候单打独斗，我就不怕他了。”老鳄说：“女娃子搞什么比武招亲，还愁自己嫁不出去？糊涂！到时候你把祸水引到狻猊古墓就麻烦大了。”

甄琴瞅了瞅司马冲，回道：“不用担心，以姓秦的功夫绝不是我的对手。我当时只是想尽快脱身。没想这招还真灵！”

几个人马不停蹄边走边说。甄琴见司马冲和南珠同乘一匹马，心里酸酸的，又不好说什么。山路上黑漆漆一片，司马冲回头望了望，说：“还真没人追呀！”甄琴说：“以我们的速度，真要有追兵早追上了！”

司马冲策马靠近林娟秀的马说：“娘，那慕容铁正是杀害我爹的凶手。我打听过了，当今世上会‘血燕王’的除了慕容铁，没有第二个人。”林娟秀说：“有没有搞错？”司马冲说：“错不了，只可惜这次我只射中他的手臂，箭头又没有涂毒。不然定要了他的狗命！”

老鳄骂道：“蠢材，以你现在的武功，自己的小命都保不住！还想报仇雪恨。这次多亏你娘千里迢迢求我出山，下次可没那么便宜！”林娟秀说：“老英雄大恩大德，林氏没齿不忘。敢问下步做何打算？”老鳄理了理花白的胡须说：“当今乱世，朝廷都快土崩瓦解了，考个屁功名有什么用？不如让冲儿跟我回山好好练练功夫，你把珠儿带回去好好养伤。”

林娟秀觉得有道理，冲儿跟着自己虽然文采有些进步，但学不到什么功夫。世道乱，没有点真功夫根本无法生存，更别说报仇了。况且冲珠两人有点如胶似漆，再不分开，恐怕以后就分不开了。于是对冲儿说：“这次你能安全脱身，多亏了甄老英雄。回到蘅塘后你就跟着老英雄专心学功夫，别忘了你立下的誓言。”司马冲点点头。

经过几日路程，他们终于抵达蘅塘县。到了该分手的时候，林娟秀和司马冲各自下马对换了一下，娟秀就跟南珠同骑一匹马，司马冲和甄琴共骑一匹马。南珠显得有些依依不舍，换马时拉了一下司马冲说：“练功闲暇得空多看看兵书，将来大有裨益。呆头，没事儿离琴妹远点！”

司马冲笑了笑说：“知道了，你就安心养伤吧。得空，我就会过来看望娘和你这个调皮鬼。”

老鳄带着冲琴二人回到狻猊古墓，立即对司马冲约法三章：每日五更起炕，卯时练桩一个时辰，辰时习剑一个时辰，巳时练拳一个时辰……经历了这次磨炼，司马冲仿佛成熟了很多，摒弃了往日的莽撞和粗心，变得更加专心和执着。

秋风乍起，寒气袭人，雾笼晨曦，新月如钩。山冈上，老鳄带着司马冲各持一把宝剑，跳上一排横七竖八的梅花桩，对练剑法。剑光扫过，风声凄迷。脚踏树桩，匝地有声。

老鳄说：“我甄家枪法祖制不传外姓，我就传你九玄神剑吧。若想练好九玄神剑，首先要练好桩功，下盘要稳如泰山，才能攻守自如。你要用心体会，细细琢磨，方能渐渐长进。”

司马冲点点头说：“冲儿谨记师父教诲，定当刻苦练习。”梅花桩上二人你追我赶，剑挑星月，直打得昏天黑地，鸟雀四窜。老鳄一遍遍示范剑法，剑法一共有六六三十六式，不知什么原因只教了前十二式。司马冲也不敢过问，只管练习这十二式剑法。

老鳄说：“不要小看这十二式剑法，练好了足够对付一般的敌人，而不至于不能自保。琴儿也学了一套剑法，与你这套剑法相辅相成，如能一起杀敌，当能事半功倍，所向无敌。”

司马冲在梅花桩上走完九九八十一步，走到最后一步时不慎跌倒，右脚扭伤，疼痛无比。甄琴取出跌打止痛膏药，轻轻给他敷上：“呆头，下次小心点。”

司马冲咬紧牙关，跳上梅花桩接着练。练完十二招剑法后，方才歇息。早餐甄琴经常准备有面条、米粥、葱饼。他们经常练完就吃，吃完再练。日复一日，周而复始。

一段时间过后，司马冲感觉剑法有些进步，但比琴妹还是差得远。心想，琴妹一个女孩都能练好剑法，为何我堂堂七尺男儿不如一个女子？

更为奇怪的是师父教授剑法，从来不让他看剑谱。难道剑谱中有什么不可告人的秘密？或者剑谱中有独到的练剑奇法？

这天，师父讲完剑法的几个招数后，对琴儿说：“你就陪着冲儿练剑，我困了，想休息一下。”说完拿着剑谱，藏进衣袖，到古墓里睡觉去了。

司马冲看得真切，一阵刀光剑影过后，还是找不到感觉。甄琴也上前纠正了几个动作，说：“你出剑动作不快，容易给对手留下进攻的机会。这一招反手进攻的时候，一定要快才能达到出其不意的目的。”

秋高气爽，果熟叶黄。艳阳高照，凉风习习。正是练功的好时节。司马冲接着又练习了几个刚学的招数，突然收剑说：“琴妹，你说剑谱中会不会有什么秘密？为什么我练了那么长时间，基本还是‘原地踏步’？”

甄琴莞尔一笑：“怎么会呢？爹爹常说，练剑不练功，到头一场空。几个招数是很容易掌握的，可要想随机应变，灵活运用，敌变我变，因敌制胜就难了。你现在最大的问题就是不会随机应变。”

司马冲拿起大茶壶，对着嘴咕咚咕咚喝了几大口茶水，说：“我这脑子就是笨，只能笨鸟先飞了。可练来练去，总是叠床架屋，找不到灵感！琴妹，你学剑时间也有好几年了，你到底看过剑谱没有？”

甄琴转身将刚才的剑招重复演示了一遍，说：“没有看过，看剑谱干啥？不看剑谱不照样学剑？”司马冲说：“师父是不是有意不让你我看剑谱？”甄琴眼珠一转说：“有了，你在这里练，我去去就来。”

13. 密室对练

只见甄琴蹑手蹑脚，钻进了古墓。此时，老鳄正在炕上睡得鼾声如雷，浑然不觉。甄琴走近一看，那剑谱被他压在身下腰间。如果直接去取，必然会被他发现。她左思右想，想不出办法。

甄琴微微一笑，突然从头上扯下一根发丝，蹲下身子用手拿着，在爹爹的鼻孔上旋转。老鳄伸手一抹，甄琴就将头发丝收回，什么也没抹到。老鳄只好翻个身接着睡，这时，那剑谱总算露出了半边脸。甄琴接着再用头发丝在他脸上扫过，爹爹再伸手抹。她就一点点将剑谱从爹爹的腰间取了过来。

就这样，甄琴悄悄偷到那本《九玄神剑》剑谱。偷到剑谱，她就飞一般来到墓外，翻开剑谱一睹为快。司马冲见她果真偷到剑谱，也放下剑，一起看。

不看不要紧，这一看真把他们吓坏了。只见开篇写道：

壮志未酬三尺剑，

故乡空隔万重山。
欲练神剑更高层，
男女对决天地宽。

此剑法奇特玄妙，世间绝无仅有。乾坤不识其奥妙，日月不辨其真伪……

难怪师父练到第八层，仍然不能突破！要想突破第九层，非男女对练不可。只有男女对练利用阴阳之气，打通涌泉穴、会阴穴、命门穴等人体关键穴道，功力才会大增。此剑谱分阴阳两套，男练阳剑，女练阴剑，若双剑合璧，男女功力相当，定能攻坚克难，所向无敌。若是初学者，男女合练自然也是习剑之捷径。

二人看到最后一章居然写道："习此剑之男女若在半夜子时，尽可能少着衣物，相互对练，凭借童男童女之真气，可使功力突飞猛进，进而达到出神入化的境界。而一旦男女守不住底线，行颠鸾倒凤之事，则会功力骤减，甚至于伤及五脏六腑。如果习此剑之男女，有一方春心萌动，则很可能走火入魔，神经错乱……"

甄琴看得面红耳赤，终于明白为什么爹爹长期不让我们看剑谱。司马冲指着其中章节说："你看你练了五年剑，也只练到第三层。我需要练多久才能达到第一层，谁也不知道。如今之计，也只有大胆一试。"

二人看了约一个时辰。甄琴又看几眼书，默默记住要领，抬头说："若要照此练剑，你必须答应我，不得趁机占我便宜。"司马冲点头笑道："我就是柳下惠下凡，保证坐怀不乱。不好，这剑谱必须要还回去。倘若师父知道，定会重重责罚，把我们打个皮开肉绽。"

甄琴这才想起这事，当即拿着剑谱，回到古墓。还好！爹爹仍在酣睡。她蹑手蹑脚再次回到爹爹的炕前，将那本剑谱悄悄放进爹爹的腰间。

一切都悄无声息，老鳄根本没有想到一直藏在腰间的剑谱也会失窃。午睡起炕后，接着教他们练剑。

夜幕悄悄降临在老君山，秋蝉在林间重复着单调的歌声。晚饭后，老鳄带着冲儿琴儿读书习字。没有条件上学的穷孩子都是自己教。今天上课的内容是《弟子规》和《论语》。两人学了不到一个时辰，都犯困了。这个说要休息，那个说累了。老鳄只好安排他们早早睡觉，准备明天的晨练。

子时将至，夜阑人静。一心想练剑的司马冲和甄琴各自悄悄起炕，来到一间偏僻的密室。烛光照映下的甄琴，面若鲜桃，眉如翠羽，只着一件薄如蝉翼的短裙，手持三尺长剑，款款碎步如洛水之神，翩翩绰约似嫦娥仙子。

司马冲看着琴妹，有点心慌意乱。今晚，他特意只穿了条短裤，为的是尽量发挥自己的阳刚之气。手臂上突起的肌肉，加上古铜色的胸肌，显得格外气宇轩昂，英姿飒爽。尤其那双眼神，清澈如水，英气逼人。甄琴极力想着招数，来掩饰内心的忐忑。

司马冲突然大吼一声："看剑，你接招吧。"说着，那把青铜剑寒光一闪，直刺她两腿之间。甄琴依照剑谱的招数，迅速后退一步，长剑自腰间一横，以柔克刚，将他的招数化得无影无踪。

半夜子时刚到，司马冲果然感觉涌泉穴、会阴穴、命门穴隐隐发热，每使出一招，尽管套路跟白天一样，但内力已深厚很多。一招"瞒天过海"，本来白天，琴妹接过很多次，可这一次剑走偏锋，将裙角划破了一个小洞，让人倒吸一口冷气。

司马冲再来一招"声东击西"，这一招再平常不过，佯攻腹部，实攻胸部。甄琴好不容易化险为夷，将剑挡开，自己却一个趔趄，差点摔倒。甄琴感到有些惭愧："怎么回事？到底是你剑术见长，还是我不得要领？"

二人剑光霍霍，激战正酣。司马冲一招"海底捞月"，若是平常，甄琴可轻松化解，可今晚不知何故，防线再次被他突破，一剑扫其下盘，甄琴跳得过低，右脚鞋底被削掉一小截。如果不是穿着鞋子，肯定削断脚趾。就这样，二人趁着子夜练了约大半个时辰。

司马冲感觉最越练越勇，一招比一招酣畅淋漓。而甄琴则越练越怯，一阵不如一阵，频频失误，应接不暇。无奈，二人只好坐下细细思量。没想刚坐下，甄琴说了句："我感觉到头晕，心慌。"接着就一头扑到司马冲怀里，不省人事。司马冲赶紧收起长剑，轻轻扶着琴妹，连声说："快醒醒，你怎么了？"

司马冲想起剑谱中的警告：男女凡心无杂念者，练此剑谱必然功力大长，威猛无比；反之，凡春心涌动者，练此剑谱就会走火入魔，神经错乱。琴妹大概是走火入魔了，这可如何是好？

深更半夜，师父早已熟睡，如果叫醒他老人家，不是找打？司马冲狠狠掐她人中穴，过了好一会儿，甄琴忽然苏醒笑说："冲哥，你别练了，我现在已经不是你的对手了。”司马冲说：“你过奖了，是你有意承让我的，不算，不算！”

此时，甄琴躺在司马冲怀里，脸色红润，娇喘吁吁，柔声说：“我没有让你，是你功力长进了，看来剑谱所言不虚。”司马冲心想，一定是她心有杂念，春心萌动，以致频频出错。于是伸手紧紧拥抱着她，手指在那纤纤玉腰上轻轻揉搓，说：“刚才，真把我吓坏了。倘若你不能醒来，我就只好叫师父，那就少不了一顿责罚。”

墙角的油灯睁着火热的眼睛，发出温暖的光芒。其实，甄琴暗恋他已经很久了，只是羞于开口，今夜如此良宵，怎能错过！不如试一试他。于是轻启朱唇说：“我想下月初九，来个比武招亲，你想不想上台跟我一决雌雄？你要是打不过我，我就把绣球抛给别人了！”

司马冲低下头，嘴唇离她嘴唇只差一点点，而她居然没有一点躲避的意思。他只好轻声说：“我武功本来就比你差，真要上台，如何赢得了你？”甄琴微笑道：“只要你有胆子上台，我自有办法。”

这时一只老鼠从墙角突然爬出，在两人前方耀武扬威。甄琴一阵心怯，直往司马冲怀里钻。司马冲只好猛一低头将嘴唇贴了上去，一阵湿润湿软的感觉让甄琴浑身颤抖。

这一吻如温暖的春风吹过吐牙的柳枝，奏响了一段春光的序曲；这一吻似搁浅的鱼儿滑入澎湃的江河，孕育着一段苦涩的求索；这一吻若久旱的大地突降连绵的甘霖，滋润着一颗激动的花蕾。

司马冲将舌头伸进她嘴里，左一下，右一下，细细探索，慢慢品味。她紧闭着双眼，热烈地回应，像一个贪婪的婴儿，更像一只饥饿的小猫。司马冲只好将她横着抱起，右手在柔软的腰间轻轻地摸索。她双手勾着他的脖子，久久不愿松开。

司马冲呼吸越来越急促，那右手在腰间抚了几圈后，一时不知所措。这时，甄琴忽然像发狂一样跳起：“不行，今晚不行。我们如果犯戒就会前功尽弃。你答应我参加比武就行。来，我们拉钩！”

说着，甄琴伸出右手的一个小指头，司马冲也伸出右手的一个小指头。他们紧紧地勾在一起。练剑完毕，二人各自睡去。

九月的老君山，漫山的黄叶像燃烧的火炬在阳光下点燃了秋意，凉爽的秋风像柔软的画笔描绘出一幅绝美的山水画。梧桐高扬起鲜红的手掌，白杨洒下浅红的叹息，小草挥动着单薄的绿衣。

这天，甄琴刚练完剑，正在休息。爹爹正在教司马冲的剑法。树林里不时传来清脆的剑声。离九月初九还有几天了，到底要不要比武招亲，甄琴心里还真有点举棋不定。虽然自己喜欢的人近在咫尺，可这种事总不能由女孩先开口吧，总得有个父母之命，媒妁之言的。

司马冲练完剑到山下挑水去了，只剩下父女二人。甄琴想起比武的约定，就红着脸问："爹爹，我上次同义军秦队长比武招亲的约定，快到了，要不要设个擂台啊？"老鳄说："江湖上讲的就是个诚信，你现在话已讲出去了，那是一言既出，驷马难追呀！你若是失信，我这张老脸将遭人嘲笑。"

14. 比武招亲

甄琴一边擦着剑一边问："那如何定规矩？"老鳄淡淡一笑说："当然是胜者为婿。我看那秦黑岚的武功与你不相上下，你可不要大意啊！倒是冲儿的武功最近有些突飞猛进，爹爹深感意外。不知最近是吃了什么灵丹妙药，还是背后有高人指点迷津？"

山冈上有一块平板石头，甄琴心里有鬼，示意爹爹坐下说："那全是爹爹教导有方啊！冲哥自从下了趟山，整个人都变了。"老鳄知道女儿的心事，微笑着说："我的琴儿长大了，不用你替他说话，你若是真心喜欢他，到了比武那天，你就该知道怎么做了。冲儿是变了，变得稳重成熟，呆气也少了点。"

于是，老鳄就吩咐冲琴二人，在山下选了个场地，搭起擂台。听说狻猊老鳄的女儿要比武招亲，方圆数十里的乡亲们都想看看热闹，往日门可罗雀的老君山，一时间热闹起来。消息很快在武林中传开，凡喜爱功夫又未曾婚配的年轻后生均可参加。这个说："不愧为武林中人，连儿女婚嫁都别开生面。"那个说："当今乱世，以武选婿，不失为明智之举，有好戏开锣了！大家千万别错过了。"

转眼到九月初九，这一天又是重阳节。一大早，甄琴做好小米粥，放了点肉丁，给爹爹盛了一碗，端了过去："祝爹爹重阳节万福金安！"老鳄带着冲儿晨练刚刚结束，回到古墓，喝了口粥说："琴儿越发聪明贤惠，这叫爹爹怎舍得你出嫁！比武的事准备得怎么样？”

甄琴回道：“一切准备妥当，只是是否找一个人见证，比武也好点到为止。”老鳄说：“不用找了，我来当见证人，别人我还不放心！”

大家用过早餐，来到山下靠近山脚的一处马路旁。其时，老君山下，擂台前已是人山人海，熙熙攘攘，摩肩接踵。秋阳如火，凉风习习。老鳄系了一条白腰带，穿着一件黄马褂。今日甄琴穿了一件绣着鲜红玫瑰花的上衣，下身着一条精致黑裤，腰间点缀几朵刺绣菊花，双眸如水，两腮含羞，一出场立即引来一阵接一阵的赞叹声。真没见过这么标致的美人！

老鳄神采奕奕，抱拳作了开场白：“各位父老乡亲，俗话说，男大当婚，女大当嫁。小女甄琴已到婚嫁年龄，为觅得乘龙快婿，特设此擂台，以武会友，感谢大家光临捧场。凡会点拳脚功夫又不曾婚配的年轻后生均可上台，同小女比试，今日不动兵刃，只用拳脚，胜者为婿。如有多人胜出，则以小女抛绣球为准。现在我宣布，比武招亲开始——”

话音刚落，早已飞跃上来一位陌生公子，腰间系着一块硕大的玉珮，手持一把折叠纸扇，一看便知其出身不凡。见公子生得白白净净，玉树临风，老鳄心里欢喜，叫道：“来者报上名来。”

陌生公子粲然一笑：“在下察哈尔部林丹汗大贝勒额哲，想跟小姐学点拳脚功夫。”甄琴见上来一位贵族公子，那模样倒也有几分俊俏，精瘦精瘦的，就是额头有个长长的疤痕，当即说了句：“我就不客气了。”上前就是一个扫堂腿，开打了。

额哲急忙一跳，手中的纸扇差点掉落。心想，这位小姐功夫了得，正是我欲求之人。刚一着地当胸就是一拳，这一拳正向着甄琴的前胸砸来。甄琴一闪身躲过，随后正对着额哲腮帮一个勾拳打来。二人你来我往，斗了三十个回合不分胜负。可能一时大意，突然，额哲被甄琴反手抓住腰带一把举起，双脚腾空。只听“扑通”一声，额哲被扔到台下人群中间，摔了个“狗啃泥”。

这时台下响起潮水般的掌声。有人大叫：“好！好！谁还敢上？”那额哲正好落在几个人的肩头，倒也不曾受伤。老鳄知道女儿心思不在此人身上，点头哈哈大笑。

过了好一会儿，人群中一阵骚动，台下上来一位精壮的汉子，黑须浓密，相貌平平，手持一把宝剑。甄琴一眼就认出是秦黑岚，秦队长。秦黑岚冷冷一笑：

“我就不用报名了，咱们是老朋友了。我千里迢迢赶来就是为了今日的比武，小姐出招吧。”

老鳄也认出了，当即叫停：“慢，先放下兵刃。今日我有言在先，不得动刀动枪。”秦黑岚只好将宝剑扔在一边，拉开马步。若论比剑，甄琴心里有把握赢他。可今天是比拳脚，就不好说了。甄琴心里讨厌这家伙，偏偏找上门来，一记勾拳砸过去，被他一一化解。还真有两下子！接着甄琴连连出拳，一拳比一拳快，也不曾击中他。几个回合下来，老鳄也着急了，叫道：“攻其下盘。”

甄琴转身飞起一脚，正好踢中秦黑岚的屁股，可那家伙太结实，根本踢不动他。再次转身一脚，眼看踢中他的左手，却被接住，使劲一抬。甄琴一个空中跟头，虽然稳稳落在地面上，可左脚一只鞋子被他脱了，拿在手上。

老鳄赶紧叫停。心想这样打下去，琴儿必败。当即说：“各位乡亲，大家刚才都看到了，小女已踢中他的屁股，本来已经赢了，可这个回合鞋子被他脱掉了，这场只能算打个平手。下一场……”秦黑岚说：“应该算我赢了，鞋子还在我手上呢。”甄琴本来就对他不感兴趣：“还我鞋子，我已经踢中你，算平手。”

秦黑岚将鞋子闻了闻，然后扔给了她，说：“不对，是我赢了，不能算平手。”老鳄接着说：“下一场……”

这时，台上又上来一位年轻公子，气宇轩昂，风度翩翩，帅气十足，正是司马冲。甄琴心里暗喜，正担心他不来，不知如何向爹爹交代。司马冲抱拳施礼，佯装不识：“在下司马冲特向姑娘请教。”说完不由分说，上前就打。

司马冲迟不来早不来，偏偏这时上来，其实是救了场。那秦黑岚只好退让到一边观战，心里愤愤不平，脸色甚是难看。甄琴说：“你有什么好招，都使出来吧。”司马冲一阵快拳，呼呼生风，直击她脸部。甄琴挥手阻挡，一招化解，反客为主，出拳攻击司马冲前胸。场下有人连连叫好。两人打得热火朝天，难分难解。外人是看不出高低，只有老鳄知道底细。眼见冲儿步步紧逼，看似毫不留情。琴儿也是亦步亦趋，见招拆招。

突然，司马冲接连三个连环腿，直将甄琴逼到擂台边沿，仍然不见停下。若在平时不在擂台边沿，多少个都没问题。当司马冲扫到第四个连环腿，就在腿快接近时，甄琴突然跳起一脚踢向司马冲的肩头，那意思是逼他退到擂台中间。偏偏司马冲不小心被踢中了。接下来，她可以向擂台中央跳，也可以向擂台下跳。

可她选择了往擂台下面跳，假装一个趔趄没站稳，摔倒在地。很多人以为被司马冲踢下台了，在喝彩。

老鳄刚想说，冲儿赢了。司马冲因为肩头吃了一脚，也没站稳，一屁股坐在地上。这下老鳄为难了，只好说："这一场两人都倒地了，双方打个平手。下一个……"

接下来，甄琴上台后，又上来两个后生，均被打败。比武结束，也没有人能胜得了甄琴。老鳄面对台下高声说："今天小女比武招亲，只有两位公子跟小女打成平手，那就由小女以抛绣球的方式来选出其中一位，作为我的乘龙快婿。大家说，好不好？"台下立即有人表示赞同。

本来，秦黑岚今天是志在必得，只要抱得美人归，还怕老丈人不归顺？谁知判决打了个平手，现在要以抛绣球定亲，当然心里不痛快。那司马冲心里惦记着南珠，本不想参加比武，可与琴妹有言在先，不然琴妹就要嫁给别人了。没想到跟琴妹打个平手，难道自己的武功真的长进了？如果自己娶了琴妹，那南珠怎么办？

司马冲和秦黑岚并排站在一起。冷不防，一个花花绿绿的绣球砸过来。那绣球先是砸中了司马冲，司马冲心里正胡思乱想，没接住。绣球接着跳到秦黑岚的头顶，被秦黑岚双手接住了。

这时，秦黑岚举着绣球叫道："球在我这儿，我赢了！"甄琴一时欲哭无泪，心里骂道，真是个呆头！连个绣球也接不住。只得说："我球没扔向你，接着也没用。我球砸中的司马冲而不是你。"

老鳄一看这形势，心里的确为难了，嘴上只能帮着女儿说："球虽然是你接住了，但砸中的是司马冲而不是你，因此你不能做我的女婿。"秦黑岚忽然转身对着台下的乡亲说："乡亲们，你们评评理，是他说的要以抛绣球的方式定亲。现在绣球在我这儿，他的女儿却要嫁给别人，天下哪有这样的道理？"

15. 敌军重重

彼时，台下观众也议论纷纷。有的说老鳄说得有理，有的说秦黑岚说得有理。双方各执一词，互不相让。秦黑岚见骑虎难下，当即怒火中烧，喊道："我早就认出来了，这个司马冲就是那天谋杀慕容将军的凶手程飞，今天，你这女儿嫁给我就保你平安无事，日后还可飞黄腾达。我有一千精兵就驻扎在附近。如若不然，咱们老账新账一块算，即刻踏平老君山！”

老鳄一看狐狸尾巴终于露出来了，要玩硬的，怒道：“臭小子，敢在老夫面前耍横，我的女儿不嫁给你，你敢怎么样？”秦黑岚将绣球一扔，捡起刚才扔到地上的宝剑，剑光霍霍就朝老鳄杀了过来。

台下观众感到也是十分惊讶，好好一场比武招亲，现在真打起来了。老鳄操起一把短剑，使出九玄剑法中的“含沙射影”的招数，一剑直刺对方的咽喉。秦黑岚也不示弱，挥剑出招，两剑相碰，叮当之声一阵接一阵。

上次同老鳄交手，这老头使的是铁枪，那枪法是出神入化，一般人望尘莫及。没想到这次使剑，更是神出鬼没，直叫人胆战心惊。秦黑岚勉强接了一招，那剑从耳畔划过，尖锐之声让人闻之却步。老鳄再使一招“万卉争艳”，剑光在空中如孔雀开屏，让人眼花缭乱。秦黑岚只得处处防护，根本不能进攻。

待老鳄再使出第三招“平步青云”，剑光在空中宛如一朵白云压顶，自上而下，由远及近而来。秦黑岚自知武功肤浅，剑术拙劣，这样斗下去，肯定要吃亏。陡然长剑虚划，转身跳出一丈开外，逃之夭夭。

司马冲和甄琴见此情景，眉开眼笑。老鳄喝道：“有种就别走，你不想拜一拜老丈人？”秦黑岚转身道：“你等着，有你好果子吃。”大家见他败走，也不去追。台下有人高喊：“喂，你怎么当缩头乌龟了？”众人哈哈大笑。

大约过了一炷香的工夫，老鳄吩咐冲儿和琴儿收拾家伙，准备上山。乡亲们见比武结束，也陆续离开。甄琴偷偷瞟了一眼英俊憨厚的司马冲，心底浮起万般柔情，却不便诉说。三人跳下擂台，打算就此上山。

忽然，听到马蹄嘚嘚由远及近，迎面驰来一队精兵。那兵一眼望不到尾，不知道有多少。为首的正是秦黑岚，骑着一匹黑色良驹，那张黑黑的脸庞在阳光下更加醒目丑陋。只听秦黑岚对众兵怒吼道：“把这三个人给我围起来，今天给他们来个瓮中捉鳖，让他们插翅难逃！”

司马冲没想到这家伙还真带兵来了，黑压压一大片，刀枪林立，剑戟森森，旌旗招展。乡亲们见众兵赶到，知道形势危急，纷纷四下逃窜。有的喊：“快逃啊，不然小命就没了。”

老鳄是见过大世面的，不慌不忙将手中的剑交给了女儿，自己拿着一杆铁枪笑说：“有种就下马跟我单挑，别狗仗人势。”司马冲拉了一下师父的衣角说：“他们人多，训练有素又是有备而来，我们要倍加小心。”甄琴小声说：“爹爹这是在用激将法，只要他敢单打独斗，我们就有把握。”

偏偏秦黑岚不上当，连马都不下，吩咐左右：“那个年轻的小白脸就是上次刺杀慕容将军的刺客程飞，务必要生擒。”这时，台下的乡亲早就逃得不见一人，只剩下他们三个。一队士兵上来，将他们团团围困。

司马冲从没见过这架势，有些胆怯。上次在他们营地后院，也没这么多人。三人背靠背，众兵将他们内三层外三层，围了个水泄不通。外面的人骑着马，里面的人手持兵刃，相互对阵。

忽然有人高喊：“程飞，快快投降，我在将军面前保你不死。”司马冲定眼一看，正是义军副队长邱峰。司马冲冷笑一声：“你想不战而屈人之兵，快叫他们散开，我们单独比试一下如何？”

邱峰将手中的长剑一亮，胸有成竹地说：“我跟你比射箭，别人会说我欺负你。我就跟你比剑如何？前面第一队散开。”此令一下，前面第一层包围的士兵一个个散开，让出一块场地。

此时的司马冲九玄神剑只学了十二式，心里也没有必胜的把握，可话已说出口，不能反悔，见激将法有效，只能将计就计：“此处场地有限，我们还是另选一块地方比剑吧。”

甄琴向司马冲眨了眨眼睛，那意思是不妥，如有不测，我们将如何驰援？邱峰心里巴不得将他们三人分开各个击破，当即说：“行，你们让出一块地方，我们到那边大树底下比试总行吧？”哗啦啦队伍很快让出一个缺口，一些士兵将老鳄父女围住，另一些人将邱峰和司马冲也围了起来。

司马冲利剑出鞘，大声道：“如果我胜，你们必须让出一条道来，放我下山。如果我输了，任凭你们处置。”邱峰说：“君子一言，驷马难追。”

话音未落，司马冲一招“瞒天过海”剑尖直刺邱峰前胸。邱峰挥剑一挡，当啷一声，火星四射，顿感虎口发麻。心想，这小子一个月不见内力长进不少！难道有仙人指点？这剑法也十分古怪，不知是何流派。

要想速胜，须用绝招。邱峰使出一招“声东击西”，长剑在左侧虚晃，暗中直刺右前胸。只见司马冲似乎早就察觉，不仅轻易化解，而且“暗渡陈仓”，剑尖直逼邱峰左肩头。这一招，的确出人意料，邱峰来不及收手，左肩头被司马冲刺中，顿时鲜血直流。

司马冲长剑一收，说："还要比试吗？若不是看在你曾教我射箭的份上，今天定取你性命。请让开一条道吧。"

邱峰感受到肩头一阵剧痛，知道自己已败。可没想到居然交手不到两招，这也败得太没面子了。真后悔没跟他比射箭，如此一来，放不放他走呢？

那边秦黑岚正同老鳄父女打得正酣，不知这边的情况，喊道："别让他跑了。"此言一出，邱峰一手护着伤口，一边下令："抓住他，别让他跑了。"

这时，几名壮汉手持快刀，冲了上来。司马冲大怒："好一个君子一言，驷马难追，你们出尔反尔。来，吃我一剑！"这几名壮汉并非贩夫走卒，都是跟随慕容将军征战沙场多年的勇士，秦黑岚临行前也是精心挑选的。

一名壮汉上来，司马冲连出怪招，不到一个回合，就刺中对方大腿。另一名壮汉杀过来，司马冲再出快剑，还是不到一个回合，就刺中对方咽喉，当场身亡。再一名汉子上来，杀不到三个回合，就被削掉右耳。司马冲杀开一条血路，且战且走，一路往山下跑，竟无人能挡。心想，他们父女武功远在我之上，我都能突围，他们应该不成问题。其实并非如此。

再说老鳄父女被围在中间，那秦黑岚自知不是他们的对手，斗不到几个回合，就退到一边。老鳄手持钢枪，更得心应手，那红缨枪犹如毒蛇出洞，所向无敌。接连有两位义军汉子中枪倒地，鲜血立即染红了衣衫。甄琴在一侧奋力拼杀，那剑光在空中上下翻飞如天女散花，忽左忽右令人眼花缭乱。一般人根本接不了三招。一名手持长枪的小头目，可能枪法精湛点，接了五招不分胜负。到第六招被甄琴一剑刺中右手臂，鲜血直流。

秦黑岚见一群人根本不是她们父女的对手，那司马冲也趁乱逃走，高喊："弓箭手准备，上次让你们侥幸逃走，这次没那么简单，弓箭手站在右侧。怎么样？现在放下武器还可免你们不死。"

老鳄说话间又杀了一名精兵："这次他们真要放箭了，琴儿你快走，冲儿大概已脱险。"甄琴边杀边说："爹，他们人多，我们得赶紧突围，要走一起走。想让我们投降，那是白日做梦！"

这时，弓箭手已聚集在一侧，另一侧就让出了一个缺口。父女二人迅速向山下撤退。秦黑岚见投降无望，只好下令："放箭！给我狠狠地射。"

敌军乱箭如雨飞向父女二人。忽忽忽忽，老鳄将那杆铁枪舞成一堵铁墙，掩护二人撤退。刚开始，箭矢纷纷坠地，没有一支箭能穿越防线。可时间一长，这边的人也学聪明了，变换方位射击。可能是甄琴一时大意，一支箭偏偏穿过防线，射中了她的左手臂。

甄琴忍着剧痛，边退边用剑砍落箭羽。因为二人没有战马，走得太慢，箭射得越来越多，形势对二人越来越不利。尽管老鳄枪法娴熟，可在乱军中也只能自保。

父女二人退到山脚下，可敌军仍然不停地射箭。加上敌兵有战马，不一会儿工夫就追上。其时，山脚下突然尘土飞扬，迎面飞驰过来几匹战马。一位英俊公子突然将甄琴拉上战马。另一大胡子壮汉将老鳄也拉上另一匹战马。几个人迅速飞驰而去，将老君山抛在脑后。

秦黑岚想不到快到嘴的肉给别人抢走了。自己还没搞明白，那一行人已消失得无影无踪。这救兵是从哪里来的呢？这救人的公子又是谁呢？他们又将逃往何处呢？秦黑岚呆呆望着老君山……

第四章　无意放蟹蟹成双

16. 英雄救美

乡村的秋色美不胜收，不必说那缤纷的落叶将村头的小道铺成一条柔软的地毯，单单一条潺潺的小溪日夜鸣奏着一支欢乐的乐曲，就让人心旷神怡。

林娟秀带着南珠回到蘅塘县牛店乡。从军营再次回到牛店，一切都是那样亲切，村头那棵高大的梧桐在阳光下挥手致意，门前那条淘气的小狗高兴地跟着娟秀，跳前跳后，像是欢迎主人回乡。

南珠手臂上的伤口经过几天的调养，正慢慢结痂康复。这几天，也不怎么痛了，不用再包扎。走在乡村的林间小道，一切都是那样惬意，那样舒心。与冲哥分别几日，心里常常浮现他憨厚的样子，剪不断理还乱。走在路上想起他就想笑，早上醒来想起他就恼火。真不知怎么回事。

这几日，她们又做了不少女红。为维持生计，母亲到集市上去卖女红去了。由于伤口的原因，南珠有好多天没有洗澡。今天，她特意到山上采了很多菊花、桂花，只想来一次鲜花浴。那一片片金黄的花瓣，一朵朵妖娆的仙子，并不是只有宫廷的嫔妃才有福享用。

秋日微寒，须热水洗浴。南珠烧了一大锅热水，将采回的鲜花一把倒入浴盆中，水汽缭绕氤氲，闺房内顿时热气腾腾。一切准备妥当，南珠将房门反锁上，这才开始脱衣。

脱掉那件粉红粗布上衣外套，脱掉那件穿了多日的青色下衣，还有那些必不可少的小件，南珠看了看镜中的女儿身，果然是冰清玉洁，窈窕丰满。一双手臂如月光下的修竹，光彩粲然；一对玉峰似春风中的山脉，生机勃勃；一双大腿宛如洁白的莲藕，秀色可餐；一对眸子仿佛晨光下的秋水，涟漪泛滥。

赤足踏入浴盆，盆里冉冉升起一股清香，缥缈如临仙境。南珠将秀发轻轻放下，浸湿后一次次搓洗。温水漫过肌肤，一种久违的酥痒的感觉悄悄漫过心的堤坝。原来沐浴的感觉如此美妙，这鲜花浴更是别有一番风味。

听哗哗的水声在浴盆中响起，闻淡淡的清香在闺房内弥漫，南珠也有些心花怒放，拿起浴巾颤抖着搓揉，让花瓣一片片粘贴在肌肤上，许久许久才洗落，肌肤因此有了一股浓浓的香气。不知冲哥现在何处，如亲睹自己玉容也会陶醉吗?

是他夺去了一个少女的初吻！是他抢走了一个少女的纯真！从此日日心潮起伏，夜夜缠绵悱恻。那个呆头会不会喜欢上琴妹？琴妹会不会略施小计捷足先登？能不畏强敌千里迢迢赶来施救，感情可见一斑！甄琴从小同冲哥青梅竹马，两小无猜，我怎忍心横刀夺爱？可不这样，这世界真的找不到比冲哥更好的男人，不这样不行啊!

一番胡思乱想之后，南珠不知不觉在花水中泡了很久，那雪白的肌肤更加光亮洁净。她直起身，拿来浴巾，轻轻擦去浑身的水珠，正想披上。忽然，听到身后一个男人的声音：“慢着，慢点披上。”

南珠心中大吃一惊，房门明明已经反锁，这声音是从哪儿来的？转身一看，房间里除了一张炕、一个衣柜、两张凳子，什么也没有。接着又听到一个男人说：“慢点穿上，让我再欣赏一下。”

原来那人在门外，只听“咔嚓”一声，房门闩被那人一掌劈断。南珠这才认出他就是牛店乡有名的纨绔弟子谭门庆。依稀记得以前见过两次，没有太深的印象。这人生得白白净净，身材不高，但有一副伶牙俐齿，特别能说会道。最重要的是他会点拳脚功夫，一般人根本不是他的对手。

南珠还没来得及穿衣，光着身子只披了件浴巾，大叫：“你这个流氓，谁让你进来的？”谭门庆转身关上房门说：“我在门外守了半个时辰，就是为了欣赏你的美丽。”

南珠只好用浴巾将自己卷得严严实实，厉声说：“岂有此理！你赶紧给我出去，不然我可喊人了。”谭门庆狞笑：“我既然进来了，就没打算出去。你喊啊，你娘到集市上去了，没那么快回来。只要你今天从了我，我明天就过来向你娘提亲。要多少彩礼都行！”说完，就朝南珠直扑过来。

披着浴巾的南珠直往后退，那谭门庆一步上前一下就抱住了她。南珠只好死死抓住浴巾，同时高喊：“来人啦，快来人啦！非礼呀！”谭门庆也不闭她的嘴，冷笑道：“喊也没用，这会儿没人来救你。你就从了我吧，我喜欢你很久了，你这迷人的身材，还有这迷人的脸蛋，只有嫁给我才不亏啊！”

谭门庆说完就将南珠往炕上一扔，随即就像一只饿虎一样扑了上来。南珠再次连续高喊：“快来人啦，非礼啊……”可门口没有一点动静，这回是黄鼠狼钻进了鸡窝——全完蛋了。十八年守身如玉，却守来个大流氓！苍天啊！

谭门庆用力去撕她身上的浴巾，由于南珠抓得紧，只撕开一道口子，露出前胸一小片春光。南珠急得哭了：“你行行好，放过我吧！快来人啦！”喊完，双眼一闭只等那恐怖的一刻。

谁知此时，门外传来“砰砰砰”猛烈的敲门声。南珠心想，一定是母亲回来了。谭门庆继续撕扯浴巾，根本没听到敲门声。南珠接着高喊：“娘，有人要非礼我，快来呀。”

又是一阵敲门声，因为没有门闩，房门轰然打开。闯进来一位男子，南珠定睛一看，正是司马冲。

司马冲见南珠被一个男人压在身下，正做猥琐动作，当时就怒发冲冠，火冒三丈，挥剑就砍了过来。谭门庆没想到真有人来，心里头后悔没将她小嘴闭上，抬头一看，一把青铜宝剑已快砍到肩头。

到底是学过功夫的人，这谭门庆一个翻身滚到一边，喝道：“哪里来的野小子，敢管老子的闲事？！”司马冲一剑落空，接着又是一剑，应道：“我是她亲哥，你是何方小贼？老虎屁股也敢舔，胆也太大了吧。”这一剑下去，又被谭门庆躲开。

谭门庆虽然没带兵刃，但身手敏捷，一个鲤鱼打挺翻起来了，奔着司马冲一个飞腿过来。司马冲后退一步闪过，沉着应对。

还没穿衣服的南珠，抱着浴巾在墙角吓得直哆嗦。心想以呆头的武功恐怕不是贼人的对手，该如何是好？南珠急中生智，抓起地上的一只布鞋朝谭门庆砸了过来。

谭门庆正聚精会神跟司马冲斗，冷不防身后飞过来一只布鞋，正砸中后脑。司马冲趁机一剑砍过去，谭门庆脑袋低得慢了点，那剑刃将他的头发削掉了一小撮。头发丝撒了一地。

司马冲大喝一声：“还想跟我比吗？还不快给我滚！滚得越远越好！”谭门庆料想今天的好事也给搅黄了，再斗下去可能很难取胜，当即连滚带爬地逃到门外，回头喊道："你狗拿耗子多管闲事，咱们的账以后再算。"

见谭门庆灰溜溜地逃走，南珠这才松了一口气，泣不成声地说："你若再……再晚来一步，我就没脸活了。你怎么不早来呀！"

司马冲收了宝剑，见房间内放着浴盆，不解地问："你刚才在洗澡，这贼人是何时闯入你的闺房？你怎么能结识这等纨绔子弟？"南珠抱着浴巾说："他见我在房内洗澡，劈断门闩闯入我的房间，碰巧今日娘到集市上去了。你先出去，等我穿好衣服再细细道来。"

"门闩刚才被他劈断了，门已经关不上了，这门从来就是管君子不管小人！我背对你，你赶紧穿上衣服吧。"司马冲转过身，看着门外，意味深长地说。

南珠赶紧扔下浴巾，找到衣衫，不一会儿工夫就穿好了。见司马冲仍旧站在哪儿不动，南珠心里暗笑他就是呆，呆得可爱，忽然破涕为笑："别傻站了，我已经穿好了，你赶紧帮我做一个门闩吧。要不晚上谁敢睡觉？"

司马冲在屋内找了一根木头，用剑削了削，一会儿就做了一个大小差不多的门闩。试了试，果然好用。

此时，门正好反锁上了。冷不防南珠从身后紧紧抱着司马冲，说："今日之事，可不可以不要告诉娘？我好害怕好害怕！"司马冲顿时心怦怦直跳，知道她终于芳心萌动，转身将南珠紧紧拥抱着说："那有什么关系？告诉娘是为了日后提高警惕。"

南珠穿着一件薄薄的衬衣，肌肤上带着一股馥郁的花香。司马冲闻着如痴如醉，突然低头吻着南珠的耳朵下面的部位，轻声说："你身上太香了，让我多闻一会儿。闻够了，我就答应你。"

南珠在他耳边喃喃细语："羞死了，羞死了，求你别跟娘说。反正他也没占到我的便宜。"

"我不信！黄鼠狼还能饿着肚皮跑了？"

司马冲虽然不是第一次同她有肌肤之亲，可这一次确实不同。南珠激动地说："你不是都看到了吗？眼见为实，耳听为虚的古话，难道你也忘了？"

那青铜剑不知什么时候已经滑落地上。南珠双手紧紧扣着司马冲的脖子，那样子确实像一个贪婪的婴儿。

17. 柔情缱绻

掰过她的下巴，司马冲先是亲了亲南珠的眼睛，只见她双眼一闭。接着又亲了亲她的鼻子，鼻子是那样小巧玲珑，可爱之极。

最后，落在红润的双唇之上。四唇相触的一瞬间，仿佛游龙惊醒沉睡的凤凰，唤起一个展翅高飞的梦想；那温软湿润的感觉，宛若胚芽泊在春天的泥土，即将长出一株羞涩的相思树；两舌交缠的时刻，好似泼墨的狼毫，即将描绘出一幅精美的人生画卷。

纵然前方道路崎岖，未来坎坷难料，两颗心携手并肩，不需要太多的承诺，不需要太多的怨言。南珠一时间泪花闪烁，激动得不知所措，抬头在他耳畔喃喃柔声道："我们在天愿为比翼鸟，在地愿为连理枝，我们要永远在一起，永远不分离！"

司马冲轻轻解开她胸前的第一颗纽扣，在解第二颗纽扣时，被南珠伸手挡住。司马冲轻声说："你不愿意？"南珠摇摇头说："不，我想等到洞房花烛夜。"

司马冲想起她手臂上伤口："你的伤好了吗？"南珠说："好了，完全好了。"司马冲隔衣摸着一道凸起的疤痕，问："痛不痛？"

南珠微微一笑："早就不痛了。"司马冲将她横着抱起，放倒在炕上，说："我知道你一片冰心在玉壶。你可知我好不容易从老君山逃出来，目的就是为了摆脱琴妹的纠缠。琴妹在老君山比武招亲，当然醉翁之意不在酒。可我心中只有你！只要我们两情相悦，又何必在非要选在今天明天呢？"

司马冲再次伸手去解第二扣子，南珠没有阻挡，只是紧闭双眸，默默等待幸福的时刻。司马冲刚解开第三颗扣子，这时门外响起猛烈的敲门声。会不会是谭门庆回来复仇了？

二人惊出一身虚汗。司马冲一骨碌爬起来，操起宝剑，透过门缝一看。门外站着娘，手里还拎着一竹篮红红的地瓜。南珠赶紧起炕打开房门说："娘，你可回来了！"

林娟秀进门看见司马冲也在，放下地瓜，上前猛地打了南珠一个耳光，又踢了司马冲一脚，说："你们两个伤风败俗，是不是将生米煮成熟饭了？叫我这张脸往哪儿搁啊！"南珠立即明白是娘误会了，哭道："娘，我们没有……"

气急败坏的林娟秀指着她的领口说："你看你衣衫不整，还在狡辩！"南珠解释说："娘，是这样的，冲哥回来的时候，我刚刚洗完澡，门闩坏了，他就给我重新做了一个。刚试用了一下新门闩，你就回来了。我们什么也没做，我们是清白的……"

好一个巧舌如簧！娟秀没想到会发生这种事，可这事儿不管有还是没有，都不能张扬，家丑不可外扬！再深究下去，又能怎么样？这其中必有隐情，等以后再说吧。

司马冲也跟着附和："我仅仅刚做了一个门闩，并没有越雷池一步，请娘相信我们。"林娟秀看见地上两截旧门闩，断定他们二人必有不可告人的秘密，打破砂锅问到底又能怎么样？不如不了了之。于是吩咐道："你们将家里收拾一下，乱糟糟的像什么样子。"

不一会儿，林南珠和司马冲将浴盆里的水倒了，又将家里收拾得整洁一新。娟秀就问司马冲："你的武功学得怎么样？为何那么早下山了？"

司马冲惭愧地说："刚刚有点进步，如今学不了。那帮土匪攻山将我们逼得走投无路。我率先突围出来，他们父女功夫比我好，应该没有问题。"

林娟秀不解地问："那是为什么？我们中午煮地瓜吃，快来帮忙。"南珠捡了几个地瓜来洗。司马冲挑水回来，放下扁担说："琴妹上次为了脱险，答应人家比武招亲，在抛绣球时，我没接住，给那姓秦的接住了。"

南珠红着脸，含羞地说："就你笨！你还好意思说，人家明明对你有意，你还装蒜。"司马冲接着说："怎奈落花有意，流水无情！琴妹死活不答应这门亲，那姓秦的又不依不饶，于是带着精兵围攻老君山。可怜老君山下血流成河！"

地瓜煮好了。林娟秀揭开锅盖，一股浓浓的地瓜香扑鼻而来。司马冲很久没有吃到地瓜，拿了三个正想剥皮，烫得只好扔了两个在地上，拿了一个走出伙房。那两个滚落的地瓜正好落在南珠的脚下，被她踩到一个，只听"扑通"一声，南珠重重地摔了个"狗吃屎"。

司马冲拿着那个地瓜，笑道："那是一只什么狗，掉在地上的也要吃啊！"松软的地瓜将鞋底都弄脏了，南珠摔得疼痛难忍，几乎浑身散了架，躺在地上说："好一个呆头！连几个地瓜都拿不住，还有脸取笑别人？"说着拿起地上半个地瓜扔了过去，正好砸中司马冲的额头。

林娟秀上前将南珠扶起，道：“别闹了，要珍惜粮食。你们两个是一对冤家吧，不闹不行吗？”南珠可怜兮兮地说：“我摔跤了，他也不管我！只顾自己吃。干脆就把剩下全给他吃了，吃成个猪八戒！”

司马冲额头上粘着黄黄的地瓜泥，嘴里吃着半块地瓜：“明明是她走路不看地，只看锅里的地瓜，还怪别人，真是不可理喻！”放下地瓜，司马冲洗净额头，那地瓜打中额头，却甜在心里。

三人收拾完，吃着香甜的地瓜。午饭后，林娟秀提议说：“村头有一片海滩，海边有螃蟹，现在正值秋天，螃蟹正肥，你们两个去抓几只回来尝尝鲜吧。”南珠说：“那东西可凶啊，会夹人，我可不敢抓。”司马冲笑道：“不用怕！有我在，就好比如来佛抓孙猴子——易如反掌。”

正午的阳光火辣辣地照着牛店乡这块热土。秋风萧瑟，万木枯黄。南珠提着竹笼，司马冲带着铁钳来到村头。走出村口那条小路，但见一棵胡杨，树根壮硕无比，足有四人牵手合围之粗，主干枝繁叶茂，一条旁枝弯而不折，似有千钧之力。小小的叶子带着青绿，在这一片萧瑟的秋天显得尤其珍贵。

司马冲走近一看，这胡杨枝上还长着毛发，树根裂缝处还有眼泪，不禁油然而生敬意。南珠说：“这棵胡杨可能活了千年，它抗干旱，御风沙，耐盐碱，是树中的太上老君。书上说胡杨有三个一千年，活了千年不死，死了千年不倒，倒了千年不朽。”

此处离海滩较远，胡杨却长得生机勃勃，高大茂盛，巍然耸立。干旱的泥土不曾瓦解它的斗志，肆虐的风沙不曾折断它的信念，苦涩的盐碱不曾风干它的理想。真是树中的伟丈夫！司马冲深感敬佩，浮想联翩。走到海滩边，仍然不时回头欣赏它的风采。

南珠放下竹笼，指着海水里忽然大叫：“螃蟹，真的有螃蟹！”顺着清澈的海水，司马冲果然看见一只螃蟹在水中游走，金黄的盔甲在水中耀武扬威，锋利的手脚在水中张牙舞爪。好一个水中的张飞！

卷起裤腿，司马冲就下水了，拿着铁夹，轻轻靠近螃蟹，猛然一夹。那螃蟹任凭张牙舞爪地挣扎，也是枉然，被夹住前胸后背，提出水面，放到竹笼里。南珠胆小眼力好，顺着海水终于找到一个螃蟹窝，那里不是只有一只螃蟹，而是有一群螃蟹。

司马冲小心翼翼地抓了一只又一只，不一会儿，竹笼里螃蟹打螃蟹，热闹非凡。眼看有十多只了。南珠说：“够了，够我们吃了。”二人这才提着竹笼回家。

回到家里，林娟秀一看收获真不小，乐道：“今天多亏了冲儿，晚上就多吃点。不过就是公的太多，母的太少。”司马冲就问：“这公的和母的有区别吗？”

林娟秀说：“当然有，母的蟹黄多，好吃。公的要稍逊一筹。”司马冲看着一竹笼螃蟹相互挣扎打斗，好不热闹。其中有一只成年公蟹，样子十分憨厚，个头虽不算太大，但前面两条手臂虎虎生威，十分强健。这么多都吃了，于心不忍。干脆放一只吧！

司马冲用铁钳将那只公蟹夹了起来，拿到屋后的水沟里放了。南珠见此情景，也从竹笼里夹了一只小的，放到水沟里，说：“放一只太孤单，我也放一只母的，让他们一起结伴闯天涯，从此患难与共，生死相依。”

两只螃蟹一大一小，一雌一雄，一到水沟里，就飞快地跑开了，不一会儿就钻进地沟里，不见了。

世人只知螃蟹味美可口，却少有人怜惜它的生命。它相貌丑陋，模样古怪，长着八条腿、两个螯却不善奔跑。人们常常将它比作横行霸道的恶少。却不知它生性憨厚，大智若愚，专吃水中杂草鱼虾，为人们奉献可口的美食。

司马冲看着剩下的螃蟹，想起自己父亲遇害，大仇未报，乡试遇阻，报国无门，深山学艺，遭兵围攻。今碌碌无为，一事无成，空有一腔热血，而望山兴叹。于是提笔写下一首新词《水调歌头·放蟹歌》。

慈父今何在？
挥泪问胡杨。
天堂月冷，
遥想双泪汇长江！
秋日恰逢蟹聚，
我欲持螯泼醋，
又恐蟹家伤。
前路无饕餮，
吾辈岂张慌？

放螃蟹，
归大海，
庆重阳。
一朝出海，
四水天堑变经常。
更喜月圆花好，
休叹山高路陡。
神剑护危邦。
除尽人间恶，
千里共螯香。

18. 意乱情迷

南珠拿起刚填好的新词，仔细看了又看，不觉惊叹：“冲哥，多日不见，文采长进不少啊！这首词立意独辟蹊径，看似咏蟹，实则以物喻人，抒发自己的豪情壮志。有点苏东坡豪迈的味道！”

司马冲放下毛笔说：“学得不像，到底是东施效颦，难同东坡相提并论。”林娟秀读了一遍新词道：“这首词平仄工整，声韵铿锵，留下日后向贵人推荐。今日可喜可贺，来来来，我们将螃蟹煮了。”

南珠烧了一大锅水。司马冲将抓回的螃蟹洗了洗，有的早就不动了，有的仍张牙舞爪，一股脑儿全部倒入开水中。可怜这些水中的精灵挣扎了几下，就偃旗息鼓了。

不一会儿，林娟秀将锅里的螃蟹全部捞了起来，一盘热气腾腾的螃蟹就端了出来。司马冲因为思念父亲，又惦记着甄琴父女，只吃了两个。林南珠吃了一个，感觉风味甚好，笑道：“真是螯封嫩玉双双满，壳凸红脂块块香。这等美食人间少有，放了两个有点可惜。”

林娟秀也吃了两个，洗完手叹道：“脐间积冷馋忘忌，指上沾腥洗尚香。螃蟹好吃，一定要拌点生姜吃。我把这事给忘了。”

司马冲说：“蘸点醋吃也行，南珠一点醋也没蘸，光吃蟹肉，真是个馋猫！”南珠边吃边说：“要什么醋，吃什么姜，我看就这样吃挺好，馋猫就是馋猫，不过不许你叫。”

晚餐过后，落日将西边的天空染成一片鲜红。司马冲正在屋前习剑，剑光霍霍，忽左忽右，忽前忽后，看得人眼花缭乱。南珠在一旁赞叹：“冲哥的剑法真的长进不少，可惜世道太乱，不能持续学下去。”

忽然南珠感到腹痛难忍，脸色苍白。司马冲收剑转身将南珠搀扶着：“你怎么了？哪儿不舒服？”南珠手压着小腹，忽啦一口吐在地上，低声说：“我肚子疼，疼得厉害。快扶我进屋。”

司马冲将南珠扶回屋里，忙叫过母亲。林娟秀刚开始也不明白怎么回事。一会儿南珠急匆匆往茅厕跑，好半天才出来。林娟秀就问南珠：“拉肚子了？”南珠点点头。司马冲就扶着南珠躺在炕上。

看见地上吃剩的螃蟹壳，林娟秀这才明白：“一定是吃了螃蟹中毒了！你自幼体弱多病，蒲柳之姿怎能吃螃蟹？都怪为娘忘了禁忌。”

接着南珠又吐了一口在地上，腹痛越来越厉害。林娟秀赶紧到地里挖了几块生姜，洗净切碎后，烧姜汤。汤还没烧好，南珠又去了一次茅厕。现在上吐下泻，情况危急。南珠躺在炕上说：“你们都没事，怎么就我不行了？！”

司马冲说：“谁让你吃得太多？可能是刚好那两个死螃蟹给你吃了，这会儿来索命来了。馋猫是没好下场的！”南珠伸手拧着司马冲的耳朵说：“谁是馋猫？你才是馋猫！我都病成这样还取笑我。”

姜汤煮好了，林娟秀加了点糖，盛了一碗端了过来。南珠用汤勺喝了一小口，感觉辛辣无比。可腹中仍然疼痛，肚中似有千条小虫在撕咬，十分痛苦。不一会儿，又要去茅厕。司马冲见状说：“娘，这样下去不行，如果到了晚上，病情没有改善，恐怕凶多吉少。”

林娟秀道：“冲儿，你好好照顾妹妹，我连夜去找郎中。离此五里外有个宋家村，村里有个远近闻名的女郎中。”南珠一边喝着姜汤，一边说：“娘，我没事的，你别去那么远的地方。”

这时天已经完全黑了，外面月光如水，依稀看得清路。司马冲拦住说：“娘，你一个人走夜路，不如我去请。”林娟秀坚持说：“不行，你不识道，如果走错了路半夜都回不来，怎么办？”

林娟秀借着月光就出发了。没有马匹只能步行，虽然路途遥远，但为了南珠也无怨无悔。只是想着，这两个人会不会趁我不在……

其时，南珠喝了半碗姜汤，感觉腹痛稍稍好点，仍然浑身无力。司马冲说：“我扶你起来坐吧，老躺着也忒难受的。”说完扶着南珠坐在炕上。窗外月色朦胧，凉风习习。

林南珠想起白天被人偷窥的事就生气，自己周身已被人一览无余了，幸亏冲哥及时赶到，将那厮撵走。现在感觉浑身软弱无力，提不起劲。

突然有一种恐惧感油然而生，南珠拉着司马冲的手说：“我感觉好像快要死了。在人世间，我第一舍不得的就是娘，娘虽然不是我亲娘，但胜似亲娘。从小只要有好吃好穿的，娘首先一定给我。我第二舍不得的就是你。你总是在我危难之时现身，是上天给我的恩赐！”

屋内油灯闪烁，微弱的灯光将南珠那张脸照得红彤彤的。那张脸宛如刚出云层的秋月，分外妩媚妖娆。司马冲轻轻拥着南珠的肩膀说：“我从小就没有一个完整的家，是师父一手将我抚养成人。自从我下山以来，屡遭波折。父亲的死讯是我永远的伤痛，乡试的失败是我又一个伤痛。连深山学艺也不得安宁，不得不半途而废。只有你才是我人生唯一的安慰。不要说些不吉利的话，你不会有事的！”

南珠一阵恶心又吐了一口在小桶里，抬头叹道：“我可能熬不过今晚，你别为我牵肠挂肚了，照顾好你的琴妹就行了。师父对你管教严，是希望你有出息。你不要往心里去。你和琴妹本来就是很好的一对，你为何舍近求远？”

司马冲低头亲了亲她的耳根，说：“我并非不喜欢她，只是更喜欢你。师父对我有养育之恩，欲将唯一的女儿托付予我，我又怎敢拒绝？我们身处乱军之中，是谁拼死相救？现在她们父女是否安危，我不得而知。”

一朵红云立即飞上南珠的脸庞，双眸似半开的蓓蕾芬芳诱人。南珠本想推开他，怎奈没有力气，只好任凭他在自己的脖子上“开疆拓土”。慢慢地，司马冲那双嘴唇到了她的下巴处、嘴角处。南珠伸手堵住他的嘴唇道：“停，我刚才吐了龌龊之物，不能脏了你的嘴。”

司马冲的双唇又落在她的脸庞上、眼睛上、额头上。那吻如夏天的豪雨铺天盖地，刹那间就漫过了少女的心河。那吻如飞流而下的瀑布，刹那间击溃了少女的矜持。司马冲柔声说："我不怕，怕脏怎能吃到新鲜的葡萄？新鲜的葡萄肯定带点灰尘和露水！对不对？"

南珠喝了几口姜汤，疼痛渐渐好了点，刚想回话，双唇被司马冲的热吻堵住。一股暖流从唇角迅速蔓延开来，手指在微微颤抖，胸脯在热切地起伏。南珠伸手勾住司马冲的脖子，贪婪地咬住他的舌头，轻轻地，如婴儿啃食久违的糖块。司马冲舌头伸进来一次，她就轻咬一次。一次比一次热烈，一次比一次缠绵。

良久，南珠也将舌头伸进他的嘴里，去探寻男性的秘密。那里如长在高山上成熟的草莓，流淌着酸酸甜甜的渴望；那里如藏着熟透的樱桃，等待着勇敢地采摘。司马冲的右手轻抚着腰肢，如柳枝轻拂微波荡漾的湖面，在少女的心海荡起深情的涟漪……

南珠没有抗拒而是从他双唇间移开，轻咬着他的耳朵，说："你又得寸进尺了。这世间痴情女常遇负心郎，有一天，你若当了将军负我，我就将这耳朵割下来喂狗。"

司马冲轻声说："可有一天，你若是飞黄腾达成了金凤凰，我还高攀得起吗？到那时，谁要割谁的耳朵，还说不定呢！"

忽然，南珠挣脱他的双手，一骨碌从炕上爬起来，拿起半碗姜汤，又喝了几口。完毕，放下碗说："我感觉现在好点，肚子也不怎么痛了。不该让娘跑那么远的路！"

窗外月光如流水一样洒了一地。司马冲起身将门窗关上，说："娘不知几时才能回来，你还是早点休息吧。你若是真有意，我明儿就跟娘说，让她成全我们俩。"

南珠伸手堵住他的嘴说："别，别说，娘一定不高兴！娘一定不会同意的。我还太小……"司马冲抓起他的手说："你不小了，娘会答应的，只要我们精诚所至，铁树也会开花的！"

"我想等到洞房花烛之夜，我们再……"没等南珠说完，司马冲将她一把抱起，回到里屋，放到炕上，说："你不舒服，我们就来日方长吧。"

南珠想起那个谭门庆，一时无言以对。双眼一闭，任凭司马冲再次轻轻吻过脸庞。一股清香迅速弥漫开来，让人无比惬意。一个个香吻落在肌肤上，像灵巧的手指弹奏着激情的乐章。一滴滴香汗滑落在枕上，似绵绵的秋雨浸润干涸的泥土。

南珠闭着眼睛，感觉像在深水中挣扎，好像整个人沉了下去，不复存在。

突然，南珠一声不吭，没了声息。司马冲大惊，拍了拍她的脸蛋，还是没有反应，忍不住大叫：“好妹妹，快醒醒！好妹妹，别吓我！”司马冲这才想起南珠体弱多病，刚才上吐下泻，虽然最后一刻守住清白，自己只顾贪婪，一时后悔不已。

19. 私情难掩

司马冲吓得连忙一边压胸部，一边对着嘴吹气，说：“上天保佑，好妹妹快快醒来！上天保佑，好妹妹快快醒来！”

南珠脸色苍白，双眼紧闭，没有一点反应。司马冲吓得六神无主，又拍了拍她的肩膀，拍了拍她的脸蛋，依然是昏迷不醒。突然，看见桌上还有点姜汤，司马冲端起碗就往她嘴里灌。

刚灌了一口，碗被南珠伸手打翻在地。“你个呆头！喝姜汤也不一口一口地喂，这叫我怎么喝？”南珠突然睁开眼睛嫣然一笑，“刚才是不是很恐怖？看你上衣扣子都扣错了地方，胆小鬼！”

司马冲见南珠苏醒过来，知道刚才是南珠故意出的难题，在考验自己，幸亏没有发昏。当即回道：“好妹妹，刚才真把我吓坏了。可不能再玩这种把戏了！刚才，我恨不得把自己给废了，我是真后悔啊！你要有个三长两短，我如何对娘交代？！”

南珠低头笑道：“路遥知马力，日久见人心！不用多久，我很快就知道你是不是真心待我。你是该对娘有一个交代了。答应我，你明天就要向娘提亲，不许要赖！”司马冲点点头，正要回答。

这时，门外传来敲门声。二人乱作一团。司马冲连忙整了整扣错扣子的衣服，去开门。南珠理了理秀发，立即躺在炕上，一副病歪歪的样子。

司马冲打开门，门外站着两个人：母亲林娟秀和一位老太太。那老太太红光满面，慈眉善目，想必就是母亲请的郎中。林娟秀忙作了个手势：“郭郎中，快看看我的珠儿。”

郭郎中背着个小药箱，快步走进门，到里屋一眼就瞧见躺在炕上的南珠，说：

“就是她吃螃蟹拉肚子？”林娟秀点点头，看见盛姜汤的碗扔在地上，顺手捡起来斥责道：“你们两个搞什么鬼？碗都不要了？”

南珠红着脸回答：“是姜汤太烫，我不小心掉地上，还没来得及收拾，你就回来了。”郭郎中叫南珠伸手过来，为她把脉，说：“螃蟹中毒能要人命的，幸亏喝了点姜汤。要记住死螃蟹是不能吃的，肚子里有很多有毒的东西。你吃了多少个？”

南珠低声说：“不记得，大约有五六个。怎么他们吃了都没反应？”郭郎中见脉搏虚弱，不同常人，料想病毒并未根除，只是有姜汤压制，收手抬头说：“各人吃的量有多有少，体质又各不相同，当然不可同日而语。你脉象偏弱，病毒仍在体内‘兴风作浪’，不可大意。林大嫂，你拍点蒜泥，用冷开水浸泡后去渣加点红糖，每隔半个时辰服用一次。我再给她开点消炎的药。请按时服用，就不会有事了。”

郭郎中说完从药箱里取出几包药，交给林娟秀。林娟秀接过药说：“感谢你深夜为小女出诊，快六十的人了，走了那么远的山路！”说完，走到衣柜里取出一个包袱，翻了好半天，才拿出一两银子。娟秀将银子递给郭郎中的同时，一条项链从包袱里滑了出来，掉在地上。

南珠心想，这女郎中快六十的人，腰板这般硬朗，头发也不见一根银丝！真是不简单！郭郎中推辞了半天，终于收下了银两。正准备告辞，却分明瞧见地上那条项链，说：“这条珍珠项链我好像哪里见过！”

林娟秀从地上捡起那条项链，递给郭郎中，说：“你见多识广，瞧瞧这条项链有什么来路？”郭郎中接过项链，在灯光下仔细端详了一番，说：“十多年前，我就见过这条珍珠项链，翡翠弥勒佛吊坠背面有八个字‘海枯石烂，天荒地老’。你是从哪里得到这条项链的？”

林娟秀说：“这个……你瞧那像蚯蚓一样的文字是什么意思？”郭郎中取出老花镜，又瞧了瞧说：“这是满文，意思是‘贝勒’。我如果没猜错的话，这应该是皇宫里的物件。为何到了你的手上？”

“此事说来话长。这当真是皇宫里的东西？”林娟秀半信半疑。

郭郎中拿着项链说：“那是十多年前，算起来应该有十八年了，我在给一户人家媳妇接生时，在枕头边看见过这条珍珠项链，个个洁白圆润，弥勒佛吊坠背面刻有‘海枯石烂，天荒地老’的小字。当时没有在意，接生完小孩，我见母女平安，就离开了。那户人家怪怪的，问他儿子到哪儿去了，老两口支支吾吾说不上来。我想人家儿子可能到外地做生意去了，也就没有多问。”

此言一出，林娟秀立即喜出望外：“那你应该就是珠儿的接生婆！谢天谢地，总算找到接生婆了！实不相瞒，我的女儿其实是十八年前，我在集市上捡到的，并非我亲生。这项链就放在她的襁褓里。那你应该见过珠儿的亲娘，她亲娘住在哪儿？”

林南珠也两眸放光，问道：“郭郎中既是我的接生婆，快告诉我，我娘住在哪儿？长得啥样？”郭郎中有些为难地说：“这过了十几年，还不知道人家在不在。我没记错的话就是唐家坳，离此地东南方约六十里。那户人家姓唐，住在山坳中，男的是个驼背，也就是你外祖父是个驼背。你娘生你时年纪不大，小巧玲珑的，长得跟你一样俊俏。你爹我都没见过，生你时他不在家。”

司马冲也惊喜道：“想不到今晚因祸得福，知道唐家坳，就不难找到你娘了。”郭郎中将项链还给林娟秀，起身要告辞：“夜深了，老身还要赶路，就不多唠叨了。只要按时服药，就不会有事了。”

夜深了，送走郭郎中，一家人欣喜若狂。司马冲找来少许大蒜，切成蒜泥，用冷开水加红糖调制，让她服下。林娟秀给南珠连夜煎药，亲自端过去让她喝下。南珠感到神清气爽，不再拉肚子了。

林娟秀突然低头发问：“可有几点不明白，你娘当年为何要将这条刻有‘贝勒’的项链留给你，而不自己带着？这串精美的珍珠项链又是怎样到了你娘的手里？你爹为何在你娘临产时都见不到人？这其中到底有什么蹊跷？”

司马冲说：“这几天我们准备点盘缠，等到了唐家坳一问不就水落石出了。”南珠感觉好点，就翻身坐了起来，可脸依然是红彤彤的。林娟秀心里有些担心，于是吩咐道：“冲儿，你到那边房休息去。我们也要睡觉了。”司马冲只好回里屋躺下休息。

门刚关上，林娟秀就揪着南珠的脸肉，问：“你们两个刚才有没有干坏事？”南珠红着脸说：“娘，我们没有，请相信我！”

林娟秀又揉了揉她的脸蛋说：“娘是过来人，你们刚才是不是那个了？”南珠脸红得像火烧云，坚持说：“冲哥不是那种人，他不会做我不愿做的事！我们只是说说话而已，没做出格的事。”

看女儿的样子，林娟秀心痛地抱着她粉嫩的双肩说："你是不是真的喜欢冲儿？你就是真的喜欢也不要那么早……这如果传出去，光乡亲们的口水就能将你淹死！我警告你们几次，看来根本没用。"

南珠羞得快哭了："上午的时候，我在家洗澡，色鬼谭门庆躲在门后面偷窥，幸亏冲哥及时赶到，不然我都没脸活了。冲哥也喜欢我，求娘就成全我们吧。"

林娟秀拉着她的手说："有这种事，真是岂有此理！这谭门庆也欺人太甚。丫头，这事我可做不了主。你现在有娘了，过几天我们就去找你娘。叫冲儿给你娘下聘礼，要明媒正娶，你们偷偷摸摸算什么事儿？"

南珠依偎在林娟秀的怀里说："别找了，只要你答应就行了。我娘从小就不要我，找到又何用之有？给她下聘礼，简直太阳从西边出来了！娘含辛茹苦，从小将我养大，对我恩重如山。要去，你们去，反正我不去。"

夜深人静，母女二人唠叨个没完。林娟秀说："傻丫头，你娘将你丢弃，肯定是有原因的，可能是儿女太多，饥寒交迫无力抚养，或者有其他难言之隐。"

南珠说："我不论何种缘由，既然让我来到这世间，就没有理由抛弃。抛弃就有违人伦之常，没爹没娘的孩子可怜之极，非外人能体察。"林娟秀接着又安慰了几句，迷迷糊糊中二人进入梦乡。

第二天，天刚亮门外传来"嗖嗖嗖"的剑声，南珠听到声音起炕一看，原来是司马冲在晨练。看着英俊帅气的冲哥将那把青铜剑舞得八面生风，寒光闪烁，南珠脸上露出甜甜的笑靥："冲哥，多日不见剑法长进不小啊！想不到'丑小鸭'变'白天鹅'了。"

晨风中，那剑翩若惊鸿，婉若游龙，令人目不暇接。好一会儿，司马冲收了剑回道："那九玄神剑我只学了十二招，剑法实在差得远，妹妹切莫笑我。你身体可好些？昨夜睡得如何？"

晨风吹着南珠的一缕秀发，在空中飞扬，甚是妩媚。南珠莞尔一笑："几只死蟹能奈我何？你瞧现在没事了。只是我们的事，娘已经知晓。她不同意！"

司马冲微蹙双眉道："为什么？我们又不是亲兄妹，结为伉俪有何不妥？我要去找她。"

20. 露水情缘

这时林娟秀出门，回道："冲儿，你们两个一个是我的养女，一个是我的亲儿，结为秦晋之好，亲上加亲，娘当然高兴。可是你们不能操之过急，现在就做出苟且之事，这若是传出去，乡里乡亲会闹得满城风雨。既然珠儿的娘也有消息了，我们不日启程，找到她娘顺道商量一下你们的婚事。"

林南珠生气地说："要去，你们去，我不去！这样的娘不找也罢。"司马冲上前劝道："好妹妹，别生气，生气就不好看了。我就这样娶你，有些于理不合。等找到你娘，我请个媒婆，下个聘礼，选个良辰吉日，风风光光将你用八抬花娇娶进门多好啊！这几日，你们做点女红，准备点盘缠就出发。"

好说歹说，南珠总算勉强同意。几日后，他们凑够了盘缠。三人就朝着唐家坳的方向上路了。

唐家坳离牛店乡有六十多里路，知道的人也不多。三人朝东南方一路走一路打听。山路崎岖，十分难行。走了一程，南珠体质弱走不动了，一屁股坐在路边的石头上说："歇歇吧，这路太难走了。"

于是，三人就坐在路边草地上休息。南珠问道："如果找到我娘，她不认怎么办？"林娟秀擦了擦汗说："不要紧，我们有这串项链，她不会不认的。你娘十八年没见到你，说不定早就盼得肝肠寸断，后悔不已。"

三人休息一会儿后，接着赶路。天将正午，终于赶到唐家坳。此处从一条大道走进，经过一座山峰的一侧，里面全是羊肠小道，小村就坐落在山坳里，难怪叫唐家坳。

走进唐家坳，司马冲就向一位老太太打听："奶奶，敢问本村是否有一位驼背老大爷？我们是他的亲戚，多年不曾到访。"老太太打量了下三人说："是有一位驼背老大爷，此处往前走，再往左拐，右边有一间茅草屋就是他家。他家已经就剩一个孤老头子了。"

三人面面相觑。司马冲拱手道："晚生多谢老奶奶指点，多谢！"辞别老太太，三人来到那间茅草屋前。只见一间平房，用茅草做的屋顶，用土砖做的墙体。几只母鸡在门前嬉戏追逐，甚是热闹。

三人走进屋内，果见一老大爷端坐在小凳上。老大爷微微有点驼背，银发如雪，长须飘飘，手持一根木杖。林娟秀躬身施礼：“老前辈，在下牛店乡林氏，敢问十八年前可曾丢失一位女婴？”

南珠走进屋内，见绳床瓦灶，一贫如洗，比咱家还穷。老大爷瞧了瞧三位来客，说：“你们是从牛店乡来的？我本姓唐，你是怎么知道我家丢了一个女孩？”

林娟秀打开包袱，取出那条项链递给唐老大爷，说：“十八年前，我在集市上捡到一个女婴，襁褓里有一条珍珠项链，就是这条。”老大爷接过项链，在太阳下照了照，禁不住热泪盈眶：“就是这条，没错！当年我亲手交给她娘放在襁褓里。那我小孙女在哪儿？”

林娟秀拉过南珠说：“这位就是当年那个女婴，老前辈就是她娘的亲爹，对不对？珠儿，快快跪下，叫外公。”南珠“扑通”一声跪在老大爷跟前，哽咽道：“外……公，外公！”

唐老大爷周身上下端详着南珠，果然眉清目秀，国色天香，不同于一般的庸脂俗粉，比女儿当年还要标致美艳。当即拉着她的手说：“我的孙女啊！可算找到你了，外公没多久就后悔莫及，不该将你丢弃。当年你娘未婚先孕，生下你后，遭到乡亲们的白眼，我十分恼火，只好强逼你娘将你弃于集市。你娘带着一个孩子如何嫁人？这是任何一个男人都不能接受的！”

南珠小声询问：“那我娘亲呢？家里为什么只剩下你一个？”老大爷擦了擦眼睛，伸手抚摸着南珠的脸庞，接着说：“你娘生你时才十六岁，第二年就远嫁他乡，从此以后，就再也没有回来看过。我的孙女啊！我的宝贝啊！老天有眼，终于让我重新见到你啊！”

唐老大爷止不住泪水潸然而下：“她娘，是你将她抚养成人？都长这么高了。你是孙女的大恩人啊！”说着弯腰准备要跪下。林娟秀赶紧将老大爷扶起：“万万使不得，万万使不得！那年我夫君遇难，儿子失踪，我将珠儿抱回家，相依为命，救人于危难，实乃做人之本分。这位就是我儿。老前辈，不，外公请起！她外婆呢？”

说到伤心处，老大爷更是泣不成声：“前……前年，老伴一病不起，不久就驾鹤西去。老伴儿一走，我就孤苦伶仃，日夜想着那年丢弃的外孙女，追悔莫及。”

南珠含泪问：“外公，那我娘嫁到什么地方？可曾留下什么话？”唐老大爷望着窗外的远山，颤声说：“你娘远嫁到西北大漠，离此一千多里的路途，至今杳无音讯，生死未卜。具体地方老朽也不知啊！不过，你娘临走交代，如果有一天找到你，叫你凭这条项链到西北大漠去找她。”

茫茫大漠，漫漫黄沙，异域他乡，人迹罕至。何处有我的娘亲？何处有我的父亲？南珠一时茫然不知所措：“那我爹到底是谁？为何没有娶我娘？这是不是真的？”

唐老大爷长叹一声，摇摇头说：“孩子，这千真万确啊！你爹是谁连你娘都不清楚。只知道他姓黄叫什么台吉，可能不是汉族人，汉语讲得很差，勉强能听懂几句。”

司马冲搬来一条长凳。唐老大爷指着长凳说：“三位请坐，你们远道而来，光临寒舍，令我蓬荜生辉，一定累了。坐下，听我慢慢说。”三人这才在老大爷身边坐下。

“那年夏天的一个夜晚，电闪雷鸣，暴雨滂沱，我家突然闯进一位不速之客，也就是这位姓黄的公子。眉清目秀，英姿飒爽，二十出头的年纪。黄公子刚进门，后面的追兵就到了，密密麻麻，可能有十多人。我看得真切是朝廷的官兵，那些人手持利刃，身穿盔甲，来势汹汹。胜蓉，也就是你娘，见他腿有箭伤，忙将他迎进闺房，藏在衣柜里，才躲过官兵的搜查。官兵追问时，胜蓉说，看见有人跑到对面山洞里了。接着官兵搜山，在山上搜了十多天，才无功而返。黄公子在我家一躲就是十几天。白天，我和老伴上山采药，为其打听追兵动向。晚上，胜蓉为他敷药包扎伤口。无微不至的照顾使黄公子的伤口很快康复。谁知黄公子与胜蓉日久生情，答应日后一定上门娶亲，并赠送一条珍珠项链给胜蓉作为凭证。没想到黄公子走后，一直杳无音讯，胜蓉未婚先孕，肚子一天比一天大，第二年就生下了你。生下你后，胜蓉天天盼着黄公子，可黄公子照旧是没有音讯。我恼羞成怒狠狠骂了你娘，不该轻易委身一个陌生男人。现在带着一个孩子如何嫁人？于是，你娘只好含泪将你弃于集市，并留下项链作为凭证。纸是包不住火的。附近的乡亲们都知晓此事，我只好托人将胜蓉远嫁到西北大漠。可那位黄公子到底是何方人氏？你娘也知之甚少，问他又闪烁其词，只知道他汉语讲得不好，可能不是汉族人。”

林娟秀低声问：“那年她娘临产时，是否是一位姓郭的女郎中接生的？”唐大爷颔首道：“不错，是位女郎中接生的。”林娟秀说：“前几天，珠儿吃螃蟹中毒了，我们请郭郎中出诊救治。就是这位郭郎中说见过这条项链，才指引我们找到这里。她认识项链上的一句满文，意思是‘贝勒’，那位黄公子可能是后金国大汗的贝勒。”

司马冲想了想说：“如果是贝勒就更不应该失信于平民，况且别人救其于危难之中。也有可能是一个泼皮无赖，拿条项链骗吃骗喝，还骗女人，真是天下之大无奇不有，林子大了，什么鸟都有！”

如果他是满人，又是贝勒爷，怎么可能找不到唐家坳？可南珠立即嗫嚅道：“我不许你胡说，我爹不是那样的人！”司马冲说：“倘若他不想抛弃你娘，你娘就不会抛弃你！你看那项链玉坠上还刻着‘海枯石烂，天荒地老’的誓言，怎么解释？足见其虚伪！”

林娟秀也是百思不得其解：“此事确实蹊跷，满人中也没有人姓黄的，他们的风俗习惯跟我们汉人相差甚远。受人滴水之恩，当涌泉相报。他们满人也许就没听说过这句话。”

唐老大爷拉着南珠的手说：“事已至此，木已成舟，再去追究谁的过错，都于事无补。珠儿啊，你现在无论是找你娘，还是找你爹，都比登天还难啊！干脆谁也别找了，好好过日子吧！你们走了那么远的路，中午就在我家吃顿饭吧。”

林娟秀于是起身帮忙做饭。大家生火的生火，洗的洗，切的切，不一会儿工夫，午饭就做好了。尽管是粗粮斋饭，司马冲吃得挺香，可南珠只吃两口就放下了。可能是心里不痛快，此行找娘，娘不在，找爹，爹还没认！那关键问题更是无从谈起，现在是哑巴吃黄连，有苦说不出。怨就怨这世道兵荒马乱，人心叵测。

南珠推了推娘的胳膊，那意思是要不要提婚嫁问题？林娟秀朝她摆摆手。吃过午饭，林娟秀从包袱里取出风干的一条腊鱼、两块腊肉，还有二十多个鸡蛋交给唐老大爷说：“她外公，农家风味，一点薄礼，不成敬意。既然找不到她爹娘，下午我们就回去吧。你老人家多多保重，我们得空就会来看望您。”

唐老爷子说什么也不肯收下：“你的大恩大德，我们都无以为报，怎么能收受你的礼物呢？”南珠坚持说：“外公，您就收下吧。你一个人孤苦伶仃，珠儿多年没有孝敬你老人家，今儿个就算补上。”老大爷拉扯谦让不过，终于收下。

三人起身告辞。南珠挥手向外公告别。唐老大爷站在门口含泪目送他们离去，那微驼的身材在风中颤抖着……

走出唐家坳，三人来到一个集镇上。这里车水马龙，熙熙攘攘，十分热闹。南珠问："娘，在外公那里，你为啥只字不提我和冲哥的事？"林娟秀说："你外公年纪大了，哪有精力管年轻人的事？既然父母找不到，你们就好自为之吧。"

远远看见，街上有一间珍珠店。琳琅满目，五光十色，摆的都是各种珍珠。南珠笑嘻嘻地拉着娟秀的手说："我和冲哥的事，那娘算是同意了！把我们那条珍珠项链拿出来，让店主看看是不是真货。"林娟秀将项链取了出来说："看看可以，但不能卖。"

店主是中年男人，一脸络腮胡子，接过那条项链一瞧，喜出望外："找到了，找到了！三位请到里面说话。"林娟秀不明白他说的什么意思，带着南珠和司马冲就来到店主的内房。只见店主突然将门一关，吆喝了一声："马乾、赵坤，快操家伙，把这三个人给我抓起来。"

第五章　锦衣玉食心茫然

21. 自投罗网

这时，从内房里突然冲出两个壮汉，手持弯刀将娟秀和南珠双双拿下。司马冲反应神速，立即拔剑出招。司马冲自恃武功不差，可今天他碰到高手了。道高一尺，魔高一丈。那大胡子只出了三招，司马冲便感觉不是对手。斗不过五招，司马冲宝剑落地，那大胡子将快刀已经架在脖子上了。司马冲只好束手被擒。

三人的手都被绳索缚住，却不知何因。林娟秀问那个大胡子店主："我等都是良民，又没有犯法，你们为何抓人？"那店主冷冷一笑："对不住了，我们是奉大汗密旨捉拿持有这条项链的人，你们都是一伙的吧，具体情况我也不清楚，等到了盛京（今辽宁沈阳）再说。"

另一个伙计说："十几年了，我们在这里等了十几年，都不见这条项链。你们是从什么地方得到这条项链的？"南珠生气地说："反正不是偷的，不是抢的，就是不告诉你。"那伙计说："你不告诉我，我也不感兴趣。反正把你们押到盛京，我们就完成任务了。"

那店主摸了摸胡子说："这几天要辛苦你们了，我亲自押送方不辱汗命。"司马冲心想，这回麻烦了，也不知道这伙人真正目的，要想逃脱绝非容易。另一个伙计说："这个小白脸会武功，给他用铁链。"说着，几个人上来，给司马冲换上了铁链，将手脚都捆死了。

一行人找了两辆马车，将三人带上车，收拾好行李就出发了。这位大胡子店主叫富察勇智，原是御前侍卫副总管。两个伙计一个叫马乾，一个叫赵坤，都是一等侍卫，武功一般人望尘莫及。六个人分乘两辆马车，赵坤和马乾分别在前面驾车，富察勇智和司马冲同乘一辆，林娟秀和南珠坐另一辆。

富察勇智看了看正在发呆的司马冲："小白脸，你那点蛤蟆功就别折腾了，我眨眼工夫就能将你制服。"司马冲心里懊悔技不如人，此时无力保护她们，只好淡淡地说:“如今你为刀俎，我为鱼肉，要杀要剐，请便。只希望你们能放过她们母女。”

那马乾手持金刀晃了晃说：“想见阎王爷，我帮不了你！不过，你们过几天就能见到大汗。我们还有数天的路程，得抓紧时间，别跟我玩什么花花肠子！”林娟秀大吃一惊：“是你们后金国的大汗？”

马乾自豪地说：“当然是我们的大汗，你们大明的皇上现在是秋后的蚂蚱，蹦不了几天！”林娟秀这才明白他们是去盛京而不是紫禁城，身为大明的臣民，要见异国的大汗，恐怕凶多吉少。听说满人骁勇异常，杀人如麻，风俗习惯与汉人相差甚远。稍有差池，便会引来杀身之祸。

马车一路摇摇晃晃，将南珠折腾得头昏脑涨。南珠躺在娘的肩头，想着大汗为何要捉拿持有这条项链的人？难道这条项链价值连城，怀疑我们非抢即盗？或者这项链藏有什么不可告人的秘密，要杀人灭口？

经过几日的颠沛流离，风餐露宿，一行人到达盛京时已近黄昏，晚霞将天际映得一片赤红。透过车窗，南珠发现道路越来越平坦，两旁的树木依次闪退，夕阳的余晖将汗宫的一角描绘得更加金碧辉煌，庄严肃穆。从小生活在乡村的南珠从未见过真正的汗宫，今天是“刘姥姥进大观园”了。门口的侍卫经过简单的盘查后，立即放行。

只见青砖铺路，玉石为阶，远处亭台楼阁，波光潋滟，秋色宜人，美不胜收。手持钢刀的禁卫军不时在城内来回巡逻，步伐整齐，口号声声。司马冲不知是福是祸，早已无心观赏这汗宫美景，诚惶诚恐地坐在车中，盼着马车快快停下。

随着赵坤一声长长的口哨，马车终于停在一处宫殿外。富察勇智首先下车，叫来门口的一个小太监：“速速禀告大汗，就说在下有要事相告。”小太监说：“大汗这会儿正在永福宫同侧福晋布木布泰对弈，不宜打扰。”

富察副总管接着说：“就说富察勇智带回好消息了。”小太监这才屁颠屁颠跑进去，跪倒在大汗跟前：“启禀大汗，富察勇智说有好消息，在殿外求见。”

这位大汗就是努尔哈赤的第八贝勒皇太极。努尔哈赤突然驾崩，皇太极被八旗兵拥戴为大汗，继承汗位。继位后，皇太极对汉人极力采取怀柔政策，意欲消除汉人对金人的仇恨，实现各民族的融合统一。

皇太极面不改色地瞧了一眼小太监说：“传富察副总管到赏月阁觐见。”棋未下完，皇太极起身来到永福宫一侧的赏月阁。布木布泰不知是什么喜事，皇太极要避开自己，举棋未落只好又放下扔回。

皇太极在赏月阁落座后，见富察勇智急匆匆进来，跪地道："大汗万福金安。卑职在唐家坳一带乔装成珍珠商多年，终于觅得这条吊坠刻有特殊字样的珍珠项链，不知对否？请御览。"说完呈上从林娟秀手中夺得的那条项链。

"爱卿请起，这项链吊坠上的'海枯石烂，天荒地老'是我亲手刻的，的确是我当年赠予胜蓉的那一条。"皇太极接过项链，见那项链上珍珠通体圆润，光泽亮丽，丝毫不减当年，不禁浮想联翩，"十九年了，想不到我再次见到了它……"

十九年前的一个夏天，奉父汗努尔哈赤将令，皇太极带着一股八旗兵进攻袁崇焕的一个分队。双方在唐家坳一带展开激战，无奈袁崇焕这个小分队采取声东击西的战术，将皇太极的八旗兵杀得措手不及，丢盔弃甲。突围中，皇太极拼死杀出一条血路，不慎小腿中箭。

皇太极只身一人逃脱，逃到一处山冈上，遇见一个村民。皇太极逼村民同自己换了衣服，逃到唐家坳里。其时，恰逢天降暴雨，视线一片模糊，后面的追兵根本看不清人影。仓皇中，皇太极敲开一家村民的大门，一个驼背大伯将他藏在女儿的衣柜里，才躲过追兵的搜查。

驼背大伯的女儿叫胜蓉，生得蕙质兰心，国色天香，楚楚动人。伶牙俐齿的胜蓉几句话就将追兵打发走了。在她的悉心照料下，皇太极的腿伤很快康复。一种爱慕之情在皇太极心中油然而生。此时二十出头的皇太极长得朗目疏眉，龙章凤姿，深得胜蓉芳心。

一日，大伯夫妇上山采药去了。胜蓉在家洗衣，对皇太极说："你的衣服多日未洗，不如脱下，我给你洗了。"皇太极羞愧地说："我没带换洗的衣服，洗了就只能光着膀子了。"

胜蓉去衣柜里取了件爹爹的衣服，在递给皇太极时，不慎脚下绊倒，扑倒在皇太极怀中。皇太极顺势抱着胜蓉说："你心灵手巧，美若天仙，这样的女人打着灯笼都找不到。我要是娶了你，真是三生有幸！"

说不清有意还是无意，胜蓉也没有反抗，呢喃道："公子过奖了，我担心配不上公子。你若有意，回去以后可差人上门提亲。你先脱衣吧。"胜蓉那意思是脱衣给我洗。皇太极以为她要吃禁果，于是不由分说，低头亲吻那红扑扑脸蛋，说："对不起，今天我可要冒犯姑娘了。"

情窦初开的胜蓉只是委婉地推了几下皇太极，终究挡不住那火热的拥抱、甜蜜的热吻，就像沙滩挡不住海水的冲击，就像冰凌挡不住阳光的照耀。胜蓉宛如一条解冻的河床，渐渐泛起温柔的波浪，向前奔流，谁也无法阻挡……

皇太极盖住那温润的双唇，胜蓉热切地响应。二人像磁铁一样紧紧粘在一起，滚到炕上。衣裙先是被弃于炕上，后来滑到地上。枕头先是推到炕角，后来也滑到地上。两人浑然不觉，一会儿气喘吁吁，香汗淋漓……

事毕，皇太极取出一条上品的珍珠项链，据说产自岭南的海康，用刀尖在弥勒佛吊坠背面刻下“海枯石烂，天荒地老”八个汉字和几个满文交给胜蓉，说：“等这一带战事结束，我就差人前来提亲。我对你的爱‘海枯石烂，天荒地老’都不会变！”

胜蓉擦了擦香汗，穿好衣服，含泪接过那条项链：“你可要记住今天说过的话，我会永远珍藏它。不然，我就将它弃于大江大河之中。”

胜蓉洗完衣服，驼背大伯夫妇回来说，这几日山中仍有官军在巡查。皇太极就在胜蓉家中静养了十多天，一直等到追兵退走才告别胜蓉一家，回到大汗身边。

一晃过了十九年，对于胜蓉的爱情和恩情，皇太极深深埋在心底，虽然从未在其他福晋面前提起，但每次想起总是念念不忘。今天再次看见这条项链，睹物思人，胜蓉的倩影又再一次浮现在眼前，令皇太极心潮起伏，久久不能平静。

赏月阁里皇太极一次又一次地端详着那条项链，半晌无语，忽然发问：“爱卿到底是从何人手中得到这条项链的？”富察勇智回道：“启禀大汗，那三人已从唐家坳被我带了回来，其中项链是从那位老夫人手中得到的。”

皇太极欣闻有位老夫人，以为是胜蓉，当即传旨：“快宣，快宣。”小太监跑到殿外对他们说：“大汗有旨，宣你们三人进殿。”林娟秀三人这才从马车上下来，随小太监一步一步进殿，向赏月阁走来。

22. 多情公子

林娟秀远远看见堂上坐着一位身穿黄色龙袍的男子，边走边想，这个大汗是否就是当年在唐家胜蓉那里避难的那位黄公子？自己有了荣华富贵，有了三宫六院众多福晋，哪里还记得当年的海誓山盟？

司马冲双手还被铁链捆着，正咬牙切齿，心想，这个忘恩负义的狗大汗！当年她外公真是瞎了眼，该让官兵抓起来千刀万剐，害得南珠从小没了亲娘，害得她娘远嫁西北大漠！

刚走下马车，南珠感到腰酸背痛，这双手还被绳索捆着。将我们抓来的大汗难道真是我爹？想必也不是什么好男人！这汗宫雕梁画栋，粉妆玉琢，整日莺歌燕舞，难怪乐不思蜀！早把海枯石烂的誓言忘到九霄云外。如果不是他抛弃了我娘，自食其言，我又怎会流落他乡？！

正想着，三人来到皇太极跟前。早有小太监叫道："见了大汗，还不下跪？"林娟秀拉着南珠双双跪下，唯独司马冲站着没动。娟秀轻轻踢了他一脚，司马冲仍然站着不动。小太监立即火冒三丈："大胆！见了我金国大汗，怎能这般傲慢无理？跪下！"

司马冲冷冷道："我是大明的臣民，我只跪大明的皇上，你是哪儿来的大汗？"如果平常有百官在旁，大汗可能就直接将其拉下去砍了。可今儿个高兴，皇太极虽然心里不悦，嘴上却说："免礼，免礼！快请起！爱卿快快给他们松绑！"

在一旁的富察勇智说："那个小白脸会一点武功，恐怕……"皇太极发现那个老夫人根本不是胜蓉，倒是她身边的女子跟胜蓉有八成相像，心中有些疑惑，说："快快松绑，有爱卿在，谅他也不敢班门弄斧。"

小太监上前为林娟秀和南珠解开了绳索，又为司马冲解开了铁链。三人如释重负，都在松筋骨。林娟秀说："大汗吉祥！我等久居穷乡僻壤，不知宫廷礼节，请恕罪。请容草民林氏介绍一下，这位是犬子司马冲，这位……是南珠。"

其时南珠近距离瞧了一眼皇太极。只见浓眉大眼，身材魁梧，英俊逼人。难怪娘会动心！想必年轻时更是帅气十足，潇洒了得。皇太极拿着那条项链，问道："林夫人，你是从何处得到这条项链的？"

林娟秀说："十八年前，在一个集市上我捡回一个女婴，在婴儿的襁褓里发现了这条项链。"皇太极先是一愣，刚好是我离开后的第二年，莫非胜蓉怀孕生子了？接着问道："那个女婴呢？"

林娟秀拉着南珠的手说："眼前的这位妙龄女子就是那个女婴，今年芳龄十八。"皇太极转头细看了一眼南珠，果然风华绝代，天资美艳，腰如束素，齿如含贝，虽然衣衫朴素，但却难掩娇媚。更重要的是眼前的南珠极像当年的胜蓉，一时勾起无尽的相思！多少个春夏秋冬，多少个日日夜夜！胜蓉的倩影挥之不去。

皇太极问道："你叫什么名字？"南珠抬头回答："大汗忘了娘刚才介绍过，我叫林南珠，不知爹是谁，我就随了娘的姓。因为出生时就跟这条产自岭南的珍珠项链结缘，所以叫南珠。"

富察勇智在一旁喜上眉梢："恭喜大汗，贺喜大汗！果然蓝田生玉，大汗又多一位格格。卑职一直不知这条项链的来龙去脉，错过了好多年，请大汗恕罪。"

没有盼来胜蓉，却盼来胜蓉的女儿！皇太极激动得一时语无伦次："珠儿……珠儿！你真是胜蓉的珠儿？都长这么高了！"林娟秀见大汗有些不相信自己的眼睛，解释说："前几天，我们三人去了一趟唐家坳。她那驼背外公仍然健在，外婆前几年不幸辞世。南珠的确就是十八年前胜蓉生下的那个女婴。我们还是靠当年给胜蓉接生的郭郎中指的路，才找到唐家坳的。大汗就是当年他们说的那位英俊的黄公子。"

皇太极点头微笑。此时，机敏的小太监插话，对南珠说："恭喜大汗！南珠格格，快快见过你阿玛。"

心存抱怨的南珠此刻有些矜持，多年没有父爱，乍一见有些受宠若惊。小太监在一旁叫："跪见，快跪见！"南珠膝下一软，刚想跪下。皇太极一把扶起："免礼！免礼！"

南珠怯生生叫道："阿玛，阿玛！我为什么今天才见到你啊？天啊！"拉着南珠柔嫩的双手，皇太极一时热泪盈眶："都是我的过错！都是我的过错！儿女都是前生的债，有债方来！我欠你娘的太多！来来来，让阿玛好好看看你。"

"太像你娘了，这脸蛋、这眼睛、这鼻子，简直就是一个模子倒出来似的！我认识你娘那光景也就你这般年纪。碧玉年华，含苞待放，窈窕淑女，君子好逑。"

好一个多情大汗！好一段多情孽债！司马冲听得心里酸溜溜的，身上起了鸡皮疙瘩，忍不住问道："南珠她娘望眼欲穿地等你上门提亲，大汗因何迟迟没有上门？是找不到地方了吗？"林娟秀在一边给他使了个眼色，意思是不要问这么敏感的问题。

正在兴头上的皇太极一时语阻："这个……并不是找不到唐家坳。而是……这个问题，我以后再慢慢告诉你。"心想，这个臭小子，刚才没有行大礼，我没有追究你，现在也敢跟我较真！

南珠扯着皇太极的衣袖，忙说：“行！阿玛，我们坐车太久了，现在又渴又饿！”皇太极当即吩咐：“小德子，去御膳房看有什么好吃的，热一下都拿过来。再泡一壶西湖龙井过来。”

小德子下去不多时，提了个大茶壶上来，给几个人一个个倒茶。那茶香气四溢，初闻使人顿觉神清气爽。南珠拿起刚倒的和田白玉的茶盏，尝了一小口，果然不同凡响。那司马冲拿起茶盏两口就干了，说：“这茶盏也太小气了，还汗宫的。”南珠踢了他一脚说：“呆头，不懂就不要乱说。”皇太极听后，沉默不语。

须臾，送上来几样精致小菜：冷拌鲍鱼、福建肉松、清炖云腿、干煎竹笋、清炒香干、水煮牛肉，外加几样主食：香肠糯米糕、葱油千层饼、炭火小馒头。

几个人立即狼吞虎咽。南珠从没有吃到这么好的美食，吃着吃着就眼泪汪汪的。林娟秀边吃边想，到底是汗宫里的美食，跟我们乡下比那是天壤之别。司马冲咬了一口糯米糕粘在喉咙里，半天没下去，眼珠子不停地往上翻，吃相十分难看。

皇太极瞧着他们，笑而不语。心想，这个傻小子，不懂礼节也就算了，连吃饭都这样贪婪，肯定是个废柴，没什么出息的。

这时，司马冲夹了一块鲍鱼，滑到桌子上。南珠用筷子敲了敲桌子，示意他别要了。司马冲觉得浪费可惜，再次去夹，又没夹住，滑了，又再去夹，又滑了，一共弄了三次才将那块鲍鱼夹到嘴里，丝毫没觉得桌子上脏。

三人用餐完毕。皇太极叫来小德子：“传旨，将东边的稻香阁收拾一下，安排他们三人住下。明日，要准备大典，我要封她为南珠格格，珠儿在乡下多年历尽千辛万苦，才有了今日。”

小德子立即下去安排人将稻香阁里里外外，收拾了一遍。大汗有了新格格！大汗要封新格格了！消息像长翅膀一样在后宫迅速传开，不亚于大晴天炸了一个响雷。个别福晋窃窃私语，从来没听说大汗外面有女人，这突然冒出一个格格，实在是让人难以接受。

三人将行李搬到稻香阁，几个小太监在堂前忙碌着。南珠见宫里到处雕梁画栋，墙上飞鸟鱼虫，个个栩栩如生。皇太极移驾稻香阁对室内的布局提了几点意见，又叫来小德子：“从我书房里取几幅山水画来，挂在这里，珠儿，你看看好不好？”南珠立即施礼：“谢谢阿玛！”

接着皇太极来到清宁宫处。大福晋哲哲立即跪下：“大汗吉祥！是什么风把大汗吹来了？”皇太极笑道：“快快平身！我有好消息告诉你，十九年前，我在民间养伤时不巧宠幸过一位美人，留下一条项链。谁知美人生下一位格格，如今被富察副总管带回。原是格格，本不用大典。由于她娘暂时下落不明，我想给她一个名分，以防遭人非议。请你宣告后宫各福晋。”

哲哲闻言一惊，很快坦然道：“既是大汗的金枝玉叶，本不用大典。可事起唐突，又找不到她娘，是要举行一个受封大典。本宫定当鼎力支持，以防后宫流言蜚语，坏了大汗的一世英名。”

皇太极接着吩咐：“我已安排格格住在稻香阁，现差一个丫头，就将你宫里的麒麟调到稻香阁。我瞧那丫头聪明伶俐，怪可爱的！”哲哲立即唤麒麟过来：“大汗夸你聪明睿智，从即日起你去新来的格格那里当差吧，快收拾收拾东西去。”麒麟立即谢恩下去了。

其时，堂下突然跪下一位侧福晋。皇太极抬头一看，是刚才对弈的次西宫侧福晋布木布泰。布木布泰朱眉微蹙道：“大汗万福金安！臣妾听说大汗要封一位乡下女为格格，不知是否弄清此女的真正来历。现在我八旗兵正与袁崇焕的明军交战，防人之心不可无。如果对方是明军派来的奸细，那么我军危矣！大汗危矣！臣妾斗胆请大汗暂缓册封，先查清楚这三人的来历再定夺不迟。”

23. 册封大典

皇太极苦笑道：“福晋多虑了。十九年前，我在唐家坳的确宠幸过一位美人，而此女长得极像她娘，年方十八，时间上极其吻合。我愧对她娘，再不能给她一个名分，枉为一国之汗。至于奸细是要防，但不应防他们。他们是富察副总管突然出手抓回的，应该没有问题。你就安心准备明日的册封大典吧。”

布木布泰见胳膊扭不过大腿，只好说：“大汗英明睿智，明察秋毫，都怪臣妾多虑了。臣妾恭喜大汗多了一位格格。”皇太极拉着布木布泰的手说：“福晋这就对了，多了一位格格不是更好吗？”

次日清晨，用过早膳，麒麟手捧一大堆衣裳，走进稻香阁，说：“格格快快更衣，巳时要举行受封大典。”南珠还在回味早上吃的肉包、蒸饺，拆了秀发说：“更衣要不了多久，又不是出嫁。”

麒麟展开铜镜，打来一盆热水，说："格格有所不知，这次受封是当着六宫福晋的面宣读诏书，场面十分隆重，格格一定要打扮得高贵华丽如孔雀开屏，才不负恩典。"南珠这才明白，汗宫的日子也不好过，繁文缛节十分啰唆，稍有差池便会遭人非议。

解开乌碧亮泽的云丝，麒麟用热水给南珠洗了个头，再用干布一点点擦干，用精致木梳一道道梳理，一层层盘起打着桃心髻，戴上几星淡绯璎珞，斜插几支翡翠簪子。镜中的人儿顿时光彩照人，美艳如出水芙蓉。额前那一缕细细的流苏如春风中的杨柳，不胜娇羞。半个时辰过去了，南珠才盘好头发。

接着南珠换上一件浅红色百蝶穿花式的上衣，那袖上的蝴蝶栩栩如生，展翅欲飞。下面是一袭鹅黄色绣白玉兰的长裙，那朵朵玉兰花娇艳盛开，争奇斗艳。脚上换了一双宫廷绣花鞋，鞋尖上绣的那一朵牡丹花，花蕊带露，含苞欲放。

"吉时已到，请格格到大堂受封。"外面传来太监小德子尖锐的声音。南珠款款移步，如一朵风中的蔷薇，走出正门。正在看书的司马冲抬头只瞅了一眼，立即叹为观止。平常没瞧出来，经宫廷妙手一弄，忽然间如此美艳，如昭君出嫁，贵妃出宫。不知什么时候，司马冲手中的书已滑到地上，浑然不觉。眼珠子一动不动，视线随着南珠平移，一直到进了大堂。

这一幕恰好被林娟秀瞧见，暗笑冲儿好痴迷，好一个多情的公子。可她们的事还没有在皇太极面前提起，也不知道皇太极意下如何。真不知从何说起！若能赐婚当然最好不过，绝好的姻缘不容错过。得选一个皇太极高兴的时候再说。自己的儿子能找到尊贵的格格，自己的养女也有一个好的归宿。本来他们已经情投意合，两情相悦。

林娟秀对冲儿说："别看了，走……瞧热闹去。"二人来到大堂之上。只见后宫福晋穿戴整齐，黑压压跪倒在地，齐声说："大汗吉祥。"大汗和哲哲坐在正位。大汗回应："各位福晋平身。"小德子高声说："受封仪式开始，请南珠格格跪下接旨。"

南珠应声跪下。只听小德子展开诏书高声宣读："奉天承运，大汗诏曰。十九年前，吾遭追杀。唐家父女，救驾有功。其女相约，愿托终身。此情绵绵，可昭日月。特封唐氏之女南珠为和硕南珠格格。赐稻香阁。钦此——"

南珠跪地接旨："谢谢阿玛恩典！"皇太极扫视全场说："各位福晋，不必嫉妒。

事出唐突，我也未料到唐氏生有一女，有物为证，特此加封，不得妄议。其养母林氏，十八载含辛茹苦，将南珠格格抚养成人，劳苦功高。赏黄金五百两。”

林娟秀没有料到自己还有赏赐，连忙跪地谢恩。小德子当场拿出赏赐的黄金，交给林娟秀。不一会儿小德子又叫：“请南珠格格为大汗、额娘上茶。”

这边早有丫头，为其端来茶水。南珠端起其中一杯给皇太极送上：“请阿玛用茶。”皇太极乐哈哈地接了茶水，再次打量了一下南珠，说：“真是个美人，比她娘当年还要美，不愧为我的金枝玉叶！”

一旁的哲哲盯了大汗一眼，心中醋意无法言语。接着南珠又拿起一杯茶水送给哲哲：“请额娘用茶。”哲哲接过茶水，笑道：“南珠格格久居乡下，辛苦了！”

随后，皇太极宣布：“为欢迎南珠格格完璧归赵，今晚稻香阁设宴，歌舞庆贺，以示隆重。”布木布泰靠近低言：“现在袁崇焕的明军在宁远虎视眈眈，我等如此奢靡，恐八旗将士士气低落。”皇太极回道：“福晋不必担心，我自有主张。”

受封仪式结束，南珠返回稻香阁。司马冲投来羡慕的目光，说：“好妹妹，你今天美极了，让我好好瞧瞧这汗宫的料子。”说完，摸着衣袖上的一只蝴蝶左看右看。

南珠摇摇头说：“呆头，别看了。快帮我将那几支簪子取下来，我脖子、头皮都受不了。看来，这格格也不好做啊！”司马冲正要动手，麒麟快步过来，取下两支特大的金簪。

司马冲抚着南珠的双肩说：“好妹妹，你做了格格，可不能把我忘了。你跟阿玛说说我们的事吧。”南珠红着脸说：“我可不敢说，让娘跟阿玛说吧。”

无奈，司马冲又找到林娟秀说：“娘，现在格格也封了，是不是找个机会跟她阿玛说说我和南珠的事。”林娟秀用指头点了一下他的额头说：“你这孩子，真是不懂事！看你像个猪八戒似的，猴急猴急的。现在南珠是大汗的格格，可没那么简单。如果她阿玛不同意，就是我答应也没用！这事，最好让南珠跟她阿玛说。”

司马冲拉着脸嗫嚅着说：“南珠她怕羞，哪敢提这事！”林娟秀说：“好了好了，今晚，我找个大汗高兴的时候先试一试口气吧。”

到了晚宴开始的时候，皇太极叮嘱要选在稻香阁大堂。小太监们将稻香阁着实整理了一番，一时间张灯结彩，门庭若市。大汗、哲哲及后宫福晋依次而坐，唯有南珠格格、林娟秀和司马冲三人选在靠近大汗的一侧就座，显示出格外与众不同。

南珠刚刚坐下，只见大堂上微风拂帘，箜篌悠悠，歌舞已经开始。第一支歌舞是柳永的《蝶恋花》，领舞者竟是次西宫侧福晋布木布泰。布木布泰一心牵挂着国事，但也不敢扫了大汗的兴致，这领舞可能是她自告奋勇的吧。

其时，有人拉二胡，有人弹箜篌，有人柔声唱起："伫倚危楼风细细。望极春愁，黯黯生天际。草色烟光残照里，无言谁会凭阑意？……对酒当歌，强乐还无味。衣带渐宽终不悔，为伊消得人憔悴。"

歌声凄婉悲切，令人心碎。布木布泰宽广的衣袖在空中飞舞如铺洒纷扬的云霞，将春日的离愁、举杯的疏狂表现得淋漓尽致。乐声悠扬，丝丝入耳。皇太极连连击掌叫好，众人也跟着附和。

案上腊味野珍，奇菜异果，很多南珠根本叫不上名字。皇太极举杯道："各位福晋，今晚我特设家宴，欢迎南珠格格回到盛京，南珠格格在乡下流浪多年，今日苦尽甘来，可喜可贺。以后家里多了一位格格，大家都要相敬如宾，无私关爱。来来来，让我们一起举杯，祝愿我们的南珠格格青春永驻，幸、福、万、年！"

大家举杯同贺，好不快意。南珠给阿玛额娘敬酒后，在小德子的陪同下，一一见过各福晋，并分别敬酒。接下来，堂前表演的是《梁祝》，这是一曲经典的爱情悲剧。曲调缠绵悱恻，动人心魄。表演者也十分投入，男女都流下了动情的泪水。

独皇太极似乎不悦，挥手说："换个喜庆一点的。"于是堂前又上来一队舞娘，这次表演的《百花争艳》。一个个打扮娇艳的女子，随着音乐翩翩起舞，就像春风吹拂下的百花园。皇太极这次露出了欣慰的笑容，不时随着音乐鼓点拍着桌子。

林娟秀见时机成熟，悄悄靠近大汗耳畔说："大汗，你看南珠格格已经长大，格格同犬子冲儿已情投意合……"

皇太极忽然脸色一变，摆摆手说："不可，万万不可，那小子太不懂规矩。南珠还小，不用夫人操心，我会从长计议的。"

林娟秀话还没说完，就吃了闭门羹，心想，怪就怪冲儿心太急，这种事急不得。只得回到座位上，低头吃菜，一声不吭。过了半天，南珠就问："阿玛刚才怎么说？"司马冲也追问："大汗刚才是不是同意了？"

"同意个屁，现在坏事了！我说最好是南珠直接跟大汗说，你们不听。都怪冲儿呆性不改，见了大汗也不知收敛一点。"

司马冲还理直气壮："我怎么呆性不改了！不就是没跪他，他算什么大汗！睡完了女人就一脚踢开，从此不闻不问。现在又猫哭老鼠——假慈悲！"

林娟秀一把堵住他的嘴："小声点，你跟我闭嘴，你还嫌你惹的麻烦小啊！本来顺理成章的事，现在给你弄黄了。"

南珠又羞又气，根本没有心思欣赏什么舞蹈音乐。不知道吃到什么时辰，宴会终于结束了。大汗、哲哲及后宫福晋相继离开。南珠目送他们离开稻香阁，心里却怎么也高兴不起来。

24. 依依惜别

果然第二天，小德子突然到访稻香阁："司马冲接旨。"林娟秀拉着司马冲说："赶紧跪下，有什么事以后再说。"这次，司马冲只好听娘的话，跪下了。只听小德子宣旨道："奉天承运，大汗诏曰。司马冲年幼无知，尚须边关历练。命富察勇智将其押送至科尔沁草原牧马，即日启程。钦此——"

司马冲呆呆跪在地上，不知所措。林娟秀催道："赶紧谢恩吧，公公还要回去复命。"司马冲只好谢了恩，待公公离开后，突然拔出青铜宝剑。

林娟秀见状一把拉住，哭道："儿啊，你可不能抗旨！抗旨就是死路一条。以你那点三脚猫的功夫是打不过他们的。你爹大仇未报，你要是有个三长两短，叫为娘如何活得下去啊！这就是你的命，怪就怪你命不好啊！"

司马冲持剑骂道："什么年幼无知！什么边关历练！都是狗屁借口。说穿了怕我们大明的将士，担心我留下会危及他们的安全。"林娟秀将那剑又插进鞘里，颤声道："可不能让他们听到！冲儿，你现在要忍耐，到了草原，设法找到你师父，好好将你的功夫练到出神入化。记住娘的话，只要有恒心，总能守到云开日出的时候。"

南珠急匆匆往外跑："我要去找阿玛，一定要冲哥留下，否则我也不当这个格格！"林娟秀一把将她抱住说："珠儿，你回来吧，没用的！你阿玛汗旨已下，那就是九匹马也拉不回。这格格可不是你想当不想当的问题，你不想当也不行了。多少人想当格格，可没这个命！"

三个人正乱成一团麻。富察勇智带着马乾和赵坤来到稻香阁。富察副总管手持宝刀，并未抽出晃了晃说：“小子，手下败将，就不用我动手，自己收拾收拾行李，跟着我们走吧。这是大汗的旨意，我们也没办法啊！”

林娟秀放开南珠，一脸笑意：“三位大爷，我家冲儿功夫很差，一路请多多关照。三位请先坐下用茶，不用急吧。”说完，给他们三人每人倒一杯热茶。接着，就给司马冲收拾衣物，整理行李。

这边，南珠一转眼就跑了，跑到中宫。皇太极正在和哲哲聊天。南珠跪下哭道：“阿玛吉祥！额娘万福！阿玛快救救珠儿吧。”皇太极诧异道：“好漂亮的格格，哭什么？快快起来！”

南珠装出十分可怜的样子，眼泪汪汪地说：“阿玛不救珠儿，珠儿就不起来了！”皇太极伸手拉着南珠说：“你得说什么事，谁欺负你了？不然，我怎么给你申冤？”

“欺负我的就是阿玛您，您把冲哥赶得那么远，没有人陪我读书写字，没有人陪我玩！我以后会闷死的，您是不是要救救我？也只有您才能救我。求父汗收回成命，珠儿一切听阿玛的。”

“原来是这样，司马冲会一点功夫，是不适合留在汗宫里的，否则可能小命都保不住！我没让他上战场，让他放马是给他机会，你不明白吗？现在战场急需大批战马，正是建功立业的时候。没有人陪你读书，我再让凤娇格格陪你好不好？”

“谁陪也代替不了冲哥！我只要他留下，在汗宫里随便做点什么都行。”南珠坚持不肯松口。

“哟，我的格格长大了，现在对美男感兴趣了。好男人多的是，我尽快给你物色一个。但是汗旨下了，是不能更改的，懂了吗？”

南珠在地上泪流满面地跪了很久，不肯起来。哲哲掏出手巾为她擦干眼泪，说：“多么漂亮的格格！再哭就不好看了。汗旨下了为时已晚，起来回去跟他告别吧。”

南珠灰溜溜地回到稻香阁。只见司马冲行李已收拾完毕，准备上路。司马冲就问：“好妹妹，你阿玛开恩没有？”南珠苦笑道：“开什么恩？做你的弼马温去吧！谁叫你对我阿玛不敬？！”

富察勇智掩嘴一笑：“大汗可没有封他做弼马温，只是叫他去放马，给战场准备良驹。”林娟秀将他们三人拉出来说：“你们暂且在门外等候，让他们说说话，一会儿就让冲儿陪你们上路。”说完，关上门站在门外。

司马冲见门已关上，干脆就把南珠搂着：“我要到草原喝西北风，你现在吃香喝辣的，别把我给忘了。”南珠将脸贴在他胸口，温柔地说：“听说草原有很多美女，你不要中了人家的美人计哟！”

两人紧紧地拥在一起，有点依依不舍。司马冲轻咬着她的耳朵说：“养尊处优是很容易忘了故人，你若是将我忘了，我就将这耳朵咬下来吃了。”南珠轻轻抚摸着他胸前那一块块小山丘说：“你如果黏上别的美女，我就割这里的肉，做成肉酱吃。”

拍着她纤纤玉腰，扯着她缕缕流苏，司马冲笑道：“我如果同别的女人好，回来就做太监，你就只能守活寡了。”南珠轻轻咬着他的衣领：“我宁可守活寡也不许你胡来。无论你走到天涯海角，都要记住今天我对你讲的话。娘，我会照顾好的，你放心去吧。”

这时马乾在门上敲了一下：“你们两个快一点，有完没完，我们还要赶路。”南珠将头深深埋进他的胸膛，双手忽然紧紧抱住他的腰：“我不让你走，我真不想当这个破格格！我陪你一起去看草原，好不好？”

司马冲捧起她那张绝美的脸，一个热吻首先落在额头上，南珠浑身一阵颤抖，一滴眼泪从眼角轻轻滑落，落在司马冲的衣袖上。接着又一个热吻在她小巧的鼻子上、眼睛上、脸庞上。南珠伸手勾着她的脖子，早已泣不成声。

“好好做你的格格，在宫里要守规矩。相信有一天，我一定会用八抬花轿将你娶进门。”

又是一阵敲门声：“快点，快点！晚了我们赶不上驿站投宿，有你苦头吃。”

二人拥抱得更紧了。唇与唇相碰的那一刹那间，仿佛三月的杨柳拂过清澈的湖面。躲不开那疯狂的进攻，南珠只好轻咬着他的舌尖，品味那甜蜜的热吻。那万般缠绵化作颗颗热泪止不住流淌，宛若多年解冻的温泉。

司马冲伸手轻轻抚弄她胸前的丝绸，想象中清新温软带着春天的气息，洁白无瑕带着童年的记忆！南珠抬头轻轻咬着司马冲的耳根，将满腔的柔情蜜意化作颗颗滚烫的泪珠……

过了很久，外面的人实在等不及了，突然破门而入。二人这才不得不分开。南珠推开他，整理好衣衫，擦干眼泪说：“草原地广人稀，你到了以后，一定要帮我找找我的亲娘。”说完，南珠从怀中取出那条珍珠项链，交给司马冲。

司马冲接过项链，那项链在微光下仍然闪闪发光，仿佛在低声地呼唤。藏好项链，司马冲拉着南珠的手说：“我们都不知道，你娘嫁到什么地方，你也不知道你娘的模样。这样找人真是大海捞针，无从下手！恐怕会让你失望。”

南珠含泪说：“你带着总归是有希望，反正放在我这儿也没什么用处，愿它陪伴你一路平平安安！愿我们的爱情地久天长！”

这时，马乾进门吼道：“小子，既然是押送，按照规矩得带上脚链，免得你动歪脑筋想跑。”司马冲一想，反抗也无用，不如让他带上。就这样一副冰冷的铁链戴在司马冲的双脚上，行动起来确实有些不便。

林娟秀上前叮嘱道：“此去千里迢迢，娘不在身边，你要好自为之，凡事多个心眼。你武功太差，要勤学苦练，相信天道酬勤！无论身处何境，都要沉着应对，不可粗心大意。任何时候都不要忘了，你在你爹爹坟前的誓言。娘大概等不到你出息的那一天！”

赵坤牵来三匹战马，又将准备好的干粮和水袋放在马鞍上。林娟秀见四个人只有三匹马，暗想不妙。司马冲说：“娘放心，我会照顾好自己，我已经长大了。”

说话间，富察勇智已经上马，马乾和赵坤也分别跨上战马，就剩司马冲一人步行。望着四人远去的背影，南珠一时间泪水涟涟，前方山高路远，风沙弥漫，冲哥如何能忍受？林娟秀也是不停地擦眼泪，仿佛是生离死别！

司马冲走着走着，转身回头挥挥手，脸上挂着苦涩的笑容。

25. 水痘风波

秋风萧瑟，遍地黄叶。林娟秀、南珠站在道上看了很久，直到他们消失在视线中。再回到稻香阁，南珠有些失魂落魄，一缕流苏垂落脸庞，一摸原来不知什么时候掉了一只发夹。沿路找了半天，也不见踪影。

南珠叫麒麟回头找了一趟，仍然找不到。麒麟安慰说：“格格，没事的，这种小玩意儿宫里多的是，掉了就掉了。你阿玛会叫人送一堆过来。”南珠心想，可能是刚才跟冲哥缠绵时弄掉的，或者是冲哥故意偷走了。

说曹操曹操到。说话间，只听见小德子一声尖嗓门：“大汗驾到！”皇太极神采奕奕，从容走进稻香阁，见南珠双眉紧锁，似有不悦：“我的格格，别愁眉苦脸的！我特令人做了玫瑰糕、桂花糕，吃了养颜美容。小德子，快快拿出来，给格格尝尝。”

小德子放下手提箱，取出两盒糕点：一盒深红、一盒浅黄，十分别致。南珠拿出一块玫瑰糕，轻轻咬了一口，果然香甜美味，笑道：“阿玛吉祥！这玫瑰糕真的能美容？那我就不客气了！”

林娟秀在一旁说：“珠儿，还不谢过你阿玛，就知道吃！”

皇太极知道南珠的心事，忙说：“不用谢，只要你高兴就行！赶明儿，再叫他们做些江南小吃，保你忘掉那呆小子。”

南珠嘴上吃着糕点，强露笑脸说：“大汗日理万机，区区小事怎敢劳驾！想吃什么就让娘给我做就是了。”

第二天，皇太极又叫小德子送来芝麻酥油角，粉丝肉春卷，这两样美食在江南也算是顶尖，平常人家是吃不到的。南珠尝了两口，果然酥脆软香，不同凡响。

林娟秀吃了口春卷叹道：“活了这一把年纪，还是头一回吃到江南的春卷。果然名不虚传！”

一连几日，餐桌上的菜也是五花八门，雕龙刻凤。三日一小宴，五日一大宴。南珠从未吃到如此多的美食，免不了多吃了几口。

忽一日，南珠晨起对镜梳妆，但见两腮突起无数红点，又痒又痛。用手一抓，过一会儿更大，这可如何是好？麒麟仔细端详了一下，说：“我也不知是何物！得赶紧告诉娘。”

走进另一间厢房，南珠叫娘仔细看了看。林娟秀摇摇头说：“娘又不是郎中，也瞧不出病！但知道有一条，切不可乱抓乱挤，以免毒发扩散。女儿家谁不爱美，若是出了问题，叫你如何抬得起头？你从小就体弱多病，千金之躯，蒲柳之质。当务之急，只有找你阿玛传太医，也许他们有办法。”

南珠双手遮脸，羞道：“娘，这种病最好别找太医了，到时候弄得沸沸扬扬，满城皆知，我好难为情！”林娟秀一想也有道理，就没有惊动别人。一切按部就班，该吃就吃，该喝就喝。

过了两天，麒麟忽然一声惊叫：“格格，你脸上的红痘比前几天好像多了！”南珠对镜一照，顿时花容失色：“这痘从两腮长到耳根，可恶至极，确实多了十几颗。我还是将它挤掉，毒水排出就没事了。”

麒麟一把拉住南珠的手说：“不可，万万不可！这事不能怕羞，不能拖延，如此下去，若是扩散到整张脸，那可如何是好？得赶紧传太医！”南珠叫来娘商量，娘也是这个意思。

皇太极闻讯，放下手中的折子，叫小德子拿了两个盒子，就直奔稻香阁，边走边吩咐：“传裴太医。”这裴太医，叫裴俊骢，医术一般，但为人十分精明，八面玲珑。能在宫里混的，当然不简单。

彼时，裴太医提着药箱，步履匆匆也往稻香阁赶。因为路远些，到得迟了点。一进门，见皇太极比他先到，他就“扑通”一声，跪在地上说：“裴俊骢见过大汗！卑职出诊迟到，还请大汗赐罪。”

皇太极本无心问罪：“快快平身，给格格瞧瞧。”裴太医这才敢起来，走到南珠跟前。先是仔细瞧了瞧那脸上的疙瘩，接着又给南珠把了脉。一支鲜若嫩藕的手臂展示在裴太医的眼前。这裴太医心想，活了一大把年纪，见过少女无数，没见如此美艳的。

裴太医颤悠悠地伸手为南珠切脉，但见脉象混乱不堪，没有青春少女的活力。皇太极询问道：“爱卿以为如何？”

“格格这是患上一种罕见的水痘，病毒已浸入肌肤，外显为痘。待卑职开几副草药慢慢调理，很快就会康复。”裴太医不敢说得过于严重，怕大汗担心。当下取了纸笔，挥笔开了药方。

皇太极传麒麟速速照方到药房取药。麒麟拿了药方就走了。裴太医看完病，迟迟没有告退。皇太极明白，当即对小德子宣口谕：“赏裴太医黄金五十两。钦此。”

裴太医这才跪下：“谢大汗赏赐！祝南珠格格美颜永驻，早日康复！如没有其他事，卑职告退！”说完，提着药箱离开了稻香阁。

南珠瞧着裴太医离开，才问道：“阿玛，这老头医术到底如何？”皇太极哈哈大笑：“这家伙在宫中已有些年头，是宫里首席医官，医术是没话说，就是财心重。刚才我的赏赐不轻吧，可能他还不高兴呢！”

南珠瞧见小德子今天又带了大小两个盒子。正要打开，皇太极挥手说：“慢，慢，猜猜我今天给你带了什么？”南珠低头浅笑：“人心难测，我怎么猜得到。是玫瑰糕，要么是菊花糕？”

“都不是，今天是……绿豆糕，”皇太极亲自打开一个小盒子，送给南珠说，“这是刚做好的绿豆糕，我估计你有些上火，清清热火也许就没事了。”

南珠拿出两个，先是递给娘一个：“娘，你也尝尝。皇太极见南珠如此乖巧，甚是欣慰，于是又打开那个大盒子：“我今天带来一条辉发部进贡的长裙，绣着鹅黄色的玉兰花，你看好不好看？”

林娟秀展开长裙，那是用深红色的绸缎做的，用手摸了摸，柔顺光滑，色彩艳丽，几颗洁白的珍珠点缀其间，显得十分高贵华丽。南珠从未见过如此美艳的裙子，一边吃着绿豆糕，一边看着裙子想试穿。

吃完糕点，南珠拿着裙子，就直奔内房，换上新裙对镜一照，顿时花容失色。裙子是很漂亮，可这脸蛋真见不得人。两腮一大块红痘，谁见了不吓死才怪呀！

穿着长裙走出内房，南珠脸上也是愁云惨淡，双眉紧锁。皇太极早瞧出其中原因，笑道：“不用担心，吃了裴太医的药很快就会好起来的。”

其时，麒麟已经取药回来，即刻用水煎了起来。

一连几日，南珠喝着苦涩难咽的水药，可脸上的痘丝毫没有减退的迹象。到了第四天，脸上还多了几个水痘出来。南珠整日茶饭不思，一筹莫展，不知如何是好！

消息传到皇太极的耳朵，龙颜大怒：“即刻宣裴太医进殿。”那裴俊骢连滚带爬赶到大汗跟前。皇太极厉声问道：“吃了你几副水药，格格脸上的痘痘不仅没减少，反而增加了不少！这是何故？”

裴俊骢跪在地上，回答：“大汗，格格病情其实相当严重，微臣担心格格身子受不了，故而还有几味猛药不曾入方。此外，这种病毒相当顽强，卑职要仔细查看格格的饮食，方有对策。”皇太极半信半疑：“那就依你所言，去查一查格格的饮食。”

南珠正在吃糕点，裴太医进门正好看见，当即问道：“格格这几日都吃了些什么？”南珠回道：“除了宫廷里的家常菜，就是这些糕点，有玫瑰糕、绿豆糕、桂花糕、菊花糕。”裴太医接着问道：“近日，格格可有什么烦恼事？”南珠生气地说：“不就是脸上的痘痘，还有什么比它更烦的？！”

林娟秀在一旁回道：“她哥哥前几日，被大汗下旨到草原放马去了。这跟脸上的痘痘有什么关系？”裴太医听闻冷笑道：“夫人此言差矣，格格这种水痘极为罕见，有可能有人在糕点上做了手脚，也可能是由相思之情郁结而成。若要医治这种水痘，必须暂时禁食这些糕点。容我再开几副良药，也许能力挽狂澜。”

说完，裴太医又重新开了药方，不仅加了几味药，而且还要求暂时禁止食用这些糕点。南珠只好依太医所言，不敢再吃这些来历不明的糕点。那水痘虽没有继续发展，但收效也不大。

皇太极没想好心办了坏事，不禁有些自责，只好安排风娇格格每日陪着南珠读书写字，以遣时日。

南珠想接外公进宫，差人去唐家坳，却发现外公已驾鹤。每次想起外公，总忍不住心中的悲痛……

自从司马冲离开后，南珠患了水痘，终日郁郁寡欢，那思念在心中久久挥之不去。忽一日深夜，南珠辗转反侧，久不能寐，起而吟成七律一首，名曰《秋夜思》：

枕上偷欢空聚聚，
书中觅梦字开花。
深宵望冷深秋月，
慢宴听伤慢古笳。
蜡炬迎风垂热泪，
远山傍日映红霞。
此情脉脉融长夜，
彼意依依待尔华！

第六章　绝处逢生志铿锵

26. 无头干尸

富察勇智、马乾、赵坤三人押着司马冲一路向西北前进。深秋的西北大漠，已十分寒冷。崇山峻岭之上处处怪石嶙峋，走了几十里不见一株水草植物。脚下尽是戈壁，根本没有路。一阵风吹过，满是黄沙，眼睛都睁不开。

出发后的第三天，就下起了鹅毛大雪。那雪满天飞舞，不一会儿工夫，路上的积雪足足半尺深，每走一步都咯吱咯吱响，马更是跑不起来。司马冲仅穿了一件棉衣，冻得直哆嗦。他们三人均是毛衣毛裤，准备十分充足。

四人又走了一程。雪渐渐小了些，可风依然很大。那肆虐的寒风直往领口袖口钻，让人防不胜防。远处，忽见一草场在雪中露出一角。富察副总管提议："我们赶紧过去，马儿也要吃点草了，人也要休息片刻。"

司马冲一人在后面行走。富察副总管、马乾、赵坤一阵快马加鞭，早早就赶过去喂马。只听赵坤远远吼叫："呆子，你倒是快点！照你这样我们几时才能到科尔沁？"

司马冲本已走了两天，双脚十分疲惫，生气道："你们满人命好有马骑，我们汉人命苦只能步行！我这速度已经够快的了，你还想要多快？"富察副总管将一把草料扔给马，抬头说："我们天黑之前赶不到驿站，就要在雪地里过夜了。"

马乾一边喝水一边盘算道："此处离驿站至少五十里，以我们现在的速度，天黑之前肯定赶不到。"司马冲小快步赶到草场，一屁股坐在一块干草地上，说："没办法，除非你们将马让我坐。"

马乾狠狠盯了他一眼说："放屁！你们汉人就是狗！还想骑马？当今大汗是仁慈，换了我对大汗不敬，直接一刀让你脑袋搬家！"说完，就照着司马冲前胸就是一掌。

司马冲抬肘招架，突然猛的一拳，直奔马乾的前额。说时迟那时快，富察副总管见两人打了起来，对着司马冲挥起的拳就是一掌。他这一掌，既击中了司马冲，又护住了马乾。富察副总管惊道：“不得放肆！我们得想个办法加快速度才行。”

马乾小眼一眨说：“办法有，只需用一根绳子将这呆子双手捆住，系于马后行走。一来防止他逃跑，二来可以帮他走快点。”赵坤点点头说：“就这个办法！呆头，你快点吃喝，只能委屈一下你了。”

司马冲喝了几口水，吃了点干粮，回道：“士可杀不可辱！只要你们不侮辱我们汉人，怎么走都行！”这次是司马冲太天真了，中了他们的套。老老实实让人家捆住双手，系在马后面。

那马乾将司马冲系好后，就同富察副总管和赵坤一起上马出发了。刚开始，马走得慢，司马冲还勉强跟得上。马在前面走，司马冲在后面小跑。可没多久，那马就越走越快，人的双腿怎么可能跑得过马？司马冲就扑倒在地，任凭马往前拉。

这时，只听马乾一鞭抽在马屁股上，那马飞奔起来。可怜司马冲被拖在马后面，全身很快滑出一道道口子，鲜血染红了衣襟。可马乾根本不想停下来，停下来就要在雪地里过夜。三匹快马就这样一路飞奔走了数十多里。

司马冲刚开始还呼叫：“停下来，停下来，我受不了！”富察副总管说：“不要理他，我们走！”虽然是雪地里，但到处不是坑就是石头，如此拖行，实是虐待。司马冲痛得不停地叫唤，可他们就是不停下来。

走了一程，赵坤分明看见路边雪地里有一具尸体，穿着黑色棉衣，却不见脑袋，更为奇怪的是地上也没有血迹。“要不要停下来看看？”赵坤心中狐疑。

富察勇智拉住缰绳道：“下马看看，这是什么地方？”赵坤下马走近尸体一看，脑袋不知去向，从衣服看应该是个满族中年男人，可能死亡很久，身上的血迹已经干了。

马乾也停了下来，惊恐道：“既然如此，我们更不应在此久留，快快走是上策。”富察副总管点点头说：“言之有理，言之有理。”

此时，天渐渐黑了下来，不过雪地里还是看得清路。司马冲全身已经麻木了，干脆也不叫了。没走多远，前方树下又出现一具尸体，穿着花棉袄，应该是中年妇女，也没有脑袋。

三人禁不住毛骨悚然，这是什么地方？死人都没人埋！赵坤问道：“要不要下马看个究竟？”马乾一扬鞭说：“别看了，这种麻烦事躲都来不及，还是赶路要紧，还差几里我们就到驿站了。”富察勇智也扬鞭策马，飞奔而去。

马乾因为心急走在前面，富察勇智和赵坤走在后面。走到前面一处山口，路比较窄。马乾继续飞驰。突然，那马四蹄踏空。马乾连人带马，还有后面的司马冲一起落入一个深井。“扑通扑通”不知滚了多远，好半天才停下来。

那井伸手不见五指，漆黑一团。司马冲着地后，就听见一个沙哑的声音：“今天送上来两个，该你们倒霉了，休怪老夫！”马乾吓得舌头直哆嗦：“你……你想干什么？”

只见一个黑影直扑向马乾。那马乾也不是无能之辈，伸手操起那把随身携带的短刀。可那黑影使的一把长刀，刀口跟关公的青龙偃月刀差不多长。只听“当当当”几声悦耳的声音，可能是马乾招架之声。紧接着就没听到马乾的声音。

突然，司马冲感到脸上有水溅落，一抹，哪里是水，分明是血！那黑影将长刀往地上一立说：“这家伙刀法也太差了，他都没接到我十招，就了结了。”借着微弱的光亮，司马冲分明看见马乾的脑袋已经不知滚到什么地方去了，只剩下两只手两条腿在那里胡乱挣扎。心想，马乾那么好的刀法都没接到这黑衣人十招，我连马乾都打不过。我今天是玩完了，小命恐怕难保了！这会儿双手又给绳子捆住了，这都什么世道啊！娘，大仇未报，我的死期先到了。

过了一会儿，只见黑衣人并没有挥刀奔向司马冲，而是再次扑向倒在地上的马乾。那黑衣人趴在马乾的脖子处，一动不动好半天。司马冲这才明白，他分明在吸人血。联想到路上的两具无头干尸，极有可能也是他害的。这人分明是个杀人魔头，毫无人性。落在他手里，根本没有活的希望。想到这里，司马冲不禁浑身哆嗦，吓得不敢吱声。

又过了好半天，那黑衣人从马乾身上爬起来，点起一根蜡烛。司马冲这才看清，那长刀上还流着马乾的血。黑衣人一只眼失明，只有一只眼睛，嘴唇上、衣袖上、脸上到处是鲜血，四十多岁，胡子足有一尺来长。

那黑衣人冲着司马冲吼道：“小子，看你遍体鳞伤，流血过多，过两天再收拾你。”司马冲心生一计，说：“老前辈，我自幼丧父，家有娇妻，上有老母，求你高抬贵手放过我吧。”

“放过你，我的斩妖十八刀何时才能练成？我只有靠喝人血才能提升功力，尤其是你这种年轻人的血功效更大。我每月至少要喝三个人的血才能练成一层，一共要练到九九八十一层。我已经练到七七四十九层。我怎么可能放过你！是你自己掉进了我的鬼门关，做鬼可怨不得我。”

司马冲心想，软的不行，就来硬的，反正也活不了两天，当即说：“你至少残害了百多条人命，如此草菅人命，杀人如麻，就不怕上天报应！我咒你坐船遇龙卷风，出门遭雷击！”

那独眼黑衣人果然鼻子都气歪了，厉声道：“你胆敢诅咒老夫，我即刻让你死无葬身之地，信不信？”司马冲回道：“我信！但你杀一个缚住双手的人，又算什么英雄好汉？”

“好，我现在就给你解开双手，你若斗不过我，到了阴曹地府，别找阎王告状。我今天就让你输得口服心服。”说完，那黑衣人就将司马冲手上的绳索解开。司马冲从马乾身上找来钥匙打开了脚链。

司马冲顿时感觉如释重负，但身上伤痕累累，仍清晰可见。要死也死得清爽点，要死也死得明白点，于是问：“慢，晚辈有一事不明，前辈应该是汉人，为何流落到西北草原？你的左眼是怎样失明的？”

“小娃娃，问那么多干什么？不过反正，你也快要死了，告诉你，也让你死个明白。五年前的一天夜里，我在家乡山西的一个山坡上正在砍柴。忽然听到呼救声：有人抢劫了，快来人啦！我放下柴禾，就直奔家里。发现我八旬父母、我老婆还有一双儿女都惨死一帮满人的刀下，家里值钱的东西都被洗劫一空。我持刀追到村头，一连砍死两个满人。他们见我刀法娴熟，无人能敌，就放箭。黑暗中，我的左眼不幸中箭，从此失明。故而，我平生最恨满人。因为寻仇才来到西北草原，我要杀光这些满人，以告慰妻儿老小的在天之灵。小子，你也不例外，快快拿起刀来受死吧。”

那黑衣人说完，就持刀直奔司马冲过来了。

27. 出生入死

司马冲也不拿刀。那黑衣人道：“你不是说我欺负你吗？你快拿起刀来，同我一决胜负。”

司马冲突然不慌不忙地说："不用比了，我不是你对手。""那我就直接杀了你，你不要后悔啊！"

"该后悔的是你，我根本不是满人。我的家乡在岭南太平镇，我是司马懿的后人。我叫司马冲。"

那黑衣人大惊失色："你果真是汉人，你若欺骗老夫，会死得更惨。那你为何跟满人在一起？"

"我因为对他们满人的大汗大不敬，被发配到草原。没见我的双手被他们捆住系在马后拖吗？他们视我连条狗都不如。你说你杀了我，你会不会后悔？"

"小子，算你命大！反正我这个月杀的人也够了。你若真是汉人，老夫还真舍不得杀你。"

司马冲一笑："多谢前辈不杀之恩！晚辈司马冲还未请教前辈尊姓大名。"那黑衣人哈哈大笑："我的名号不重要，重要的是你的武功到底怎么样？"

司马冲拱手道："我连刚才被你杀的那个马乾都打不过，当然不是你对手，还用比试吗？"那黑衣人将刀一扔，直接挥拳就过来了。

习武之人应变能力都很强。司马冲被逼应战，只得一个鲤鱼打挺翻起身来，一招"海底捞月"将黑衣人的招式刚刚化解。黑衣人转身一个扫堂腿攻击司马冲的下盘，那速度太快了，当场将司马冲踢翻在地。黑衣人哈哈大笑："我只用了一成的功力，你就不行了。你这样走江湖，哪里保得住小命啊！"

司马冲躺在地上，颤声说："我爹一身武艺，可惜英年早逝被奸人所害。可恨我武功太差不能手刃仇敌，蹉跎岁月。我本来有位师父的，又被一伙山贼攻击冲散，至今下落不明。"

黑衣人牵着司马冲的手说："起来吧，跟我到里面去。"司马冲起身跟他走过一个通道，来到通道尽头。眼看前面没有道，只有一堵石墙。黑衣人转动旁边的一块小石头，石墙立即转动，原来是一个石门。里面露出阴森森的密室，有石台、石凳、牛肉，还有油灯。

此处离地面至少数十丈，黑衣人显然已将司马冲当成自己人，否则不会带他到密室。也不知富察勇智和赵坤在上面怎么样，反正自己没死就算万幸的了。那什么破草原不去也罢，去了也没有什么好果子吃。

黑衣人再次转动那块小石头，石门轰的一声关上了。随即高声道："小子，你我同为汉人，你那师父武功太差，不如拜我为师，我保你功成后取仇人小命如探囊取物。”

司马冲呆头呆脑地说：“不可侮辱我师父，是我学武不精，我师父曾是皇宫禁卫军教头，名叫甄老鳄，他的甄家枪法和九玄神剑早已名闻天下，在中原一带从未遇到对手。拜你为师？我尚且不知前辈名号，也不知师父是否同意。”

“我就是中原三怪之首，江湖人称‘独眼关公’的令狐霸。我的斩妖十八刀如若练到八十一层，必定天下无敌。想我一家老小惨死在满人的刀下，就剩下我一人孤苦伶仃。如有个徒儿可解寂寞之苦，也可使这门武林绝学不至于失传。”

司马冲还是有些犹豫不决：“我同师父不幸走散天各一方，如今我另拜他师，不知他老人家会不会责怪我。”

令狐霸朗声笑道：“甄……老……鳄？原来你就是甄老鳄的徒弟！二十年前，我就同他交过手。想当年，他手持银枪对我这把长刀，直杀得天昏地暗，飞沙走石，大战二百回合不分胜负。后来，听到了一个女人的哭声，原来有恶霸在强抢民女。老鳄去英雄救美了，我们这才停止打斗。故人收徒，老鳄高兴还不及，怎会责怪？今天，这个师父，你若不拜休想走出这石井！”

司马冲环视四周，想不到这石井底下机关重重，别有洞天，倒是一处绝好的藏身之所。想一想，如今我也不想回草原，一时也回不了盛京，不如多学点武艺。于是跪下磕头道：“令狐师父在上，请受小徒司马冲一拜！”

令狐霸对天长笑：“冲儿，快快请起。今天，你大难不死，必有后福。你我有缘在石井下相会，结为师徒，实属上天的恩赐。你要勤学苦练，他日必飞黄腾达。”

密室内油灯闪烁，清辉熠熠。二人刚刚拜过，忽听到外面传来马叫声。原来是马乾的坐骑还在石井底下，已经摔断腿了，动弹不得。令狐霸打开密室，将马乾的尸首扔出井外。

再说，富察勇智和赵坤见马乾和司马冲落井好半天没见人，半夜突然见到了马乾的首级从井下扔出数十丈，尸体扔在一棵树旁。司马冲更是不见人影。二人吓得魂不附体，不知所措。想必，那司马冲已经遇害，这可如何回去复命？二人根本不敢下井，只得草草将马乾的遗体就地掩埋。

令狐霸正想将马也拉上去扔掉。司马冲一把拉住道：“坐骑就不必了，我来找点草料和水给它，留着以后有用。”那马侧躺在井下，一条腿已经脱臼。司马冲给它找来一瓢水，马儿立即狂饮起来。

“既如此，求师父慈悲给这牲畜将腿接上吧。”司马冲仔细看了看马，不禁动了恻隐之心。令狐霸就将马腿的关节小心接上，又找来布带将其包扎。二人忙到深夜，这才回到石井的另一间密室睡去。

第二天，司马冲早早起来，将石井下的几间密室收拾得干干净净，又给马儿找了些草料。令狐霸心中甚是高兴，吃了点牛肉干、马肉干后，精神饱满。

司马冲问道：“师父，我何时可以学习刀法？”令狐霸一拍大腿说：“今天就可以学，不过……为师差点忘了一件大事，你初来乍到，必须谨记。”

望着师父欲言又止的神情，司马冲心想莫不是师父后悔了，即问：“什么大事比学武还重要？”令狐霸一本正经地说：“也不是什么大事，石井底下常有异响，你切不可理会！”

司马冲说：“原来是这样，我以为什么大事，那我只管习武睡觉就行了，就当什么也没发生。”令狐霸这才开始授以刀法：“这斩妖十八刀传说是关羽所创，刀法一共十八种招式，前面六招是适用于步战，后面十二种招式适用于马战，尤其是后面六招算是刀法中的经典绝招。只要练到九九八十一层，你必定天下无敌……”

“今天，先讲前面六招。第一招‘坚不可摧’：你先蹲好马步，手持长刀，左右开弓挥动大刀，首先令自己坚不可摧。”

司马冲抓起长刀，按照招式模拟挥动，仔细体会。那长刀立即呼呼生风。密室内灯光摇曳，只有二人的影子在晃动。

“第二招‘假途灭虢’：先将刀从前方收回，假装回护，待对手放松警惕后再反击。第三招‘刀山火海’：意思是要将长刀舞得密如山石，连火都烧不进。”

令狐霸教讲完头三招后，又亲自演练一遍。司马冲在一旁反复练习，仔细揣摩。一招一式都力求形神兼备。可练了半天，没有一招令师父满意，不是刀持歪了，就是步子站得不稳，再不然就是杀得动作太慢，不够狠。

司马冲练了一个时辰，感觉师父有些不耐烦，于是自嘲说：“我娘说我从小就笨，天生不是学武的料，所以让我学诗文。”

头一天学习刀法，令狐霸就不满意，理了理胡须说：“当今乱世，学文有屁用，只有学武才能保得平安。看得出，你有些功底，不要灰心，要相信天道酬勤！”

“除了练功之外，你每月给我抓三个满人来，我需要他们的血才能提升功力。只要在井上用竹竿、杂草做好伪装，抓几个人不难。”令狐霸说完就去休息去了。

司马冲心想，如此杀戮，冤冤相报何时了。得找个机会劝劝师父，放下屠刀，弃恶从善。可一时半会儿如何能说服得了师父！

一连几日，司马冲坚持天天练到天黑甚至深夜，刀法渐渐有些长进。这天，令狐霸教完步战刀法的后三招，就早早回密室休息去了，只留下司马冲一个人练习刀法。

练了一阵，司马冲忽然听到石壁传来两声怪叫，有些沉闷。这石井底下难道埋有活人？如果是地面上的风声，也不至于传到井底。如果有活人，师父为何从不跟我提起？

接着又传来几声沉闷的怪叫，像鬼哭又像狼嚎，令人不寒而栗。司马冲放下长刀，将耳朵贴在石壁上倾听。他想起师父说过，听到异响不要理会，可这到底是什么发出的声音？

好奇心使司马冲再次靠近那发出怪声的石壁，忽然脚下被石头一绊，那石壁轰然打开。走进一看，但见石井的另一间密室内有一条巨蟒，足有人身那么粗，身旁还有无数小蛇在缓缓爬动。

28. 毒蛇洞开

司马冲正想逃离，关上洞门，哪知那巨型蟒蛇见有人靠近，立即抄了他的退路，将门口也堵上了。

司马冲知道石门的开关就在脚下，却不知怎样才能关上。然而更糟糕的还在后头，眼前无数条小蛇正向自己爬来。

“师父，快救我！师父，快救我！这里有好多蛇！”也不知道师父在另一间密室内干什么去了，司马冲只好大声呼救。听甄师父说过，有的蛇带有剧毒，一旦咬伤，三步必倒。

那蟒蛇刚将门口堵住，接着就直奔司马冲过来，一个旋转先是将司马冲双腿给缠住了，弄得他双脚动弹不得，一步也走不开。接着又一个旋转，将司马冲的腰也缠住了。

司马冲知道大事不好，没想到刚离开鬼门关，又到了阎王殿。真后悔没听师父之言，不要理会这些异响。现在只有呼救："师父，救命啊！师父，救命啊！……"

不一会儿工夫，那蟒蛇将司马冲缠得只剩下双手和脑袋能动，蛇身上的黏液又湿又滑，让人感觉冰凉透骨。司马冲只好用双手使劲抽打蟒蛇，可那蛇实在太大，打了半天根本无济于事。

那蟒蛇再次旋转，一下就缠住了司马冲的双手，就剩下脑袋勉强能摇动。司马冲正庆幸蟒蛇不吃人，可那些小蛇正向他爬来。其中一条黄黑相间的金环蛇，同一条白黑相间的银环蛇爬在最前面，两蛇足有三尺来长，椭圆形的头部正吐着毒芯。

司马冲想用脚将它踩死，可蟒蛇将他的双腿死死缠住，只能微微动一下，小腿根本抬不起。不一会儿，那两条蛇已经爬到跟前。司马冲悄悄抬起右脚前掌，准备看准时机踩下去。蛇类的天性是，你不攻击它，也许它就不会攻击你；你一旦攻击它，就必遭反击。

司马冲哪里知道这些！那银环蛇刚好爬到脚底下，他突然一脚下去，正好踩到蛇的头部。另一条金环蛇见同伴受到攻击，立即扬起头，对着司马冲的右脚踝关节部位就是一口。

当时，司马冲感到有一点点痛，还带有一点酥麻的感觉，心想不好，赶紧叫："师父，快来啊，快来救命啊！师父……"紧接着一阵剧痛从脚踝向上传导，很快脚部没感觉了。咬自己的可能就是一条毒蛇，我命休矣！想不到，大仇未报，小命就要丢在这石井里。南珠啊，我的好妹妹，我们此生无缘，只能盼着来生了！月有阴晴圆缺，人有旦夕福祸。此情可昭日月，此意可比江河。可恨的毒蛇，若有来生，我定要将你们斩尽杀绝，让你们断子绝孙！此蛇不像自然生长，倒像是人口饲养。到底是谁养的蛇？养蛇到底有什么用？

正胡思乱想，迷迷糊糊中，忽然响起一声奇怪的口哨，那声音像是从师父的密室传来。司马冲看着师父从外面跑了进来，以为他要用大刀将蛇一个个砍死，谁知他手拿长刀一点也没动。

接着又吹了一声口哨。奇怪，那大蟒蛇听到哨音，立即松了绑。那小蛇听到哨音，也都朝另一个方向爬去。司马冲喊了一声"师父"立即瘫倒在地。

令狐霸将他抱起，走出石洞，立即就关上洞门，边走边说："你这呆头，叫你不要理会怪声，你不听！真是不听老人言，吃亏在眼前！这回如何是好？这回如何是好？”只见司马冲的右小腿已经红肿，伤口在流血，那血是红里带黑。

“你这是中了蛇毒，要想保住小命，只有砍了一条腿！”说完，令狐霸举起长刀，正要往司马冲的腿上砍。

司马冲吓得脸色铁青，连忙挥手道：“我就是死，也不能不要腿，没有腿我将来怎么见南珠？不行！我就是死也不行！”

令狐霸见这样不行，于是说：“那你要是死了，可别怨我；要是残了，可不能恨我！我先给你保性命再说。”说着，给司马冲将小腿进行了包扎，封了穴道。

司马冲仍然感觉有些昏昏沉沉，伤口在流血，小腿依然红肿，痛心地说：“师父，你为何不早告诉我，这洞里有毒蛇？”

忽然又传来几声怪响。令狐霸说：“我早告诉你，怕你吓破胆，不敢住在石井里。我现在只能给你控制毒发，没有解药不能为你解毒。解药在二弟那里，他和三妹云游四海，不知何时回来！”

司马冲诧异道：“师父，你不是说孤苦伶仃，没有亲人，又哪里来的二弟、三妹？”

“现在是一言难尽啊！我那二弟、三妹都是结拜的干弟妹。我们中原三怪在武林也是久负盛名，从未遇见过对手。大家平常各行其是，极少聚会。二弟鸿鹄外号称“百毒和尚”，年轻时曾出家为僧，不仅棍法精湛，而且善用毒蛇，一旦被其毒蛇咬伤，没有解药必死无疑。三妹柳嫣霞外号称“飞天云燕”，天下少有的绝色女子，不仅剑法娴熟，而且轻功了得，无论多高的围墙树枝，都不在话下。这二人都有自己的爱好，一个爱毒蛇，一个爱美男。你天生英俊，玉树临风，可要倍加小心啦！”

令狐霸想了想，接着说：“冲儿，我需要出井寻找二弟，不知什么时候能找到。我给你准备点牛肉、土豆、地瓜和水，你坚持一下，运气好也许很快就会回来。”

接着，令狐霸将司马冲伤口上的污血挤掉了很多，又教司马冲运用其内功，每隔一个时辰排毒一次。司马冲这才感觉好了很多，勉强能下地走动。

临走前，令狐霸又生火将土豆、地瓜和牛肉烤熟了很多，吩咐道：“如果再听到任何异响，千万不可理会，不可触动那个开关，向左转是开，向右转是关，一定要记好。”

司马冲惨笑道：“也许是爹爹在天之灵保佑，我再次大难不死。不过首先要感谢师父救命之恩，倘若能重获新生，定当涌泉相报。”

令狐霸收拾好行李，提着大刀叮嘱道：“不可高兴太早，如果七日内不能拿到解药，你照样小命不保！这段时间切切万事小心，不可怒火攻心，不可习武过度！否则神仙来了，也救不了你！”

经过多日调养，那匹马已经康复。令狐霸用轻功将战马拉至地面，手提长刀就出发了。

地面上雪后初晴，阳光暖暖地照在山路上。北风呼号，滴水成冰。远处雪山高耸直插苍天，近处山路弯弯一眼望不到边。白毛风吹着战马的鬃毛呼呼作响。令狐霸骑着战马一路驰骋，二弟行踪一向漂泊不定，性情古怪异常，要想在几天内找到他，谈何容易？

雪渐渐融化，远处渐渐有些人影绰绰。走了一整天，大约快到一个集镇了。令狐霸快马加鞭，那马一阵狂奔，很快到了科尔沁草原上的一个繁华的集镇。抬头一看，门楼上书一行蒙文，底下标有“春光镇”三个遒劲的大字。这到处是白雪皑皑的，哪来的春光？

傍晚时分，晚霞如少女的脸庞映红了街道，屋顶上的积雪星星点点，屋檐上的冰凌犬牙交错。几个穿着貂皮大衣的女子光润玉颜，凌波微步，走在街上如芙蓉出绿波之上，让人眼前一亮。这春光镇还有点春色盎然啊！

令狐霸想找一家旅馆吃顿晚饭休息一夜。眼前有一家醉月楼，灯火辉煌，却门前冷落鞍马稀少。不知何故。令狐霸下了马，系好马匹，也不见小二上前招呼，门口挂了个灯笼，红红火火的，倒也喜人。

就这家了！还怕你不成？令狐霸提着大刀，背着行李走进大堂。那小二才上前招呼：“客官，一路辛苦！请问你是吃饭，还是住店？”令狐霸心里本来就不高兴，吼道：“废话！给我来一盘牛肉、一盘驴肉、一碟花生米，来一壶好酒，再安排一间上房。”

那小二应道：“好的，好的！请稍候，我们这就给您准备。”这偌大个醉月楼，也没有其他客人，好几台桌子都空荡荡。令狐霸也不理会这么多，找个桌子就坐下来等。

不一会儿，酒菜上齐，一阵狼吞虎咽之后，令狐霸喝得微微多了点，就带着行李，提着大刀来到店小二安排的房间。令狐霸就问小二：“最近可曾看见一个操中原口音的光头和尚？”店小二摇摇头。这上哪儿找二弟？找不到二弟，冲儿的小命就没了！

迷迷糊糊睡在炕上，也不知睡了多久，令狐霸一阵胡思乱想。黑暗中，突然一张渔网从天而降。令狐霸一骨碌从炕上爬起来，可已经晚了，两名伙计死死地拉紧了渔网。令狐霸想找刀，早不知被人收到什么地方了！心想：真倒霉！住进黑店了，是不是要做人肉包子？怪不得门口客人那么少！人家知道内情早跑了。

任凭左冲右突，任凭武功高强，还是被人五花大绑。这该如何是好，这黑店可什么事都做得出来！令狐霸被人押着往前走，其中一个是店小二，微笑着说：“小子，艳福不浅啊！有美人陪你过夜，愿不愿意都得去。”

29. 桃色陷阱

黑暗中，令狐霸被人绑着押送到一间厢房。只听一个女声说：“谭门庆，辛苦了！今天这个美男听说比较壮实，我瞧瞧是谁？”

那个女的一看不要紧，再看吓一跳：“这不是大哥吗？今晚是大水冲了龙王庙，一家人都不认识了！快快松绑！谭门庆、店小二，你们是怎么办差的，叫你们找个美男，你们把我大哥给抓来了！快快松绑！”

这女人一转身，果然不同于北方的女子。眉清目秀如微风下的春水，苗条婀娜似五月的杨柳，肤如凝脂，发若流波，唇红齿白，亭亭玉立，秀色可餐。

令狐霸抬头一看，果然是三妹柳嫣霞，多日不见越发卓尔不凡，气若幽兰，美若天仙。店小二上前立即给松了绑。想不到她“采阳补阴”的功夫练到如此境地！这功夫就是不断需要美男，借助男人的内力使自己功夫不断长进，而且人也越来越漂亮。

令狐霸赞道：“三妹，你这功要再练下去，这里的男人都给‘采光’了怎么办？你已经倾国倾城了！不能再练了。”

柳嫣霞脸一红，笑道：“我的剑法只练到六层，跟你比差得远！这里的美男身体都很差，弱不禁风的，那方面功夫更是差强人意，勉强凑合。我再不苦练，就会被你们男人欺负的。”

令狐霸不解地问："你又何必到处抓男人？俊男帅哥不到处都是？这位谭兄，可是你的相好？"仔细打量了一下谭门庆，眼前的小伙高高的，的确有两分帅气，可面黄肌瘦，双眼深陷，憔悴不堪。

"这位庆哥哥，是我近日俘获的美男，乃中原北直隶人，的确让我功力增添不少，但他身体渐感不支，我这才让他重新给我物色对象。"柳嫣霞挥一挥宝剑说。

谭门庆惨笑道："每一个被霞妹宠幸的男人都日渐憔悴，如不及时制止，恐有性命之忧。我只能感谢霞妹的深情厚谊，无论找到找不到我都要走了，我意已决，霞妹也不要挽留。"

柳嫣霞拿剑架在谭门庆的脖子上，嗔道："没找到接班人，你休想走！想当年，我情窦初开，秦黑岚信誓旦旦，用甜言蜜语将我骗上炕，答应很快就下聘礼，用花轿来娶我。等达到目的后，他就立即翻脸，又爱上别的女人，终日同她鬼混。有时甚至带到我的闺房里公开打情骂俏，我劝他少饮酒，以免伤了身体。他却将我赶出家门，不给饭我吃。若不是我剑法不如他，早就将他碎尸万段。我一路乞讨靠卖身维持生计。自从我获得这套'采阳剑法'，我经常换美男来提升功力。从此他走他的阳光道，我走我的独木桥。庆哥哥，这里的男人都望风而逃，你今夜还得陪我，休想抛下我！"

令狐霸心中有事，于是转入正题说："三妹，眼下有一件急事要办，你可有二弟的消息？我前几天收了一小徒，不幸被石井下的毒蛇咬伤，如今穴道虽然被封住，若是七天内拿不到二弟的解药，他必死无疑。"

夜风吹拂着柳嫣霞的秀发，窗外远处的灯光朦朦胧胧。柳嫣霞沉痛地说："二哥现在科尔沁草原奥巴台吉手下领兵对付一批农奴造反。上个月，一个名叫阿莽的农奴借口今年的草原气候不好，拒绝上交五十匹马和二百只羊，并打伤奥巴台吉，纠集一批农奴闹事。那阿莽刀法娴熟，机智过人，跟二哥大战两百回合不分胜负。若不是二哥最后施放毒蛇，驱散农奴队伍，奥巴台吉根本就赢不了。阿莽带着残兵败将逃到察哈尔。我也是平息了这次暴乱，才来到这里。现在也不知二哥在不在奥巴台吉麾下做客，若在，找他应该不难。"

令狐霸央求道："三妹，此事关乎小徒性命，非同小可！你明日能否带我去找一下二弟，以免延误了时机。"

柳嫣霞挥挥手推辞说："不行，不行，我需要专心练功。你沿着春光镇后面那条路向西北走，就能打听到奥巴台吉了，那里人人都知道他。”

店小二又重新给令狐霸安排了厢房。谁知那厢房跟三妹的厢房只一墙之隔，隔壁的声音听得清清楚楚。夜深了，令狐霸收拾好行李，刚躺下，就听见隔壁就开始闹了。

那男声好似谭门庆：“霞妹，我已经陪你一个多月了，你看我瘦得皮包骨头，风都吹得动，你就饶了我吧！”

那女的声音又娇又嫩：“庆哥哥，你看我还不够美吗？大哥有事我都没有走，我要专心练功。你就送佛送到西天，帮帮我吧。我帮你捶捶背，捶捶腰，好不好？”

“就因为你太美了，我实在吃不消！你也别求我，我是泥菩萨过河——自身难保！你别捶背了，也不要捶腰了，我受不了你这一招啊！你不要脱衣服了，就这样穿着挺好的！”

“我不脱上哪儿展示美？我不脱凭什么让男人离不开我？你要不想看就请闭上眼睛，我像一朵独自盛开的鲜花，有没有人采摘我都会开放！”

“你轻点，我还没有准备好。鲜花也得开了才能摘！馒头也得熟了才能吃！凡事急不得。我今晚就再陪你一次，不过请你温柔一点！最是那一低头的温柔，恰似江南晚风中的水莲。”

此时，令狐霸哪里睡得着，隔壁那两个人做好事也不关灯。那影子清晰地倒在窗纱上，像一幅精美的水墨画。

令狐霸盯着影子也不好出声，心想三妹正在练功，打扰不得。但见窗纱那边时而惊涛拍岸，时而光影摇曳，仿佛海浪卷起细沙温柔地抚摸着沙滩。

令狐霸寻思这可能就是采阳补阴的关键时刻，切不可打扰，否则必走火入魔。于是干脆吹灯睡觉，无奈隔壁动静太大，弄得人久久不能入睡。就这样一直熬到深夜，令狐霸才疲倦地睡去。而此时隔壁依然灯火通明……

第二天，令狐霸起炕辞别了三妹，跨上战马就出发了。沿着三妹指的道，一路打听奥巴台吉的下落。雪后的草原根本没有草，到处是光秃秃的沙泥，还有少量的雪没有融化，远处蒙古包上白茫茫一片，好像天上滚落的巨石。

走了一天了，傍晚时分，令狐霸感到饥渴难耐。前方出现了很多蒙古包，肯定有人。双腿一夹，令狐霸那马飞一般就跑了过去。见有人马过来，又带着长刀，蒙古包里很快出来两个侍卫。其中一个侍卫将长枪一横说："什么人？快快下马。"

令狐霸不慌不忙地下马说："官爷，我想打听一下，你们是否认识奥巴台吉？"那侍卫上下打量了一下眼前这个人，这个人没有蒙古人的小辫子，又没有穿着蒙古人的服饰，不知是不是奸细，当即生气地说："去，去，去，我们奥巴台吉怎么会认识你？"

正想发火，再仔细一想，如果闹起来，杀几个人，恐怕就更难找人了。令狐霸于是强装笑脸说："这位官爷，我是中原人，同你们奥巴台吉是故人，有点急事需要面见他，麻烦你通报一声。"

另一名侍卫说："胡说，我们奥巴台吉不可能有你这样的朋友，草原刚刚平息了一场暴乱，你还是滚远点。"

令狐霸将长刀往地一戳，那刀柄的另一头已有一尺没在地里。那侍卫见来人内力非同小可，不能玩硬的，只好委婉地说："我们奥巴台吉今晚正在招待客人，没有空，你还是改日再来吧。"

此时的令狐霸也是又渴又饿，又找不到地方休息，瞪了一眼蒙古包说："爷赶了一天的路，晚饭还没吃，好不容易才到草原，你让我改日再来，再不通报，爷砍你的脑袋。"

其中一个侍卫终于服软说："你先别让他进来，容我进去禀报一声。敢问你尊姓大名？"令狐霸一想，说出来吓吓他们："'独眼关公'令狐霸听说过吗？就是在下。"

那侍卫立即屁颠屁颠地跑进去了。过了好一会儿，天渐渐黑了，也不见有人出来。令狐霸正要发作，那侍卫突然出来说："不巧得很，奥巴台吉今晚喝醉了，已经躺下休息了。我们哪敢打扰他？没有他的命令，任何人也不能踏进蒙古包一步。"

令狐霸没想到自己的大名也没能将他吓出来，气得咬牙切齿，一刀将路边一棵手臂粗的树从腰砍断……

30. 深夜奇袭

葫芦里仅剩几口水，令狐霸拿出来一饮而尽。天越来越黑，远处的蒙古包渐渐燃起了篝火，似有人影浮动。想找水喝，只有过去试试。

令狐霸提刀翻身上马，一路飞奔而去。眼看快到蒙古包了，一道高高的铁丝网挡住了道路。偏偏这里没有满人，要是碰到满人，绝不跟他啰唆，一刀一个。

门口又冲出几个带刀侍卫。令狐霸说明来由后，希望能进去见见，可那侍卫根本听不进去。好说歹说，总算给了一碗奶茶。

令狐霸端着那碗奶茶，找了个僻静的地方，坐了下来。得想个办法进去才行，拖得太久，冲儿恐怕熬不住。如果杀了这几个小卒，一旦被他们发现就更难找到二弟了。到底该怎么办呢？要不，等到夜深了，人困马乏再动手。

突然，远处传来马蹄声，那马蹄声越来越大，越来越近。接着杀声震天，不知从何处冲出一队人马，直接攻进蒙古包口。为防自己的马受惊，令狐霸重新系好了缰绳。

有人高呼："察哈尔人突袭了！察哈尔人突袭了！快去报告！快去……"喊声未了，就被人一刀砍中。为首的汉子，身材魁梧，头戴白巾，手持一把短刀，刀法老练。那侍卫还未接三招，肩头就被快刀砍伤，鲜血直流。

那汉子一声怒吼："去见鬼去吧！"说完，那刀已架在侍卫的脖子上，只轻轻一划。那人立即倒地毙命。队伍几乎没有遭受抵抗，一直攻入蒙古包。

此时，蒙古包内乱成一团。有人急匆匆地向奥巴台吉帐下报告："察哈尔部夜袭，赶紧组织人员抵抗。"奥巴台吉虽然喝多了，也不敢怠慢，立即翻身起炕传唤："鸿鹄，快快领兵抵抗，不然我命休矣！"

其实，鸿鹄手持铁棍早已同来袭人打得热火朝天。第一个冲上前的是位蒙面女子，身材窈窕，剑法犀利。光头鸿鹄当头就是一棍，被蒙面女子横剑挡住。咣当之声，不绝于耳。接着鸿鹄横扫其下盘，也被其化解。鸿鹄没有料到蒙古兵中还有人会中原剑法，三招之内还拿她没办法。

鸿鹄接着一阵猛攻，双方斗到十多个回合，那蒙面女子渐渐气力不支，厉声问道："你我都是中原人，何苦为蒙古人卖命！佛家当以慈悲为怀，你这和尚为何放毒蛇伤人？"

蒙面女子剑挡铁棍，仍然有机会反攻。鸿鹄回道："少拉关系！两军交战，各为其主。再不退去，我让你有来无回！"说完，铁棍一抽，虚晃一下，转身直击肩头。蒙面女子来不及躲闪，肩膀重重地挨了一棍。"哎哟"一声，滚到一边。

鸿鹄抽棍对着她的脑门，高高举起，狠狠砸下，心想这一棍让你一命归西。那铁棍眼看就要击中她的脑门，突然从侧面伸出一杆铁枪，“咣当”一声，被挡住了。

一位鹤发童颜的老者突然闪现在眼前，那杆红缨枪如彩云追月即刻就刺到胸前。鸿鹄一招“猛虎下山”，那铁棍密如鼓点般向老者击去。

只见老者不慌不忙，沉着应对，那红缨枪忽左忽右，忽上忽下，杀得鸿鹄目瞪口呆。想不到队伍中还有这等高手，真是来者不善，善者不来！刚一转身，老者一个回马枪，杀得鸿鹄铁棍差点撒手。

定定神，鸿鹄再次抓起铁棍，对老者吼道：“敢问是何方高人？贫僧不杀无名之辈。”那老者也不搭话，手中的铁枪再次发威，一招“金蛇狂舞”杀得鸿鹄一个趔趄，好不容易站稳。

那银枪忽而一抽，往地上一插，老者赞道：“你这少林棍法也算娴熟，只是功夫仍不到家。俺乃大明朝原禁卫军教头甄老鳄，敢问出家人法号？”

“在下法号鸿鹄，年轻时曾出家为僧，学得少林棍法，被逐出师门，现在浪迹江湖，寄人篱下。你们何故深夜袭击，杀我士兵，草菅人命，还不速速滚开！”

甄老鳄哈哈大笑：“难怪被逐出师门，你这和尚不潜心向佛，作恶多端，残害苍生，打不过就放毒蛇，我察哈尔部已有五人中毒身亡。快快交出解药。不然，就吃我一枪。”说完，挺枪就直奔鸿鹄。

鸿鹄持棍一隔，那枪头力度已然化解。二人铁棍对钢枪，乒乒乓乓，霎时间又杀得难分难解。

那蒙面女子趁二人酣战之际，潜入后厢房，一阵翻箱倒柜之后，反向杀出。路上遇到两个蒙古兵，蒙面女子剑光霍霍，不多时，两个士兵胸部中剑，血流不止，倒地身亡。

甄老鳄感觉对手的棍法越来越老到，渐渐只有招架之功而无还手之力。难道刚才领教的少林棍法只是皮毛，而现在才将精湛发挥出来了！老鳄一枪直奔鸿鹄的胸口要害之处，哪知对手的棍尖并不护卫，而是直奔自己的右眼。

老鳄只好回枪掩护，谁知他又抽棍横扫中腰，令人防不胜防。鸿鹄用铁棍压住他的钢枪，怒目圆睁道：“你不是我的对手，请速速退去，我就不放毒蛇。”

“今晚，你不交出解药，我就让你的光头开光放血，替佛祖除害。”甄老鳄嘴上强硬，可枪法有些散乱。一连几枪都不曾刺中对手，反被铁棍压制。鸿鹄突然一棍直戳鼻尖，老鳄来不及回枪，只好后仰躲闪。心想，这回完了，和尚没开光，自己要先开光了！

只听“咣当”一声，一把快刀挡在铁棍前头。场面上突然来了一位年轻汉子，身穿皮袄，头戴纱巾，正是上次交过手的阿莽。阿莽一路杀进来，没找到和尚，碰到几个虾兵蟹将，斗不到几个回合，不是砍着手，就是砍着脚，再不然就直接砍断脖子毙命。

敌人相见，分外眼红！就是这个毒和尚，坏了我的大事！就是这个毒和尚，毒死了我的部下！阿莽想起那些惨死的弟兄，就义愤填膺，那把钢刀在夜光中就如引爆的烟花，八面闪光，寒气逼人。

面对阿莽凌厉的攻势，鸿鹄不敢怠慢，那铁棍也舞成铁笼一般，叮当之声响彻云霄。阿莽一招“快刀乱麻”，震得对手虎口发麻。鸿鹄使出“悟空降妖”，这是少林棍法中的绝学，那铁棍打压下来似有千斤之重。阿莽挥刀顶上，一棍一刀，让鸿鹄一时骑虎难下。

甄老鳄在一旁看得眼花，为早点拿下和尚，当即挺枪上阵，那钢枪直刺和尚的光头。鸿鹄对付一个绰绰有余，两个一齐上来，那咄咄逼人的招式，实在不敢大意。老鳄持枪攻其下盘，阿莽持刀砍其上身，上下其手，步步紧逼，令和尚步步后退，气喘吁吁。

阿莽刀压其棍，得空说：“臭和尚，我部还有十多人中了你的蛇毒，若不交出解药，你也别想活过今晚！”鸿鹄猛一推铁棍，冷笑道：“最好都死了！就凭你们两个也想要解药，快快回家，以免影响我睡觉。”

一句话说得二人怒火中烧。阿莽使出浑身力气，一刀比一刀快，刀刀直攻要害。老鳄亮出甄家枪法中“万箭穿心”的快攻招式，那枪尖密如雨点，枪枪攻其不备。

这两人攻势凌厉前所未有，鸿鹄也是从未遇见过。想起师父早年教过少林棍法中最经典的招式：劈山十三棍。那铁棍如巨斧，挥动之中蕴含着开天辟地之力，一般人是无从招架。鸿鹄此棍法一出，立即让二人汗颜。少林棍法果然名不虚传！

与和尚耍过三十招过后，二人渐渐摸清招数，少林棍法虽然精湛，亦有弱点。铁棍力度虽够，可锋利仍不及刀枪，只伤人筋骨，不见伤口。老鳄再一次使出“万箭穿心”的招式，鸿鹄一心应对那锋利的快枪，棍身须处处阻挡枪尖。而此时，阿莽的钢刀又杀到，左砍右扫，刚扫过前胸，鸿鹄后退半步闪过，又划到后背，这次躲闪慢了一点点，刀尖将和尚的衣服划破，后背划了一道长长的伤口，一时间血流如注。

鸿鹄痛得“哎呀”一声，连连后退。阿莽见和尚终难以一对二，于是紧跟上前，大刀直逼其咽喉。鸿鹄持棍一挡。老鳄见鸿鹄中刀，其枪很快刺到后背，眼见和尚难以抵挡，再吃一枪在所难免。

“二弟，我来也！”其时，场面上突然刮起一阵旋风，一把长刀挡在老鳄铁枪枪尖前。鸿鹄定睛一看，果然是大哥令狐霸。原来，令狐霸趁着混乱之机，就悄悄摸进了蒙古包。见双方打斗惨烈，也不知帮哪一边好。借着微弱的火光，令狐霸远远看见有两个人围着一个和尚打，就猜可能是二弟！等走近一看果不其然，再迟一步，二弟恐遭不测。

阿莽、老鳄眼看就要拿下和尚，逼其交出解药，突然又来个帮手，还是他大哥。老鳄一时又急又气，见令狐霸只有一只眼睛，骂道：“哪里来的狗贼？来这儿多管闲事。”

第七章　情切切恩将仇报

31. 山重水复

令狐霸抖了抖长刀，回道：“告诉你等也无妨，我乃中原三怪之首‘独眼关公’令狐霸，休想害我二弟，识相的赶紧滚！”

甄老鳄收枪答道：“原来是你！多年不见，武功长进没有？你不赐招，我就不客气了。”说完一枪就朝令狐霸刺了过去。

令狐霸也挥刀砍了过来，那青龙刀可不比少林棍，又锋利又沉重。几个回合下来，老鳄渐感不支。此时阿莽也杀了过来，但阿莽刀短，终是杀力有限。一阵快刀快攻，弄得令狐霸也是手忙脚乱。

由于担心大哥吃紧，鸿鹄顾不得伤口，持棍也杀了过来。这回四个人一对一，一时间杀得难分难解。没过多久，老鳄、阿莽渐渐处于下风，眼看难以抵挡。

这时，一个蒙面女子在不远处向老鳄、阿莽挥着手。老鳄收枪道：“我们走，不跟你们玩了。”阿莽料想今晚难以取胜，也虚晃了一刀，开始撤退。那些跟随的察哈尔人也纷纷退了回去。

鸿鹄找了匹马，提棍翻身上马准备追击。奥巴台吉拦住道：“穷寇勿追！穷寇勿追！他们这次夜袭也没捡到什么便宜，他们也死了不少人！”

鸿鹄哈哈大笑：“最主要是解药他们没拿到，还在后面厢房里，他们还有十多人中了我的蛇毒。不过今天多亏大哥及时赶到，才让他们知难而退。”

令狐霸见鸿鹄后背还在流血，回道：“这是大哥的本分，二弟以后切勿大意，须知天外有天，人外有人！我这里还有点金创药，来来，让我给你涂点。”

说着，令狐霸从身上掏出一个小瓶子，扒开鸿鹄背后的伤口，将药粉涂在伤口上。伤口包扎好后，鸿鹄对奥巴台吉说：“这位就是我大哥，江湖人称‘独眼关公’的令狐霸。”

令狐霸抱拳施礼道：“奥巴台吉吉祥！二弟在此多有打扰，还望海涵。我此次专程到访也是为了蛇药。前些天，我收了一个汉族小徒不幸被你的毒蛇咬伤，生命垂危。我虽封了他的穴道，如若七日内拿不到解药，小徒必死无疑。出来已好几天了，我必须尽快返回。”

奥巴台吉笑道：“原来是这样，大哥好不容易到访，今晚就暂且休息，明日我摆酒设宴，为大哥接风洗尘。”接着吩咐下人，清理战场，各口加强守卫，增派人手，每一个时辰换一批侍卫。

一场大战过后，草原上渐渐归于寂静。鸿鹄胸有成竹地说：“他中的是什么蛇毒？解药都在后厢房里，明早拿给你就是。”“他中的是金环蛇毒，幸亏我及时赶到，不然小命早就没了。”

奥巴台吉给令狐霸安排了住处。令狐霸心中有事，这一夜辗转反侧，睡得也不踏实。鸿鹄想着又有十多人中毒因没有解药而死，心中无比快慰，虽然受了点轻伤，仍然掩饰不住嘴角的笑容。

这一夜睡得香，鸿鹄清晨起来，走到后厢房打算找到金环蛇的解药。这一找不要紧，吓了一跳！锁在抽屉里解药全部不翼而飞，连一小瓶也没留下。

叫醒大哥，鸿鹄惊呼：“大哥，解药被人偷了！不知何人吃了豹子胆！”令狐霸走近一看，厢房内几个抽屉全部被打开，所有蛇药都没了。

想起昨夜那个蒙面女子，神秘兮兮，莫非是她趁我们苦斗，摸进厢房行窃？鸿鹄回想昨天他们撤退似乎是快了一点，肯定是拿到解药了，当然无心恋战。正是那个蒙面女子朝阿莽、老鳄挥手之后，他们才像兔子一样溜了。

令狐霸一拍大腿说：“这可如何是好？耽误了时日，我那小徒必死无疑啊！我们汉人命苦，堪比黄连！”

鸿鹄万万没想到出了这样的事，深感懊恼，惭愧地说：“没想到昨夜中了蒙面女子的调虎离山之计，如今再有人中蛇毒，我也无计可施啊！”

奥巴台吉安排了丰盛的早宴，安慰说：“丢了蛇药不要紧，你看还能不能再配制一点？来来来，吃点肉包，喝点奶酪，我们从长计议。”

羊肉包端上来，令狐霸尽管有很久没过吃羊肉包，也只是尝了两个，匆匆了事。鸿鹄吃着吃着，忽然激动地说：“我想起来了，那石井中的密室里，还有点原药，我再采集一点可以再配制几瓶，以备不时之需。不过，我需要回去几天。不知奥巴台吉意下如何？”

奥巴台吉用过早餐，思忖良久说：“如今的草原确实不太平，蒙古包需要人护卫，眼下察哈尔部刚刚小胜，应该不会再次攻击我们。不过救人要紧，你速去速回如何？”

鸿鹄笑道：“既然奥巴台吉深明大义，我就同大哥回去一趟，一路辛苦，休息一天后我们就出发。”

不久，令狐霸、鸿鹄辞别奥巴台吉，跨上快马，飞奔而去。经过几天的飞驰，二人赶到石井时，就剩下最后一天了。鸿鹄一路采集了一些原药，放在一个小瓶里。

二人赶到石井，下井一看，却发现井下空无一人，司马冲不知去向。难道是有人将他掳走？或者是外出走失？如果不出意外，他现在应该毒发，走动不得。

鸿鹄利用采集的药和密室里的藏药，紧急配制了几瓶解药。令狐霸则四处寻找司马冲的下落。附近找了几圈，也不见司马冲的影子。这就奇怪了，他会跑哪儿去了？

那些毒蛇见主人回来，都蠢蠢欲动，大约是腹中饥渴。鸿鹄捉了一些小动物扔进石井下的密室作蛇食。蛇药配制好了，见令狐霸回来，依旧一无所获。鸿鹄说：“我蛇药已经配好，你那小徒不见踪迹。我们是不是商议一下，下步的打算？如今的草原群雄割据，弱肉强食，我们中原三怪长年浪迹江湖，也不是办法。我投靠奥巴台吉麾下，至少餐餐有酒喝，有肉吃。”

令狐霸长叹一声说：“当今乱世，我们中原三怪空有一身武艺，上不能报效国家，下不能拯救黎民，经常食不果腹，四海为家，也不是个办法。我们何不把三妹带上，一起投靠奥巴台吉。我看奥巴台吉待人诚恳，手下又人马众多，可以寄托。”

“对，我们去找一下三妹，把她带上，多一个人多一份力量。”鸿鹄也同意大哥的意见。于是，二人出井跨马往春光镇方向奔驰。

等到达春光镇已是深夜时分，此时醉月楼依然灯火辉煌，鼓乐阵阵。二人系好马匹，信步走进醉月楼。有了上次的教训，令狐霸也不急着住店，而是找了座位坐下喝茶。鸿鹄要了点卤牛肉、奶茶吃了起来。

这时，从不远处的一间厢房里传来明快悠扬的胡琴声。那琴声忽而高昂激越，忽而如泣如诉，似有千般苦难、万般愁绪向人倾诉。只听一个女声说：“再来一曲，你们来唱我来伴舞。”

只听那琴声丝丝入耳，欢快如草原上奔驰的骏马。因为门是关着的，只能看到一个婀娜多姿的身影在随着音乐翩翩起舞。那舞姿印在窗纱上精美绝伦，的确让人叹为观止。

一定是三妹！除了三妹不会有别人。不过是谁有如此魅力，能让三妹亲自献舞？令狐霸正想上前盘问，被鸿鹄一把拦住："且慢，等我们听完这一曲也不迟。

那婉转的歌喉如夜空中的百灵让人心旷神怡，那悠扬的琴声似绵绵的秋雨让人缱绻缠绵，那翩翩的舞姿若开屏的孔雀让人流连忘返……

曲毕，从厢房内走出男女歌手，跟着还有一位手持二胡的老艺人。门接着又关上了，只听一个女子柔声说："我见过很多男子，唯独对公子情有独钟。公子学富五车，貌比潘安，才纵四海，不肯留下陪我，难道是嫌我不够娇美？"

一个男声说："非也，姑娘美若嫦娥仙子，非我等俗人般配，还请姑娘见谅。在下有要事在身，恕不奉陪。"

"慢，天色已晚，公子怎能饿着肚子赶路？不如点几样小菜，共饮几杯。"说完，厢房内传出啪啪两声。

不一会儿，有人往厢房内送去几样菜肴。是谁能让三妹真正动心？他难道是坐怀不乱的柳下惠？面对女人的柔情蜜意而不动心，乃真豪杰！鸿鹄也想破门而入看个究竟，刚想起身被大哥拦住："今晚，我们也别那么早睡了，就守在这门口，难道三妹会跑了不成？"

32. 守身如玉

这时女人柔声说："这是红烧野兔，这是油焖狍子，这是白切山鸡，还有东北云耳。难道这些山珍野味，你都不感兴趣？"

看影子，男的终于坐下说："感谢姑娘美意，我就先填饱肚子再说。这几样菜肴，我还真没尝过，那就来一杯二锅头吧。"

女的起身倒酒，因为酒在内间，她就走了几步，转身背着男人将一包药粉倒入其中一个酒杯中，很快端着两杯酒出来说："我今天就陪公子喝一杯，公子请慢用。"说完故意将放过药的酒杯给了男的。

二人你一口，我一口正在喝着二锅头。令狐霸也觉得饥肠响如鼓，于是也点了几样小菜，要了一壶热酒，同二弟干了起来。

酒过三巡，令狐霸说：“三妹睡过的男人无数，今天是不是碰到倾国倾城的，要动真格的！”鸿鹄看着那间厢房说：“看样子是那小白脸不愿意，待会儿我们一起上，肯定能帮三妹做成好事。”

其时，那边厢房内二人吃得差不多。男人感到浑身燥热，气血充盈，再看看眼前的女人藕臂玉腰，丹唇皓齿，粉肩秀项，云髻嵯峨，明眸如水，酥胸颤颤，娇喘连连。

女人想：可能是药物在起效，难道药力加酒力都不能战胜他？！

男人起身颤颤悠悠，大约是想走。女人见状立即上前，搀扶道：“夜已经很深了，公子就留下来陪我一夜。我从此离开春光镇，陪公子浪迹天涯，永不相负！如何？”

男人执意要走，坚定地说：“感谢姑娘盛情！我的心事你不懂，她在我心中皎若明月，灿若星辰，没有人可以代替。我们后会有期，来日方长！”

男人正要去开门，这时女人忽然拔剑刺来：“江湖规矩你懂不懂？在我这里好曲也听了，好酒也喝了，好肉也吃了，想走？你当我这儿是菜园门？今天，没我点头，你休想出这间房。”男的被逼拔剑还击。

外面听得叮当之声，不绝于耳。怎么好好的，忽然又打起来了？令狐霸、鸿鹄放下筷子，各自手持兵刃，凝神静气，准备进去帮忙。

男人出剑奇快，招式凌厉，剑法古怪。女人一阵猛攻，那剑尖不是刺向咽喉，就是前胸，都被男人一一化解。两人打了多个回合，女人还真是伤他不着。鸿鹄说：“我们进去吧，晚了伤到三妹了怎么办？”

忽然，内面剑声戛然而止，令狐霸心想一定是三妹受伤了！再不出手，三妹恐怕有危险。于是，令狐霸抡起大刀，对着门闩一刀下去。

只听“咔嚓”一声，门被劈开，倒在地上的是个男的，那女的一抬头，果然是三妹柳嫣霞。柳嫣霞手持宝剑，一点没伤，惊道：“大哥二哥，是什么风把你们给吹来了？”

那男人口吐鲜血，却不知伤在何处。鸿鹄说：“我们早到了，想帮你办成好事，谁知你们打起来了。我们担心你吃亏，没想到你这么快就把他制服了。

柳嫣霞收了剑说：“我没有伤到他，是他自己无缘无故倒地的。”鸿鹄拿棍指着那男人说："小子，你就老实从了吧！别费周折了。"

这时，倒在地上男人忽然喃喃叫道："师父！师父快救我！"令狐霸仔细一瞧，不是别人，正是失踪的冲儿！惊道："冲儿，你不在石井里等着，怎么跑到这儿来了？如果不是我们惦记着找三妹，哪里会找到这里？"

司马冲低声说："此事说来话长！你走以后，我每日运功排毒，略有好转。可地瓜、土豆很快吃完了，我不得不到外面寻找食物。今天早上，距离七天还剩下最后一天，我感觉好像好一点，就在石井边上打算多找点食物等你回来，被她带着一伙人将我抓到这里。其中有一个叫谭门庆的，我认识，他见我带到，就独自走开了。我后来才知道，是她看上了我，要留我过夜。我身中蛇毒，现在毒性发作，怕是活不过今天了。"

令狐霸将司马冲轻轻扶起，说："算你命大！解药有了，二弟快拿出来，给他服下，不然他过不了今晚。"

柳嫣霞一把挡住说："慢，不能给他解药，他还没答应做我的夫君，这等忘恩负义之徒，不救也罢。"

鸿鹄从怀中掏出一瓶解药，正准备给司马冲，却被柳嫣霞一把夺走。柳嫣霞举着解药对司马冲说："现在，答应做我的夫君，我们就让你起死回生。如若不然，我就把你拉出去喂狗！"

鲜血从司马冲的嘴角正一滴一滴往下流。司马冲奄奄一息，却固执地说："那我不要解药了，你把我拉出去吧！"

真没想到碰到个死脑筋的！柳嫣霞气得拔剑又是一剑刺了过去，被令狐霸摁住手腕，刺偏了。令狐霸语重心长地劝道："男女之事不可强求，留得青山在，不怕没柴烧。我们都是汉人，身处异域理应同舟共济，共赴艰险。他今天想不通，也许明天就想通了，是不是？"

鸿鹄在一旁附和："大哥言之有理！三妹如果真的喜欢他，又岂在一朝一夕，来日方长啊！我佛慈悲，救人一命胜造七级浮屠。来来，快快服下，晚了就是神仙也救不了你！"

说完，鸿鹄从三妹手上夺过解药，倒出数粒，送到司马冲嘴里，让他服下。

柳嫣霞经两位哥哥一番开导，顿时羞红了脸，在一旁沉默不语。

司马冲服了解药，精神渐渐好转，问店小二要了一间房休息一夜后，果然逐渐康复。

很久没有练习刀法了，一日清晨，司马冲寻来师父的长刀，将斩妖十八刀步战刀法的六种招式完整地演练了一遍。令狐霸在一旁注目，想看看他进展如何。

司马冲惭愧地说："这几日因为身中蛇毒，疏于练习，招式大概忘得差不多了。"令狐霸给他端平了刀把说："我叫你不要理会那些怪声，你不听，这才中毒。受此一难，你该长长记性了。"

司马冲练到"假途灭虢"这一招时，刀尖有点歪，力度也不够。令狐霸上前更正道："这一招在杀敌时一定要狠，不能给敌人喘息的机会。这些基础的刀法一定要练熟，马战刀法都是从这些刀法演变而来。"说完，又认真示范了一遍。

小院内传来霍霍刀声。司马冲从第一招练到第六招，刀锋所到之处，无不飞沙走石，霍霍有声。在一旁观阵的柳嫣霞感叹道："大哥这刀法太厉害了，就是不肯教教我！"

令狐霸说："这青龙偃月刀足足六十斤重，一般女子很难舞得动，还是爷们儿玩玩吧。冲儿身强力壮，练好了一定能青出于蓝而胜于蓝。三妹还是不学的好！"

经过几天的练习，司马冲的步战刀法渐渐娴熟，一招一式，已得真传。休息时间，司马冲主动请学："师父，我步战刀法已有些火候，是不是该让我学马战刀法了？"

令狐霸说："不急，你若能接三妹十招，接二弟五招，我便教你马战刀法。"

比试这天，大雪纷飞，四人在雪地里摆开阵地。鸿鹄首先持棍上场："小子，把刀拿稳了，小心我的少林棍。"

司马冲将青龙刀一横说："来吧，不用棍下留情！"鸿鹄一招攻其上盘，一招攻其下盘，均被化解。接着来了三个连杀，若是等闲之辈，绝对招架不住。没想到司马冲面不改色，见招拆招，刀法丝毫不乱。五招硬是伤不着他。

鸿鹄急得使出"劈山十三棍"中的第一式，好不容易才打中司马冲的屁股。令狐霸说："停！停！已经是第六招了。三妹，你上吧。"

鸿鹄只好退下，柳嫣霞挥剑就刺了过来。对付这个男人，可不能留情，让他学成斩妖十八刀，自己就不是他对手了。柳嫣霞这次一口气连杀了六招，都奈何不得他。那剑"叮当叮当"就像乒乓球似的往回弹。

柳嫣霞知道他刀沉，只有靠快剑，方有取胜的机会。于是，一阵快攻，连出四招，直到第十招，才斩断司马冲的一缕头发丝。令狐霸高声叫道："好！好！好！想不到冲儿的刀法进步如此神速。三妹收剑吧，再打下去，恐怕会伤了他。"

司马冲收刀作揖："小徒受益匪浅，感谢两位师父赐教！"

休息片刻后，令狐霸牵来两匹好马，开始传授马战刀法。司马冲同师父并马前进，用心聆听。

令狐霸挥刀仔细示范，说："这六招马战刀法是关羽刀法的精髓，在千军万马的战场上，仅会步战不会马战，一样会受制于人。若想建功立业，没有这六招刀法，万万不行。"

司马冲一一谨记于胸，唯恐学而不得。师父示范一遍完成后，司马冲又持刀重复演练一遍。接着，令狐霸拿出一本刀谱说："这是斩妖十八刀刀谱，暂由你保管，你要用心体会，不得丢失。"司马冲点头接过刀谱，藏进内衣。

司马冲感到师父这把刀轻了点，就专门托人在一家铁匠铺里定制了一把青龙偃月刀，比师父那把还重十斤。

新刀拿回来，令狐霸看了看连连称赞："后生可畏，后生可畏啊！你现在已经学了十二刀，只要勤加练习必有所成。"

忽一日，有快马寻到春光镇送来奥巴台吉的一封亲笔信，鸿鹄打开一看，大惊失色：科尔沁蒙古包已遭敌重兵围困，危在旦夕！请速速驰援。

33. 雪夜驰援

拿着书信，鸿鹄找到三妹说："当今天下，群雄逐鹿，大明江山，风雨飘摇。我们中原三怪浪迹江湖，空有一身武艺，如不早点未雨绸缪，建功立业，免得走上邪路，遗臭万年。大哥同我决定投靠奥巴台吉手下，不知三妹意下如何？"

柳嫣霞还在为前几日的事生气，望了望窗外的雪花说："建功立业是你们爷们的事，小女子无才无德，还是不要去的好！"

令狐霸明白三妹的心事，微笑道："冲儿的武功进步很大，也无依无靠，我们决定带他闯一闯。你一个人留在这烟花柳巷，若有大军杀到，我们又天各一方，鞭长莫及，后果不堪设想。"

司马冲刚刚纵马练了一个时辰的刀法，回来放下青龙刀说："三师父花容月貌，以你现在武功，能胜你的男人多的是。不信，我们再比试一下，你若在二十招内，不能胜我，就跟我们走如何？”

“好！那就一言为定，我可不会再为薄情郎手下留情了！”柳嫣霞说完立即退到小院，拔剑而立。令狐霸向司马冲挥手示意，那就小试一次牛刀。

司马冲挥刀首先发起进攻，前两刀，柳嫣霞就用剑挡，最后一刀，由于力度太大，柳嫣霞一个闪身躲过，那刀砍在方桌的中央，那方桌顿时一分为二，向两侧倒去。

柳嫣霞等他劲头用得差不多，再开始进攻，那剑一招比一招快，招招直逼要害。司马冲沉着应对，比前几日显得老练很多。一招“刀山火海”将柳嫣霞逼到小院一隅，眼看退无可退。

那柳嫣霞突然贴地一滑，持剑直刺司马冲胯下要害。司马冲挥刀挡住，可那刀挡得迟了点，胯下被剑划开一道口子。司马冲顿时羞红了脸。

令狐霸在一旁数着招数，当时已经到了二十五招了。虽然三妹是胜了，但招数超了，说明司马冲刀法有了明显进步。当即叫停：“比试已经超过二十招了，不要打了，三妹虽胜，但赌输了！你还有什么话可说啊！”

柳嫣霞收剑回鞘，半晌才说：“我剑法很差，跟了你们混饭吃，恐拖累大哥二哥。”鸿鹄抖了抖书信说：“现在奥巴台吉有难，正是我们大显身手的时候。草原不缺兵不缺马，就缺将。三妹剑法比我们差点，比他们还绰绰有余。”

司马冲胯下划破，找了条裤子换上，也劝道：“千军易得，一将难求。我们若能解救奥巴台吉，说不定能得到他们重用，总比在江湖风餐露宿的好！”

送信的人说：“受奥巴台吉的委托，我乔装成敌军模样，才突出重围。如得你等四人驰援，实属奥巴台吉的大幸，科尔沁人的大幸。”

令狐霸说：“事不迟疑，我们即刻出发。”柳嫣霞考虑再三，终于定下决心，跟着大哥二哥闯。醉月楼的老鸨少了棵摇钱树，当然不干。同行的姑娘们很多也劝留。

老鸨说，嫣霞不交赎银别想走。鸿鹄当即拿出赎银，让老鸨无话可说，笑得像一只刚下蛋的母鸡。

柳嫣霞委婉地说：“你们不用伤心，将来姐在江湖混不下去，再回来不迟啊！”一番收拾，柳嫣霞终于辞别了醉月楼的老鸨和姑娘们。

加上送信人扎克图，一行五人这就上路了。他们一路马不停蹄地赶。冬天的草原，北风呼啦啦地吹，远处除了雪，就是雪，白皑皑的一片。凛冽的寒风吹在人脸上像刀割一样。那雪也不见转少的迹象，纷纷扬扬，一直下个不停。

经过几天的奔驰，眼看快到科尔沁蒙古包了，鸿鹄提议："我们下马稍稍休息片刻，研究一下对策。"五人寻得一处草场，将马喂饱了。

令狐霸喝了几口水说："我们突然杀到，他们肯定没有防备。我们人少切不可大意，二弟和扎克图熟悉路，一会儿在前方开路，三妹和冲儿在中央，由我来断后。我们五人最好杀在一块，彼此密切沟通，相互关照，以防万一。"

大家点点头，算是心照不宣。不一会儿翻身上马，各自手持兵刃，朝科尔沁草原的中心奔去。此时，夜色刚刚笼罩着草原，雪是小了些，但雪光很亮，远处的人马一清二楚。走着走着，果然见到前方有带刀侍卫挡住去路。

那士兵远远地喊："什么人？快快停下！快快停下！"扎克图也是一等侍卫，用蒙语大声回答："我们是林丹汗派来增援的！快让开！"

那士兵说："我们已发起总攻，今晚就要活捉奥巴台吉，你们有没有文书？没有文书肯定是假的。"扎克图马快，上前趁其不备一刀杀了那个士兵。

另一个被随后到来的鸿鹄一棍打倒在地，口里叫道："快拦住他们！快……"第三个士兵刚要举刀还击，司马冲的马恰好赶到，一刀砍过来，那士兵接不到三招，就被司马冲一刀砍在脖子上，当场毙命。

第一个路口，五人顺利通过。扎克图回头说："我们得快点，他们今晚发起攻击，我担心晚了奥巴台吉可能有危险。"于是几个人加快了速度，夜色中马蹄声越发急促。

一阵急驰后，前方突然出现大队人马，杀声震天。一名参领带着二十多人正在攻打一处营寨。寨子已经被人放火了，蒙古包燃起熊熊大火，冲天的火光映红了半边天，在夜色中十分耀眼。

扎克图知道这里是科尔沁的粮草大寨，切不可被他们烧了，当即呼道："这里是我们的粮草大寨，得先杀了那个放火的！"随后，就冲了过去，同那个参领打了起来。

谁知那个参领不是个猪头，武功厉害，三两刀杀得扎克图连连招架。这时司马冲刚好赶到，长刀一刀砍过去，那参领猝不及防，当即倒地。随后，那人一个鲤鱼打挺翻了起来。

一个在地上，两个在马上，那在地上的当然处于劣势。打了不到十个回合，那参领渐渐体力不支。扎克图一阵快刀上去，那参领还勉强招架住，正欲转身逃走。这时，被司马冲一刀砍倒，正好砍在左大腿上。那参领当场倒地，血流不止。

司马冲正想上前再给他一刀送上西天，谁知黑暗中冲过来一匹黑马，马上一个彪形大汉，横刀挡住了司马冲的长刀。隐隐感到虎口发麻，定是碰到高手了。不错，来人正是阿莽！

阿莽正是来烧粮草的，听到这边有增兵杀到，就赶了过来。大家以为今晚碰不到高手，一定会所向披靡。阿莽一到，立即救下那位参领，早有人将他扶到一边。

这边司马冲和扎克图二人都抵挡不住阿莽那把快刀。两匹马连连后退。鸿鹄已经认出，大声吼道："小子，欺负小辈算什么英雄！你看棍！"说着，策马举起铁棍就砸了过去。

这两人是棋逢对手，杀起来那真是精彩纷呈。阿莽那钢刀左右轮番砍杀。和尚那铁棍上下来回抽打。不一会儿工夫，看得人都眼花缭乱，不知道谁占上风，谁占下风。一忽儿，阿莽的钢刀如白绫缠身寒光四射；一忽儿，和尚的铁棍如狂风吹倒树摧枯拉朽。

令狐霸带着三妹、司马冲和扎克图将几个放火的一一收拾了，有的砍死了，有的砍伤了。火势被迅速控制住，幸好只烧了一个草堆。阿莽眼看着火势越来越小，也没有办法。

这时黑夜里突然冲出一队人马，为首的手持红缨枪，马背上似乎还捆着一个人。那人穿着华丽的服装，不像是平民。手持红缨枪的正是甄老鳄，远远地喊："阿莽，别打了，今天的任务已经完成了，我们回去吧！"

队伍越来越近，马背的那个人突然高喊："扎克图，快快救我！扎克图，快快救我！"扎克图定睛一看，马背的那个人不是别人正是奥巴台吉。原来，奥巴台吉被俘了！

扎克图对正在打斗中的鸿鹄说："我们还是晚了一步，奥巴台吉已经被抓了！马背捆着的那个人就是！"鸿鹄惭愧地说："没想到察哈尔人这般猖狂，今天我们来得正好，别让他们跑了！

那阿莽看见老鳄已经生擒了奥巴台吉，当然无心恋战，虚晃了几刀，正要撤走，被鸿鹄的铁棍挡住去路。二人再次打得难分难解。令狐霸眼看着杀过来的一支队伍，立即策马上前，靠近老鳄说："大胆老头儿！你把草原的主人都抓起来，你想不想活命了？"

这甄老鳄哈哈大笑："有本事你把他抢回去，我今天就陪你好好玩玩。"此时，令狐霸手持长刀，策马就砍了过来。老鳄举枪招架，被动接了几招，但因马背有个人，打起来实在不方便，那马可能是不堪重负，行动迟缓。

甄老鳄举枪喊话："慢着，我这马背上有个人，我们交手不公平。等我将他放下，再来会你，如何？"令狐霸也怕伤了奥巴台吉，收了刀，且看他如何动作。

只见甄老鳄将奥巴台吉从马背上凌空向后抛起，同时喊道："琴儿，接住！"远远看见，奥巴台吉又落在一个女子的马背上。

34. 牛刀小试

甄老鳄马背上再没包袱了，立即挺枪过来："狗贼，有什么高招都使出来吧。让老夫开开眼界！"令狐霸刚才有点投鼠忌器，这会没了奥巴台吉，高兴地说："那就让你尝尝，我的斩妖十八刀的厉害吧。"

那青龙偃月刀在黑暗中划了一道美丽的弧线，就朝老鳄的马首方向劈来，这是斩妖十八刀中的最经典的招式——开天辟地。甄老鳄举枪接招，这一刀来势凶猛，不可硬碰硬。老鳄挺枪直刺他前胸，逼其护卫。无奈令狐霸只好收刀护胸，接着又使出第二招。二人在黑暗中打得热火朝天，均不得脱身。

再说奥巴台吉落在一个女子的马背上，那女子也无心恋战，对他叫道："老实点，跟我回去，我把你交给大汗就可以立功了。不然，我现在就宰了你！"奥巴台吉捆住了双手，吓得也不敢动弹："女侠饶命，有话好说！有话好说！"

刚才的一幕被司马冲看得真切，因为距离远，看不清女子的面目，感觉有点面熟。既然那人就是奥巴台吉，救人要紧，司马冲没想那么多，向前拨马靠近，抡起大刀就要砍过去。

"琴妹，真的是你！"那大刀停在半空中好半天没动，司马冲一下就叫出声来。那女子正是甄老鳄的女儿甄琴，在雪光的映照下依然楚楚动人。甄琴好生奇怪！几个月不见，司马冲怎么会用大刀了！眉心那颗红痣仍然没有变。

司马冲担心旁人觉得异常，于是佯装砍杀起来，只是那大刀砍下去力度弱了点。甄琴挥剑接刀，只是套路司马冲都熟悉不过，因而应付得心应手。

几招下来，甄琴不禁大吃一惊，司马冲的武功已经今非昔比了。那大刀招式十分古怪，左砍右杀，见所未见，一时有千言万语，不知从何说起，只气道："你分明已经背叛师门，哪里学的邪门刀法？看剑！"

司马冲开始有意承让，打着打着，发现不用狠招根本无法取胜。甄琴可是玩真的，一剑一剑毫不含糊，剑招没有拖泥带水的迹象。甄琴纵马往前走，示意到偏僻的地方说话。

司马冲只好跟上，走了一段路，这才小声问："别来无恙，这几个月你怎么也流落到草原来了？"甄琴想起比武招亲的事就上火："好个没良心的，你脚底下一抹油溜了！那天我和爹爹两人对付上千官兵，幸亏察哈尔林丹汗大贝勒及时营救，才得以脱险。"

两人刀光剑影，杀得一般人看不明白。司马冲说："我费尽千辛万苦才找到南珠他爹，他爹原来是后金国的大汗，我是被发配到科尔沁草原的。"司马冲不好意思说放马，有意轻描淡写。

甄琴一连狠杀，也不能伤到司马冲一点，心中暗暗佩服，问道："你这几个月到底跟谁学的？长进不少啊！"司马冲一边挥刀一边说话："那天在路上我突然掉进一个石井里，九死一生后我遇上中原三怪之首，也就是我现在的师父。跟他学了点皮毛，怎么样？这刀法是不是管用？"

"管用个屁！跟我的九玄神剑比起来差得远。"甄琴正说着，一招"锐不可当"杀得司马冲左手不得不离了长刀。这时，又有一把快刀挡在甄琴的剑尖前。

来人正是扎克图！扎克图刚才看见奥巴台吉在老鳄的马背上，一转眼又到甄琴的马背上，刚刚杀了几个挡路的，这会儿才杀了过来。扎克图目睹奥巴台吉被捆在马背上呻吟，当即朝甄琴冲过来，那刀如狂风一般上下翻飞。

甄琴对付司马冲一人勉强还行，再加一个扎克图，就有点力不从心。刚刚架住司马冲的长刀，忽而扎克图的快刀直奔左腿，甄琴只好挥剑阻挡。这边刚还了扎克图一剑，那边司马冲的大刀即刻横扫过来。甄琴一侧身躲了过去。马身一斜，奥巴台吉从马背上掉了下去。

扎克图刚想救人，却被甄琴挡了个正着。司马冲忽然反手一刀，甄琴猝不及防，那一刀人是没伤到，却砍到马腿上。那马受伤后，长鸣一声，拔腿就跑。扎克图拨马就追，走不多远二人再次杀在一起。

这边司马冲得空随即下马，将奥巴台吉手上的绳索解开，扶上战马。二人同乘一匹马，快速向寨口奔去。奥巴台吉问道："小英雄刀法了得，请问尊姓大名？"

司马冲一手拉着缰绳，一手提着青龙刀，回道："在下司马冲，令狐霸的小徒，鸿鹄应该是我的师叔。"奥巴台吉拍了拍身上的泥土，愣了一下，若有所思地点点头。

眼看着奥巴台吉被司马冲救走，甄琴心有不甘，无奈，自己被扎克图死死缠住，不得脱身。

奥巴台吉指着东边说："我们科尔沁的兵马在那边，舒木尔参领正在同敌人搏斗。我们往东边走！"司马冲远远看见一群人正在厮杀，火光星星点点，于是纵马往那边飞奔而去。

令狐霸远远看见司马冲马前面有个人，估计就是奥巴台吉，于是将甄老鳄横刀拦住，以阻止他截杀司马冲。一阵狂砍乱劈，让甄老鳄根本没工夫关注战场的变化。

老鳄只是感觉令狐霸刀法变快了，自己不得不退到一个小山坡上。令狐霸让司马冲走了好一程，才虚晃一刀说："尝到我斩妖十八刀的厉害了吧，今儿个没空，改天再好好比试比试。"说完拨马跟着司马冲后面追。黑暗中，那老鳄以为奥巴台吉还在甄琴那儿，也没打算去追，独自去找女儿去了。

令狐霸追着追着，就看见鸿鹄和阿莽两个还在打，于是冲二弟挥挥刀说："我们可以走了，三妹呢？"鸿鹄说："不好，三妹刚才还在此，这会儿不见了。"

此时，鸿鹄也没心思打了，左右环视，只见远处三妹正在同一名汉子交谈，却没有动用兵刃。这是为何？

鸿鹄不再理会阿莽，快马向柳嫣霞靠近说："三妹，这里可不是春光镇，现在不能拈花惹草啊！"话没说完，只见柳嫣霞的马突然向前一栽，她从马背上翻滚到地上。几名士兵一拥而上，柳嫣霞滚下马，宝剑也不知掉到哪里了，猝不及防中被敌人抓获。

前方可能有绊马索，不能再向前走了。鸿鹄举棍吼道："你们快放人，不然贫僧不客气了！”那几名士兵根本不理他，将刀架在柳嫣霞的脖子上向后方走去。

鸿鹄接着一棍一个，打得那几个士兵落花流水，抱头鼠窜。为首的那名汉子果然英俊魁梧，难怪三妹会中他的美男计。那汉子持刀骂道：“秃驴！我好不容易抓到一个妞，你管什么闲事？”说完拨马抡刀上前就砍。

那汉子刀法也不差，几个回合下来，鸿鹄也拿他没办法。鸿鹄使出少林棍中的绝学“劈山十三棍”，连续三棍劈过来，那汉子拿刀抵挡，只听“咔嚓”一声，钢刀竟然从中折断。不等他再寻兵刃，鸿鹄一棍打过去，那汉子躲闪不及，正中脑门，当时就摔下马来。

柳嫣霞终于找到自己的宝剑，抢过那汉子的战马，飞身上马说：“多谢二哥，我们走！”鸿鹄、柳嫣霞拨马就走，走不多时，就看见令狐霸和扎克图也在狂奔。

扎克图说：“看，科尔沁的兵马在东边，司马冲带着奥巴台吉往东边跑了，我们就往东边走没错。”于是四人策马往东边奔走。

再说甄老鳄找到琴儿说：“我将奥巴台吉交给你，人呢？”甄琴哭丧着脸说：“他们以二对一，人被司马冲抢走了。”老鳄惊道：“什么司马冲，你看清楚了？他怎么在敌人的队伍里？”

甄琴回道：“我看清了，他不仅在而且学得一身邪门刀法，十分英勇。”甄老鳄一听火冒三丈：“兔崽子！敢跟师父为敌，反了天！赶紧给我追，我今天就清理门户。”

那边阿莽听说奥巴台吉被人救走了，十分气恼，立即吼道：“再不追就晚了，弟兄们给我追，准备弓箭，听令射击。”于是阿莽带一群喽啰兵和老鳄父女一起拨马就追。

由于令狐霸他们的战马已经连续奔跑了几天几夜，疲惫不堪，没追多久，阿莽他们很快就追上了。眼看不远，阿莽喊道：“有种就别跑，再陪大爷玩玩。”扎克图狠狠在马屁上抽了一鞭说：“奥巴台吉已经得救，我们不能让他追上。”

距离越来越近，已经不过数丈。阿莽下令：“大家准备好弓箭，开始射击。”此时，柳嫣霞和扎克图跑在前面，令狐霸和鸿鹄跑在稍后点。对付弓箭，重兵刃反而不如刀剑，武功太强也发挥不出来。

一支支利箭如倾盆暴雨不断射向四人，无论射中人还是马，都会让你跑不动，弄不好还会乱箭射死。眼看，四人危在旦夕，大家禁不住冷汗涔涔，不知所措。

35. 意外差事

这时，鸿鹄从怀中掏出一个布袋，不慌不忙地说："你们快跑，我来断后。"说完一手挥动铁棍挡箭，一手将布袋凌空一散，只见数十条毒蛇霎时间落入弓箭手的队伍中。

那些弓箭手正在专心张弓射箭，突然看见有毒蛇从天而降，立即大乱。上次他们中有不少人被蛇咬，中毒身亡。此时弓箭手有的惊恐呼叫，有的挥弓挡蛇，有的被咬下马，有的战马被咬跌倒在前，整个队伍乱成一锅粥，溃不成军。

阿莽骂道："臭和尚！打不过就放毒蛇，真不要脸。停止追赶！停止追赶！我们撤。"甄老鳄见此情形，也只好作罢。队伍不得不缓缓撤退。

鸿鹄趁机快马加鞭，赶了上去。没多久，四人就追上了司马冲、奥巴台吉二人。一行人远远看见一队兵马，为首的正是舒木尔参领，正在往这边赶。

舒木尔一见奥巴台吉，立即下马跪拜："属下舒木尔有罪，舒木尔部署不周，作战不力，以至台吉落入敌手，请治舒木尔之罪过。"

奥巴台吉下马，扶起舒木尔说："这次是因为那老头儿武功太强，非尔等之罪过，快快请起！快快请起！"早有人让出好马牵来，奥巴台吉立即上马说："幸亏鸿鹄及时赶到，不然我部粮草大寨被烧，岂能久矣！火速领兵清理战场，抢救伤者。"

舒木尔随即领兵打扫战场，一场惊心动魄的战斗在草原渐渐平静下来。远处蒙古包的灯火依旧通明，仿佛警惕的眼睛注视着草原的子民。疲惫的战马回营后吃着丰盛的草料，受伤的士兵回营后包扎流血的伤口。

第二天，奥巴台吉传令："中午要举行盛大的庆功宴，嘉奖有功将士。"鸿鹄听到这个消息后，找到大哥说："我们就等着好消息吧，奥巴台吉决不会亏待我们！"

司马冲闻言高兴地说："师叔，有没有我的份？"鸿鹄摸着自己的光头说："这个，不好说，应该不会少吧？"柳嫣霞焦急地问："还有我呢，有没有我的奖赏？"

鸿鹄笑道："你啊，不打你板子就不错了。在战场上还寻花问柳，如同在老虎屁股上挠痒——找死！"柳嫣霞回道："没我当开心果，你们拼杀哪有热情？我也是不可或缺的！"

临近中午，科尔沁中央蒙古包内热闹非凡，喜气洋洋。奥巴台吉麾下主要干将齐聚一堂，分坐两旁。大家落座后，奥巴台吉当庭宣布："此次科尔沁草原保卫战，全体将士同仇敌忾，英勇杀敌，我们成功击退了敌人多日的围攻。在危急关头，扎克图带来援兵雪夜拼杀，终使我军反败为胜，我也因此化险为夷。现提拔令狐霸和鸿鹄为我部参领，赏银各二百两，所属兵马即刻列编；舒木尔、扎克图、司马冲、柳嫣霞各嘉奖一次，赏银五十两。另外，司马冲从明日起到草原放马三个月。此令，不得有误。"

嘉奖令一宣布，大家都兴高采烈，唯独司马冲心里愤愤不平。你都是我亲手救回来的，为何要让我去放马？固然师父和师叔武功高点，没他们挡住高手，我可能很难有机会救得了人。怎么样也得让我干个领催，谁知什么小官也没捞到，还让我去放马！这奥巴台吉讲不讲理，会不会统兵打仗？

令狐霸、鸿鹄谢过恩，脸上也是一脸狐疑，这奥巴台吉为何要安排司马冲去放马？就算不提拔他，也不能安排这种下人干的差事！这会让全体将士感到既费解又寒心！

不一会儿，侍女送上美味佳肴：五香牛肉、红烧羊排、清蒸鲤鱼、油焖狍子、糖醋排骨、清炸鸡腿等依次上桌，很多菜司马冲见都没见过，也叫不上名字，不亚于汗宫里的菜。大家闻一闻都垂涎三尺，饥肠辘辘。

宴会开始，奥巴台吉频频举杯向众人敬酒。众将士纷纷回敬，一时间，宴席气氛热闹起来。鸿鹄心里知道，台吉说过的话就是九头牛也拉不回，这样安排自然有他的理由，劝也没有用。

偏偏就有人不信邪，柳嫣霞喝了几口酒，酒壮人胆，突然在奥巴台吉跟前双膝跪下："启禀台吉，司马冲在此番战斗中战功显赫，却要去放马。恳请台吉收回成命，不然我甘愿陪他放马三个月。"

奥巴台吉苦笑道："军中无戏言，岂能收回！你有所不知，还是陪他放马一段时间吧。不必跪了，快快请起，快快请起。"

柳嫣霞跪在地上不肯起来。司马冲只好上前扶着她说："别难为台吉了，多谢三师父美意！还是起来吧！"奥巴台吉走了半晌，柳嫣霞才不得不起来，心中仍是愤愤不平。

司马冲回到座位上，继续喝酒吃肉。柳嫣霞也回到座位，却闷闷不乐，不吃不喝，因为与司马冲座位相邻，只好陪司马冲说话："你刚才叫我什么？三师父？我可没收你这个徒弟啊！"

两人年龄差不多，细论起来司马冲比柳嫣霞年长一岁多。司马冲浅笑道：“我已拜你大哥为师，你是她三妹，自然就是我的三师父！”

柳嫣霞沉着脸说：“喊也没用，我是不会教你功夫的。况且你的刀法也不在我之下，我教不了你。”司马冲夹了一块鲤鱼肉在她碗里，端起酒杯说：“来来，祝贺你这回鲤鱼跳龙门，终于能在草原争得一席之地。暂时放马没关系，我们汉人能跟草原的贵族一起平起平坐，应该心满意足了。”

柳嫣霞拿起酒杯一碰，说：“呆头，我在为你打抱不平，这帮蒙古人明显对咱们不公，明明你战功赫赫，却遭到非人的待遇，放马那是下人干的差事！你懂吗？”

这时，有军中文书送到，分别是嘉奖书和赏银。司马冲和柳嫣霞分别拿了赏银和嘉奖书。其他人也先后领到自己的奖赏，大家一时笑逐颜开，眉飞色舞。宴会在热闹中的气氛中结束。

第二天，北风呼号，大雪纷飞，草原依旧是白茫茫一片。马厩里也是异常的冷，草堆上厚厚的积雪几天都不曾融化。刚吃过早饭，就有人过来传令：司马冲、柳嫣霞现在到马厩听差。

柳嫣霞心想，叫什么叫，我刚吃就来烦我，明天我让马都拉稀，看你怎么骑？司马冲收拾好行李，与柳嫣霞来到马厩。这马厩其实是一间宽敞的草棚。战马回营后依次系在马厩里。春夏季野草肥美，可以放牧；秋冬季草枯雪来，不能放马，只能在马厩里吃点干草。

传令兵将二人带到一老头跟前说：“以后你二位要听从阿齐的吩咐，好好学习喂马的技巧，不得有误。”这老头须发花白，身材瘦小，显然是不能上阵杀敌的那种人，只能干些养马喂马的杂活。

司马冲点头称是，送走了传令兵。阿齐慢条斯理地说：“这些马在战场上都是宝贝，有的受过这样那样的伤，必须小心打理，小心喂食，严防生病。你们今天上午就打扫一下马厩，将马粪马尿冲洗干净，然后就给这些马添加食料。”

柳嫣霞走进这马厩一瞧，差点没晕过去。那马黑压压一大片，足有好几百匹，一眼望不到头。马厩里骚臭无比，气味冲天。司马冲一进来，当场一口就吐在地上。

阿齐见状说：“小伙子，你是刚来，闻不惯这味道，闻久了就习惯了。”柳嫣霞见到那些马粪马尿，也吐了一地，好一阵才说：“你这马厩多久没扫了？”

阿齐说：“是有些日子，这不，人手少，我一个人忙不过来。”司马冲按住柳嫣霞的手说："你别动，我来干。"柳嫣霞吐得确实没有力气动了。

司马冲顶着恶臭，将一连排马厩里的马粪一一收拾干净，统一铲到一处堆放。又到水井里挑水，将马厩里的马尿和污秽一片片冲洗干净。一连干了足足有两个时辰，那马厩里马粪和马尿是冲干净了，可司马冲身上弄得又骚又臭，柳嫣霞一见不得不捂住鼻子。

柳嫣霞对阿齐说："我来搬马料吧，马料在什么地方？"阿齐将她带到一处仓库说："就这儿，你慢慢搬吧。"柳嫣霞于是将一捆捆马料一一搬到马厩，累得气喘吁吁，方才休息。

看着马儿吃得香甜，司马冲又去搬了几捆，放了过去。看样子，那马好像很久没吃东西了，也不知阿齐是怎么喂的！二人就这样忙了一整天，给几百匹马添加饲料，累得腰酸背痛。

入夜，凛冽的寒风吹得蒙古包呼呼啦啦地响。阿齐分别给司马冲和柳嫣霞各自安排了一间布棚。司马冲实在是累了，一躺下就睡着了。柳嫣霞一个人躺在布棚里，回想春光镇的日子，有多少男人拜倒在自己的石榴裙下，有多少美味佳肴日日摆上餐桌，有多少经典名曲时常萦绕在耳畔！

可现在，眼前的男人就像根木头一样，对自己无动于衷。那狗屁台吉也是个王八蛋，别人出生入死将他救出来。他却安排人家喂马，真是王八蛋！大哥二哥是升官了，当佐领以后的日子好过了，那一呼百应的场面该是何等壮观！

今夜四周无人，阿齐睡在东边那头，离这里还有很远。这棉被也有这么厚，可仍旧是冷，被子一点热气都没有。柳嫣霞在炕上"煎烧饼"，翻来覆去一点睡意没有。不如，串个门，以我的美艳还征服不了一个男人？！

这样想着，柳嫣霞就穿衣起炕，悄悄解开司马冲的布棚钻了进去。那个男人睡姿真是美啊！红彤彤的脸蛋、壮硕硕的手臂、黑亮亮的头发，嘴角还带着一丝甜甜的微笑。那是在做梦娶媳妇吧！

柳嫣霞脱得只剩最后一层内衣，钻进了司马冲的被窝。那一阵舒心的温暖悄悄打开了一个女人的心扉……

第八章　意绵绵刀快人痴

36. 鸠占鹊巢

其时，布棚里漆黑一团，伸手不见五指。外面寒气逼人，只有被子还有点温暖。其实司马冲并没有睡着，看完刀谱，借着微弱的光亮，早就知道进来的是柳嫣霞。可又没办法，只能装睡。

不装睡怎么办？你能把她赶出去？她现在需要男人，尤其需要俊美的男子。可司马冲想的是南珠，想起临别时的话儿，想起南珠的担心，不是没有道理。

“你如果黏上别的美女，我就割这里的肉，做成肉酱吃。”想起南珠这些肉麻的话，司马冲又好气又好笑，可眼前的情景的确让人难以坚守。

见被子盖斜了，柳嫣霞动手将被子拉正，又向司马冲的身子靠了靠。那男人睡得像头死猪，一动也不动。该想什么办法把他弄醒？柳嫣霞就拿头发在司马冲的手臂上扫，轻轻地扫，扫完手臂再扫脸上，扫了半天，也不见一点动静。这个男人真是根木头！

柳嫣霞再次用头发扫到他的鼻子时，司马冲狠狠打了一个喷嚏。以为这回该醒了，谁知司马冲向一侧翻了个身，接着睡，而且还打起了鼾声。真是个呆头！八百年没睡呀！

司马冲的后背像一堵墙，柳嫣霞想翻过去，还真难！于是，女人就用自己的前胸贴了上去，那温软的胸部，虽然隔着内衣，仍然让人欲罢不能。司马冲内心叫苦不迭，这该如何是好？我不能背叛南珠，又不能拒绝眼前的似水柔情。

柳嫣霞故意用前胸贴着他后背往外挤。司马冲无奈，只得往外退。柳嫣霞得寸进尺，接着再挤。司马冲只得再退，退到不能再退，干脆一骨碌爬起来。嫣霞心想，这回总算醒了吧！难道将我赶出去？

司马冲红着脸说：“三师父，真的是你啊！你怎么跑到我的炕上来了？”柳嫣霞说：“我一个人在那边冻得睡不着，想找个人热乎热乎。你不愿意，我这就走。”

司马冲支支吾吾地说：“不是……不是，我们是师徒关系，这样不太好吧！”

柳嫣霞秀眉轻蹙，美眸微恼说：“谁说跟你是师徒关系？我又没有收你做徒弟，又没有教你武功，怎么算师徒关系？”

司马冲起炕时，无意中将刀谱遗失在地板上。因为天黑，柳嫣霞也没看见，以为他是要小解，也没有理会。司马冲起炕穿衣后，走出布棚，想着斩妖十八刀的招式，于是悄悄提刀出门了。

这是一处僻静的地方，距离布棚有数丈之遥，位于蒙古包的一个角落里。由于担心刀法生疏，司马冲提刀在夜色中练了起来。从步战刀法到马战刀法，每招练三遍。雪地里虽然有些寒冷，但练起来浑然不觉。那长刀在寒风中舞起来呼呼生风，令人望而生畏。

司马冲练刀去了，柳嫣霞根本不知道，还以为他去小解，思考犹豫。这会儿在被窝里左等右等，不见人回来。这呆头真是呆到家了，送上门的好事哪有做不成的！过会儿，肯定回来。

恰在此时，布棚的门再次打开了，进来一位蒙面汉子。柳嫣霞羞得转过脸去，没有去看是不是司马冲。柳嫣霞以为司马冲想通了，于是一动不动躺在那里。

蒙面汉子进门后，从怀中取出一块黑布，直接盖在柳嫣霞双眼上，并系上布头。柳嫣霞一睁眼见有块黑布遮住，于是说：“冲哥，我喜欢你很久了，你想玩什么花样？尽管使出来，我包你满意。”

那汉子显然已经听到刚才司马冲和柳嫣霞的对话，一直默不作声。接着脱掉了自己的外套和裤子，又脱掉了柳嫣霞的最后一层屏障，然后就压了上去，动作虽然笨拙了点，但也不失男人风度。

柳嫣霞心想，司马冲啊司马冲，你到底也是男人，没能逃脱女人的风水宝地。老是在犹犹豫豫，像个裹足女人，能干出什么惊天动地的大事？于是说：“冲哥，你若是嫌我身子不干净，我就从此不再干那一行了，一心一意跟你做个夫妻，天长地久的夫妻，如何？”

那汉子在上面只点头不说话。柳嫣霞以为他想通了，接着说：“你这做事犹犹豫豫的毛病要改改了，凡事要快刀斩乱麻，当断不断反受其乱。我明天就跟大哥二哥说，把我们的事公开了，让奥巴台吉为我们办一场别开生面的婚礼。怎么样？”

那蒙面汉子仍然不声不响，柳嫣霞同时施展吸功大法，在男人身上吸收了不少功力。只是感觉这个男人身体挺棒，非常人能及。为了掩盖自己的吸功大法，柳嫣霞柔情道："你总算答应我做一场夫妻，也不枉我们这一段尘缘。红尘滚滚，知音难觅，我会好好珍惜你这一份感情，决不会辜负了你。"

那汉子点点头，算是答应。随后，不断将那份柔情推向巅峰之上，终于偃旗息鼓。事毕，那汉子起身穿衣，发现地上有本书，于是顺手捡起，藏在身上，悄然离开布棚。

前后不过一会儿工夫。那柳嫣霞像一团泥，还躺在炕上回味刚才的柔情蜜意，全然不知那汉子已经离开。司马冲练完步战刀法、马战刀法，提刀返回时，突然看见一个黑影从布棚出来。

"谁？干什么的？"司马冲一边追一边喊。借着雪光，司马冲看见那人左额头有一处长长的疤痕，也不搭话，一路飞奔而去。几刀砍过去，那人迅速躲闪，却也不曾伤到他。那汉子也不还击，只顾逃命。

司马冲见那汉子蒙着面纱，身材高大同自己有几分相似，但轻功相当好，远胜过自己。没追几步，就跑得很远了。路口，还有一匹马，那蒙面汉子飞快跳上马，急奔而逃。司马冲记得那路口，正是通向察哈尔部的必经之路。

人没追上，只好返回。司马冲回到布棚，大气虽然没有喘，但额头上还是冒出点点汗珠。柳嫣霞将面纱一解，柔声说："夫君，你怎么忍心将我一个人撇下，是不是又去小解了？"说完，拿起纱巾给司马冲轻轻擦着额头的汗珠。

司马冲丈二和尚摸不着头脑，怎的出来了一会儿连称呼都变了，更是肉麻！于是问道："三师父，刚才是不是有人来过？"

柳嫣霞一边给司马冲擦着汗，一边说："刚才哪有谁来过，夫君，不是你将面纱给我盖住眼睛，玩了一回捉迷藏？看把你累得汗水淋漓的！"

司马冲这才明白，可能是刚才那蒙面汉子来过，于是说："三师父，你醒醒吧，我什么时候用面纱盖住你的眼睛？我只不过出去练了练刀法，是不是有一个蒙面汉子进来过？"

柳嫣霞放下纱巾，生气地说："夫君，你好没良心！穿上衣服就不认账了。刚才明明是你同我玩了一回捉迷藏，弄得我半天下不了炕，还非说有外人来过。这夜深人静的，哪来的蒙面汉子？"

司马冲想起刀谱，于是点灯找了半天，还是没找到，一屁股坐在地上说："完了，师父给我的刀谱也不见了！一定是给那个蒙面汉子偷走了。”

这大半夜的，还真有人进来过！柳嫣霞心想，难道是司马冲出去这会儿，刚好进来一个跟他身材相仿的采花大盗？还顺手牵羊偷走了绝世刀谱？柳嫣霞说：“你好好想想，刀谱真的放在这里？”

司马冲又在被子下仔细找了，也没找到，于是说：“刀谱是师父交给我的，我今晚睡觉前还在看，不是他偷走的，会是谁？刚才，我跟那蒙面汉子交过手，他并不恋战，只顾逃命。肯定心里有鬼！”

柳嫣霞如梦初醒，欲哭无泪：“我真是命苦啊！睡到半夜撞鬼了，这是哪个王八羔子？调戏了老娘不说，还盗走了刀谱！”

二人你一言我一语，吵到后半夜。司马冲起来练完刀，再一吵，全无睡意，只好坐在炕沿上，盖上被子说：“丢了刀谱，我如何向师父交代？师父交给我时，本意是方便我潜心学习，谁知出了这茬子？我想去察哈尔闯一回，也要找回这刀谱。”

折腾了半夜的柳嫣霞也没睡意，索性穿上衣服也坐在炕沿上思考对策：“如今你我二人奉命在这里养马，如果擅自离开，被奥巴台吉知道后有点不好交代。”

司马冲点点头说：“有道理，我们不如白天在这里养马，晚上行动，怎么样？只要平安回来，奥巴台吉不会知道。”

柳嫣霞想了想说：“对，白天人多眼杂，不易得手，不易脱身。可你不知道盗书的是谁，你一个人乱闯不是大海捞针？”

“那人身材跟我差不多，但有一个明显标记与众不同，我亲眼看见他左额头有一处长长的疤痕，十分明显。”司马冲忽然想起刚才的情景。

第二天清晨，二人各自才沉沉睡去，一直睡到午饭时间。阿齐过来叫，司马冲、柳嫣霞才醒。用过午饭后，二人将马料逐一搬到马厩，又将马厩一间一间打扫干净。

放马的日子十分无聊，不过有柳嫣霞陪着倒也过得去。有空，司马冲就骑匹马出去转几圈练练刀，可没了刀谱，练起来常常心里没底。

几天后，雪渐渐停了。司马冲收拾好长刀，只带了把短剑，对柳嫣霞说：“三师父，我今天就过去一趟，他能偷走，我就能偷回来。此外，这事千万不能让师父知道，要守口如瓶。”临行，司马冲还交代了接应的时间和地点。

柳嫣霞点点头。司马冲跨马向察哈尔敖木伦大营飞奔而去。

37. 此恨绵绵

再说阿莽整理队伍回到察哈尔大营，清点被毒蛇咬伤的人，一共有十八人，其中五人当场死亡，其余十三人伤势也不轻，暂无性命之忧。弓箭手队长手臂也被毒蛇咬伤，曾经百发百中，如今生命垂危。

次日，阿莽和甄老鳄进营向林丹汗报告军情。林丹汗面色沉重，问道："听说甄老鳄已生擒奥巴台吉，眼看就可以一举消灭科尔沁，为何突然败退？两位请坐，且慢慢道来。"

阿莽和老鳄哪里敢坐，双双跪拜。老鳄颤声说："本来，阿莽烧粮草，我去擒奥巴台吉，都已得逞。怎奈敌军援兵突然杀到，且武功高强。为首的叫'独眼关公'令狐霸，擅用青龙偃月刀，刀法精湛，无人能敌。为了抵挡那老王八，我将台吉交给小女，小女寡不敌众，这才被人劫走。"

林丹汗扶起老鳄道："老将军请起，事出有因，我不会追究战场之过。胜败乃兵家常事。"

阿莽低着头，面带愧色道："发起总攻后，我命人放火烧他粮草，可刚点着就被人发现扑灭。那和尚不知从哪里带来几个帮手，十分厉害。追赶时，我准备放箭射杀他们，可那和尚突放毒蛇，故而让他们逃脱。"

林丹汗又将阿莽扶起，拍了拍他身上的泥土说："此次围攻科尔沁功亏一篑，主要是我部署不当，让援军钻了空子，非尔等之过。我们虽未取胜，但也未失败。"转身叫来大贝勒额哲说："传令，全军休整三日，以图他日再战。死者抚恤，伤者救治。"

额哲随即走出大营，发布汗令。将士们反映，刀剑伤好治，毒蛇咬伤没有药，难办！上次甄琴偷回的蛇药已经用完了，很多伤员没有药只有等死。已经又有两人返回后被蛇毒夺命。

额哲看望将士后，回到大汗身边说："父汗，敌人多次用毒蛇伤我将士，没有解药，我们死伤十分惨重。下次进攻，必须想一个办法对付那毒和尚。"

这时，小贝勒扎雷向林丹汗眨着眼睛："父汗，经过多次试验，儿臣已想出办法对付和尚的毒蛇。父汗只管运筹帷幄，安抚军心，待交战时儿臣自有办法。"

林丹汗深感意外，说："什么办法？说来听听。"只见扎雷靠近父汗一阵耳语。

林丹汗立即哈哈大笑："自古英雄出少年！想不到扎雷能想出此方法，我们称霸草原指日可待了。"

扎雷拉着额哲的手说："这仗结束了，我什么时候吃哥哥的喜酒啊？"一语说中额哲的心事，众目睽睽之下，他不便多言，只淡淡说："多谢弟弟的关心！你还是多多研究兵法吧。"

扎雷沮丧地说："研究个头！父汗送我的《三国演义》，我刚看了个头，就被琴姐抢去了，我一定要去夺回来。"

几天后，额哲拉着扎雷的手，来到甄琴的营房。

外面异常寒冷，营房内因为烧着炭火，热烘烘的。甄琴正在津津有味地看着《三国演义》，那纸张还散着淡淡的墨香。一缕青丝轻垂眉角如三月的柳枝，淡紫色的棉袄上绣着深红的牡丹，一双绣花棉鞋仿佛草原上的翡翠，让人心旷神怡。

额哲从甄琴的背后上前，想伸手悄悄蒙住她的双眼。刚刚靠近双眉，冷不防甄琴突然当胸一肘。额哲也没有出手招架，当即一屁股坐在树根丛上，痛得一下跳了起来："琴儿，你出手也太重了！"

甄琴嫣然一笑："贝勒爷，你想做采花大盗，这就是教训！"额哲起身拍了拍屁股说："岂敢岂敢！我不过是想试试你看书是不是专心，本不想占你便宜。"

一旁的扎雷趁甄琴不备，突然一把抢过手中《三国演义》说："琴姐，该给我看看了，我要研究兵法，学习在战场上如何克敌制胜。"甄琴见书被他抢走，气得去追。扎雷撒腿就围着火堆跑。甄琴追了半天也奈何不了他，柳眉一竖说："你还是小孩子，学什么兵法，快给姐姐看，姐姐给你一包牛肉干换，好不好？"

扎雷一听牛肉干，立马停了下来说："我现在不是小孩子了，父汗已采纳了我的建议，准备对付那个毒和尚。你的牛肉干呢，不会是哄我玩吧？"

甄琴说着果然亮出一包牛肉干，说："姐怎么会骗你呢？快把书还给我，这牛肉干你拿去吧，很好吃的，还是五香的！"

扎雷接过牛肉干，这才将那本《三国演义》还给甄琴。甄琴接过书说："我正看到赤壁大战，你不要来捣乱。"

额哲在火盆边坐下，低声说："琴儿，你还记得几个月前在老君山比武招亲时说过的话吗？谁能胜得了你，你就嫁给谁。"

甄琴略想了想说："不错，这话是我说的，也是爹爹的意思。现在仍然有效，难道你现在能胜得了我？我看太阳要从西边出来了！”

“琴儿，我们现在比试一下如何？是骡子是马，很快就会揭开真相。”额哲满怀信心地说：“不过，我需要用我的青龙刀。扎雷，赶紧去我营房取来那把青龙刀，我要同琴儿一决高下。”

不一会儿，扎雷果然提着一把长长的青龙刀交给额哲。甄琴好生奇怪，额哲什么时候学会使用这种兵器？跟司马冲用的刀属于同一种，又长又重，战场上杀伤力很大，一般兵器不是对手。这样想着，心里多了几分胆怯，但脸上并未露出来。因为额哲的武功一直略逊于自己，几次比试都没占到便宜。

于是甄琴放下书，取出宝剑说：“你是不是刚学了什么新刀法？都拿出来吧，我谅你也赢不了我！”说完，当胸一剑直刺了过去。

额哲不慌不忙，持刀招架。从比武招亲至今二人过招多次，对于甄琴的九玄剑法，额哲也是了如指掌，知道厉害。过去自己拿的是剑，这次换成了青龙刀，目的在于出其不意。第一招“坚不可摧”一亮出来，那刀如风卷残云，果然不同凡响。

甄琴一时不知如何应对，勉强招架护住自己。额哲使出第二招“刀山火海”，那刀被舞得如铜墙铁壁一般，甄琴几次试图突进，都没有得逞，不禁暗暗佩服这种刀法。

当额哲亮出第三招“假途灭虢”时，甄琴一时不知如何破解。那刀明明攻人上盘，突然攻人下盘，着实让人防不胜防。眼看额哲准备收刀，可又突然横扫甄琴双腿，甄琴剑已扬起，来不及招架，左脚绣花鞋上那朵红花被削了下来。

甄琴一急挥剑又刺了过来。额哲收刀说：“停停停，你已经败给我了，还有什么话好说？”说着不再抵抗，任凭那剑刺过来，甄琴只好收剑，生气地说：“今天，本姑娘身子不舒服，不算！明儿再比试一次如何？”

在一旁观战的扎雷说：“不行，不行！琴姐不能耍赖，今天明明是哥哥赢了，你可有言在先，谁胜得了你，你就得嫁给谁。”

额哲粲然一笑：“不能再比了，你输了就是输了，大不了嫁给我，有什么好怕的？”

甄琴脸上露出一副十分为难的表情。额哲知道她是看不上自己，自然是犹犹豫豫，如云里雾里。自从救她们父女到察哈尔，甄琴虽然心怀感激，但说到谈婚论嫁，总是心有不甘。父汗已经提拔甄老鳄为将军，职级与都统相当。这已经是很高的官职了，难道还不满足？以后父汗的位置迟早是我的，这不是明摆着的事吗？这事不能操之过急，心急吃不了热豆腐。

正想着，甄琴佯装痛苦说："婚嫁之事非同儿戏，我得同爹爹商量。今儿个，我确实有点不舒服，你们先回吧。"

额哲灵机一动说："要不要传太医给你瞧瞧？"甄琴挥挥手说："不用，不用，老毛病，多谢好意！"额哲和扎雷只好悻悻离开。

不知道是真不舒服，还是假不舒服。姑娘家的事，额哲不便多问，总之是想百般讨好，却老是自讨没趣。额哲闷闷不乐地回到营房。这中原来的美女，的确与众不同，生得杏眼桃腮，唇红齿白，藕臂葱指，不仅身材婀娜，而且肌肤晶莹如雪。要想跟她攀亲，真的要下点功夫才行。只要有了肌肤之亲，后面的文章就好做了，一切顺理成章。

想个什么办法能收服眼前的美女呢？额哲想来想去，终于有了办法。第二天，傍晚时分，天快黑了，额哲再次来到甄琴的营房。

这次甄琴正在门口习剑，那剑光闪闪，一时让人叹为观止。来如雷霆收震怒，罢如江海传清光。见额哲到了，甄琴立即收剑道："贝勒爷，你鬼鬼祟祟地看我练剑，难道想偷学不成？"

额哲狡黠地回道："谁稀罕学你的剑法？你已经是我手下败将。看你长得美，我才多看几眼。"

二人边说边回到营房。甄琴不解地问："既不想学我剑法，那又来干什么？我今天身子好，要不要再比试一回？"

额哲摆摆手说："不要，不要，今天是我生日，父汗要为我设个生日宴，被我推脱。我只要你陪我共进晚餐，不知意下如何？"

甄琴爽快地点点头说："我还以为什么事，不就是吃个晚餐，就在我这儿吃，陪你过个生日。"

38. 打草惊蛇

额哲立即从怀中取出一壶二锅头，放在桌上说："只要有酒有美人，人生还有什么烦恼？马上传令，今晚贝勒爷的生日宴就设在甄琴的营房。”

放下酒，额哲就去吩咐厨房准备几样小菜。返回后，甄琴已将小小的营房收拾得干干净净。桌子擦得油光发亮。板凳摆得整整齐齐。尤其是那温软的小炕整理得井井有条，炕上一条厚实精美的棉被叠得像冬天的河流。那棉被上的花纹，让人赏心悦目，还有阵阵的香味，沁人心脾。

夜幕悄悄降临，窗外的雪光依然明亮。甄琴点起一支粗长的蜡炬，那光亮照在白里透红的脸上，显得更加妩媚动人。不一会儿，下人送来几样菜肴：猪蹄炖黄豆，牛肉烧土豆，尖椒炒狗肾，花生炖猪尾，萝卜炖羊肉。

甄琴拿起二锅头就给额哲的酒杯倒满了，偏偏不给自己倒。额哲见状，接过酒说：“今天我过生日，你无论如何也要陪我喝几杯。”说着，给甄琴的酒杯也倒满了。

几盘菜冒着丝丝热气。甄琴给额哲碗里夹了块猪蹄，风趣地说：“好男儿志在四方，多吃块猪蹄，他日驰骋疆场，必定建功立业。”

额哲吃完猪蹄，举起酒杯说：“借你吉言，但愿能助父汗早日称霸草原，逐鹿中原！来，我们干了第一杯！”

盛情之下，甄琴只好干了第一杯酒。想起《三国演义》貂蝉戏吕布的情节，不禁劝道：“贝勒爷聪明盖世，才纵四海，可要当心红颜祸水！想那吕布何等英勇，刘关张三人都不曾斗得过，却仍然中了王司徒的美人计，诛杀董卓。真是司徒妙计托红裙，不用干戈不用兵。三战虎牢徒费力，凯歌却奏凤仪亭。”

额哲闻言又各斟了一杯，叹道：“自古英雄难过美人关！面对你这样的美人，我也不能例外。正所谓关关什么，在河之洲。窈窕淑女，君子好逑。”说完给甄琴碗中送去一勺花生米。“是关关雎鸠，在河之洲。”甄琴更正道。

“此物能补气补血，养颜美容，正合女儿家进补。”额哲再次举起酒杯，兴致勃勃地说，“这第二杯酒就祝你风姿绰约，端庄淑睿，青春常驻，早日觅得意中人。”

一句话说到女儿家心坎上，甄琴感觉到心里暖暖的，只好端起酒杯一饮而尽，因不常喝酒，那入口的辛辣引起一阵猛烈的咳嗽。好一会儿，甄琴吃了口花生米抬头说：“难得你有这份心！我可是舍命陪君子了。”

额哲立即倒上第三杯酒，浅浅一笑：“不碍事，不碍事！女儿家喝点酒，舒筋活血有好处。一部《三国演义》，半部兵书。中原沃野千里，那是历代男人拼杀的战场。若单论武功，吕布当数顶尖，可吕布有勇无谋，最终被曹操所害。今天是我生日，这第三杯酒应该怎样祝酒？”额哲故意欲言又止，一双眼睛仔细打量着甄琴。

甄琴两颊微红，烛光下更是气若幽兰，秀色可餐，见额哲不说了，随即接过话：“这第三杯酒当祝你早日找到梦想中的佳丽，迎来洞房花烛夜，除去心中烦恼。”

额哲高声说：“好，这位佳丽，我已经找到。她远在天边，近在眼前。”说完一饮而尽。甄琴没有料到他如此直率，一时不知如何应对，只是痛快地喝完第三杯酒。想起比武中失利，如不答应这门亲事，确实有失信用。如答应他，此人绝非所爱，油腔滑调，华而不实，不能托付终身。

想了好半天，不知说什么好，甄琴只好说别的：“贝勒爷，你喝多了，不要取笑我。我自小在山里长大，不知草原礼节，得罪之处，还请贝勒爷包涵。婚嫁之事我还未跟爹爹商量，实在不敢答应。”

额哲一看场面尴尬，只好假装大度，抬手斟满两杯酒说：“不急不急，今夜只要你陪我几杯就行了。”

那甄琴一时也不想理他，只顾吃菜压酒。无奈，酒劲上来，头顿时觉得晕晕的，听说只要陪酒就行了，索性再次拿起酒杯说：“喝就喝，谁怕谁？只要贝勒爷高兴，我多喝两杯没事。”此时，甄琴完全放松了警惕，不知道额哲醉翁之意不在酒。

于是，额哲一杯接一杯给甄琴斟满，搬出各种理由劝酒。一会儿说：“琴儿，你在战场上让奥巴台吉给别人救走了，这事论说要记大过的，是我在父汗面前力保，才免于追究于你。你说该不该自罚三杯。”

甄琴无奈，只好自罚三杯，算是惩罚。额哲也陪了一杯，一会儿又说：“前几天，你行走匆忙，不小心踩了父汗的脚，父汗心里当时很生气。是我给父汗说了一大堆好话，才让你躲过一劫。这事至少要罚你两杯。”

甄琴没想到这家伙喝了那么多酒，神志依然清醒，只好自认倒霉喝酒顶罪。一连几杯二锅头下肚，甄琴顿觉天旋地转，四肢无力，当场就趴在桌子上了。

其时，恰好有下人过来询问要不要传太医。额哲说：“不用，不用！酒喝多了，喝点醋，喝点水就行了，你去拿点醋过来。”不久，那人果然取来半碗醋。

额哲将甄琴扶起，让她喝了几口醋，又吃了一会儿，然后对下人说："速速将桌上的酒菜收了，我要陪陪她。"

下人收拾完酒菜，关上房门离开了。不久，小小的营房又恢复了宁静。额哲给甄琴喝了很多温水，然后轻轻将她扶到炕上。

酒后的少女似雨后的桃花。红彤彤的脸蛋宛若娇艳的花瓣，亮晶晶的发簪仿佛纯洁的花蕊，湿漉漉的双唇俨然青翠的桃叶。此刻的甄琴的确很美，双眸紧闭，双眉如黛，酥胸颤颤。

外面夜色渐浓，雪越下越小。额哲看得如痴如醉，一颗心似惊恐的小鹿狂跳不止。伸手脱掉精美的绣花鞋，解开紧束的腰带，她完全不知。

额哲心里一阵狂喜，想不到今天又得到一位美人。中原的美人自然不同于蒙古的女子，那肌肤细腻光亮如皑皑白雪。额哲迅速褪去厚厚的外套，刚爬上炕，正欲来个泰山压顶，甄琴一个翻身，侧过身子接着昏睡。

悄悄脱了她的上衣，甄琴毫不知觉。又轻轻脱她的棉裤，这时甄琴突然小腿猛踢一下，正好踢中额哲裆部。痛得额哲在炕上咬牙切齿，来回翻滚。

好一个犟美人！今天不上了你，誓不为人！我额哲长这么大，还没受过这等窝囊气！在草原哪个女子敢对我这般无礼！稍稍调整一下后，额哲一下将甄琴重重压在身下。

这时，甄琴突然睁开了眼睛，显然已经明白他意欲何为。可为时已晚，浑身没有一点力气，动弹不得。甄琴突然高喊："贝勒爷，你不能这样！贝勒爷，你不能这样！"

额哲生气地说："谁叫你踢我？我要复仇，看你今天还能逃出我的掌心？只要你从了我，明天就让父汗定下我们的婚期。选个良辰吉日，咱们拜堂成亲。"

甄琴拼命反抗，无奈额哲力大如牛，压得她动弹不得。于是她拼命高喊："来人啦，快来人啦！"甄琴想不到，一身清白，就要毁在他的手中。

这时，只听"咔嚓"一声，门突然被踢开。一个白衣蒙面男子破门而入，对着额哲后背一剑刺来。习武之人，反应是何等敏捷！额哲心想好事办不成了，一定要教训教训这个毛贼，胆敢坏我的好事！当即从甄琴身上一滚，躲过那一剑。来人接着又朝他刺来第二剑。额哲在地上不断翻滚，连连躲闪。

借着微弱的烛光，额哲突然寻到甄琴的宝剑，开始反击："大胆毛贼！你活得不耐烦了，今天我让你有来无回！”蒙面男子架住他的宝剑，定睛一看说：“果然是你，偷走了我的刀谱，快快还我刀谱。”

躺在炕上的甄琴虽然酒喝多了，但神志还算清醒，一听说话，已知来人是谁。只是衣衫不整，一时无法起身，只好扯过棉被遮挡。

额哲一听刀谱，这才想起那天深夜交手的男子，于是说：“什么刀谱？我没见什么刀谱，你找错人了。”蒙面男子接着使出一连串快攻剑法，令人应接不暇，同时质问道：“你额上有道疤痕，不是你又是谁？我在营地找了半夜一无所获，若不是听到呼救，定然错过。”

蒙面男子步步紧逼。额哲节节后退，心中不由得好生奇怪，这人的剑法为何同甄琴的剑法如出一辙？只是比甄琴似乎要厉害一点。只可恨我的青龙刀不在，不然定让他吃不了兜着走。

忽然，蒙面男子一剑刺到额哲的前胸，额哲挥剑一挡，不料，这剑是虚招，那剑霎时间直逼咽喉而来。额哲救援不及，只好躲闪。于是蒙面男子的剑锋已经架在脖子上了。

这时，甄琴突然大叫：“冲哥，不可伤他性命。他就是林丹汗的大贝勒额哲，不可伤了他。”其时，甄琴已经认出来人就是司马冲。

额哲见司马冲持剑不动，当即高呼：“有刺客，快抓刺客！”很快，营区里一阵骚动。一队官兵手持利刃正在往这边跑来。

39. 将功赎罪

为首的侍卫手持弯刀，几步冲到司马冲跟前，当头就是一刀。司马冲无奈，只好收剑招架，刀剑相碰发出的声音十分清脆悦耳。若不是甄琴为之求情，司马冲真想一剑送他上西天。

这时，侍卫越来越多，不一会时间，又冲过来两个。司马冲奋力反击，一招“毒蛇出洞”直击对方面门。那侍卫挥刀阻拦，勉强招架。司马冲接着一剑直刺对方左腿，那侍卫躲闪不及，只听“哎呀”一声惨叫，当即无力反抗。

司马冲没想到这么快打草惊蛇，惊动大队官兵，心想得快点脱身，不可恋战。于是从窗户里向外飞身一跃，跳了出来。额哲回过神来大叫：“他跳窗了，快抓刺客，快抓刺客！”

另几名侍卫这才转身到窗外去追。司马冲只好向远处逃避。绕过蒙古包是一条小巷，司马冲趁着黑暗一路狂奔，顺原路返回。那几名侍卫显然已经发现了他，很快追了上来。

司马冲无奈，只好拼命跑，跑到快出察哈尔时，那几名侍卫换了战马追。眼看距离越来越近，司马冲已经累得上气不接下气，心想，只要追上就跟他来个鱼死网破。

这时，路边突然出现两匹马，果然是三师父柳嫣霞。柳嫣霞将青龙刀一扔说："接着，今天我们要狠狠干掉几个。"司马冲接过青龙偃月刀，跨上战马说："多谢三师父！小心他们人多！"

一名侍卫手持长枪，朝司马冲猛刺过来。司马冲挥刀一挡，反手就是一刀，那侍卫虎口震得发麻，哪里见过如此重的大刀。战不过三个回合，司马冲一刀砍在那侍卫的脖子上，血淋淋的脑袋像西瓜一样滚得老远。

另一侍卫见冲过来一个女的，根本没放在眼里，挥刀朝柳嫣霞就砍。柳嫣霞横剑轻松一挡，那侍卫连连砍了三刀，也伤不到她一点点。柳嫣霞一招"天女散花"，那剑直刺对手前胸。那侍卫来不及躲闪，胸口中剑，血流如注，差一点跌下马来。

司马冲见又冲过来一个手持弯刀的，那刀寒光闪闪，令人生畏。司马冲使出斩妖十八刀刀法，只一个回合，就砍掉敌人一条左臂。那人"哎呀"一声惨叫，伏在马上，拨马就走。

其余官兵不敢恋战，纷纷回撤，不再追赶。司马冲哈哈大笑："有种的，别跑呀！爷爷今天专门收拾你们。"柳嫣霞收了剑说："别吹牛了，我们回去吧。"

二人往回走，司马冲撕开面纱，说："这次夜探敌营，虽然未能偷回刀谱，但我知道偷走刀谱的是谁。"柳嫣霞说："这么说，你见过那窃贼？"

司马冲用布擦了擦刀上的血迹，说："我不仅见过，还差一点杀了他。若不是有人求情，真想送他上西天。"

柳嫣霞说："你如果真杀了他，那刀谱可能再也找不回了。"司马冲笑道："他就是林丹汗的大贝勒额哲，此人一向偷鸡摸狗，游手好闲，那刀谱落在他的手上，情况可不妙！"

二人返回科尔沁大营。奥巴台吉不知从何处买回一批良驹，足有一百多匹。阿齐一个人根本忙不过来，一大早就来叫司马冲。司马冲睡得正香，根本没听见。

柳嫣霞推门进来，揪着司马冲的耳朵说："弼马温，快起来干活了，又新买了一百多匹马，没草料吃了！"

司马冲终于翻身起炕，哭丧着脸说："我命真苦啊！又弄这么多马，这不是要整死我吗？"

二人来到马厩，司马冲搬草料，柳嫣霞打扫马厩，忙了大半天，水也没喝一口。柳嫣霞和阿齐也一起过来搬草料，这才将那一百匹马料理好。

终于干到吃饭时间了，三人吃着窝窝头。柳嫣霞说："呆头，你不知道吧，奥巴台吉准备大干一场，要不怎么会急着招兵买马？"

司马冲吃了一口窝窝头说："大战在即，现在刀谱丢了，师父若是知道定要打死我。我该怎么办才好？"

柳嫣霞说："过两天，我再去会会那毛贼。我轻功好，没准能偷回来。"司马冲忽然想起南珠交代的事，长叹一声说："茫茫草原，地广人稀，上哪儿去找她娘？"

柳嫣霞一惊说："谁的娘？你还要找人？"司马冲说："南珠妹妹相托，不好推辞。她小时候被她娘遗弃街头，仅留下一条项链作为凭证。"说着司马冲掏出那条项链。

柳嫣霞接过项链仔细看了看，说："这条项链珍珠光滑圆润，色泽亮丽，非平常人家物件，不是皇上就是贝勒爷的，为何到了你的手中？"

司马冲又长叹一声说："此事说来话长，你能否帮我打听一下，谁见过这条项链？"

柳嫣霞说："那把它给我吧，我帮你问问，没准就在奥巴台吉身边。"司马冲说："绝对不行，这条项链不能丢，否则她再也找不到她亲娘了。"说完，从柳嫣霞手中取过项链，放在内衣口袋里。

二人在马厩里又干了几天。这天天气晴朗，柳嫣霞找到司马冲说："今天我杀过去试试，数日后你在路口接应我。"

司马冲说："那额哲会几招斩妖十八刀，还有甄师父和阿莽，你要小心谨慎。如果得手，就要尽早脱身。我在路口老地方为你准备好马匹，随时接应你。"

柳嫣霞跨上战马，一路飞奔，消失在旷野中。

再说那天深夜，额哲听到返回的追兵说：“那刺客有人接应，打得我们一死两伤。”只好如实向父汗禀告：“那刺客武功确实厉害，儿臣的性命差点丢了。我们派去的追兵有一人战亡，两人重伤。”

林丹汗气得将正在看的文书往桌上一扔，说：“从小叫你好好习武，你怕苦怕累，得过且过，这回知道厉害了。你还有脸向我禀告！”

突然，额哲神秘兮兮地说：“父汗息怒！父汗息怒！儿臣得到一件宝贝，能助父汗早日统一草原，逐鹿中原。”

林丹汗将信将疑地问：“什么宝贝，有如此威力？”

额哲说着从怀中掏出一本黑色封面的书，说：“这就是斩妖十八刀刀谱！前几天夜里，我打算去科尔沁大营找那毒和尚要点解药。谁知解药没找到，无意中捡到这本绝世刀谱。”

林丹汗接过书仔细翻看，见里面讲解详细，还配有图画，果真是一本绝世刀谱，喜道：“真是踏破铁鞋无觅处，得来全不费工夫。”

额哲接着说：“我军现在缺的就是武林高手，听说这种刀法若是练到九九八十一层，那就是天下无敌。平常人就是练个一二成，在战场上也是所向无敌，勇不可当！父汗只要命人准备一百把青龙偃月刀，后面的事就交给儿臣来办就行了。”

林丹汗高兴地说：“这件事如能办好，倒真是大功一件。你可以将功赎罪，我们也可以多一大批武林高手。”

第二天，林丹汗召铁木额觐见。铁木额进营落座后问道：“大汗，急召属下所为何事？”

林丹汗说：“你是我军中惯用大刀的将军，此事非你办不可。速速到草原附近的铁匠铺、兵器店里定做一百把青龙偃月刀。而后……”

铁木额不解地问：“这种兵器又重又笨，一般人不会用还不如快刀利剑，要那么多有什么用？”

林丹汗冷笑道：“将军勿虑！将军勿虑！额哲近日得到一本绝世刀谱，专练这种刀法，你只要协助额哲组建一支大刀队，必能大大提高吾军战力。”

这时额哲也进了房门，见到铁木额喜形于色道：“父汗同我不谋而合，此事非铁木额不能胜任。现在的问题是如何尽快选拔这么多身强力壮的勇士？这青龙刀最轻的也有五十斤，重的有八十斤，平常人使不动这么重的兵器！”

铁木额回道：“人的力气有大有小，兵器也应该有重有轻。我这次定做的青龙刀尽量式样统一，但有轻有重。选拔勇士的事就交给属下办吧，我计划编成十个队，每个队十人，专挑身强力壮者。贝勒爷以为如何？”

额哲再次摸了摸刀谱说：“很好，就依将军所言。只是这刀谱是从敌营中捡来，上次那刺客正是为这刀谱而来。我必须想一个万全之策，才能保住这来之不易的宝贝。”

铁木额眨了眨眼睛，在额哲耳边一阵低语后说：“贝勒爷只要如此这般……我保证那刀谱再也不会被人偷走。”

额哲正一筹莫展，闻言大喜道：“果然妙计！就依你的办法，方可高枕无忧。你速速办差去吧，免得误了大事。”

铁木额起身告辞：“属下告退。”那额哲就依铁木额的妙计，将刀谱藏在一个鬼也找不到地方。

40. 嫁非所愿

冬天的草原寒气逼人，北风将蒙古包吹得就像刀切馒头一样，一个个乱颤。那雪下得一阵比一阵紧，到处是白皑皑一片。此刻，甄老鳄将军府里炭火烧得正旺，那暖流不断向四周弥漫，全府都感觉不到冷意。

额哲走到门口时，正赶上甄老将军练习枪法。那钢枪忽左忽右，忽上忽下，时而像毒蛇出洞，时而像苍龙腾空，好不精彩。额哲禁不住赞叹：“老将军宝刀不老，好枪法！好枪法！”

见贝勒爷驾到，甄老将军收起钢枪，说：“贝勒爷是在取笑老夫吧，我枪法那么好，怎么还是让奥巴台吉跑了？”

额哲苦笑道：“老将军言重了！胜败乃兵家常事。当时情况特殊，我怎么敢取笑！况且这事父汗已经说过不再追究了。”

二人坐下后，早有人为额哲倒了一杯清茶，茶水散发着淡淡的清香。甄老鳄不知他心里装着什么鬼，摸了摸胡须说：“贝勒爷是无事不登三宝殿，有话就直说吧。”

额哲喝了一口清茶问：“你们在老君山上，比武招亲的诺言是否仍然有效？”“有效！我们汉人讲一言既出，驷马难追。”老鳄坚定地回答。

额哲这才打开话匣子，笑道："前天，我和琴儿在院中比试了一场，我可是小胜了一回，有扎雷可以作证。我对琴儿心仪了很久，琴儿知书达理，武艺精湛，正是我苦苦追求的意中人。不知将军以为如何？"

甄老鳄一想，比武取胜之事应该不会有假。那天在老君山上台比武之人突出的只有三人，琴儿当时将绣球抛给司马冲，司马冲没接住，却被秦黑岚接住。现在司马冲已经背叛师门，为虎作伥，而秦黑岚更是沦为土匪，不伦不类。就是剩下这个额哲，虽然长相一般，但聪明伶俐，能说会道，大汗的宝座迟早是他的。

老鳄于是点点头说："既是胜了小女，又尚未婚配，我们当然要兑现诺言。不过，我们汉人嫁女自有汉人的规矩，聘礼多少是要的，良辰吉日也是要挑选的。没有这些，空有承诺也是无用。"

额哲闻言立即笑逐颜开："有将军，不，岳父大人这话，我就放心办事了。我们结为亲家，察哈尔又多了两员勇将，这片草原迟早都是我们的。"

老鳄立即拉着脸说："别贫嘴，现在还不算是你岳父大人！得办完事之后，方能算正式的亲家。"

额哲没想到汉人如此重信用，这事虽然酝酿了很久，今天终于有了个眉目。当即说："好，好，就依将军所言，我决不会亏待了琴儿。"

二人接着东扯西拉闲聊了一会儿，额哲这才起身告辞。回去的时候想，到底怎样才算办完事？

这天上午，林丹汗正在案前审阅军中各种奏折，忽然有人来报："启禀大汗，铁木额采购的青龙刀已经运到，要不要去看看？"林丹汗抬头说："要看，速传大贝勒额哲觐见。"那人迅速离开。

不多时，额哲走进汗宫："父汗，儿臣正在研究大刀队的人选，不知有何要事？"林丹汗笑容可掬，高声说："那一百把青龙刀已经到货，我们去看看品质如何。"说着，正欲出门。

可额哲见父汗高兴，迟迟不动。林丹汗转身说："哲儿还有什么事？为什么不走？"额哲心想，此时再不讲，就没机会了，当即说："儿臣看中一位汉族姑娘，她不仅容貌俊俏，而且武艺超群，通晓兵法，正是未来福晋的合适人选。不知父汗意下如何？"

林丹汗说："是上次你救回的那个汉女？小小一个汉女，就把你迷得神魂颠倒，将来我们得了天下，有多少女人都不够充实你的后宫！好男儿志在四方，当务之急是如何统一草原各部，如何光复先祖成吉思汗的威名？此事以后再议。”

额哲眼看好事要黄了，急道：“谁道儿臣没有为统一草原出力？我刚刚献了一条妙策。现在甄老鳄将军已经答应儿臣这桩婚事，只差聘礼和良辰吉日。父汗若不同意，可能要白白错过良机。”

林丹汗仔细想了想，说：“父汗不是不答应，男儿当以江山社稷为重，少一些儿女私情。此事，须同你额娘商量后再定。我们先去看看青龙刀，走！”说完，二人离开汗宫，去了兵器营。

临近午饭时间，林丹汗大福晋苏泰、侧福晋唐胜蓉、小贝勒扎雷和另几位福晋都到了饭厅，唯独差大汗和额哲二人。桌上摆的鸡鸭鱼肉，美味佳肴，的确让人口水直流。

年纪最小的扎雷饥肠辘辘，拿起筷子正想夹一块牛肉吃，被他额娘胜蓉拦住：“人未到齐，不得先吃。”一旁的苏泰夹了一块牛肉到扎雷的碗中，说：“孩子在长身体，不能饿着了，先吃吧，别等了。”

胜蓉沉着脸说：“你父汗日理万机，连饭都顾不上吃。先吃是不礼貌的，再等一会也许就到了。放下筷子，再等会。”

扎雷看着碗里的牛肉，口水直吞，最终也没有拿起筷子吃。

又过了好一会儿，听到走道里有人走动，果然是大汗和额哲。见大汗驾到，苏泰和胜蓉连忙俯身施礼：“臣妾见过大汗！”

林丹汗摆摆手说：“免礼免礼，都过来吃饭吧。”一家人这才围坐过来，开始用餐。额哲拿起筷子先后给大汗和他额娘苏泰碗里，各夹了一块狍子肉，说：“你们辛苦了！今天我要宣布一件大事，我喜欢上一个汉族姑娘。她的父亲甄老鳄将军已经答应我们的婚事。”

苏泰一惊问道：“是那位叫甄琴的汉女？模样倒也俏丽，只是不知武艺品行如何？”额哲吃了一口煎饼说：“额娘，那个汉女不仅生得国色天香，而且武艺精湛，知书达理，我好不容易才险胜了她。她有言在先，谁胜了她，便可招为夫君。我仰慕了很久，不知额娘以为如何？”

苏泰喜道：“你就像你父汗一样，草原的姑娘一大群，偏偏喜欢汉女。本宫没有什么意见，只要你别太专宠就行了。”

林丹汗吃得很开心，见苏泰没有意见，于是说：“近日，哲儿为察哈尔干了一件大事，可喜可贺。明日向甄老鳄将军府上下聘礼，赐玲珑鞍马四匹，黄金百两、蟒缎、闪缎各八十匹。令师爷选吉日良辰完婚。钦此。”

额哲闻言高兴地放下筷子，起身施礼：“儿臣谢过父汗！儿臣谢过父汗！”扎雷朝哥哥笑了笑说：“终于可以吃到哥哥的喜酒了，琴姐很快就是我的嫂子了。”

听到这个好消息，一家人吃得好不开心。

再说甄老鳄那日送走额哲，心里颇不宁静，感觉过于草率，没有来得及问问琴儿的心思。一日无事，径直来到甄琴的房间。

甄琴正在看《三国演义》，于是放下书，搬来一张椅子，说：“爹爹，请坐。”甄老鳄长叹一声道：“俗话说，男大当婚，女大当嫁。你娘走得早，我把你拉扯大不容易啊！你的婚事没有着落，为父心里一直不安。”

甄琴前日受辱，也不便向父亲开口，只淡淡说：“女儿暂时不想嫁，女儿愿意服侍爹爹一辈子。”

甄老鳄眼含热泪，小声说：“说哪里的话，女儿怎么能服侍爹爹一辈子呢？早晚要找一个好人家。那司马冲已经背叛师门，与我们为敌；那秦黑岚形同流寇，更不成体统。只有这个额哲跟你还算有些缘分，他武功一向不如你，为何还胜了你？可有这事？”

甄琴苦笑道：“那日我身子不适，不知他从哪里学得一种古怪的刀法，跟司马冲的刀法一模一样。让他捡了个便宜，小胜了我一回。”

甄老鳄一本正经地说：“既是你输了，就要嫁给他。我们可是有言在先，不能失信于人。况且贝勒爷还是挺喜欢你的，你是不是不愿意？”

甄琴拉着父亲的手说：“不，我不喜欢他。那额哲一向游手好闲，偷鸡摸狗，成不了气候。女儿的心事，爹爹难道不知？”

老鳄伸手擦了擦泪水说：“我知道你喜欢冲儿，可那小子投了敌营，偷学了别人功夫。见了面，我是要清理门户的。他上无片瓦，下无寸土，万万不能嫁。人家好歹是个贝勒爷，察哈尔甚至整个草原迟早是他的，嫁他不会亏待你的。我已经答应额哲了。”

甄琴哭道：“不，我不嫁额哲。司马冲一定有什么难言之隐，我们找他问问便知，不可武断。那日，额哲酒后想非礼我，被司马冲打断。我看他的武功已不在我之下，将来必定飞黄腾达，我们不可鼠目寸光啊！”

老鳄严厉地说：“这事我已经替你做主了，我们不能失信于人。上次比武招亲的教训还小吗？”

二人正吵得不可开交。其时，门外忽然传来嘚嘚马蹄声。为首骑马的正是大贝勒额哲。后面跟着一支马队，还有车辆。

队伍刚到门口，就听有人高声传大汗口谕：“甄家有女，端庄秀丽，贤淑聪慧。特赐玲珑鞍马四匹，黄金百两、蟒缎、闪缎各八十匹作为聘礼。十一月初八，赐甄琴与额哲拜堂成亲，结为百年之好。钦此——”

原来是下聘礼的！这可如何是好？

第九章　择吉日花明柳暗

41. 梁上君子

甄老鳄于是对琴儿说："你不便出门，待我出去看看。"这时，额哲已经走进大厅，见老鳄立即施礼道："见过岳父大人，今日在下特备薄礼，不成敬意。承蒙父汗赐婚，不敢怠慢，特来相告，早做安排。"

甄老鳄心里也有些矛盾，但脸上不敢显露，于是强装笑脸说："贝勒爷盛情难却，承蒙错爱，实在惭愧。快请里面坐，快请里面坐。"

额哲神采奕奕地指挥着侍从搬运银两和布匹。有人将玲珑马牵到后堂，放了草料。甄琴沏了茶水，一一给人倒茶。那亭亭玉立的神态，婀娜多姿的身段，再次让额哲心潮起伏，久久不能平静。

客人来了，当然要以礼相待。甄琴虽然心里不愿意，但也不能叫人把聘礼抬回去，当场让贝勒爷下不了台，只冷冷地说："贝勒爷大驾光临，甄府蓬荜生辉，我们后堂不知有贵客临门，没有什么好酒好菜款待尔等。"

额哲喝了几口清茶说："你们不用准备午膳，我坐会就走。今天来就是让你吃颗定心丸，再不能三心二意了。你已经名花有主了。"

甄老鳄假意挽留道："贝勒爷送来如此厚重的聘礼！还不吃午膳，这让我们无地自容。不行，一定要吃点，粗茶淡饭也是我的一片心意。"

额哲挥挥手说："真的不用！我还有紧急军务在身，不便久留。谢谢岳父大人的美意。一切按照十一月初八的日子准备就行了。"言毕，带着侍从离开了甄府。

额哲离开后，父女二人又吵了起来。甄琴气愤地说："谁收的礼，谁嫁，反正我不嫁！"老鳄恶狠狠地说："你这叫什么话！我养你这么大容易吗？不嫁也得嫁！"

入夜，伸手不见五指，柳嫣霞闯进察哈尔大营，为了减少动静，只好将战马系在路边一棵树上。面对高高的围墙，柳嫣霞双脚一蹬，轻松翻了过去。那守门的侍卫根本不知道有人进营了，还在盯着那昏黄的油灯。

走了好一段路，柳嫣霞什么也没看见。走着走着，前方出现一栋很气派的房子，那四个门柱粗得足足一人不能合抱，门口有两只威武的石头狮子，想必这就是汗宫了。

柳嫣霞心想，不能老在地上晃悠，这样容易被发现。不如到屋顶上去，这样居高临下，也看得清楚。于是双脚再次一蹬，来到房顶上。这一上来，果然不出所料，发现了一个天大的秘密。

那教练场聚集了百多号人，全部手持青龙偃月刀。在熊熊的火光下，一名贵族模样的汉子正在讲解，一名将军正在示范。一招一式练的正是斩妖十八刀刀法。

柳嫣霞一想，这可了不得，那刀谱决不能落在敌人手中。他们这是在训练长刀队，在战场上有多少人要命丧沙场啊！可刀谱，他们会藏在什么地方？上次司马冲过来已经打草惊蛇，这次再来恐怕很难有所收获。此时，他们都在教练场，后房一定空虚。

柳嫣霞几步轻功，“嗖嗖嗖”几下就落在汗宫后房的一个横梁上。此时，后房内空无一人，只有烛光摇曳，发着昏暗的光芒。柳嫣霞一间一间仔细寻找，书房内每一个抽屉都寻遍了，也不见那本书。柳嫣霞又走进卧室，每一个衣柜、每一个抽屉都翻了一遍，还是没找到那本书。这家伙会放在哪里？难道在教练场？不会，那里人多手杂，很容易丢失。

这时，突然有人从教练场回来，手里拿着一本书。柳嫣霞一阵狂喜，迅速躲在门后面。那人将书放在衣柜的一个小抽屉里后，就回到教练场去了。待走后，柳嫣霞拉开小抽屉，取出那本书，果然是刀谱，上书“斩妖十八刀”几个字。来不及细看，柳嫣霞拿着书飞身上梁，几下就蹦到屋顶上。叫你们练，今天给你来个不翼而飞！

柳嫣霞怀揣着刀谱，心里喜不自禁，从汗宫屋顶下来，正欲返回。忽听对面厢房内传来悠扬的箫声，那箫声如泣如诉，缠绵悱恻。柳嫣霞本来就喜爱音乐，在春光镇听过不少名曲，听到这箫声，一时间感到柔情似水，肝肠寸断。

走到窗前透过小孔一看，见吹箫的是一个少年。那少年生得肤如凝脂，发若柳丝，双眸如秋水，十指似春葱。好一个身材俊秀，玉树临风的绝美少年！柳嫣霞已多日没有男人的浸润，心底那分渴望实在不能言表。如能同这位绝美少年共度春宵，也不枉人世一遭！

想到这里，柳嫣霞忽然破窗而入。那少年武功太差，正想呼救，已被盖住嘴巴，不到三个回合，已经倒在柳嫣霞怀中。柳嫣霞抱着那少年，就往内房送去。

柳嫣霞小声说："不要呼救，姐保证不伤你性命。"那少年低声回道："女侠，你要多少银两都可以给你，求你不要杀我。"

柳嫣霞轻轻脱了外套，露出洁白的手臂、粉嫩的双肩，柔声说："姐不杀你，姐也不要金银，只要你陪我一会儿。"那少年大惑不解地问："那你要什么？我太小，尚未婚配，陪不了你。"

那少年见有美人从天而降，此刻仿佛在仙界一般，那婀娜的身材、湿润的双唇、雪白的肌肤顷刻间近在咫尺。

那少年问："我是不是还在梦中？"柳嫣霞拉着那少年的手说："你没有做梦，你还在人间！你叫什么名字？"

那少年说："我叫扎雷，是林丹汗的小贝勒。姐的肌肤真香！"柳嫣霞深情地说："那你就跟我回蒙古，我们一起走，好不好？"

"去哪里？""去一个谁也找不到的地方，去享受人生的快乐。"

二人一番低语后，柳嫣霞拉着扎雷的手说："跟着我走，多陪我几天，好不好？"那扎雷来不及思索，果然跟着柳嫣霞走。

不一会时间，二人快走出府院。只听一声怒吼："大胆毛贼，哪里走！"从黑暗中忽然冲出一个矫健的身影，不是别人正是额哲。额哲手持长长的青龙刀，朝柳嫣霞就是一刀。

柳嫣霞见识过大哥令狐霸的刀法，知道其中厉害，不能硬碰，一个跳闪，躲开了大刀。同时，一剑朝他前胸刺了过去，问道："你是何人？敢管老娘的闲事。"因为距离近，猛见来人额角有一条疤痕。

来人收刀挡住利剑回道："我就是额哲，你深夜到访，偷鸡摸狗，为何要带走我弟弟？无耻之徒吃我一刀！"

柳嫣霞一愣："原来是额哲，你也不是什么好东西！看剑！"心想，刀谱已经到手，此时不便与之缠斗，恐有大批追兵赶到。几招过后，二人打得不分胜负。

不一会儿，果有一队官兵从门口处追了进来。柳嫣霞将扎雷往额哲跟前一推，说："还给你吧。"额哲正欲挥刀再战，那柳嫣霞一步轻功，早飞到屋檐上。

地上有人在喊："抓刺客！抓刺客！"找了半天，也不见人影。不到一会儿工夫，柳嫣霞已蹦出围墙，跑了一阵，找到自己的坐骑，飞身上马，狂奔而去。

由于柳嫣霞的速度远快于追兵，等到追兵赶出门时，她早已不知去向。司马冲在路口准备大干一场，却只见柳嫣霞一人回来，不见追兵。于是问道："三师父，今晚有没有收获？"

柳嫣霞一拍口袋说："谁会像你那么笨？刀谱已经失而复得，看你怎么谢我？"二人骑马一直飞奔，顺利回到科尔沁。

司马冲看着刀谱完璧归赵，也没细看，立即找了个结实的抽屉锁了起来。没想到三师父还真神！别人偷走，她还能偷回。不然，我们的损失简直无法估量！

再说婚期一天比一天近，那甄琴急得如热锅上的蚂蚁，不知所措。距离十一月初八只有三天了，甄琴整天茶饭不思，夜不能寐。

老鳄坐在灯光下，苦劝："难得大贝勒喜欢你，你又何苦呢？那司马冲有什么好？要银子没银子！要权势没权势！"

甄琴含泪望着窗外说："你不会明白，冲哥会有出头的一天，别看他呆头呆脑，但勤奋好学，正直善良。不像这个额哲，花花公子一个，整天偷鸡摸狗，好事干不了。我宁死都不会嫁给她！"

甄老鳄再次苦口婆心："你现在嫁过去，立马就是大福晋。没准大汗统一草原登基称帝，传位于额哲。你就是未来的皇后！这是很多女人一辈子梦寐以求的，那可是享不尽的荣华富贵！"

甄琴冷笑道："你等着吧，就他那熊样，还能当上皇帝？如果不能统一草原，我们又该何去何从？夜深了，爹爹回去休息吧。"

临走，老鳄放出狠话："总之，他就是个狗熊，你也得嫁。不然，我打断你的骨头。"说完这话，老鳄就离开了女儿的房间。

正是这些狠话深深伤透甄琴的心。她本想拔剑自刎，可因怕痛下不了手。于是，甄琴找到数尺白绫，系于房梁之上，又在下端打了个死结。心想：司马冲，我们今生无缘，来世再会吧。

甄琴将脖子套在白绫圈内，含泪纵身一蹬板凳……

42. 起死回生

夜阑人静，甄琴料定必死无疑。谁知就有人惦记，这个人不是别人，正是额哲。额哲上次酒后好事没办成，气得几夜都没睡好。心想，反正今晚也睡不着，不如过来碰碰运气。

额哲见甄琴的房间灯没熄，门却关上了，敲了半天，也不见有人答应。又喊了几声："琴儿，琴儿……"还是没人放个屁。一想，不对，如果琴儿没睡不至于不答应。

于是，额哲猛的一掌劈开房门，赫然看见甄琴用一条白绫吊在房梁之上。天啊，何至于此！额哲迅速挥剑折断白绫，将甄琴抱至炕上，又用手试了试她的呼吸。没有一丝气息，到底来迟了一步！

额哲一面大叫："快来人，传太医！"一面想，听太医说过将死之人，只要时间不长，吹吹气，助其呼吸，也许有救。再摸摸甄琴的手臂尚有余温，应该有希望。

想到这，额哲立即俯下身，对着甄琴的嘴不停地吹气，又用双手按压其胸口。那挺拔的前胸此刻也无心消受，那潮湿的嘴唇此刻也无心体会。额哲只有一个念头，吹气，按压，吹气，按压……

走廊那头传来急骤的脚步声，有下人闻声赶到。额哲抬头说："快传太医，有人上吊了。"说完接着吹气，按压胸口。吹了好半天，也不见一点起色。心想，到底是来晚一步。琴儿，你不该走上绝路，千错万错都是我的错！

这时，太医赶到："接着吹，没别的办法！"额哲抬头说："就你无能，吹了好半天了，也没什么用。"正准备俯下身，刚一碰到她的嘴唇，突然，当胸重重挨了一掌。一下从炕上摔到地上，好像王八翻了身一样。

原来，甄琴醒了："好不要脸！死都不放过我，死还要捡个便宜。"

那额哲躺在地上笑了："醒了就好，醒了就好！我以为你要来个嫦娥奔月，让我独守空房。"甄琴真的生气了，横眉怒道："说，你亲了我多久？你吻了我多少次？"

那额哲苦笑道："太医可以作证，我一次也没有亲，一次也没有吻。我只是对你嘴吹气，你想嫦娥奔月，没那么容易！"

甄琴坚定地说："别以为你救了我，我就会嫁给你，听说没有，嫦娥是不会嫁给猪八戒的！”

额哲拍了拍屁股，从地上爬起来说：“好，好，我不再逼你。我这就回去告诉父汗，看能不能推迟婚期。”

老鳄听说女儿上吊也赶过来说：“你怎么那么傻，万事都有个好商量，为父不该逼你，我的好女儿！”老鳄说完将那条白绫撕了个稀巴烂，扔到门外去了。

太医见甄琴起死回生，激动地说：“奇迹！奇迹！上吊多时竟能复活，姑娘真是福大命大，三生有幸！”见甄琴无事，太医等人相继离开。

额哲吩咐一名婢女：“你留下来照顾甄琴，如再出了意外，拿你问罪。”那婢女答应后，老鳄和额哲这才放心离开。

次日一早，额哲来到林丹汗的书房：“父汗，昨夜甄府的甄琴上吊自杀未遂，幸亏儿臣抢救及时，才起死回生。”

林丹汗责问道：“那你昨夜为何不来禀报？”额哲回道：“昨夜处理完已近凌晨，再说事情有惊无险，所以我就不敢过来打扰父汗。但是，我和琴儿的婚事，甄老将军虽然同意，可琴儿好像不愿意，上吊正是因此事引起。这婚期能否推迟一点？以免再生出事端。”

林丹汗捋了一下胡须说：“贸然推迟婚期，大汗将无颜面对世人，得找一个恰当的理由。否则别人会说，大汗赐婚，形同儿戏。”

额哲灵机一动，上前对父汗一阵耳语。林丹汗一声冷笑道：“就依你的办法，马上去办。”

额哲回到贝勒府，马上传唤师爷。那师爷以为要领赏，乐哈哈地问：“小人给你选的良辰吉日，是不是该有点赏钱？”额哲喝令左右：“你选的日子分明就是一个夺命日，害得新娘差点自杀。你还想要赏钱，将这个师爷速速给我拿下，重打二十大板。”

那师爷吓得面如土色：“小人算的那天确实是黄道吉日，冤枉啊！冤枉啊！”额哲怒道：“你还喊冤，那甄琴昨晚上吊自杀，幸亏我抢救及时，才未闹出人命。拉下去，给我狠狠地打。”

可怜那师爷被打得皮开肉绽。额哲偷笑着，这才回去向父汗禀报，事情已经办妥。

众人方才得到大汗口谕：因师爷择日不吉，额哲和甄琴的婚期推迟。消息传到甄府，老鳄还有些惋惜，叹息道："你这样一闹，好事都搅黄了，有一天你会后悔的！"

只有甄琴破涕为笑："我死都不会嫁给他，我死都不会后悔！他这人就跟烂泥一样扶不上墙，怎么可能有出息？"

老鳄脸色一沉道："别忘了，大汗只是推迟婚期，还没有取消婚约呢？有没有出息，我们骑驴看戏——走着瞧。"

一旁正在冲茶水的婢女白莲说："俺知道小姐的心思，贝勒爷这桩婚事恐怕难成，将军难道不知小姐的意中人是谁？"

甄琴喝着茶水说："爹爹当然知道，你们也别再想办法了，我这辈子非他不嫁！除非海枯石烂！"

婢女白莲劝道："小姐既然有意中人，自当从长计议，千万不能寻死觅活，拿性命当儿戏。"

一语惊醒梦中人，甄琴忽然眉头一皱，计上心来。

这几日，刺骨的寒流接连袭击了草原，到处是冰天雪地。蒙古包个个都是银装素裹，光秃秃的树枝上挂满冰凌，好像流口水的孩子。路面上的积雪一天比一天厚。人们基本不外出，都在烤着炭火。

林丹汗偶感风寒，咳嗽不止，躺在炕上。大福晋苏泰和额哲一大早过来问安。苏泰俯身施礼道："大汗万福金安！昨日喝了川贝雪梨膏，今日是否感觉舒缓些？"

炕上的林丹汗，露出慈祥的笑容回道："起来吧，你做的川贝雪梨膏还真有些效果，今早感觉咳嗽少了些。"

额哲施完礼道："父汗保重龙体，察哈尔才能兴旺发达，称霸草原。启禀父汗，大刀队正在加紧操练，只是天寒地冻，练兵辛苦，将士们要求追加饷银，敢问可否？"

林丹汗又喝了几口川贝雪梨膏说："大刀队每人每月加三两饷银。为父身体大不如以前了，教练场上你要多用点心。还有什么消息？如实禀告。"

额哲低声说："儿臣的婚事推迟，外人多少有些闲言碎语，不知到底定在何日？"

见林丹汗半晌不语，苏泰扫了一眼额哲说："此事不能操之过急，那姑娘不同意这门亲事，多半是心里有了意中人。"

额哲回道："儿臣找婢女白莲问过，琴儿的意中人是一位叫司马冲的汉人，从小与她青梅竹马，因此感情笃深。"

林丹汗双眸闪着凶光，怒道："既然根子在这个人身上，把他处理了，不就釜底抽薪了？父汗等着抱孙子呢！即刻传阿莽进宫。"

不多时，阿莽满面红光来到林丹汗的炕前："属下阿莽见过大汗，不知有何吩咐？"

林丹汗看阿莽一身虎气，令左右退下，喜道："你是我察哈尔一等高手，现在有一个秘密任务交给你，把科尔沁一个叫司马冲的汉人抓来，如果所言不虚，就砍了他。这个司马冲已经影响到哲儿的婚事，也就影响到察哈尔的江山！"

阿莽抱拳道："属下遵命。只是属下不知这个司马冲有什么与众不同？"额哲道："这个司马冲相貌堂堂，身材魁梧，眉心有一颗红痣，常用一把青龙偃月刀。"

阿莽一摸脑袋，忽然想起来："就是上次救走奥巴台吉的那位年轻人，上次若不是有高手缠斗属下，定取了他脑袋。"

这时，忽见婢女白莲来报："大汗，不好了！大汗，不好了！小姐她不见了。"

额哲一听火冒三丈："你是怎么侍候小姐的？不会办事的狗奴才！看我怎么收拾你。"说完，准备一脚踢向白莲，却被额娘苏泰拦住："你先过去看看，到底怎么回事？"

白莲哭道："我们吃过早餐后，我正在厨房里收拾东西，她说在院子里走走，可过了半个时辰，也不见她的影子。奴才怕有个闪失，这才急着过来找贝勒爷。"

额哲和白莲来到甄府，甄老鳄也在四处寻找："就这么大个院子，都找遍了没人，八成是出去了。"老鳄回到自己的房间，在炕上赫然发现一封书信。打开一看：

爹爹：

若见此信，俺应当已经离开察哈尔。有些心事必须找司马冲问个明白。请原谅女儿不辞而别。俺再也不会自寻短见，请爹爹勿念，保重身体。

不肖女琴即日

看完信，额哲狠狠抽了白莲一耳光："你这狗奴才，连个人都看不住。"白莲急忙跪在地上苦苦哀求："求贝勒爷饶了我吧，奴才确实不知小姐要逃走。"额哲接着又抽了她一耳光才离开甄府。

43. 心急如焚

话说那日马乾被杀后，御前侍卫副总管富察勇智带着赵坤，匆匆埋了马乾的遗体，逗留了几日，又找不着凶手，只好返回。

经过几日艰难跋涉终于达到盛京。皇太极正在稻香阁同南珠格格下围棋，忽听小德子来报："大汗吉祥，富察副总管从科尔沁回来有要事叩见。"

皇太极刚输了一盘，说："快传！格格棋艺进步神速，现在阿玛都不是对手了。"

南珠脸上的水痘，在裴太医的调理下，早已消失，又恢复了昔日沉鱼落雁，闭月羞花之貌，听说富察副总管从科尔沁回来，一颗心突然悬了起来，手中的棋子拿起又放下了。

富察副总管走进稻香阁，头发凌乱，一脸憔悴，跪下低声说："臣富察勇智见过大汗，祝大汗万福金安！臣此行有辱使命，恳请大汗降旨治罪！"

皇太极输了棋本来就不高兴，扫了一眼说："废话少说，且细说详情。"富察副总管抬头说："臣受命押送司马冲至科尔沁放马，将到科尔沁时，马乾和司马冲意外掉进一口深井，马乾遭人杀害，司马冲下落不明。臣逗留了几日，又找不到凶手，只好苟全性命回来复命。请大汗降旨治罪。"

富察副总管潜伏多年为皇太极找回自己的格格，当然有功。这次皇太极本意将司马冲打发得远远的，没想到损失一名侍卫，目的已经达到。见副总管态度诚恳，皇太极就说："侍卫马乾的家属要厚加抚恤，以宽将士之心。念汝前次找回格格有功，这次就免于治罪。退下吧！"

南珠一听司马冲下落不明，忙说："且慢，司马冲下落不明是何意？副总管似乎话中有话，不妨细说。"

富察副总管本想交差离开，没想到南珠插话，只好说："二人落井后，马乾的遗体第二天被扔出井外，没有首级。司马冲双手被缚，武功又差，想必凶多吉少，八成已经遇害！但绝非属下所为，实属意外。臣又将大汗的旨意传至科尔沁奥巴台吉。如果司马冲活着，应该在草原养马。因为落井后，属下就再也没见司马冲的人，故而只能说下落不明。”

八成已经遇害！南珠一听急得站了起来，吼道：“你们出发时，四人只有三匹马，冲哥没有坐骑。他戴着脚链，为何手也被缚？分明是你有意加害，还在胡说。”

富察副总管正色道：“因为那司马冲不老实，路上同马乾发生打斗，我们就只好将他双手捆了起来。”为防节外生枝，他有意隐瞒了将司马冲拖在马后赶路的事。

南珠一想，论武功，冲哥根本不是马乾的对手。马乾被杀，足见凶手武功高强。说下落不明，实际上是有意遮掩，可能已经遇害！不禁悲从中来，泪水涟涟。想不到自己历经千辛万苦找到阿玛，却害得冲哥丢了性命。

南珠骂道：“你们这些狗屁侍卫，根本不把汉人当人，冲哥如果有个三长两短，我决不会善罢甘休！”骂完，南珠含着眼泪，去找林娟秀去了。

富察副总管宽慰道：“格格不必过于悲痛，事情也许没有那么糟糕。”皇太极表面上佯装同情，心里头暗喜。

林娟秀惊闻司马冲下落不明，可能遇害的消息，手中正在喝水的茶杯“咣当”一声掉在地上，摔得粉碎，随后一屁股坐在椅子上，悲痛欲绝地哭泣：“儿啊，你的命怎么这般苦！六岁就没了爹，从小就没人疼。刚刚找到你，又出了这茬事！不是你爹爹走得早，你武功不会那么差！”

南珠说：“娘，更可恶的是他们将冲哥的双手捆住，一路上不知道遭受过何等非人的虐待！我一定要查明真相，不能让冲哥就这样不明不白地死了！”

林娟秀一边擦着眼泪一边说：“当务之急，我们一定要找到冲儿，活要见人，死要见尸！现在可央求你阿玛派人查明真相，不能光听富察副总管一面之词。”

有人将地板上的碎茶杯收拾干净了。不多时，母女二人携手同行，来见皇太极。富察勇智和赵坤已经离开，皇太极正在看折子，似乎并不太在意这件事。

皇太极心里很清楚，南珠格格已经长大，嫁人是迟早的事。与其嫁给那个傻小子，不如尽早谋划，成为自己收买人心的礼物。现在辉发、乌拉、哈达和叶赫表面上都已经归顺后金，父汗在世时这些部落就有些不团结的动作。如今，自己登上汗位，如何让这些部落真心归顺？如何让后金国上下一心？共御强敌才是真正的难题。如果有一个部落起兵造反，后果不堪设想。

林娟秀跪下首先施礼：“大汗吉祥，民妇之子司马冲下落不明，生死未卜，不知大汗作何打算？民妇只有这一根独苗，如有闪失，叫我如何苟活？”

南珠施完礼后，拉着皇太极的胳膊说:“阿玛万福！富察副总管的话遮遮掩掩，不可全信，能否派遣心腹侍卫查个明白？也让娘好安心。”

皇太极看着南珠忧愁的脸庞，说：“看你急得，再急又要长痘了，那就不好看了！富察副总管的话应该信得过，你们不必将事情想得过于悲观，司马冲吉人自有天佑。”

南珠见阿玛不同意派人，当即跪下说：“阿玛如果派不出人手去科尔沁，我愿意去探个究竟，与其在宫里倍受煎熬，不如查个水落石出。”

皇太极无奈地扶起南珠说：“你就知道阿玛舍不得让你涉险！好，好！就派两个侍卫去。即刻拟旨给奥巴台吉，如发现司马冲下落，如实禀告，不得有误。传叶凌、赵坤进殿。”

林娟秀破涕一笑：“民妇谢过大汗！犬子得大汗护佑，他日当涌泉相报，战场杀敌立功。”

过了一会儿，叶凌和赵坤走进稻香阁，叶凌先跪下说：“一等侍卫叶凌见过大汗，不知有何吩咐？”赵坤也跪下请旨。

皇太极说：“快快请起吧！此次派你们两人去科尔沁传旨给奥巴台吉，一是要查明司马冲的下落，是死是活都要给个准信；二是加紧备战，防止察哈尔部袭击。赵坤是第二次去，应该是个好向导。”

赵坤起身说：“属下愿为大汗分忧！无论如何一定会给大汗一个准信，请林夫人和格格不要挂念。”叶凌也说：“属下一定排除万难，不辱使命。请大汗等我们的好消息。”

皇太极将写好的书信交给二位，又问南珠可有信笺。南珠含泪将前段时间写的那首情诗装进信封密封，写明司马冲亲启。

第二天，赵坤和叶凌收拾完行李后就跨马上路了。

其时已是隆冬时节，一场大雪刚停。今天虽然没下雪，但路上的北风是刺骨的冷。太阳刚刚升起，柔和的光线照耀着白雪皑皑的大地，原野上雾蒙蒙的，蒙古包像一个个蒸熟的大馒头。战马踏在坚硬的雪地上，发出吱吱的声音。经过几天几夜的艰难跋涉，二人到达科尔沁边上一处小山丘，离科尔沁不过数里之遥。

叶凌吃着自带的烧饼，说：“为了一个汉人这芝麻大点事，大汗非让我们跑一趟，这背后恐怕不简单吧？”

寒风中，赵坤拉了拉自己的皮帽，说：“你看不出来吗？这个司马冲虽然是个汉人，但深得格格芳心，当然不简单啊！”

叶凌狠狠抽了战马一鞭说：“一个汉人想要我们大汗的格格，简直是癞蛤蟆想吃天鹅肉，也不拉尿照照自己长的什么熊样？”

赵坤冷笑道：“所以英明的大汗将他弄得远远的，你说大汗这步棋是不是下得高明？”

前方出现一个小树林，天空中飘起了雪花。二人冲进了树林，走在前面的叶凌骂道：“我见过那个汉人，别看他长得挺帅气，脑子特别笨，猪八戒都比他聪明！简直就是蠢猪！我若是大汗，定将这些汉人赶尽杀绝，一个也不留！”

“你敢骂汉人是蠢猪！你要将汉人赶尽杀绝！”树林里，从一个高高的枝干上突然飞下一个汉人，身穿黑袍，手提长长的青龙刀。

那叶凌刚刚抽出短刀，还没来得还手，就被青龙刀砍中脖子，脑袋像葫芦一样滚了很远，当场跌下马来。那黑袍汉人骂道：“杀的就是满狗！你们这些满人猪狗不如，花着汉人的钱，喝着汉人的血，从不知道感恩！”

赵坤见叶凌被杀，忙抽出随身宝剑吼道：“哪来的汉贼，这般猖狂！敢杀大汗的侍卫！”说完一剑朝那汉人刺了过来。

哪知那汉人一转身，一刀就将赵坤的宝剑击落。赵坤接招还不到一个回合，那青龙刀已架在脖子上。黑袍汉人好像犹豫不决：“你们是哪个大汗的侍卫？来此有何目的？”

赵坤心知不是对手，忙说：“好汉饶命！好汉饶命！我们是天聪汗皇太极的侍卫，到科尔沁寻找一位叫司马冲的汉人。”说完双眼一闭，正准备受死。

44. 咎由自取

谁知那黑袍汉人一惊，收刀说：“司马冲，他已经做了我的小徒。看在司马冲的份儿上饶你不死，若再听你说汉人的坏话，定杀不饶！找我的小徒干什么？”

赵坤立即跪下说：“我们是来送信的，给司马冲送信的，另外还有一封信送给奥巴台吉。”

那黑袍汉人一只眼睛已经受伤，另一只眼睛闪着凶光：“书信呢？”赵坤立即呈上两封信。黑袍汉人见两封信都密封了，不能打开，心里显然不高兴，骂道：“你们这些满狗，搞什么玄机？还给你。”说着，又将书信还给了赵坤。

那黑袍汉人转身，趴在叶凌的尸体上，在脖子处一阵狂吸，好一会儿，才抬起头来骂道：“满狗！我很久没有这么痛快地喝到人血了！我的功力又可以长进了，哈哈……”骂完，提着青龙刀一阵狂舞。赵坤吓得战战兢兢，也看不清套路。只见那青龙刀在雪花中舞成一堵白墙，树枝和着沙土飞溅到数丈之外。

黑袍汉人正在练习刀法，赵坤想偷偷溜走，连滚带爬，爬出数十丈远。只听一声吼：“满狗！哪里逃？”

那黑袍汉人纵身一跃，又站在赵坤眼前，嘴角还带着鲜红的血迹。赵坤立即跪下叩头：“好汉，我再也不敢骂汉人，你就放过我吧。”

“你不是要见奥巴台吉吗？你不是要找司马冲吗？我不杀你，你跟着我就行了。”黑袍汉人跳上叶凌的坐骑，命赵坤也上马，说：“这几日，我在府里闷得慌，想不到一出门就有收获！没准给台吉带来好消息，还有奖赏呢！”

二人骑马走了好一阵，终于走出了那片树林。赵坤知道自己是碰到高手了，不敢多言，只顾赶路。不多时，前方出现一座雄伟的城堡。二人加快了速度，那马飞快跑了过去。

进城后，那黑袍汉人果真找到奥巴台吉，施礼道：“令狐参领见过台吉。我在城外树林打猎，无意中抓到一个送信的，他说是天聪汗皇太极派来的。”

奥巴台吉打量了下赵坤说：“就你一个人来的？那信呢？”赵坤立即呈上书信，跪下哭诉道：“我本来同另一名侍卫叶凌一起受命送信的，谁知在树林里叶凌被他杀害了。”

奥巴台吉打开书信，果然是天聪汗皇太极的亲笔信，要求科尔沁加强战备，密切关注察哈尔部的动向，防人之心不可无。接着，奥巴台吉向赵坤介绍：“这位就是中原三怪之首，江湖人称‘独眼关公’的令狐霸，一把青龙偃月刀天下无敌，斩妖十八刀已练到七七四十九层，是位难得的将才，那侍卫叶凌果真是你杀的？”

令狐霸瞪了赵坤一眼说：“是我杀的，谁叫他辱骂我们汉人？可怜我一家老小都被满人杀害！这血海深仇该找谁报？如若不是看在皇太极的面子上，连这家伙也要杀了。”

赵坤接着哭道：“数月前，我第一次来科尔沁，奉命押送司马冲到草原放马，半路上掉进一口深井，同行的侍卫马乾无端被杀。这差事以后打死我也不来了！”

奥巴台吉两眼放光，盯着令狐霸问：“那深井不是你的老巢吗？那个侍卫马乾是不是也是你杀的？”

令狐霸将手中青龙刀往地上一戳，地板上立即就是一个窟窿，回道：“他无故惊扰了我练功，你说该不该死？我杀的人都是罪有应得，咎由自取。”

奥巴台吉满脸堆笑道：“参领息怒！参领息怒！皇太极英明神武，恩泽四海，科尔沁正是凭着皇太极的天威，才有了一方太平。如今，你连杀了他两名侍卫，我若不处置你，日后不好向大汗交代。希望你明白台吉的一片苦心。”

赵坤手上还有一封信是司马冲的，拿出来呈给台吉道：“皇太极叮嘱过，若有司马冲的下落，定要如实相告。请将南珠格格这封信转交给司马冲。”

奥巴台吉于是命人速传司马冲。司马冲正在马厩里挑马粪，累得气喘吁吁。听说台吉传唤，将马粪筐一扔，立即跑到奥巴台吉的府上。台吉将南珠格格的信交给司马冲。

司马冲双手颤抖着撕开信件，只见南珠用毛笔小楷写了一首七律《秋夜思》：

枕上偷欢空聚聚，
书中觅梦字开花。
深宵望冷深秋月，
慢宴听伤慢古笳。
蜡炬迎风垂热泪，
远山傍日映红霞。
此情脉脉融长夜，
彼意依依待尔华！

时光风干了记忆，泪水打湿了相思。无数个笑靥丽影像草原一样枯萎又欣荣，前后左右都是你；无数个日日夜夜如潮水一样奔来又涌去，朝朝暮暮都是你。你像二月的春风，吹过我心灵的戈壁；你似冰山上的雪莲，唤醒我寒冬里的春意；你更像黑夜中的星辰，点亮我苦苦追寻的旖旎……

司马冲心潮澎湃，浮想联翩，那独特娟秀的字迹证明信确实是南珠写的。睹物思人人何在？你在雪山的那头伫立在寒风中，寒风吹不动那颗坚定的心！我在雪山的这头仰望乌黑苍茫的天空，满天的阴云都不及我心头的忧愁！

司马冲拿着信，半天不出声。这时，奥巴台吉再次找到令狐霸说："皇太极心怀天下，历来主张满汉一家亲，各民族精诚团结。你同满人有仇，台吉也能理解。你练功需要人血，台吉也能理解。你可以拿敌人的血练功，战场上正是你练功的好地方。台吉对你要有点小小的惩罚，希望你能体谅。"

令狐霸一扭头说："不用说那么多，你该怎样就怎样。"

第二天，在科尔沁旗的早会上，奥巴台吉当众宣布："令狐霸心怀愤恨，乱杀无辜，连杀两名皇太极的侍卫，从参领降为佐领，所编人马从即日起开始交接。俸薪减一半，按佐领之职发放。"

这个降职决定是令狐霸始料不及的，从统领一千五百多人的岗位降到只管一个约三百人的牛录，心理上的落差可想而知。家有家法，旗有旗规。奥巴台吉不这样做，没法对皇太极交代。

令狐霸接令后，怀着一肚子火，去交接兵马。不服不行，谁让你在这儿混吃混喝？司马冲闻讯后劝道："师父，你杀的这两个人跟你的仇人没有一点瓜葛，反而会引发新的仇恨。你得找到杀你家人的仇人，正所谓冤有头债有主。"

令狐霸单眼一横说："我现在上哪儿找我的仇家？那天夜里黑乎乎的，什么都看不清，都过了五六年了，我也不记得仇家长得什么样。反正是满人所为，没错！可怜我八旬父母，我老婆还有一双儿女都做了刀下鬼。我让他们血债血还，何错之有？"

二人走到一侧偏僻处，司马冲说："论常理是没错，可我们现在是寄人篱下，不得不从。师父练功也杀了不少满人，也差不多拉平了，就暂且忍一忍吧。"

令狐霸气愤地说："忍个屁！他们这叫官官相护，再这样下去，老子不干了。说得好听，到战场上去找人血，又不打仗，上哪儿找人血？整天纸上谈兵，光说不打，有什么用？"

赵坤住了两日，即提出要回去复命。奥巴台吉只好修书一封：

英明的天聪汗：万福金安！

遵照大汗的旨意，汉人司马冲现在科尔沁养马，身康体健。目前已拜佐领令狐霸为师，专心习武。因汉人令狐霸有眼无珠，误杀马乾、叶凌两名侍卫，深感痛心，特将令狐霸参领之职降为佐领，以明惩戒。察哈尔部虎视眈眈，亡我之心不死。吾部正厉兵秣马，日夜整军备战，以图他日为大汗效力。特托赵坤献上贡银二百两，以作补偿。

奥巴台吉叩拜于腊月初十日

赵坤接过书信，带上贡银，就离开了科尔沁。他日夜兼程，风雪无阻，数日后就抵达了盛京。

皇太极正在养心殿书房批折子。赵坤经传唤觐见，伏地道："大汗吉祥！属下此次冒死到访科尔沁，得见司马冲。此人确实无恙，有奥巴台吉书信为证。可叶凌不幸遇害，台吉特献贡银以作抚慰，请大汗做主。"说完掏出书信和贡银呈给大汗。

皇太极正色道："你一路辛苦，这贡银就赏二十两给你，其余转给马乾、叶凌家属！可大汗要的不是这个消息，大汗要的是司马冲的死讯，你明白吗？"

赵坤一脸惊恐，接过贡银回道："属下明白，属下明白！只要仿照奥巴台吉的笔迹重新写一封书信即可。"说完果真伏案，仿照台吉的笔迹伪造了一封书信。

皇太极接过奥巴台吉的原信，阅过后放在炭火上烧了，并叮嘱："此事一定要做到保密，否则娟秀和南珠格格会怀疑。"

赵坤点点头，但心里一直搞不懂，皇太极为何要司马冲死呢？不就是一个汉人吗？死活关我们什么事？

45. 偷梁换柱

一切安排妥当，皇太极才传唤南珠格格和林娟秀。二人急匆匆赶到大殿，见只有赵坤一人。双双跪下，施完礼后。林娟秀问道："大汗，可有冲儿的消息？你们不是两人同去的吗？还有一位叶凌呢？"皇太极故意装作十分悲痛的样子，低头不语。

南珠转身问赵坤："赵侍卫去科尔沁，是否见到司马冲？为何不说话？"赵坤也是半晌不说话，脸色凝重，好半天才潸然泪下。

"你自己看看奥巴台吉的这封信吧。"

皇太极将一封信递给南珠。南珠打开一看：

英明的天聪汗：万福金安！

数月前，汉人司马冲和侍卫马乾在深井被令狐霸杀害，台吉悲痛欲绝。前日，侍卫叶凌再次被令狐霸无辜杀害。特将令狐霸参领之职降为佐领，以明惩戒。察哈尔部虎视眈眈，亡我之心不死。吾部正厉兵秣马，日夜整军备战，以图他日为大汗效力。特托赵坤献上贡银二百两，以作补偿。

奥巴台吉叩拜于腊月初十日

林娟秀一把夺过信函，未看完，眼泪如断线的珍珠，哭道："这不是真的！天……啊！我苦命的儿啊！"

赵坤佯装悲痛道："属下是在叶凌遇害时，才得知司马冲和马乾也被同一个人杀害。令狐霸是个独眼疯子，专吸人血练功。属下若不是打着皇太极的旗号，也回来不了。"

南珠泪水汪汪道："冲哥跟令狐霸无冤无仇，不可能！你分明是在扯谎！"皇太极接着附和道："那个令狐霸本来就是个疯子，见人就杀。父汗也没想到会碰到这种人，接连损失两名一等侍卫！"

赵坤终于流下几滴眼泪，说："这两名侍卫都是我的至交，我们一起习武，一起玩乐，如今阴阳两隔，怎不悲痛？"

"苍天啊！我做错了什么？你要这样对我？冲儿六岁走失，刚刚找回就没了！"这时，林娟秀感到一阵头晕目眩，摔倒在地。

南珠急忙上前搀扶，喊道："快传太医！快传太医！"皇太极说："宣太医。"一时间大家手忙脚乱，皇太极没想到人家母子情深，打断骨头连着筋！

大约过了一会儿，太医裴俊骢急匆匆赶到，正要跪下行礼，被皇太极叫停："免礼！免礼！"裴太医上前，急压人中穴，问道："敢问刚才是什么情况？"

南珠说："娘刚刚得到冲哥遇害的噩耗，没说两句话，就晕厥了。求你快救救她吧。"裴太医又给林娟秀把了脉。不一会儿，林娟秀渐渐苏醒过来。

裴太医说："夫人这是急火攻心，不要紧的，待我给你开一副方子调理一下就没事了。"说完，起身伏在案台上开了一副方子。

林娟秀醒后，仍止不住涕泪横流，哭道："我夫君早逝，多年守寡，好不容易找到儿子，没想到被这个天杀的害了！"

皇太极心里有说不出的酸甜苦辣，脸上当然不便露出，只好劝道："请夫人节哀，请夫人节哀。这事怨就怨大汗安排欠妥，富察副总管保护不力。南珠，这几日要好好照顾夫人，不能有个闪失。"

裴太医领了赏钱，自行告退。南珠带着方子，扶着娘回到稻香阁，吩咐麒麟照着方子抓药去了。

转眼春节快到了，外面天寒地冻，滴水成冰。只有室内还有点暖气，炭火每天烧个不停。汗宫每年都要组织隆重的迎春酒会，主要有唱歌、跳舞、射箭、踢毽子、猜谜语等活动。皇太极吩咐大福晋哲哲牵头组织好迎春酒会，各部贝勒、格格都要参加。一来活跃气氛，增进友谊；二来锻炼身体，增长才艺。

更重要的是要为南珠格格寻找合适的对象。这个对象其实皇太极心里已经有了，只是不能和盘托出，得让他们先认识认识。前些日子，在攻打锦州的战斗中，多尔衮奏告说，叶赫部贝勒布占木仗着兵强马壮，在战场上借故不听号令，白白丧失战机，致使其他八旗将士被明军打得丢盔弃甲，损失惨重。

这些部落表面上归顺后金国，实则阳奉阴违，坐山观虎斗。如何团结他们，使八旗兵上下拧成一股绳提高战斗力？这才是皇太极的一块心病。这不，刚从叶赫部传来消息说，布占木的大福晋难产而死，福晋暂时空缺。

酒会即将开始，后宫几位妃子、贝勒、格格都到了，酒菜都上齐了。首先表演的是踢毽子，规则是凡一口气踢得最多的，皇太极有赏，踢得最少的罚酒。

第一个上场的是凤娇格格。凤娇格格身材小巧玲珑，身轻如燕。只见那毽子上下翻飞，一口气踢了四十八个。

第二个上场的是十四贝勒多尔衮。多尔衮在赛前扎实练了几回，当然不一般。拿着毽子一口气踢了五十二个。

第三个上场的南珠格格。南珠从小就喜欢这种活动，踢起来当然轻车熟路，只是有些郁闷不开心。踢着踢着，很快突破六十个，一共踢了六十八个，才停下。

……

最后一个上场的是叶赫部贝勒布占木。布占木三十出头，虎头虎脑，聪明伶俐，对这些小把戏练得不多。上场踢了不到三十个，脚也扭了，干脆就放弃了。

因此，布占木以二十八个的成绩居最后。

第一个游戏结束，小德子宣布："南珠格格获踢毽子第一名，赏烤羊腿一只；布占木踢得最少，罚酒一碗。"

酒斟满后，布占木见南珠手中拿着香喷喷的烤羊腿，灵机一动，说："南珠格格，我腿也扭伤了，回去没有脚力，你这羊腿干脆送我下酒，行不行？"

南珠看了看这位小胡子哥哥，踢毽子不行，吃羊腿会找理由，于是说："行，就送给你下酒，不然别人会说我是吝啬鬼。"大家看着布占木一边喝着酒，一边吃烤羊腿，心里想，好一个机灵鬼！

这时，第二个项目开始了。这次比射箭。每人限射十支箭，命中率最高的有赏，命中率最差的一样罚酒。

第一个开射的是多尔衮。多尔衮从小就跟父汗练射箭，一上场张弓搭箭，"嗖嗖……"十发八中，赢得大家的阵阵掌声。

第二个开射的是布占木。第一局出师不利，布占木当然想扳回一局，表现一下。射箭是草原勇士最擅长的。果然"嗖嗖……"十发九中。场上再次响起热烈的掌声。

……

这次最后一个上场的是南珠格格。南珠从小在乡下长大的，哪里会射箭！不过，弓箭都拿过来了，躲也躲不掉。不如霸王硬上弓，射得怎样算怎样！布占木见她张弓的姿势就像蝴蝶要咬人一样可笑。皇太极、多尔衮等人都掩面微笑。果然十发只有两支箭射在靶边上，其余的都不知去向。

很快小德子高声宣布："射箭比赛布占木获冠军，奖烤羊腿一只，南珠格格罚酒一碗。"这回倒过来了，大家看着要兑现了。

南珠看着满满一碗酒，对布占木说："我本来就不会射箭，输了也没什么奇怪。这碗酒就送给你，以后你教我射箭，我教你踢毽子，怎么样？"

布占木接过羊腿，转手又送给南珠说："不能白喝你的酒，这个羊腿还给你吧。"多尔衮说："不能这样送来送去，坏了规矩，以后没人比赛。"

皇太极挥挥手说："无论是赏的还是罚的，东西到他手中，就由他处置，这也不算坏了规矩。"

南珠吃着烤羊腿，仔细看了看布占木，标准的满洲男子，个头高高的，留着长长的辫子，狡猾狡猾的，还算怜香惜玉！

皇太极见状笑道：“南珠不会射箭，以后就由布占木教，一定要教会。这事就交给布占木了。”

布占木答道：“遵旨，那我就要在盛京多住些日子了。”

接下来的游戏是猜谜语，规则是依座次每人都要猜，猜中者有赏，猜不中的罚唱歌。

这时只听小德子高声读题：“天空捍卫小飞军，井然排列人字形，冬天朝南春回北，规规矩矩纪律明。猜一个动物。”

大家你看我，我看你一时答不上来。轮到凤娇格格猜，她明眸一闪说：“是大雁。”小德子说：“对了，有赏。”皇太极介绍说：“有烧鸡，有头簪，有小说，你选什么？”凤娇格格选了头簪。

小德子接着读题：“金丝织衣小新娘，满身香粉回洞房，倒了一杯甘美酒，恭恭敬敬献大王。猜一个昆虫。”

这次轮到布占木猜，他左看看，右看看，想不到是什么东西。皇太极扫视全场，见大家都垂头丧气，唯有南珠格格含笑不语。

第十章　赌新娘李代桃僵

46. 靶场意外

小德子问："布占木贝勒能不能答得上？"布占木摇摇头说："你换个题吧。"众人都说不行。小德子说："这道题布占木答不上来，谁能猜得出？猜得出的有赏。"

南珠嫣然一笑说："是蜜蜂，我的家乡就有。"小德子应道："格格答得对，该奖什么？"皇太极说："这里有美味佳肴，有汉文经典，有各种首饰，你要什么？"

南珠说："我要一本《水浒传》，看看怎么对付农民起义。"皇太极赞道："不愧为大汗的格格，有巾帼不让须眉之志！好！"小德子将一本汉文版的《水浒传》奖给了南珠。

很快，轮到南珠猜谜语。小德子这次抽的题目是："天上碧桃和露种，日边红杏依云栽。猜一种花卉。"这次大家再次互相对视，又猜不出，不知到底是什么花。南珠想了好半天，也想不出是什么花。

正一筹莫展，布占木说："这个谜语，格格若猜得出，我就唱一首歌。"皇太极说："你本来就应该罚一首歌，若南珠猜得出这个谜底，你要再罚一曲，若何？"众人都叫好。

忽然，南珠心头一亮说："是凌霄花。"小德子高兴地说："格格好才华！什么谜语也难不倒格格。"众人都说，要罚布占木唱歌了。

自幼精通汉文的布占木只好款款走到中央，在大家的掌声中开始唱起一首北朝民歌——《敕勒歌》。那边胡琴、琵琶小乐队开始伴奏。

"敕勒川，阴山下。天似穹庐，笼盖四野。天苍苍，野茫茫，风吹草低见牛羊。"

雄壮豪迈的歌声仿佛将人带到辽阔的草原，那敕勒人的豪爽质朴纯真的情怀深深震撼着在场的每一个人。布占木载歌载舞，那潇洒陶醉的神态，的确让人入迷。南珠没想到布占木还有这一手，那深沉的歌声在心底久久回荡。

紧接着布占木又唱起第二首歌，名叫《迢迢牵牛星》。悠扬的琵琶声再次响起，人们立即沉醉在牛郎织女的神话传说中……

“迢迢牵牛星，皎皎河汉女。纤纤擢素手，札札弄机杼。终日不成章，泣涕零如雨。河汉清且浅，相去复几许。盈盈一水间，脉脉不得语。”

布占木的歌声深情款款，不仅将织女勤劳纤柔的美态表达得淋漓尽致，而且将织女孤寂苦闷的相思之情抒发了出来，让在场的每一个人真正体会到爱情的力量，体会到民歌的魅力。这首歌从布占木的口中唱出，隐隐让南珠感到一丝不安。究竟是精心安排，还是偶然捧场？让人不得而知。

……

迎春酒会终于结束了，南珠拖着疲惫的身子回到稻香阁。这几日，娘的病情也不见好转，吃了几服药，还是起不了炕。加上天气寒冷，可能受凉了，又有点咳嗽。

司马冲的噩耗对娘的打击实在是太大了！南珠也总是神情恍惚，茶饭不思。林娟秀刚刚止住一阵咳嗽，见南珠回来，低声说：“你该多玩会儿，今天的酒会热闹吧？”

南珠命麒麟将煎好的药端过来，应道：“酒会十分热闹，可我放心不下娘！娘，你感觉好些没有？怎么药还没喝？”

林娟秀颤声说：“感觉比昨天好点，这药太苦了，我不想喝！”南珠将药拿到林娟秀的手上说：“不喝怎么行，既然好些就坚持喝吧。今晚的酒会上，我认识了一个新贝勒，他是叶赫部的美男，箭法好，歌儿唱得也棒！”

林娟秀一口喝完药，放下碗轻声说：“冲儿没有这个福分，有合适的，你就选一个吧！他叫什么？”

南珠回道：“他叫布占木，是叶赫部的贝勒。阿玛说以后由他教我射箭，我一定会学得百发百中！”

林娟秀问：“别看他长得帅，他人品怎么样？”

南珠低着头说：“这个真不知道，不过我非冲哥不嫁，他人品再好也不行！”

林娟秀伸手摸了摸南珠的额头，劝道：“别傻了，只要他人品好，知道疼人，就行了。”

南珠扭头说:“我是说真的，不管他是真好，还是假好！”林娟秀说:“傻孩子，他若是个孬种，叫你阿玛再找一个。早点休息，明天练射箭去。”

第二天，冬日的阳光暖暖地照在靶场上，像洒了一地金色的情丝。布占木背着弓箭早早来到靶场，准备靶子，只等南珠来学习。南珠吃过早饭，来到靶场，远远看见布占木在清理靶场。

南珠走近，布占木便开始教：“射箭是我们女真人一项基本的技能，无论是打猎防身，还是歼敌都必不可少。射箭主要靠眼力和臂力，其中眼力是最重要的，准不准全靠眼力。”

南珠拿起一支箭，说：“你先教我如何才能瞄得准，臂力以后再慢慢练。”布占木叫南珠先拉开弓，说：“要瞄到箭头箭尾都对准靶心时，才可以放箭。否则肯定不准。”

瞄了好半天，南珠终于放了一箭，果然命中靶子，只是离靶心还有点距离。布占木说：“你还需要练习一段时间，才会有进步。”

南珠依照要领，射了一箭又一箭，总是不能正中靶心。于是问：“怎样才能正中靶心？你要传点真经。”

这时，靶场边上突然过来一个乞丐，衣衫褴褛，头发凌乱，看服饰应该是个汉人。刚刚从垃圾堆里捡到半块烧饼，正在津津有味地吃着。

乞丐距离二人约有两百步。布占木张弓搭箭，一箭射向那个乞丐说：“你看看我的箭法。”南珠想，有两百步之遥，你能射得中？

没想到，只听乞丐一声惨叫，倒在地上了。南珠走近一看，那支箭正中乞丐咽喉，鲜血很快流了一地，乞丐挣扎了几下就断气了。

南珠生气地说：“你心肠也太狠了，他只是一个可怜的乞丐，并没有伤害谁，你为何草菅人命？”

布占木辩解道：“这个汉人在偷东西吃，不该死吗？人人得而诛之。我只是做了一件该做的事。”

南珠将弓箭交给布占木，说：“你太残忍了！汉人就不是人吗？这射箭不学也罢，学会了还会害人！”说完，气得转身就要走。

布占木知道自己惹祸了，忙拦住说：“格格别走，刚才是我不对，只知道卖弄箭技，没有考虑周全。”

南珠想到司马冲的死，更是伤心不已。冲哥做错了什么？为什么被害？还不是因为这些仇视汉人的人！如果平白无故就杀一个人，那这个世界还要王法吗？还要戒律吗？

目睹那乞丐凄惨的死相，南珠禁不住悲从中来。想那乞丐无依无靠，孤苦伶仃，为了半块烧饼而死在满人的箭下。他没有想到，南珠更没有想到。鲜血很快染红了靶场的泥土，而且仍在一点点渗透……

这时，有几个下人往靶场走过来，见有个汉人乞丐被射死，问都不问是怎么回事。这个踢一脚，那个再踢一脚，见乞丐没反应，这才罢休。

南珠走向上前来，掏出十两银子，对下人说："你们不要落井下石了，他已经死了，你们还要虐待他。这些银子，你们拿去给他买口棺材找个地方埋了吧。"

布占木仿佛知道什么，上前对下人说："人是我杀的，我陪你们去买，前面右拐再左拐直走，再左拐就有家棺材店。"

南珠知道布占木是猫哭老鼠——假慈悲，是做给她看的。不过这些下人，你给钱让他去买棺材，是不可能的，没人盯着八成办不成。

那几个下人找来一个板车，将那乞丐抬上车。南珠和布占木紧跟其后，一路送到棺材店。南珠亲自选了一口棺材，付了银子，让他们装了进去。一行人拉着口棺材往郊外走去。

到了城门口，南珠还要护送，一个下人拦住说："格格，这件事就交给我们吧。我们一定找个合适的地方将他下葬了。格格大慈大悲，这个汉人在天之灵，一定会为你祈福的。"

布占木回头说："明天，我再教你练射箭吧。"南珠摇摇头说："不用了，今天我已经领教你的厉害了。你是蛇毒心肠，我哪敢惹你老虎屁股！你走吧，我不想见到你！"

布占木没想到，好好一次练习射箭，变成了热脸贴冷屁股，真是晦气！心里骂，这个狗乞丐，坏了我的好事！真恨不得扒了他的皮，吃了他的肉！射死了，活该！汉人都该死！

二人不欢而散，南珠气呼呼回到稻香阁。

47. 赛马大会

冬去春来，凛凛北风吹不尽满腹相思；雁过马鸣，悠悠白云载不动一腔惆怅。南珠凭窗远眺，远山的积雪正慢慢消融。太阳像一位披着红绸的少女漫步在崇山峻岭之上。那暖暖的霞光似乎要驱尽人间一切阴霾和黑暗，聆听那春雷炸响和百花吐蕾的声音。

盛京每年都要组织隆重的赛马大会。一来可以锻炼马术，提高战斗力；二来鼓舞士气，增强团结。眼下，皇太极最着急的事，不是南珠的婚事，而是八旗兵的战斗力。锦州一战，八旗损失惨重，士气低落，不少旗还出现了逃兵。

赛马大会的日子一定，各旗都在紧锣密鼓地准备，纷纷挑选自己最出色的骑手和良驹。南珠找到皇太极诉苦："我从小在乡下长大，骑术一般，就不要参加了吧。"

皇太极脸一黑说："凡贝勒、格格都要参加，这是早已定下的规矩。你破例了，人家不是要在背后笑话吗？"

皇太极找来多尔衮说："十四弟，你就给南珠寻一匹良驹，确保她能夺冠，不能丢了大汗的脸。"

多尔衮笑道："不用找了，就把我的坐骑给她。它跟随我多年，正当盛年，脚力绝对是一流的，发起飙来一般的马都甘拜下风。"说完，果然到后院牵来自己的坐骑，唤名白玫瑰。

南珠看了看那白玫瑰，浑身毛发斑白，晶莹如雪，肌腱饱满，四肢发达。刚想上去，多尔衮说："这马性子烈，你骑的时候要小心。"南珠翻身上马，白玫瑰一声长啸，一鞭抽下去，那马撒腿就跑，转眼就飞出数十丈远，一会儿工夫就不见人影了。

南珠骑着白玫瑰回来时，笑容可掬，对多尔衮说："十四叔，这马果然出奇地快，我骑它参加大会一定有希望夺冠。"

多尔衮说："这马脾气古怪，你还要多加练习才行。不然，我换匹好马，你未必赢得了。"南珠不以为然。

初春时节，乍暖还寒。雪后初晴，阳光明媚。后金国春季赛马大会在盛京郊外隆重拉开帷幕。南珠放眼望去，到处彩旗招展，人声鼎沸。前来观光的牧民不计其数。皇太极带着文臣武将、后宫嫔妃也来到大会前台。

只见布占木也来了，骑的是一匹红色的赤兔马，见了南珠笑道：“格格吉祥！我的红牡丹可是举世无双，今天的冠军非它莫属。你还是赶紧退出大会吧。”

南珠横了他一眼说：“我的白玫瑰也是久经沙场，万里挑一的，今天的冠军非我莫属。你就别在那胡闹了。”

多尔衮骑的是匹上等的黑色蒙古马，多铎、凤骄格格以及各部贝勒骑着自己的好马，也都来参加大会。人马已经快到齐了，布占木骑马靠近皇太极说：“大汗吉祥！今天我就跟南珠格格打个赌。如果我今天夺冠，就将南珠许配给我为大福晋；如果南珠格格夺冠，我就为她办两件事。决不食言，敢问大汗以为如何？”

皇太极一听高兴地问南珠：“这个赌，珠儿以为如何？你有没有把握胜出？”南珠心里有些讨厌布占木，嘴上说：“我有把握他赢不了我，我没意见。”

皇太极扫了一眼全场，说：“列位，今天就依布占木贝勒所言，如若他赢了，就将南珠格格嫁给他为大福晋；如若南珠赢了，他就为南珠办两件事；如果其他人胜出，那就发奖品。大家作证，决不食言。”众人一听，有好戏看了，齐声叫好。

其时，参加赛马大会的十匹马已经一字列开，只听一声锣响，十匹马撒腿就跑。他们需要绕着一座小山跑完十圈后，才能确定谁能胜出，分出冠军、亚军和季军。

刚出发的时候，难分伯仲，十匹马几乎齐头并进。跑着跑着，有的马就渐渐跟不上了。跑到第三圈后，跑在最前面的分别是多尔衮和多铎，再就是南珠和布占木。

多铎骑着一匹灰色的蒙古马冲有最前面，叫道：“有种，你们就冲呀！怎么现在就当乌龟了？我先跑到终点睡一觉再说吧。”

多尔衮其实跟他相差不足一丈远，吼道：“别高兴得太早，谁当乌龟还不知道呢？我们俩把他们的好事都搅黄了，叫谁也占不到便宜！”二人有了默契，跑起来更快。

跑到第六圈后，南珠和布占木并排着，一直掉在多尔衮和多铎的后面约数丈远。布占木对南珠说：“格格，你信不信，他们的马已经拼尽了全力，而我们的马只用了八九成的力，我们想超就超。”

南珠说："要不然，就超他们试试。"说完二人各猛抽两鞭，那马明显加快了速度，一阵噼里啪啦，很快将多尔衮和多铎抛出数丈之遥。围观的牧民连声叫好。

这时，四人已经跑到第八圈了，多铎一见急说："我们再不超过他们就只能屈居亚军了。哥，我们一起加油！"

多尔衮颠得气喘吁吁地说："这马已经浑身出汗了，怕是不行了。"说完，和多铎一起连续狠抽了三鞭。那两匹马拼命往前飞奔，好不容易赶到南珠和布占木的前面。

跑完第九圈，就只剩下最后一圈了。布占木根本不理南珠，低声对红牡丹说："现在是冲刺的时候，我的红牡丹加油！争取让我娶到漂亮的格格。"说完，狠抽了两鞭。那赤兔马像离弦的箭一般，飞奔起来，很快超过了多尔衮和多铎。

南珠一见心想，不能让那家伙做我的夫君！我讨厌的就是他。白玫瑰，这回，你要给我拼命跑啊！接着，狠抽了三鞭。那白玫瑰性子烈，紧跟着一阵狂奔，一眨眼工夫，不仅超过了多尔衮和多铎，还超过了布占木的红牡丹。

此时，距离终点不足一里地。南珠已经冲在最前面，超过布占木两丈远。多尔衮和多铎无论怎么抽那马，那马就是跑不动了，再也追不上布占木和南珠。眼看南珠就要夺冠了，一些人在吼："格格，加油！格格，加油！"

布占木心想，现在不拿出绝招不行了。当即，掏出事先准备的铁爪，朝红牡丹屁股上一抓。那马痛得一声长啸，如流星一般冲了起来，很快追上白玫瑰。

皇太极等人在看台上，眼睛都不敢眨一下。只见红牡丹和白玫瑰几乎同时冲线到达终点，后面依次到达的是多尔衮和多铎。裁判官不得不宣布："南珠和布占木并列冠军，多尔衮获亚军，多铎获季军。其余人均有鼓励奖。"

皇太极没想到，结果会是这样！今天的赛马大会精彩是精彩，可这赌约怎么办？南珠拨马过来说："阿玛，我得了冠军，布占木得为我办两件事。"布占木也靠近说："大汗，我也得了冠军，得将南珠奖给我做福晋。不能食言。"南珠说："冠军只有一个，布占木不算，他用铁钩虐马，不公平。"

众目睽睽之下，皇太极也不好偏袒，只好大声说："南珠和布占木同时夺得第一名，可喜可贺！布占木貌比潘安，武艺超群，择日迎娶南珠为大福晋；同时，布占木要为南珠办两件事。钦此。"

多尔衮说："大汗英明，首先是因为大汗公平，不徇私情。此事甚好，恭喜大汗，南珠格格终于名花有主了。"众人都跟着附和说："大汗英明。"

布占木笑逐颜开说："多谢大汗成全，我这就回去传个喜讯，准备聘礼。"

南珠听说父汗要将自己嫁给布占木，心里万分焦急，可当着众人的面又不好说什么。赛马大会结束后，南珠就骑马回到稻香阁，一路上根本无心观赏风景。

林娟秀仍然卧病在炕，每日药水不断。南珠一进门就问："娘，你好些了吗？"林娟秀见南珠脸色不好看，问道："娘好些，今天赛马大会，你夺冠了吗？"

南珠低声应道："夺冠是夺冠了，可高兴不起来。"

"为啥？夺冠了，争光了，你父汗还不好好奖赏你？"

南珠只好如实说："可那个布占木跟我同时到达终点，也算夺冠了。因为事先打赌了，父汗当众宣布要将我嫁给那个布占木为大福晋。这可如何是好？"

林娟秀苦笑道："原来是这样，既是你父汗看中的美男，自然不差。那你就准备嫁罢，还考虑什么？"

南珠双手捧脸摇摇头说："那人尽管长得玉树临风，白白净净，可我真的不喜欢他！他心狠手辣，我亲眼看见他射死一个无辜的汉人乞丐。"

林娟秀想了片刻，拉着南珠的手说："那布占木好歹也是叶赫部的贝勒，你嫁过去是大福晋，自然亏不了。你父汗说话一言九鼎，那是八匹马都拉不回的。"

南珠挣脱娘的手，一头倒在炕上说："以后若是布占木来了，我坚决不见！就说我病了。"

48. 泪雨滂沱

果然过了几天，门外有人传话："叶赫部贝勒布占木到了。"南珠一听，没什么好事，干脆躺在炕上盖着被子，对娘说："我谁也不见，就说我得了重病。"

其时，林娟秀勉强还能下地走走，出门一看，只见布占木骑着红牡丹，带着一个马队来了。后面跟着五匹赤兔鞍马，两名仆从，拉着六个沉沉的箱子。见了林娟秀忙下马道："额娘吉祥！在下叶赫部贝勒布占木，特奉大汗之命前来下聘礼，五匹赤兔鞍马，各式绸缎两百匹，黄金二百两。来，赶紧搬！"

说完，那两名仆从立即将几个箱子往稻香阁搬。林娟秀笑迎客人："不知贝勒爷驾到，有失远迎，有失远迎！快到里面请，快到里面请！不巧南珠格格偶感风寒，重病在炕，不能见客。”

林娟秀仔细打量了一下布占木，果然英俊威武，风姿倜傥，白面有须，其貌不凡。难怪皇太极会看上，只是比南珠年纪稍大点。那布占木听说南珠病了，径直来到厢房，南珠躺在炕上不想理他。

布占木对炕上的南珠说：“格格身体有恙，当好生休息，不要过于劳累。本月十八日是黄道吉日，奉大汗旨意，我将亲自前来用花轿迎接格格。请格格保重凤体，以待吉时。”

麒麟早已沏好上等的碧螺春，恭恭敬敬为其奉上一碗：“请贝勒爷用茶。”布占木随便看了看麒麟，双眸如水，两肩含黛，身材婀娜，这宫里的婢女也是天香国色，跟南珠一比又是别有一番风味。

其时，仆从已经将聘礼搬完。布占木准备起身告辞：“区区薄礼，不成敬意。在下还要觐见大汗，请额娘留步。”

南珠忽然从炕上翻身坐起说：“慢着，赛马大会我也是冠军，父汗有言在先，你得为我办两件事。我已经想好，这第一件事就是杀掉那个令狐霸，替司马冲报仇；第二件事就是杀掉黑峰寨慕容铁，那个慕容铁同娘有不共戴天之仇。只要你提着这两个人的首级回来，我自然会嫁给你。”

布占木眨了眨眼睛一笑：“我暂且答应给你办这两件事，但这两件事不能作为我们婚约的条件。冠军我们是同时拿的，因此无论我办没办成，婚期是不能拖延的。”

南珠一本正经地说：“世人都说你聪明绝顶，今天我算是见识了！一旦我嫁到叶赫部，你就会找各种借口拖着不办。没有时间，没有条件的约定等于一句空话。不行，你必须为我办完这两件事后，我才能嫁给你。”

布占木临走说：“我答应一定全力为你办这两件事。至于什么时候办，容我同大汗商量后再说。”林娟秀没想到南珠还有这一手，目送布占木离开稻香阁后，朝南珠笑了笑。

皇太极刚刚退朝，正在书房批折子，闻小德子报：“叶赫部贝勒布占木到了，是否传见？”“传见！”皇太极不假思索地回答。

布占木进了书房施礼道：“大汗万福金安！承蒙大汗错爱赐婚，不胜感激。现已将薄礼搬至稻香阁。我已找人查过，本月十八日为黄道吉日，叶赫部将大摆宴席，我将亲自用花轿到盛京迎娶南珠格格为大福晋。敢问大汗以为妥否？”

皇太极笑道：“甚好，甚好！本月十八日，距今还有十多天，足够准备了。你麾下的八旗兵为数不少，不能因为喜事而耽误了操练。以后，我们就是一家人了，不说两家话。”

布占木脸上露出一丝为难的表情，低声说：“那是当然！只是刚才临走，南珠格格提出要我先为她办两件事，才肯出嫁，就是杀掉令狐霸和慕容铁这两个家伙，甚至要见到他们的首级才肯嫁到叶赫。这可如何应对？”

皇太极示意左右退下，然后靠近他耳根说：“这桩婚事，我替你做主，一定要办得隆重，办得风风光光。只要如此这般……南珠就不会再说什么了。”

布占木听后，笑容满面地辞别了皇太极，回到稻香阁旁边的梨花阁下榻。因为叶赫离盛京路途遥远，当日不能返回。

南珠目睹着一箱黄金、几箱绸缎，还有几匹稀世的赤兔马，想想进宫后的荣华富贵，日日锦衣玉食，浑身珠光宝气，可终究闷闷不乐。红尘滚滚，曾经的贫苦已经成为昨日的烟云；人海茫茫，曾经的思念已成为今日的忧伤！

夜阑人静，烛光摇曳。皇太极突然驾临稻香阁，远远听到铿锵的脚步声。林娟秀刚躺下准备休息，闻皇太极至，只好起身道：“大汗吉祥！”南珠小嘴翘得比天高，佯装没看见，正在看那本《水浒传》。

皇太极也没生气，对南珠说：“珠儿，是不是还在生阿玛的气？”

南珠放下书，起身说：“谁说的，人家只是没看见而已。父汗，女儿家终身大事怎么也不跟我商量一下？”

林娟秀连忙对皇太极让座，说：“你父汗不是亲自过来了吗？当时是打赌，有那么多贝勒、参领、嫔妃都在，父汗也不好偏袒谁。”

皇太极说：“珠儿有所不知，其实那布占木早就喜欢上你了，上次踢毽子，猜谜语早就勾得他没了魂了。这次他打赌要娶你，父汗本不想轻易让他得逞，谁知你们俩竟同时夺冠。”

南珠扭头说：“那父汗也不让我有个准备，我刚刚找到父汗，你就这么急着要把我嫁出去！也不问我喜不喜欢他。”

皇太极抚着南珠的秀发，低声说：“父汗知道你喜欢那汉族呆小子，可那呆小子……父汗本不想加害于他，只想让他历练历练。谁知出了这样的事！布占木可是叶赫第一美男，若不是福晋出了意外，可没有这样的机会了。你嫁过去是大福晋，地位显赫，别人梦寐以求都办不成的！”

南珠坚定地说：“那他必须给我办两件事才行，我要令狐霸和慕容铁这两个人的狗头。”

皇太极拍了拍南珠的肩膀说：“凭他的武艺杀两个人也不难，可杀人得有预谋，得要时间是吧。他已经向父汗保证三个月内先杀了令狐霸，一年内再杀掉慕容铁。这下你该放心了吧。”

南珠惊讶地说：“有这样的承诺！他为何不直接对我说？我要找他对质。”

皇太极拉着南珠的手说：“何必对质？在父汗面前有几人说话敢当儿戏？如果办不成，父汗再取了他的脑袋还给你，行不行？本月十八日是师爷算过的黄道吉日，不能更改。后面的日子都不吉利。再说，你们本是同时夺冠，不能将杀人作为出嫁的条件。父汗当着那么多人的面答应的婚约，岂能当儿戏？”

南珠双眼噙着泪水，说：“可我真的不喜欢他，他为人心狠手辣，什么事都干得出来。我忘不了冲哥，我不能没有冲哥……阿玛！”

一声声抽泣似乎并没有打动皇太极，只听皇太极安慰道：“最关键是他喜欢你啊！嫁过去，以后就会慢慢喜欢上他的！投我以木桃，报之以琼瑶。婚嫁自古以来就是这样，你以后就会慢慢明白。”

南珠一头扑在娘的怀里，眼泪如夏日的急雨滚滚而下。皇太极大约是受不了，示意林娟秀好好劝导一下，然后就离开了稻香阁。

林娟秀从没有见南珠哭得这般伤心，也忍不住哭了起来：“我的冲儿这般苦命！老天有眼无珠，如此对待一个孩子！六岁就没爹疼没娘爱！如今惨死在令狐霸的刀下！珠儿，我苦命的孩子，自古以来，做女人有几件事自己能做主？你如今是大汗的金枝玉叶，更由不得你的性子！娘说话也不管用了。”

南珠的眼泪一点点打湿了林娟秀肩膀上的衣服，先是肩膀上，后是衣袖上。林娟秀掏出手帕，想给南珠擦擦，可她不肯，哭得更凶。夜是黑的，比夜更黑的是这人间的悲剧！天是冷的，比天更冷的是父汗的心！娘不是亲生的，可她的恩情比雪山更高，比大海更深。

南珠哭道：“我的亲娘啊！你在哪儿？你可听到女儿撕心裂肺的呼喊？你从

小将我抛弃，定是铁石心肠，我实在是对你不抱任何希望！娘，你就是我的亲娘，女儿这辈子永远都不会离开你！我虽然不是你的亲骨肉，我愿意做你的胳膊，做你的腿脚，永远扶持你，永远搀扶你走过人生的沟沟壑壑！父汗，明知道我喜欢冲哥，偏偏要我嫁给那条狼。冲哥没了，我就不信！”

林娟秀拍了拍南珠的肩膀说：“好孩子，要坚强一些，要相信总会有云破日出的一天，要相信总会有苦尽甘来的时候！孩子，别哭了，父汗也许不是要害你！”

南珠再次泣不成声：“娘，我这辈子非……非冲哥不嫁，在我心中谁……谁也不可能取代他。他是世界上是最……最好的男人！”

林娟秀又接着哭了好一阵。蜡烛泪尽，晚风悲咽。母女二人哭得好不伤心，直到双眼红肿，声嘶力竭。

夜深了，南珠擦干泪水才慢慢睡下。可这一夜，注定是一个不眠之夜，辗转反侧，无法入睡。好不容易睡着，忽然一阵寒风吹来，打一个喷嚏，又醒了。

清晨，天未亮，南珠想找布占木质问，早早起来走出了稻香阁。来到布占木所住的梨花阁，透过昏暗的窗纱，南珠看到了最不该看的一幕……

49. 真假新娘

这里明明就是梨花阁，明明就是布占木住的地方，白天南珠打听得千真万确。南珠穿过长长的走廊，看见主房内仍然点着灯。此时五更天，天似亮非亮。既然非要嫁给他，就一定要先给冲哥报仇雪恨。

南珠刚想敲门进去，就听见里面传来一个女人的声音：“天快亮了，我该走了！”一个男声说：“再来一次吧，反正偷一次，跟偷两次一样！”“不行，你找死呀！要是被大汗知道，你我有十条命都不够！”

南珠听出来了，这男的就是布占木无疑，这女的很像是大汗的妃子。两人居然干出这种苟且之事，真是闻所未闻！这布占木绝顶聪明，就是想不到我会在五更来找他！

这时只听男的说：“我再抱一次，回味一下就好了。”女的柔声说：“你不愧是叶赫第一美男，天下哪个女人不想陪你一夜？！”

那女子穿好衣服，正往门这边走过来。这种事谁碰见谁倒霉，就当没看见。

南珠一个闪身，躲进了走廊里的一个曲折过道。女子一身素妆，神色恬静地走出房门，径直往东宫方向而去。

好个妃子！好个布占木！你们自以为神不知鬼不觉，谁知人在做天在看。莫要人不知，除非己莫为。这个布占木果然是叶赫第一美男，连大汗的嫔妃都红杏出墙，实在是令人咋舌！今晨如果不来，也许没那么快识得庐山真面目。

南珠看得脸红心跳，气急败坏。真想上前扇他几个耳光，好好教训一下，这个色胆包天的家伙。可一想，这种事一说破，就会引火烧身，打人事小，遭人报复就坏了。再说自己真打起来，也不是这个男人的对手。你又能把他怎么样？你敢把他宰了？不如回头，佯装不知。反正，让我嫁给你，没门！

于是，南珠一转身又冲出梨花阁走廊，三步并两步回到稻香阁。林娟秀在隔壁厢房也刚刚起来，可能听到动静，问道："珠儿，你刚才上哪儿去了？一大早的干什么去了？"

南珠双眉微蹙，若无其事地回道："没干什么，早上出去溜了一圈。"林娟秀看南珠神色异常，进一步追问："你到底看到什么？能不能跟娘说说？"

顶不住追问，到底娘不是外人，于是南珠就说："我本想找布占木问个究竟，谁知一大早有女人从布占木的房间里出来了，你说能有什么好事？"

林娟秀一伸手忙掩住南珠的嘴，左右看了看说："珠儿，那女人发现你没有？"南珠摇摇头挣脱说："应该没有。"

"你没有进门吧？"

"哪敢进门啊？那个布占木真不是个东西！"

林娟秀稍稍平静后，说："你没进门就好！这深宫里丑事太多，我们千万不能趟这浑水！管他怎样颠鸾倒凤，反正与我们无关！我们就当瞎子，没看见。千万不能再对任何人说这事，切记，切记！"

南珠见麒麟还没起来，点点头说："娘，我知道了。不过，这布占木，我真的不能嫁了！"

林娟秀心里一想说："这不嫁，也不好办啊！"

须臾，麒麟起炕了，正在打扫各房的卫生。布占木从外面进来，门口碰到林娟秀道："额娘早安！在下这就返程，特来辞行。"

南珠一见恨得牙痒痒，只是嘴上不便说，冷冷道："贝勒爷这就回去，事儿还没办完吧？”

布占木笑道：“格格，此次前来聘礼已下，婚期已定，事情已经办完该回去了。”

南珠冷笑道：“你在大汗面前答应三个月内取得令狐霸首级，一年内再取慕容铁的首级，可有这话？”

布占木一本正经地说：“有，君子一言，驷马难追。在下在大汗面前承诺过，也可以向格格承诺。一年内将这两个人杀了，以报仇雪恨。不过，婚期不能拖延，本月十八日，在下将亲自前来迎亲。”

南珠坚定地望着窗外，说：“我不管什么婚期，见不到这两个人的首级，我是不会嫁给你的！以你的武功先杀令狐霸也不成问题，为何现在还不行动？”

布占木苦笑道：“杀个人是没问题，可这人又不在眼前，远隔数百里，总是要一点时间吧。具体怎么杀就不用你操心了。”

南珠诙谐地说：“你空有承诺，不见行动。出门小心马失前蹄，吃饭小心鱼刺卡喉啊！”

整理了一下衣服，布占木说：“如没事，在下还要向皇太极告辞。请格格保重，以待吉时。”

送走布占木，南珠的心情依然很糟糕。婚期一天比一天临近，人们的眼神也发生着显著的变化，格格马上要做大福晋了。可是除了娘，谁也不知道南珠此刻的痛苦。

太阳落下又升起，黑夜总有一天会迎来黎明；月亮缺了又圆了，月光总有一天会照得人心皎洁明亮。夜里，南珠时常呆呆望着窗外，面对艰难的困局不知所措。

外面照样是寒气逼人，北风阵阵。春天虽然已经来临，可到处仍然是冰天雪地。风透过窗棂的缝隙唱着凄凉的歌，马隔着数间厢房传来痛苦的长号。

离出嫁的日子还有三天，皇太极突然驾临稻香阁。南珠“扑通”一声跪地说：“阿玛万福！阿玛吉祥！我真的不能嫁给布占木，求阿玛收回成命。”

皇太极质问林娟秀道：“林夫人这几日是如何劝慰的？为何不见一点成效？现在还叫收回成命，真是岂有此理！大汗的话不是成了儿戏？”

林娟秀跪下说：“大汗吉祥！前几日老身陪着哭也哭了，劝也劝了，可珠儿就是不喜欢布占木，老身也是无计可施，爱莫能助。请大汗降罪。”

皇太极看着跪在地上的南珠，急得在房间内来回走动。南珠双膝跪地，跟着皇太极追，哭道："女儿喜欢的是冲哥，求阿玛收回成命！女儿嫁人只能嫁一次，绝不能三心二意。"

南珠泪水涟涟，泣不成声。皇太极劝道："那布占木贝勒是叶赫第一美男，执掌着八旗精锐，有何不好？你简直不识好歹！"

南珠见苦求不行，突然起身冲向庭外，被小德子一把拉回跪下。

皇太极当即叫来小德子宣旨："即日起增派侍卫禁封稻香阁，没有大汗将令，任何人不得出入，违令者斩。南珠格格年幼无知，不谙世事。林夫人务必好言相劝，挑选好嫁衣嫁妆，等待吉时出嫁，不得有误。"

小德子出去不一会儿，一队带刀侍卫跑过来，立即封了稻香阁的前门和后门。皇太极也不理会跪在地上的南珠和林娟秀，扬长而去。麒麟掏出手帕，为南珠擦着眼泪。三人顿时干脆一屁股坐在地上，不知如何是好。

转眼到了十八日，一大早，皇太极命人送来各式嫁妆，还有华丽的嫁衣，并增派两名经验丰富的老嬷嬷：孙嬷嬷和王嬷嬷。

南珠刚起炕，就听见孙嬷嬷叫道："吉时已到，请格格淋浴更衣。"眼见胳膊扭不过大腿，林娟秀劝道："格格，别哭了，快快准备淋浴吧。我水已经烧热了。"

只见南珠睡一觉后，容光焕发，泪痕全无。也不再哭，不再闹，大出众人意料之外。用过早餐后，南珠轻解罗裙，走进热气腾腾的浴室。那温暖的水流漫过稚嫩的肌肤，那湿漉漉的浴巾划过挺拔的胸膛。麒麟在一旁看得入迷。格格的身材真是出奇地美，如出水之芙蓉，含苞之花蕊。那白嫩的双腿如六月的鲜藕，那柔美的双肩如海边的沙滩。

孙嬷嬷和王嬷嬷早就准备好了嫁衣，南珠依次穿戴。上穿绣有百鸟朝凤的大红婚袍，下穿绣有鸳鸯戏水的大红套裙，头戴百颗翡翠珍珠组合而成的黄金冠。

南珠穿戴还没好，外面布占木迎亲的花轿已经到了。孙嬷嬷和王嬷嬷给南珠盘头描眉，化妆完毕后，用一方红头巾将新娘头盖上，方才离开稻香阁。皇太极在大殿设下隆重宴席，达官显贵，贝勒贝子，后宫嫔妃都来朝贺。一阵推杯换盏，觥筹交错，好不热闹。

布占木穿着绣有凤凰展翅的深红的新郎婚袍，胸系大红花，辞别皇太极等人，笑眯眯地走进稻香阁。南珠盖着大红盖头，温柔地坐在炕前，不哭不叫，那样子十分可爱。布占木没想到南珠最终还是答应嫁给自己，真是功夫不负有心人！今天能娶到大汗的美丽格格，真是三生有幸！

外面鼓乐齐鸣，鞭炮声声。布占木亲自拉着南珠的手，将她送上花轿。南珠的嫁妆马队足足排到数里开外，让平常人家叹为观止。一行人浩浩荡荡地出发了。

一路上倒也顺利。队伍到了叶赫，布占木将新娘迎进洞房，掀起盖头一看，发现新娘竟是婢女麒麟，南珠不知去向。

50. 梦回蓬莱

话说赵坤带着书信离开科尔沁后，司马冲朝思暮想，也不见回音。冬天的科尔沁奇冷无比，经常是大雪封山，滴水成冰。司马冲睡在马厩里，抚摸着那块冰冷的玉坠、洁白的珍珠，辗转反侧无法入睡。

夜张开黑色的帷幕，风踏着铿锵的脚步。盖着厚厚的棉被，仍然冻得发抖，司马冲望着四处漏风的茅草屋，心中纵有万般惆怅也无处倾诉。不远处，寒夜里的战马不时痛苦地嘶号……

迷迷糊糊中，司马冲来到一座大山前，山路崎岖无比，到处怪石嶙峋，走过一个山坡后，豁然开朗，但见芳草萋萋，落英缤纷，阡陌纵横，屋舍俨然，鸡犬之声不绝于耳。

莫非是陶渊明笔下的世外桃源？司马冲快步往前走，只见风光旖旎，景色宜人，男耕女织，几位少年，黄发垂髫，不同凡响。更奇怪的是面前突现一条小溪，流水潺潺，远处有一少女正在浣洗衣裳。

司马冲认出那少女正是南珠，一头青丝如山间飞瀑，一袭长裙似天际白云。好生奇怪，南珠为何到了这里？在汗宫里不是过得挺好吗？正欲上前问个究竟，不知何故，南珠从溪边起身就跑，那速度就好比野兔见了生人。

南珠在前面跑，司马冲在后面追。跨过小溪，跨过田埂，跨过纵横交错的乡间小道。司马冲就是追不上！只得喊道：“好妹妹，别跑了，别跑了！我有要事同你商量。”

南珠回眸一笑，显然已发现自己，答道：“冲哥，你功夫不是有长进吗？怎么追不上我？来呀，弼马温！追不上就真是个弼马温！”

无奈前方道路泥泞不堪，司马冲奋力追赶仍然追不上。忽然，南珠穿过一条胡同，一转弯不见了。司马冲只能喊：“南珠，你等等我！我们去一个人间天堂的地方，会让你忘记人间所有的烦恼和苦恨。那里没有杀戮，没有仇恨，那里没有欺压，没有奴役，我们一起去享受快乐的时光。你不要做什么格格，不要做什么公主！人世间最大的烦恼莫过于荣华富贵，人世间最大的痛苦莫过于功名利禄！南珠，你听到了吗？”

“听到了，我的呆头！我们已经来到这个好地方，这个地方就叫蓬莱国，世人是找不到的。这里没有尔虞我诈，没有血肉横飞！我早就讨厌做这个格格。富贵于我如浮云，我只要哥哥一人。”听到火热的情话，却不见南珠的人影。

司马冲说：“蓬莱国，我怎么从来没听说过？此处果然是李白诗中的瀛洲之一！远眺云青青兮欲雨，近看水澹澹兮生烟。李白叹，世间行乐亦如此，古来万事东流水。安能摧眉折腰事权贵，使我不得开心颜！南珠，我们不谋而合，快快现身吧！”

“你快点呀，我就在前方不远处，我也不想事权贵，做个自由自在的人，多好啊！”

司马冲分明看见南珠就藏在一棵古树下，于是向那头跑过去。只听“咕咚”一声，原来头碰到地板上，自己从炕上滚落下来。这里分明是科尔沁的马厩，不是什么蓬莱国。刚才是南柯一梦，羞死我也！梦里不知身是客，一晌贪欢而已。

翻身起来，重新爬到炕上，司马冲睡意全无。自从同南珠一别，不知有多少个夜晚，孤枕难眠；不知有多少次追寻，失魂落魄；不知有多少次凝望，满腔惆怅！

天刚刚亮，司马冲就要起炕晨练，提刀牵马走出小院。在刺骨的寒风中，司马冲练起了马战刀法，那把青龙偃月刀被舞得寒光四射，目不暇接。闪电不及其迅猛，瀑布不及其刚劲。战马所到之处，飞沙走石，冰雪四溅。

司马冲越练越勇，越练越猛，不知不觉太阳爬出了山坳。信步往前，前方是一条宽敞的大道。策马前进，大道的转弯处有一间茅草房。司马冲正想找个地方休息片刻，不知是何方人家。

推门而入，室内竟空无一人。堂中央端端正正坐着一员武将，手持青龙偃月刀。不是别人，正是武圣关羽，关云长。云长怒目圆睁，红光满面，长须飘飘，仿佛即将奔赴战场。

案前有许多残香杆，歪歪斜斜插在云长像前。显然前来祭拜者不止一人。想不到这里的人也敬重关羽，想不到这里的人也祭拜关羽。师父曾言，斩妖十八刀相传关羽所创，想必此言不虚。关公温酒斩华雄，过五关斩六将，千里走单骑，单刀赴会，水淹七军的故事想必家喻户晓，妇孺皆知。玉可碎而不可改其白，竹可焚而不可毁其节。关云长义薄云天，忠勇可嘉，虽败走麦城，仍是一位旷世英雄，为后人所敬仰。

在这位大英雄面前，岂有不拜之理？司马冲放下青龙刀，恭恭敬敬点上三支香，恭恭敬敬叩了三个响头。相信一切尽在不言中，相信一切都在关公的运筹帷幄之中。

祭拜完华，司马冲才回到自己简陋的马厩，想起关公忠勇的经历、悲惨的命运，不禁悲从中来，提笔写下一首七律《过关羽庙》：

汉室倾危寇未休，
云长独冠傲神州。
身无大雁飞天翼，
心有精忠拜汉侯。
燃起青烟思勇将，
斩除小鬼作民讴。
庙堂凝望关公像，
满目长江滚滚流！

诗写成后，司马冲将纸卷起，骑马复至关羽庙，亲自在关羽像前焚烧诗稿。愿关公在天之灵能感其诚恳，助其神武。青烟在庙堂前袅袅升起，飘得很远很远……

司马冲回到自己的马厩，只见木门紧闭，敲了半天也不开。心想定是三师父在捉弄我，让我在外面多喝点西北风。当即喊道：“三师父，快开门，我快冻死了！”

可里面一点动静也没有，也不见有人过来开门。司马冲只好大声说：“不是我不喜欢你，只是现在我有大仇未报，武艺不精怎敢谈儿女私情？”

门是从里面关的，里面肯定有人。又一阵寒风吹来，司马冲打了一个寒战，只好再次苦劝：“霞妹，好妹妹快开门，我知道你不喜欢我叫你师父。我其实喜欢你很久了！快开门吧。”

见还是没动静，司马冲使劲往门上一撞，那门突然打开，冷不防摔了个“狗肯泥”。泥巴冰水弄了一身。这时，只见一个少女开怀大笑。司马冲抬头一看，不是柳嫣霞，却是甄琴妹妹。面若桃花，楚楚动人。双眸如水，亭亭玉立。

甄琴见司马冲躺在地上，又好气又好笑，当即挥剑刺了过来：“你个没良心的！是不是又喜欢上那个柳嫣霞了？今天，你是不打自招，看你往哪儿逃？”

司马冲连忙躲闪，心想坏事了！刚才说错话了，本想讨好一下柳嫣霞，骗她开门，谁知捅了这个马蜂窝！甄琴步步紧逼，一剑比一剑狠，骂道：“才分别几个月，你就喜欢上别人了！呆头，你记不记得你是在哪儿长大的？你是吃谁的饭长大的？”

司马冲一边躲闪一边回道：“琴妹，别误会，我那是哄她开门，谁知道你从天而降，被你偷听到！我最喜欢的人是你！那是骗她的鬼话。别拿剑来开玩笑，我不是你对手！”

甄琴冷笑道：“你背叛师门，不是学了什么古怪刀法，使出来接我几招呀。你什么时候学会骗人的，该不是又想骗我吧？”

司马冲接连后退，一直退到墙脚，说：“我若骗你就五雷轰顶，不得好死！我那刀法在你面前那是花拳绣腿，不值一提。”

甄琴一剑刺过来，司马冲一闪，那剑正好刺到墙上。因那墙是木板的，那剑刺了很深。甄琴半天抽不动剑，只好摆手说：“谁叫你咒自己的，说你呆就是呆！”

司马冲一身泥巴，手上头上都是泥土，苦笑道：“我从小就喜欢你，为什么要骗你？我不发誓你是不会相信我的。”

甄琴收了剑低头说：“那我让你，从今天起跟我走行不行？”

司马冲一听，惊道：“为什么一定要走？”甄琴转身问：“你先洗洗脸，我再跟你慢慢说。总之，你愿不愿跟我远走高飞？”

第十一章　凤回巢奇袭奇败

51. 远走高飞

司马冲打来一盆热水，简单洗了一把脸，答道：“我早就不想在这儿养马了！你说这奥巴台吉，上次我从敌军中冒死将他救回来，他没给我一官半职，却让我在这儿养了几个月马！师父杀了两个满人，就降了一级。这寄人篱下的日子不好过啊！”

甄琴扫了眼司马冲说：“他们满人骨子里信不过我们汉人，你就是立功了，也不会给你太多的奖赏。你若是犯错了，那还不往死里整？所谓满汉一家亲，那是说给汉人听的，让你死心塌地为他卖命。”

“琴妹果然聪明伶俐，我几个月也没想明白，难道我命中注定是来养马的？这是他们满人的鬼把戏，被你一下子看穿了。”

司马冲找来一些干柴，很快生起了一盆火，那火立即将小屋烤得热烘烘的。甄琴坐在火盆边，半晌不说话，忽然眼泪汪汪。

看着琴妹潸然泪下，司马冲不知所措，忙问道：“你到底有什么事瞒着我？就直说吧，我脑子笨，想不明白。”

甄琴擦着眼泪，说：“你不答应跟我走，我是不会说的，说了也是对牛弹琴白费力气！”

司马冲正想答应，这时门外传来一阵急骤的脚步声。是奥巴台吉身边的传令兵，那人进门高声说：“传奥巴台吉将令，司马冲、柳嫣霞不辞辛苦，养马数月，提为领催，各统领六十人，即日起到八旗营报到，接管兵马。”

说实话，如果没有奥巴台吉的这道将令，司马冲准备答应随她而去。而现在，奥巴台吉好不容易提拔自己当上个领催，这就弃之而去，确实有些不近情理！

而那头，柳嫣霞得令后早就高兴得跳了起来：“终于熬到头了，我也有自己的兵马了！看谁还敢小瞧我？”

司马冲对甄琴说：“你来自敌营，先别动，我去去就回。”说完，走出小屋，来找柳嫣霞。柳嫣霞见司马冲过来，拉着他的手说：“我们这就去接兵，我再在这儿待下去要疯了！”说完，收拾东西，手持宝剑就走了，根本没注意到司马冲那边多了一个人。

司马冲也担心甄琴被发现，惹来麻烦，于是跟着柳嫣霞径直来找舒木尔。他是奥巴台吉手下的得力参领，各牛录新提拔的佐领、领催必须由他调派。

舒木尔见司柳二人过来，抱拳施礼道：“恭贺二位，英明的奥巴台吉对汉人也是一视同仁，只要有德有能，就会受到提拔重用。司马冲年轻有为，刀法精湛；柳嫣霞才貌双全，剑法娴熟。二位完全可以胜任领催一职，统领一队兵马。”

司马冲道：“我等初到八旗营，没有管兵之策，空有雕虫小技，还望参领多多教导，耐心传授。”

柳嫣霞接过旗帜说：“是的，我等诚惶诚恐，没有统兵作战之经验，还请参领不惜赐教，定当全力配合，方不负厚望。”

三人来到兵营，舒木尔取出名册，各点六十人给司柳二人，说：“这些士卒大都训练有素，少数武功差强人意，只需加强操练，即可参战。战时一切行动听从将令，不可擅自行动，更不可违抗将令。”

司马冲点头问道：“是，我们二人的兵马归何人统领？”

舒木尔说：“你们二人的兵马归令狐霸佐领节制，请跟我走，见见令狐佐领。”

令狐霸正在练习斩妖十八刀，青龙刀所到之处寒光四射，飞沙走石，众人均大惊失色。唯司马冲不慌不忙上前说：“师父，小徒和三师父被奥巴台吉提拔为领催，现归你部下，听你指挥，特来报到。”

令狐霸虽然只有一只眼，其实早已发现他们，知道奥巴台吉最近可能要打一场大仗，四处招兵买马，日夜操练。当即收刀冷冷地说：“我不用那么多兵，打起来还要照顾他们，哪里顾得过来？你叫台吉收回成命吧。”

舒木尔苦笑道：“佐领此言差矣，我知你刀法震古烁今，举世无双，统领区区三百人实在屈才。常言道，一人难挡百万兵。战场上还是人多势大，寡难敌众。兵还是多多益善。一个是你徒弟，一个是你三妹，还是交你统领好。”

柳嫣霞嫣然一笑：“我等愿听从大哥指挥，请大哥不要推辞，台吉也是一片苦心。”

几个人吵了半天，令狐霸才理了理胡须说：“那就谢过奥巴台吉！我这一个牛录请参领放心，保证攻无不克，战无不胜。”

舒木尔清点完人马，这才放心离开。令狐霸悄声说：“台吉此时给你们一个小职，是要你们为他卖命的！科尔沁马上要打一场恶仗了，你们想过没有？此战同你们性命攸关，稍有差池，后果不堪设想。”

柳嫣霞一听嗤之以鼻：“大哥太小瞧我们了吧，不就是打一仗吗？有什么大惊小怪的！”

令狐霸接着说：“台吉此战想一举消灭察哈尔多罗特部，冲儿刀法还不熟，你又是一女将，恐怕这些满人不服，不听号令，坏了大事。回去以后一定要加强操练，不可怠慢轻敌。”

司马冲心想，刀谱虽然曾经丢失，但现在已找回，此战应该胜券在握，当即说：“请师父放心，我一定刻苦练习刀法，杀敌立功。”随后补充道：“我若不在，我的人马就交给三师父操练，可否？”柳嫣霞点点头。

辞别师父，司马冲再次回到马厩，见甄琴仍在哭泣，泪水打湿了衣袖。司马冲轻轻拉着甄琴的手说：“不用过于伤心，有什么事你说出来，没准我能帮上你。”

甄琴见屋里没外人，便一头扑在司马冲怀里说：“我的事，你当然能帮上忙，就看你想不想出手。”

司马冲意识到情况不妙，轻轻拍了拍她的肩膀说：“你不说出你的困难，我怎么知道能不能出手？不要再拐弯抹角了，这里没有旁人，只有我们两个。”

甄琴再次泪水涟涟，坚持说：“只要你答应随我离开这个地方，我就说出我的心事，否则不行！也只有你才能解决我的困难！”

没想到这女人这么犟，司马冲拗不过，只好拉着她的手说：“好吧，我答应跟你离开这里，那你说吧！这里只有我们两个。”

泪水再次漫过少女的心堤，甄琴哽咽着说：“爹爹收了察哈尔林丹汗大贝勒额哲的聘礼，逼我一定要嫁给额哲。我本想一死了之，那晚已经上吊，不想又被额哲救活。那个额哲游手好闲，偷鸡摸狗惯了，不会有出息的！我是死都不会嫁给他的！”

司马冲被甄琴搂得紧紧的，那柔软的前胸紧贴着男人的胸膛，那纤纤玉手紧紧抓住男人的衣襟。司马冲宽慰道：“可不能上吊，无论如何也不能上吊！收了聘礼，你若不想嫁，就退给他得了！”

甄琴一头乌黑的秀发在司马冲怀里散发着淡淡的香味，加上衣袖间的香气，让司马冲心如潮水，奔腾不息。甄琴接着说：“他们不仅拿大汗赐婚来逼我，更重要的是爹爹以为你背叛师门，投靠敌营，随时可能来杀你！我不相信你真的背叛师门，故而亲自过来查看。”

司马冲卷起一缕青丝，深情地说：“我怎么会背叛师门，我无时无刻不在思念着你和师父。令狐师父跟我说过，他和甄师父是故交。如果我想继续同甄师父学，他不会反对。他一身斩妖十八刀刀法可惜后继无人！一家五口人被满人杀害。如今孤苦伶仃，留我在他身边也好有个照应。何况我大仇未报，跟他学学刀法，总不是什么坏事！”

火盆里的木柴烧得很旺，二人浑然不觉。甄琴拿司马冲的衣襟擦了擦眼泪，说：“你以后见了爹爹，一定要解释清楚。我信得过你，我不相信你投靠敌营。你愿意为我离开这里，足以说明一切。”

司马冲扳过她的脑袋，用滚烫的双唇盖在她小嘴上。甄琴热烈地响应，那柔软的舌尖勇敢地突破了少女的矜持，一直在里面求索。很久很久，司马冲无法说话，只有心里像火炉一样温暖如春。那湿润的双唇仿佛春天的泥土，有一种情愫即将萌芽。那一双粗大的手臂紧紧拥抱着一颗狂跳的心。

司马冲柔声说：“我们一起离开这里，去一个谁也找不到的地方！但我有一个不情之请，得带上南珠妹妹。行不行？”

甄琴轻柔地抚摸着他硕大的手掌，瞅了他一眼说：“带上南珠干啥？她不是早做格格了？终日锦衣玉食，无所事事，还会记得你这个呆头！”

司马冲推开她的手说：“前几天，她托人送信说，过不惯汗宫的日子，整天以泪洗面，不是你想象的那样！我们去盛京看看她，好吗？我就这一个妹妹，已经很久没见到她了！”

甄琴见他如此恳切，心一软，说：“好吧，只要你肯离开这个地方，其他的请求都好说。事不宜迟，今天我们就走。”

那张流泪的脸如此让人心动，如花凝晓露，珠承玉盘。司马冲抬头再次亲吻她的额角，许久许久才说：“我们先去盛京看望一下娘和南珠，再随你浪迹天涯。这个领催也没什么好干的，不如趁早辞了。”

“你真的舍得，为我抛弃来之不易的官职？”甄琴投来怀疑的眼光。司马冲坚定地说：“舍得，只要你快乐就行了。”

甄琴又再次扑进司马冲的怀里，双手紧紧搂住他的腰。那一份柔情似冰封的小河迎来温暖的春潮，那一番温存如久旱的泥土遇上片刻的甘霖，那一份甜蜜若流浪的燕子飞回温馨的小巢……

52. 掘地三尺

二人一番缠绵过后，收拾行李，准备离开科尔沁。司马冲挑了两匹良驹，带上那把青龙刀外加一把宝剑。甄琴带了点窝窝头、面饼就上路了。

初春时节，寒风依然刺骨难耐，草原依然覆盖在厚厚的积雪之下。道路上满是泥泞和冰雪，十分难走。可甄琴的心里却是甜蜜的，是的，没有什么能比今天更甜蜜！两马一前一后，眼前的场景令人心醉，能跟心爱的人在一起，再冷再累也不算什么！

耳畔传来嘚嘚的马蹄声。司马冲问道：“琴妹，你偷偷出来，爹爹可知晓？”甄琴回道：“管不了那么多了！我给他留下一封信，免得他牵挂。”

司马冲见马走得太慢，就抽了一鞭，说：“那奥巴台吉确实讨厌，要打仗了，就给我个一官半职，不打仗就让我养马。哪有那么好的事！今天，我就同你私奔了，看能把我怎么样！”

甄琴会心一笑说：“难得你看破红尘，这人世间无非是功名利禄，到头来都会长眠于三尺黄土之下。当官也罢，做民也罢，终归难逃一死。今天，你为我舍得抛弃功名利禄，实为人生之幸事。”

经过几天的艰难跋涉，二人一路飞奔终于抵达盛京。起初倒没有什么阻力，可接近汗宫就不一样了。这里守卫越来越严，盘查也越来越细。

将近傍晚时分，二人来到门口，被侍卫拦住。一个侍卫问：“去哪里？”司马冲说：“去那边稻香阁。”侍卫上下打量着二人，见都是汉人装扮，于是说：“看你们打扮，不像是大汗的亲戚。那稻香阁可是南珠格格的住所。稻香阁已经给大汗封禁了，任何人都不得探视！你们去稻香阁干啥？”

司马冲苦求道：“在下是南珠格格的哥哥，有要事相见，请官爷通报一声。”

那个侍卫怒道："你是格格的哥哥？你敢冒充格格的哥哥，那你至少也是贝勒爷！放屁！格格怎么会有你这样的哥哥？快滚快滚，不然老子就不客气了！"

甄琴解释道："他确实是南珠格格的哥哥，不过不是亲哥哥，还请官爷快去通报一下。"那个侍卫火气更大了，抽刀怒道："不是亲哥哥，就是来冒充骗吃骗喝的！还等三天，格格就要嫁给布占木贝勒了！还不给老子快滚，不然老子砍了你。"

司马冲拔刀欲动手，被甄琴一把按住说："不可，侍卫中高手如云，在这里动手我们肯定要吃亏。就是误杀也不行啊，他们人多势大，不能动手。"

司马冲一听，回道："格格当真要出嫁了？不可能！"那侍卫笑道："你既是她的哥哥，怎么不知道妹妹的婚事？这不就证明你是假的！还不快滚，滚得越远越好！"

此时二人又渴又饿，一整天没吃东西了。司马冲的肚子早就咕噜咕噜直叫，只得长叹一声："天啊！这可如何是好！"一屁股坐在门口，看着高高的围墙，不知所措。

甄琴手持宝剑，看着时不时巡逻的大队侍卫，说："现在真的麻烦了，硬闯肯定不行，偷偷翻墙也不行。现在我这儿只有五文钱，你先买点东西填饱肚子再说。"

二人从门口退了回来，来到集市上。甄琴买了几个包子和一壶水，递给司马冲两个包子，说："先吃点吧，我们再想想办法。"司马冲咬了一口包子，说："我看没办法了，只有杀进去，找到娘就有救了。"

甄琴一边往前走一边说："可你娘和南珠关在一起啊！你发现没有，除了大门口有人外，稻香阁门口也有重兵把守，你根本进去不了。"

二人买了包子转到围墙后面，司马冲说："此处应该离稻香阁不远，仅隔着一条路和一堵墙，旁边有几棵树。"甄琴忽然眨了眨眼睛说："有了！我们从小在狻猊古墓中长大，挖过的山洞还少吗？这点困难还能难倒我？"

司马冲突然一把抓住甄琴的手说："对了，从树旁挖个地道进去，不会有人察觉。此处离稻香阁不过数丈之遥，就我们两个干就够了。"

二人说着再次来到集市上，买回铁钎、锄头和簸箕。此时，天色已晚，到处漆黑一团，只有少数几处依稀亮着灯光。为了不让人发现，二人选择在几棵树旁开挖。甄琴连夜编做了一个草盖，盖住入口处。

司马冲没想到年少时学的本领，现在派上用场。二人一口气挖了一丈深，一丈远，好在此处地质较为结实，支撑力较好。司马冲欣喜若狂，接着往前挖。渴了就喝口水，饿了就吃个馒头或煎饼，累了则就地睡一会儿。

第三天，司马冲估计快通了，可那里的地基太结实，尽是石头一样坚硬，挖得很慢。甄琴同他换着挖，仍然不能攻克。快到傍晚了，甄琴用仅剩的一文钱，买了几个馒头和水。

司马冲说："今晚必须向上挖通，不然就见不到南珠了。"夜里，司马冲拼尽了最后一点力气，终于挖开了稻香阁的地板。那地方正好在南珠的炕边上。司马冲轻轻呼喊："南珠格格，你在哪儿？"

南珠睡梦中隐约听到有个熟悉的声音在喊自己，可又不知是从哪儿发出的。一定是在梦中！不要理会。过了一会儿又听到有人在喊："南珠格格，我是司马冲！"

蒙眬中，南珠翻身一看，果然见到一个满身泥土的人站在面前，那人好像是司马冲。南珠大惊："你到底是人还是鬼？我是不是在做梦？"

司马冲拍了拍身上泥土，说："你没做梦！我正是司马冲！"南珠问道："为何赵坤说，你已经遇害了？分明是骗我！"说完一头扑在司马冲怀里泣不成声："你真的是冲哥！我真的没做梦！我真是没做梦！天啊！你是怎么进来了？"

司马冲抱着南珠，目睹着那憔悴的脸庞，说："外面到处是侍卫，我是挖通地道才进来的。"南珠看见地上果然有个窟窿，放开司马冲去隔壁喊："娘，快来看啦，你看谁来了！"

此时，林娟秀睡得正香，听到南珠叫，翻身穿衣起炕，猛见一个满面泥土的人，果真是冲儿。林娟秀惊道："天啊！你果真没有死，可怜娘哭了多日。上天保佑！苍天有眼！上天保佑！"

南珠关好房门，叫醒麒麟，喜出望外。林娟秀一把抱着司马冲，痛哭流泪："真是苍天有眼，我就知道你不会死。听那个赵坤狗屁胡说，害得我和南珠伤心过度。"

须臾，地下又爬出一个人，脸上衣服上都是泥土，正是甄琴。司马冲说："娘，多亏了琴妹帮忙，不然我一个人绝对挖不进来。快给我们拿点吃的，弄口水喝。"

林娟秀赶紧拿出奶茶和宫廷糕点。甄琴和司马冲立即狼吞虎咽起来，几天来，二人靠着仅剩的五文钱和顽强的毅力才挖开这条通道。接着麒麟又端来热水，司马冲和甄琴分别洗了洗身上的泥土，换了套干净衣服。

南珠问道：“明天一早，布占木就来迎亲，该如何应对？我想现在就跟冲哥走，行不行？”

林娟秀冷静地说：“不行，急不得。如果你现在就走了，明早布占木来发现你没人。皇太极下令派兵去追，很快就会追上。到时会前功尽弃。”

司马冲说：“娘说的没错，得想一个万全之策。”

林娟秀拉着麒麟的手说：“丫头，贝勒爷其实对你也有点意思。你明天就代南珠盖上盖头上轿，方保南珠安全逃离。”麒麟点点头，说：“能为格格竭尽绵力，是奴才的本分。”

于是，这才出现上文的一幕。南珠淋浴更衣完后，就走地道逃了出来。当布占木将花轿抬回叶赫，发现新娘是麒麟时，南珠随司马冲、甄琴已经安全逃离盛京多时。

三人逃到盛京郊区，因担心有追兵又跑了一阵，实在累得不行才坐在一块大青石板上休息。甄琴焦急地问道：“我们现在到哪儿去？要不然，跟我一起回狻猊古墓吧？”

司马冲擦了擦额头的汗珠，说：“我们身上就南珠带了点银子，勉强可以对付一些时日。时间一长就跟我们上次一样揭不开锅了，吃的喝的都成问题。”

南珠朝甄琴笑了笑说：“琴妹，那狻猊古墓离这儿远着，都不在阿玛的领地，一旦有事如何应对？还是回科尔沁吧，那里至少是后金国的地盘。奥巴台吉对阿玛忠心耿耿，一定会善待我等。”

此刻的甄琴有点后悔莫及，不该救出南珠，该让她嫁给布占木，这样司马冲也就不会有二心了。可现在多了个南珠，司马冲的心就开始摇摆不定了。甄琴想了想说：“你们说的困难确实存在，如今之计回科尔沁比回古墓好。可科尔沁即将面临一场血战，我真的不想卷入其中。”

53. 雏凤回巢

司马冲将青龙刀舞了几圈后，说：“我如今已是科尔沁旗底下的一个领催，手下有六十个兵马。那里有我三位师父，有什么瞻前顾后，想不开的。琴妹，你跟我们回科尔沁，大不了做个千手观音，谁也不得罪。”

南珠拉着甄琴的手说：“琴妹，跟我们走吧，我不会武功好害怕。听说前面有人连续杀了两个侍卫，以他的武功可能连只山羊都救不了。”

甄琴莞尔一笑说：“你太小瞧他了！他刚学了斩妖十八刀，我现在都不一定胜得了他。好吧，我跟你们走，不过我不能同察哈尔为敌。”

于是，三人决定重回科尔沁。三匹马接着又是一阵狂奔，那嘚嘚的马蹄声在草原上空久久回荡。士别三日，当刮目相看。南珠没想到当初一别后司马冲不仅武功有了长进，而且沉稳有余。不过还有很多疑问不解，于是又问道：“冲哥，听赵坤说，你上次在半路上落进古井，马乾因此被杀。你为何活着出来了？富察副总管半路吓回来，你应该做不成弼马温了？”

司马冲咧嘴一笑说：“马乾半路上将我拖在马后赶路，他就该死！碰到一个苦大仇深的汉人师父，他怎么可能杀我？我虽然不死，可似乎注定要养马，刚刚在科尔沁养了三个多月的马。你说算不算弼马温？”

南珠嫣然一笑说：“你真的曾经被他们拖在马后赶路？这个马乾真该死！看来弼马温是命中注定了，你的经历够精彩的了！”

司马冲似乎不愿意提起那些痛苦的记忆，不得已还是忍不住说：“他们明知路途遥远，四个人只要了三匹马，故意不给我马，就没安好心。”

看着科尔沁越来越近，甄琴的心情有些郁闷，都怪自己意志不够坚定，若是重回古墓，不就只剩下自己和司马冲两个人？走着，走着，天气越来越糟糕，不一会儿还下起雨夹雪。气温也是出奇地冷，寒风如尖刀吹在脸上疼痛无比。

甄琴将身上唯一的袍子脱下，给司马冲，说：“你披上吧，别受凉了。”司马冲接过袍子，说：“我不冷，我身子骨棒着呢！南珠穿着太少，身子骨差，南珠你穿上吧。”说着，将袍子递给了南珠。

南珠冻得有些发抖，接过袍子，只好穿上，说：“谢谢冲哥、琴妹！你们习武之人的身体就是棒棒的，真的好羡慕啊！”

三人抵达科尔沁旗，忽见大队人马在城外阻拦，手持利刃黑压压一大片。南珠有些害怕，说：“这是怎么回事？”司马冲认得旗帜仍是科尔沁的，不是敌军，于是说：“不用怕，是科尔沁人，走近点就知道。”

三人于是加快了速度，策马走近一看，为首的是一个和尚，正是二师父鸿鹄，手持铁棍喊道：“冲儿，你还知道回来！我们早就得到消息你就要回来。你身后两个女娃娃都是什么人？快快从实招来。”

司马冲手持青龙刀，不慌不忙说：“二师父别来无恙！这位留小辫子的美少女是我妹妹，叫南珠，真实身份，我怕吓着你就暂时不要讲了！这位手持宝剑的美女是我师妹，叫甄琴。请二师父借个道让我们早点进城休息。”

“休想！这位拿宝剑的美女，同我交过手，她不是察哈尔的一员女将吗？上次还偷走了我的全部蛇药。”鸿鹄忽然厉声说。

鸿鹄刚说完，就策马上前，朝甄琴上身横着就是一棍，道：“好一个奸细！还不快快下马投降，吃我一棍。”

甄琴被逼拔剑应战，一闪身先是躲过那一棍，紧接着一剑直刺鸿鹄前胸。骂道：“秃鹰！你血口喷人，我怎么成了奸细？上次你毒死了多少人？你知道不知道？”

二人宝剑对铁棍打成一团，不时传来刺耳的声音。司马冲在一旁不知帮谁好，只得喊：“你们别打了，都是自己人。”

甄琴接了几招后，渐渐力不从心。鸿鹄使出少林棍中的绝学，一招“开天辟地”，直奔甄琴的头颅。甄琴挥剑一挡，哪知棍尖又滑到了手腕处，正想抽剑死挡，不料力度太猛，根本抵挡不住，只得弃剑。鸿鹄一伸手抓住她的腰带，轻轻一提，说：“奸细，抓的就是你！”

甄琴被和尚生擒了起来，又往地上一扔。众喽啰兵一拥而上，就将甄琴摁倒在地，结结实实绑了起来。

司马冲说：“她是我甄师父的女儿，抓她有什么用？”

鸿鹄将铁棍一挥说：“奥巴台吉有令，大战在即，要严防细作，走漏风声。小蹄子上次给察哈尔帮了不小的忙，这次说不定又要干出什么事来。”

司马冲见拦不住，只好苦笑道：“二师父，琴妹对我有恩，可千万不要伤她性命。”南珠眼见甄琴一身武艺，眨眼工夫就生生被擒，不禁胆战心惊，说：“她并非察哈尔人，只是暂时寄人篱下，请各位不要伤害她。”

鸿鹄指挥众兵撤离，哈哈笑道：“你等不要为她说话，先关几天再说，看她老实不老实。”一行人正往城门走去。

司马冲远远看见令狐霸站在门口，正凶狠狠地盯着自己，忙说：“师父一向可好？这几日我回盛京看望了一下娘，顺便还带了两个帮手。”

令狐霸怒道：“台吉刚交给你一帮兵马，你就来个不辞而别，你还讲不讲军纪？”司马冲连忙下马，在令狐霸面前跪下说：“徒儿知错，愿接受师父任何惩罚。”

令狐霸半晌没有理会，冷冷地说：“如若不是我压住，奥巴台吉早就撤去你领催之职，你知道吗？”司马冲拉住师父的手说：“多谢师父，我一定加紧操练，以报师恩。”

“从今以后，每日罚你练刀两个时辰，不得打折扣！”令狐霸这回是真的生气了，理都不理司马冲就走了。

好半天了，还是南珠下马过来才将司马冲扶起说：“好了，起来吧，就遵照师父旨意多练练刀法，有什么不好？”

司马冲带着南珠回到兵营，那些下属这个擦桌子，那个搬椅子，这个扫地板，那个整炕铺，忙得不亦乐乎。不一会儿，一个派头十足的领催的营房收拾得干干净净。大家不时过来看热闹。

彼时，柳嫣霞也过来瞧热闹，抬头看见南珠站在司马冲身边，楚楚动人的样子，心里好不生气。于是说：“司马冲，我帮你练兵多日，不辞劳苦，你打算怎么打发我？”

司马冲给二位介绍道：“这就是我三师父柳嫣霞，这就是我妹妹南珠，我这次回盛京主要是看望娘和妹妹。多亏三师父帮我操练，不然还不知要生出什么乱子来。我看晚上杀只羊，我请你吃烤羊腿，如何？”

柳嫣霞秀目微蹙，浅浅一笑说：“也好，晚上我们一起来庆贺一下，欢迎南珠妹妹来到兵营。”

须臾，副领催泰格前来请示：“晚上是否来个篝火晚餐？属下要早去准备。”司马冲点点头，算是同意。于是泰格带着几个士兵，杀鸡宰羊，买酒生火，忙得不亦乐乎。南珠见泰格毕恭毕敬的神态，真正感受到兵营的威严。

天色将晚，夜幕悄悄降临。草原上生起熊熊篝火，滚滚浓烟直上云霄。两队八旗兵分别围着六堆篝火，团团而坐，秩序井然。南珠在火堆旁跳起了宫廷里的《霓裳羽衣舞》，那款款的舞步、绚丽的服饰、多情的眼神使她立即成为全场的焦点。

司马冲将烤好的羊腿递给柳嫣霞，道：“你辛苦了！尝尝这个。”柳嫣霞没接烤羊腿，望着那一群威武的八旗兵，说："我不稀罕这个，你自己吃吧！你知道我最喜欢什么？"

司马冲不知道她又钟情于哪个男兵，笑道："你看上哪个武士？我帮你牵线搭桥，保你满意。"柳嫣霞瞅了一眼司马冲英俊的样子，说："我除了你，哪个也看不上！"

那些士兵都在鼓掌，赞叹南珠绝美的舞蹈，有的吃着烤鸡，有的吃着羊肉，有的在吃烤鱼。南珠离开汗宫，第一次到兵营，感觉新鲜惬意，同时感到那个柳嫣霞看司马冲的眼神不一般，缠绵中带着几分无奈，爱慕中带着几分矜持，女人的直觉让她感到这个女子与司马冲的关系非同一般。

晚餐结束后，那些士兵都散去了，营房里只剩下司马冲和南珠二人。篝火渐渐熄灭，领催的营房只有烛光摇曳。虽然分别只有几个月，南珠感觉是那样漫长，那样难熬！阿玛的话让南珠不堪回首，而娘的叮嘱却让南珠心驰神往。总有一天，等到云开日出的时候。众里寻他千百度，蓦然回首，那人却在灯火阑珊处。

南珠感觉有双熟悉的手将她轻轻拥抱。没有世俗的眼光，没有祝福的歌声，甚至没有华丽的嫁衣。是的，什么都可以不要，唯有你不能没有……

54. 谁是奸细

像一块冰凌融化在温暖的手掌，像一幅丹青定格在绝美的向往，躺在司马冲的怀里，南珠紧闭双眼，不敢睁开。从别后，忆相逢，几回魂梦与君同？

那滚烫的双唇先是落在手臂上、额头上，接着落在脸庞上、耳根处，最后落在南珠的朱唇上。温柔如春风拂过湖面，温暖似柳枝洒满阳光。南珠心如江河，泪如泉涌。

南珠双手像树藤缠着司马冲的腰，那里似乎有无穷的力量。二人紧紧吻在一起，二人虽然不是第一次，可这一次比上次更猛烈，更惊心动魄。司马冲双手在她的秀发间穿梭，那缕缕的清香吹散了昨日的忧愁，那点点的泪痕融化了浓重的相思……

南珠穿着粉红的外衣，一个翻身趴在他的上面，呢喃道："你的花轿什么时候来接我？不准以各种理由耍赖！你的聘礼什么时候送到？不准以任何理由敷衍！"

司马冲说："遵旨！以后你就常住在我这儿，我就常住在你这儿，再没话说了吧？！"

南珠笑道："月有阴晴圆缺，人有悲欢离合。如今兵荒马乱，我哪能常住在这儿？战场拼杀无论何时都要记得今天的话，你答应我的花轿，你答应我的聘礼都要兑现！"

不一会儿，司马冲又翻到南珠的上面，坚定地说："一定！我一定要用花轿将你接进府里！你就是要天上的月亮，我也会想办法弄给你！"

南珠伸手拧着他的耳朵说："好一个呆头！现在也学会油腔滑调了！好一个呆头！在我面前也不老实了！"

兵营外面，泰格带着几个士兵在门口正在盯梢。名为放哨，实为偷听。里面的动静，外面听得一清二楚。泰格听到里面打情骂俏的声音，对大家说："领催好不容易带个美女回来，你们不要在这偷听了，各自练兵去。"

这个说："我们受那娘们的气受够了，该休息会儿了。别看那娘们长得挺俊，可脾气太坏。此时不休息，更待何时？"

那个说："我都三十好几了，还没尝过女人的腥味，就让我听会吧，待会再好好练，也不迟啊！"

于是，这帮八旗兵偷听的偷听，休息的休息。不知过了多久，里面终于风平浪静，没响声了。可外面忽然刮起一阵阴风，其间还夹着沙石尘土，让人眼睛都睁不开。

只见门口落下一个黑影，众人一看正是令狐佐领。令狐霸怒道："你队领催在哪里？为何练兵场上不见人影？"

泰格抢先一步，跪下回道："回佐领的话，司马领催一路奔波多日，正在营舍休息。我等不便打扰，正在讨论阵法。"

令狐霸吼道："屁话，大战在即还有时间休息。"说完，上前飞起一脚将门踢开。司马冲吓得一把将南珠推开，滚下炕来，说道："小徒不知师父驾到，祈求降罪。"

令狐霸见二人并未脱衣，却香汗淋漓，知道刚才差点越轨，斥责道："你小小年纪，竟然如此贪恋春宵，如何建功立业？为师刚刚罚你每日练刀两个时辰，为何不练？"说完，对司马冲左脸就是一掌。

这一掌尽管没用十成的功力，但也打得司马冲眼冒金星，一时清醒了不少。南珠忙整理自己的衣衫，看着司马冲挨揍，心里十分痛苦，又无计可施。

司马冲立即操起青龙刀，回道："师父莫急，我这就开始操练。"令狐霸道："不仅你要练，你的士兵也要练习。"司马冲连连称是。

二人退出营舍，泰格召集所属八旗兵六十余人，排成数列，向练兵场集结。须臾，练兵场上吼声如雷，杀声震天，不时传来战马的长号。令狐霸巡视各领催兵马，只见队伍整齐有序，士气高昂。

彼时虽然是夜里，寒气逼人，但八旗兵排列整齐，进退自如，俨然一人。练兵场上火光冲天，人头攒动，兵多而不乱，将严而不怒。令狐霸待各领催收兵后，独留司马冲又教了三个新的招式。

令狐霸问道："那刀谱，这几日看了没有？"

自从刀谱失而复得后，司马冲这几日又是挖地道，又是赶路，确实没时间看。只好敷衍说："看了，看了，只是练得少有些生疏。"说完，又将刚才师父教的三招刀法，重新练习了一遍。

令狐霸纠正了他几处错误动作，又将刚才的刀法重新演示了一遍，说："最近你的刀法几乎没什么长进，是不是爱上那个女娃娃了？"

司马冲只好招了："什么事都瞒不过师父的法眼，我们是离多聚少，有缘无分啊！她名叫南珠，是皇太极的金枝玉叶，是我失散多日的意中人，还请师父成人之美，多多关照。"

令狐霸笑道："既是皇太极的格格，那还不叫大汗赐婚？跑这来干啥？"司马冲又练了两招回道："可皇太极根本瞧不上我，更不让她嫁给我，而是要将她嫁给一个地位显赫的贝勒爷。"

令狐霸扫了一眼司马冲说："师父是过来人，当然知道其中的厉害。你们现在偷偷摸摸，有违大汗的旨意可不是好事！"

司马冲接着练了一阵后，收刀说："有什么办法？只能这样了。他们大堂上说满汉一家亲，骨子里还是看不起汉人。"

二人返回兵营时，令狐霸说："明早随我一起参加旗会，奥巴台吉说有重要的事情宣布。"司马冲心想，有什么会非要我参加？该不会给我撤职去当弼马温吧？

第二天，科尔沁旗的各参领、佐领、领催都齐聚一堂。奥巴台吉坐在正中央，其余人分坐两边。很久没开这么隆重的旗会，大家都拭目以待。

奥巴台吉几次环视全场之后，终于发话：“察哈尔多罗特部处心积虑，亡我之心不死，几次欲置台吉于死地，杀我牧民，抢我牲畜。是可忍，孰不可忍！今天召集大家过来，就是要讨论一下，眼下是否能讨伐察哈尔？如何讨伐察哈尔？请大家畅所欲言，共商大计。”

舒木尔参领怒目而视，首先说：“察哈尔多罗特部收容叛奴阿莽，屡次犯我边界，灭我之心昭然若揭，如不早早讨伐，迟早危害我等。眼下我旗豪杰云集，兵强马壮，士气高昂，如不先发制人，恐坐失良机。我建议发动一次夜袭，杀他个措手不及，定能剿灭他们。”

鸿鹄参领双目如炬，接着说：“察哈尔部多次侵犯我旗，奸我妇女，抢我牛羊，我们都有目共睹。身为汉人，我们感触颇深。台吉待我们汉人情同骨肉，我们当拼死以报。我力主先发制人，讨伐恶贼。夜间敌人防备最弱，我同意夜袭。另外，我现已擒获一名女奸细，交由台吉处置。”

言毕，有人将甄琴推出帐下。奥巴台吉看了一眼甄琴说：“既是奸细，推出斩首！”甄琴双手被缚喊道：“冤枉啊！我到达贵旗并非为获取情报，实则为了探望友人。”

鸿鹄说：“此女前次同我交过手，还偷过我的蛇药，形迹可疑，建议从重处置。”舒木尔说：“你们汉人能大义灭亲，我佩服。大战在即，我建议杀人祭旗，以立军威。”

奥巴台吉说：“刀斧手，将此人推出斩首祭旗。”

此刻，司马冲再也无法忍受，立即跪到台前：“且慢，此人到底是不是奸细都没查清，就推出斩首，怎能让人信服？司马冲同此女从小青梅竹马，此次前来实是探亲访友，并非刺探情报，我可以作证。琴妹一身武艺，曾为察哈尔卖命，乃一时糊涂，恳请台吉暂时关押，以便日后招降。”

奥巴台吉看甄琴模样俊秀，一时也有些怜香惜玉，便改口问：“你肯归降否？”司马冲忙向甄琴使眼色，意思是快快同意，即可免死。可甄琴抬头说：“我爹爹还在察哈尔为将，难道要让我们父女反目，骨肉相残？要杀便杀，我绝不能投降。”

奥巴台吉于是下令：“留着也没用，还是推出去斩首祭旗吧！”一会儿，刀斧手已将甄琴推出，甄琴也不再喊冤。

司马冲额头朝地板上碰得嘣嘣直响，大叫：“台吉刀下留人！此人剑法精湛，武艺超群。如果事实不清滥杀无辜，会令我等心寒，无力战斗。建议暂时关押，以图他日招降。”

令狐霸佐领站起说：“此女是否是奸细，的确一时难以查清。如果台吉连如此美人都不怜惜，会让八旗将士心寒。建议还是暂时关押，就算知道内幕，她也无计可施。”

奥巴台吉最后说：“那就关起来，以后再审吧。”于是，甄琴被再次关押在大牢里。

接着奥巴台吉慎重宣布：“既然大部分参领、佐领都主张讨伐察哈尔多罗特部，那我就决定三日后出兵。初步定下夜袭那帮恶贼，定能将其剿灭。大家对出兵有无异议？”

此时，偌大的营房里大家都几乎异口同声：“先发制人，夜袭恶贼。”最后，司马冲补充道：“兵法云，先为不可胜以待敌之可胜。此战何时夜袭？何人当先锋？敌情如何？还需要进一步谋划。”奥巴台吉连连称赞司马冲考虑细致周密。

55. 险象环生

三天后，奥巴台吉抚着小胡须对侍卫扎克图说：“听说司马冲身边的那个女子是皇太极的格格，叫什么南珠。一旦讨伐开始，你带领卫队要保护好所有家眷尤其是格格、福晋和孩子们。只要能保证她们的安全，就会让前方将士奋勇杀敌，不至于分心。”

扎克图手抚弯刀，答道：“台吉英明！我马上就带领卫队进驻后营，确保格格、福晋和孩子们的安全。这几日天气阴沉，寒风凛冽，连月光都没有，正是天赐良机。若夜里进攻，那林丹汗一定在劫难逃。”

奥巴台吉微微一笑说：“你看天边，太阳也被阴云遮挡。那林丹汗和额哲作恶多端，天将亡汝，不可救也。”随即传令，早餐后全军出发。

司马冲将南珠亲自送到后营，交给扎克图说：“她就是皇太极的南珠格格，不会武功，请你多多关照。”扎克图回道：“一定，一定！”南珠知道形势逼人，含泪说：“我在后方可以做饭带孩子，还可以照顾伤员。你把那条项链带好，别忘了有机会，打听我娘的消息。”司马冲将项链掏出递给南珠说：“我多次打听过，都没有你娘的音讯，还是你带着吧。”

南珠将那条吊坠刻有“海枯石烂，天荒地老”的项链摸了摸，再次放在司马冲内衣的口袋里说：“你要上战场，刀枪无眼，凶险万分，还是你带着。愿这弥勒佛保佑你！”

目送司马冲离开，南珠依依不舍地回到后营，心里默默祈祷，但愿他能平安归来。

全军用餐完毕，奥巴台吉才发布将令：“令狐霸佐领当先锋，带领五个领催进攻汗宫；鸿鹄参领带领主力，随后接应；舒木尔参领率本部，随我断后。此令，不得有误。”大家得令后分头行动。

一支八旗劲旅顶着寒风的呼号，终于踏破大漠的宁静，向察哈尔多罗特部敖木伦（今辽宁西部大凌河上游）大营前进。

第三天深夜时分，快接近敌营时，令狐霸才下令：“点火，冲啊！”

一时间，先头军已点起火炬。令狐霸带领人马往敌营里冲。到了门口，只见大门敞开，却不见一个侍卫。难道是看我们来了，吓破胆跑了？司马冲带着人马接着往里冲，跑了一会儿，还是不见一个人影。

此时，柳嫣霞的人马还在营外。司马冲大叫：“不好，三师父不要往里冲，我们可能中埋伏了。”话音刚落，只听一声号响，从大门里侧，蒙古包内，胡同里，突然冒出很多兵马。

为首的手持青龙偃月刀，正是铁木额。令狐霸驱马上前，一招“刀山火海”直砍铁木额的首级。只见铁木额使出一招“假途灭虢”轻松化解。令狐霸再使本门绝学“刀光剑影”，青龙刀直砍铁木额的战马。只见铁木额来了一招“声东击西”，再次化解他的进攻。令狐霸好生奇怪，此人为何会本门的斩妖十八刀？

更为奇怪的是，在场很多敌人都用的是长长的青龙偃月刀！使用短刀快剑的不过是几个区区小兵。本以为可以大干一场的司马冲也是处处受到本门功夫的钳制。迎面冲来的是林丹汗的大贝勒额哲，也是手提一把青龙偃月刀。司马冲使出刚学的“一鼓作气”一刀砍向马腿，被其轻松破解。那额哲反手一刀砍向司马冲的后肩，司马冲勉强招架，护住要害。

令狐霸虚晃一刀靠近司马冲说：“冲儿，你那刀谱可曾外传？”司马冲回答说：

“不曾！”说完掏出那本刀谱，借着火把打开一看，竟都是空白天书，全无一字，仅仅是封面跟原刀谱一模一样。

忽然，司马冲一声惊叫：“不对，这是本假谱。师父，我们的真谱被人偷走了。”令狐霸骂道：“笨蛋，你太懒了！你若是天天看谱，怎么会现在才发现是假的？”

司马冲知道虽然刀谱曾经失窃，可没想到的是三师父偷回来居然是假谱！自己多日一直当宝贝一样珍藏，竟然没有发现。实在是追悔莫及！

此时，柳嫣霞带着人马冲进营门大叫：“大哥，我来接应。”转身一看怎么都是手持青龙刀的！司马冲朝其喊道：“三师父，我们上当了，上次你偷回的刀谱是假的！”说完，将那假谱往地上一扔。

柳嫣霞被额哲挡住去路，一剑刺向他前胸又被他长刀挡住。真是活见鬼！上次他们是用假谱来了个金蝉脱壳，骗得我们好惨啊！柳嫣霞想起正是额哲偷走了刀谱，边杀边骂道：“狗贼！快快还我刀谱。”

司马冲和柳嫣霞并肩在一起，同时向额哲发招。那额哲功夫到底不及司马冲深厚，加上以二敌一，十招过后渐渐不支，只好耍诈：“刀谱远在天边，近在眼前。你们明白得太晚了，笨蛋！”

那边令狐霸被铁木额缠斗，一时杀得难分胜负。令狐霸虽然功力深厚，但在本门刀法前，也毫无优势可言。铁木额是察哈尔一等高手，随林丹汗闯荡江湖二十多年，从未碰到如此劲敌。偷到刀谱学了几招，更是如虎添翼。两人棋逢对手，黑暗中杀得旁人分不清敌友。

令狐霸发觉四周还有很多人使青龙刀，自己的各领催兵马死的死，伤的伤，损失惨重。于是吼道：“撤退，先撤出营门。”司马冲杀得正带劲，听说要撤退，劝道：“再杀他几个吧，撤得太早了。”

令狐霸避开铁木额，杀了两个手持青龙刀的，说：“再不撤出就来不及了，我们的人伤亡实在太大，只能等鸿鹄来了再攻。”接着令狐霸一阵快刀将铁木额逼到一个角落，掩护自己的人马撤退。

那额哲本就不是司马冲的对手，想战胜司马冲几乎不可能。司马冲一招“声东击西”，额哲果然上当，抽刀回来掩护，被司马冲一刀砍中小腿，顿时鲜血直流。司马冲趁机指挥自己的分队向营门口撤退。

长刀队那些人毕竟刚学刀法，功力还很浅薄，一碰到令狐霸和司马冲，战不多时，不是被杀，就是败退。但长刀队人多，真打起来科尔沁人还是伤亡太大，不是对手。

科尔沁人差不多都撤到门口，只听侧面一声号响，黑暗中又冲出一队人马。正是阿莽带的另一支长刀队。令狐霸担心无人能敌，立即策马上前，拦住阿莽。阿莽挥刀直奔要害，吼道："狗贼，你有什么高招都使出来吧。"

令狐霸一时怒发冲冠，骂道："小人！你这个忘恩负义的东西！奥巴台吉待你不薄，为何要造反？"说着，一刀朝他头上砍去。

阿莽迅速躲开青龙刀，展开自己的攻势，一时间二人杀得难分难解。经刚才长刀队一杀，又来一个长刀队一吓，科尔沁兵心无斗志，节节败退。

眼看要退到营门口外的一条河边，这时不远处又冲出一队兵马。为首的头上亮得放光，令狐霸认出是二弟鸿鹄赶到。鸿鹄见人马都撤出来了，惊道："为何不攻进去？"

令狐霸拨马上前说："我的刀谱被偷，刀法外泄，兄弟们伤亡太大。只等大队人马到了再攻。兄弟们，援兵已到，冲啊！"于是司马冲、柳嫣霞各领本部人马再次杀入营门。

令狐霸见到手持青龙刀的敌人就杀，一连杀了好几个。铁木额一见形势不好，立即策马上前截住令狐霸。二人势均力敌，再次杀在一起。

鸿鹄铁棍一挥："冲进去，杀啊！"这时，科尔沁主力才陆续冲进大营，人们杀得眼红，令人望而生畏。鸿鹄在门口拦住阿莽："哪里走，吃我一棍。"

阿莽挥刀挡住铁棍说："臭和尚！你少林'劈山十三棍'，上次没发挥好，这次有种都使出来。"说着，一阵快刀杀得鸿鹄连连招架。

鸿鹄见主力已攻进去，心想只要将他收拾了，应该没问题，当即奋勇挥棍道："贫僧让你尝尝什么是真正的少林棍！"阿莽挥刀一招一招化解，笑道："我不怕什么少林棍，就怕你毒蛇！"

其时，科尔沁兵杀得正酣，察哈尔兵正在步步后退。司马冲带着先头人马快冲到汗宫，忽然一堵长墙横在队伍面前。只听有人高喊："放箭！"从墙头突然闪出很多弓箭手，一连射倒很多人马。

司马冲即刻来一招"坚不可摧"将长刀挥得如一堵铁墙。虽然挡了一些弓箭，但对方弓箭手太多，不一会儿射死不少人。因为天黑根本看不清方向，这样下去恐怕不行。

司马冲一边挡箭一边喊道："三师父，你快去找二师父过来帮忙。"柳嫣霞策马就走，去找鸿鹄去了。这时，围墙外头，林丹汗笑道："就凭这几个草苞饭桶也想夜袭，真是异想天开！"一旁观战的扎雷说："父汗不可轻敌，他们还有高手未到。"

鸿鹄赶到时，队伍在弓箭的射击下正在后退。鸿鹄故伎重演，掏出布袋半空一散，那一条条毒蛇立即向弓箭手抛去。那些人先一阵慌乱，接着很快稳住。

只听扎雷一声令下："放雄黄，烧硫磺，洒烈酒。"不一会儿，那些兵将准备好的雄黄、硫磺、烈酒对着毒蛇洒的洒，烧的烧，空气中很快弥漫着一股难闻的气味。

鸿鹄以为毒蛇已将他们制服，下令队伍继续前进。谁知那些毒蛇四处逃窜，根本不咬人。弓箭手接着放箭，又射倒一大批人。

第十二章　虎入笼狼咬狼欺

56. 兵败求援

箭“嗖嗖……”不停地射，这边人马接连中箭倒地。任凭司马冲舞动大刀，也无法挡住所有的箭。形势危急！黑暗中和尚的毒蛇不知跑到哪儿去了，那帮弓箭手仍然不停地射。

鸿鹄用棍棒挡箭也收效甚微，最后不得不下令：“撤退，全部撤退！”队伍开始缓缓后退，可人马已射倒数十人，地上血流成河。司马冲一边挡箭一边撤退，直到那箭根本够不着。

此时，奥巴台吉和舒木尔刚刚赶到营门口，见队伍死伤无数，为保存实力，也只好接应撤退。舒木尔担心令狐霸有失，策马过来力战铁木额。刀剑相碰，叮当之声不绝于耳。铁木额面对二人疯狂的进攻，一时也难以脱身。二人且战且退，一直退到营门口外。

撤退时，柳嫣霞在前掩护，只留司马冲断后。司马冲走着走着，突然从旁边杀出一员大将，拦住退路。正是快刀高手阿莽，阿莽一刀直奔司马冲首级。司马冲挥刀力挡，青龙刀长，阿莽刀短，打起来阿莽也占不到便宜。

司马冲骂道：“无耻之徒！我部都撤走了，你还想怎样？”阿莽发现此人眉心有颗红痣，于是问道：“你可是司马冲？”

司马冲本无心恋战，一刀劈向马首，回道：“正是爷爷！我没空跟你玩，我要走了。”阿莽却来劲，笑道：“口气倒不小，看刀！”

说着，阿莽一刀直奔司马冲小腹。司马冲挥刀掩护，却不料这一刀是虚，尔后一刀就直奔脖子。司马冲只好再次招架，可那刀离手太近。司马冲一只手只好放弃青龙刀，身子一闪，终于躲过那快刀。可紧接着，阿莽又一刀砍向司马冲持刀的那只手，动作之迅捷无与伦比。司马冲被逼弃刀，骂道：“不敢跟我比刀，来这种下流招数。”

阿莽笑道:“你刀重还是没我刀快，服不服？”说完，一刀架在司马冲脖子上，不动了。这时一群喽啰兵上来，阿莽叫左右将他绑了。青龙刀落地，司马冲也不反抗，说：“要杀便杀，抓我又有何用？”

阿莽哈哈大笑:“不是大汗仁慈，今天就一刀送你上西天。抓你是大汗的旨意，谁叫总有美人看上你？果然俊雅倜傥，玉树临风！”

再说，柳嫣霞退到营门口也不见司马冲跟上，复回头寻找。远远看见司马冲被缚，听到有人喊：“抓住了，抓住了。”这才知道司马冲被俘。柳嫣霞欲前往解救，一队弓箭手连连放箭，前进不得，只好退回。

柳嫣霞快马追上退兵，门口碰到两个长刀手。这两人刀法一般，被柳嫣霞三下五除二杀得落花流水，连连招架。柳嫣霞无心苦战，虚晃几剑就逃走，很快追上了舒木尔。

为防敌军反扑，铁木额带着长刀队追赶。奥巴台吉只好组织人马撤退，撤出大门口，令狐霸清点几个领催，独不见司马冲。柳嫣霞禀告说:“司马冲已经被俘，应该不是被杀。”令狐霸挥刀欲杀回去营救。只见铁木额带着大队人员已经冲出营门。

柳嫣霞劝说：“暂时救不了，只能以后想办法。”于是令狐霸断后，掩护大队人马撤退。撤退时人马混乱，黑暗中又踩死不少人。大家拼命跑啊跑，直到看不见追兵的影子。

天渐渐放亮，云开日出，队伍仍在奔驰。再回头见科尔沁兵在痛哭流涕，许多兄弟一夜之间再没能回来。很多人不是被俘就是被杀。是什么原因导致今天的败局？奥巴台吉一直在苦苦思索。

奔跑中，舒木尔问道：“我们秘密精心准备的夜袭，为何林丹汗早有提防？”奥巴台吉蹙眉长叹：“哎，我怀疑我们队伍中有内奸，那这个内奸到底是谁？”

令狐霸策马靠近奥巴台吉禀告：“撤退时司马冲领催被俘，我队阵亡三十人，失踪十八人，受伤四十二人。这次夜袭，我才发现本门绝世刀谱已落入敌手，形势相当危急！”

奥巴台吉心头一惊：“什么？那绝世刀谱是什么时候丢了？怎么会这样？”令狐霸说：“交给小徒司马冲后，被人偷走，要不然怎么会出现长刀队？所幸他们刀法不熟，功力尚浅，还不是老夫的对手。”

舒木尔给马狠抽了一鞭说："林丹汗显然是有准备的，事先一定知道我们要夜袭。究竟是谁告的密？"令狐霸沉思半晌说："从城中的埋伏看，他们肯定提前知道我们的行动，这才导致我部损失惨重。我提议回去后，立即杀掉那个女奸细，不用再啰里啰唆。"

队伍快到科尔沁旗。舒木尔说："我们对奸细就是心慈手软，才导致今日的败局。我看不用再审，直接砍了，才能杀一儆百。"奥巴台吉目睹一路的残兵败将，听着满腹的牢骚狐疑，说："我也正有此意，对于奸细宁可错杀，也不能漏网。"

远远能望见科尔沁了，那熟悉的蒙古包就在眼前。人们都跃马扬鞭，加快了速度。可走近一看，每一个人都惊呆了！

城门内外到处是士兵的尸体，城墙上的旗帜只剩下半边在风中飘扬，青石板上，城墙砖上，树丛中到处是血迹斑斑。这里显然刚刚经过一场血战。

队伍刚进城门，一个手臂受伤的八旗兵向舒木尔痛哭道："察哈尔多罗特部的一支队伍昨天袭击了大营，现在已经走了。"

奥巴台吉闻报，气得咬牙切齿："王八蛋！察哈尔人是如何知道我要夜袭他们？城中家眷可有伤亡？"

走进大营，只见扎克图满身血迹，过来跪报："台吉可回来了！你们夜袭是否旗开得胜？"众人都不语。

扎克图接着说："你们走后第二天，一个白胡子将军手执红缨枪带着一支队伍就攻了进来。城中空虚，兵微将寡。我与之苦战多时终不能敌，士兵死伤不计其数。那白胡子将军要我们寻找其女甄琴。我道她是奸细现已押在死牢，不能放还。"

奥巴台吉问："那白胡子将军叫什么？可有人认得他？"

扎克图含泪说："听南珠格格说，他叫甄老鳄，是明朝原禁军教头。他听说我们不能放还其女，就一连杀了数名士兵，并扬言如再不放甄琴就要将台吉的家眷一起杀掉！"

这时，南珠从后营赶来，哭问："为何不见司马冲？"柳嫣霞拉着她的手说："格格莫哭，司马冲为掩护主力撤退被俘，暂时没有性命之虞。"

南珠哭道："你们都回来了，他武功还是太差！为何不救他？"柳嫣霞说："我亲眼所见，当时若不是放箭，我定将他救回。此事当从长计议，我们一定要将其救回。"

南珠说："那甄老鳄只有我认识，他要求放了甄琴，便可保住台吉家眷老小。我劝扎克图答应他。"

扎克图哭道："为了保住台吉家眷老小，我只好答应他的要求，放了甄琴。请台吉治罪。"

奥巴台吉看着自己的父母、福晋及孩子们都安好，稍稍有些宽慰，关心地问："其他参领、佐领家眷是否安好？"

众人回答："都安好！"扎克图说："多亏南珠格格从中斡旋，才使甄老鳄手下留情。只是牺牲了不少士兵，需要抚恤。"

奥巴台吉怒目圆睁说："此次夜袭我部损失惨重，牺牲的士卒要厚加抚恤。察哈尔同我再结冤仇，此仇不共戴天，我对天起誓，一定要消灭仇敌，铲除林丹汗。"

舒木尔进谏："眼下我旗损兵折将，不可再战，即刻向皇太极修书一封，详告实情。皇太极也许会发兵支援。"奥巴台吉长叹一声说："此次出兵讨伐，未获皇太极恩准，我担心皇太极不肯发兵救援。"

令狐霸冷笑道："台吉莫忧！有南珠格格在，皇太极敢不发兵？请格格修书一封，此事定成。"

南珠也是忧心忡忡，说道："我看未必，阿玛本想将我嫁到叶赫，我却逃到科尔沁，定然恼火。现在落难求援，阿玛未必肯出手。"

舒木尔深思半晌后说："当前，如果单单救出司马冲不难，可以我部的兵力要想消灭察哈尔，几乎不可能。没有外部支援，不可轻举妄动。格格，无论成败如何，还是要试一试。"众人都道言之有理。

午餐送过来，面对美味佳肴，南珠却吃了几口，实在难以下咽。想到冲哥仍在敌营，禁不住忧心如焚。于是放下碗筷，来到书房，提笔写道：

尊敬的父汗：万福金安！

吾已平安到达科尔沁旗，现在奥巴台吉后营向阿玛问安。台吉盛情款待，吾体康健无恙。此番出逃，情非得已。吾并非不想出嫁，有悖于汗意。乃因布占木答应女儿两件事，一件未办。故此暂缓出阁，以观后效。祈望父汗多多体谅。待他办完两事后，吾当出嫁，决不食言。台吉此番讨伐察哈尔，因消息泄露，损兵折将，不敢再战。司马冲并未被害，现已拜令狐霸为师。此战中，为掩护主力撤退，不幸被俘，生死旦夕。科尔沁岌岌可危，特向父汗请求援兵。求父汗不计前嫌，发兵讨伐察哈尔。否则，吾等危矣。

南珠格格泣拜

于二月初三日

南珠写毕，即将信交给奥巴台吉。奥巴台吉也写了一封信，内容相差无几，即刻传唤扎克图。台吉将两封信一并交给扎克图，送往盛京。

57. 生死未卜

原来自甄琴逃离察哈尔敖木伦后，甄老鳄就万分焦急，每天眼巴巴盼着女儿回来。可等了几天，也不见甄琴一点儿影子。心想有什么话也该说完了，有什么理也该弄明白了，到现在也不肯回来，莫不是要私奔了？老鳄越想越不对劲，整天心神不宁，不知如何是好。

忽然一天，听说科尔沁人要偷袭。老鳄于是主动请缨去袭击科尔沁大营，准备趁其空虚，将老巢给端掉。林丹汗当即同意。老鳄只带百余骑，超小路直扑科尔沁。

一打听，甄琴原来被他们关在大牢里。老鳄一听更是急火攻心，因此杀了不少士兵。若不是南珠出面，老鳄定要将奥巴台吉的家眷都杀掉。幸亏他们及时放了甄琴，老鳄这才停止了杀戮。

甄琴见爹爹领兵来救，刚从大牢里放出，当然喜不自禁："爹爹，你可来了！再晚来一步，可能就见不到我了。"

老鳄要求科尔沁人给她准备一匹马，见琴儿上马了才放心说："你说什么？他们想杀了你？我看借他十个胆都不敢！"

甄琴喜极而泣说："有什么不敢？他们非说我是奸细，要杀了我祭旗，若不是司马冲苦求，女儿可能身首分家了。"

老鳄怒气冲天："真是岂有此理！自己不会打仗将气洒在别人头上。"甄琴得救后，大家准备走原路返回。

老鳄还想杀他几个，甄琴劝道："爹爹，算了！多杀一个就增加一分仇恨，他们信守诺言，我们还是趁早返回吧。”

这一队人马就在奥巴台吉回来之前，结束战斗回去了。因奥巴台吉走的是大路，倒也没碰头。甄琴面容憔悴，双眼布满血丝，浑身脏乱不堪。路上甄老鳄取笑道：“现在想通了吧，跟着那小子，有什么好果子吃。他为虎作伥，与师为敌，我迟早清理了他。”

甄琴知道这中间误会很深，只淡淡说：“他不是你说的那样，另投师门是有苦衷的，当时也是迫不得已。那‘独眼关公’令狐霸不是你的故人吗？”

老鳄余怒未消，狠狠说：“那也不行，另投师门就是看不上我这个师父，休得为他狡辩！你这次为他差点送了小命，还不知悔改。”

父女二人仍然说不到一块儿，一时争得不可开交。几天后，队伍到达敖木伦，甄老鳄向林丹汗禀告军情，得知那边也是大获全胜，还俘获了司马冲。长刀队牺牲了一部分人，但主力仍在。额哲小腿受了刀伤，伤口很深，流了不少血。

额哲受伤的消息传到甄琴这里。甄琴一乐笑道：“怎么不砍死他！是司马冲干的？谁叫他技不如人？多行不义必遭报应！”

老鳄正在磨枪头，又不高兴，回头说：“上战场受点伤很正常，你在那儿幸灾乐祸忒不地道！他不是也练了什么怪刀法？”

甄琴冷笑道：“我就怀疑他那刀法是偷学的，上次不是我拦着，早给司马冲杀了！经常偷鸡摸狗，这叫遭报应！”

枪头擦得油光放亮，老鳄还在擦，抬头说：“额哲受伤了，我们是不是也该去看看？”

甄琴灵机一动，说：“正好将上次的聘礼，拉回去退给他。”老鳄收起枪，摆摆手说：“那怎么行！退给他不是摆明我们要退婚吗？”

甄琴于是吩咐白莲说：“把上次贝勒爷送的蟒缎、闪缎各准备一箱。我们要去看望额哲。”甄琴偷偷将下聘礼的全部黄金藏在蟒缎、闪缎下面，封存在两个箱子里。唯独瞒着老鳄。

老鳄叫仆从用鞍马带着两个箱子，和甄琴一道来到贝勒府。额哲正躺在炕上，右腿缠着布带，见甄老鳄来了，连忙坐了起来。

甄老将军正色道：“惊闻贝勒爷受伤，老夫特来看望，顺备薄礼，不成敬意，敢问伤情如何？”

额哲见仆人抬着两个箱子进来，忙说："都一家人了，来就来，还带什么东西！抬回去，快抬回去！"甄琴在旁说："我们汉人最讲礼仪，看望病人一定要带礼物的，都是些布匹，不成敬意！"

仆人放下箱子就离开了。额哲信以为真，就没有再推辞。老鳄看了一下额哲的腿伤，那刀口又深又长，若不是骨头挡一下，定然砍断，于是说："显然对手是有意教训一下你，不是要你性命。以后，练武再不勤奋，就不止今天的下场了。"

额哲惨笑道："感谢将军教诲！我一定铭记今天的耻辱，伤好后好好练习刀法。难得琴儿回心转意，在科尔沁还吃得饱吧？"

老鳄一声苦笑："在科尔沁被人家当奸细抓起来，关在牢里，差点小命都没了！"

甄琴一时无语。额哲看着她甜美的样子，想起被司马冲砍的这一刀，突然狠狠说："他今天落在我的手里，我要让他求生不得，求死不能！"

回来的时候，甄琴仔细体会那话，不像是说假话。看来司马冲这回凶多吉少，在劫难逃。额哲一向心狠手辣，鬼点子多，说到做到。大牢里一定有重兵把守，想救他出去，谈何容易？这可真难办啊！

老鳄父女走后没多时，贝勒府又来了一位将军，正是铁木额。铁木额进门施礼道："贝勒爷吉祥！待我看看伤口，太医可曾看过？"

躺在炕上的额哲隐隐感到伤口有些疼痛，低声说："太医给了点药，血是止住了，可只要一动就痛。"

铁木额从怀里掏出一个小盒子，说："这是我珍藏的金创药，但凡刀伤，只要洒上点，就能消炎止痛，不日康复。此次前来另有一事，欲同贝勒爷商量。"

额哲说："感谢你！我现在就洒上点试试。有什么事不妨直言。"

"这次科尔沁夜袭，我们长刀队损失了不少人，锐气重创，军心不稳。那司马冲听说是令狐霸的徒弟，刀法绝不在你之下。我想不如将他招降，充实到长刀队。敢问贝勒爷意下如何？"

"此人秉性执着，不易招降，跟琴儿从小青梅竹马，至今藕断丝连。我看先让他尝尝新做的几样刑具，吃尽苦头，实在不行就一刀了结算了。"

铁木额耐心劝道："杀个人，对我们都不是难事，难的是争取将才为大汗效力。正所谓千军易得，一将难求！当下草原群雄逐鹿，察哈尔刚刚有些起色，我等要居安思危啊！”

额哲打开盒子，将药粉洒了一点在伤口上说：“我不报这一刀之仇，誓不为人！这几天，我行动不便。你如果想招降，就不妨试试。不过得奏明父汗，征得父汗准许。”

铁木额应道：“在下谢过贝勒爷，在今夜晚宴上，我要亲自向大汗陈明利害攸关。”说完告辞而去。

为了庆祝这次大捷，察哈尔多罗特部在敖木伦大营举行隆重的庆功宴会。凡佐领以上的将官都齐聚一堂。大家眉飞色舞，喜笑颜开，宴会上气氛十分活跃。

林丹汗端起一大碗酒，高兴地说：“这次夜战，我们全体将士无惧强敌，浴血奋战，不仅长刀队杀得敌人落花流水，而且成功驱散了和尚的毒蛇；不仅捣了奥巴台吉的老巢，而且还救回了甄琴。更高兴的是阿莽还生擒了科尔沁一个领催，是阿莽潜伏敌营，事先得到消息，才有了今日胜利！让我们端起酒来，满饮此碗，共庆大捷！”

宴席上各队参领、佐领都齐声吆喝，高呼：“大汗英明！大汗神武！大汗必胜！”林丹汗接着宣读了嘉奖令：“铁木额力战令狐霸，不辞劳苦，组训刀队，赏银二百两；阿莽武艺超群，大战鸿鹄，生擒司马冲，赏银二百两；额哲窃得绝世刀谱，献计献策，英勇负伤，赏银一百两；甄老鳄夜袭敌营，扎雷献计驱蛇，各赏银一百两。其他伤亡士卒依律抚恤。”

宣读完毕，全场一片沸腾，大家一致称赞：“大汗高屋建瓴，运筹有方，草原必将统一于察哈尔。”宴会上，一阵觥筹交错，歌舞升平，好不热闹。唯独铁木额忧心忡忡，一直惦记着大汗的下一步，担心一步走错，满盘皆输。

大汗刚刚喝完一碗酒，这会有空。铁木额赶紧上前，拉着大汗的手问道：“大汗，那个被擒的司马冲，打算如何处置？”

林丹汗虽然喝了些酒，但神志仍然清醒，说：“此事关系到察哈尔的江山社稷，如果查实司马冲和甄琴的关系非同一般，格杀勿论。”铁木额劝道：“这正是我担心的，司马冲一表人才，有勇有谋，刀法不在额哲之下。长刀队正缺这样的将才啊，我斗胆建议招降。”

林丹汗摇摇头说：“若他跟甄琴藕断丝连，两小无猜，额哲又迟迟不能大婚，岂不是坏了大事？只有杀了他，断了甄琴的念头，额哲才会尽早完婚，早续子嗣。”

铁木额苦劝：“萧何曾在月夜追回韩信。刘备三顾茅庐请得诸葛亮出山。大汗怎忍心杀戮人才？”

林丹汗吃了一口肉，满不在乎地说：“怎见得他就是人才？没准也是草包一个！既然如此，那就让你先想办法招降试试，反正人在我们手上。”铁木额这才应声离开。

58. 宁折不弯

春寒料峭，四壁清冷。再说司马冲关在牢房里，每天不是泡菜、腌菜就是臭豆腐，菜里没有一块肉，面饼硬得像石头，甚是难咽。戴着脚镣手链，什么功也练不了，只能双眼望着沉重的铁门，不知所措。

那些狱卒就像吃屎长大的一样，整天呼天吼地。司马冲从小在古墓里受过一些罪，对打骂早已司空见惯。一日，司马冲要喝水，喊了半天：“请给口水喝吧！我喉咙里冒烟了。”也不见动静。

一名小胡子狱卒端进来半碗黄水，司马冲一饮而尽，就是感觉有点骚，问道：“这什么水？这么难喝！”那狱卒一乐：“这是爷刚拉的尿，没喝出来吗？”

司马冲气得将碗往那狱卒头上一扔，骂道：“龟儿子，让老子喝尿，叫你不得好死！”那狱卒一闪，碗被扔到墙上，摔了个稀巴乱。狱卒转身找来一长鞭，对着司马冲就是一鞭，骂道：“你敢骂爷，爷让你吃屎没人拉！”

司马冲到底是习武之人，轻松一闪，就躲过那一鞭，就着手上的铁链一扫，当场打得那狱卒一双小腿血流不止。那狱卒欲挥鞭再来，这时从外面冲进来一名汉子叫道：“且慢，休得放肆！”

那汉子夺过狱卒的皮鞭，吩咐道：“速速去泡一壶好茶过来！”来人正是铁木额，一双眼睛炯炯有神，几条小辫子垂于耳际。铁木额上前亲自打开了司马冲的脚镣手链上的锁，说：“司马少侠，受苦了！这些狱卒狼心狗肺，完全曲解了大汗的旨意。铁木额在此给少侠赔礼道歉，请少侠海涵。”

司马冲去掉了脚镣手链，顿觉轻松许多，可心里余怒未消，瞟了一眼来人道：“你是何方神圣？在此猫哭耗子——假慈悲。”

铁木额笑道：“在下铁木额，总领长刀队事务。久仰少侠英明睿智，才高八斗，武艺精湛。林丹汗恩泽四方，求贤若渴，欲重振成吉思汗雄风。试问少侠可否愿意同在下一道携手并肩，共图霸业？”

须臾，那狱卒端上来一壶热茶。铁木额亲自给司马冲倒了一碗，接着说：“有人欲置少侠于死地，在下在大汗面前苦求才征得准许，望少侠三思而行。”

三口热茶下肚，司马冲才感觉稍稍清爽一些，回道：“想杀便杀，休得啰唆！我刀法不精，也不是你对手，该杀就杀！”

铁木额见热脸贴了冷屁股，只好低声道：“容你考虑三天，不要急着答复我，是非利弊请少侠再三权衡，万勿错失良机。”转身对小胡子狱卒说：“从今天起，不得虐待少侠，顿顿有酒有肉，如再有闪失，军法处置。”那狱卒头点得如小鸡啄米，连声称是。

临走，铁木额仍然苦劝：“少侠师从令狐霸，跟我们的刀法一脉相承，我们正缺你这样的将才，请少侠三思！”

司马冲一听刀法更火，骂道：“察哈尔都是些奸诈小人，偷了我们的刀谱还不算，还要挖科尔沁的墙角，真是痴心妄想！”铁木额无奈只好暂时离开。

接下来几天，司马冲的日子有所改善，脚镣手链也不用戴，每顿不是牛肉就是羊肉，要不就是鸡鸭或者鱼，还有二两好酒。司马冲一想，好酒好菜先吃饱再说，若投降了甄师父，又如何对得起令狐师父？如何对得起南珠？都怪自己一时粗心，丢了刀谱，导致师父的刀法外泄。倘若稍稍用心一点，看看刀谱也不至于到了战场上才发现是假的，真是追悔莫及。现在想找回真刀谱不亚于上青天！

第四天，狱卒送来的依旧是好酒好菜，司马冲不管三七二十一吃得饱饱的。狱卒刚收拾完碗筷，门口走进一个人，还带了两个壮汉。司马冲认出此人正是额哲。

额哲走路有点拐，显然腿伤好了些，笑道：“司马兄，你这坐牢的日子不比在科尔沁差吧，我看长了不少膘吧！”

司马冲知道他心怀叵测，回道：“多谢贝勒爷关照，下次你关到科尔沁也让你享受一番。我那一刀没伤到你的骨头吧？”

额哲扫了一眼昏暗的牢房，说：“好得差不多了，多谢你刀下留情！你感觉还有机会将我关到科尔沁？”

司马冲正色道：“你早就是我手下败将，只要给我一把刀就行了。”额哲冷笑道："你已经没有机会了，不过我们察哈尔缺你这样的将才，上次铁木额给你讲的事，你意下如何？"

一阵冷风吹来，司马冲打了一个寒战，回道："不用考虑了，想要我投降，除非天地合！"额哲脸色一沉说："司马小儿，不要敬酒不吃，吃罚酒！我们已经给了你三天时间了。"

司马冲说："三年也没用！我是不会同你等沆瀣一气的，你们不要白日做梦了。"额哲一听，叫来那两个壮汉说："对不起，要将你的脚镣手链重新戴上了。"

这时，两个壮汉过来将地上的脚镣手链又给司马冲戴上，而且比以前收紧了不少。司马冲感觉到行动不便，可嘴上却说："要杀便杀！别拐弯抹角！你练的鸡鸣狗盗的刀法终究上不了战场。"

额哲被他说得十分恼火，吩咐道："来人，将他吊起来！"不一会儿工夫，他们将司马冲吊在一根绳子上，两脚分别用一根绳子拉着。

其中一个汉子问："先让他尝尝哪个刑具？"额哲一眨眼说："先让你尝尝'铁砂掌'的厉害。"司马冲以为是什么武功，轻描淡写地说："那你就出招吧。"

谁知那汉子却生起炭火，将一块巴掌大的铁片反复烧，一直烧得鲜红鲜红。司马冲这才明白，原来"铁砂掌"就是这个，后悔不该让他那么容易上吊，控制自己。

额哲一声令下："先给他小腿上来一掌！"只见一名汉子将红红的铁片往司马冲小腿上一贴。司马冲感觉一阵撕心裂肺的疼痛，挣扎着骂道："龟……龟儿子！我咒你断子绝孙，不得好死！"

额哲接着问："想好了没有？现在投降还来得及，就省得我用其他办法了。刚才这一掌是还给你的，你让我腿痛了那么多天，流了那么多血，总不能就这样算了吧。"

那汉子将红铁抬起，司马冲仍然感到疼痛无比，接着骂："龟孙子！我咒你察哈尔天诛地灭，永世不得翻身！"额哲冷冷地说："鸭子死了嘴硬，叫你咒我！给他再来一掌。"

那汉子接着在司马冲屁股上又来一贴，鲜红的铁片渐渐变成暗红，不断冒着青烟。司马冲痛得不住地骂："狗日的杂种，狗日的杂种！狗崽子啊！狗崽子啊！"很久很久，那人才将铁片抬起。

那额哲仍不解恨，吩咐道："换个玩法！夹手指！"只见两名汉子将一套工具套在司马冲手指上，各自用力拉，直拉得吱吱作响。司马冲立即痛得冷汗涔涔，叫骂不止："你们这些狼心狗肺的东西，小心死无葬身之地！"

额哲问道："你到底降还是不降？我可没耐心陪你玩了，今天是教训教训你，让你知道王爷长了几只眼睛！"

司马冲痛得呻吟不止，全身不停地挣扎。那两名汉子仍不停手，似乎要将他往死里整。额哲也不阻止，在一旁直乐："想死，没那么容易！这'老鼠夹'还可以吧？我再问你降还是不降？"

司马冲仍然坚定地回答："有你这样招降的吗？奶奶的，你这样做要遭天谴，遭报应。"

额哲随后说："我看谁遭天谴，来，上'老虎凳'。"那两名汉子将"老鼠夹"松开后，将司马冲带到另一间暗房。果见有一套刚做好的刑具"老虎凳"，还没人试过。

那两名汉子先将司马冲双手固定在两端木架上，两腿捆绑在长凳上，小腿却不固定。司马冲没上过"老虎凳"，也不知反抗挣扎。只见一名汉子往脚下垫了两块砖头，司马冲感到双腿无比疼痛，骂道："这是哪个兔崽子想出来的玩意儿，你给我一刀吧。"

额哲仍在奸笑："怎么样？这'老虎凳'名不虚传吧？你就降了吧？"

司马冲接着骂："龟儿子，不给我一刀，你就是我龟儿子！"

额哲说："继续加砖头。"那汉子又往脚下加了一块砖头。司马冲感到一阵剧痛，骨头好像要断了。那汉子又拿起一块砖头正想加，冷不防一阵阴风扫过，被人一掌打翻在地。

狱室里突然冲进一位身姿绰约，亭亭玉立的姑娘，来人正是甄琴。甄琴打倒拿砖头的汉子，又迅速踢掉了司马冲脚下的砖头，说："贝勒爷，想不到你如此歹毒！上次真该叫他杀了你！"

额哲说："我这不是招降吗？我敬重他是个人才，才留他性命，不然给一刀不就完了。"

司马冲见是琴妹，大吃一惊说："你若再晚来一步，我不死也残了。他分明是在复仇！"

59. 真假狱卒

甄琴将“老虎凳”上的绳索一一解开，见司马冲双手血淋淋，腿上屁股上到处是伤痕，骂道：“好狠毒的人！上次若不是他刀下留情，你早就没命了。”

额哲噘着嘴说：“这种事，你最好不要管。你不能把他放了，你们两个快快将犯人押到牢房。”司马冲刚下“老虎凳”，双脚根本不能行走。那两名汉子将司马冲又押送到原来的牢房，才离开。

甄琴随司马冲来到牢房说：“你什么伤天害理的事都做，我再不管，你将来死无葬身之地了！”额哲锁好房门，只留甄琴在外面才放心离开。

只剩下两个人了，隔着一个窗口。司马冲才说：“你不是关在科尔沁，这么快就出来了。”甄琴笑道：“这叫三十年河东，三十年河西。没想到我们这么快又见面了！是爹爹趁你们偷袭，救我出来的。”

司马冲长叹一声说：“哎，额哲偷走了师父的刀谱，用个假谱骗得我们好惨，致使战场失利。你能否帮我找寻真刀谱的下落？”

甄琴苦笑道：“他一定藏在一个十分诡秘的地方，平常人是不容易找到的。你还是想想如何脱身吧，此处何等危险！你不是没见识过。”

甄琴见司马冲的衣服不仅破乱不堪，而且十分脏臭，说：“你等着，我去找套干净的衣服给你换上吧。”

望着琴妹远去的背影，司马冲心旌摇动，没有女人的日子就像鱼儿离开了水，了无生机。多美的姑娘啊！自己怎么舍得放手？可一想对南珠的承诺，又恢复了理智。牢房里阴暗潮湿，终日不得自由，真想在阳光下晒晒太阳，吹吹暖风。就是这样的奢望也无法实现，如今身陷囹圄，想脱身谈何容易？

没多久，甄琴兴冲冲地回来，递过一包东西说：“这是一套爹爹穿的干净的衣服，你换上吧。里面还有一包药，专治烫伤。”

透过窗户，司马冲颤抖着接过衣服和药，感到无比欣慰，说：“麻烦你了，真不知怎么感谢你！”

甄琴笑道：“又说呆话，我要你感谢我有何用？我已经想好帮你逃离的计策，你这几天安心养伤，恢复体力。”看着狱卒就在眼前，她故意压低了声音，欲言又止。

司马冲一愣说："我们逃到哪里去？"甄琴脸上红霞一飞，小声说："我讨厌这打打杀杀的日子！跟我一起回古墓，好不好？"司马冲心里十分矛盾，说："可科尔沁怎么办？"本想说南珠，又怕琴妹不高兴，只好含糊其词。

甄琴低声说："我管不了那么多，统一草原的宏图霸业跟我又有什么关系？我劝你尽早回头是岸，免得丢了性命。我不跟你胡扯了，不然让狱卒发现，就不好办了。"说完转身离开了牢房。

擦了点药，又换了套干净衣服，司马冲感觉疼痛是轻了点，可心情仍然十分郁闷，一想到丢失的刀谱，心里就像火烧一样。自己被俘，不知道南珠会急成什么样子。不过她跟中原三怪在一起，安全应该不会有问题。现在当务之急是如何快点出去，考虑别的也没有用。

这几天，饭菜又回到了从前，顿顿腌菜、泡菜，没酒没肉，实在难以下咽。不过伤口渐渐结痂，正慢慢康复。心想，琴妹到底何时救我出去？

再说额哲用刑招降失败后，回到贝勒府。一日，铁木额进门就问："前天怎么样？那小子答应了吗？"

额哲气得一摔茶杯，说："你好酒好菜，喂了几天，那小子就是不开窍。'铁砂掌''老鼠夹''老虎凳'都上了，那小子死活不降。"

铁木额责怪道："错也！贝勒爷为何要用刑？你这样做只会增加仇恨！现在麻烦大了！走，我们去见大汗去，看看还有什么高招？"

二人来到汗宫，林丹汗正在同西藏僧侣图克图研究红教。由于蒙古各部都信奉黄教，推行红教几年，很多人仍不喜欢。铁木额进门施礼道："大汗吉祥！招降一事，属下已经同司马冲讲明。大汗一片诚心可昭日月。"

额哲问道："那司马冲软硬都不吃，儿臣先后用三种刑具，他就是不肯归降察哈尔。敢问高僧可有良策？"图克图仰望窗外的苍天，劝道："此人被俘时，贫僧见过一面，依贫僧看此人的确有经天纬地之才，要么收服，要么早除。他不肯招降，日后怕是察哈尔的克星。"

林丹汗因为黄教问题，这几日心情本来就不好，于是说："高僧所言极是，既然不肯归降，只能早除，留着将来恐怕对察哈尔不利。此人涉及额哲的婚姻大事，如不早除必有后患。"

铁木额长叹一声说："哎，大汗能否宽限几天？属下再想想办法，也许有转机。”

林丹汗脸色一沉说：“不用了，当断不断，必有后患。夜长梦多，失去机会以后恐怕就难办了。司马冲明日午时行刑，不得有误。”

铁木额见已成定局，痛心不已。只有额哲心里那个高兴，好像马上要娶媳妇了，微微一笑回道：“遵命。”

再说司马冲在牢房里连吃多日的腌菜，正一筹莫展。突然一天中午，狱卒送来一只烧鸡、一条小鱼、一壶二锅头。司马冲不由分说，拿起就吃，边吃边问：“是不是待会儿又有人来劝降？”

那狱卒一声冷笑：“傻小子，快吃吧，吃饱好送你上路。”司马冲一愣，一条鸡腿咬了一口不敢吃，说：“什么叫上路？是准备放了我？”

“上路，就是送你上西天！见如来佛祖。你死到临头，还不明白？简直傻到家了。”

司马冲没想到他们要动真格，问道：“那什么时候动手？”

“明日午时开刀问斩，你有什么话赶紧写下来。天堂有路你不走，地狱无门你偏要进。实话告诉你，时日不多了。”那小胡子狱卒一本正经地说，不像是骗人。

司马冲边吃边想，这事儿坏了，不知琴妹知道不知道，如果不知那不是糟了。虽然饭菜很可口，可终究吃得不香。

那小胡子狱卒不知从什么地方找到毛笔和纸张，说：“有什么遗言赶紧写下来吧，听说你上有老娘，家有未婚福晋。”

司马冲本没什么遗言，为了麻痹他们，只好像模像样地写了两封家书，算是遗言吧。怎么还没有动静？心想，琴妹难道真的不知？

到了吃晚饭的时间，那小胡子狱卒给司马冲送来一条烤羊腿、一个猪肘子，外加五壶二锅头，说：“各位兄弟，托司马兄弟的福，你们每人一壶。”

这时，牢房里还剩下四位狱卒，那小胡子狱卒取出四壶酒，分别交给他们。这些狱卒都是酒鬼，见了酒不要菜都喝得喷香，一个个一口口地喝。独司马冲吃得心不在焉，为何琴妹还不动手？

那小胡子狱卒突然伸手拍了拍司马冲的肩膀说：“赶紧吃，吃饱了好上路。”司马冲听到一个沙哑的声音，也没多想，于是加快速度，不一会吃完了羊腿，正在啃猪肘子。

忽然，那个喝酒最多的狱卒一头倒地，随后两名也跟着倒地不起。剩下一个喝得少的还没发作，叫道：“不得了，要坏事了。”

只见那小胡子狱卒抽出宝剑，只一剑就刺死那个没发作的狱卒。司马冲看得目瞪口呆，半晌未说话。那小胡子狱卒从另一个狱卒身上取过钥匙，打开司马冲的牢房，再打开司马冲的脚镣手链。

司马冲果然听到一个女声：“呆头，快走！晚了就来不及了。”司马冲放下猪肘子，跟着那个小胡子狱卒飞跑出牢房。跑到门口一条胡同，见到一个小胡子狱卒躺在血泊中。

司马冲此时才明白是甄琴假扮成小胡子狱卒的模样，给自己送饭。只见她掀开面具，露出女儿真面目。甄琴笑道：“不下点药，真要打起来，很难脱身。你猪八戒的肚子填饱没有？”

司马冲从狱卒那里抢了一把剑，笑着说：“吃饱了，你是怎么想到这个主意的？连我都没认出来。快掀了吧，我们走。”

二人跑出牢房，走在一条通往营门的小道。甄琴重新又戴上面具说：“现在还不能掀掉，不然别人发现是我放走你的，又有麻烦了。我是躲在大汗的厢房，才偷听到他们要处死你的消息。”

此时，天已经黑了，迎面碰到两个侍卫。司马冲伤口好得差不多，吼道：“爷正好要练练筋骨，看剑！”说完向其中一名侍卫一剑刺去。那侍卫接不到五招，就被司马冲一剑刺中前胸，当场毙命。

另一名侍卫发现异常，叫道：“这不是抓回来的那个俘虏吗？什么时候跑出来了？快来人呀。”甄琴一阵快剑，直杀得对方无暇叫喊。不到三招，那侍卫也被甄琴刺中咽喉，倒地而亡。

眼看快到围墙，翻过围墙就出敖木伦大营了。谁知墙脚站着一名壮汉，手持钢刀，威风凛凛。司马冲走近一看，正是阿莽。阿莽骂道：“狗崽子，脚底下一抹油想溜啊！还有内奸，你个吃里爬外的东西。往哪儿走？”

显然，阿莽没有认出甄琴，他以为是小胡子狱卒。司马冲赶紧掏出宝剑，对甄琴说：“我们双剑合璧，他不一定能赢。”

60. 救命项链

甄琴想起九玄神剑，顿时信心百倍，一招“瞒天过海”剑尖猛然刺到阿莽的肩头。司马冲一招“声东击西”剑尖同时刺到阿莽的小腹。如若平常，阿莽对付其中任何一个，都不是问题。可今天，他们是双剑合璧，攻势十分凌厉。

阿莽左挡右拦，应对十分惊险。刚刚挡住甄琴的剑尖，可司马冲的剑锋已经杀到，阿莽不得不收剑招架。好在阿莽刀快，顷刻之间将二人攻势一一化解。九玄神剑虽然厉害，但司马冲已多日没练，剑法生疏了不少，很快给阿莽找到破绽。

此时，甄琴一招“海底捞月”刚刚扫过阿莽的双脚，被其跳起躲过。轮到司马冲出招“破釜沉舟”时，本来应该攻其咽喉，却剑走偏锋，刺到阿莽肩头还差了很大一段距离。被阿莽一刀砍来，眼看快砍到前胸，司马冲无奈，只好抽剑回来招架。这招“破釜沉舟”被阿莽成功破解。

阿莽见刀被挡住，忽地飞起一脚正踢中司马冲小腹。司马冲感到一阵腹痛，当即倒地，剑也撒手了。阿莽上前一步，抓住司马冲的衣领道：“小子，有牢头作内应，你想跑是吧？给我老老实实回去。”

甄琴见司马冲再次被抓，一剑刺向阿莽。阿莽挥刀应付自如，见招拆招。不一会儿时间，甄琴也处于下风，只能招架，无力进攻。甄琴心想，这样下去，我不但救不了他，而且身份会暴露。于是虚刺一剑，一转身向树林跑去。

阿莽冷笑一声：“小胡子，往哪里走？”司马冲叫道：“你快走，快走，不要管我。”甄琴趁着夜色逃遁，不一会儿消失在树林里。

阿莽本想去追，怎奈被司马冲拖住，只好放弃，于是抓住司马冲的一只手腕道：“老实点，跟我回去！不然，我现在就一刀砍了你的脑袋。”司马冲只好自认倒霉，想不到一场精心设计的越狱，功亏一篑。

等到了大牢，阿莽才发现小胡子狱卒早已被杀，其余人等皆处于昏睡之中。于是又叫来一帮士兵，将司马冲重新关押起来。

深夜，林丹汗得知司马冲越狱又被抓回，震怒道：“简直反了天，一个受伤的俘虏，你们都看不住，都是酒囊饭袋！”

额哲在一旁解释道：“有人在酒里下了药，致使狱卒全部倒下，以后狱卒无论如何都不得饮酒。”

林丹汗准备到胜蓉处休息，听到牢房急报，只好同额哲商议。额哲一咬牙说：“父汗，此人一日不除，我等都夜不能寐，不如斩立决！何必等到明日午时？”

这边胜蓉已然打扮得香艳艳，娇滴滴，长发如溪，嫩肩似雪，宛如春风中的一朵梨花，只等采摘。林丹汗多日不见，心急火燎，于是说：“此人十分顽固，不用等到明日午时，斩立决。”

须臾，几个刽子手将司马冲五花大绑，已经押到跟前。额哲厉声问道：“司马小儿，今夜就送你上西天，你还有何未了之事？”

司马冲一惊说：“奸诈小人，反复无常！不是说好明日午时吗？为何提前行刑？在下除两封家书外，还有一件大事未了，未婚福晋托我寻找这条珍珠项链的女主人。”说完一名刽子手将两封家书和那条项链一并呈给大汗。

林丹汗从那人手中接过那条项链道：“一条破项链，好办，明天我托人还给你的未婚福晋就行了，顺道叫她来收尸。你的未婚福晋是那位？不是那个汉女吗？”

此时，胜蓉已经等得不耐烦，干脆就进来了，说：“我瞧瞧什么项链，如何让你放心不下？”

胜蓉拿起项链一看，只见弥勒佛吊坠背面刻着“海枯石烂，天荒地老”，顿时脸色突变，问道：“欲斩何人？又是从何处得到这条项链？”

司马冲又被押进门前，回话：“在下司马冲，我的未婚福晋叫林南珠，这条项链是她娘留在她的襁褓中的，是她唯一的信物。”

胜蓉又问道：“你的未婚福晋今年芳龄几何？”司马冲看着眼前的美人风韵犹存，的确有几分像南珠，回说：“今年已经十九了。”

胜蓉一时神色慌张，泪流满面，“扑通”一声跪在林丹汗跟前说：“此人万不可杀，臣妾恳求大汗刀下留人！”

林丹汗双眉紧蹙，不解地问：“此人跟你有何瓜葛？为何替外人求情？”胜蓉一边擦泪一边说：“臣妾一言难尽……请借一步说话。”

林丹汗示意左右退下，只留下胜蓉一人，说：“现在你可以说了吧，到底有何瓜葛？”

胜蓉道：“司马冲的未婚福晋很有可能就是我失散多年的千金，这条项链就是臣妾亲手放进襁褓里的，十九年了，它依然光亮圆润，洁白如新！真是不可想象！”

晚风轻拂，烛光摇曳。林丹汗看了看胜蓉美丽的脸庞，又看了看窗外的夜色，惊道："你为何从未提起过？"

胜蓉跪地泣不成声，说："臣妾不敢……臣妾担心大汗声誉受损，容不下……那位千金。因南珠是臣妾入宫之前所生，被遗弃街头，所以不敢告知大汗。请大汗降罪。"

林丹汗上前扶起胜蓉道："福晋之女即是大汗的格格，你又何必隐瞒？快快请起，快快请起！"

胜蓉仍然没有起来，说："这司马冲的未婚福晋并非汉女甄琴，我斗胆请求大汗刀下留人，不可伤及无辜。"

林丹汗犹豫再三说："虽然死罪可免，但也不能就这么放了，暂时关押起来吧。"胜蓉这才缓缓起身，说："臣妾代女儿谢过大汗不杀之恩。"

"传令，暂不行刑，将司马冲重新关进大牢，听候发落。"

众人一时面面相觑，为何转眼之间，让一个死囚死里逃生？大汗该不会是酒喝高了吧？

那两名刽子手又将司马冲押回大牢。司马冲半信半疑，难道那位美丽的福晋就是南珠的亲娘？众里寻他千百度，那人却在灯火阑珊处。都说这带佛坠的项链有逢凶化吉之妙用，果然不出所料。

抚摸着那条洁白的珍珠项链，胜蓉感慨万端，依在林丹汗的怀里，说："十九年了，臣妾进宫十九年了！她终于找到了。谢谢大汗宽厚仁爱，臣妾没齿不忘。"

林丹汗脱去胜蓉的外衣，紧紧拥抱着这个风采依然的女人，说："明天，等踏平科尔沁，就让你们母女团圆。"

胜蓉像一个去了皮的柑橘，躺在男人的怀里，洒不尽的柔情蜜意，说不尽的地久天长！二人很快颠鸾倒凤起来，一时间犹如风雨交加，鱼戏莲叶。许久许久，林丹汗才慢慢平静下来，那满腔豪情仍像骏马在草原上奔驰……而胜蓉则像是一片平静的沙滩，任凭海浪温柔的抚摸……

第二天，胜蓉带着扎雷来到大牢。司马冲没想到南珠的亲娘还就在察哈尔，如果不是自己被俘，又如何能找到她的亲娘？一时间，惊喜交集，很想将这个消息告知南珠，只可惜自己身陷囹圄，不得脱身。司马冲刚刚吃过早餐，两块葱饼、一个荷包蛋，还有一碗奶茶，真是感到无比欣慰。

胜蓉拉着扎雷的手说："你还有一个姐姐在科尔沁，叫南珠，就是司马冲的未婚福晋。”扎雷高兴地说：“额娘，司马冲就是这位被抓的哥哥对吗？”胜蓉点点头，走到司马冲的那间牢房前，命狱卒打开门。

二人走进牢房。司马冲见胜蓉手里仍然拿着那两封信函，还有那条珍珠项链，激动地说：“额娘，就让我替南珠叫你一声额娘。”

胜蓉手抚项链，颤抖着问：“昨夜让你受惊了！你是何时认识南珠的？南珠现在何方？南珠现在有多高？”一时间似有千言万语，千百疑问，不知从何处问起！

司马冲说：“感谢额娘救命之恩！南珠现在科尔沁奥巴台吉麾下，一切安好。长得像额娘一样美艳妩媚，国色天香，比我矮一点点。”

胜蓉嫣然一笑：“十九年了！我无时无刻不在思念着她！你结识南珠多久？是谁将她抚养成人？”

司马冲望着胜蓉动人的笑容，说：“此事说来话长，一言难尽！我认识南珠也是前年秋天，她陪我读书习武，朝朝暮暮，形影不离。可自从她进宫找到父汗后，我们就聚少离多。”

扎雷好奇地问：“姐姐的父汗是哪位？姐姐已经找到父汗了吗？”

望着扎雷那双动人的眼睛，司马冲说：“姐姐的父汗就是盛京的天聪汗皇太极，我们历经千辛万苦才找到她的父汗，她做了尊贵的格格，我却流落到草原放马。”

胜蓉再次细问：“公子还没告诉我，到底是谁将南珠抚养成人？”

司马冲长叹一声说：“十九年前，我父亲遇难，你将南珠弃于街头，我娘茕茕孑立，孤苦伶仃，就将南珠抱回抚养。南珠从小体弱多病，但天生丽质，倾国倾城……”司马冲就将南珠的过去一一告知给胜蓉和扎雷。

扎雷又问道：“你娘不是有你吗？为何说茕茕孑立？”

司马冲于是将自己六岁时不慎走失，在狻猊古墓中成长的故事一一告诉了胜蓉和扎雷。两人无不点头称奇，苍天有眼，祖宗保佑。

仔细端详着项链，胜蓉喜极而泣：“当时娘未婚生子，被迫出此下策！这不知何时才能见我的珠儿！”

第十三章　迎大捷将遇良才

61. 兵临城下

春寒料峭，斜风细雨。再说布占木得知花轿接回来的是婢女麒麟，而不是南珠，十分恼火。一连几日，昼夜兼程，赶往盛京。

抵达盛京后，布占木向皇太极跪下说：“大汗，新娘竟然是婢女麒麟，南珠到底上哪儿去了？快快寻找！”

皇太极闻言震怒：“岂有此理！这孩子太不像话，速速移驾稻香阁。”于是布占木怒气冲冲，陪同皇太极来到稻香阁。

林娟秀得知事情败露，只好在皇太极跟前跪下说：“大汗万福金安！民妇本想早日告知实情，怎奈格格不准！请大汗降罪，民妇甘愿受罚。”

皇太极在稻香阁左瞧右看，问道：“南珠格格到底上哪儿去了？快快从实招来。”那布占木也四处寻找南珠，未发现一点异常。

林娟秀说：“千错万错是犬子之过，民妇愿替犬子受罚。南珠此时应该已经到了科尔沁，请大汗放心。”

皇太极不敢相信自己的耳朵，反问道：“司马冲不是已经……南珠又是怎样逃出汗宫的？出嫁之前稻香阁被封，难道她长了翅膀？”

林娟秀指了指炕边的木板，布占木一掀，果见一条刚挖的地道，生气地说：“真是活见鬼！这稻香阁里居然有地道！”

“是犬子司马冲挖的！并非本来就有。司马冲并没有遇难，那封信函有问题，被人做了手脚。请大汗明鉴。”林娟秀只好如实相告。

皇太极见信函真相大白，佯装不知，质问道：“司马冲当真没有遇害？还是他挖的地道！速传侍卫赵坤对质。”

须臾，一等侍卫赵坤被传唤到皇太极跟前。皇太极问道：“赵坤，你好大胆！竟敢欺瞒大汗，该当何罪？司马冲明明没有遇难，你为何传回假信函？”

赵坤心里明白只有自己顶罪，于是说："我确实没有发现司马冲的尸首，仅凭奥巴台吉的一封信函……"

皇太极一腔怒火无处发泄，吼道："来人，竟敢欺瞒大汗，将赵坤重打三十大板。"几个人不由分说，将赵坤拉下去，一口气结结实实打了三十大板，直打得皮开肉绽，奄奄一息。

林娟秀跪地仍不敢起身，说："那晚冲儿挖通地道时，我一无所知，陪他挖的还有一位姑娘。他们三人一起逃走的，路上应该没有问题。请大汗治民妇欺瞒之过！"

皇太极见林娟秀岁数大了，思虑再三说："念在南珠的面上，就打十大板，罚减每月俸银二十两至半年。大家看，这是否合情理？"众人都点头称是。

林娟秀忙叩谢："谢大汗恩典！民妇甘愿受罚。"一会儿，林娟秀也挨了十大板子。这一顿打，林娟秀虽痛犹甜。只要冲儿还活着，娘受点罪不算什么！只要南珠没嫁到叶赫，娘受点苦又算什么！只要皇太极能消气，我挨顿打又算什么！

一顿板子打下来，那林夫人一声没吭，一声没叫。皇太极暗中佩服这老嫂子身子骨真健啊！而那个赵坤早痛得哭天喊地，不成人样了。

皇太极命人将稻香阁那个地道用土封上，以绝后患。南珠逃跑了，布占木也无可奈何，只好返回。临行前，皇太极说："这事也不能全怪南珠，她叫你办的两件事，你一件也没办，她怎么可能出嫁？"

一连几天，林娟秀躺在炕上养伤。一想到冲儿平安无事，心里头就特别欣慰，特别惬意。一想到冲儿和南珠在一起，心里就跟喝了蜂蜜一样甜。皇太极啊，皇太极，你只能做做样子，维护大汗的威严。皮肉之苦，老身不会畏惧。节衣缩食，老身不会退怯。只要冲儿和南珠都平安无恙，天塌下来老身也不怕！

一日，皇太极带小德子走进稻香阁，打算看望一下林娟秀。林娟秀身上的伤痕渐渐好些，勉强能下地行走，见皇太极到了，忙躬身行礼："民妇见过大汗，大汗吉祥。"皇太极忙挥手说："免礼，免礼！多日不见南珠，心里甚是挂念。你的伤好些没有？本不想惩罚于你，怎奈宫中流言蜚语可恶，不得已而为之，望多多体谅。"

林娟秀给皇太极让座后，又奉上一碗清香的云南普洱茶，说："那是当然，老身受点小委屈，何足挂齿？大汗高屋建瓴，洞若观火，非民妇所能体察。"

皇太极品了一口茶，说："之所以要促成南珠和布占木的婚姻，因布占木麾下差不多有一个旗的兵力，对后金若即若离，时有不轨之举。如不结亲，恐生成大患。"

林娟秀惊道："大汗一语惊醒梦中人！民妇愿为后金国千秋霸业竭尽绵力。只是两个孩子顽皮任性之极，实难管教。"

"报，大汗，科尔沁有信使快马已到，可否传见？"忽有人进来急报。

"速传信使。"皇太极放下茶杯说，"说不定又多了块领土。"

使者进门跪下说："在下扎克图，现有两封信函呈上，请大汗御览。"

皇太极先拆开奥巴台吉的信函，接着又打开南珠的信函，内容大同小异。转身将南珠的信交给林娟秀说："你自己看吧，这次不会有人骗你。"

林娟秀看完信函，方知司马冲已被察哈尔俘获，科尔沁兵败求援，南珠等岌岌可危。

皇太极泰然自若，对扎克图说："你先起来休息吧，一路风雨无阻，辛苦了！是否出兵，要开议政会研究。"转身又说："小德子，速传各旗旗主，到大殿议事。"小德子应声而去。

林娟秀一时心乱如麻，说："冲儿生性愚笨，对大汗多有不恭，老身在此赔礼致歉。望大汗不计前嫌，速速发兵驰援。"

皇太极起身说："那林丹汗诡计多端，在草原纵横捭阖多年，奥巴台吉不善用兵，兵败在意料之中。"说完告辞准备议政会去了。

议政会上，皇太极刚说完科尔沁的军情，大家就迅速讨论起来。

布占木环视了大家一眼，首先说："前年，我们十几万大军，进攻宁远，结果碰了钉子，先汗不幸驾鹤西去；去年，我们进攻锦州，又是损兵折将，如今士气低落，上下怯战。我建议暂不出兵，以休养训练为主。"

多尔衮沉思良久后，说："当前，明朝士气正盛，不可与之争锋。可科尔沁兵败，如不及时救援，若林丹汗一鼓作气，趁机并吞科尔沁，我们就坐失良机了。我主张无论如何要救援，就算南珠格格不在科尔沁也要救援。"

多铎瞟了一眼哥哥，坚定地说："林丹汗野心勃勃，迟早是我们的心腹大患，倘若让他抓住机会做大了，我们将来就啃不动了。因而我同意哥哥的主张，出兵科尔沁。"

大家发言都很踊跃，就是主张出兵的不多，反对的意见也不少。皇太极扫了大家一眼，最后说："明军我们暂时不碰是明智的，但不等于我们无所作为，消极怠战。即使南珠格格不在科尔沁，我们也不能让林丹汗做大做强，将来就骑虎难下，越发不可收拾了。各旗务必鼓起勇气，整军备战，三日后出征。"

大家很快统一了思想，坚定了信心。那些怯战派也不敢再吱声了。很多人没有料到，连续两次战败的八旗兵又要再一次出征了。

北风呼啸，旌旗猎猎，战马嘶鸣，剑戟森森。早春的阳光洒满二月盛京的每一个角落，点燃了人们心中的怒火。逶迤西行的大军像一条巨龙蜿蜒曲折地行进在茫茫大漠。

皇太极迫切需要一场胜仗来稳定军心，本来这种小仗派多尔衮兄弟出征就足以应对，思虑再三还是决定亲征。因为后金国再也不能输了，再输就没人听这个大汗的了，后金会因此陷入万劫不复的境地。

多尔衮带领镶白旗，多铎带领正黄旗，布占木带领镶黄旗，皇太极亲率正白旗。大贝勒代善的正红旗、镶红旗、二贝勒阿敏的镶蓝旗留守盛京，其余精锐尽随皇太极出征。鲜艳的旗帜在阳光下熠熠生辉，二月的寒流挡不住行军的热情。

经过几天几夜的行军，大军终于抵达科尔沁附近。奥巴台吉得到探马的消息，欣喜万分，立即召集人马准备战斗。奥巴台吉策马出城，远远望去，大军旌旗遮日，威武雄壮。

离皇太极越来越近，奥巴台吉下马施礼道："卑职恭迎大汗，大汗万福金安！大军一路奔波，是否进城休整半日？"

皇太极环视一圈，也不见南珠，心中疑惑，答道："台吉快快请起，大军先进城休整半日。南珠格格不是在科尔沁吗？为何不见人影？"

奥巴台吉上马靠近皇太极，笑道："大汗，请随我一起进城。南珠格格在后院，一切安好！只是不知为何不敢出城恭迎！"

62. 抱头鼠窜

大军缓缓进城，那严整的军容立即让科尔沁人热血沸腾。失败的阴影很快烟消云散。看见援军到来，人们高呼："科尔沁有救了！我们要杀到敖木伦去！"

科尔沁人献出好酒、好肉，款待远道而来的援军。奥巴台吉领着皇太极走进大堂，走到后院，也不见南珠。科尔沁人纷纷将草料搬出来，支援给大军战马。一时间，街上十分热闹。

后院小楼里，远远走过来一名少女，藕臂葱指，风姿绰约，亭亭玉立，手里抱着一坛好酒。皇太极认出那正是南珠格格。南珠迅速迎上前来，笑道："阿玛万福！我真的不敢相信自己的眼睛！我以为你要来抓我回盛京！这坛酒我珍藏了好久，一定要亲自献给阿玛。"

皇太极一乐："真是小心眼！没见这么小心眼的人！快把酒放下，阿玛缺的不是酒，很久不见了，好像瘦了点！"

南珠嫣然一笑道："不瘦一点，怎么能从地道逃走？"皇太极上前拉着南珠的手，又抱着双肩道："都快瘦成母老鼠了，这些天又有什么烦心事？为了那个呆小子？"

南珠含羞一低头，挣开皇太极的双手，说："阿玛都知道还要问，分明是取笑我！小老鼠总有猫惦记，我有什么办法？"

这时，刚刚喂完马的布占木也走了过来，上下打量着南珠惊道："格格消瘦多了！我没惦记你，你别拐弯骂人！你这钻地道的本事，不是一般的老鼠可比的啊！"

南珠一翘小嘴，说："看你那猫头鹰的样，惦没惦记只有你知道。反正你没办完那两件事，我是不会出嫁的！"

奥巴台吉设宴款待皇太极一行，没多久午宴时间到了，大家先后入席。皇太极叫来南珠陪着多尔衮、多铎在主席位上就座。奥巴台吉举起酒碗道："欢迎大汗支援科尔沁旗，敝旗地广人稀，物产短缺，屋陋菜少，就以这碗水酒恭迎大汗雄师劲旅！先干为敬！"说完一口喝了个底朝天。

皇太极喝了半碗酒，接着南珠也来敬酒问道："阿玛，就以这碗水酒祝阿玛旗开得胜，杀他个落花流水，片甲不留。阿玛这次能不能带我一起杀敌？"极少喝酒的南珠，今天也喝了一大碗。

皇太极一边喝一边想，如果救出那小子，又是个麻烦；如果救不出，随便怎么说都行。于是说："格格又不会刀枪，上战场可不是儿戏！使不得，使不得。你还是待在科尔沁吧。"

南珠坚持说："我非去不可！有阿玛在，有那么多高手在，我怕什么？"多尔衮在一旁笑道："我知道格格的心事，倘若此仗能打赢，司马冲那小子在敖木伦，定能救回来。"

几个旗主纷纷给皇太极敬酒，宴会一时热闹起来。皇太极靠近南珠耳语道："阿玛保证将那小子救回来。你老实待在科尔沁！不要冒这个险。"

南珠见阿玛执意不带自己走，心里也十分沮丧。最担心的是那个布占木背后搞鬼，坏了冲哥的大事。于是又靠近布占木道："此次出征一是要消灭察哈尔，二是要救出司马冲。你该不会不明白吧？"

布占木笑道："格格真会说笑话，这是连马都知道的事，何足挂齿？"心想，格格心眼太小，担心我加害司马冲。不过，若见到此人，我真要看看他到底有什么本事，有什么魅力，让格格死心塌地地喜欢他。

宴会在热闹的气氛中结束。大军短暂休整后，接着向敖木伦又出发了。奥巴台吉组织约九千人马，随大军出征。目送阿玛离开科尔沁旗，南珠禁不住心潮澎湃，又无可奈何，只能默默祈祷冲哥好运。

寒风吹过春天的肩头，雪花洒满大漠的尽头。大军一路向西跋涉，因为下雪，行进得有些慢。布占木策马靠近皇太极说："大汗，走了两天了，要不要休息一下？"

望着茫茫大漠，皇太极说："不可，兵贵神速。此次出征，我们未敢走漏半点消息，意在出其不意，攻其不备，杀他个措手不及。快到敖木伦了，我们加快速度，然后休整。"

于是全军顶着风雪，加速挺进。这天傍晚，大军终于抵近察哈尔敖木伦大营。皇太极下令："全军原地休息，夜晚听令进攻。"大家纷纷下马，人吃饱，马喂好。战马吃着草料，不再嘶叫。人们吃着饼，喝着水，盘算着下步行动。

本来计划天黑就攻击。多尔衮找到皇太极谏言："大汗，强弩之末，力不能穿鲁缟。大军休息时间过短，不宜立即发起进攻。夜间袭击，敌人容易逃窜，如果没有什么斩获，我们何苦千里奔袭？我建议黎明时分进攻。"

皇太极求胜心切，一心想置林丹汗于死地，差点铸成大错。颔首道："十四弟所言极是，我军的确处于强弩之末的阶段，暂时不宜发动进攻。让人马好好休息一夜，凌晨时分是最佳时机。"

夜里，多铎兴奋不已，对多尔衮说："那林丹和额哲做梦也想不到，神兵天降，死期将至。今晚就让他们最后一次抱着女人睡觉了，明天这些女人就归我们了。"

望着不远处敌营的灯火，多尔衮说："不要高兴得太早，我们对敌情知道得太少。祸莫大于轻敌。"除少数士兵放哨外，全军结结实实休息了一夜。

东方刚刚亮起鱼肚白，一阵急骤的马蹄声传到敖木伦大营。皇太极下令：总攻开始。科尔沁兵熟悉地形，令狐霸仍旧当先锋，带着五个牛录冲在最前面。

令狐霸摸黑杀进敌营，察哈尔兵都没起炕。门口几个侍卫高喊："科尔沁兵杀来了，快快起炕！"喊声刚落，就被令狐霸一刀砍中脖子，当场毙命。敖木伦大营立即大乱，铁木额迅速爬起来，提刀上马，迎战令狐霸。

铁木额大怒："你们刚刚吃了败仗，还敢来送死！吃我一刀！"说完抡起长刀一刀砍向令狐霸。令狐霸挥刀招架说："今天天聪汗的兵到了，你的死期就到了。"

二人武功相当，双方打得难分难解，不分胜负。那边柳嫣霞带着兵马冲进大营，一些兵根本来不及起炕，来不及上马就杀了。鸿鹄带着一支兵马杀进粮草场，刚要点火，被多尔衮拦住。

多尔衮说："不能放火，我看他们留守的人马不多，如果没有大军支援，这些粮草就都是我们的了。烧了多可惜！"多尔衮提刀在大营里左冲右突，就是不见林丹汗和额哲的人影。

布占木带着镶黄旗包抄左翼。多铎带着正黄旗包抄右翼。二人杀了一个时辰，也不见一个大将现身，也不见林丹汗出逃。几个手持长刀的小将，当然不是布占木的对手，战不到十个回合，一个个都被杀了。

奥巴台吉心中大惑，从左营杀到右营，从右营杀到左营，既不见林丹汗出来喊话，也不见额哲出来迎敌！明明林丹汗就在敖木伦大营，看你能长翅膀飞了！

铁木额杀了一阵，又回去了，出来时还带着福晋和孩子。看样子是要突围，几个铁杆长刀下属，紧随其后。迎面碰上鸿鹄，鸿鹄挥棍就打，喊道："往哪儿走？快快叫林丹汗出来受死。"

铁木额怀里抱着小女儿，笑道："林丹汗带着家眷走了好几天，现在在归化城吃肉喝酒呢！赶紧给爷让开一条道，爷饶你不死！"鸿鹄哪里肯让，抡棍就打，一棍朝女孩头上打来。铁木额抽刀一挡，骂道："臭和尚！尝尝我的斩妖十八刀吧。”说完一刀朝那发亮的头上砍去。

皇太极在一旁看着，忙拦道：“参领且慢，让他走了吧。不过，敢问那司马冲关在哪里？”鸿鹄铁棍一抽，让开一条道。铁木额说：“那司马冲关在后营的大牢里，沿着这条道直走就是。”说完拨马就走，几个长刀下属也跟着逃走。

鸿鹄正要追赶，被皇太极叫停：“他既已告知实情，你又何必穷追不舍？”铁木额逃出不远，正碰上布占木，二人又是一阵拼杀。

布占木看着队伍中铁木额的福晋娇艳无比，笑道：“打不赢就想逃，将福晋留下吧。”铁木额骂道：“岂有此理，天聪汗已经下令放行，你是想找死吧，来吃我一刀。”布占木挥剑招架，喊道：“那女人太漂亮了，不能让他们逃了。”

皇太极担心布占木有失，忙喊道：“切勿阻拦，让他逃走。”布占木这才收剑，只好放行。铁木额带着家眷和部分长刀队员一路狂奔向西而去。

这时，多尔衮杀过来，也要去追赶。皇太极挥手拦住说：“十四弟，你去后营看看，司马冲还在不在？”

多尔衮顺着那条道策马直走，一路杀过去，大牢周围果然有重兵守卫。为首的手持青龙刀，一脸大胡子，十分骁勇。马下已经死了两位科尔沁勇士，鲜血流了一地。

63. 暗箭难防

多尔衮也是惯用长刀，对斩妖十八刀只是听说厉害，尚未真正交过手。借着火把的光亮，刚靠近那大胡子汉子，多尔衮就一刀横腰砍了过去。

大胡子好像要挥刀招架，突然变招直削多尔衮的脑袋。多尔衮一惊，这刀法果然名不虚传，当即变招再砍其马首。大胡子一招“刀耕火种”又再次将其化解。两人一来一往，战到十个回合，不分胜负。

其时，令狐霸正好也杀到后营，目睹两人的拼杀。见久战不下，令狐霸欲上前助杀，被多尔衮挥手拦住。

大胡子从右侧一刀砍过来，令狐霸刚好瞧出破绽，就在一旁说：“小心左侧，他借刀杀人！”多尔衮持刀护住左侧，反手一刀正好砍在大胡子肩膀上。大胡子应声落马，一命呜呼。

多尔衮一路冲杀接连又斩杀了两名狱卒。令狐霸听说司马冲就关在这里，也一口气杀了多名狱卒。二人一起冲进大牢里，只见大牢里关了足足三十多个科尔沁战俘。脏兮兮的，臭烘烘的，见大牢攻破，一时间欢天喜地。

令狐霸一眼就认出了从一间干净牢房里走出的司马冲，叫道："冲儿，你这坐牢里的日子比科尔沁好，是不是乐不思蜀？"司马冲喜道："多谢师父，你可杀进来了！我以为再也见不到你。"

多尔衮见司马冲生得高大魁梧，正是习武的好身材，十分高兴。令狐霸指了指多尔衮说："要谢就谢皇太极的援兵，贝勒爷的援兵，没有他们的帮助，我们是杀不进来的。"

司马冲立即施礼道："多谢贝勒爷，今日重获新生，大恩不知何时能报？"多尔衮笑道："过奖过奖了，举手之劳，何足挂齿？大汗多次说过，要做到满汉一家亲，各民族平等。"

战俘陆陆续续都走出了牢房。察哈尔兵见铁木额已逃走，纷纷放下武器投降，个别顽抗的，一律被斩杀。

战斗接近尾声，各旗都在打扫战场。此时天还没完全亮，司马冲陪着师父令狐霸走在一处墙角，突然一支冷箭射向令狐霸。司马冲一声大叫："有人射箭，小心！"将师父推了一下，那箭射偏了一点，正好射在令狐霸的左手臂上。若不是司马冲这一推，定然射中令狐霸的咽喉。

令狐霸忍着疼痛，策马追了上去，果见一人躲在角落里准备射第二支，当即挥刀就砍。那人弃弓抽刀，左挡右闪，接不到十招，被砍中后腰部，掉下马来。令狐霸正欲再来一刀砍了他的脑袋。

突然，另一把长刀挡在青龙刀前。来人正是多尔衮，求道："佐领且慢，此人杀不得。"

令狐霸怒道："他连老夫都敢射，为何不能杀？"再仔细看装束，不像是察哈尔人，倒像是镶黄旗的人。

多尔衮面带惭愧地说："他就是镶黄旗旗主布占木，是不是杀晕了头？连自己人都分不清？"

这时，布占木躺在地上，说："我没杀晕头，我要杀的人就是他。"早有几个喽啰兵上前将布占木扶起，对伤口进行了包扎。

令狐霸一咬牙，拔掉了箭头，鲜血立即染红了衣襟。司马冲迅速上前，给师父进行了简单包扎，问道："你跟他无冤无仇，为何要对你下毒手？"

令狐霸想起当年有人射中他的眼睛，一时义愤填膺，骂道："满狗！老夫平生与满人不共戴天！想我一家老小都惨死在满人的刀下，今天是若不是看在贝勒爷的面子上，定取你的性命。"

多尔衮劝道："佐领息怒！此事定要查个水落石出，回去一定给佐领一个交代。家人之事，如能找到真凶，我一定帮你血债血还。"

打扫战场完毕，多铎单膝点地，向皇太极报告："恭喜大汗，贺喜大汗，此战我们大获全胜，共俘敌一千四百余人，牲畜一万余头。"

第一次亲征察哈尔，皇太极就取得了骄人的战绩，史称"敖木伦大捷"，共有一千四百余人编入后金国的民户。唯一的遗憾就是没能抓到林丹汗父子，眼下大军虽然缴获些粮草，但不知到底有多少。

清晨，多尔衮在旗会上提议："大军继续西征察哈尔，彻底打败林丹汗。"接到粮草具体数目后，皇太极说："目前，加上缴获的粮草仅够大军返程所需，不可再战。"

于是，大军开始撤回。敖木伦大捷的消息迅速传到科尔沁。最高兴的当然是南珠格格。接到快马的探报，南珠只吃两口馒头，就跨马外出，同奥巴台吉的福晋、扎克图等一起去迎接大军凯旋。

一行人跑出离城五里地，才远远望见旌旗摇动。南珠问探马："救出司马冲没有？"探马并不认识谁是司马冲，只说："有很多战俘都救出来，不知司马冲在不在里面。"急得南珠要继续往前跑。

跑着跑着，终于看见大军的先头队伍。旌旗招展，人头攒动，战马嘶鸣，阳光明媚。南珠远远看见阿玛、多尔衮、多铎、奥巴台吉都在队伍前面，唯独不见司马冲！

南珠干脆策马跑了过去，向阿玛、贝勒爷问安后，再往后跑。只见司马冲一直躲在令狐霸的马后面，难怪看不到！南珠甜甜的一声长叫："冲——哥——你躲在后面干啥？害得我左找右找也找不到。"

司马冲终于看见南珠，高兴地说："想不到，你跑那么远来迎接，师父手臂受了箭伤，我得照顾着点。"南珠目睹令狐霸手臂上扎着血带，心里纳闷，师父武功那么好，还受伤了？司马冲却安然无恙，这仗怎么打的？

走着，走着，南珠又看见队伍中马车上还躺着一个，问道："那人是谁呀？是受了重伤吗？"司马冲回道："听说叫什么布占木，居然射了师父一箭，不是贝勒爷拦着，早没命了！"

南珠一听，心里一笑，看来布占木是行动了，老鼠咬猫——自己找死。回头对司马冲说："不要怪他，是我叫干的。"

"什么？你发晕了，你怎么叫他去害我师父？"

南珠笑道："还不是因为你！上次赵坤送来假信函，说你被一个叫令狐霸的杀了。我们在赛马大会上打赌，我夺冠，他得为我办两件事。其中一件事就是要替我杀掉令狐霸，还有一个是慕容铁。看来，我得过去看看贝勒爷了。"

南珠拨马靠近布占木的马车，假装痛心地说："惊闻贝勒爷负伤，特来看望，不知伤势如何？"

躺在马车上的布占木见南珠格格过来看望，心中甚喜，道："多谢格格挂念，只是那汉人武功太厉害，我一箭射不死他，没完成任务。"

南珠微微一笑："看你背上伤也不轻，这事儿就算你完成了。以后不能再无故侵害令狐霸。只因打赌时，我以为司马冲已被令狐霸所害，而实际上已经拜他为师。"

布占木看着南珠美艳妩媚的样子，先前那股火气也不知泄到哪儿去了。乐道："这可是你说的，不许反悔！我射了他一箭，他砍了我一刀，我跟令狐霸扯平了。还差一件事，办好了，你就得嫁给我。"

南珠心想，我谅你也办不了，此处离起义军远隔千里，况且那慕容铁东征西战，根本连人都找不到。于是说："慕容铁跟我们家有血海深仇，只要拿他的人头来，你就准备喜酒和花轿！这次绝不能含糊！"

布占木眉头一皱，说："那慕容铁武功是不是在我之上？若是这样，我必死无疑。"

南珠假装宽慰，提醒道："他武功不一定在你之上，但此人爱酒如命，他的独门暗器'血燕王'，见血封喉，一旦被击中，绝不可活命。"

马车发出吱吱的声音，南珠骑着马跟着马车走。布占木忽然调侃地说："看来我若要娶格格，就好比猪八戒娶嫦娥，不大可能！我打听过了，那慕容铁现在闯王的队伍里，到底在哪儿？还没查清楚。"

马蹄嘚嘚，凯歌高奏。队伍中有人唱起了胜利的歌谣。南珠莞尔一笑说："只要慕容铁还活在人间，你就有机会找到他，不用担心。唐伯虎点秋香，那是要下一番功夫的！"

南珠回眸一笑，给马抽了一鞭，那马加快了速度，不一会儿就赶到了皇太极的身边。皇太极哈哈一笑说："格格今天有了那呆小子，连阿玛也不要了！"

南珠脸上飞起一片红霞，说："阿玛再取笑我，我真的不理你了！刚才去看望了受伤的贝勒爷，难道不应该吗？"

皇太极沉着脸说："都是你叫他干的好事！差点害死两员大将，已经两败俱伤，你还想怎么样？"

南珠一本正经地说："我跟贝勒爷说过了，这事就算他办了。不过，这第二件事非办不可，必须得要慕容铁的狗头！绝不能敷衍！"

大军快到科尔沁旗，突然一匹快马从远处飞驰而来，同时有人喊道："紧急密报！紧急密报！"那人呈上密函两封。皇太极打开一看，顿时大惊失色。

64. 求贤若渴

原来锦州失败后，为征讨察哈尔赢得时间，皇太极向明军派去两名使者求和，谁知被明将毛文龙斩首。盛京迟迟不见使者回来，于是再派人去打听，方知死讯，并顺带密函，要求皇太极退出辽东，不然将踏平盛京。这封密函措辞激烈，气吞山河，骂后金兵为虎狼猪狗。另一密函：说盛京里的凤娇格格被人污辱后杀害，现场疑点重重，凶手至今逍遥法外。

皇太极脸色阴沉，不再理会南珠，骂道："狗仗人势，敢杀使者，分明目中无人，胆大妄为。传令，速回科尔沁。"大军于是加快速度回到科尔沁旗。

奥巴台吉安排了盛大的庆功宴，犒劳三军。牛肉烧土豆，羊肉炖萝卜，狍肉炒辣椒，山鸡炖蘑菇，驴肉炒木耳，清蒸水鱼、白切野鸭、红烧牛排、慢炖猪蹄、酥炸鸡翅等陆续上了餐桌。众将士先后都入座，大家都笑脸相对，只有皇太极例外。

福晋们搬出多年的陈酿，给将士们一一斟满。奥巴台吉举起一碗酒致辞："尊敬的大汗，各位贝勒爷，勇士们，为消灭察哈尔多罗特部，连日来你们卧雪爬冰，冲锋陷阵，血洒疆场，马革裹尸，取得敖木伦大捷，为科尔沁消除了心腹大患，谨以此酒，深表谢意！”

大家干了一碗，又满上了。皇太极也端起一碗酒来，说：“此番交战，虽未能活捉林丹汗，但已剪其羽翼，伤其元气。八旗兵真正打出了威风，杀出了气魄。明军在宁远虎视眈眈，形势云谲波诡，我八旗勇士要再接再厉，精诚团结，共歼强敌。将士们，来，满饮此酒，同奏凯歌。”

宴会一时热闹非凡，这个划拳，那个敬酒，忙得不亦乐乎。多尔衮同奥巴台吉连喝了三碗酒，悄悄说：“台吉麾下人才济济，我想给你要两个人，不知台吉意下如何？”

奥巴台吉一愣说：“贝勒爷看上谁？尽管开口。我怎敢挽留？”

“司马冲，此人文韬武略，非同寻常，我想栽培栽培，定能成气；还有鸿鹄和尚，这个人得少林武学真功，震古烁今啊！”

“贝勒爷好眼光，受皇太极之命，司马冲在我旗锻炼有些时日，此次被俘，听说那额哲动了多种刑具也未能招降，真乃汉人中的豪杰。至于鸿鹄在科尔沁屡立战功，忠心不二，实为栋梁之材。不过，不知他们本人是否愿意。”

多尔衮看见司马冲正和南珠格格在窃窃私语，就走了过去。当即问道：“这次大军凯旋，司马少侠下步有何打算？能否到我的镶白旗带领一支队伍？我旗正缺你这样的人才！”

南珠一听知道是好事，忙使眼色，又踩他脚，那意思是快快答应。谁知司马冲却说：“那察哈尔的额哲将我折磨得半死，就这样走了，太便宜了他！镶白旗有的是人才，还缺我一个？”

多尔衮双眉微敛，说：“这么说，你是不愿意到我镶白旗！”

南珠忙说：“不是，不是，冲哥是说这边还有些事没办完。君子报仇，十年不晚。你那仇过几年再报也不迟。现在是飞黄腾达的时候了！”说完，给司马冲夹了一个鸡翅。

司马冲也没吃鸡翅，对多尔衮说：“感谢贝勒爷栽培！只是那额哲窃走了绝世刀谱，训练了一大批爪牙，我岂能善罢甘休？”

多尔衮说：“明军不日就要踏平盛京，后金国正是用人之时。如果少侠实在不愿追随，我也不勉强。”

南珠生气地说："就凭你？能讨得回刀谱早就讨回来了。还是交给你师父吧！你不好说，我来说。"

那边，鸿鹄和三妹柳嫣霞喝得正来劲。多尔衮走了过来，给鸿鹄夹了一块牛排，笑道："少林武功是中原武林中的泰山北斗，此次战斗让我有幸见识了少林高僧的棍术。敢问高僧愿不愿意加入我们镶白旗？"

鸿鹄虽然喝了不少酒，但头脑还算清醒，能有幸在正统八旗军中干，当然是求之不得。当即拿起一碗酒说："贫僧不才，蒙受贝勒爷垂爱，岂有不愿之理？只是不知奥巴台吉肯不肯放贫僧离去？来，让贫僧敬贝勒爷一碗！"

多尔衮也端起一碗酒说："奥巴台吉已经恩准。来，我今天要跟少林高僧干一碗。我保证高僧到镶白旗职务不降，待遇提升。"

一旁的柳嫣霞听说二哥要到后金国贝勒爷麾下干，又看见多尔衮年轻帅气，聪明睿智，当即问道："贝勒爷求贤若渴，除了欲带二哥，还有谁？"

多尔衮笑答："还有司马冲，南珠格格的意中人！不过他正在犹豫之中，能不能去还不敢肯定。"

柳嫣霞闻知司马冲也欲到镶白旗，一时喜不自禁，问道："贝勒爷，既然二哥、师侄都要到你的旗下，不如将柳某也带上，请贝勒爷恩准。"

柳嫣霞毛遂自荐，多尔衮一打量，见此女子生得眉清目秀，风姿绰约，窈窕丰满，乃汉女中罕见的美人。于是颔首道："准，回头我跟奥巴台吉说说，想不到汉人中还有巾帼英雄！听说你的剑法和轻功都是技压群芳，佩服，佩服！"

有人给多尔衮又倒了一碗酒，柳嫣霞拿起碗给年轻的多尔衮敬了一碗，那豪气丝毫不逊男儿。一朵红云飞上美人的脸庞，酒后的柳嫣霞更加妩媚动人，在场的男人无不心旌摇动。

酒过三巡，南珠拉着司马冲的手打算去见令狐霸。司马冲神秘一笑："且慢，我琢磨师父不会让我离开他。回来的路上，师父脸色一直铁青，似乎暗藏惊雷。你若帮我渡过难关，我将送给你一件珍贵的礼物，保你高兴得三天睡不着。"

南珠一愣说："有这样的好事，你为何不早拿出来？"说完向司马冲一伸玉手。司马冲再次露出狡黠的笑容："不行，不见兔子不撒鹰！师父向来仇恨满人，你可不能把他惹急了，小心连你也砍了。"

二人来到令狐霸面前。令狐霸正吃着一块羊肉，碗里酒已经空了。南珠上前赶紧给斟满，用手示意司马冲先敬一碗。司马冲没明白，开口就说："师父，徒儿有个不情之请。现在盛京那边形势紧迫，十四贝勒爷希望我加入镶白旗，可能暂时要离开师父一段时间，不知师父意下如何？"

令狐霸抓起酒碗往地上一扔，那碗立刻摔了个粉碎，骂道："什么东西！你看你拜师时间有那么长，刀法也没什么进展，今天这里明天那里。那绝世刀谱也让你给丢了，你给我滚！"

酒席上很多人都面面相觑，不知何故。南珠忙找来一只新碗，重新给斟满，随后又给自己倒了一碗说："佐领息怒！佐领息怒！冲哥愚鲁，习武不勤，个中原因，一言难尽。时下贝勒爷手下将才匮乏，明军又虎视眈眈。格格先敬佐领一碗。"说完，一抬头一碗酒咕嘟咕嘟喝了下去。

令狐霸抚了一下手臂上的伤口，喝了一碗酒。司马冲上前赶紧给倒满，打算给南珠倒时，被拦住。南珠说："你自己倒满一碗，不，三碗，你的过失至少要罚喝三碗。"

司马冲无奈只好连干了三碗酒，说："师父教训得是，弟子学武不勤，又丢了刀谱，甘愿受罚，请师父息怒。"

令狐霸勉强喝下这一碗酒，心底的怒火才稍稍平静，长叹一声说："哎……都去吧。我复仇无门，你也复仇无望啊！我罚你何用之有？"

司马冲立即跪下说："多谢师父成全，不过在走之前，弟子愿意再学几招马战刀法。"令狐霸只是点点头算是同意。

庆功宴结束后，令狐霸带司马冲来到一处偏僻的操场。二人各自跨马携刀，操练起来。令狐霸将马战刀法中的"运斤成风""塞翁失马""风卷残云"三个绝招一一演示了一遍。司马冲认真练习过后，只学了点粗浅的招式。

令狐霸说："这三个绝招，你要熟记口诀，努力练习，关键时刻能助你反败为胜。你那懒惰的毛病若不改，终是学无所成。"

司马冲回道："师父带伤教练，弟子感激涕零，定当痛改前非，一报师恩，二报家仇。只是这'塞翁失马'仍不得要领，可否再演示一遍？"

令狐霸接着重新演示了一遍'塞翁失马'，并讲解了关键要领。司马冲反复练习了三遍，才勉强过关。司马冲又将以前学过的招式再巩固练习了一遍，令狐霸指出了很多漏洞并加以纠正。

司马冲说："那刀谱失窃后，我和三师父各去了一趟敌营，均未得手。第二次他们用假刀谱骗得我好惨！我一定要再去夺回。"

令狐霸摆摆手说："罢了……罢了！你早日随大军建功立业去吧，别忘了有空回来看看师父。刀谱还是由老夫想办法吧。"

65. 新任佐领

大军即将启程，南珠找到司马冲，笑问："现在可以跟我一起回盛京吗？你答应我的礼物呢？"

司马冲收拾完行李，从怀里掏出一封信函，说："这是你娘给你的亲笔信！"南珠一脸喜悦，惊道："我娘……你不是关在大牢里吗？怎么能找到我娘？不会骗人吧？"

接过信函，南珠打开一看：

珠儿：安好！

娘很多年没有见过你，不知道你现在长得什么模样！小时候的事，实属无奈之举。请勿怪为娘！听司马冲说，你已找到父汗，真为你高兴。多年来，娘经常思念着你，盼着早点重逢。看见司马冲手中这条洁白的项链，就好像看见你一样。明天，娘要随大汗西征，特托司马冲带信问安。

唐胜蓉

二月初十日

娘的字迹虽然算不上娟秀，但清晰工整，字字含情，思女之情溢于言表。南珠问道："难道娘是林丹汗的福晋？你是怎样找到娘的？"

司马冲笑道："正是！在狱中，那额哲几次招降未果，准备杀了我，叫我写遗书，留遗物，我就交出了这条项链。谁知被你娘看见，我说你还活着，是我的未婚福晋。你娘才求大汗免我一死，后来还到狱中看望我。你娘要走，才留下这封信。"

南珠一遍又一遍读着那封信，激动地说："这条项链真的很神奇，关键时刻能化险为夷。为何回来那么久不告诉我？"

司马冲喜道："你还有个亲弟弟，大概比你小一岁，长得十分俊秀。那天陪你娘一起来看望我，她们盼着有一天能见到你。"

南珠粲然一笑，喃喃地说："弟弟，我还个弟弟！我要赶紧将这个消息告诉阿玛，别回盛京了。"

南珠拿着那封信函，也不理会司马冲，像小鸟一样飞奔穿过几间厢房，来找皇太极。皇太极刚安排好撤军事宜，正在喝茶，见南珠过来，朗声笑道："是不是那呆小子写的情书？不怕羞就拿过来分享一下，吾倒想看看有多么情深义重！"

皇太极一把抢过信函，南珠说："阿玛，你看看这是谁的亲笔信？"皇太极打开一看，顿时目瞪口呆，怎么会是唐胜蓉的信？往事如烟，历历在目。胜蓉深情的双眸仿佛三月的春水映照着一腔愁绪，胜蓉修长的手臂好像拔节的竹笋拥抱着满怀春风，胜蓉长长的乌发宛若湖畔的柳枝摇动着一池哀怨……

南珠见皇太极半天不说话，笑道："阿玛，又不是写给你的，你好意思看！有人恐怕早就忘了海誓山盟！还在假痴情！"

皇太极被女儿揭了面具，生气道："大人的事小孩休得胡言！莫非你娘做了林丹的福晋？这信从哪儿来的？"

南珠回道："这信是冲哥从察哈尔的狱中带回的，他见过我娘，还有我的弟弟。娘做了林丹的侧福晋，千真万确！"

"天啊！胜蓉，吾真对不起你！苍天可鉴，一片痴心，付诸东流。吾发誓要灭了林丹，将你接到盛京。夺妻之恨，不共戴天！"

南珠轻轻从后面抱着皇太极说："阿玛，干脆别回盛京了，大军直捣林丹汗。我想快快见到我娘，我都不知道我娘长得啥样！"

皇太极贴着南珠的脸蛋说："你娘长得跟你一样美。现在大军粮草不足，勉强够回去，不能再追林丹，否则几万人要喝西北风了。"

南珠双手抱着皇太极的脖子说："不，不，我要快快见到我娘。没粮草向科尔沁借点不就行了。"

皇太极一把推开南珠说："妇人之见！别胡闹，你娘的事以后再说。吾要抓紧赶回盛京，盛京出了大事，凤娇格格遇害了。吾一定要抓到凶手。"

"凤娇格格经常陪我一起看书写字下棋，是谁下的毒手？"南珠听说噩耗，吓得也是胆战心惊，不再闹着要追杀林丹汗。

人们纷纷拿出干牛肉、干狍肉、煎饼送给皇太极的八旗兵。司马冲回到自己的八旗兵中间，见柳嫣霞也收拾好了行李，问道：“你收拾行李干啥？准备逃跑？”

柳嫣霞笑道：“弼马温，你不也收拾完行李了？你关在天牢里，那日子过得还好吧？”

司马冲一声冷笑说：“那天牢里有酒喝，有尿喝，有肉吃，有‘铁砂掌’‘老鼠夹’‘老虎凳’，没孙悟空一般的意志，绝对挺不过来！”

柳嫣霞转头回道：“弼马温，尽会吹牛，能捡条命回来就不错了！”

二人正说话间，一位八旗兵闯了进来，拿起一纸文书宣读：“司马冲、柳嫣霞听令，二人自任领催以来，身先士卒，奋勇杀敌。司马冲被俘后百折不挠，忠心可鉴。柳嫣霞武艺超群，杀敌无数。从即日起，特调二人至镶白旗任佐领，各统兵一个牛录。镶白旗固山额真，此令。”

二人接令后，找到奥巴台吉，面对众士兵，司马冲说：“感谢台吉栽培，感谢大家的支持和关爱，我又有了新的任务，要暂时离开大家。林丹汗没有消灭，新的征程即将开始，我还会杀回来的。”

柳嫣霞向部属也作了告别讲话。辞别奥巴台吉，二人准备向镶白旗走去！让柳嫣霞纳闷的是，司马冲战场被俘，未立寸功，还得到了提拔。实在让人费解！

看着柳嫣霞不解的神情，奥巴台吉临走前说：“多尔衮用人不拘一格，无论满汉，只要忠心耿耿，迟早会提拔。二位放心走吧，我还等着你们回来追杀林丹汗。”

大军启程，天气骤变。野云万里无城郭，雨雪纷纷连大漠。司马冲、柳嫣霞骑马来到镶白旗的队伍中，一阵寒风吹来，顿觉冰冷透骨。那雪花夹着雨点在空中飞舞，道路愈发泥泞不堪，行走十分艰难。

远远看见二人，多尔衮策马就赶了过来，说：“我代表镶白旗的全体将士欢迎二位，二位武艺不凡，才德兼备，正是我欲求之人。来，来，随我见见你们的新长官。”

三人驱马往前快走了一程，见队伍中一人身着红色袈裟，光头闪闪，手提铁棍，可谓鹤立鸡群。那不，正是二师父！司马冲策马靠近施礼道：“二师父，果然是你！什么风把你也吹来了？”

鸿鹄咧嘴大笑：“哈哈，是贝勒爷刮的西北风，将贫僧也吹到这里了。贝勒爷求贤若渴，给贫僧安排了副都统之职。贫僧坚决不授，故而做了你们的参领。”

多尔衮抖了抖身上的积雪，说：“少林高僧高风亮节，非我等俗人可比。以后二位各领一个牛录，就归参领节制，敢问高僧可否？”

鸿鹄颔首道："如此甚好！如此甚好！贫僧刚到贵旗，寸功未建，仓促提拔，难以服众。满语我懂得不多，沟通起来确有些困难。他们俩都是汉人，知根知底，以后操练指挥没有语言障碍。还是贝勒爷英明睿智！"

"过奖，过奖！"多尔衮将所属人马一一清点给司马冲和柳嫣霞。见八旗将士军容严整，令出必行，士气高昂，司马冲露出满意的笑容。

柳嫣霞抖着身上那件红色风衣，露出那张绝美的脸庞，嫣然一笑引来无数目光："你们满洲男子俊美倜傥者不逊汉人，柳某愿追随贝勒爷南征北战，多结识满洲豪杰。"

司马冲接过话茬，笑道："以后，若三师父立功，请贝勒爷多奖些满洲美男，身强力壮者优先，不用提拔了。"

忽然，柳嫣霞朝司马冲狠狠抽了一马鞭过来，嗔道："谁稀罕满洲美男，我只要你陪伴，最苦也不怕！"

鸿鹄挥手道："二位别闹了！一会儿要经过石井，我需要回去紧急配制一点蛇药并带点毒蛇，以备战场之用。你们各自带好本部人马，不得疏忽。"多尔衮点点头算是应允。

一会儿，风雪小了些。皇太极下令加快了速度。鸿鹄单骑疾驰而去，雪地里留下一串长长的马蹄印。大军逶迤而行，风雪丝毫没有影响人们行军的热情，有的说笑，有的打闹，给行军增添了不少乐趣。

司马冲挥起长刀在柳嫣霞马屁股上猛拍了一刀，那马受惊后飞奔起来。柳嫣霞骂道："弼马温，尽不干好事，我的队伍还在后面呢！"司马冲喊道："前面美男多着，你赶紧去追吧。"话音刚落，脑袋被一个大雪球击中，差点掉下马来。

雪地里，一骑飞快而至。原来是南珠从后面追了上来，一打听才知司马冲新任佐领，骂道："弼马温一升官了，就把我忘了。快等等我！"

司马冲一回头，笑道："我的观音菩萨，只有你才能管得住弼马温啊！你刚才跑哪儿去了？我差点被那白骨精拐走了！"

"我刚才陪阿玛说话，没想到你这弼马温走得这么快！"南珠嗔道。队伍中不时传来爽朗的笑声。

司马冲小声说："你瞧，你瞧！我的部下都在看我的笑话。以后不能再叫我弼马温了！这兵以后我怎么管啊！"

二人一路有说有笑，随大军回到盛京。

第十四章　攻明都棋逢对手

66. 盛京凶案

大军凯旋，欢天喜地。北风吹来敖木伦大捷，雨雪洒落无数亲人的眼泪。人们顶着风雪夹道欢迎，都盼望着亲人平安归来。鲜艳的旗帜迎风飘扬，盛京的街道喜气洋洋。

出征十多天的皇太极第一次上朝，各种奏折纷至沓来。唯有明朝的消息让他揪心。有人奏报:“启禀大汗，明熹宗驾崩后，新继位的崇祯皇帝革了魏忠贤的职，致其自杀，惩办了魏忠贤的一批阉党，给杨涟、左光斗等忠臣平反昭雪。不仅如此，崇祯帝决心重振朝纲，重新召回袁崇焕，还提拔他为兵部尚书，并赐给他一把尚方宝剑，总领北直隶、辽东的军事防务。”

皇太极叹道：“这个崇祯倒比他哥哥聪明多了！袁崇焕一到辽东，宁远城固若金汤，我们可能很难攻克。这可如何是好？”

台下二贝勒阿敏奏报：“大汗勿忧，明朝江山岌岌可危。陕北连年饥荒，赤地千里，颗粒无收，农民起义，风起云涌。领头的叫李自成，纠集八方走投无路的农民，已占领陕北、山西部分县市，声势日益浩大。”

皇太极摇摇头说：“那是一群乌合之众，成不了什么气候！大明王朝有百万雄兵，我们都奈何不得。”

阿敏笑道:“古有陈胜、吴广农民起义，杀得秦兵落花流水。这帮人穷凶极恶，越战越勇，非等闲之辈。我们的上策就是坐山观虎斗，看准时机从中渔利。”

多尔衮朗声说：“大汗请勿小觑农民起义军，他们年年同官府军征战，实际上比养尊处优的朝廷兵厉害，只是军纪不严，给养不足，影响了战斗力。”

“吾并非小瞧起义军，朝廷兵组织纪律严明，后勤保障充足，只要指挥得当，不难消灭起义军。总之，明朝方面由袁崇焕总领防务，对我们大为不利。父汗当年何等英勇都攻伐不下，我们不能重蹈覆辙。列位，还有何事？”

三贝勒莽古尔泰上前一步说：“大汗此次出征，我和阿敏哥哥留守盛京，接连出了两起命案。先是凤娇格格夜间遭人污辱杀害，惨不忍睹，凶手还留下一把匕首。昨夜小贝勒豪托又遭人暗杀，凶手当胸连刺三刀，也留下一把匕首。”

皇太极惊道：“那两把匕首带来没有？拿出来看看。”

莽古尔泰掏出一个布袋，取出两把匕首，说：“就是这两把，长短差不多。”大家仔细一看，只见匕首手柄底端都刻有一个“明”字。

大家你传我，我传你。莽古尔泰笑道：“从匕首的制作和刻字看，凶手应该是明朝的高手无疑。有可能是一人，也有可能是两人。”

阿敏拿起一把匕首问：“凶手为什么要选择格格、贝勒下手？为什么要故意留下凶器？”

皇太极说：“凶手应该是极端仇恨我等满人，带着匕首不是很容易被搜到吗？速速下令全城捉拿藏带这种匕首的人。”

阿敏说：“我们早已下令，在各个路口加强盘查，重点是带这种匕首的人。可是至今一无所获。”

皇太极扫视全场一周后，大声说：“明军才是我们真正的敌人，你不去消灭他，他就会过来消灭你。各旗回营后，好好休整几天，加强操练，准备择日伐明。”

凤娇格格的遗体还未下葬，南珠陪皇太极去看望她额娘哲哲。失去了格格，哲哲整天以泪洗面。南珠见此情景，也伤心不已，哭道：“妹妹死得太惨了！阿玛一定要为妹妹报仇。”

哲哲哭诉：“那天夜里，凤娇格格到戏班里看戏，回来晚了点，谁知出了意外。平常也很少外出，那天格格吵着非要去，我看宫里太寂寞就答应了。”

皇太极说：“吾很早就跟你交代过，格格就算长大，也不能单独逛街，何况是夜路？事已至此，报仇又找不到人。”

南珠擦着眼泪说：“妹妹待我情深义重，没有妹妹我活着有什么意思！明显就是明朝哪个流氓干的，阿玛一定要为妹妹做主，杀到北京城里去。”

凤娇格格安详地睡在木板上，上身已经换上橙红百鸟穿林式的棉袄，下着一袭绣着白玉兰的长裙。皇太极上前，轻轻为她整理衣襟。伤口在胸部，不忍直视。

她才十六岁，碧玉年华，似一朵刚刚盛开的牡丹，却遭到无辜摧残，而且还是在盛京。是可忍，孰不可忍！哲哲抬头问道：“孩子还是入土为安，已经等你好几天了，葬礼什么时候办？”

皇太极心如刀绞，禁不住潸然泪下，回道：“就明天吧，跟豪托一起出殡。吾这就过去看看豪托。”

哲哲一连哭了好几天，今天仍抽泣不止。几个仆人正抓紧时间准备凤娇的后事。

皇太极带着南珠来到贝勒府。豪托是莽古尔泰的长子，皇太极的侄子，也算是努尔哈赤的子孙。前些年跟随努尔哈赤也立过一些战功，就是武功平平。豪托年方二十，这次突遭横祸，对莽古尔泰打击很大。

豪托的遗体静静安放在大堂之上，光亮的额头、乌黑的鬓角、粗壮的手臂，这一切都让人触目惊心。一个年轻的生命倒在血泊中，一个热切的灵魂倒在征途上。皇太极想起豪托生前说过，后金国一定要踏平四方，问鼎中原。可如今壮志未酬，情何以堪！

昏黄的烛光照着莽古尔泰及其福晋的脸，凄冷的晚风吹着大堂的窗棂，发出吱吱的声音。皇太极问：“三哥，昨天是什么情况？”

莽古尔泰施礼道：“多谢大汗挂念，昨天我们正忙着迎接大汗班师，豪托说要到街上买几面旗子，谁知大白天出了意外。凶手是明军高手无疑，很有可能还没有出城。”

南珠见他额娘哭得几乎说不出话，眼泪如断线的珍珠，安慰道：“额娘勿悲伤过度，格格愿做你的女儿，继承哥哥遗志，为额娘尽孝。”

莽古尔泰拉着南珠的手说：“格格真乖！哥哥的遗志就是逐鹿中原，踏平明宫。”

南珠低声说：“凤娇妹妹也不幸遇害，贝勒爷有没有凶手的消息？出了这样的事，我们岂能善罢甘休？”

莽古尔泰放下南珠的手，对皇太极说：“至今没有一点进展，如能抓到凶手，定将他碎尸万段。料理完豪托的后事，我就筹划一下伐明的大计。”

皇太极说：“豪托的殡礼和凤娇一起办，就定在明天吧。吾欲以此为契机，激励全军将士杀敌的斗志，让任何胆敢冒犯天威者，死无葬身之地。你们抓紧时间准备吧。”

莽古尔泰送走皇太极和南珠，说：“大汗英明睿智，高屋建瓴。敖木伦大捷后，我们正好化悲痛为力量，奋勇杀敌，一举击溃明军。”

再说司马冲回到盛京见到林娟秀。母子抱头痛哭，林娟秀泪水涟涟，一遍遍抚着司马冲的额头，泣不成声：“冲儿，看到珠儿的信，得知你被俘，娘……天天夜不能寐。”

司马冲说：“不用着急，我这不是平安回来了吗？”

“苍天有眼，佛祖保佑！大汗出兵果然救了你，以后你要好好在军中为大汗效力。”

“这个当然，我现在在镶白旗下任佐领，手下有三百人。贝勒爷用人不分满汉，唯才是举。”

林娟秀擦着泪水问：“什么时候的事？贝勒爷如此器重你，你可要好好管理部下，多多杀敌立功。”

司马冲见娘走路有点拐，惊问：“在回来的路上，贝勒爷就让我上任了。娘，你怎么了？”

“你和珠儿逃走以后，为了争取时间，我有意隐瞒了大汗。娘挨了几板子，没关系。只要你和珠儿平平安安，娘心里就同喝了蜂蜜一样。”

“我要去找大汗评评理，凭什么打你？”

林娟秀一把拉住司马冲，劝道：“可不能无事生非！大汗刚刚失去两位亲人，心情沉痛可想而知。娘身体已无大碍，这事儿已经过去，就让它过去吧。”

白纸飘扬，哀乐低鸣。第二天，盛京举行隆重葬礼。众多大小贝勒，八旗佐领以上将官，各府大福晋、侧福晋、庶福晋及各家仆人齐聚一堂。面对凤娇和豪托的灵柩，很多人再次泣不成声，悲痛再次弥漫在整个盛京上空。

皇太极高声说：“大明王朝，欺吾太甚！碧玉年华，草菅人命。豪托贝勒，少年英才。凤娇格格，天真烂漫。此次暗杀是对后金国的污辱和藐视！将士们，亲人们，这是欺吾后金无人！这是欺吾后金无能！此等行径千夫所指，人神共愤！今天将两位亲人安葬，愿他们在地下安息！明天，我们要大明王朝血债血还！后金国开疆拓土！”

这慷慨激昂的祭词让在场的每一个人都义愤填膺，热血沸腾。司马冲暗暗佩服这皇太极真有一套！明军做梦也想不到杀两个人，会给他们带来什么样的梦魇！

队伍缓缓前进，每个人的心情都十分沉重。目睹灵柩入土，每个人仿佛有无限怨恨积压心头，无法排泄。哀乐穿过旗帜，穿过街道，在每个人的心中荡起层层涟漪。白纸飞过灵柩，飞过人群，在每个人的目光中寄托无限哀思……

67. 运筹帷幄

春暖花开，百鸟啁啾。万木葱茏，浓荫遍地。稻香阁在亭台楼阁遍布的汗宫中虽不起眼，但窗台旁一棵大树上藤萝缠绕，野花开放，好一派风光旖旎。对面一池碧水在春风中荡漾，倒映着岸边的柳丝花影，确实让人心湖激荡。

南珠临窗而坐，翻开那本《水浒传》，细细品读。一束阳光照在嫣红的脸庞上，透着丝丝暖意。自从凤娇格格出事后，宫里再也不让南珠外出逛街。

天近晌午，司马冲从军营来到稻香阁。南珠生气地说："这几天死到哪儿去了？不见你人影！我一个人闷死了！"司马冲笑说："现在镶白旗里训练忙，一年之计在于春，我今天说娘病了，请假才脱身的。"

林娟秀见司马冲回来，知道两人很久没见面，于是说："娘没病，娘要到多尔衮的府上借本兵书去。"说完，出门走了。

一身淡妆，气若幽兰。不施粉黛，艳若芙蓉。南珠微微一笑："我看你比武大郎卖烧饼还忙，整天不见人！"

司马冲拉着南珠的手，笑道："你可不能学潘金莲，让西门大官人钻了空子。我这不是专程来看你了吗？"

南珠轻轻靠在司马冲的肩头，说："你真是比武大郎还笨，你瞧瞧武松，景阳冈上的老虎都怕他！"

轻轻吻着她的耳根，司马冲问："为什么女人骨子里还是喜欢西门庆那样的男人？既有权势又有钱财，既潇洒又有出息！"

南珠一转身，亲了亲司马冲的鼻尖，说："那你问问窗外的藤萝为什么总是缠着大树，为什么不往小树上爬。你再问问蝴蝶为什么总是追着最鲜艳的花朵，为什么不往树叶上钻。"

二人疯狂地拥抱在一起。司马冲说："别说话了，这些大道理我不懂，我只知道离了你不行！"说完，用嘴唇轻轻盖住她的小嘴。二人如久旱逢甘霖，滚在一起。

南珠用牙轻轻咬着他的舌尖，贪婪如饥饿的婴儿，淘气似调皮的小猫，一只手紧紧勾住他的脖子。司马冲一只手在南珠的胸前不停地徘徊，犹豫，见南珠没有抵抗，终于得寸进尺……

司马冲担心被人撞见，起身关好房门，问道："我们的事，你同大汗说过没有？"南珠抱着他的腰肢，回答说："说了也没用，阿玛就是不同意，坚决要我嫁给布占木。"

那炕太小，本是南珠一个人睡的，现在加上两个人的体重，不时发出讨厌的声音。司马冲问："我们老是偷偷摸摸，如果让大汗知道会不会掉脑袋？"

南珠嗔道："你若是怕死，就不要回来！宫里偷鸡摸狗的事太多了，那布占木想占我便宜，终是黄粱一梦。你要想娶到我，就该在阿玛面前表现一下。你若是怕人发现就快走！"

于是二人滚在一起，尽管隔着衣服，司马冲感觉好像上了天宫，谁知嘣的一声，炕中间的一根木梁突然断了。南珠一见，笑着怪道："你就是笨，谁叫你长得像头猪？现在坏了，怎么修炕啊？"

司马冲迅速爬起，放开南珠说："梁断不要紧，只要爱情真！我现在给修好。"说完，三下五二将断了的木梁找根木板换上了。"战场"刚打扫完，门外有人敲门。娘这么快就回了，亏得我们出了茬子，不然抓个正着。

南珠整好衣服，打开门一看，哪里是娘，是麒麟！一身朴素的穿戴，眼角似有泪痕。麒麟问："主子，你们大白天，为何关着门？"

南珠回道："冲哥是从镶白旗偷偷跑回来的，他不想让别人知道在稻香阁。你不是嫁到叶赫部，为何回来了？"

麒麟回道："小的虽然代你嫁给布占木，可贝勒爷根本不喜欢我。听说格格回来了，于是，我就干脆提出再回稻香阁。贝勒爷就命人将我送回来了。"一切又回到了当初，可情况早已今非昔比。

这些天，司马冲操练八旗兵，很少回来。南珠就潜心钻研娘借的兵法《三十六计》。虽然以前读过《孙子兵法》，但读《三十六计》感觉收获更大。南珠一遍遍感叹古人的智慧和胆识！

一日，皇太极到稻香阁闲逛。南珠正在专心看《三十六计》，见皇太极到了，当即施礼道："阿玛吉祥！我正在研究兵法，希望有朝一日能为阿玛出谋划策。"

皇太极看了看，问道："这就是传说中的兵家圣典对吗？"南珠点点头说："正是，我才疏学浅，又不会武功，受阿玛错爱，我想学点兵法，也许能为阿玛竭尽绵力。”

桌上那本《三十六计》翻得有些发黄，书中大大小小折了很多页，有一页还弄破了。南珠看样子真下了功夫。

皇太极突然笑问：“珠儿，眼下吾欲攻明军，当走哪条路线？”

南珠想了想说：“共敌不如分敌，敌阳不如敌阴。眼下明军在宁远城、山海关一带有重兵把守，而龙井关、遵化一带则相对较弱。批亢捣虚，我认为应该进攻龙井关，直捣北京城。”

皇太极笑道：“学点兵法就是不一样！不错，不错！你这个主意很好，议政会上，吾要认真筹划，听取各方意见，再做决断。”

南珠低头回道：“我略懂一二，不敢班门弄斧，还请阿玛三思而后行，切莫误了军机大事。”

几天后，汗宫大殿上。皇太极召集各大贝勒、八旗将官召开议政会。这是后金国最高级别的会议，一般研商重大议题。

皇太极见大家都到齐，首先说：“今天的议题就是伐明的时间和路线，请大家畅所欲言，吾要集思广益，不要扯到其他问题上。”

二贝勒阿敏掏出一份战报说：“今夏，明朝陕北遭饥荒，哀鸿遍野，有人卖儿卖女，有人易子而食。李自成的农民军节节胜利，当前正是伐明的最佳时间。至于进军的路线，请大家仔细思考。”

莽古尔泰站在一幅地图前，说：“我军刚刚取得敖木伦大捷，士气正旺，我完全赞同二哥的意见。进军路线其实只有两条，一条就是父汗曾经过的从锦州至宁远，至山海关；另一条就是从龙井关到遵化，通州至北京。”

皇太极手指地图说：“目前，宁远城一带城坚炮利，兵强马壮，由袁崇焕亲自领兵守卫，当年父汗久攻不克。而龙井关一带防守较弱，城池较低，守兵不多。若从龙井关伐明，不仅可以批亢捣虚，出其不意，而且还可以节省不少时间。一旦北京攻破，关外重镇自然土崩瓦解，不战而降。”

话音刚落，二贝勒阿敏提出不同意见：“倘若我军长驱直入，从龙井关、遵化一带直攻北京，袁崇焕必定率军救援，同时趁虚进攻盛京，我军面临前后两面夹击，形势危急。此战法太冒险，一旦有失，后金国这点老本就啃完了。我反对这种打法。”

皇太极反问："可不这样打，我们照父汗的打法，我军主力就会白白牺牲在明军重型火炮之下。明知不可为而为之，非明智之举。"

接着多尔衮问："二哥的意见不是没有道理，关键是我们如何避免出现最坏的情况。我有一个大胆的想法，只能秘密告诉大汗。"说完，靠近大汗一阵耳语。

莽古尔泰扯开多尔衮说："今天是议政会，所有的话都要公开说，不能搞猫腻。"

皇太极笑道："三哥不必着急，有些妙计不让更多的人知道，才能达到预定的效果。多尔衮的计策道出了此战的关键环节。今天的议政会开得很成功，可以结束了。"

唯有阿敏不依不饶："大汗，反正，我是坚决反对你这样打法。出了差错，父汗浴血奋战几十年的老本就要败在你的手上。"

皇太极再次微笑着对阿敏说："二哥勿忧，吾自有安排。"

议政会上，关于两种打法的争论十分激烈，以至于快伤了和气。皇太极开完会后，就积极部署伐明的事宜。莽古尔泰负责筹集粮草和衣物，阿敏牵头补充八旗兵力和器械，多尔衮负责秘密制定伐明方略。多铎负责各旗阵法操演。

科尔沁奥巴台吉闻讯，召集蒙古大小贝勒开会说："我们有难，皇太极果断出兵，打得林丹汗不敢同我们交手。现在后金国要伐明，我们怎不出兵？无论如何也要凑齐几万人马，助他一臂之力。"

土谢贝勒说："我完全赞同奥巴台吉的意见，虽然我旗刚刚经历了一次失败，面临着战马短缺，兵员不足等实际困难。皇太极英明睿智，洞若观火，用兵如神，由他统率不会吃败仗。再说，林丹汗还没有抓到，我担心以后会卷土重来，我们必须倚仗皇太极这棵大树。"大家的意见基本一致，会后很快分头行动。

几天后，一支几万人组成的蒙古科尔沁大军迅速集结待命。土谢贝勒接到皇太极的密令，立即挥师启程。草原上，旌旗猎猎，战马嘶鸣，大军在向着目标奋勇驰骋……

68. 声东击西

长空如碧，孤雁南飞。话说兵部尚书袁崇焕接任平辽总兵即冀辽督师，立即赶到山海关外的宁远城。一阵快马加鞭，袁崇焕带着几个随从，顶着烈日，赶到城下，已是汗流浃背。刚刚调任的皮岛总兵、左都督毛文龙正在睡午觉，忽听守兵报："城下有兵马。"

毛文龙吓得一骨碌翻起来："是不是后金兵来攻城了。"待到城头仔细一看，毛文龙哈哈大笑："那分明是袁总兵，快快开门。"

袁崇焕进城刚下马，毛文龙就跑过来说："不知总兵大人驾到，有失远迎，失礼，失礼。"袁崇焕用衣袖擦了擦汗说："少来这一套，你这附近的探马太少，我走了十多里就碰到一个，一旦后金兵真的来攻城，后果不堪设想。"

毛文龙笑道："总兵大人有所不知，那皇太极在锦州吃了败仗后，哪里敢来攻宁远！大可放心睡觉。我安排几个流动探马足以应付，不必大惊小怪。"

毛文龙亲自给袁崇焕倒一杯茶，又拿起扇子给袁崇焕扇风。袁崇焕接过扇子自己扇起来问："我进城时，看到城墙上许多破洞至今都没有修复，朝廷给你们那么多银子都用哪儿去了？"

毛文龙命人搬来椅子给他，不慌不忙说："总兵大人请坐，若说朝廷的银子这话就长了，那点银子杯水车薪，弟兄们饭都吃不饱，还哪有钱修城墙？"

袁崇焕想了想说："未必吧，朝廷拨的银子仅够军饷？我得到密报，近期科尔沁附近有大军调动，不可不防啊。"

"你想多了！你那年一仗将努尔哈赤打败，后来又一命归西，他们根本不敢来。前些日子，皇太极派使者来求和，被我斩杀。我们可高枕无忧。"

"糊涂，你杀了他的使者，使皇太极在举国上下丢了面子，他能善罢甘休吗？你这样做迟早将祸水引过来。"

袁崇焕严厉批评了毛文龙的几个不当言行。稍稍休息后，就跨马绕城巡视了几圈。发现城墙上巨石太少，弓箭不足，就组织人员补充了一些，又维修加固了城墙。为加强警戒，紧急增加了城外的探马人数。

此外，袁崇焕还从山海关紧急调集了十门红衣大炮到宁远，加大了火力，一旦攻城紧急就可以炮轰任何顽固的敌人。袁崇焕对部下常说："宁远城虽小，但战略位置重要，一旦失守，山海关也很难保得住。"

可毛文龙就是不当回事，整日不是睡觉就是喝酒，军纪松散，每次操练不到一个时辰就叫苦叫累，喊着要休息。

过了好几天，也不见后金兵到。毛文龙就大摆酒宴，对几个属下说：“我料他皇太极也不敢来攻宁远，对外就放出消息，说袁爷爷在此守城，叫他过来会会。”接着又一顿胡吃海喝，大家都说毛将军所言不虚。

这天太阳快落山，忽听探马急报：“城外三十里发现八旗兵正向宁远杀来，人数不详。”袁崇焕哈哈一笑：“你料他不敢来，这回来了。”说完，急令全城军民加强防守，自己亲自来到城墙上。

不多时，天色越来越黑，只能点火把照明。果见一队八旗兵，抬着长长的梯子，手持兵刃，前来攻城。有人射来书信一封。毛文龙打开一看：

速开城门投降，可免一死。

皇太极

袁崇焕看完信后说：“速拿望远镜，我要看看皇太极是不是真的到了？”可天太黑，人奔马跑，用望远镜也看不清。

这时，城下人声鼎沸。已经有八条长梯被人架着向城墙冲锋，守城兵各就各位，早将炮弹上膛。袁崇焕下令：“开炮，炸死他们。”几门大炮应声而落，炸得八旗兵魂飞魄散，梯子、兵刃、尸体横七竖八倒了一大片。攻城兵被逼后撤。

杀退敌人的第一次进攻，袁崇焕对毛文龙说：“你带一队精兵杀出城去，一定要查清敌人大约来了多少？皇太极到底在不在队伍中？谎报军情者，斩！”毛文龙回道：“属下遵命。”

须臾，毛文龙带着一队人马在城下与敌军厮杀。杀了一圈，也没查清到底有多少。只见敌军举着清一色的白旗，寒光闪闪，杀气腾腾。毛文龙于是抓了一名八旗兵问：“你是皇太极正白旗的兵吗？”那人回道：“是，小的不敢说谎。”

毛文龙又问一名八旗兵，得到结果一样。这时敌军人数越来越多，举着火把，实在看不清到底有多少，更找不到皇太极本人。明军兵少，为保存实力，毛文龙下令撤回城里。

进城后，毛文龙向袁崇焕说：“情况摸清了，敌军来了足有五万，皇太极就在军中。”袁崇焕将信将疑，立即吩咐道：“明天他们还会攻城，传令从龙井关抽调二万人马支援宁远。”毛文龙得令后，心中大喜，有袁总兵在，可高枕无忧。

可第二天，援军赶到后，八旗兵并未攻城，而是在离城五里左右扎营。到了傍晚，突然又开始攻城。这次守城兵用箭射死的，加上用火炮炸死的，又有数十人。一番战斗后，城没攻下，敌军退却。如此反复一连几天，都是这样。

袁崇焕心想，到底皇太极在不在军中？后金兵主力是不是在这里？为何不见白天拼死攻城？宁远城坚炮利，按说皇太极不会攻这里，可城外整日重兵压境，委实分辨不清。

突然有一天，汉儿庄龙井关（今河北省迁西县）派人来急报："总兵大人，龙井关发现大批八旗兵在攻城，危矣！"本来，龙井关有守军三万，刚刚抽调二万过来守宁远，兵力薄弱可想而知。

原来，多尔衮率领镶白旗，莽古尔泰率领正蓝旗近两万人正在猛攻龙井关。司马冲没想到皇太极果然要攻龙井关。总攻开始，多尔衮令二师父鸿鹄担任先锋，司马冲和柳嫣霞两个牛录的兵力负责用长梯攻城。

龙井关守将崔文楷手下有两个高手：一个神枪手陆铁岗，一个铁鞭手云中雷。司马冲手持青龙刀，随队伍踩长梯直到墙头，正碰上铁鞭手云中雷。云中雷两条铁鞭挥起来，犹如闪电一般，凡是被抽到的人基本体无全肤，皮开肉绽。此时正值秋天，大家身上着衣都不多。接连两名八旗兵被铁鞭抽到，痛得嗷嗷叫。

司马冲不敢轻敌，一招"刀山火海"将那青龙刀舞得密如山石，护住两侧。那云中雷一鞭抽过来，一碰到青龙刀就弹回去了。紧接着又是一鞭抽过来，司马冲稳如泰山，只听那刀在风中呼呼直叫，云中雷丝毫没有办法。

司马冲突然一招"假途灭虢"，云中雷以为他防守，没想到司马冲反守为攻，一刀砍向他肩头，当场人头落地。

那边三师父柳嫣霞也已登上城墙，正在同守将神枪手陆铁岗对决。陆铁岗一枪如穿云裂石般刺来，柳嫣霞挥剑一挡，震得虎口发麻，显然力度不及陆铁岗。

陆铁岗一招"海底捞月"直扫柳嫣霞底盘，柳嫣霞一跃而起，挥剑直砍陆铁岗头部。眼看要砍中，又被陆铁岗一枪刺来挡住。随后，陆铁岗越战越勇，杀得柳嫣霞只好凭借轻功优势左闪右躲。

司马冲见势挥刀来助，使出步战刀法第一招"坚不可摧"，那刀左右开弓，舞得如铁桶一般，根本无从下手。陆铁岗几枪刺过去，都被挡了回来。

司马冲突然变招，一招"塞翁失马"，直砍陆铁岗双脚。陆铁岗挥枪防守，可柳嫣霞的剑已刺到胸前，只好躲闪。司马冲再来一招“运斤成风”那刀似有千斤之力，砍向陆铁岗后腰。

此时，柳嫣霞的剑又刺到肩头。陆铁岗只好先抽枪挡住青龙刀，可那剑再也无法躲开了。刀是挡住了，可肩头被柳嫣霞刺中，当场血流不止。司马冲一刀砍过去，眼看又要人头落地。

只听二师父一声大吼：“且慢。”司马冲回头一看，原来鸿鹄的铁棍不知什么时候已经架在了守将崔文楷的肩头。崔文楷长刀落地，说：“和尚饶命，和尚饶命。”鸿鹄说：“念你我都是汉人，只要投降，属下一律免死。”

崔文楷于是叫住陆铁岗：“快快放下武器，我们投降吧。守不住了！”在司马冲和柳嫣霞的攻击下，城墙其实已经突破。为了减少伤亡，鸿鹄首先控制了崔文楷，终使他下令全城放下武器。

就这样，龙井关仅半天时间就被攻破了。多尔衮和莽古尔泰带兵顺利入城，清点战场，只死伤数十人，取得决定性的胜利。

原来在宁远攻城的是多铎带的八旗兵。他们伪装成皇太极的正白旗，一连几天，一到傍晚就开始大规模攻城，遭抵抗后又退回。害得袁崇焕将龙井关的人马调了出来，在宁远城白白守战。

进城后，多尔衮见了司马冲笑道：“好样的！我没有看错你，没有你我们会伤亡很大。传令，和柳嫣霞一起各赏银二百两。”柳嫣霞正在清点俘兵，说：“都是弼马温的功劳，我算捡便宜了。”司马冲说：“主要是大汗英明，非我之神勇。”

69. 再接再厉

宁远城上，平辽总兵袁崇焕正在狐疑，忽听有人报：“龙井关失守，崔文楷已经降敌。”袁崇焕气得将手中的茶杯摔了个粉碎，骂道：“这个皇太极果然狡猾，我已经中了他的调虎离山之计。”

这时，毛文龙进门摇摇头说：“我说皇太极主力不会攻宁远，你偏不信。他这是声东击西的老把戏，你还看不出来？”

袁崇焕骂道：“蠢材，你这是事后诸葛亮！那你为什么说皇太极就在城外？还说城外有五万人马，你睁开狗眼看看，城下到底有多少人？别忘了皇上赐给我一把尚方宝剑，可以先斩后奏。”

毛文龙忙改口说：“城下没有五万，也有三万！我看皇太极准在城外，攻龙井关的肯定不是皇太极。”经过一番分析后，袁崇焕断定：“皇太极肯定不在城下，等有了确凿消息再收拾你。”

袁崇焕心里十分恼火，只好暂时放毛文龙回到皮岛。后来，借阅兵为名，渡海来到皮岛，又发现毛文龙虚报军饷，滥杀俘虏的罪行。明明皮岛只有两万军人，却虚报十万之众。毛文龙拥兵自重，推诿将令更是让袁崇焕忍无可忍。于是，袁崇焕在营中搞了一次“校射领赏”活动，趁毛文龙饮酒不备之时将其抓捕。

袁崇焕的亲兵一拥而上，将毛文龙绑了个结结实实。毛文龙大叫：“你……你好大胆，没有皇上的圣旨，你敢抓我！”

“来人啦！将毛文龙拉出去斩首示众，此人虚报军饷，谎报军情，贻误战机，留他何用？”袁崇焕将皇上赐的尚方宝剑取出，众人不敢不从。

毛文龙在行刑前还高喊：“总兵大人，我毛文龙冤枉啊！我是朝廷命官，就算有错也应送京问罪，你私斩朝廷命官，不得好死！”

毛文龙的部属纷纷为之求情，均被袁崇焕制止。毛文龙人头落地，众将无不痛心疾首！

再说多尔衮攻取汉儿庄龙井关后，留下少部分兵力守城，立即同莽古尔泰一起带兵星夜启程赶往遵化。

大军夜间行进，人们举着火把策马驰骋，满天的星斗不懂人间的仇恨，一轮皎月挂在当空如白玉盘一般。

行军中，柳嫣霞将战马故意向司马冲靠近，笑道：“弼马温，上次是玉皇大帝没派高手收拾你，这次到了遵化就不一样了。”

司马冲说：“有什么不一样？不照样是座破城，几群喽啰兵！”

柳嫣霞莞尔一笑：“弼马温，说你呆就是呆！我听降将陆铁岗说，遵化城有个大将叫华赫然，手持方天戟，据说英勇不亚于吕布。你可听说三国时刘关张三人都奈何不了吕布。”

司马冲将马抽了一鞭，说：“有什么好怕的，有你在做鬼也潇洒，实在不行，拉你作个伴！”

“别开玩笑，我是提醒你，你要想好应对此人的招数，免得马失前蹄，毁了你师父一世英名。”

司马冲赶紧靠近二师父鸿鹄，说：“二师父，如果三师父所言不虚，遵化城有个高手叫华赫然，我等该如何应对？”

鸿鹄微微一笑：“这有何难，兵来将挡。到时我们如此这般……”说完靠近司马冲一阵耳语。

黎明时分，大军终于同皇太极的八旗兵会师。前方传令，原地休息。司马冲下马找了一块青石板坐了下来，一时间感到又渴又累，取出随身带的水葫芦，喝了几口水。柳嫣霞掏出一块烧饼，递过来：“吃一块吧，我这个是甜的，比你那个咸的好吃。”

司马冲接过烧饼，咬了一口，果然可口，赞道：“三师父，还是你那个牛录的厨师手艺好，我这个又咸又硬，难吃死了。”

二人背靠背吃着聊着，不知不觉太阳慢慢爬了出来。阳光照在每个人的脸上，大家有的说笑，有的睡觉。突然远处冲过来一匹战马，马上是一位千娇百媚的少女，只听少女喊道：“弼马温，你原来躲在这里私会小情人！”

司马冲抬头一看，来人正是南珠，忙站起来说：“你不是在盛京吗？你跑这里干啥？”南珠下马上前说：“是我自己要来的，我再不来，你就跟这狐狸精黏上了。”

柳嫣霞一耸肩，站起来说：“格格，你嘴上积点德好不好？是他天天缠着我的，我们在讨论如何对付遵化城那个高手。”

南珠笑道：“不用你费心，我正为此事而来，本来阿玛不准我私自见冲哥，为了今天这一仗，才特准我过来商讨对策。”

司马冲一惊，笑道：“格格，我兵书看得少，你有何妙计？快快讲来。”南珠靠近司马冲小声一阵耳语后说：“这一招，只能用一次，切不可泄露天机，否则就不灵了。”

“不愧是女诸葛！有如此妙计，为何不早说？”

“现在告诉你也不迟，仅仅熟读兵书不会灵活运用，也是枉然。能不能在阿玛面前表现一下？就看这一仗了。”

“龙井关一仗，我杀了一员大将，也是有功的！大汗还不满意？”

“非也，想让阿玛答应我们的事，没那么简单。”

二人聊了半天，直到大军启程，南珠才告退。经过将近一天的紧急行军，八旗军主力突然杀到遵化城下。

尘土飞扬，旌旗猎猎。看着漫山遍野的八旗兵突然兵临城下，遵化城守将华赫然，一时有些心慌意乱。此处地势偏僻，交通不便，以往都是攻山海关、宁远城一带。突然大兵压境，恐怕情况不妙。

华赫然同众将商议说："我欲出城迎敌，大家以为如何？"

众将面面相觑，有人说："现在全城兵微将寡，唯有你武功超强，如果你一战击退贼兵，自然化险为夷。倘若你不敌，我等危矣！"

于是，华赫然亲点五千精兵出城迎敌。多尔衮策马上前喊道："将军，你们已经被包围了！快快下马投降，免得做了刀下鬼。"

华赫然手持一把方天戟，跨着一匹黑马，喊道："有种的，你就过来，我看看到底谁做刀下鬼！"

鸿鹄给柳嫣霞使了个眼色，说："三妹，你先上试试套路。"柳嫣霞见华赫然矮矮胖胖，相貌丑陋，这样的男人不死天理难容，宝剑一挥，就杀了过来，喊道："想不到武大郎还会点功夫！看剑！"

华赫然笑道："八旗兵真是没将才了，居然派个美人上阵！我想杀了你，还真下不了手！"说完那方天戟挡过利剑，反手就是一戟朝柳嫣霞杀来。

二人斗了十多个回合，华赫然凭借招数怪异，动作敏捷渐渐占了上风。鸿鹄又对司马冲说："我担心三妹有失，你现在上场，要小心他的兵刃。"

说话间，司马冲拨马挥刀就砍。华赫然没想到敌军中还有人会使青龙偃月刀的，这刀又沉，实难对付。于是挥动方天戟招架，一招"暗渡陈仓"，眼看那戟尖快杀到司马冲的肩头。

司马冲使出一招"风卷残云"，逼得华赫然收戟招架。侧边柳嫣霞又杀了过来，华赫然只好伏身躲闪。司马冲接着使出一招"塞翁失马"，佯装左翼空虚，引他来攻。见华赫然果然上当，便突然变招，攻其前胸。

那华赫然见招拆招，立即反守为攻，杀得司马冲、柳嫣霞二人连连招架。鸿鹄见三人斗了三十多回合，仍然不分胜负，不禁感叹，此人果然名不虚传，当即挥棍道："小子，我来会会你。"

华赫然见突然上来一个和尚，骂道："出家人，不好好积德行善，在此为虎作伥，吃我一戟！"说完挥戟就朝鸿鹄杀来。

鸿鹄使出少林棍法“劈山十三棍”中的招式“开天辟地”，那铁棍似有千斤之重。华赫然刚从司马冲、柳嫣霞二人身边抽身过来，架住那铁棍的重打。不禁感叹，这和尚武功了得！

鸿鹄接着变招，一招“棒打鸳鸯”，再次抽打华赫然的两肩。那华赫然从容应对，毫不慌乱，方天戟还能择机进攻。

司马冲挥刀砍来，华赫然抽戟招架，简直拿他没办法。三人战华赫然一人，将他团团围困，十多招了，都久战不下。这可如何是好？

突然想起南珠的话，司马冲收刀骂道：“华狗，今天你想胜我们仨也没那么容易。这样吧，你学三声狗叫，我们就退兵，如何？”

“放屁，你敢欺负爷爷！”华赫然本来招数稳健，毫无漏洞，被司马冲一骂，一时怒火攻心，气急败坏。从鸿鹄身边抽身过来，正欲挥戟进攻。司马冲表面上持刀不动，突然一招“塞翁失马”，闪过华赫然的方天戟，一刀从后面正好砍中他的脑袋。华赫然当场倒地身亡。脑袋滚了很远才停下来。

司马冲将华赫然的脑袋用青龙刀高高举起，高喊：“兄弟们，为了减少杀戮，放下武器者一律免死！”鸿鹄也喊道：“从现在起，放下武器者一律免死！”

明军见华赫然武功如此高强，竟然被杀，顿时心无斗志，纷纷放下武器投降。少数不愿投降继续顽抗的，没坚持多久，接连被杀。鸿鹄带领所属八旗兵趁机攻下遵化城。

多尔衮闻讯后哈哈大笑：“如果强攻，不知要死多少人！南珠格格这招真是绝！任何人都有弱点，就看你抓不抓得住。”

大军顺利入城，对于投降的官兵，一律免死。皇太极听说多尔衮的镶白旗连续攻克两城，十分高兴，在庆功宴上说：“立即奖赏有功将士，我们要迅速杀到北京城下。”

多尔衮接着宣布：“此战伤亡小，出人意料。给司马冲赏银三百两，给鸿鹄和柳嫣霞各赏银二百两。其他有功者一律有赏。”

南珠格格听说司马冲立了头功，心里暗中高兴，对皇太极说：“这次攻城，冲哥又立了头功，阿玛是不是将他赏给我？”

皇太极想了想，黑着脸说：“不行，不行，你们的事现在还不行。你可是承诺要嫁给布占木的，又改变主意了？”

南珠想起那信函的事，说："那是为了搬救兵说的违心话，那不算！我不喜欢那个花心又狠心的布占木！"

"可司马冲终究是汉人！你嫁给布占木，阿玛不是又可以团结一方力量，巩固后金国的江山吗？"皇太极一番苦劝，让南珠十分扫兴。

70. 借刀杀人

袁崇焕正在宁远城下点兵，准备支援遵化。忽听探马来报："总兵大人，遵化城已沦陷，守将华赫然殉国。皇太极正在向通州进军，兵锋直指北京啊！"

袁崇焕一把抓起那探马的衣领问道："消息可靠？你确定是皇太极在攻通州？没有搞错？"那探马回道："小的不敢扯谎，消息千真万确！"

通州是北京外唯一的屏障。袁崇焕整顿军马，立即召集各地约五万人马，连夜驰援北京。

八旗兵连破两城后，很快就攻破了通州城。皇太极迅速挥师直逼北京城。消息传到城内，朝野震惊，人心惶惶。崇祯皇帝急忙召集四方兵力支援。

眼看距离北京城只有三十里了，皇太极大军突然遭遇顽强抵抗。原来是北京城的守军发起了猛烈的攻击。八旗兵士气正盛，作战十分骁勇。而北京城的守军仗打得不多，战斗经验明显不足。两军相持两天多，战斗伤亡不断增加。守军有包括太监在内的数十人被俘，关在临时的营寨里。

守军虽然处于下风，但仍在拼命战斗不肯投降。这时，远处突然杀过来一支人马，原来是袁崇焕的援兵到了。袁崇焕命令吴三桂、祖大寿、尤世禄率兵全力冲杀，八旗兵一时骑虎难下，战斗十分惨烈。不到一个时辰，八旗兵有近百人伤亡。

皇太极不得不下令暂停战斗，以求对策。刚刚回营的布占木贝勒说："大汗，我军千里奔袭，连番作战，将士们十分疲惫，确实需要休整。"

莽古尔泰刚查看伤员回来说："我军伤亡太大，差不多每个牛录都有人阵亡，想不到那袁崇焕这么快就赶回了！大汗，我们得赶紧想办法。"

几大贝勒陆续进营。皇太极满面憔悴，对大家说："本来吾计划在袁崇焕赶到前攻下北京城，谁知袁某的兵马还是赶到了！大家冷静想想办法，总不能功亏一篑。"

多尔衮苦笑道："进攻明朝的首府，遭到拼死抵抗本是意料之中。现在明朝已知八旗主力就在北京城下，他们的援军明后天还会不断增加。形势对我方极为不利，如果就此退兵，将士们背后难免笑话。"

布占木摇摇头说："我们不攻宁远，就是想避开袁崇焕，谁知还是碰到这块硬骨头。不退兵又有什么好主意？"

商讨了半天，大家也没想好对策。皇太极说："我军好不容易才攻克数城，取得绝好的战机，现在退兵绝非良策。大家先回去休息吧，明日再战。"

散会后，皇太极回到后营，一脸沮丧。南珠接过皇太极的盔甲和外衣，问："阿玛，想喝点什么？"皇太极坐下说："什么也不想喝！碰到袁崇焕，几个贝勒都是无计可施！都想退兵！那怎么行？"

南珠转身从伙房过来，手里拿着一杯热马奶，说："阿玛，喝点热奶，不就是一个袁崇焕吗？有什么了不起！我保证叫他过两天就上不了战场。"

皇太极一阵惊喜，接过马奶喝了一口，笑道："南珠饱读兵书，有什么好主意快说？"南珠调皮地眨了眨眼睛，说："我说出来若成功了，阿玛可要给我一个奖赏。"皇太极点点头，算是答应了。

南珠低声向皇太极说："我们不是抓了两个太监，放走之前，就故意透风说袁崇焕同阿玛有密约，灭明之后给袁崇焕封王。崇祯本性多疑，一定会夺了袁崇焕的兵权。"

皇太极闻言大喜："此计甚好！吾即刻办理，草拟一封给袁崇焕封王的诏书，交给多铎。那些贝勒只知战场死拼，不知四两可以拨千斤！"

假诏书写好后，皇太极立即叫来多铎说："你拿着诏书假装不慎酒后丢失，想办法故意放走两个太监。此事务必安排得天衣无缝，不能让人看出有破绽。"多铎接过诏书，点头称是。

是夜，多铎将被俘的两个太监叫出来说："听说你们两个酒量不错，不如陪贝勒爷喝一场。如果喝得过我，就让你们走；如果喝不过我，那就继续关着。"

两个太监听说有这等好事，当即答应。其中一个姓杨的太监说："我们虽然也好酒，只怕不是贝勒爷的对手。不如就试试酒量，来就来吧。"

酒菜上齐后，三个人就用大碗干。你一碗，我一碗，他一碗。三个喝得热火朝天，一连喝了两坛酒，十多碗下去，多铎开始有点发晕。两个太监喝得也快不行了。

这时，有人进来说：“有军情要向贝勒爷报告，需要借一步说话。”多铎踉踉跄跄就起身出去了，顺便假意不慎将那封诏书掉在地上。姓杨的太监随即捡起诏书，并侧耳偷听。

只听那人报告说：“袁将军派人送信来说，叫我们按照约定后退五里，是否照办？”

多铎说：“既然是袁将军和大汗的约定，一切照办就行了。”那姓杨的太监打开诏书一看，大吃一惊，立即藏进衣袋。此时，多铎进来还要喝酒，接着三人又各喝了两大碗。

多铎喝得坐都坐不稳也不认输。有人进来劝道：“贝勒爷，你认输吧，不能再喝了！我扶你走。”说着扶着多铎往外走。

多铎迷迷糊糊地说：“今天爷状态不好，算你们赢了，赶紧滚吧。我们要拔营了。”

深夜，两个太监就这样悄悄从敌营逃了回来。第二天，八旗兵果然后退了五里。袁崇焕不知何故，崇祯皇帝也不明白，这皇太极为何退兵？

这时，两个逃回来的太监双双跪倒在大殿上说：“皇上，我们昨天夜里无意中偷听到，这是皇太极同袁崇焕的密约。”

崇祯问：“何以见得？朕如此信任袁崇焕，他竟敢通敌！”

那姓杨的太监说：“千真万确，我亲耳听到多铎说，袁将军同大汗有约定，想共同灭我大明。这是多铎酒后不慎丢失的诏书。”

崇祯打开一看，顿时气得骂道：“奸臣贼子！皇太极居然连封王的诏书都写好了，马上传袁崇焕进殿。”

袁崇焕发现皇太极退兵了，又没有走远，正在筹划下一步军事行动。忽然，接到天子传唤，急忙进殿施礼道：“吾皇万岁，敢问有何急事？”

崇祯劈头盖脸地问道：“你为何私自杀了毛文龙将军？毛将军镇守边关多年，一向忠心耿耿，你胆子也太大了吧！”

袁崇焕回道：“毛文龙谎报军情，致使我中了皇太极的调虎离山之计，连失数城。此外他还虚报军饷，滥杀俘虏。明明皮岛只有两万军人，却虚报十万之众。毛文龙拥兵自重，推诿将令，罪该当斩。”

接着，崇祯拿出了皇太极的诏书交给了袁崇焕，说：“你看看这个，该当何罪？”袁崇焕接过假诏书一看，顿时目瞪口呆，现在是黄泥巴落进裤裆，不是屎也是屎！一时不知如何措辞。

崇祯接着问：“太监小杨子从敌营里回来，亲耳听到你同皇太极有密约，想早点灭了大明朝，你野心不小啊！今天，皇太极为何突然退兵？”

袁崇焕一时答不上来：“这个……臣何时同皇太极有……有约定？”崇祯立即下令：“想不到我大明王朝有如此乱臣贼子，居然通敌叛国，速速将袁崇焕拿下，解除一切职务，关进死牢。”

袁崇焕束手就擒，百口莫辩，只说：“臣冤枉啊！臣何曾通敌？”就被人押进死牢。一直没搞明白，到底是谁搞的猫腻？

有大臣进谏道：“皇上，袁将军一向精忠报国，曾多次击退敌军，此事要慎重啊！”可崇祯说：“现在人证物证均有，叫人不得不信。大敌当前，宁可信其有，不可信其无。大奸似忠啊！”

没多久，袁崇焕以“通敌叛国”罪被凌迟处死，行刑时无数北京城百姓对袁崇焕投来鸡蛋和石头。一代名将竟然死在自己人的屠刀之下！

袁崇焕被处死的消息，迅速传到皇太极的耳朵里，大家欣喜若狂。皇太极下令撤军后，面对众贝勒说：“我军兵不血刃，终于除掉了后金国的这个眼中钉肉中刺，也为父汗报了仇，可喜可贺！”

多铎笑问：“大汗英明，我们成功实施了反间计，借崇祯之手得报父仇。大汗这个计策确实高明！我等望尘莫及啊！”

皇太极拉着南珠的手说：“真正出主意的是南珠格格，格格饱读兵书，聪慧过人。”

南珠问：“我本想略施小计，让崇祯解了袁崇焕的兵权，没想到袁将军被他处死。阿玛打算给我什么奖赏？”

“明日朝会上，吾自会给你一个惊喜，也要让众贝勒好好学习学习。”

第十五章　引蛇出洞鸽成汤

71. 假痴不癫

果然，回京后的第二天上朝，太监小德子当庭宣布：“奉天承运，大汗诏曰。南珠格格精通兵法，聪明伶俐，深谋远虑，数次献计，助后金国开疆拓土。特封南珠格格为镶白旗副军师，专职谋划，从即日起出席议政会。钦此——”

南珠跪地接旨谢恩。众贝勒十分震惊，多尔衮说：“大汗英明，用人不避亲，实是后金国之福。”

南珠朗声道：“阿玛，各位贝勒爷，格格才疏学浅，受封委实诚惶诚恐。我自幼跟母亲读过一些兵书，但多是纸上谈兵，没有实战经验。以后还要向各位久经沙场的贝勒爷学习讨教。”

皇太极接着问：“南珠不必多礼。二贝勒，我们出征这几个月，你留守盛京，上次凤娇格格、豪托贝勒遇害的案子有没有进展？”

阿敏突然被问到案子的事，一时不知如何应对，只好如实说：“案子……案子我派人查过，无奈凶手比较狡猾，目前没有什么进展。”

皇太极显然不满意，不过脸上没有显山露水，笑问：“这次伐明，我们连破数城，也算是替凤娇、豪托报了仇。更重要的是我们除掉了劲敌袁崇焕，替父汗出了口恶气。现在龙井关一带撤军后，需要有人守卫，不知阿敏哥哥是否愿意带兵守卫呢？”

莽古尔泰、多尔衮、多铎、布占木等几个刚回来的贝勒爷都支持皇太极的提议。阿敏只好说：“那我就去守龙井关吧，你们好好休养一下。”

皇太极忽然灵机一动，说：“这两起案子就交给南珠格格办，一定要查个水落石出。以格格的聪明睿智，应该不难吧。”

南珠接了这个“烫手山芋”，一时又不好推辞，只得说：“破案子的事，我还真没干过。能不能破我不敢说，我只能说试试看。”

二贝勒阿敏领兵去守龙井关去了。大家终于可以松一口气，好好休息几天了。只有南珠格格在犯愁，这两起命案只有两把匕首留在现场，见过杀手的人都死了，其余什么线索也没有，怎么破案？如果好破也不至于拖了几个月，抓不到凶手！

刚刚回京，将士们少不了一顿胡吃海喝，接连打了几个大胜仗，人们渐渐把这案子给忘了。现在皇太极一定要破案，谈何容易？

南珠回到稻香阁，今天受封了，却高兴不起来，闷闷不乐地看兵书。林娟秀不知何事，进门问道："格格，听说你做了镶白旗的副军师，为何仍不见笑脸？"

南珠放下那本《三十六计》，说："还是阿玛棋高一着，先给我戴顶高帽，再把一个烫手的山芋扔给我。叫我破了上次两起凶杀案，这根本是两桩无头悬案，破什么破，就是把天捅破了也破不了！"

林娟秀翻了翻兵书，劝道："不要急，只要你肯动脑筋，天下没有办不成的事。正所谓谋事在人，成事在天。"

正说话间，司马冲和柳嫣霞都来到稻香阁。柳嫣霞是第一次见到如此繁华的汗宫，禁不住左顾右盼，说："格格，到底是大汗的金枝玉叶，非我等可比，这到处雕梁画栋，翰墨飘香啊！"

南珠起身强装笑脸说："恭迎佐领光临寒舍，南珠不才，还请多多赐教。"麒麟忙端出几碗碧螺春，一一奉上。司马冲对娘说："三师父几次在战场救我于危难之中，今天我要好好敬三师父一杯。娘，叫他们准备几个小菜，我们一起共进午餐。"

林娟秀忙吩咐麒麟通知他们准备去了。柳嫣霞见桌上放本《三十六计》，书翻得有些乱，恭维道："格格聪明绝顶，做了副军师，以后我等要奉你的将令行动啊！失敬，失敬！"

南珠无心喝茶，推辞道："不是这样的，以后还是奉大汗的将令行动，我不过是有些雕虫小技尔！何足挂齿？现在阿玛将那两起凶杀案交给我，这无非是要给我一个下马威，让我知难而退。"

司马冲喝着茶，说："南珠是女诸葛，肯定有办法破。不用急，我们只管放心喝酒。"

不知不觉到了该吃午餐的时辰。菜陆续上齐了，大家都坐上来了，唯独南珠迟迟不肯落座。林娟秀说："珠儿，今天你是主人，来了客人，你怎么能这样？"

忽然南珠脸上闪过一丝笑容，迅速坐在柳嫣霞身旁，笑道：“我有主意了，这事非柳佐领出马不可。来，倒满酒，我要好好敬一碗佐领。”

麒麟很快给每一个人都倒满了酒。柳嫣霞不知是什么主意，惊恐地问：“今天不会是鸿门宴吧，你项庄舞剑，意在沛公啊……”

南珠嫣然一笑说：“你只要换上旗人的服装，经常出入在盛京的大街小巷，凶手一定还会出现。以你的身手，不会有事。这招三十六计中叫假痴不癫。”

司马冲赞道：“静不露机，云雷屯也。格格果然冰雪聪明，来来来，我们一起敬三师父。”说完举起一碗酒，朝柳嫣霞施礼。

柳嫣霞拿起一碗酒，麻利干了一口说：“原来如此，假痴不癫，此计甚妙。我乔装成旗人，引他再次出手。谁知这次是自投罗网，一般人也不是我的对手！”

司马冲喝完一口酒，又吃了点菜，细细一想说：“不可轻敌，如果碰到高手，你打不过，那你不成了自投罗网！”

南珠亲自给柳嫣霞夹了一块牛肉，说：“我看就由冲哥尾随在佐领身后，以防万一。但有一条，你们俩可不能黏得太近。否则，军法处置！”

柳嫣霞莞尔一笑说：“离得太远，到时我被抓走了，他都找不到。离得太近，被敌人发现，我们就白费心机。这分寸如何把握？只有靠弼马温了。”几个人一边吃一边说笑，好不快意。

第二天，柳嫣霞经过一番打扮，换了全套旗人的服饰。长长的小辫子如三月的柳丝随风飘扬，鲜艳的绣花在衣袖上次第开放，如水的双眸闪动着缕缕情愫。穿戴完毕，一出门正好遇见司马冲。

司马冲一看，赞道：“三师父穿旗服更美，找个满人嫁了算了。”

柳嫣霞将一把短剑藏在手臂上，说：“要嫁就嫁给汉人，我才不会嫁给满人呢？你离我远点，免得格格打翻醋坛子了。”

二人出门走在大街上。司马冲只带了一把长剑，看着如花似玉的柳嫣霞，笑说：“你还是戴上面纱吧，免得满街的人都无心做生意。以三师父的容貌，不说西门庆，就是武松怕也守不住底线了。”

轻轻系上黑面纱，柳嫣霞就穿行在盛京的大道上。司马冲依计尾随其后，若即若离。早晨的盛京人流如潮，街上车水马龙，商贾云集。二人在街上逛了一天，也没见什么动静。第二天，二人坚持又逛了一天，仍然是空手而归。柳嫣霞心想，这办法恐怕是大海捞针，根本靠不住。

司马冲说："钓鱼贵在坚持，晚上也要闯一闯。"柳嫣霞说："你离我远点，若是贼人发现定然不成。"于是二人坚持夜间上街，穿梭在盛京的大街小巷。

又坚持了两个夜晚，到第三天晚上。柳嫣霞行走在一条偏僻的小胡同，刚一拐弯，一个黑影从天而降，一把匕首立即架在脖子上。柳嫣霞假意顺从，说："好汉饶命，有话好说。"

那人一身青衣，还戴着黑面罩，恶狠狠地说："跟着我走，老实从了我，免你一死。"柳嫣霞也围着面纱，边走边说："我是宫里的格格，求你放过我，我给你银子。"

黑暗中，二人来到一处偏僻的角落。那人伸手搂着柳嫣霞的腰肢，说："我要的就是宫里的格格，银子老子不稀罕。"

柳嫣霞也多日没碰男人了，心里也怪痒痒的，那"采阳剑法"没有男人无法提升功力。不如顺水推舟，看你还能把我吃了。

那黑衣人如鱼得水，得寸进尺，二人在黑暗中正欲颠鸾倒凤。柳嫣霞感觉此人说话有些耳熟，明显不是满人，倒像一个人。趁他宽衣之际，伸手一把撕开他的面纱，借着微光，终于看清对方。

"黑鬼，你几年采了多少鲜花？居然采到老娘头上，你也不看看我是谁？"

那黑衣人大吃一惊，正欲举起匕首刺向她。听柳嫣霞这么说，当即问道："你是到底是谁？怎么会认得我？"

趁他穿衣之际，柳嫣霞揭开面纱笑道："真是大水冲了龙王庙，连我都不认得了！我是嫣霞呀！秦黑岚！"

那黑衣人正是秦黑岚。秦黑岚惊道："我差点一刀杀了你！你为何穿着旗服？你什么时候投靠了满人？"

柳嫣霞穿好衣服，坐起来说："你成天跟别的女人鬼混，亏你还记得嫣霞，我不投靠满人还不得饿死。"

秦黑岚回道："我离开你并不是因为别的女人，而是我参加了起义军。怪不得，我几次到家乡找你，都寻不到你。跟我走吧，我现在是义军将军，手下有几千兵马。"

柳嫣霞斩钉截铁地说："别废话了，我现在是八旗的一个佐领，跟你走再受你的气，你别做梦了。数月前盛京里的格格被杀，是你干的吗？你们起义军杀的不都是朝廷的贪官污吏吗？”

72. 刑场意外

秦黑岚再次亮出匕首，说：“是我干的又怎样？我们的目的就是要让八旗兵帮我们灭了大明王朝！今天，你走也得走，不走也得走。”

柳嫣霞没想到这帮土匪如此狡猾，自己干的丑事还要嫁祸别人，于是愤然抽出短剑说：“有本事，你来抓看看。”

黑暗中二人动起手来，秦黑岚一刀刺向她小腹，柳嫣霞一闪身，转手一剑回刺过来。秦黑岚猛地挥动匕首一挡，刀剑相碰发出清脆的声响。接着，秦黑岚飞起一脚，向柳嫣霞踢去，也被她躲开。

秦黑岚惊道：“想不到几年不见，你居然练就一身功夫。我就不信收拾不了你。跟我在一起有什么不好？”说完，一记勾拳打来。

柳嫣霞连连闪跳，那短剑上下翻飞，直叫人眼花缭乱。秦黑岚左冲右突，步步紧逼，硬是无可奈何。不知不觉，二人斗了三十多招，不分胜负。

突然，秦黑岚一招“铁画银钩”，手中的匕首在她抽剑掩护下身之时，直刺柳嫣霞前胸。柳嫣霞眼看就要被刺中，心中暗暗叫苦。只听当的一声，一把长剑挡住了秦黑岚锋利的匕首。

一直尾随其后的司马冲，听到二人打斗之声，正好赶了过来。秦黑岚飞身一脚，踢向司马冲，被他躲开。那边柳嫣霞短剑已经刺到肩头，不得不挥动匕首招架。

秦黑岚对付柳嫣霞一个还行，再来一个司马冲，确实有点力不从心。司马冲使出九玄神剑中的绝招“狂风暴雨”，杀得秦黑岚连连后退。冷不防被脚下一块石头一绊，秦黑岚当即倒地。

此时，柳嫣霞上前一脚正好踩住秦黑岚手中的匕首。司马冲一剑刺来，刚好架在他脖子上，笑道：“手下败将，跟我们走一趟吧。”

柳嫣霞迅速收了他的匕首，拿出绳索将秦黑岚的双手，反手绑了个结实。只听秦黑岚吹了一声长长的口哨，便不再反抗。司马冲问道：“你是不是还有同伙在附近？”

秦黑岚不服地回道："你们两个打我一个，算什么英雄？我当然有同伴，一会儿就会来救我。"二人押着秦黑岚往前走，走了好一程，也不见他同伴出现。

秦黑岚又吹了一声长口哨。不多时，只见一个黑衣男子从屋檐上飞下来，挡在三人面前。来人戴着面纱，手持利剑。司马冲吼道："好狗不挡道，来者何人？"

那人也不搭话，上前挥剑便刺。司马冲见招拆招，一口气杀得蒙面人，只有招架之功，没有还手之力。此时，柳嫣霞也冲了过来，用短剑刺向蒙面人。

那蒙面人大约自知不是对手，连连后退，只说声："你等着。"便飞身一跃，逃之夭夭。司马冲正要去追，被柳嫣霞拦住。

"别追了，我们拿他回去交差，不是很好吗？"

解救无望的秦黑岚只好乞求："两位都是汉人，求你们放了我吧，交给皇太极，我肯定死路一条。"

柳嫣霞拧着他的耳朵，狠狠地说："你见了别的漂亮女人，就把我忘得一干二净。格格同你无冤无仇，你将她玷污杀害，你还是人吗？跟我一起见皇太极去。"

二人押着秦黑岚来到稻香阁。南珠听说真的抓到凶手，忙迎了出来问道："你就是杀害凤娇格格的凶手吗？"

秦黑岚突然改口说："不是我杀的，你们抓错人了！"柳嫣霞生气地说："休得狡辩，刚才都承认了，现在想反悔。"

司马冲说："跟我们一起去见皇太极，到时候老老实实说清楚。"

于是，几个人押着秦黑岚来到大殿。小德子急匆匆来到皇太极面前禀告："大汗，凶手已经抓到，正在殿外，请大汗亲自审问。"

刚刚批完奏折的皇太极高兴地说："快带进来，南珠果然有办法。"见一个汉人反绑着双手，跌跌撞撞来到大殿之上。司马冲、柳嫣霞和南珠一起也来到大汗面前施礼。

"珠儿是怎样抓到凶手的？"

南珠上前一步说："阿玛吉祥！我让柳佐领扮成格格的样子，费了好几天的工夫才抓到这个人。他已经供认就是杀害凤娇格格的凶手，现在又否认。"

皇太极见眼前这个人皮肤黝黑，胡子拉碴，不像正派人士，估计是怕死不敢承认，于是问道："人如果不是你杀的，就不要替别人顶罪，胆敢欺瞒大汗，罪加一等。"

秦黑岚忙跪下说："大汗饶命，凤娇格格真的是不是我杀的，是色鬼谭门庆杀的！"

柳嫣霞双眉一蹙，怒道："是刚才救你的那位蒙面人对吗？为何你先前要承认是你杀的？出尔反尔，反复无常的小人！"

秦黑岚一眨眼睛说："就是他干的，千真万确！我是故意气你，才承认的。"

柳嫣霞将秦黑岚的匕首呈给小德子，说："这就是他今晚同我格斗时用的匕首，请大汗过目。"

小德子将那把匕首呈给皇太极。皇太极拿出上次凶案现场留下的匕首，对比了一下，发现在手柄处都有一个"明"字。

"大胆刁民，那豪托贝勒是不是你杀的？若敢欺瞒大汗，格杀勿论。"

秦黑岚吓得脸色铁青，半天不敢说话。柳嫣霞厉声问道："在格格遇害后没多久，盛京有一位小贝勒也遭了毒手。是不是你干的？"

现场气氛越来越紧张。秦黑岚强装镇定，可嘴巴一直在哆嗦，说："不……不是我干的！也是那个谭门庆干的！"

"胡说八道，拉下去狠狠打二十大板。"皇太极一拍案台，怒道。

几个侍卫将秦黑岚拉下去重重打了一顿板子，打得秦黑岚屁股、双腿血流不止，痛得直叫。

皇太极再问道："小贝勒到底是不是你杀的？说！"

秦黑岚只好供认，颤抖着在认罪书上按了手印。

"先将他关进死牢，过两天再处决。"皇太极审完案子，已经是深夜。大家都感觉十分疲惫，各自散去。

第二天，听说杀害豪托的凶手抓到，莽古尔泰怒气冲冲跑了过来，吼道："大汗，那小子供认了吗？我一定要亲手砍了他，为豪托报仇。"

皇太极劝道："何必弄脏了你的手？明日午时三刻，交给刽子手处决就行了。你若想看，就到刑场看看热闹。"

大家听说是南珠施假痴不癫之计才抓住凶手，都啧啧称赞。莽古尔泰仔细端详着那把匕首，说："想不到南珠格格果真天资聪慧，大汗封她个副军师，一定会让八旗军如虎添翼，所向无敌。"

皇太极也叹道："吾本想给她穿小鞋，让她自己辞掉这个封号，谁知还真抓到凶手！速速通告下去，吾要好好出出这口恶气，有胆到刑场的，明日一定要到。”

这天，乌云遮日，北风呼号。五花大绑的秦黑岚被押送到郊外的刑场，人们听说他就是杀害贝勒爷的凶手，无不愤怒地扔来石头、泥巴、马粪等。两名刽子手手持大刀站在一旁，只等贝勒爷下令。秦黑岚满身是垃圾，想到不久就要人头落地，不胜悲痛！

柳嫣霞准备好了裹尸布，心想，我几次想除掉这个恶贼，无奈功夫不敌。这次是你自己送上门的，休怪我无情。远远看着秦黑岚，柳嫣霞喊道：“秦黑岚，你放心上路吧！看在你我昔日的薄面上，今天我给你收尸，脑袋待会儿给你缝上。你有什么要说的，尽管交代。”

秦黑岚骂道：“臭婊子，你还不来救我，我一会儿就没命了。我白疼你一场！我瞎了狗眼！”

柳嫣霞说：“你什么时候疼过我，你若是在乎我，你当初为何抛弃我？我也不至于落到现在这样！多行不义必自毙，你这叫报应。”

莽古尔泰担任监斩官，布占木和南珠也都到了刑场。司马冲因为母亲生病需要照顾未到。看着台上吓得半死的秦黑岚，大家都感到高兴，想不到真有一天能为凤娇格格和豪托贝勒报仇。

午时三刻已到，贝勒爷下令:“行刑！”那刽子手将长刀高高举起，正欲砍下。很多人吓得纷纷转头不敢正视。

突然，一枚飞镖射中刽子手的咽喉，另一名刽子手也被飞镖射中，两名刽子手先后倒地身亡。一个身穿白袍的男子手持一把三尺宝剑，连杀了两名看客，迅速靠近秦黑岚。

见有人来劫刑场，柳嫣霞拔剑就上：“来者何人？刑场都敢动，看来你是活得不耐烦了。”

来人贼眉鼠眼，南珠一眼就认出，高喊道：“他就是慕容铁，布占木还不趁机杀了他？”

布占木也一直想杀掉慕容铁，无奈找不到人。只要杀掉慕容铁，就可以迎娶南珠，这是南珠承诺的。今天是机不可失，时不再来。

布占木挥剑吼道：“来人可是慕容铁？爷爷不杀无名小卒。”

那白袍男子笑道：“本事不大，架子不小！我就是慕容铁，你们两个一起上，我没工夫一个个斗。”说完左右开弓，朝柳嫣霞和布占木各刺了一剑。

柳嫣霞一招“鸾翔凤翥”，那也是“采阳剑法”中的高招，剑尖每点到关键处，就被慕容铁轻松化解。布占木连刺数剑，每刺一剑，均被挡了回去，根本伤他不着。

只见慕容铁纵身一跃，来到秦黑岚跟前，嗖嗖两剑，将捆绑的绳索接连割断。那秦黑岚且战且走，不知从哪里弄来一把短刀，同柳嫣霞对杀起来。

73. 心花怒放

场上现在是两人对两人。柳嫣霞和布占木很快处于下风。莽古尔泰也挥剑上阵，无奈仍不是慕容铁的对手。布占木没想到这个慕容铁剑法如此了得，在中原武林中也绝非等闲之辈，先后变化了不下三十招，仍然无法取胜。

慕容铁本无心恋战，见秦黑岚已脱险，就边战边走。柳嫣霞和布占木在后面追杀，可慕容铁走得快，追出一段行程后，就不见人影。尽管柳嫣霞的轻功不差，可在高手面前不得不服。

一帮人就这样眼睁睁看着秦黑岚被人救走，一番追杀也无济于事。因事前没有准备，在场的人也不多，几大高手又恰好不在，故而被他得逞。莽古尔泰气得连连顿足捶胸，也无计可施。

皇太极闻讯后十分恼火：“农民起义军为何要加害格格和贝勒？我军同农民军向来没有瓜葛，现在让他逃脱，无异于放虎归山。”

南珠眨闪着两眸，笑道：“阿玛聪明一世，糊涂一时。他们杀了我们的人却故意留下证据，嫁祸于明朝，目的就是让我们伐明，自然就可以减轻起义军正面战场的压力。”

皇太极恍然大悟，赞叹不已：“还是我们的副军师言之有理！这么说，我军伐明还是被农民军牵着鼻子走的，这次劳师远征却被别人算计了。以后真的要慎重，凡事要三思而后行。”

目睹窗外的亭台楼阁，南珠接着解析道：“眼下，农民军正在同明军作战，我们伐明得利的是第三方。后金国的上策是平定察哈尔，统一蒙古各部。如果让林丹成了气候，再去剿灭就难了。”

皇太极思忖半天，说：“珠儿言之有理，平定察哈尔是当务之急，现在八旗军缺少兵刃，吾欲派你和布占木到山西采购一批刀枪剑戟。你可愿意去否？”

南珠微微一笑：“阿玛有求，南珠自当义不容辞。只是能否带司马冲一起去？”皇太极说：“不妥，司马冲毕竟是汉人，此事不比攻城略地，只要保证一路平安就行了。以布占木的功夫足够。再说，你要加强对布占木的了解，慢慢就有感情了。”

南珠无可奈何地回去了。皇太极又召见布占木，仔细交代：“此次你和南珠采购兵刃宜轻车简从，不要兴师动众，吾再派一等侍卫赵坤随从，确保一路平安。”

布占木心中暗喜，施礼道：“大汗放心，布占木保证完成采购任务。只是南珠格格……我明白大汗一片苦心，感情的问题得慢慢解决，不能操之过急。此行，我还要寻找机会干掉那个慕容铁，只要我办完这件事，再迎娶格格自然就水到渠成。”

皇太极再三叮嘱：“你务必以办差为主，不可节外生枝。那个慕容铁，你打得过就打，打不过就逃。吾有意支开那个司马冲，你要好好把握机会，见机行事。”

布占木点点头回去准备去了。

秋高气爽，艳阳高照。寒蝉凄切，梧桐早凋。金色的阳光洒在盛京的街道，清凉的秋风吹过汗宫的围墙。自从进宫后，南珠已很久没有离开盛京，还真想出去看看。南珠飞身上马，衣袂飘飘，楚楚动人。布占木准备好银两和行李，带着赵坤就上路了。

林娟秀和司马冲送至郊外。林娟秀叮咛道：“秋天到了，早晚清凉，要加点衣服，不要受凉了。”

司马冲瞟了一眼布占木和赵坤，小声对南珠说：“出门在外，害人之心不可有，防人之心不可无。这是两只狼，晚上睡觉你得睁一只眼，别睡得太死。有情况就飞鸽传书给我，记得写清地方。”说完，将一只鸽笼递给南珠，里面养有两只鸽子。

南珠接过鸽笼，系在马鞍上，说：“不用担心，我会照顾好自己，不是还有两个保镖吗？”

司马冲将一张弓和几十支箭也系在马鞍上，说：“关键时候，别等敌人靠近，太近了就没法射箭了。”

南珠向他们挥挥手说：“放心，我现在也是半个神箭手！一般毛贼奈何不了我。”林娟秀千叮万嘱，才依依不舍地辞别。

三人骑着马这就上路了。一排排高大的梧桐落下枯黄的信念，光秃秃的树枝摇动苍老的腰肢。一条条崎岖的小路扬起滚滚的惆怅，孤零零的野菊挥动稚嫩的手掌。

马蹄嘚嘚，秋风呼啸。目睹布占木俊俏的鬓角、飒爽的英姿，南珠禁不住有些怦然心动，真不愧是叶赫第一美男！可想到他那些缠绵而又痛心的往事，就忍不住要狠抽一马鞭。

布占木的马走在最前面，南珠走在中间，赵坤紧随其后。三人一路跋山涉水，渴了就喝口自带的山泉水，饿了就找家客栈吃顿饭。行了数日，仨人终于穿过北直隶，到达山西地界。

赵坤一拉缰绳，喊道："贝勒爷，翻过这座山，就有一家最大的铁匠铺，名叫孙家寨铁匠铺。我们在哪儿买错不了。"

布占木终于松了一口气，说："孙家寨铁匠铺价廉物美，品质可靠，我去年在那儿买过一批兵刃，真正的好家伙！"

南珠用手巾擦了擦汗，说："今天天快黑了，我们正好赶过去，住一宿办完事就可以返回了。"

翻过一座荒凉的大山，果然见到一家铁家铺，高高的门楼上写着"孙家寨"三个大字。三人依次下马，南珠见里面到处是各种兵刃，有刀枪剑戟，斧叉锤矛，琳琅满目，忍不住左看右看。

店小二热情地迎了上来说："几位客官，敢问是住店，还是买兵刃？"布占木系好马，回道："我们是既要住店，又要买兵刃。快快叫你们掌柜的出来。"

那店小二见只来了三人，估计生意不大，于是说："我们孙掌柜正在后面忙，敢问几位客官要买多少兵器？"

赵坤走到里堂，说："我们要买剑刀枪各一百，有那么多货吗？"

店小二一惊说："货是有，但不能卖给你们。"布占木双眉一皱问道："为什么？我们出得起银子，为什么不卖？"

"对不起，几个客官，这批货我们答应了一位姓秦的客官。他暂时拿不出银子，回去筹集去了。"

店小二说完忙着去叫掌柜去了。不多时，只见一位须发花白的老头笑容可掬地迎了过来，说：“几位客官，我是这儿的孙掌柜，对不住了，刚才小二已经给我讲了，你们急需这批货也没办法。这批货我们委实答应别人了，你们要的话只能等半个月左右了。”

布占木上前一把抓住孙掌柜的衣领，吼道：“你怎么做的生意？我们买兵刃又不是空手套白狼，你凭什么不卖？他要买又拿不出银子，怪得了谁？”

那店小二忙上前拉住布占木说：“这位爷有所不知，那姓秦的可是来头不小，小店实在得罪不起。他可是山西义军的将军！弄不好我们生意做不了倒是小事，连性命可能都难保啊！”

布占木放下孙掌柜，抽出随身带的宝剑说：“今天你不卖，我叫你们今晚上就过不去了。”

孙掌柜忙对小二说：“你安排几位客官先在本店住下，有话好说，不可怠慢。”

南珠见布占木如此蛮横，也劝道：“贝勒爷不可鲁莽，汉人做生意重诚信。我们宜从长计议，或者多出点价钱。”

三人找到住宿的地方后，布占木又去库房看了看货。只见一捆捆刀枪堆放在库房，光卖给自家还可以，要再卖一家就不够。如果等上十天半个月，皇太极还不急坏了身子？

晚上店小二安排了一顿丰盛的晚宴。布占木喝了几口酒，就吼道：“掌柜的，我们没工夫等，这兵器卖也得卖，不卖也得卖。”

孙掌柜十分为难：“我们已经答应了秦将军，出尔反尔的确让我们不好交代。”

南珠灵机一动，靠近孙掌柜一阵耳语，然后说：“倘若秦将军找上门，你就如此这般对应就行了。”

孙掌柜哈哈一笑：“好吧，我们就卖给你们，不过有一个条件，就是你们要走得越快越好，以免引火烧身。”

那布占木和赵坤一头雾水，不知南珠对孙掌柜说了什么，让他这么痛快做成这笔生意。睡到半夜也没想明白，到底是怎么回事？

第二天一大早，孙掌柜找来两辆马车，谈好价钱，就开始装货。满满两车兵器装好后，南珠笑道：“今天我们就做一回镖师，如何确保这批货平安抵达盛京才是我们的当务之急。收拾好后，我们就出发。”

布占木一时赌瘾又上来了，笑道：“格格，只要这批货平安到达盛京，你就陪我睡一宿如何？反正迟早都是我的福晋！”

赵坤满怀信心地说：“我看甚好，这样贝勒爷押镖有盼头了。我来做个媒人，你们两位花好月圆，别忘了我这个月老。”

南珠和布占木同乘一辆马车，赵坤单独驾一辆马车。三人辞别了孙掌柜就出发了。南珠嗔笑道：“我说过只要你杀了慕容铁，我就嫁给你，决不食言。现在兵荒马乱，对这批货我真没什么信心，只要平安将这批货运抵盛京，我就甘心陪你一夜。”

目睹南珠花容月貌，秀色可餐，布占木一时心花怒放，乐道：“君子一言，驷马难追。这可是你说的，到时别怪我冒犯格格啊！”

三人有说有笑刚走了半天，在经过一个山坡时，忽听到背后马蹄声越来越急。南珠回头一看：“不好，有人在追我们。”

74. 急中生智

不远处，只见尘土飞扬，马蹄嘚嘚。布占木也回头望去说：“他们足有十多人，看样子是冲我们来的。”

赵坤一边加快速度，一边问道：“贝勒爷，我们人少，要不先射他几个？”布占木说：“先看看再说，不能让他们靠近。”

须臾，追兵离三人只有数丈远了。为首是一个小胡子男人，高喊：“几位可是买兵器的，快快停下。”

赵坤回答说：“我们是买兵器的，跟你们有什么瓜葛？”

人群中一个黑脸汉子说：“错不了，就是孙掌柜说的那两男一女。你们骗走了我们的兵器，快快交出来。”说完，火速向三人冲了过来。

南珠立即张弓搭箭，一箭射中了一个冲在最前面的汉子，那汉子应声落马。布占木知道来者不善，一边快跑，一边转身射箭。大约对方发现有人射箭，立即挥刀拦阻。那黑脸汉子连连砍断几支箭羽，射不着他。

马车到底拉着货，跑得不及他们快。没多久，这群人就追上来了。布占木虽然也射中了两人，但很快就到了短兵相接的时候，弓箭根本没用。

南珠很快就认出那小胡子男人就是慕容铁，喊道：“慕容将军，想不到山不转水转，我们又见面了。贝勒爷，不用跟他费话，杀了他。”追兵靠近，南珠只好躲在马车里，不敢出来。

布占木也认出那黑脸汉子，就是刚刚死里逃生的秦黑岚，于是对赵坤说：“他就是杀害豪托的凶手，赵坤，你来对付他。”说完抽剑纵马，杀向慕容铁。

慕容铁一声冷笑：“螳臂当车，就凭你这三脚猫功夫，也敢出来闯江湖？”说完朝布占木一剑刺了过来。二人战到一起，一连杀了十多回合不分胜负。

那边秦黑岚策马杀向赵坤。赵坤一把弯刀左右翻飞，砍得秦黑岚眼花缭乱。可慢慢地，那秦黑岚摸出门道儿，长剑招招直击要害。赵坤一招“铁树开花”，加强了防守，没想到还是被秦黑岚攻破。赵坤想反守为攻，刀尖直逼他小腹。谁知秦黑岚更狡猾，闪过那长刀，一剑刺中赵坤的左胸，当即摔下马来。

那边布占木见赵坤倒地，刚一分神，慕容铁的长剑已逼近咽喉。布占木挥剑使出一招“釜底抽薪”，企图挽回败局。不料，慕容铁轻松化解他的招式，长剑一转身划出一道美丽的光环之后，直逼布占木的肩头。布占木又来一招“暗渡陈仓”，不仅成功破解了慕容铁的攻势，那剑尖又朝慕容铁的右胸刺去。

谁知慕容铁突然后退，不知从何处飞出一张渔网，凌空而下将布占木网在中间。布占木动弹不得，骂道：“卑鄙小人，连这种下三烂的招数也用上，算什么英雄好汉？”

慕容铁收剑后，冷笑道：“本将军敬佩你的武艺，有意留你一条小命，你狗咬吕洞宾，不识好人心。来人，先将他绑了再说。”

一群喽啰兵上前，收了布占木的长剑，将他五花大绑起来。那赵坤倒在血泊中，一把长剑还插在胸前，人一动不动。

南珠见状骂道：“大胆刁民，光天化日之下，竟敢抢劫？”慕容铁怒道：“你到底是何方人氏？竟敢假冒义军，买走我们的兵器？小妞不会武功，直接绑了。”几个人上前将南珠也绑了。

两辆满载兵器的马车一转头往回走了。秦黑岚指挥部属将捆绑的二人分别放在马车上，朝山西义军大营一路飞奔。

南珠见赵坤被杀，自己和布占木双双被俘，突然心生一计，冷笑道：“这批货我们按价给了银子，岂敢假冒？慕容将军，你还是趁早放了我吧，不然会给你带来杀身之祸。你信不信？”

慕容铁狠抽一马鞭，说："本将军闯荡江湖数十年，可惜未逢对手。小女子竟敢口出狂言，实不知天高地厚。看你生得冰清玉洁，国色天香，不然早就取了你性命。对了，我好像在哪儿见过你。"

一旁的布占木插话说："实不相瞒，她就是皇太极的南珠格格，这批兵器是皇太极急要的，你们竟敢抢劫。不是自寻死路吗？"

"哦，我想起来了，你就是那年被俘草民叫什么李……李腊梅，陪我喝过酒。居然又冒充皇太极的格格，我看你是李鬼碰上了李逵，认栽吧。"慕容铁一拍脑袋瓜子恍然大悟。

南珠笑道："你不信就拉倒，那我们就骑驴看戏——走着瞧，有你好果子吃。"

经过将近一天的行程，这帮人将二人押到山西义军大营。此时，夕阳将营房披上一层金黄的外衣，秋风不时掀起帐篷透着阵阵寒意。一排排木桩围起一个偌大的营寨，一面面鲜艳的旗帜在风中飘扬。有的旗帜破了个洞，也不见有人换下。南珠扫了几眼，这里的确跟八旗营完全不同，营房之简陋，军纪之混乱，让人无法想象。

秦黑岚跳下马问道："慕容将军，这两人如何处置？"

"将男的关起来，女的押到我的大帐做一房小夫人。长得这般标致，杀了太可惜！"慕容铁那双眼睛不停地在南珠身上打量着。

南珠一听急坏了："我已经嫁给旁边这位布占木，岂能再嫁？"

布占木知道是南珠急中生智，一点头说："我们已经结为夫妻，将军想要女人，我明日找个更漂亮的给你。"

"既是这样，将他们二人关在一起，还省一间牢房。"

南珠说："不，我还有一个条件，我要带着这两只鸽子解闷。"

慕容铁笑道："死到临头，你还有心思玩鸽子！行，就答应你。"

于是，有人将南珠的鸽笼和行李取下，连人一起扔进牢房。布占木也就和南珠关在同一间牢房。随着"咣当"一声闷响，牢门被一个大铜锁锁死了。

这牢房昏暗潮湿，还有着一股难闻的霉味。南珠掩着鼻子说："天啦，这儿跟猪圈有什么区别？我们两头肥猪不知什么时候就要被他们宰了。"

布占木一屁股坐在地上，说："都怪你乌鸦嘴，说什么兵荒马乱没信心，这回真被抓了，赵坤已经见了阎王，我们该如何是好？"

南珠打开鸽笼，笑道:“这帮蠢蛋，有这个还不知怎么办？”于是，取出纸笔，写下了几行小字：

义军残暴，兵器遭劫。赵坤殉节，布吾被俘。危在旦夕，盼速驰援。

南珠八月十五日于山西牛仙村义军大营

字条写毕，南珠将它卷起绑在一只鸽子的小腿上，然后悄悄从窗口放飞。看着信鸽展翅高飞，南珠总算松了一口气：“我看这帮人是秋后的蚱蜢——蹦跶不了几天！我们现在能拖就拖，以不变应万变。”

布占木一乐：“大汗见到求救信一定会派人过来，杀他个落花流水。这鸽子不会找不到路吧？”

南珠笑道：“这鸽子是我和娘一起养的，有灵性，它一定会飞回盛京，找到我娘。只要信到了我娘手中，就没问题。”

原来秦黑岚在孙家寨预订了一批兵器，因为银子不够，就回去筹集。谁知筹集了半天也凑不齐，慕容铁只好亲自出马，带人来到孙家寨，希望能先预支给他们。

等到了孙家寨一问掌柜的，才知道这批货已被两男一女自称是义军的人买走了。孙掌柜说走的时间不长，应该可以追上。于是慕容铁就顺道一路追了上来。

现在终于得到这批兵器，慕容铁当然欣喜不已，亲自向闫勃报告：“首领，我们没花一两银子就得到一批兵器！还擒获一男一女。”

闫勃哈哈一笑，理着满脸络腮胡须说：“自从揭竿起义以来，我们兵马是招了不少，可兵器短缺一直让人头痛。有了这批货，我们只要勤加操练就可以了。这一男一女有什么来头？”

慕容铁回道：“本来是两男一女，动手的时候杀了一个男的。他们穿着汉族人的服装却自称是皇太极的人，那女的听说是皇太极的格格。我认出那女的曾经被我们抓过，是一个民妇的儿媳，会不会想吓唬我们？”

闫勃点点头说：“完全有可能，要相信自己的眼力，不要道听途说。总之今日之事可喜可贺，我要同慕容将军好好干几杯，叫邱峰去射点野味来。”

身边立即有人去找到神箭手邱峰。邱峰得令后，在军营附近转了几圈，先后射得一只鸽子和一只山鸡。在收拾死鸽子时，才发现脚下还系着一张字条，原来是南珠的求救信。

邱峰提着死鸽子来见闫勃道："首领，万幸啊！我今天射死的是一只信鸽，有书信在此。"

闫勃展开字条一看，惊道："此女莫非跟皇太极真有瓜葛？如果是这样，我们可得罪不起。"

一旁的慕容铁接过字条看了看，说："邱峰干得漂亮，不管她是谁的人，都不能让她向外送信。我一时疏忽还将鸽笼给了她，对了，那鸽笼里原有两只鸽子，去将另一只弄出来，别让它通风报信。"

邱峰接令后，将那只死鸽往厨房里一送，转身来到后面的牢房。

75. 天赐良缘

邱峰赶到牢房，发现牢房里传来欢乐的笑声。南珠指着那只鸽子说："你没了伴侣，今天就由我来陪你。"

那布占木笑道："这两只鸽子一公一母，感情深着，那只公鸽飞走了，这母鸽像丢了魂似的，无精打采。"

南珠却踢了布占木一脚说："谁说的，它现在精神好着呢，你的伴侣远行去了，很快就会回来陪你。"

布占木也瞅着那鸽子说："鸽子小姐，如果晚上寂寞了，还是我来陪你吧，我包你乐不思蜀！"

"别做梦了，那只鸽子已经炖成汤了，它怎么可能回得来？"邱峰打开牢房的门，一声冷笑，当场让两人目瞪口呆。

南珠惊道："不可能！你怎么知道我放飞了一只？"邱峰抓起鸽笼要拿走，南珠不放。邱峰冷笑道："首领要吃野味，那只鸽子已被我一箭射下来了，你的字条还在我这儿呢！"说着，掏出南珠那张字条。

果然是自己写的那张求救字条！南珠气得小脸通红，骂道："你们想赶尽杀绝吗？当心父汗派兵过来将你们这儿踏为平地！"

布占木也有点不相信自己的眼睛，几乎乞求道："你就留一只陪格格玩吧，关在这儿简直要把人闷死！"

那邱峰哪里听得进，一用力就将南珠手中的鸽笼夺了过来，说："老实点！给我！首领晚宴的下酒菜不够，厨房还等着鸽子呢！你们关在这里还穷开心，再别想通风报信了。"

任凭南珠苦苦乞求，邱峰根本不理会，提着鸽笼将牢门迅速锁好后，扬长而去。

南珠含泪说："冲哥给我的最后的救命稻草也没了，赵坤又被杀了！我们如何出得去？"

"出不去，就不要出去了吧。我们待在这儿不挺好吗？我就喜欢跟你在一起。你不是说已经嫁给我了吗？"布占木鬼笑道。

"那是骗那个老狐狸的，你休想打我的主意。我已经嫁给司马冲了，你就别再痴心妄想。"南珠狠狠瞪了布占木一眼。

"胡说，你什么时候嫁的？没有拜堂那不算，那个呆头也想吃天鹅肉！"

天渐渐黑了。狱卒送来晚餐，煎得又黑又硬的面饼，两碗半生不熟的米饭，一撮发霉的腌菜。另外还送来一床破了两窟窿的被子。南珠问："怎么两个人只有一床？"那狱卒回答说："现在义军物资紧张，首领听说你们二人是夫妻，所以就只给了一床。"

那狱卒扔下被子就走了。南珠心里暗暗叫苦，盘算着如何对付这条黄鼠狼。吃了两口面饼，扒了两口生饭，就放下了。可布占木却吃得挺香，一碗生饭不一会儿就吃得精光。那又黑又硬的面饼，不几口就没有了。

南珠笑道："你是饿死鬼投胎，这样的饭也吃得下。"布占木擦了擦嘴说："不吃饱等会儿哪有劲儿收拾你？你看我们俩，人算不如天算，这叫天赐良缘。今晚我们天做纱帐，地做炕，牢房当婚房，把生米煮成熟饭。如何？"

吃完晚餐，布占木将剩菜剩饭一收拾，抓起那床破被子，就盖在身上。南珠小嘴一翘说："你想得美，就算只有一床被子，你也休想占我便宜。你是猪八戒到高老庄，空喜一场！"

南珠坐在墙角，双手抱膝，就是不靠近他。

布占木苦劝道："你看我哪点比那呆头差，你就是木头脑袋不开窍。我们原想告诉他们真实身份，他们能放我们一条生路。现在看来，我们可能真的危险啦！我估计最多挺不过三天，他们就要杀人灭口。因而在死之前，快活一回，也不虚此生。"

南珠骂道："黄鼠狼！该死的是你，谅他们也不敢动我。我那位已经成了猴哥，你才是猪八戒中的猪八戒，只会做梦娶媳妇。"

布占木说着起身上前，欲拉南珠。南珠斩钉截铁地说："贝勒爷，你如果敢动手，我就咬舌自尽。"

"我是说这被子里暖和，过来我们一起暖和暖和。"

"你若有心，就将被子给我，你滚一边去。"

布占木无奈，只好将破被子给了南珠，自己睡在墙角的地上。山西的秋天夜里十分阴冷，南珠盖着被子才勉强有些温暖。想到半夜里布占木可能偷袭，南珠和衣躺下，厉声说："你夜里若是冒犯我，我就立马咬舌自尽。"

夜阑人静，相邻牢房的犯人议论纷纷："这两口子犯人有毛病，临死也不知享受。"布占木蹲在墙角，不敢冒犯，担心格格真的犯傻，禁不住感叹道："人生在世，何其悲苦！美人在前，无福消受！我还不如狱室的老鼠快活，还不及林中的小鸟自由。"

南珠迷迷糊糊睡着，知道他在玩攻心，回道："世人皆知你是个花心大萝卜，别在哪儿装蒜。狼披着羊皮还是狼，江山易改，本性难移。"

不知不觉进入梦乡，南珠在一片晨光中来到一处茂密的桃林，到处是红彤彤的毛桃，鲜艳肥硕，鲜桃上还有点点露珠。南珠感觉腹中饥饿难耐，想伸手摘个鲜桃吃。没想刚一伸手，那桃树一阵摇晃，鲜桃落在地上，滚得不见了。定睛一看，原来是司马冲在树上守护着。吼道："哪里来的仙女？想偷仙桃吃，也不问我同意不同意！"

南珠笑道："弼马温，你连我都不认得。我快饿死了，弄个仙桃吃不行啊？"司马冲惊道："这不是留恋人间牛郎的织女吗？如何又回来了？那人间有锦衣玉食、荣华富贵，为何你还是不开心？"

南珠苦笑道："我哪里是织女！我比织女还惨！织女还有牛郎疼爱，我是个没爹没娘的孩子。一不小心喜欢上你，你却装蒜调戏我！弼马温，快给个鲜桃我吃，我真的饿坏了！"

"玉皇大帝有旨，这鲜桃是给王母娘娘的寿宴准备的，一个也不能少。你实在想吃，我这里还有岭南的荔枝和香蕉。"

南珠向前走了几步，果见一大片荔枝林和香蕉林。荔枝美容，南珠刚想摘颗荔枝吃，谁知脚下一绊，“扑通”一声摔倒在园子里。睁眼一看，自己从炕上摔了下来，那条破被子也滑到地上了。

布占木依然蹲在墙角，见南珠醒来，笑道：“我说了一个人是睡不着的，不如我来陪陪你。”

此时，已近黎明时分，天快亮了。南珠将被子往炕上一扔说：“谁要你陪！你睡吧，我不睡了，尽做怪梦。”说完翻身起来，在室内来回走动。

布占木困得不行，只好和衣睡下直到天亮。

第二天，邱峰来到闫勃的大帐，施礼道：“首领，昨天那两只鸽子味道怎么样？”闫勃赞叹道：“甚好！甚好！邱峰办事越来越老练，那一男一女再也没法搬救兵了。”

邱峰递上刚收的战报，说：“眼下，我军即将进攻蒲县，这一男一女该如何处置？请首领示下。”

闫勃看完战报，思虑再三说：“如果那女的真是皇太极的格格，这事真有些麻烦。慕容将军说那女的是骗人的，过去也曾被俘过，无非是想让我们放人。我们偏不放，杀了他们，这样神不知鬼不觉。谁也不知那批兵器到哪儿去了。”

邱峰眼珠一转说：“杀两个人简单，可那个男的剑法娴熟，我们不是用渔网没那么容易擒获。那女的更是端庄秀丽，窈窕淑女，平常女子望尘莫及。杀了实在可惜！不如招降为首领效力才是上策。”

闫勃长叹一声说：“我知道招降是上策，可招降很难！那就让你想个主意试试能否招降。”

离开闫勃的大帐，邱峰来到厨房，吩咐了几句。到了午餐时间，邱峰亲自提着两个人的午餐，来到牢房。连吃了几顿生饭糊饼，布占木和南珠一见送饭的就没胃口。

谁知邱峰打开饭盒一看，板栗焖鸡、红烧鲤鱼，辣椒炒猪耳，牛肉烧土豆。另外还有油煎馒头和扬州炒饭。布占木和南珠望着邱峰半天说不出话，很久很久南珠才问：“今天为何太阳从西边出来？老实说这菜里下药了没有？”

邱峰见状，每道菜都尝了一小块，说：“首领已经决定要送你们到另一个世界去，这顿饭是最后一顿了，你们赶紧吃吧。”

布占木拿起筷子，不敢动，惊道：“你们劫了我们的兵器，还要杀人灭口！我做鬼都不放过你们。”

闻着香喷喷的味道，南珠微微一笑，抓起筷子就吃，边吃边赞道：“这厨师手艺还真不错，都快赶上宫里的菜了。”

布占木哪里吃得下，拿着筷子的手有些颤抖，问道：“这当真是最后一顿，格格也吃得下？”

南珠依旧吃着鸡块，丝毫不理会。邱峰接着说：“如果想吃下顿不是没有办法，只要肯答应我们一件事就行了。”

布占木一看有转机，问道：“什么事？”

“只要加入我们的兵营，跟我们一起干，就天天有美味佳肴！二位可想好了，不然你们就准备上天堂。”

第十六章　偷梁换柱喜生悲

76. 想入非非

夹了一块牛肉在嘴里，南珠示意布占木吃。可布占木一想到吃了这顿没下顿，就像霜打的茄子，打不起精神，但嘴上却很强硬地回答道："不跟你们一起干，就要杀人灭口！你们想得也太天真了，你以为我们是叫花子！"

邱峰接着劝道："俺敬佩你一身武艺，是条汉子，在首领面前说了不少好话，给你留条生路。你不要狗坐轿子——不识抬举啊！"

南珠吃了一块土豆，说："贝勒爷，不要理他，赶紧吃。我借你十个胆，你也不敢害我性命。我说俺是皇太极的格格，你们不信，那就等着大汗兵临城下吧。"

布占木仔细一看，还有一壶二锅头。心想，他们未必敢动手，不过是手段而已，先吃饱喝足再说。于是拿起二锅头，一抬头喝了一小口，吃了一块鱼，强硬回击："八旗勇士头可断，血可流，绝没有投降之理。既是被俘，唯有一死。"

邱峰笑道："你们不要敬酒不吃，吃罚酒。这位格格别再假冒了，看你生得冰清玉洁，倾国倾城，又碰到首领怜香惜玉，实在不忍心加害。只要答应做我的夫人，即可免死。"

"俺已出嫁，没有再嫁的道理！"

"我听狱卒说，你们二人昨夜并未睡在一起。可见夫妻之说纯属无稽之谈。如果你不答应做我的夫人，我就将你献给慕容将军。"

南珠一边吃一边气愤地说："我谁也不嫁，你们休想打我的主意。"

不多时，几样佳肴吃得盘底朝天。邱峰见二人一口回绝，只得退而思虑对策。南珠吃得饱饱的，心想，不要理他，看他能把我怎样？雕虫小技，还能骗过我？

布占木刚开始不敢吃，最后吃得满嘴流油，喝得红光满面，对邱峰说："你们坏事不能做绝，做绝了当心五雷轰顶。"

邱峰收拾好碗筷，临走说："两位再仔细想想，晚餐还可以让你们一饱口福。

首领可是仁至义尽，先礼后兵啊！”

到了晚餐时间，邱峰没来，狱卒还是送来四个菜：小鸡炖蘑菇，萝卜炖羊肉，糖醋鲤鱼、五香驴肉，另外还有葱油煎饼和三鲜包子。照例还有一壶二锅头。布占木二话不说，抓起酒壶就喝，夹起一块驴肉就吃。

南珠仔细端详了一下菜，也没发现有什么异常。终于抵挡不住美食的巨大诱惑，跟着布占木一起大吃起来。南珠尝了一块萝卜，说：“这萝卜味道纯正，应该不会有问题。如果他们真的要加害我们，我们难道就坐以待毙？”

喝了三口酒的布占木说：“这里有重兵把守，现在是插翅难飞。能跟格格一起共赴黄泉，真是做鬼也愿意。”

酒菜飘香，一旁的狱卒说：“你们还是准备降了吧，不要想歪主意。我们首领的忍耐是有限度的！”

南珠微微一笑，吃着一块驴肉，感觉不同凡响，叹道：“这些匪军没钱买兵器，却有钱吃喝，岂能长久？我料定这些人将来必败，我们又岂能投降？”

布占木夹起一块葱油饼，说：“将死之人，其言也善。我真心喜欢格格，你为何执迷不悟？明天就走向刑场，不如今夜我们就圆房！”

包子一咬，满口流香，南珠回道：“你是不是吃饱了撑得慌？你若敢圆房，我就只有自尽。只要我一死，大汗追究起来，你岂能苟活？我估计他们是不敢害我们，怕引火烧身。”

布占木说：“你糊涂！他们把我们俩都杀了，大汗从何得知？”

“若要人不知，除非己莫为。”南珠话音刚落，突然一阵腹痛，想上茅厕。急匆匆赶过去，一泻千里。难道是闹肚子？还是那菜里下药了？拉了好半天，淋漓不尽。总算干净了，得赶紧告诉贝勒爷别吃了。

谁知南珠刚刚回到席位，布占木已经捂着肚子向茅厕跑：“我也不行了！完了！完了！”南珠拉完之后，感觉神清气爽。不一会儿，肚子又痛起来，还要拉。跑到茅厕，布占木还占着，南珠急得直叫：“求求你快点，还没拉完啊？”

那狱卒在一旁直笑：“谁叫你们贪吃？这叫报应。”布占木刚从茅厕里出来，南珠就急不可耐地往里钻。二人轮番上阵，那狱卒笑得直不起腰，收拾完碗筷，这才离开。

布占木提着裤子，骂道：“一定是那个邱峰干的好事！这个断子绝孙的东西！”

南珠从茅厕里出来，稍稍好一点，想喝口水。可一闻到那种怪气味，一口就吐在地上。

地上弄脏了，如不及时打扫，那牢房没法呆。布占木只好拿起扫把清扫，对南珠说：“看样子，邱峰是下药了。你以为他不敢害我们。你感觉怎么样？”

南珠说：“我感到浑身无力，不知今晚能不能挺得过去。”说完，一屁股坐在地板上，望着牢房的铁门发呆。布占木感到双眼冒金星，两腿酸软无力，一时无计可施。

次日清晨，慕容铁刚刚从早练的兵营回来，还没来得及喝口水，就接到首领传唤的口信。慕容铁走进闫勃的大帐，问道：“首领传唤所为何事？”

闫勃叹道：“我军即将攻取蒲县，军粮不足，那狱中养着一男一女如何处置？”慕容铁想了想说：“首领思虑周全，此事是应该早做决断。那个女的自称是皇太极的格格，的确被俘过，还陪我喝过酒，身份可疑。”

此时，邱峰刚好也进帐，面色惭愧，低声说：“首领、将军，邱某不才，未能劝说那对狗男女归降。昨日好酒好菜伺候，二人仍不松口。我吩咐厨师下点泻药治治他们，暂时未伤其性命。今日容我再想想办法，劝说招降。”

闫勃问道：“那个女的到底同皇太极有没有瓜葛？”邱峰回道：“十有八九，真是皇太极的格格！我听狱卒说二人表面上是夫妻，其实并没有睡在一起，那个男的是贝勒爷，却也不敢越雷池半步。”

慕容铁冷静想了想说：“如此言不虚，我们要速速决断，万一走漏风声，就会引来战祸。”

闫勃理了理胡须，说：“我们劫了兵器，祸已经闯下。现在唯有秘密处决二人，来个死无对证。”

“首领言之有理，邱峰，你带几个得力干将，今夜二更拉到营外偏僻树林，处决了他们。记住，一定要掩埋好尸首！”慕容铁说。

邱峰求道：“首领、将军，请三思而后行！这两个人杀不得啊！”

“休得多言，就依将军所言去办。”闫勃脸色一沉。

邱峰无奈只好回答：“属下得令。”尔后，匆匆离开首领大帐。

布占木和南珠拉了一夜肚子，直到清晨才迷迷糊糊睡去。狱卒送来早餐，南珠仍在睡觉。布占木一看是两碗粥，顿时胃口大开，正想吃上一碗，想起昨天晚餐的事，忍不住对狱卒说："不会又想害我吧？这次我先试吃，格格等会儿再吃。"

南珠醒来一翻身，见有人送早餐，说："万幸，我还活着。我说过，他们是不敢害我的。大胆吃，不用怕！"

不一会儿，一碗粥被布占木吃得精光。用餐完毕，过了好一会儿，布占木感觉没有什么异常，对南珠说："我要是见了阎王，是不是仍然不能感动你？"

南珠吃完一碗粥，感觉精神焕发，笑道："阎王都不要你，何况是我？"可吃完没多久，南珠又跑进了茅厕。

如厕回来，南珠发现布占木好像没事一样，可能已经康复。自己上了趟茅厕后，也顿觉神清气爽。想必那帮土匪听到皇太极的威名吓得胆战心惊，不敢轻举妄动。

到了午饭时间，狱卒送来两块煎饼，再不见大鱼大肉，也没有好酒，只有两碗清汤，不见一滴油。二人心中大喜，看来他们不敢加害皇太极的人！

晚餐亦是如此。二人只顾吃饱肚子，躺下休息。

睡到半夜，牢门突然打开，南珠睁开眼一看，几个武士七手八脚将布占木首先绑了起来。布占木大惊，吼道："天还没亮，你们想干什么？"邱峰冷笑道："等天亮，就干不成了。跟我们走，送你去一个好地方。"

南珠也被粗绳捆了起来，和布占木一起被押着上路了。南珠心想，这回真的完蛋了，我命休矣！冲哥只能来生再见了。娘啊！你在哪里？今生不能报答你的养育之恩，只等来生再报。阿玛，你还不派兵来，灭了这帮杂种，他们抢了兵器还要杀人灭口，简直天理不容！

外面漆黑一团，伸手不见五指。邱峰用麻袋将二人的脑袋套住，一直往前走，迷迷糊糊不知走了多远。一行人来到外面一片树林下，邱峰小声喊："停！操家伙，动手！"

布占木双眼一闭，只等受死。突然听到树林中马蹄嘚嘚，蹿出几个人影。来人大吼一声："刀下留人！"

77. 李代桃僵

邱峰抬头一看，只见来人手持青龙偃月刀，只一刀就将一名武士砍倒，接着一刀向自己砍来。邱峰侧身一闪，骂道：“大胆毛贼，狗拿耗子多管闲事，快滚开！”

来人也不下马，左砍右杀，将准备行刑的两名武士相继砍死。邱峰只带了不到十个人，而来人越来越多，黑暗中不知其数。邱峰心想，不好，我等危矣！这些人是如何得知我们要处决二人？信鸽已经煮汤了，不可能泄露风声。

邱峰挥剑便杀，一招“孔雀开屏”先护住自己，转而一剑直刺来人咽喉。那人挥刀一挡，立即震得邱峰虎口发麻。这人内力如此了得，绝非等闲之辈。来人紧接着又是一阵砍杀，邱峰只得连连躲闪。

这时，又一名骑兵举着火把冲过来。借着火把，邱峰发现来人眉心有一颗痣，似曾相识，好像哪里见过！经过一番拼杀，邱峰带的几个人死的死，伤的伤，逃的逃。邱峰只好硬着头皮斗下去，斗不到十几个回合，只见来人招式越来越怪，根本未曾见过。

邱峰正想逃去，忽然长刀不知何时避开利剑，架在自己脖子上停住了。来人说：“原来是邱队长，还不放下兵刃？”邱峰仔细一看，终于恍然大悟：“原来是程飞啊！多日不见，武功长进不少！”

无奈，邱峰只好放下兵刃投降。司马冲想起程飞是自己在义军中的化名，于是假装答应：“亏你还认得程某，如若不看在你曾教我射箭的份上，今天定叫你狗头搬家。”几个人上前将邱峰绑了个结实。

有人上前将布占木脑袋上的麻袋取下，接着又松绑了。借着火把，布占木大吃一惊：“这不是赵坤吗？你到底是人还是鬼？你不是早就被秦将军杀害了吗？为何……”

赵坤摸了摸胸前包扎的伤口，冷笑一声说：“那日被秦黑岚刺中左胸，血流如注。我想如果继续挣扎反抗，终是寡不敌众。唯有装死骗过这帮强盗，回去搬兵，才有可能夺回兵器。所幸没有伤到要害，你们走后，我强忍剧痛包扎好伤口，找到一匹战马日夜兼程赶回盛京……今夜，我们刚好赶到树林处。”

布占木这才如梦方醒。接着，司马冲下马将南珠一把抱在胸前，熟悉的衣服、熟悉的身材让人朝思暮想。司马冲一时激动得有些语无伦次：“幸亏……幸亏我及时赶到，不然……不然再也见不到你了。”

可此时南珠头上的麻袋还未取下。过了一会儿，司马冲取下麻袋一看，哪里是南珠！而是一个穿着格格衣服的老婆婆，满头银发、满脸皱纹，至少有七十岁了。

司马冲一把推开老婆婆质问道："这到底怎么回事？南珠在哪里？"老婆婆回道："我正在睡觉，突然被人抓起来，强逼换了衣服，绑到了这里。什么南珠？谁叫南珠？我不认识。"

布占木也一头雾水，说："我明明跟南珠一起，被人绑着押出牢房，谁知中途南珠被人调换。不用问，准是邱峰干的好事！"

司马冲狠狠踢了邱峰一脚说："南珠现在在哪里？快快从实招来。"五花大绑的邱峰狡黠一笑："我不知道，首领只命我们半夜杀了这两个人，谁知他们命大死不成！"

刚才准备行凶的几个人，只剩邱峰一个。赵坤看了看远方的营寨说："格格下落不明，定是邱峰搞的鬼。如果不交代，我就让你求生不能，求死不得！"

邱峰抬头瞥了司马冲一眼说："过了这个山坳，就是牛仙村大营。大营驻军五万，你们这点人马攻进去，好比飞蛾扑火，自投罗网。"

司马冲回头对赵坤说："你速速回去报告多尔衮贝勒爷，我们已救下布占木，要不要攻进义军大营救格格？"

赵坤得令后纵马就走，多尔衮在队伍的后面。只听一阵嘚嘚马蹄声过后，不多时多尔衮、赵坤都赶了过来。多尔衮传令："将士们连续赶路太辛苦，通知原地休整。"

司马冲朗声说："他们听说有五万，我们只带了五千，不过现在他们想必都睡着了，正是进攻的好机会。"

多尔衮点点头说："言之有理！若是在白天，我们这点人马那是鸡蛋碰石头，可现在是半夜，天赐良机！"

司马冲挥刀拍了拍邱峰的屁股，说："有你在！还怕找不到格格？只是我们人困马乏，确实需要休息，强弩之末，不可战斗！"

邱峰见这帮人确实狡猾，兵临城下而不进攻。有的喝水，有的吃干粮，有的玩耍。司马冲质问道："你到底将南珠格格藏于何处？早些告知可免一死！"

"我确实不知，你可进营搜查一下！"

多尔衮骂道："大胆狂徒！死到临头还敢抵赖，我等受皇太极之命来救格格，格格如有半点闪失，定斩不赦。"

司马冲想了想说："如果贸然进营搜查打草惊蛇，不但救不了格格，我们这点人马也有危险！”

多尔衮厉声道：“如若不交代，先割他一只耳朵再说。再不交代，就再割一只耳朵。还不交代，就割鼻子，挖眼睛。”

赵坤将那把锋利的宝剑在邱峰眼前晃了晃，说：“讲不讲，我可没多少耐心跟你啰唆！”

邱峰一看要动真刀子了，吓得面如土色，说：“好说好说，别动刀子！我把她藏在我的帐内，格格这会儿是安全的。”心想，我胡乱指个地方，你又不知道，能把我怎的？

被绑了双手的邱峰，被赵坤扶上战马，坐好后。赵坤将长剑往他脖子上一横，说：“你最好放明白点，敢耍我们，立即叫你脑袋搬家。我们不想跟义军打，我们只想救出格格。”

大约过了半个时辰，司马冲估计将士们休整得差不多，对多尔衮说：“贝勒爷，现在能否进攻，请下令！”

多尔衮说：“深夜救人不宜动静太大，更不可恋战，救出格格后立即杀出。司马佐领选三百精兵杀入，其余人马跟我在营门口接应。”

不多时，人马挑选完毕。司马冲手持青龙偃月刀上马，赵坤押着邱峰在前方带路，又找了件斗篷给邱峰披上。三百精兵如从天降，直奔牛仙村大营门口。

到了大营门口，司马冲有意放慢了速度，装出了一副若无其事的样子。有侍卫问：“什么人？”赵坤拿着剑小声逼邱峰：“你来回答。”邱峰只好说：“我是邱队长，快快开门。”

那侍卫听出是邱峰的声音，黑暗中没看清被绑，果然打开营门。司马冲等一拥而入，乘机将几个侍卫全部杀死。无人发出求救信号。

赵坤问道：“你的营帐在哪儿？这里有左右两条路，该走哪条？”邱峰心想，我的营帐在左边池塘对面，那里几乎无兵防守；秦将军的营帐走右边那条道，不如将他们带到秦将军的营帐，那里有秦将军的卫队。

“走右边这条道。”邱峰指了条错路给赵坤，心想只要秦将军的卫队一惊动，这帮人必死无疑，我不就有救了！

队伍向右边那条道走着，走着，经过一条乡间小路，前面果然有一栋大房子。房子里半夜居然亮着灯，奇怪的是房子周围没有一个卫兵！马蹄声那么大，也没一个人出来抵挡一下！

邱峰想，这秦黑岚搞什么名堂？那么多卫兵都死哪儿去了？赵坤问道：“是不是这栋房子？”邱峰只得点点头。

到了房子门前，司马冲只好下马，准备推门。竟然推不动，显然门被闩上了。邱峰知道，这里不是自己的营帐，只能喊：“秦将军，我是邱峰啊！快开门，有敌军进营了。”

赵坤生气地打了邱峰一个耳光，骂道：“这里明明是秦将军的营帐，你敢耍我们！”说完，一挥剑将邱峰的左耳割了一半下来，一抬腿将他从马背上踢了下来。

邱峰痛得在地上乱滚，并大喊：“秦将军，快快开门，有敌军进营了。”司马冲发现这里不是邱峰的营帐，正想离开，忽然听到里面有人说话。

“宝贝，从了我吧，我保你荣华富贵！那个邱峰有什么出息？跟我做个将军夫人，不会亏待你！”

“我谁也不跟，谁也不嫁！你若再动手，我就咬舌自尽。你若再靠近我半步，我就撞墙！”

分明是一男一女的声音！女的有点像南珠格格，莫非果真在秦将军的营帐！司马冲使劲撞了好几次，门还是开不了。于是挥起大刀，用力一砍，那门闩才砍断。

只见南珠外衫全无，只穿着单薄的内衣，双手被缚，侧卧在炕上，秀发凌乱，面容憔悴。南珠抬头见是司马冲，惊道：“冲哥！你来得正好，快快杀了这流氓！”

那秦黑岚正沉浸在即将得到美人的兴奋之中，根本没听到外面的喊话，冷不丁闯进一个人来。当即骂道：“哪里来的狗贼！竟敢私闯将军的营帐，找死！”

“找死的是你！你竟敢污辱皇太极的格格！”司马冲抡起长刀朝秦黑岚砍来。

秦黑岚毫无准备，不过习武之人反应敏捷，一转身就躲开第一刀。室内空间太小，南珠迅速闪到一边。外面的邱峰百思不得其解，明明我将格格调包后，藏在自己的帐内，为什么偏偏出现在秦将军的帐内？这回是司马冲歪打正着。

78. 深夜突围

原来当日，闫勃下达处死二人的命令后，秦黑岚就担心邱峰存有私心。夜深了，邱峰带着几个人外出迟迟不见回来。秦黑岚就来到邱峰的营帐外，等候回音。徘徊中，忽然听到嗯嗯吱吱的声音，推门一看，果然见到格格被绑在邱峰的炕上，嘴里堵着纱布。

邱峰的心腹小金出来阻止，被秦黑岚骂了个狗血淋头。于是，秦黑岚就将南珠抱回自己的帐内，心想先将她偷偷上了，等邱峰回来再说。这样的美人杀了实在可惜！

本来，营帐外是有几个卫兵，大家见将军深夜抱着美人回帐，面面相觑。秦黑岚让他们都散开，卫兵只好撤了。哪知格格死活不依，先是骗着取了纱布，取了纱布格格还是不依。又不敢给她松绑，只能好言相劝。没想到格格的救兵这么快就到了！

司马冲连砍三刀，都被秦黑岚躲开了。想起秦黑岚连续杀害一名格格和贝勒爷，司马冲骂道："如此恶人，留你何用？今天若不是我及时赶到，南珠定遭你污辱！"说完，使出斩妖十八刀步战刀法中的"刀山火海"，一连数十刀，刀刀真奔要害。

一会儿砍到炕沿上，一会儿砍到墙壁上，那秦黑岚没抓到任何兵器，只能东躲西闪，在地上连滚带爬。突然，秦黑岚从墙角处摸到一把青铜剑，立即反守为攻，一时间营帐里传来"叮叮当当"的声音。

南珠担心司马冲有闪失，叫道："冲哥小心！此人剑法娴熟。"司马冲很快稳住进攻的节奏，一招"假途灭虢"，假意砍他的左肩。秦黑岚抽剑护住左侧，刚一碰到刀刃。司马冲突然变招回撤，那长刀直奔秦黑岚的右侧脖子。

秦黑岚来不及躲闪，那刀刃刚好划过脖颈处，只听"哎呀"一声，当即倒地。司马冲再次变招，一刀几乎砍下秦黑岚的脑袋。秦黑岚鲜血四溅，当场被杀，南珠吓得不敢直视。

门口的赵坤说："杀得好！杀得好！佐领神威！"南珠找了件衣服匆匆换上。司马冲说："没想到今天找南珠这么顺利，多亏这家伙暗中帮忙。"

突然，外面喊声大作。原来是巡逻的义军发现他们，正在调集人马过来围攻。司马冲对南珠说："快快上马，我们走！你十四叔在门口接应我们。"

南珠刚刚上马坐好，远远看见营门口有大队人马从一侧跑过来，很快就封锁了出口。黑暗中，不知对方有多少人，只知道火把一个接一个，连成一长串。

司马冲提刀上马，二人同坐一匹马，为了安全突围也只能这样。多日不见，南珠身轻如燕，秀发如云，消瘦多了。司马冲叫南珠拿好短剑，策马向营门口冲过去。

刚走出没多远，黑暗中冲出一匹白马，马上是一位满缌虬髯的老将军，正是江湖人称“黑熊小霸王”的闫勃，手持一口三尺来长的青龙宝刀。吼道：“小娃娃，往哪儿逃？明年的今日就是你们的祭日。”说完一刀就朝南珠砍了过来。

司马冲不慌不忙，横刀一挡，发出当的一声巨响。闫勃叹道：“内力不小啊！都说自古英雄出少年！快报上名来，我不杀无名小卒。”

司马冲怒目圆睁道：“在下司马云之子司马冲，哪里来的老头儿？还不快快让道。”言毕，一招“塞翁失马”故意露出破绽，让青龙刀显得有些力不从心。

闫勃想起多年前，杀死一个叫司马云的江湖汉子，说：“你就是神枪‘小赵云’之子！今晚就让你去见你老爹！休怪我无情。”说完再次朝司马冲砍过来，明明见青龙刀有些力不从心。没想到司马冲突然反手一刀，将闫勃浓密的胡须削掉一撮，好不惭愧！

闫勃见司马冲前面有一位女子，正是命邱峰处决的那位格格，于是问道：“这位小姑娘当真是皇太极的格格？”南珠坚定地回答：“是又如何？识相的赶紧让开一条路！”

一时想不明白这小姑娘是如何死里逃生的，闫勃担心自己会败在这年轻人的手里，转身朝远处狠狠地喊话：“慕容将军！截住他们，别让他们跑了。”黑暗中，虚晃一刀，退到旁边树林。

司马冲见老头儿没有死缠烂打，也不想纠缠，于是且战且走，一直往门口冲。后面的随从也紧跟着往前冲，眼看快到门口，拐弯处闪出一彪形大汉。

大汉跨着一匹黑马，手持青铜宝剑，对闫勃喊道：“首领勿惊，我来收拾这两个小娃娃。”

司马冲抬头一看，鹰钩鼻、八字须，正是杀父仇人慕容铁，想起父亲的惨死，想起母亲的叮嘱，想起自己发过的誓言，一时怒火中烧，骂道：“慕容老儿！当年在黑峰寨是不是你用‘血燕王’害死我爹司马云？”

慕容铁好半天才想起来，说：“你难道就是司马云之子？你又如何得知？”司马冲反问道：“少废话！我打听过，当今武林会用‘血燕王’的只有你一人，不是你又是谁？看刀！”说完一刀朝慕容铁砍来。

慕容铁很少碰到会用关公青龙偃月刀的，心里一阵发怵。持剑一挡，虽然也挡住了大刀，但终是螳臂当车，不在一个级别。为了在首领面前表现一下自己的勇敢，慕容铁只得硬着头皮同司马冲斗下去。

紧接着一阵旋风式的快剑如狂风骤雨，向二人杀来。南珠吓得趴在马首不敢动弹。司马冲一招“坚不可摧”将长刀舞得密不透风，任凭慕容铁的宝剑如何进攻，硬是攻不进去。不一会慕容铁累了，那剑不攻自败。

面对仇敌，司马冲使出马战刀法中的绝招“运斤成风”，长刀似晴天霹雳，势如破竹。慕容铁使出浑身全力抵挡，只听“当啷”一声，那青铜宝剑被青龙刀砍为两截。幸亏躲闪及时，才逃过一劫。

若论剑法，这小子未必能胜自己，这次亏在兵器上。慕容铁吓得倒吸一口冷气，半天才醒过神来。一边佯装撤退，一边掏出独门暗器“血燕王”准备朝二人射来。

南珠眼见慕容铁在掏暗器，喊道：“小心‘血燕王’！”说时迟，那时快，黑暗中一连四枚飞镖朝二人射来。司马冲立即挥动大刀，将“血燕王”一一击落。

此时，慕容铁退后，营门口已经让出一条道。赵坤在后面大声疾呼：“佐领快走，他们准备放箭了。”说完赵坤带着人马冲出了包围。

司马冲本想取了慕容铁的狗命，无奈他很快组织了一队弓箭手，正朝这边射箭。一支支快箭让人不得脱身，无法反攻。司马冲左右舞动大刀，才勉强护住二人。

这时，营门口冲进一人，正是贝勒爷多尔衮，只听他喊道：“佐领快走，不可恋战，佐领快走！”万般无奈之下，司马冲才纵马冲出了营门口。只有少数士兵中箭倒地。

多尔衮见格格已救出，于是下令撤退。深夜，外面人马黑压压一大片，不知有多少人！闫勃的义军也不敢追杀。慕容铁带着一队人马假意追了一段路，就返回了。

离开敌军的大营，离开沉闷的牢房，离开那些苦涩的日子，南珠终于回到亲人的怀抱。晚风习习，山道迢递。战马嘶鸣，火光冲天。队伍走出不远，追兵就不见了。

南珠以为这次必死无疑，简直不相信自己的眼睛，看见赵坤仍然活得好好的甚是奇怪，问道：“冲哥，你们是怎样找到这里的？”

司马冲说：“两只鸽子为何一只也没飞回？多亏赵坤急中生智，装死逃回报信。”

南珠这才如梦方醒，说：“别提了，刚放飞的鸽子就碰到神箭手，这叫认栽！另一只也做了别人的下酒菜。”

“你们走后，大汗总是坐卧不宁，接到赵坤的求救消息，立即派出五千精兵，命我和贝勒爷日夜兼程，总算不辱使命。”

司马冲也是多日不见南珠，此时此刻，南珠坐在司马冲的怀里，耳鬓间纵有万缕柔情，无法一一描述；手臂间纵有千种思念，无法一一诉说。夜风吹来，丝丝冷意袭击过来，二人抱团取暖，紧紧拥抱在一起。那甜蜜的样子让布占木看了，心里酸酸的，像打翻了醋瓶。

经过几天几夜的行程，队伍终于抵达盛京。惊悉南珠逃离虎口，平安脱险，皇太极、林娟秀等十分高兴。大堂之上，南珠扑倒在林娟秀的怀里，泪流满面：“娘啊，我以为再也见不到你了！那些土匪将我抓去关了几天几夜，险些被杀人灭口。”

林娟秀见司马冲获胜归来，笑道：“回来就好，回来就好！小脸瘦了一点，补补就好了。”

皇太极拉着南珠的手问：“他们有没有欺侮你啊？”南珠擦着眼泪说：“主要是那个挨千刀的秦黑岚，不过便宜没占到，已经被冲哥杀了！前次没有处决成，这次该给冲哥记上一次功！”

皇太极哈哈大笑：“凤娇和豪托的大仇得报，多亏司马冲的勇猛！给司马冲晋升为参领，赏黄金三百两。”

布占木低头惭愧地说：“此次兵器被劫无法追回，请大汗降罪！”皇太极轻轻将布占木扶起道：“天有不测风云！你已经尽力了，这次就不赏不罚。只要人平安回来就行了，人是最重要的兵器！”

79. 千里寻医

多尔衮笑道:“大汗英明！千军易得，一将难求。有人就有一切，何惧敌兵？”皇太极扫视众人道：“据最新战报，林丹汗先后占领了宣府的哈剌慎部和归化城的土默特部，正厉兵秣马企图东山再起，通知各旗加紧操练，做好讨伐的准备。”众人应声退下。

鼓乐齐鸣，余音绕梁。皇太极为出征归来的将士准备了丰盛的晚宴。美女翩翩起舞，舞动满眼春色。厨师挥刀献技，献上美味佳肴。将士们依次落座，喜笑颜开。

南珠拉着司马冲非要坐在一起，全然不顾格格的身份：“弼马温，你斩妖除魔归来，今日一定要一醉方休。”

司马冲随便找了个座位坐下说：“我的花木兰，你这次没立什么战功，小心惹得大汗不高兴打你板子。”

晚宴开始后不久，柳嫣霞端起一碗酒过来敬酒：“听说你除掉了秦黑岚，这次又晋升为参领，就以这碗水酒表示感谢！来，干了！”

司马冲抬头喝了一碗，笑道：“那是他咎由自取，本来人家将南珠藏起来，他非要金屋藏娇，而且把卫兵撤得一个没有。是不是该死？”

赵坤也端起一碗酒，说:“司马参领，你替我报了一剑之仇，这碗酒我敬你！”不一会儿，司马冲又喝了一碗酒。

南珠给司马冲又倒了一碗酒，说：“这碗酒，我替凤娇格格敬你，大仇得报，大快人心啊！”

司马冲无奈又喝了一碗。不大会儿，莽古尔泰微笑着走了过来说：“听说你亲手杀了那个秦黑岚，我替豪托敬你一碗，让他在九泉之下安息吧。”

司马冲喝得有些多，可这碗酒无论如何也不敢推辞，只好干了。这时，领催泰格带着几个部下，也前来敬酒。这些都是跟随自己出生入死的兄弟，司马冲虽然再三推辞，依然又喝了两碗酒，不知不觉有些晕乎乎的。

宴会上唱了什么歌，跳了什么舞，司马冲也记不得了。走出宴会厅，刚下台阶，忽然脚下一个趔趄，司马冲重重摔了一跤，不省人事。

领催泰格首先发现，见司马冲口吐白沫，双腿乱蹬，喊道：“不好，参领这是摔到哪儿？”泰格将司马冲扶起，叫来众人。

南珠也赶了过来，叫道：“冲哥这是怎么了？刚才还好好的。我看看摔到哪儿？快传太医，快传太医。”检查全身，也未见明显外伤，这到底是怎么回事？

林娟秀闻讯也赶了过来，见口吐白沫不止，哭道：“冲儿，这是怎么了？摔一跤也不至于这样厉害。”

众人将司马冲抬至稻香阁，太医裴俊骢才匆匆赶到，说：“卑职来迟，请格格勿怪。”裴太医将司马冲周身上下仔细检查了一番，又认真地把过脉，然后说：“参领脉象紊乱，腹内酒气旺盛，头部也没有明显外伤，按说不应该口吐白沫。待卑职先解解酒再说。”

裴太医叫人给司马冲喂了些醋和温开水，再加服一些解酒之药。司马冲白沫是不吐了，可神志不清，鬼话连篇。一会儿说：“玉皇大帝派二郎神要来捉我了，快快救我。”一会儿说：“南珠，我真的不喜欢你，我喜欢的是甄琴。”一会儿说：“林丹汗马上要攻到盛京，快快跑呀！”

众人面面相觑，不知何病？裴太医再次为他把脉后说：“参领四肢无力，脉象忽而紊乱忽而稳定，真是琢磨不定。卑职从医三十多年，从未见过如此怪病。卑职无能，还是另请高明吧。”

南珠一听急了：“别走，你的医术是一流的，依你看，盛京中可有郎中医治此病？”裴太医提着药箱，跪下说：“不敢当，不敢当！正所谓高手在民间，一物降一物。说不定乡下郎中却能医治参领的怪病。”

皇太极听说司马冲病重，特来看望，一看一向自恃高明的裴太医撂挑子了，知道情况不妙。于是对众人说：“参领立下赫赫战功，吾等岂能见死不救？速速通告全城，凡能医此病者，赏银二百两，无论尊卑远近，都可请来一试。”

林娟秀一时心急如焚，不知如何是好！裴太医刚走，司马冲又口吐白沫，四肢抽搐，谁喊都不应。林娟秀一边给他擦拭，一边哭道：“我儿命苦，危在旦夕！”

一日，盛京城里先后来了两个郎中，听说专治疑难杂症。看后均摇头，表示无药可医。其中一位年长的郎中临走说：“公子情形可能是中邪了，如久拖不治，其势必险。老朽听说越人有善邪术者，不妨一试。”

送走那位老郎中，林娟秀想起家乡旧县村有一种傩舞“考兵”，专治各种邪症。可岭南地处边陲，海盗猖狂，是万万去不得的。公公婆婆均死于海盗之手。

一家人九死一生才逃到蘅塘，如何敢回去！再说盛京距岭南千里迢迢，这兵荒马乱的年月，有命去，无命回！

思虑再三，踌躇不定。林娟秀决定向皇太极求援，同南珠商议道："如今之计，若想医治冲儿得派一员上将护送我等冒险回一趟岭南，觅得良医也许有救。"

南珠刚为司马冲喂完鸡汤，回道："这事包在我身上，阿玛一定会答应。若单单我等三人回岭南，的确凶多吉少。"

二人安顿好司马冲来见皇太极。南珠跪下说："阿玛吉祥，司马冲突发怪病，娘思虑多日想回岭南家乡寻得世外高人，也许能救冲哥。但岭南边陲，海盗横行，且一路穷山恶水。请阿玛派一员上将护送我等回岭南，敢问可否？"

皇太极政务繁忙，仍牵挂司马冲的病情，于是扶起南珠说："岭南边陲非后金国地界，不能派过多兵马，人越少反而越安全。就派他二师父鸿鹄就行，满人不去也罢。你断不可去！"

南珠摇摇头说："不行，冲哥身边只有娘一人怎么行？我一定要去。"皇太极脸色阴沉道："不可，你刚刚涉险，所幸无恙。此去路途遥远，非比寻常。"

林娟秀忙跪下道："民妇谢过大汗，民妇听说岭南有位世外高人善傩舞驱邪，等冲儿康复后立即返京。南珠不必牵挂，有二师父一同前往，不会有事。"

皇太极怕人手不够，又说："那就再派泰格一同前往，以他的武功一般人奈何不了。"

早有人传唤鸿鹄和泰格，二人领命后回到稻香阁收拾行李。南珠亲自为他们准备了一辆结实的马车以及路上的干粮和饮水。大家将司马冲扶上马车，他却全然不知，还说："这是到哪儿游山玩水？"

南珠说："到你的岭南老家找人给你治病，一路保重。"司马冲说："我又没病，治什么病？去玩几天还差不多。"林娟秀扶正他的身子说："去玩，就是去玩。"

鸿鹄仔细观察司马冲的情形后说："冲儿那年中过蛇毒，不知是不是蛇毒复发。"说完拿出一粒解药，交给林娟秀。

林娟秀接过解药说："那就试试，没有其他危害吧？"鸿鹄说："这药有毒解毒，无毒防病。"林娟秀于是就让司马冲服了一粒解药。

一个时辰过后，司马冲仍不见明显好转，照旧胡话不断，一着急就口吐白沫，四肢无力。经过最后的努力，鸿鹄认为司马冲应该不是蛇毒复发，只能向岭南出发，寻找世外高人。

望着马车消失在汗宫的一角，南珠爱莫能助，心潮起伏。秋日的阴云笼罩在天空仿佛笼罩在心头，散不尽那滚滚的忧愁。奔驰的骏马飞扬在山巅犹如展翅的鲲鹏，飞不出那漫漫的惆怅。

司马冲和林娟秀坐在马车上，鸿鹄和泰格各骑一匹战马。秋风卷起漫漫黄沙将一路的槐树、柏树、梧桐披上一层铠甲，那是即将奔赴战场的武士在向亲人告别。

天越来越冷，透过马车的卷帘，林娟秀看到一路的山山水水，看到一路行色匆匆的人们。有放牛的牧童，有砍柴的樵夫，有逃难的老妇，有犁田的老翁。远远看见兵马，早就逃之夭夭。因为要赶路，不能下车仔细询问。

他们一路向南，南方的天空纤尘不染，万里无云。秋日的骄阳仍像火炉一样炙烤着大地，两旁的椰树像高举刀剑的武士岿然挺立。成片的菠萝地生长着岭南人的希望，粗壮的香蕉树蕴藏着岭南人的梦想，青翠的杨桃林挥动着肥厚的手掌，茂密的红树林摇晃着沉重的叹息。

80. 神秘傩舞

多少风风雨雨！多少坎坎坷坷！离开故乡二十一年，林娟秀几乎不相信自己的眼睛，眼前成片的果林就是不见人烟。经过连续多天的长途奔驰，颠簸摇晃，一行人终于抵达岭南。

司马冲一路仍是胡话不断，时而清醒，时而糊涂。林娟秀心急如焚，这上哪儿去找神秘的傩舞考兵？又走了一整天，连个果农也找不到，路上一个人影也没有。

马车来到一棵高大的芒果树下，林娟秀拉开马车窗帘说：“这已经是岭南地界，我们休息一下，是不是找个人问问？”鸿鹄脱了件外套，拉住马说：“北方寒气逼人，这鬼地方闷热无比，瘴气冲天，为防意外，是该找个人打听打听。”

泰格骑着马沿着香蕉地转了一圈回来说：“不见一个人影。”林娟秀喝了口水说：“此地台风频发，战祸连年，地广人稀，我们只有往前走走看。”

休息片刻后，一行人继续往前走了约数十里。突然迎面跑来一对夫妇赶着一辆牛车，车上带着三个孩子，人人都戴着口罩。林娟秀疑惑不解，就停下问道：

“这位客官，请问此地离旧县还有多远？”

那位后生隔着口罩说：“此地离旧县不过五里。前方正在闹鼠疫，整家整村的死人。我们好不容易逃出来，你们不戴口罩还敢往前走！”林娟秀问：“我儿得了重病，急需名医救治，敢问旧县可有高人？”

那位后生的媳妇说：“旧县确有名医，姓彭名浩，不过他正在各地救治数不清的鼠疫病人，不知在不在家。”林娟秀谢过夫妇二人，目送他们走开。

泰格听说情况后，问道：“如此险境！我们还要不要前进？”鸿鹄笑道：“行百里者半九十，此言末路之难也！我们千里寻医，岂能半途而废！”

林娟秀说：“旧县就在眼前岂能放弃！如今之计，我们只能用纱布遮住口鼻，以防染上鼠疫。”一行人戴着面纱向旧县继续前进。

走过几里，远远看见一棵古榕树枝繁叶茂，底下烟雾缭绕，似有人家。走近一打听，果然是旧县。

林娟秀下车见一老妇人问：“阿婆，请问彭浩彭郎中可在？”阿婆上下打量着几个人，半天不语，过了好半晌才说：“你们从何方而来？彭浩刚刚外出巡诊归来，找彭郎中何事？”

泰格下马从车上扶下司马冲，只见他昏昏沉沉，不知到了岭南。林娟秀扶着司马冲，隔着面纱说：“我儿突发怪病，盛京的太医也无法医治，因而跋涉千里，特来拜访彭郎中。”

此时，一行人将司马冲扶进屋内。一位仙风道骨的长者戴着口罩迎了出来说：“我就是彭浩。你们是从东北的盛京来的，稀客稀客！生病的是这位公子吗？”

这彭浩一头青丝极少泛白，精神饱满，七十多了，看上去也就五十多岁的样子。林娟秀心里暗暗高兴，笑说：“久仰彭郎中大名，特来拜访。犬子平素习武，身康体健，那日忽然酒后摔跤，口吐白沫，胡话连篇。特请教先生。”

彭浩仔细端详着身材魁梧的司马冲，怎么看也不像有病的样子！伸手为他把脉，司马冲却说：“我又没病，把什么脉？”尔后，彭浩又看了看司马冲脑后的伤口。

良久，彭浩说：“此病古来罕见，若要根治须正邪二法双管齐下。”林娟秀道：“何为正邪二法？请先生详述。”

“正法就是我开一剂草药，连服三七二十一天；邪法就是我的五位弟子分别代表车、麦、李、刘、洪五位神将，来一场傩舞法术，定能驱疫逐邪。我的五位弟子正在程村实施傩舞，程村此次闹鼠疫死了三十几口人！尔等不必惊慌，目前疫情已经得到控制。”

彭浩说完，提笔给司马冲开了一剂药方。林娟秀也看不明白开的啥药，只掏出银子要谢郎中。彭浩见此情形，忙说：“彭某治病从不收银两，快快免了。今日，你们暂且在此休息，等我的五位弟子回来再施傩舞。”

林娟秀正欲去抓药。彭浩笑道：“不用，我这里草药都是自己上山采的，再说这里方圆三十里也没药铺。”到里屋一瞧，果然到处是中草药。

彭浩亲自到药房取来各种草药，分别分成若干剂，对林娟秀说：“这是二十一天的药剂，药方你收好。如果不能根治，也可到盛京再抓药。”

林娟秀收下药方、药材，说：“先生大恩大德，民妇谨记在心。”是夜，四人在彭浩家休息。林娟秀取出一包草药，用瓦罐足足煎了一个时辰。深夜，亲自倒出汤药喂司马冲服下。

翌日，彭郎中的五个弟子从程村回来。此次疫情袭来，很多胆小者都逃往外地。彭浩免费为他们送去草药，前后搞了五场傩舞总算安定人心，程村再也没有新增死亡的村民。村民开展了空前的灭鼠活动，用的也是彭郎中的毒药。毒药所布之处，老鼠很快销声匿迹，断子绝孙。

几位弟子听说有人从盛京赶来寻医，异常激动。彭浩安排他们立即实施法术。五个弟子在司马冲的床前，戴上红、黄、黑、绿各色面具，手持令旗、刀、斧、锏、链等兵器，在牛角鸣导下实施一番精彩的法术。鸿鹄、泰格、林娟秀看得目瞪口呆。

旧县的傩舞传说自隋唐兴起，历经千载而不衰。人们借此驱邪祈安，造福乡梓。那恐怖的面具、凄厉的叫声、锋利的兵刃似乎有一种神秘的力量，坚定了人们战胜灾害和疾病的勇气。林娟秀只是小时候听说过，也从未如此近距离感受傩舞的力量。

事毕，彭郎中命弟子收了面具，说：“此人身上杀气太重，若非傩舞定死于非命。夫人大可放心，此地不可久留，还是尽快返回吧。”林娟秀看着司马冲仍然昏迷，说：“可冲儿至今仍未苏醒，怎可返回？”

众人转身看司马冲，见其忽然睁开双眼，自己翻身坐起。林娟秀端来水药，喂其服下。鸿鹄走近道：“冲儿感觉可好？”司马冲轻声问：“这是在哪里？”

林娟秀放下药碗回答：“这是在你的家乡，在岭南旧县。冲儿，你感觉怎样？”司马冲揉着眼睛说：“我感觉好一些，不过头还是有些痛。我们为何到了岭南？”

彭郎中微微一笑："看来有一些效果，若想根治，仍需时日。"林娟秀面向彭郎中跪下说："先生救命之恩，我等无以为报，请收下这些碎银吧。"说着，再次拿出银子。彭浩如数奉还，坚持不收。

四人在彭浩家住了三日，打算明天一早就上路返回。睡到半夜，突然喊声大作，有人敲锣喊："海盗来了，快快逃命！"泰格翻身起床，叫醒鸿鹄，对林娟秀说："夫人勿惊，我和二师父出门瞧瞧，是什么毛贼？"林娟秀又叫醒司马冲和彭浩一家，都吓得不敢出门。

鸿鹄手提铁棍，泰格拿着一把短剑，二人走出小院。刚到门口胡同处，迎面杀来一队人马，约十多人。为首的贼眉鼠眼，手持弯刀、火把，一看就是海上来的流寇。他们刚刚血洗了一户人家，抢得一些衣物、银两。刀尖上仍然有鲜血一滴一滴往下流。

见拐弯处有两个人，鼠眼大吼："什么人？快快交出银两、丝绸，大爷可免一死。"鸿鹄大怒："汝等何人？竟敢夤夜打家劫舍！找死！"泰格说："别跟他们费话，杀！"

说话间，泰格一剑朝那鼠眼刺去。那鼠眼挥刀阻挡，转身朝泰格砍来。另一个胖子手持大刀也朝鸿鹄砍来。鸿鹄使出少林棍法"劈山十三棍"中的绝技，不到三个回合，那胖子被鸿鹄一棍击中脑袋，当场毙命。

这边泰格和鼠眼斗了十多个回合不分胜负。鸿鹄示意泰格退下，铁棍一挥朝鼠眼杀来。二人钢刀对铁棍，斗不到五个回合，那鼠眼被击中面门，门牙也打掉了两颗。再一棍顶住咽喉，很快倒地身亡。

不一会儿工夫，二人将十多个毛贼杀得七零八落，剩下一个丢下银两就跑："想不到今夜碰到高手！大爷饶命，我不要银子了！"泰格手掷飞刀，一刀正中后背，那贼一命呜呼。

清晨打扫战场，昨夜一共杀了十二个毛贼。彭浩泪水潸然而下："佛祖显灵，救我一家。若不是和尚出手，我等活不过今晨。"林娟秀笑道："是你德高望重，傩舞显灵，坏人终究罪有应得。"

司马冲见二师父、泰格大显神勇，为民除害，拉住鸿鹄的手道："二师父，你一定要收下我这个徒弟，传我少林棍法。"鸿鹄说："你好好养病，等身子骨好了再说。"

四人收拾行李，辞别彭浩一家，准备向北前进。

第十七章　寻国宝痴男设计

81. 关公神威

刚走出不远，路口突现一间古庙，古庙沧桑典雅，但干干净净，显然香火不断。司马冲掀帘一看，原来里面供奉的是关公关云长，手持一把青龙偃月刀，刀锋闪闪，杀气冲天，令人不寒而栗。

想起大师父的教诲，想起斩妖十八刀刀谱仍在敌手，司马冲立即挥手叫停。马车停在道旁，一行人下马，一打听这里是东岸村。据村头一长者讲："每年五月十三日，这天必降甘霖，我们都要过关公磨刀节，传说这一天是关羽单刀赴会的日子。此日磨刀祭拜，当年必风调雨顺，五谷丰登。平时祭拜亦可驱邪除恶，祈求平安。"

刚刚服完药，司马冲仍感腿脚麻木，头昏脑涨，走进古庙，只见灵位上写着"忠义神武关圣大帝"。眼前的关公像长须飘飘，脸色红彤，威风凛凛。

司马冲取出笔墨，将那首自己写的七律《过关羽庙》的诗小心题于墙上。林娟秀走进一看：

汉室倾危寇未休，
云长独冠傲神州。
身无大雁飞天翼，
心有精忠拜汉侯。
燃起青烟思勇将，
斩除小鬼作民讴。
庙堂凝望关公像，
满目长江滚滚流！

林娟秀阅后说："关公被尊为武圣，甚至被封为武帝。此诗悲壮豪迈，雄浑有力，关公若见定会显灵，助你平定乱世，造福万民。"

司马冲点燃三支香，浓香很快弥漫至整个小庙，心里默默祈祷：吾逢乱世，幸得神佑，战火连天，鱼肉黎民。愿学武帝，广施忠义，闯关斩将，除奸戮邪，平定中华，一统江山。

鸿鹄、泰格见状，也相继进庙烧香。一时间庙里香火不断，烟雾缭绕。许久，一行人才上车上马继续赶路。

每到一处旅馆，林娟秀都要煎熬草药，一路走一路喝。经过几日的调养，司马冲身体渐渐好转，可呆气仍旧不减。一日，四人在一老农家借宿。司马冲服完药，对鸿鹄说："二师父，少林功夫被称为武林的泰山北斗，我仰慕久矣，总不得机缘。今晚天降暴雨，又不能赶路，不如传授一二，不知师父意下如何？"

农家小屋里，四人刚吃完晚饭。鸿鹄正在散步，微微一笑："阿弥陀佛！按少林规矩，是不能接受俗家弟子的。吾已被逐出师门多年，但师父的教导仍不敢忘记。你若想学，今晚半夜门窗紧闭，你如能进得了我的禅房便收你为徒。如果进不了就不要怪我不传你功夫了。"鸿鹄说完，朝司马冲右小腿轻轻踢了一脚。

司马冲揉了揉脑袋，想不明白，既想传我功夫，为何故设障碍？如不想传我功夫，又何必故弄玄虚？今晚到底去不去？如何去？还真是个问题。门窗紧闭是不能强行开门的，否则砸坏了还要赔偿。可不砸门窗还有什么办法能进去？

林娟秀和泰格早就看出是二师父不想传他功夫，故意变着法回绝他，让他知难而退。司马冲回到房间，左思右想在床上煎烧饼一样睡不着，就是想不出办法进去。

约一更时分，夜阑人静，外面是淅淅沥沥的风雨声。鸿鹄坐在禅房里，刚坐下不久，就听见门外有人喊："二师父，二师父！"转身侧耳一听，司马冲果然在门外进不了门。

鸿鹄哈哈一笑："阿弥陀佛！你请回吧，你进不了这个门，说明你跟贫僧无缘，你还是专心练好斩妖十八刀和九玄神剑吧。"

司马冲央求道："师父自己开门，不就有缘了吗？"

最后，鸿鹄开门出来，合掌道："阿弥陀佛！少林功夫博大精深，我也只是学了点皮毛而已。你身体尚未完全康复，看你如此执着，我就传你一些内功心法，也许能根治怪病。”

照着内功心法，司马冲练了约一个时辰，才起身说：“多谢二师父！也不知大师父在草原是否安康，也不知琴妹在大漠有没有受人欺负，可现在远隔千里，音信全无。”二人一直到很晚才休息就寝。

翌日，四人接着赶路。此后，夜里每到一处投宿，司马冲便跟着二师父学习内功心法，身体渐渐好转。司马冲慢慢明白二师父为什么不肯传授少林棍法，学武不可贪多，多而不精，终是一场空。

几天后，一行人终于到了北直隶，经过蘅塘县。眼前一座山峰高耸入云，甚是巍峨。林娟秀脸色一沉，对司马冲说：“前面就是黑峰寨，我们要去看看你父亲。他在这里长眠了二十一年。”

司马冲忽然想起爹爹大仇未报，自己碌碌无为，一事无成。前方是一口池塘，池塘里波光潋滟，水天一色。侧方是一处绝壁悬崖，道旁松柏苍苍，景色宜人。很久未来，爹爹的坟茔在哪儿？着实找不到了。

司马冲下马一看，应该在这一带，记得立了一块碑，应该不难找到。大家走着走着，找了好几圈也不见一块墓碑。忽然眼前一亮，在山坡的一处拐弯，司马冲果然发现一座坟茔。坟茔四周杂草全无，碑前有燃尽的香火台，显然有人经常前来祭拜。碑上赫然刻着“司马云之墓”几个大字。

熟悉的字迹镌刻着一段刻骨的仇恨，秋日的微风吹不尽岁月的叹息。林娟秀看着夫君的坟茔，禁不住再次潸然泪下：“你在这荒山野岭睡了二十一年，我在这人间苦熬了二十一年，如今冲儿已经长大成人，可你的深仇大恨至今未报。”

是火苗，就要燃起熊熊烈焰；是顽石，就要撑起冲天之塔；是雷霆，就是除尽人间邪恶。司马冲跪在爹爹的坟茔前，那一腔怒火似要点燃遍山的树木，哭道：“儿已查明凶手就是慕容铁，两次都功亏一篑，让他侥幸逃脱。”

司马冲连磕了三个响头，额头碰到墓碑发出清脆的声响：“儿子不孝，逢年过节不能为你烧香祭拜。只愿早日报仇雪恨，只愿爹爹含笑九泉。”

林娟秀对司马冲说：“冲儿，请将那年的誓言在此重述一遍。”司马冲抬头大声道：“我司马冲此生，与杀父仇人不共戴天，从今日起卧薪尝胆，奋发图强，来日让他血债血还。”

“你倒没有忘记，为何总是功败垂成？”

“那天夜里是因为南珠和我同坐一匹马，我带的兵少，他们人多，南珠不让我恋战。不然早取了他的狗头！黑暗中，他打不过就放‘血燕王’，被我统统击落。”

林娟秀叮嘱道：“你下次同他交手，一定要防范他的独门暗器。”

“我又怕他伤到南珠，南珠又担心我的安危，故而让仇人逃脱。”

鸿鹄和泰格也先后在司马云坟前祭拜。泰格小心地问：“参领在此地还有其他亲人吗？为何令尊的坟前有人祭拜？”

林娟秀说：“我家在蘅塘县确实再没什么亲人。到底是谁来祭拜的？我也不知道。”

司马冲将剩下的半壶酒往坟前一洒，说：“爹爹勿怪，半壶残酒不成敬意。我们还要赶路，就此别过。”一行人在秋风中接着启程。

林娟秀坚持每日给他服用汤药。经过一路多日调养，司马冲的病情渐渐好转，只是偶尔感觉仍有些头痛，不再说胡话，吐白沫。大家甚感欣慰。

刚到盛京，天就变了。北风卷着大雪漫天飞舞，寒气逼人。大家加了点衣服，接着一路狂奔，总算顺利进京。只见汗宫到处是带刀侍卫，不出百步就有人巡视。

司马冲心想一定是出大事了，不然不会加强警戒。以往从未如此，今天是怎么了？

82. 玉玺被盗

南珠见司马冲平安归来，喜出望外，笑道：“我就知道冲哥吉人自有天相，病去如抽丝。你回来得正好，阿玛紧急召见你我和十四叔，不知有何要事？”

司马冲刚刚回来，顾不上休息，就同南珠一起赶往大殿。皇太极和多尔衮正在一起窃窃私语，好像在商量着什么。司马冲施礼道：“大汗吉祥，我等已平安抵达盛京，不知大汗召见所为何事？”

皇太极眉头紧锁说：“你的病看样子是好多了！眼下汗宫出了怪事，也是件丑事，家丑不可外扬，你们对外要守口如瓶。父汗的传国玉玺突然被盗，不知是何人干的？”

多尔衮目光如炬扫了司马冲一眼说：“汗宫守卫森严，可仍然出了这样的丑事，传出去实在是有辱后金国的体面。”

皇太极接着说：“这个玉玺传说是秦始皇用著名的和氏璧精雕细刻而成，历经秦、汉、唐、宋、元、明，饱经风霜。上面有李斯撰写的‘受命于天，既寿永昌’八个篆字。它是皇权神授正统合法的信物，没有它即使是攻城略地，也无法收服人心，让八方臣服。吾也只是见过一次，上面五龙盘钮，黄金镶角，通体圆润。那日吾于藏宝阁偶然整理父汗的遗物时，发现传国玉玺不翼而飞。”

多尔衮长叹一声说：“大汗已将寻找玉玺的任务，秘密交给了我，我想以副军师南珠格格的聪慧和司马参领的勇敢应该不成问题吧？”

南珠双眸一闪，苦笑道：“十四叔过奖了，这寻找玉玺非同小可，又不能兴师动众，眼下可有什么线索？”

皇太极思忖良久说：“若说线索还真没有，凡是我们的敌人都有可能窃取玉玺，大明王朝、闯王义军、林丹汗部或者其他汗也有可能。这三方都有可能称霸天下，平定四海。你们三人对这三方都很熟悉，是完成此项任务的最佳人选。”

“大汗言之有理，司马冲愿尽绵薄之力助大汗寻找玉玺，只是此人既然盗走玉玺，必定不会轻易泄露消息。此事还容我们细细思量，到底是谁盗走了宝贝？又藏在了何处？”

南珠低头一想说：“仅靠我们三人恐怕难担重任，我提议调参领鸿鹄、佐领柳嫣霞和熟悉蒙古情况的布占木贝勒也一起行动。不知阿玛以为如何？”

皇太极微微一笑说：“准！还是军师考虑周全，此次行动不宜出动大队人马，如确有必要再说。就有劳十四弟总领，你们要精诚合作，团结一心，方可找到玉玺。”

从大殿出来，司马冲一想，这后金国是不是本来就没有玉玺？所谓玉玺被盗，说不定是子虚乌有！可当面又不好直接揭穿皇太极。贝勒爷也跟着演双簧！这话只能烂在肚子里，连南珠也不能说。

小德子将皇太极的口谕传到鸿鹄和柳嫣霞。二人心里头都高兴，只是脸上装出一副同情的样子。柳嫣霞剑眉一皱说：“发生了这样的事不宜张扬，我们一定帮大汗早日找回玉玺。”

小德子走后，鸿鹄看着窗外的大雪说：“找回玉玺，谈何容易？现在已进入冬季，到处是冰天雪地，谁愿意在外头喝西北风？”

刚刚练完剑的柳嫣霞说：“我们去找十四贝勒爷商议一下，也许他有办法。”

二人来到贝勒府，多尔衮正在召见南珠格格和布占木。听说二人到了，多尔衮说："快快请进！这边请坐！"二人在多尔衮身边坐下，鸿鹄施礼后说："大汗已将寻找玉玺的任务交给我们，敢问贝勒爷何时行动？"

多尔衮笑道："莫急！莫急！我刚得到探马报，有可能是鲁垒博硕克图汗的人偷走了玉玺。有个牧羊人在放羊时，发现有只羊不吃草只刨地，无意中却挖出传国玉玺。我同南珠格格商议，应该如何偷回来。"

南珠扫视一圈后，对多尔衮轻声耳语道："此事不可重兵强攻，只可智取。我们如此这般……定能成功。"

这里雕梁画栋，这里暖气融融。南珠仍是粉妆玉琢，妩媚多姿。布占木淡淡一笑："蒙古归化城一带，我很熟悉。鲁垒博硕克图汗是我舅妈的表姐夫，汗宫里面我还去过一次。我愿意听从军师调遣，不过若是我得到玉玺，格格就非我莫属了！"

南珠狡黠地一笑说："你答应我两件事，还有一件仍未办成，想要娶我，须将慕容铁的人头提来。"

布占木想起上次救南珠时，错过了一次杀慕容铁的机会。当时自己在另一边同其他人冲杀，差点让司马冲给杀了。以后若有机会，定杀不饶。想我叶赫第一美男，见了这位格格也不得不自惭形秽。

布占木思忖半晌问道："传说这传国玉玺是汉人用和氏璧做的，格格博览群书，是否知道和氏璧的来历？"

南珠嫣然一笑说："我曾经看过一些古书，略知一二。这和氏璧传说，是春秋时期，楚国有个人叫卞和，有一天看见两只凤凰栖落在山中的青石板上。据说'凤凰不落无宝之地'，他就认定山中一定有宝。于是卞和就上山搜寻，果然得到一块外表粗糙的璞玉。他就将此璞献给楚厉王，希望换点银子养家糊口。谁知楚王找来玉工鉴别，说是块石头。厉王认为卞和欺君，下令砍去卞和的左脚。武王即位后，卞和又将璞玉献上，玉工仍然认为一块普通的石头。于是因为欺君之罪，卞和再被砍去右脚。楚文王继位后，听说失去双脚的卞和经常在楚山下泪流满面，痛哭流涕，就派人去问，因何事悲伤？卞和就说，吾并非因为削足而悲伤，而是因为有人将宝玉当石头，忠贞之士当作欺君之臣，如此是非颠倒，良莠不分！这次文王命人将璞玉剖开经过加工，果然得到一块无瑕的美玉。楚文王于是赏赐给卞和很多金银，将这块美玉命名为‘和氏璧’。这个故事告诉我们识物辩才不能仅观其外表，而要仔细考查，去伪方能存真。”

布占木一拍脑袋说：“原来汉文化如此博大精深，源远流长！难怪用和氏璧做的玉玺更加珍贵，成为历代帝王必争之物。”

柳嫣霞问道：“格格，其他事我们不管，只问几时出发？”

南珠想了想说：“冲哥的身体尚未完全康复。我们先到科尔沁旗，大家分头准备，就下月初五吧！”

这天清晨，雪霁初晴，阳光灿烂。多尔衮、南珠、布占木、鸿鹄、司马冲、柳嫣霞六人各自准备好行李、兵刃、马匹，准备出发。皇太极、林娟秀以及一些部属也出来送行。

大家不知所为何事。皇太极出门拉着南珠的手说：“珠儿，此行还可以打听林丹汗的虚实，不要节外生枝。你娘应该在归化城，只要我们早日攻克，一定有机会让你们母女重逢。那条项链你要带好，不可轻易示人。”

南珠将那条项链藏在衣服的最内层口袋里，笑道：“阿玛太小瞧我了，我现在是大人了，时机不成熟，我是不会见我娘的！”

林娟秀不知此行的目的，以为就是为伐林丹汗做准备，亲自煎了很多面饼，并送来一些草药，对司马冲说：“路上如果旧病复发，你就要再服一些草药。既要注意自身的安全，又要保护好格格。得空就多练练刀剑。”

司马冲说：“娘放心！有那项链在，我们不会有事。我正想同格格一起出去闯闯江湖。”

看着司马冲翻身上马，林娟秀有些依依不舍，正所谓儿行千里母担忧，一时间心头有千言万语却又不知从何说起：“实……实在有难处，就报个信回来。”

林娟秀将一个鸽笼交给南珠说：“这里有三只鸽子，你带上吧！在危急情况下用得着。”南珠说：“娘放心！我带好了弓箭，这两天我好好练了两下子，一般也用不上的。”

队伍正准备出发，皇太极叫小德子拿出一封密函和一把宝剑交给南珠，吩咐说：“不到万不得已，不能打开密函。遇事多同你十四叔商量，不要耍性子。”

南珠忽然拉住皇太极，靠近低声说：“只要我们完成任务，阿玛就要答应我一件事。行不行？”

皇太极一乐：“行，只要完成任务，什么都好说。”

远山披着金色的阳光，北风夹着温暖的叮咛。布占木、鸿鹄、柳嫣霞也相继上马。六人辞别众人踏上西去的征途，大家眺望了许久许久，直到看不见才散去。

冬天的大漠荒无人烟，气候就像疯婆子，说变就变。出发的时候，太阳还在云层里抛媚眼。第二天，就下起了鹅毛大雪，那雪下得紧，只一会儿工夫，就看不清哪是山坡，哪是小道。到处是银装素裹，白茫茫一片。

多尔衮吩咐：“由布占木贝勒带路，他轻车熟路，错不了。”经过几天几夜的行程，一行人抵达科尔沁附近的金瓯镇。司马冲到前方打探消息去了。一天清晨，一行人接着赶路，前面有一座陡峭的山峰。因为水快用完了，布占木不得不策马急奔四处寻找水源。

忽而回来，布占木急报：“不好，前方小河发现一具女尸，衣袂零乱……”

83. 千金一笑

雁阵惊寒，声断长空。再说林丹汗率兵攻取，宣府外元上都故地的哈剌慎部和归化城的土默特部以后，在城里天天纵酒，夜夜笙歌。忽一日，铁木额带着残兵败将回到归化城（今呼和浩特市）。林丹汗闻讯大惊，急忙召见。

铁木额进门“扑通”一声，跪下说：“属下无能，未能守住敖木伦大营，让司马冲逃脱，特来请罪。”

林丹汗确实有些生气，放下手中的奶茶，骂道：“皇太极小儿！竟敢劫我大营，抢我美女。你守营无方，还有脸回来。若不罚你，何以服众？”

“皇太极兵强马壮，将士骁勇异常，此诚不可与之争锋。”

“罚铁木额白银五百两，记过一次。我军即将攻取明朝的大同，你准备戴罪立功吧！”

铁木额应声退下。

不多时，额哲进门送来各营的奏折，说：“父汗，大明王朝物产丰富，竟敢不与我通市，崇祯皇帝对诸蒙古部落‘尽革其赏’，完全不把我们放在眼里。是应该给点厉害让他瞧瞧。我军对付八旗兵不行，对付明军还是绰绰有余。”

林丹汗一边看奏折，一边说：“我们派出索赏的大臣贵英也被明军所杀。不能通市，我们就是空有银子换不来军需物资，是该好好打一仗了。”

额哲义愤填膺：“父汗，我们不能再忍耐了。你下令吧！”

于是，1628 年夏天，林丹汗率部大举入侵明朝的大同城，杀死明朝军民数万人。将士们浴血奋战，才勉强守住城池。

1628 年秋天，林丹汗率领大军在艾布盖河附近与右翼的土默特、永邵、鄂尔多斯三部展开会战。林丹汗大获全胜，败部四散，鄂尔多斯部归顺，年底驱逐了土默特部顺义王卜什图，废除了驻鄂尔多斯的济农额璘臣。第二年，明朝不得不决定恢复市赏，与林丹汗议和。

一日，林丹汗父子再次凯旋，大福晋苏泰安排了丰盛的家宴。林丹汗走进席间，看见一桌子山珍野味，高兴地说：“只有通市才能换来这么多美味佳肴！大家不必拘束，吃吧！”

大家这才入席，开始吃起来。苏泰给大汗和额哲碗里各夹了一块山药说：“大汗，这是从大明那边运过来的山药，你们尝尝！”

额哲边吃边说：“谢过额娘！打完这一仗，是不是该吃我的喜酒了？”苏泰问道：“是不是你那年救的那个汉女？色艺双全啊！”

林丹汗喝完一杯酒赞道：“甄老将军和他的那个女儿在战场上那是骁勇善战，以一当十啊！额哲如果娶了琴儿，真是三生有幸啊！”

有人给林丹汗倒了一杯酒。苏泰仔细扫了一眼儿子问：“听说那个汉女脾气暴躁，不太愿意嫁给额哲。近一段时间，你们相处感情培养得怎样？”

额哲端起酒杯敬了父汗一杯，说：“已经今非昔比了！她中意的那个司马冲虽然逃脱，可人家并不喜欢她！”

苏泰笑道：“大汗，后宫是不是该好好筹备一下额哲的婚礼？”

一直只顾吃菜的扎雷抬头说：“早就赐婚了，是该筹备哥哥的婚礼了。”

“按照汉人的婚俗准备就行了！”林丹汗吩咐道，“扎雷，吃过晚饭后，陪我一起去看看你额娘。你娘今天又没来吃饭了！”

扎雷回道：“额娘身体总不见好转，三餐都是差人送过去的！”林丹汗匆匆喝了几杯酒，吃了几口菜，算是吃过晚饭了。众人用餐完毕各自散去。

林丹汗带着扎雷来看望唐胜蓉。曲曲折折穿过几间厢房，二人来到一间华丽的寝宫。红彤彤的宫门在油灯的映照下庄严肃穆。唐胜蓉在丫鬟的侍候下刚刚喝了几口鸡汤，见大汗到了，忙翻身坐起。

自从上次见过那条项链后，得知南珠下落，跟随林丹汗来到归化城，唐胜蓉就一病不起，其间反反复复咳嗽不止，服药无数也不见康复。太医说，她思女心切，心病未除，还需慢慢调养。

林丹汗在炕前坐下说：“免礼！免礼！近两天感觉可好？”唐胜蓉苦笑道：“这两天感觉稍好！咳嗽要少一点。听说大汗接连打了胜仗，最近又收复了鄂尔多斯和永邵部，确实可喜可贺。”

扎雷端来刚刚煎好的水药，一口口喂她服下，说：“父汗，我知道额娘的心病。额娘想早日见到我的姐姐，我的姐姐在盛京。”

林丹汗拉着胜蓉的手说：“那个司马冲已经被皇太极救走了，皇太极占了我们的地盘。吾一直不想同皇太极为敌，可他一次次欺人太甚。”

扎雷放下药碗说：“父汗，我们什么时候杀到盛京？消灭了皇太极不就可以见到我的姐姐了？”

林丹汗冷笑道：“后金兵强马壮，连明军都不敢轻敌，眼下不是消灭后金的最佳时机，我们只能等待天时。”

唐胜蓉瞪了扎雷一眼说：“别瞎说，你父汗自有主张，盛京迟早是我们的领地。我不急见你的姐姐，大汗不要因此打乱作战部署。”

“我部士气正盛，正是讨伐皇太极的时候，为何父汗不敢出战？”扎雷不解地问道。

林丹汗目睹那盏油灯，长叹一声说：“长期以来，明朝革了我们的市赏，我们物资匮乏，兵器短缺，侥幸打了几场胜仗，岂能久矣？现在将士们疲惫不堪，需要休整，连额哲的婚事也拖了下来。”

唐胜蓉笑道：“近期如果不想出战，大汗何不趁着休整的时机，将额哲的婚事办了，也早早了却一桩心事。”

林丹汗长叹一声沉默不语和扎雷一起离开了唐胜蓉的寝宫。

大雪再次将归化城披上一层厚厚的外衣，寒风不时在城墙上吹着口哨。人们都躲在家里烤火。冰天雪地挡不住一颗驿动的心，银装素裹掩不住啸啸马鸣。

一匹战马被人拉出了马厩，却迟迟不肯上路。拉马的不是别人正是甄琴，红艳艳的棉袄犹如冬日里的一团火炬，照得厅堂里十分明亮。双眸如水，粉面含羞，一缕青丝将那张秀美的脸庞装饰得分外妖娆。

也许是天太冷，那马拉了半天，就是不肯走。甄琴气得朝着马屁股就是一鞭下去，马鞭从中断为两截。那马长啸一声，只迈开两小步。大雪封城多日，想出去遛马还不行？

牵马走到门口，甄琴远远看见一骑飞奔而至。宽大的风衣迎风飞扬，来人正是长公子额哲，气喘吁吁，口吐白雾，见甄琴脸色阴沉，笑问："琴儿今天为何不开心？"

没了马鞭，甄琴挥手在马屁股上拍了一掌，回道："我只想出去遛马，谁知这牲口不听使唤！"正说着那马要拉尿。甄琴赶紧转头回避。呼啦啦，刚拉完尿，准备上马，又要拉屎。甄琴又上不成马，还不得不掩着口鼻，躲到一边。

这一切都被额哲看在眼里，笑容满面道："我们归化城的马是有灵性的，明显是在等一个人。你想出去，一个人哪行啊？"

甄琴斜着眼一瞧，那马还没拉干净，黑着脸说："谁稀罕你？我只要我的马陪我就行了。你别自作多情！"

额哲突然从怀中掏出一支精致的马鞭，纯银手柄，鞭梢用牛皮做的。见马已经拉完，额哲就将马鞭递过来说："送给你，听说硕垒台吉家的梅花开了，我们一起去看看好不好？"

甄琴接过那只漂亮的马鞭，心中甚是欢喜，微微会心一笑道："总算学乖了，一物降一物，只有这东西才能降服马儿！我们走吧。"说完，翻身上马，一鞭下去，那马急奔而去，冲出很远。

只要肯动脑筋，哪有降服不了的美女？额哲调头急追，心中喜出望外，很少见到琴儿这么高兴。今天是这马鞭与其说是降服了马儿，不如说是降服了美女。

正想着，胯下的坐骑在雪地上一滑，突然重重地摔了一跤。额哲连人带马翻下了一个小山坡，"扑通扑通"滚了很远才停下来。

回眸一笑百媚生，六宫粉黛无颜色。甄琴拉住缰绳，回头一笑。正好被额哲看见，只好跟着苦笑一回。只要美人开心，这一跤就算摔得鼻青脸肿也值！

好在雪下得厚，这一跤也没伤到哪儿。额哲爬起来，拍了拍雪花，翻身上马接着朝硕垒台吉家赶。一阵冷风吹过，甄琴的心情也格外舒畅，有人做伴，又何乐而不为？

马蹄嘚嘚，二人很快到了台吉家后院。有家奴为其开门，二人下马信步而走。只见庭院一棵棵梅花树，高大苍劲，积雪压在枝干仍未融化，有的含苞待放，有的开得正艳。空气中有一种淡淡的清香沁人心脾，一路走来好不惬意。也只有贵族家才有如此风景，平常人家望尘莫及。

在一片火红的梅花中，额哲小心采摘了一朵，突然在甄琴面前单膝下跪：“园中梅花那么多，我偏爱这一朵！琴儿，嫁给我吧，做我的福晋好不好？”

84. 六更鸡叫

甄琴被这突如其来的举动搞懵了，不远处台吉的家奴也看到这一幕，于是只好说：“贝勒爷快快请起，我们有约在先，何必多此一举？”额哲恳切地说：“你不答应，我就长跪不起。”

无奈，甄琴只好答应：“我且收下你这份心意，你起来吧。”也许是额哲的执着感动了少女的芳心，也许是满眼的梅花点燃了爱情的火种。这一次踏雪赏梅，再次让她坠入情海。

二人相持很久很久，甄琴总算点头默许。额哲这才起身。

甄琴回到府上，将刚才的情形一一对父亲讲：“那贝勒爷像只癞皮狗，死缠着不放，在地上长跪不起。我这才……”

老鳄展眉一笑，乐道：“现在一个胜仗接一个胜仗，大贝勒眼看要当太子了。女孩子长大了总是要嫁人的！你这就对了，何必非要嫁那背叛师门的东西？”

甄琴辩解道：“冲哥，他没有背叛你！只是形势所逼不得已而为之。我且答应贝勒爷，不过我总感觉他华而不实靠不住，难成大器！”

“也不一定，我看贝勒爷虽然武功一般，但经常参与军国大事，颇有主见。你若不嫁，我们父女二人留此何用？况且，贝勒爷当年在老君山救过我们，咱不能忘恩负义！”老鳄仔细分析，晓之以理。

得到甄琴的许诺，额哲返回后找到额娘苏泰，说：“额娘万福！琴儿答应我们的婚事了，就在刚才，在硕垒台吉家的梅花园中。”

苏泰放下手中的茶盏说：“功夫不负有心人，女孩终究心软！我马上吩咐后宫准备你的大婚，一定要办得热热闹闹，不能给你父汗丢脸。”

额哲亲自给苏泰加了茶水，说："这桩婚事，我不仅可以得一位美人，父汗可以得到两员虎将，真是一石二鸟啊！"

喜讯像长了翅膀迅速在宫中传开。林丹汗听说也喜出望外："额哲能娶一位色艺双全的汉女，是他的福气。既可以得到两员战将，还可以安抚一些投降的汉族士兵，显示出大汗海纳八方，宽厚仁德。"

在早会上，林丹汗吩咐铁木额："有一项艰难的任务要交给你，那就是修建新贝勒府，城里的房子太旧，举办婚礼不合适。此事我已同额哲商量过，非你办不可。"

铁木额回道："城里找一处像样的房子办婚礼确实有点难度，我只怕工期拖得太久，耽误了贝勒爷的好事。"

一旁的额哲说："现在我们同明朝已恢复通市，需要什么尽管去采购。我只希望能在一个月内完工，不能拖得太久。"

林丹汗扫了一眼众人，说："现拨银五千两，限期一个月建新贝勒府，铁木额能否完成？"铁木额只好低头拱手："属下得令，即刻召集能工巧匠，力争尽快为贝勒爷献上一份不一样的厚礼。"

回到后宫，林丹汗又找到唐胜蓉："按照你们汉人的习俗，尽快为琴儿准备全套嫁妆，婚袍要最好最流行的款式，棉袄要最厚最红那种，棉被要最华丽最鲜艳的款式。珍珠项链、玛瑙手镯、纯银耳坠、足金戒指样样要备好。"

唐胜蓉躬身施礼，浅浅一笑说："大汗尽管放心，臣妾自当尽心竭力，为额哲的婚礼做好准备。"

刚刚晨练回来的扎雷听到父汗交代的任务，兴奋地说："父汗，我也可以给额娘帮忙，有什么差遣尽管说。"

林丹汗闻言爽朗地笑了，接着说："婚期就定在下月初八，这次就不要找什么师爷算了。吩咐后宫，一切按照这个日子加紧准备，不得有误。"

唐胜蓉算了算，还有一月有余。可炕上用品一件也没着落，样样需要量身定做，方可合身得体。不抓紧时间还真不行！于是对扎雷说："你这就出去将归化城最有名的刘裁缝，请到宫里来。"

扎雷领命很快就走了。一时间，宫里上上下下都沉浸在额哲的喜事之中。每个人的脸上都洋溢着幸福的笑容。

晨曦寒彻，碧空万里。东方刚刚露出鱼肚，坚硬的冰凌尚未融化。农奴们已经早早起来，正在热火朝天地挖地基。一批又一批的砖石和木材从远方运过来，满载的马车压着路基发出吱吱的声响。铁木额连早餐都顾不上吃，就匆匆赶到工地。这是一块小河边闲置很久的空地，在此修建贝勒府是最合适的。这里离汗宫不过数十丈，一条小河从侧方流过。远眺小河，如玉带环绕，流水淙淙。河边古木参天，风景宜人。

清晨，额哲早就起炕了，盘算着该去工地看看。用过早点，顺便带了点葱饼、煎饺。提着小竹篮，额哲就敲开甄府的大门。这边甄琴还在睡梦中。

老鳄正在院子里习枪，见额哲驾到，一时笑容可掬："贝勒爷早，琴儿还在被窝里，不成敬意。"额哲进门放下竹篮，说："不要紧，不要紧！将军真是勤奋，宝刀不老啊！我有办法让她睡不成。"

当即走到甄琴的房门前，额哲一夹嘴唇，鼓起腮帮，发出一长串"咯咯……"的声音，活像公鸡打鸣。一阵接一阵，连续叫了三次。见里面没动静，额哲又叫了两次。

只听甄琴在里面嘟囔道："谁家的公鸡跑这捣乱？爹爹把它抓住杀了炖汤。"这时，门外传来抓鸡的声音，咯咯咯咯的不绝于耳。

老鳄笑着应道："丫头，你快起来帮我抓，我老眼昏花抓不住。"

甄琴一掀被子，穿着单衣就冲了出来，高耸的胸脯颤颤悠悠，全然不顾春光泄露，一双凤眼怒火中烧。

"哪里来的野鸡找死？搅了我的好梦，让它不得好死！"

额哲躲在角落里继续学鸡叫，冷不防甄琴突然冲出来，当场撞了个满怀。二人脸贴脸，胸对胸。一见额哲，穿着单衣的甄琴知道上当，羞了个大红脸，骂道："鸡鸣狗盗的伎俩，也使出来了，原来是你们俩合伙骗我。我外衣也没来得及穿。"

额哲感到她胸间似有万顷波澜，笑嘻嘻辩解道："我没有骗你，现在起码鸡叫六更了，你还不起炕？"甄琴骂完赶紧退回房间，穿衣去了。

彼时，白莲冲好了茶水，端了过来："贝勒爷，请用茶。"

额哲喝了一口说："等会儿，我和琴儿就要去一趟工地，看看那些匠人们设计的草图，不然等他们建好了，再改就来不及了。"

不多时，甄琴穿好衣服来到大厅，看到那个竹篮，问道："这是谁带的竹篮？"

白莲回道：“这里除了贝勒爷刚来，还有谁？”

甄琴忙掀开竹篮，见是煎饼和饺子，笑道：“难得贝勒爷一番好意，我不吃还不行了。”

额哲放下茶盏说：“我叫他们多做了点，顺道给你们捎来，尝尝宫里的味道。就算是对早上的莽撞表表歉意！”白莲赞道：“想不到贝勒爷如此体贴入微，难得难得！”

老鳄练了一早上，这会儿肚子直敲鼓，于是就和女儿一起，坐下吃着煎饼和饺子。那煎饼松脆香软，饺子鲜滑酥嫩，好不惬意。

吃过早点，额哲带着甄琴来到工地。工地上农奴们挖土的挖土，搬砖的搬砖，忙得像热锅上的蚂蚁。有匠人呈上图纸。额哲看了看说：“这寝宫不要太大，厅堂要大一点，门前可多加两个柱子。”甄琴笑道：“贝勒爷这是教导臣子们，人人要争做国家的中流砥柱。”匠人们连忙点头称是。

看到新贝勒府的四角平坦，额哲摇摇头说：“不行，四角改为燕尾状，如大鹏展翅，才有气势。”甄琴补充道：“如此象征着国家腾飞崛起，四海臣服。”额哲又指出很多不当之处，匠人们一一记下改过。

两个衣衫褴褛的农奴正在抬一根长木，那木头足有两尺粗，一丈余长。他们很快将木头从马车抬到工地。其中一个身材高大，须发凌乱的农奴在一个角落里向甄琴暗送秋波，还招手示意。

甄琴大吃一惊，趁额哲在同一群匠人们交谈之际，悄悄走了过去。那个小胡子男人接着招手。甄琴走近一看，才知小胡子男人分明是司马冲乔装而成，尽管穿着农奴的衣衫，可那熟悉的身材变不了。

甄琴刚开口：“原来是……”司马冲立即挥手示意不要相认，接着同她走到一个角落说：“恭喜你即将大婚！排场不小啊！”

甄琴小脸红一阵白一阵：“有事快讲，别拐弯抹角！”司马冲用黑手在自己脸上抹了一把说：“皇太极派我等寻找传国玉玺，请暗中在林丹汗宫中寻找，有消息立即通知我。”

这时，额哲在那边叫：“琴儿，你跑哪去了？”

“马上过来，马上过来。”突然见到冲哥，甄琴的心里就像打翻了五味瓶，又喜又忧。喜的是，冲哥还是那样壮实，浑身满是阳刚之气。忧的是自己已经答应嫁给贝勒爷，这可如何是好？甄琴丢下司马冲，再次回到额哲身边，当然不敢告知刚才的事情。

85. 玉玺下落

敖木伦一别，也有些日子了。虽然经过乔装，冲哥依然是那样英俊，那样帅气。也不知他是怎样混进农奴队伍的！想找到传国玉玺谈何容易？一般人连汗宫都进不了。

甄琴也没见过玉玺，只是看过古书才略知一二，可能是历代皇帝颁布圣旨的印章，当然是极为珍贵。皇太极为什么要传国玉玺？司马昭之心，路人皆知。这玉玺到底在不在归化城？在不在林丹汗手上？甄琴也是一无所知。

如果在，这东西自然是林丹汗甚至额哲的宝贝！一边是冲哥的秘密任务，一边是额哲的宝贝，到底帮哪边？一时间真是摇摆不定，还真不好决断！

再过一个月，自己真的要嫁给额哲？在同额哲返回甄府的路上，甄琴陷入深深的思考之中。这个林丹汗体弱多病又贪婪好色，后宫绝色福晋七八个仍不知足。照此下去，岂能久矣？这个额哲也是花花公子，游手好闲之流，实在是难成大器！

甄琴刚回来，只见扎雷在府上等着。扎雷满面春风地笑请："琴姐，刘裁缝已经到了，正在宫中等着你量体裁衣呢！"

额哲喝完一碗马奶，放下说："我也要去，不如我们一起吧。"扎雷拉着哥哥的手说："你是新郎，当然少不了也要做几套衣服呀。"

不一会儿，三人径直往汗宫而去。此处，离汗宫不远，所以不必骑马。甄琴也想打听一下玉玺的情况，于是边走边问："你见过前朝的玉玺吗？"

额哲惊奇地瞪着大眼睛："玉玺！你对玉玺也感兴趣！据说二百多年前，朱元璋兵临城下，元顺帝放弃北京，带着玉玺回到大漠，后来死在应昌。玉玺便从人间蒸发了！再也没有玉玺的消息。"

望着归化城四处琉璃飞檐的屋角，甄琴笑道："大明王朝统治了两百多年，可惜没有一位帝王拥有真正的玉玺！"

扎雷拉着额哲的手说："玉玺是皇权的象征，没有玉玺江山岂可永固？大明王朝如西山的落日不可阻挡。"

甄琴再次问道："贝勒爷，你到底见过那宝贝没有？"额哲似乎意识到什么，愣了一会儿说："我若见到，早就是一国之主了。"甄琴心想，这家伙对玉玺的来历心知肚明，怎么可能没有见过？

三人来到汗宫，阳光将汗宫照耀得更加金碧辉煌，青色的城墙在阳光下展开温暖的笑脸，深红的圆柱在宫廷前支撑起蔚蓝的遐想。

刘裁缝早在唐胜蓉的晴川阁等候多时，一见这位汉族美女，未来的福晋，顿时瞠目结舌。这位年过半百的汉子一生阅人无数，见过美人数不胜数，还从未见过如此美艳的姑娘。面若鲜桃，肤如新荔，唇红齿白，藕臂葱指，汉族美女自然比城中的美人更胜一筹。

刘裁缝首先给甄琴量了胸围，接着又量腰围，赞道："这比例生得刚刚好，娇若芙蓉出绿波，艳似丛林见朝霞。当真婀娜多姿，仪态万千，美不胜收。"

甄琴受宠若惊："刘师傅过奖了！我不过平常女子，哪里配得过贝勒爷？贝勒爷才是龙章凤姿，貌比潘安。"

额哲听到恭维话，立即谦虚起来，笑道："我可不及潘安，甚至不如那个司马冲。要不然，你怎么迟迟不肯嫁给我？"

刘裁缝接着又给额哲量好了尺寸，并一一记下，准备给二人好好定做几套衣服，以备婚礼之用。唐胜蓉又对刘裁缝仔细叮嘱了几句，才放心让他离去准备动手做。

临走，甄琴走到额哲跟前小声说："我只想亲眼看一下玉玺的真容，贝勒爷何必如此保守？"

见如此追问，额哲只好悄声应道："这玉玺确实不在我们汗宫，否则你想见一见那有何难？那年鲁垒博硕克图汗得到玉玺后，召集了好几名武林高手护卫，尤其是降魔快刀图尔凡和金鞭法王济尔格两位顶级高手，杀死我们好多兄弟。我们消灭了鲁垒博硕克图汗后，在他的汗宫找了三天三夜，也没有找到传国玉玺的下落。如果我没有猜错的话，那玉玺可能被这两位高手藏起来了。因为当年我们大军杀到时，这两位高手也不知去向。"

甄琴离开汗宫，径直来到工地。司马冲正在工地搬砖头，看见甄琴走近，才悄悄放下砖头靠近。甄琴小声说："我听额哲说，鲁垒博硕克图汗被林丹汗消灭后，那传国玉玺很可能落在他属下的两位部将手中，一个叫降魔快刀图尔凡，一个叫金鞭法王济尔格，两人都是武林高手，你可要小心！”

司马冲轻声问道：“消息是否可靠？”

“应该靠得住，你们尽管去找他们。”

司马冲接着说：“你能嫁给额哲，是你的福气。我祝你们永结同心，白头偕老。”

甄琴脸上一红，说：“别这样说，我真的不喜欢他。嫁给他实在是情非得已，形势所逼，要讨口饭吃。”没说几句话，二人就匆匆告别，好在无人发现。

过了十多天，一座雄伟的新贝勒府已经耸立起来，经过的人们无不翘首称赞，好一座富丽堂皇的小楼！农奴们日夜赶着干活，这个装门框，那个做衣柜；这个砌火炕，那个做桌椅。

这天，额哲再次经过工地，看了看新落成的贝勒府，心里十分高兴。盘算着再过十来天，就可以娶到一个色艺双全的汉族美女，心里像喝了蜂蜜一样甜。可刘裁缝的嫁衣迟迟没有消息，也不知做好没有。

离婚期只有十天了，仍然没有刘裁缝的消息！额哲按捺不住焦急的心情，骑马带着扎雷，来到甄府说：“琴儿，我们今天就亲自去一次裁缝店，顺道试试嫁衣如何？”

甄琴刚刚吃过早餐，去马厩牵来马匹说：“好，我们一起去会会那个裁缝，到底搞什么名堂？”

见未来的嫂子花容失色，扎雷说：“这个刘裁缝住的地方偏僻，一般人还真找不到。我给你们带路，如果做好了就顺便取回来。”

三人跨马上路，一路飞奔。大约走了半个时辰，穿过一条崎岖的山路，一个繁华的小镇出现在大家面前。街上车水马龙，人头攒动。有卖包子的，卖茶水的，卖水果的，卖布料的，好不热闹！三人穿过一条狭窄的胡同，来到刘裁缝的店铺前。眼前的情景让人大吃一惊！门上有“铁将军”把守，四下不见一个伙计，也不见一个顾客。这是怎么回事？

旁边一打听，说关门有一两天，不知什么原因。既然无人，三人正准备返回。一股怪味袭来，额哲突然飞起一脚踢在门上，那门轰然破裂，几块木板四下散落。一股腥臭味扑面而来，众人更是毛骨悚然。

只见刘裁缝倒在铺面上，胡子上的血迹已经风干。两个伙计一个肚子上插着一把刀，一个脑袋滚在桌子底下。显然已经被害至少两天了。店里银两、布匹洗劫一空，只剩下少许边角料，做好的嫁衣和未做面料显然被人抢走。贼人作恶后，还将大门锁上，使人误以为店铺关门。到底是何人所为？实在可恶至极！

额哲走近那个伙计，拔出弯刀，仔细端详，只见刀柄上用蒙文刻着“阿鲁科尔沁”的字样，于是说：“极有可能是科尔沁人干的！为了一点衣物，竟然夺去三条人命。”

“也不一定，嫁祸于他人的事也常有。再看看有什么蛛丝马迹？”甄琴在店铺里仔细搜寻，在墙角发现一顶古怪的皮帽，沾满血迹。

甄琴拿起皮帽，交给额哲。扎雷忽然瞪大眼睛说：“这种牛皮帽归化城人很少有，只有在科尔沁的集市上才能买到。据此，基本可以断定是科尔沁人干的。因沾有血迹，一时无法洗掉，只好扔了。”

铺面上还有一件男式上衣没有做完，大红的牡丹图案甚是好看。此情此景，额哲感到十分恼怒，骂道：“这帮王八蛋存心跟我过不去，这口恶气不出，誓不为人！”

扎雷似乎看穿了哥哥的心思，将那顶皮帽一扔说：“哥哥，回去以后禀告父汗，我俩各率一支兵马踏平科尔沁！”

甄琴灵机一动，长叹一声说：“贝勒爷，嫁衣都没有如何举行婚礼？不如先征服科尔沁再完婚不迟，没准还能找回嫁衣。”

一脸沮丧的额哲只好回道：“我军节节胜利，士气正盛，征讨科尔沁正愁出师无名，这回定杀他个鸡犬不留。大军凯旋之时，我们再完婚，咱们一言为定。”

于是，额哲一面派人回宫禀报，一面差人草草安葬了刘裁缝和另外两个伙计。料理完后事，三人这才返回汗宫。

第十八章　觅爱女老将归西

86. 羊入虎口

见到父汗，额哲陈述完所见所闻后，接着说："据一路百姓讲，这些阿鲁贼寇经常抢夺我部财物，如不尽早收服，终是祸害。"

得知刘裁缝被害，林丹汗气得一掌拍在桌子上，骂道："阿鲁小儿，欺人太甚！额哲莫急，待父汗亲点精兵强将，征讨阿鲁科尔沁。"

听说嫁衣被抢，婚期被迫推迟，大福晋苏泰也气得脸色发青："科尔沁人真是穷凶极恶，此次出师有名定会旗开得胜，让他们瞧瞧投降后金的下场。"

"福晋言之有理，科尔沁人以为投降后金就可以为所欲为，视我为草芥，真正是可忍，孰不可忍！即刻传令长官召开议政会议，商讨出兵大计。"林丹汗经过短暂的思虑之后，终于做出决定。

是夜，室外寒气逼人，室内灯火辉煌。额哲、扎雷、铁木额、阿莽、甄老鳄等各营长官齐聚一堂。林丹汗亲自主持议政会议，大声道："各位爱卿，科尔沁人屡次犯我边境，抢吾财物，杀吾臣民。此次居然抢了额哲福晋的嫁衣，如不征讨颜面何在？请大家群策群力，畅所欲言，共商大计。"

阿莽忧心忡忡地说："若单凭实力，科尔沁奥巴台吉绝不是我们的对手。如果走漏消息，皇太极派兵增援，那就不好说了。当务之急是兵贵神速，出其不意，攻其不备。"

铁木额点点头说："我们的青龙刀队在最近的几次战斗中所向无敌，屡建功勋。对付鄂尔多斯和明军还是绰绰有余，可科尔沁有个'独眼关公'令狐霸刀法高超，无人能敌。此人熟悉斩妖十八刀刀法，是青龙刀队的克星，不可不防。"

甄老鳄咧嘴一笑，扯了扯胡子说："将军勿忧！那斯就交给我好了，你只要带着青龙刀队扬长避短就行了。我的宝枪已经很久没有见血了！"

额哲忽然眉头一皱计上心来："据探报，那令狐霸的徒弟、二弟和三妹都不在科尔沁。他的绝世刀谱还在我这儿。我只要如此这般……便能拖住他。甄老将军到时见机行事，定能杀他个片甲不留。”

大家你一言我一语，讨论非常热烈。如何诱敌深入？如何避实击虚？如何擒贼擒王？林丹汗听后十分高兴：“科尔沁人怙恶不悛，自取灭亡。今夜准备，明早就发兵。各位爱卿回去以后分头行动吧。”

呼啸的北风卷着漫天的雪花，给大地披上一层银光闪闪的铠甲。奔驰的战马驮着英勇的将士，在雪地上描绘出一幅壮美的风景。第二天，林丹汗亲率大军，向阿鲁科尔沁牧地秘密进军。额哲精心挑选一批精兵强将跟随自己。此次出征一定要报敖木伦之仇，一扫失败之晦气。

行军间隙，额哲反复给将士们讲科尔沁人的种种罪行，点燃将士们心中仇恨的火焰。想到打完这一仗，就可以娶到色艺双全的汉女，眼睛里不时闪着灵光，精神是出奇地好。

甄琴手持宝剑，走在甄老将军的队伍中，远远看去一缕流苏随风摇摆将那张脸庞勾画得更加绝美，更加动人。战斗结束，自己真的要嫁给额哲吗？这个额哲靠得住吗？游手好闲的浪荡公子又怎能重振成吉思汗的雄风？！可已经承诺的婚事岂可反悔？

到达科尔沁时，天已经黑了，远处依稀还能看到牧地的灯光。奥巴台吉果然毫无防备，一路上连个探马也找不到。铁木额带领青龙刀队首先冲到了营地，见一队官兵正在巡逻。

“这里是科尔沁的领地，你们是从哪里来的强盗？快去报告台吉。”

“我们杀的就是科尔沁人！让你们统统见阎王去吧！”

铁木额也不多说话，上前就是一顿狂砍乱劈，为首的头领话刚说完，斗不过三招就被砍中脑袋，当场丧命。青龙刀双雄左蹊、左跷一前一后，连杀两人。这两人练的刀法进步很快，成为青龙刀队的骨干。今天轮到他们复仇了。

一队官兵很快被杀得七零八落，黑暗中有一人连滚带爬，找了一匹马飞奔而去。没多久，铁木额一行人将剩下十多名官兵全部砍倒在地，一时间惨叫连连，血流成河。

额哲还没出手，就已经初战告捷，高兴地说：“该死的科尔沁人，想不到也有今天的下场！干得漂亮，我们继续冲！直到他们投降。”左蹊、左跷带着人马冲在最前面，草原上一时风声鹤唳。

见前面无人抵抗，队伍加快了速度，铁木额眼见立功的机会到了，心里好不欢喜，挥动着大刀一路狂奔。额哲、阿莽、老鳄的队伍紧跟其后，一直朝科尔沁的中心区域挺进。

前面突然出现一座山峰，曲曲折折甚是陡峭，黑暗中不知是否有伏兵。眼前是一个山谷，科尔沁的大营就在山谷的那头，地势十分险要。铁木额拉住马问道：“贝勒爷，是否杀进去？”

额哲已经昏了头：“冲啊！不入虎穴焉得虎子？向前冲！”于是铁木额带着大队人马冲进了谷口。到了山谷中，追了好一阵，到处是白茫茫一片，什么也看不见。

正当狐疑之时，山谷中突然一声爆响，冲出一队人马。为首的将军手持青龙偃月刀，正是中原三怪之首“独眼关公”令狐霸。令狐霸见敌方队伍中也有人用青龙刀，而且数量还不少，心中十分气愤，骂道：“无耻小儿！你们偷了我的刀谱，我正找不到人，你们自投罗网，那就休怪老夫。今天你们中了老夫的诱敌之计，还不快快下马投降，爷爷饶你不死——”

原来，刚才的巡逻兵是诱饵，有人逃脱给奥巴台吉报信。额哲如梦方醒，不过假装镇定：“老王八！武功秘籍乃天下人共有，岂非你一人独霸？今天就让你尝尝‘以彼之道，还施彼身’的厉害。铁木额、左蹊、左跷，一起上。”

三人拨马上前，将令狐霸团团围困。铁木额挥刀上前朝令狐霸砍来。本来就惯用长刀，加上新学的斩妖十八刀刀法，这铁木额是如虎添翼，刀法精湛。令狐霸用青龙刀轻轻一挡，很快将他的攻势化为乌有，一招“项庄舞剑”，立即反守为攻，杀得铁木额措手不及，连连招架。

多日不交手，没想到令狐霸的刀法已经练到八八六十四层。铁木额大吃一惊，向左蹊、左跷挥手示意。这两人立即挥刀上前杀了过来。见是本门刀法，令狐霸一时怒发冲冠，胡子眉毛根根竖起，骂道：“兔崽子！看我怎么收拾你们！”

说完，令狐霸一招“塞翁失马”，眼看那长刀直奔二人小腹而去。左蹊知道这招意在上盘，挥刀护住头颅，而左跷只抽刀护住小腹。谁知，令狐霸突然变招，那大刀直奔二人头颅。左跷来不及掩护，被大刀一刀砍中脖子，当场身首分离，头颅像西瓜一样滚了很远。

左跷虽然也练过斩妖十八刀，毕竟功力肤浅，对付一般人还可以，遇到令狐霸当然就惨了。一见左跷人头落地，左蹊吓得连连后退。

铁木额赶紧挥刀杀了过来，一招“大鹏展翅”，挡住了令狐霸凌厉的攻势。刀柄死死抵住刀刃，令狐霸半天也无从下手。

心想，刀谱还在那臭小子手上，别跟他浪费时间。令狐霸抽刀摆脱铁木额的纠缠，朝额哲杀来，吼道：“小子，今天你老实交出刀谱，爷爷饶你不死。”说完，一刀朝额哲马首砍来，想来是手下留情了。

额哲见左跷人头落地，心里当然有些惊慌，拔剑挡住刀锋。三招过后，额哲只有招架之功，没有还手之力，尽管剑法娴熟，也是枉然。于是，额哲心生一计，虚晃一剑说：“刀谱，我是带着，不过不知你有没有本事拿！”

说完，额哲拨马朝甄老鳄的队伍前就逃。令狐霸一心想夺回刀谱，也没细想，见他想溜，收刀拨马就追。

走不多远，雪地里突然冲出一位鹤发童颜的老将，正是甄老将军。老鳄笑道：“堂堂的中原三怪欺负无名小辈，算啥本事！有种跟我玩玩。”说完，斜刺一枪，朝令狐霸杀来。

令狐霸被逼应战，那长刀迅速同钢枪绞成一团，白光闪闪，直杀得人看不清套路。忽然，额哲掏出一个包袱，向甄琴扔去：“接着，快逃。”这一幕恰好被令狐霸瞧见。

甄琴接过包袱，也没多想，拨马就逃。令狐霸无心同老鳄交战，虚砍几刀，就拨马朝甄琴追来。心想，刀谱肯定就在包袱里，想逃——没门！两人一个在前面跑，一个在后面追。只有额哲在偷着笑。

额哲是想保命，别把他逼急了。就让他去追甄琴，省得同自己缠斗。只有老鳄担心女儿的安危，紧跟其后。雪地里白花花的，黑暗中根本分不清路。甄琴背着包袱，跑着跑着，那马突然一头栽了下去，原来前方是悬崖。甄琴连同战马，一起掉进深谷不见人影。

87. 雪夜坠崖

令狐霸发现前方是悬崖，立即拉住缰绳，那马一声长啸，停了下来。紧随其后的甄老鳄刚才还看见女儿好好的，突然连马都不见了，意识到情况不妙，骂道："老东西，你将我女儿赶到哪儿去了？"

"我也不知道前面是悬崖！可能已经掉下去了。"

老鳄奋起一枪，朝令狐霸刺来："狗东西，追什么？她掉下去了，怎么可能？"

令狐霸挥刀一挡说："别打了，快快下山找人，也许还有救。"

悬崖上方光滑雪亮，下方黑漆漆一片，什么也看不见。甄老鳄收枪在悬崖边上找了半天，一无所获。

"琴儿……琴儿，你在哪里？你在哪里？"老鳄的声音在山谷中回荡，经久不息。

额哲赶来后，听说琴儿掉下悬崖，生死未卜，一时追悔莫及。悔不该扔什么包袱给她。此处地形复杂，纵然武功高强，也十分危险。现在正值夜黑风高，大雪封山，掉下去凶多吉少。额哲在悬崖边上转了很久，一时不知所措。

令狐霸一见额哲，持刀吼道："还我刀谱来，你算什么东西？杀鸡焉用宰牛刀，你都不配老夫动手！还是老实交出刀谱吧。"

额哲回答："你也不用脑子想想，那刀谱我怎么会带在身上呢？"

"老夫劈了你！"说时迟，那时快。盛怒之下的令狐霸朝额哲一刀砍了过来。只听当的一声巨响，一条钢枪挡在青龙刀之前。原来是甄老鳄的快枪横在了令狐霸的前面。

老鳄大吼一声："老王八，你今天害死我闺女，那就休怪老夫无情，看枪！"那钢枪如夏日的闪电朝令狐霸刺来，忽而刺向脖子，忽而刺向前胸，忽而刺向马首，一招比一招狠毒，一招比一招迅猛。

令狐霸对付左蹊、左跷确实绰绰有余，可跟老鳄斗起来，那真是半斤八两，不相上下。左一刀被挡回，右一刀被化解，纵然刀法精湛，一时也难分高低。

二人打得不可开交。额哲趁机退出，带着左蹊和铁木额向令狐霸的队伍冲过去。瞬间失去心爱之人，额哲怒火在心中烧得正旺，那剑像霹雳一般砍向敌人。那些人根本搞不明白这人为何如此神勇？武功稍差一点上前就被刺死，靠近一个死一个，靠近两个死一双，一时无人能敌。

额哲一马当先，和铁木额一起奋勇拼杀，鲜血染红了地上积雪，在夜色中横七竖八躺着敌人的尸首。眼看自己的队伍被杀得七零八落，令狐霸被老鳄死死缠住脱不开身，也无可奈何。

那左蹊虽然打不过令狐霸，但对付几个喽啰兵，还是张飞吃豆芽——小菜一碟。一路杀了过去，几乎没碰到对手。毕竟科尔沁这边将领太少，得到消息仓促应战，打起来吃亏是肯定的。

眼看自己的人马越杀越少，令狐霸只好且战且退保存实力，耐不住老鳄拼死挡道。令狐霸救援不及，人马被额哲等人杀得所剩无几。铁木额乘胜追击，一连杀死几个喽啰兵。

令狐霸的伏兵损失惨重，只好原路撤退。额哲带兵穷追不舍，黑暗中跑不动的又杀死不少。

铁木额边追边问："我们何不杀进奥巴台吉的大营？"额哲挥剑道："追，我要活捉奥巴台吉。"于是追兵直逼科尔沁大营。

再说奥巴台吉得到消息，林丹汗兵临城下夜袭大营，急忙叫令狐霸领兵在山谷伏击。以为凭令狐霸一身功夫，林丹汗的兵马应该不会杀得进来。

奥巴台吉夜宴还没结束，忽听探马急报："台吉，不好了！令狐佐领兵败正在撤退。"奥巴台吉吓得酒杯落地，急忙拔剑道："扎克图，随我出门迎敌。"

侍卫扎克图翻身上马随奥巴台吉赶到营门口，只见令狐霸正在掩护兵马撤退，后面追兵迅猛，火光冲天，黑压压不知有多少人马。有人向奥巴台吉报告："敌军攻势太猛，吾等人马损失过半，不能阻挡。"

眼看科尔沁大营快被包围，只有东边一角尚未合围。奥巴台吉心想，此时坚守只能坐以待毙，不如弃营而走，到别处暂避，他日东山再起。反正，好汉不吃眼前亏。

舒木尔领着一队人马请战："台吉，我们有三千兵马，属下愿赴汤蹈火拼死血战，何惧敌军？"言毕，主动出击，向着额哲的兵马冲了过去。舒木尔是武功仅次于令狐霸的将领，连令狐霸都抵挡不住，料想也是鸡蛋碰石头，不言自明。

远处喊声越来越大。这个喊："活捉奥巴台吉！"那个喊："科尔沁的美女多，只要攻下大营就有美人！"

奥巴台吉只好下令："舒木尔领兵掩护，令狐霸、扎克图随我从东边突围，带上自己的福晋和财物。"科尔沁大营很快乱成一团，女人都在寻找自己的丈夫，男人都在清理财物准备突围。

东边是往盛京的方向，只要皇太极得到消息，定会出兵相救。向东方突围，没错！

奥巴台吉带着亲兵及少数美女百余人，向东方仓皇逃窜。舒木尔假意抵挡了一阵，随后趁着黑夜也从东边撤退。一些人仍在顽抗，甚至忘了撤退，被大军包围，只好缴械投降。

经过大半夜鏖战，林丹汗降服科尔沁兵马近三千人，大获全胜。额哲在清点降兵时不见奥巴台吉，骂道："饭桶！怪就怪你们动作太慢，又给奥巴台吉逃走了！"仗是打赢了，福晋却没了！无论如何额哲是高兴不起来。

甄老鳄也是有气无处出，吼道："大汗，我要寻找琴儿，请准我带兵绕道搜寻，就是挖地三尺也要找到。"林丹汗只好答应，吩咐道："额哲，你也带一队人马分头寻找，不得有误。"

寒风呼号，白雪皑皑。熊熊火把照亮人们焦急的眼神，凛凛北风挡不住战马的奔驰。从山腰到山脚，从山脚又到山腰，老鳄和额哲找了不知多少遍，都是一无所获。

这就怪了！人掉下悬崖掉哪儿去了？老鳄百思不得其解。如果琴儿安然无恙，自己肯定能找到回营的路。如果有什么不测，也应该找到人马遗体。可山脚下除了积雪什么也没有！

额哲更是六神无主，一会骂这个是饭桶，一会骂那个是王八，顶着风雪，找了一夜仍旧是两手空空。清晨，又再找了一圈，还是一无所获，只好垂头丧气地返回。

额哲回营见到大福晋苏泰说："额娘，仗打赢了，可琴儿掉下悬崖后，生死未卜，找了几圈也不见踪迹。"

苏泰重新找人定做了嫁衣，衣物已经准备妥当，只等凯旋定下婚期，谁知出了意外。于是安慰说："汉人有句俗话叫'好事多磨'。此事定有蹊跷，且等等再说。"

林丹汗瞧着额哲焦急的样子说："莫非天不佑我，蒙古有那么多美女，你偏不喜欢。你喜欢的汉女，人家偏不想嫁。"

额哲翻弄着嫁衣，越看越生气，嘟囔道："她亲口答应嫁给我，不会有假，请父汗明鉴。"

回想额哲的婚事，的确坎坷艰难。林丹汗想早点抱上子嗣，延续香火，终难成愿。成吉思汗啊，你为何不保佑你的子孙飞黄腾达？如今的大漠四分五裂，一盘散沙，各自为政的局面何时才能结束？面对困境，林丹汗从未退缩，东征西讨。可对付儿女私情，的确无能为力，爱莫能助。

额哲欲言又止，被父汗喝令退下。

从比武招亲，到老鳄逼婚；从重金聘礼，到梅园求婚；那曾经的一幕幕闪现在眼前，仿佛昨天一般。额哲不由得一阵心酸，问世间情为何物？直教人生死相许。额哲也曾喜欢过别的女子，可没有一个女子能让他如此迷恋！

冬夜冰封了苦涩的相思，泪水打湿了沉痛的记忆。你的笑靥如凌晨的启明星，点亮我苦苦追寻的梦想。你的倩影似雨后的彩虹，照亮我风云激荡的心空。远眺大漠，额哲心中的惆怅久久挥之不去……

尘世中有些人一旦失去了，你再也找不回；尘世中什么药都有，就是没有后悔药！尘世中有些事你不懂，等你懂了却为时已晚。

老鳄痛失爱女，也是彻夜难眠。几日搜寻无果，禁不住老泪纵横！桌上刚泡的上等的西湖龙井茶，也无心品尝。门外雪停了，这会儿又下起来。天寒地冻，北风呼啸，也不知琴儿身在何处！

女儿是父亲前世的情人。此言不虚！老鳄丧妻之后，女儿几乎聚集了他全部的心血。一碗粥、一碗饭、一口汤、一块肉将女儿抚养成人。为了女儿的婚事，老鳄真是苦口婆心，好不容易才说服她嫁给贝勒爷，谁知出了这种意外！

一个女人让两个男人心如刀绞！

88. 神秘剑谱

再说布占木好不容易找到一条小河，正想取点冰水，却发现一具女尸，头发凌乱，衣衫不整。不远处，一匹战马浮在冰面，大约死去多时。

布占木走近一看，还是位美女，浮在冰面上。再试了试，尚有一息。布占木赶紧将她扶起，拉上岸来。

大家都围过来。南珠一眼就认出，正是甄老鳄之女甄琴。司马冲也没想到会是甄琴，她不是在归化城要做新娘了吗？甄琴浑身湿透，奄奄一息。

南珠赶紧拿出自己的衣服，同柳嫣霞一起找了一处偏僻的地方，帮她换上。衣服换好了，可甄琴仍未苏醒。

司马冲、布占木找来一堆干柴，生起大火。司马冲使劲摇着她的脑袋：“琴妹，琴妹，你醒醒。”

经过一阵烘烤，甄琴慢慢睁开双眼：“冲哥，我怎么在这里？我是不是在做梦？”司马冲将她扶起坐着，回道：“你是如何掉河里的？刚才是布占木贝勒救你起来的。”

甄琴就将昨夜如何同令狐霸拼杀，如何追赶索要刀谱的事一一道来，只是没想到前方是悬崖，悬崖下方有一条小河。最后甄琴惨笑道：“若不是那匹战马在水中缓冲一下，我可能很难浮上水面，怕是真的再也见不到大家了。我随河水漂啊漂，不知漂了多久……”

南珠安慰道：“谢天谢地，人没事就行了。大难不死，必有后福。”

甄琴突然意识到自己的衣服什么时候也换了，担心自己受辱，惊问：“谁给我换的衣服？”南珠笑道：“是我和嫣霞姐给你换的，没有男人看见。”

火苗将甄琴的脸烤得渐渐红润起来。大家围坐在一起，抵挡风寒。多尔衮目光炯炯：“听司马冲讲，你知道传国玉玺的下落，此言当真？”

甄琴轻闪双眸如春花初绽：“是林丹汗的大贝勒额哲亲口告诉我的，应该假不了。这宝贝应该在降魔快刀图尔凡和金鞭法王济尔格的手上，具体在什么地方还真不好说。这两位都是蒙古武林顶级高手，以我们大家的力量，就算加上鸿鹄也未必能够取胜。”

二师父鸿鹄将铁棍在空中舞了一圈说：“什么狗屁顶级高手，明天给贫僧会会才知道。没见识过还真不服！”

南珠扫了一眼二师父，说：“孙子曰，昔之善战者，先为不可胜，以待敌之可胜。不可胜在己，可胜在敌。……故曰，胜可知而不可为。知彼知己，百战不殆。以我们现在知晓的情况，二师父对付济尔格，能否胜出尚未可知；对付那图尔凡，司马冲和柳嫣霞两人可能也不行！我们得仔细谋划，好好运筹，方能不败。”

坐在地上的甄琴突然抓起手中的宝剑说：“我有办法可胜图尔凡，不知冲哥愿意听否？”

司马冲长叹一声说：“我学的功夫很多，可样样都不精！琴妹有什么好主意，尽管道来，只要我办得到。”

甄琴嫣然一笑：“我听爹爹说过，九玄神剑男女单练都难成大器，唯有男女合练，练到第九层，双剑合璧，方能天下无敌。”

司马冲猛然想起，《九玄神剑》剑谱首页的一首诗：

壮志未酬三尺剑，
故乡空隔万重山。
欲练神剑更高层，
男女对决天地宽。

这套剑法的独特之处在于分阴阳两套，男练阳剑，女练阴剑，利用阴阳之气，打通人体涌泉穴、会阴穴、命门穴等关键穴道，功力就会大增。如半夜子时男女少着衣服对练，可凭借阴阳之真气，达到出神入化的境界。如果男女失守底线，行苟且之事，则会伤及五脏六腑，甚至走火入魔。

一朵红云飞上脸庞。甄琴深知其中要害，问道：“你的剑法连三层都没有，上次我们一起双剑合璧连阿莽也打不过。你想不想练？”

司马冲忽然支吾起来：“想……想练，不过没有剑谱练起来会很危险。最关键的是不知南珠格格会不会同意！”

南珠不知练这套剑法还有那么多讲究，当即点头答应。司马冲补充道：“半夜子时，我和琴妹单独练，不能有第三者在旁。”故意省去了少着衣服的细节。

众人一听，原来如此。南珠眼珠一转，恍然大悟：“哦，原来黄鼠儿狼给鸡拜年——没安好心。不能练，绝对不能练，半夜三更鬼才知道你们干了什么事！”

司马冲脸一黑说：“好格格，你刚才不是已经答应了，怎么翻脸比翻书还快？你说还有什么办法打得赢那两位蒙古顶级高手？”

“我们的任务是寻找传国玉玺，不一定非要打赢两位高手吧。”

聪明的南珠格格一语道破玄机。现在连两位高手在哪里都不知道，又如何才能夺回传国玉玺？不能将冲哥拱手送人，也不能让他有什么花花肠子。到底该怎么办？

司马冲望着火堆后的雪山说："我昨天从中途打听到，图尔凡和济尔格这两个人向来云游四海，漂泊不定，不过自从上次兵败后，江湖上再也不见这两位高手了。他们可能是躲在某个地方了，若想找到这两位，那真是不亚于大海捞针！"

金瓯镇离科尔沁不远，是个偏僻小镇，远离归化城。镇上人流较少，若想打听到两位高手的行踪，绝非易事。

多尔衮思忖良久，说："此事当从长计议，不可操之过急。不如我们暂住金瓯镇几日，请鸿鹄参领到附近打探一番，再作决定不迟。"

鸿鹄手提铁棍，起身道："那我带点煎饼就走了，后会有期。"说完翻身上马，一阵风一样消失在山冈。

南珠一行人在金瓯镇找了一家客栈住下了。

鸿鹄一路向西飞奔，逢人就打听图尔凡和济尔格的下落。路人都不曾听闻，更不相识。鸿鹄心里纳闷，这两位武林高手在蒙古应该是响当当的，为何这么多人都没听说过？

次日，鸿鹄继续向西赶路，行至又一个小镇，名叫凤翥镇。镇上车水马龙，十分热闹。各种叫卖声不绝于耳，有卖馒头的，有卖布料的，有卖牛肉的……鸿鹄东瞧西瞅，倒也一饱眼福。

突然看见路旁一位白发苍苍的汉族老妪正在叫卖一本书，旁边站着一位小姑娘，约八九岁的样子。老妪叫住鸿鹄："出家人见多识广，对这本书可有兴趣？"

鸿鹄接过一看，正是《九玄神剑》剑谱！这不是甄老鳄的剑谱吗？为何流落街头？忙惊问："这剑谱从何而来？"

汉族老妪正色道："甭问从哪里来，你想不想要？我们急需银子抓药救一位壮士。他只剩一口气了，求你救救他吧。他可是我们的救命恩人。"

鸿鹄接过剑谱，只见扉页有点发黄，字迹尚且清晰，确实是真剑谱，对老妪说："这剑谱多少银子？我买下了。不过我有个条件，你得带我见见这位壮士。"

老妪说："不行，我是瞒着他卖剑谱的！他托我保管剑谱。我见他快不行了，又没钱抓药，只好出此下策。"

鸿鹄将剑谱又还给老妪说："既是这样，那就不买了。你速速带我去，我这里很多解药，也许有效。"

老妪叮嘱道："我佛慈悲，你可千万别说卖剑谱的事！只要能救他一命，你让我做牛做马都行！"

说完，老妪领着小姑娘，带着鸿鹄，穿过一条小街、两个小胡同，左拐右拐终于来到一间破草房子。房子狭窄潮湿，锅里还有几块煎饼，里面有一股浓浓的饼香味。只见地上躺着一位壮士，须发花白，正是甄老鳄。

老鳄一见毒和尚，如临大敌，正欲抓起身边的钢枪，无奈有心无力。鸿鹄忙摆手说："老英雄，不用了！我们本无冤仇，战场上各为其主，情非得已。我见老妇人有本剑谱，想到可能是你的，果不其然。你这是如何受伤的？"

其时，老妪将剑谱拿出，示意仍在。老鳄断断续续地说："剑……谱，不能给他。你一……定要将它转给我……我女儿甄琴。如果她还活着。"

鲜血从颈口不断向外流，乌黑乌黑的。鸿鹄仔细查看伤口，只见颜色发黑，形状一直条，感到十分奇怪，不像是刀伤。

老鳄接着说："我是被一个蒙面……蒙面男子的软鞭打伤，没想到鞭上有……有剧毒。我怕是不行了！那蒙面人如不是跑得快，我定要将他碎尸……碎尸万段。"

"甄琴掉下悬崖，前天被我们救起，她的确还活着。今天碰到贫僧，是你三生有幸。你中的是蒙古第一奇毒'三步倒'，能坚持到现在，多亏你内功深厚。"

89. 白虎迷案

鸿鹄立即解开随身带的布袋，取出一个红色小袋，将药粉倒在伤口上。老鳄一口污血吐在地上，大概是听到喜讯，急火攻心，毒性发作，只断续说："那好，求你……求你将这《九玄神剑》还有《甄家枪法》两本书转交……转交给琴儿，叫她好好练替父报仇。只要她活着，我死不足……足惜。"

鸿鹄从老妪手中接过两本书，猛然想起问道："好，好！那蒙面男子现在何处？到底是谁？可有名号？"

甄老鳄已不能言语，只伸手醮着地上的污血，写了"白虎"二字，第三个字只写了三点水，便撒手断气了。

鸿鹄深感后悔来迟一步，未能救得老鳄一命，转身问老妪："这附近可有一个叫白虎的地方？"

老妪也是不停地摇头："我是汉人，在凤翥镇卖煎饼卖了四十多年，从未听说过此地。"

"这最后一字是什么字呢？有没有一个叫白虎河或白虎池的地方？"鸿鹄只能猜。

"没有，真的没有！实在猜不到最后一个字是什么字！"

"你为何说他对你们有救命之恩？"

那老妪见老鳄已断气，禁不住哭道："今日早上，我像往常一样在街上卖煎饼。刚卖出两块，突然对面冲过一个蒙面男子，脑后留着小辫子，五十多岁，将我的十多块大煎饼一把抢走。我要他给银子。他非但不给，反而将我一脚踢倒在地，甚至将我的小孙女强行抱起也要抢走。我拼命呼救。这时，一位白胡子壮士手持红缨枪大吼一声，将蒙面男子拦住打翻在地，抢过小孙女。那蒙面男子好像认识壮士，说了一大通蒙古话。我听不懂。接着从腰间掏出一条长长的软鞭和白胡子壮士对打起来。打了好半天，二人不分胜负。我爬起来去抱小孙女，冷不防蒙面男子突然一鞭抽到。那壮士用身体替我挡了一鞭，不想抽到颈口，因此中毒。"

老妪执意要给老鳄买口棺材，就地办理后事。鸿鹄思忖半天，说："在金瓯镇老鳄有冲儿、琴儿两位亲人，如果在凤翥镇掩埋，似有不妥。不如我用马驮回金瓯镇，让他们见上最后一面。"

那老妇人无奈，只好收拾东西。鸿鹄将老鳄的遗体扶上马，带上两本书、红缨枪等遗物，向着返回金瓯镇的方向飞奔。老妇人带着小孙女跪在路边不停地叩首。

太阳拖着带血的伤口扑进大山的怀抱，北风扯着沙哑的喉咙唱起凄凉的挽歌。战马悲鸣，雪山肃立。乌云哽咽，冰河抽泣。经过近一天的飞奔，鸿鹄在傍晚时分终于返回金瓯镇。

金瓯镇的夕阳给街道两旁的枯树，穿上一件粉红的外衣。甄琴正在门外琢磨剑法，猛然间看见鸿鹄带着爹爹飞奔而来。见到琴儿，鸿鹄赶紧将老鳄放下。还未来得及说话，突然一把快剑就刺了过来。

鸿鹄迅速抽棍挡住利剑。

"爹爹怎么了？是不是你这毒和尚害死爹爹？"甄琴也不等回话，一连刺了三剑，剑剑直逼要害。

鸿鹄反应敏捷，见招拆招，一时间火光四射，叮当之声不绝于耳，吼道："哎，老英雄走了！你要听我说话。”

“在战场上你就想害了他，快说，是不是你干的好事？”甄琴一招“飞蛾扑火”，直刺对方咽喉。

鸿鹄知道这招厉害，不敢怠慢，一招“鸾翔凤集”死死护住面门。剑锋接连碰在铁棍上，发生清脆的声音。

司马冲等人听到门外传来乒乓之声，急忙出来查看。猛见甄师父倒在血泊中，二师父和琴妹正打得不可开交。不知道发生了什么事，司马冲手提青龙刀赶到现场，却不知道应该帮谁。

“冲哥，还不帮我杀了这毒和尚！”

“冲儿，快帮我收拾这个恶女！”

司马冲呆呆站在哪儿，真不知道到底应该帮谁！

还是南珠机灵，拉住司马冲说：“都停下来！大水冲了龙王庙，都是自家人，打什么？有什么仇说完再打不迟。”

甄琴收剑来看爹爹，发现气息全无，伤在脖子处，嘴唇发黑，分明是中毒而死。于是抬头哭问：“爹爹一身武功，却遭遇毒手，不是毒和尚干的，会是谁？”

鸿鹄放下铁棍，单手施礼道：“阿弥陀佛，你爹爹并非死于贫僧之手。相反，我欲用解药救他一命，可惜来迟一步，悔之晚矣！”

司马冲急问：“到底是谁害死了甄师父？”

鸿鹄低头说：“此事一言难尽，贫僧也不知是谁。”

性急的甄琴，又欲抓剑，被司马冲拦住，问道：“你说不是你干的，又说不出凶手是谁？还假装慈悲！”

南珠看见甄老英雄的遗体，简直不敢相信，禁不住伤心起来，眼泪汪汪地说：“请二师父慢慢说来，还大家一个明白。”

夜幕低垂，寒风阵阵。鸿鹄颤声说道：“老鳄大约思女心切，独自出门寻找。在凤翥镇碰到一个蒙面人抢劫，交手之后，谁知这个蒙面人武功了得，为救那老妪，中了他的毒鞭……”鸿鹄就将凤翥镇老妪所讲的经过一一说了。

甄琴哭问：“那个蒙面人到底是谁？爹爹临终前没讲？”

“没讲，我是侥幸见到他最后一面，刚给敷上解药，他就不行了。听说你还活着，他十分高兴。他托我带给你两本书，叫你好好练，替他报仇。”说完，鸿鹄拿出《九玄神剑》和《甄家枪法》，还有老鳄用的那杆红缨枪。

睹物思人，见到红缨枪，甄琴止不住泪如雨下，小心接过剑谱和枪法。鸿鹄一番坦诚终于换来大家的信任，再次带着沙哑的声音说：“我赶紧问蒙面男子的住所和姓名，老鳄在地上写了‘白虎’二字，第三个字只写了三个点。我打听过没这个地方。老鳄一生性情古怪，多扶危济困，临死又做了件好事，不失为英雄本色。我本想就地掩埋，想到金瓯镇还有几位亲人，也就带回了。”

大家都没到过凤翥镇，更不知什么地方叫白虎的。唯一熟悉蒙古的布占木也是摇摇头，猜不出第三个字老鳄要写什么。

南珠想起当年老鳄从乱军救出自己和冲哥，是何等的侠义！从大明王朝的禁军教头到狻猊古墓的主人，是何等的超脱！从义军攻山被额哲解救，到投靠林丹汗南征北战，是何等的英勇！

司马冲从六岁起被老鳄收养，十几年如一日含辛茹苦，想起他的养育之恩，的确不亚于一个父亲。曾几何时，在大雪纷飞时打回野鸡、野兔充饥；曾几何时，在古墓的油灯下教其读书习字；曾几何时，在梅花桩上教其剑法。

甄琴的确不相信自己的眼睛，但也无可奈何。想起童年的往事，又痛哭了好一阵。大家也都流下辛酸的泪水……

司马冲在金瓯镇上买得一口棺材，大家一起将甄老鳄小心安葬。北风呼号，大雪纷飞。想起甄师父的恩情，司马冲意犹未尽，连夜填了一首新词《六州歌头·望中原》：

江河望断，
谁是万军旌？
霜风凛，
刀枪纵，
气冲膺。
圣皇迎。
古墓凄凄切，
忆年少，
千山猎。

射狡兔，
抓野豹，
睡膻腥。
隔水望乡，
乱世从严训，
岂敢骄横？
叹脱缰幼骥，
得教诲恩情，
笔走龙鸣，
万人惊。

寄人篱下，
枪挑月，
风吹雪，
剑尝羹。
时不济，
空余恨，
望长城。
叹飘零。
纵岳飞亲鏖战，
山河破，
最难平！
豺狼恶，
鞘不囊，
草为兵！
遥望中原莽莽，
九泉下、忠恨吞声。
使中华一统，
万里得安宁，

泪水盆倾！

南珠拿起新词，仔细读了两遍，夸道："冲哥填词水平进步不小啊！字里行间的那种家国情怀能读懂的人不多。可惜……"司马冲一愣说："可惜什么？"

"可惜甄师父一身武功……"

甄琴也接过文稿，看了又看说："没有国何以为家？如今这世道会作诗填词有什么屁用？"

多尔衮立即打断说："那可不一定！大明王朝腐败不堪，良莠不分。后金皇太极求贤若渴，广纳天下豪杰。只要有真才实学就一定不会埋没。"

司马冲放下笔说："我是胡乱发泄，谈不上什么才华。乱世还是要习武才能苟全性命，侥幸建功立业。"

甄琴瞪了一眼南珠问："我们虽然不知道害死我爹的凶手是谁，但此人的武功肯定不一般。我只想同冲哥一起练好神剑，以待时机，不知可否？"

90. 烈女柔情

南珠见这形势不答应不行，只好苦笑道："那就练吧，还是学好剑术要紧。"

司马冲知道南珠不放心，于是正色道："现在甄师父不在，只能同琴妹合练才能提高，你不要鸡肠鼠肚，好不好？"南珠沉默不语。

甄琴心想，只要摆脱这个臭格格，就有办法。明日半夜就开始，严格按照剑谱的要求少着衣服，充分利用男女阴阳真气。得找一间隐蔽的厢房，不能有外人打扰。

寻好厢房，甄琴就偷偷找到司马冲，悄悄说："明日半夜子时，你到水月楼最东边的一间厢房，记住不可让任何人知道。"

司马冲神秘地笑问："连格格也不行？"

"当然不行，别三心二意，小心走火入魔。"

第二天夜里，甄琴辗转反侧睡不着，如今归化城还需要回去吗？最好让他们以为我死了！人死一了百了，什么承诺也不需要兑现。那个额哲分明是想利用我们父女，现在爹爹出了意外，我又有什么利用价值？一个没落的王朝如同西山的落日，其势不可挡。一个游手好闲的公子如何能够担当得起振兴王朝的重任？！

不如跟着冲哥，也许能闯出一片天地。

大约到了子夜时分，甄琴起炕换了一条薄裤，一件鹅黄紧身上衣将胸部束得线条分明，高耸的玉峰如燃烧的灯笼，黑亮的双眸如清澈的古井。烛光下，甄琴风姿绰约，楚楚动人。

可左等右等，就是不见冲哥的人！这个呆头会不会忘记了？或是被那个臭格格管住了？要不就是睡过头了？

甄琴故意将房门虚掩，明亮的烛光洒满地板，犹如银色的月光十分柔和。从门外转到门后，又从门后转到门外。在室内来回踱了几圈，也不见人影。甄琴气得将剑一扔，把房门使劲一关骂道："男人没一个是好东西！"

刚一转身，一个人影突然从屏风后窜出，果然是冲哥！司马冲一脸疑惑："怎么能将所有的男人都骂光？至少你爹是个好男人！"

甄琴惊异道："当然，你的轻功进步不少啊！居然你进来我都没发现！士别三日，当刮目相看。你的剑术有没有长进？"说完，扔给司马冲一把宝剑。·

司马冲接过宝剑，簌簌簌连刺三剑，多日不练果然生疏了不少。回头看见烛光中的琴妹着衣较少，更加窈窕丰满，亭亭玉立，哪一个男人都会怦然心动！

甄琴取出剑谱，让司马冲先看，尔后说："我先演试一遍阳剑，然后你再跟着我练。请注意阳剑和阴剑的区别。"

司马冲翻了翻剑谱，回道："阳剑注重攻击性，阴剑注重防御性，只有两人同时发威，才能达出神入化的效果。我明白，只是脑子不好使，一下子记不了那么多招式。"

"慢慢来，看完我的演练，你再练一次。"

司马冲将阳剑认真练习了一遍，甄琴指出了三个问题。又再练了一遍，渐渐有些起色，二人再合练。寂静的夜晚接连传出清脆的剑风声，因为房门关上了才不至于传得太远。

练着练着，司马冲感觉涌泉穴、会阴穴、命门穴隐隐发热，似有一股真气贯通全身，上至头顶，下至脚跟，热血沸腾。甄琴也有类似的感觉，确实同单练不同，那气势如虎添翼，功力倍增。

一阵练剑过后，二人均气喘吁吁。休息时分，司马冲问道："上次我们双剑合璧，连阿莽都打不过，到底差在哪儿？"甄琴喝了口水说："主要差在阳剑的攻击性不够，你连三成的功力都不到。这次如果不抓紧练，就没那么幸运了。”

言毕，二人接着练剑。悲痛不断激发二人的潜能，压力不断转化为练剑的热情。二人一次比一次配合默契，一次比一次精湛完美。临走，甄琴只说了一句：“冲哥，你穿了两件衣服，有点影响。明晚记得少穿一件。”

第二天晚上，司马冲只穿了一件单衣。甄琴也是薄褂配短裙。时辰一到，二人照谱练剑，争分夺秒。由于穿着比前一日更少一些，两人剑法进步很快，剑风也越来越大。在第三次合练时，可能是风力过猛，一下将蜡烛吹灭了。

原来明亮的厢房变得一团漆黑。司马冲的剑仍在空中飞舞。甄琴却收剑说：“今天就练到这儿吧。”

司马冲也只好收剑告辞，正转身准备离开，突然被人从后面抱住。女人火热的胸膛紧紧贴在司马冲的后背，伴随着猛烈的心跳。

甄琴喃喃细语：“等等！你难道从没有喜欢过我？”

司马冲掰开她的纤纤玉手，黑暗中一低头竟吻在她的额头上，回道：“谁说我不喜欢？只是你喜欢的是贝勒爷！”

甄琴一只手勾住他的脖子，双唇离男人的双唇越来越近。司马冲的双唇一直向下滑，从脸上一直滑到她的双唇。湿润的双唇紧紧贴在一起，犹如花瓣贴着花瓣。二人右手的利剑相继滑落到地板上，发出清脆的声响。

“反正额哲以为我死了，我也不想回去。我真的不想嫁给他！”

女人伸出舌头不断向对方发起进攻，穿过牙齿，一直到最深的地方。司马冲显得有些招架不住，刚才拿剑的手只好将她抱起，双舌在黑暗中激烈地交锋。

甄琴心想，不如今晚将好事做了，省得来日后悔，于是将双手紧紧拥住男人的胸膛。因为对男人的衣裤不熟，不知解扣在哪里。弄了半天，仍然是“小扣柴扉久不开”。

司马冲柔声说：“我们若是偷吃禁果，会不会走火入魔的？”

“我不管，入魔就入魔吧。”女人刚说完话，嘴唇又贴了上去。黑暗中香肩不停地颤抖，心跳一阵比一阵激烈。

司马冲完全措手不及，也不知女人的衣服如何解，只是摸着那柔软的腰肢、丰满的前胸还有那光滑的脸庞，老是“按兵不动”。心想，我不能对不起南珠！我不能对不起南珠！

唯一的外衫滑落了！唯一的短裙也落了！此刻的女人是一堆干柴，只等一个火星！可门外，突然响起敲门声。

是谁胆敢深夜到访一个女人的厢房？是谁故意来搅黄一对男女的缱绻柔情？敲门声再次响起。

司马冲赶紧放开琴妹，尽管嘴唇上还留有唇香。

甄琴再次点亮蜡烛，烛光将她的狼狈一览无余。她赶紧穿好衣衫、短裙，捡起地上的宝剑，专等这个不速之客。

又是一阵敲门声。甄琴只好开门，果然是南珠格格。见司马冲也在，南珠笑道："到处寻你不着，原来跑到这儿来了。"

司马冲持剑回道："我和琴妹在练剑，你来干什么？"

南珠见二人神色可疑，笑问："既是练剑，为何刚才不点灯？"

甄琴恨不得一剑刺死这个臭格格，正色说："本来是点灯的，刚才是风太大吹灭了蜡烛。"

南珠见甄琴衣衫不整，再问："琴妹，你这上衣为何扣错了扣子？"

甄琴慌忙扣好扣子，红着脸回道："是我不小心扣错了扣子！我只顾练剑。"心想，刚才功亏一篑，冲哥本来是我的，哪里轮得到你！

南珠心中不悦，嘴上笑道："那就接着练，我给你们冲茶解闷。"

半路上杀出个程咬金，甄琴气得无话可说，只得持剑拉过司马冲说："接着练，从'双龙闹海'那一招开始。"

阳剑攻其上盘，阴剑攻其下盘。招式一展开，南珠看得惊心动魄。这真是一套奇妙的剑法！不得不佩服创立者的高超造诣。可惜自己不会剑术，不能同冲哥一起双剑合璧！但决不能让她们旧情"死灰复燃"，将冲哥夺走！

二人练了好一阵，坐下休息。南珠给二人各倒一碗热茶，对司马冲笑道："唐僧进了盘丝洞，进来容易出去难！弼马温，我看你刀法、剑术都进步不小，明天还要练吗？"

司马冲收剑回道："当然要练，刚刚有点起色，怎能松懈？"

甄琴知道她弦外之音，冷冷道："我这儿没有盘丝洞啊！我们只有一个想法，练好九玄神剑，早日报仇雪恨。如若不然，他日碰到仇人，我们就成了唐僧肉了！"

南珠猜想，他们刚才八成做了不轨之事，要不然琴妹的脸为何红得像灯笼？

以后可不能让他们半夜练！再练下去鬼才知道发现什么事！于是说：“你们习剑为何不能白天练？偏偏要选在半夜？”

甄琴解释道：“这是剑谱是说的最佳练剑时间，唯有半夜子时习剑才能达到事半功倍的效果。格格若不信，自己看看吧。”说着递给她剑谱。

南珠接过剑谱，翻了翻见果然有相关记载，也就不便多言。

第十九章　英雄救美得璞玉

91. 螳螂捕蝉

从甄琴处返回，司马冲和林南珠走在路上，各怀心事，半晌不语。南珠一把拧住司马冲的左耳问："你们刚才黑灯瞎火，是不是做了那种事？"

司马冲苦笑道："天地良心！我们刚才如果做了苟且之事，就叫五雷轰顶，不得好死……"

南珠忙伸手掩住他的嘴说："别说那些不吉利的话，要想人不知，除非己莫为。以后同她练剑，别忘了叫上我。"

司马冲低声说："只要你不怕辛苦，守得月落乌啼也行啊！"

料理完老鳄的后事，一行人决定继续西行。只有边走边打听，到底两位高手藏身何处？到底什么地方有"白虎"？老鳄到底被何人所害？众人都一筹莫展，不知所措。

只有南珠格格似乎知道底细，却也不肯多言，只对多尔衮说："十四叔，我们只有向西靠近归化城，自然就离真相不远。"

多尔衮赞道："还是格格冰雪聪明，我们走着瞧吧。"

雪霁初晴，阳光明媚。关山迢递，崎岖难行。走了几日，大家带的干粮、牛肉所剩无几。此处前不着村，后不着店，需要打猎充饥。眼前一座雪山，高耸入云，山间小道，四通八达。走着走着，但见一块界碑，写着"二郎山"三个大字。

布占木心里估计天黑前怕是很难翻过这座雪山，于是对多尔衮说："贝勒爷，不如我们分成三个小队以界碑为中心打猎，看谁的收获最多？"

多尔衮点点头说："这个主意好！大家准备好弓箭兵刃，两个时辰后到界碑处集中，不能走散了。司马冲和甄琴一队，鸿鹄和柳嫣霞一队，我同布占木、南珠一队。"多尔衮故意将南珠同司马冲分开，让她同布占木多在一起。

南珠一听，急说："不行，不行！我跟冲哥换一下，我同琴妹一队，让冲哥同你们在一起。”心想，偏不让你们两个在一起为非作歹！我的箭术很久没机会显露了，对付几只野鸡、野兔还是没问题吧！

司马冲只好拿着弓箭准备同布占木一起出发，刚准备走，又被叫住。柳嫣霞过来笑道：“弼马温，没人要，就跟我们一队吧。”

司马冲瞟了南珠一眼，说：“我就陪两位师父去了，你多保重！”

三队人马分别朝不同方向寻找猎物去了。布占木再次叮嘱大家不要走散，时辰一到准时到界碑集中。鸿鹄、柳嫣霞轻功好，就往山顶方向走了。南珠不会武功，只好往山谷方向走。多尔衮、布占木就朝另一侧山谷奔去。

单说甄琴和南珠纵马疾奔了好一阵，也没发现什么山鸡、野兔。二郎山山高林密，仲秋时节，还不算太冷。二人边走边找，穿过一片松树林，路旁是两棵银杏树。虽然树叶已经枯黄，依然挺立在寒风中。

突然从银杏树底下钻出一只野兔，一蹦一跳，十分迅猛。甄琴首先发现，也不搭箭，想试试南珠格格的箭法，于是喊道：“快看，有只野兔，准备射击。”

南珠也看见了野兔，立即拉弓射箭，谁知一箭未射中，那野兔仍然奔跑如飞。二人只好在后面追，边跑边射。因为在快马上射箭，一闪一闪，要想射中奔跑中的野兔，确实不易。

甄琴见她连射两箭都没射中皮毛，只好自己拿起弓箭也射了一箭，也没射中。那野兔仍旧往前跑。

南珠急得红了眼，再次拿箭射了一箭。谁知那箭刚一射出，野兔就中箭倒地。南珠高兴得大叫：“我射中了！我射中了！你的箭法也不过如此吧。”

甄琴想不到今天输给了一个不会武功的格格，让她抢先一步射到猎物。于是说：“既是你射中，那就请将兔子捡回来吧。”

南珠下马朝倒在地上野兔走过去，刚想捡起地上野兔。那野兔突然被别人抢先一步捡走，只听一声大吼：“哪里来的野丫头，敢抢老子的野味？”

南珠分明看见松树后闪出一彪形壮汉，问道：“明明是我射的野兔，还好意思跟我抢。”

那壮汉提着野兔，拔出箭头说：“看看箭尾羽毛，是灰色的，你的是白色的，还在地上呢。”

南珠一看自己白色的箭羽果真射在地上，顿时又羞又气，脸上飞起一道火烧云："这怎么可能？这怎么可能？"

"不过今天老子高兴，邀请这位美人一起吃烤兔，怎么样？哎，还有一位美人，那就一起来，我这还有刚杀的山鸡。欢迎到我们留春谷做客。"

那壮汉越说越来劲，伸手就向南珠后背抓来。南珠一连说了三声"不行"，就被他像老鹰抓小鸡一样提在半空。双腿在空中不停地乱弹，也无济于事。

甄琴一见南珠被抓，心想活该！就那点雕虫小技还想卖弄，活该！但也不能不救，不然回去没法向冲哥及众人交代。当即拔出宝剑，纵马向壮汉杀来。

"大胆毛贼，竟敢强人所难。"甄琴说完一剑刺了过来。

那壮汉将南珠往地上一放，拔刀挡住利剑，说："这位美人会点功夫！我大哥肯定喜欢！干脆一起过来做个压寨夫人！"说完连砍三刀，直砍得甄琴连连招架。

甄琴想不到此人刀法如此厉害，招式十分古怪，不像是中原武术。看来今天想救下南珠，难了！

那南珠从地上爬起来，趁二人正在格斗，刚想溜走，就被壮汉一把抓住胳膊。那壮汉笑道："小美人！到了留春谷，你还想走？做我的夫人吧。"

南珠灵机一动，哭叫道："我已有夫家，岂能再嫁？求好汉放过小女子！我不要那只野兔了，还不行吗？"

只见那壮汉一手拉着南珠，一手持刀同甄琴杀得难分难解。甄琴一招"孔雀开屏"，那剑在空中舞开如孔雀展翅，令人目不暇接。那壮汉一招"白虹贯日"，将甄琴的攻势化解得恰到好处，令人目瞪口呆。南珠虽然看不懂招式，但还是盼着琴妹能杀败恶人。

可是三十招过去了，甄琴依然不能占到半点便宜，那剑反而越来越弱，好像被对手摸着套路了，不再有先前的凌厉攻势。眼看壮汉一刀比一刀凶狠，再不退却就来不及了。

甄琴突然虚晃一剑，转身一拍马屁股，说："格格，我救不了！我回去请他们过来。"那马飞快地离开了壮汉。心想，我实在打不过他，你也怨不得我。但愿将南珠抢去做个夫人，也省得冲哥挂念。

壮汉见快到手的美人跑了一个，气得收刀骂道："走着瞧！别敬酒不吃吃罚酒。"南珠被他拉着往前走，真是又气又怕。

二人穿过一片松树林，经过一条长长的隧道，果然见到一片山谷。山谷中有一条潺潺溪流直冲谷底，道路两旁还有朵朵深黄的菊花，散发着淡淡的清香。置身其中，仿佛来到四月的江南，仿佛来到江南的山坳。那流香的馨风用芬芳的手指弹奏着深情的恋曲，那五彩的野花用鲜艳的笑靥寻觅着葱茂的梦想。青翠的树叶在这个季节显得尤其珍贵。难怪这里叫留春谷！

南珠禁不住担忧起来，自己会不会中了他的圈套？一边走一边感觉到阵阵暖流，这真是一处世外桃源！人间圣地！

那壮汉放开南珠的手，说："我谅你也跑不了！老实跟我走吧。直说了吧，我叫图尔凡，蒙古人。不缺武功，就缺个夫人！"

南珠心底一盘算，完了！这回落到传说中的顶级高手手上，怕是没希望脱身了。就算冲哥也未必救得了我，我可怎么办好啊？别急，男人你跟他玩硬的，肯定不行。唯有跟他来软的，也许有效。不妨试试！

想到这儿，南珠眼泪汪汪地说："大哥，想要夫人，我帮你找！我真的不合适，我已经嫁人了。"

那图尔凡哈哈一笑："想不到你也会哄人开心！你当我是三岁娃娃，在这地方想找头母猪都难，别说这么俊俏的美人！嫁人了，没关系，我不在乎！"

南珠随图尔凡走进一个山洞，山洞里灯火通明，温暖如春。难怪世人寻他不着，如此人间绝境当然应该在此逍遥。洞里怪石嶙峋，阴森恐怖。南珠一时感到毛骨悚然，不知所措。逃是逃不掉的，逃只会让他把你看得更死，要是用绳子捆起来，不是更难受？

图尔凡生起一堆火，用刀剖开一只山鸡，除去内脏，再一刀穿过鸡肚，放在火上烤。不一会儿，一阵阵香气飘来，让人垂涎欲滴。

一滴滴眼泪顺着南珠的脸庞往下流。图尔凡示意南珠坐下，南珠不肯坐。图尔凡怒道："别哭了，我又不会吃了你！你落在我的手上，算你倒霉。这个夫人，你想做也得做，不想做也得做。"

南珠仍然不肯坐，低声皱眉说："我不适合做你的夫人，你找别人吧！刚才跟你打架的那女剑客就合适。"

"那个女的太辣了，我喜欢文静一点的，像你这样的美人。对了，你叫什么名？家住哪里？"

"我叫南珠，在北直隶长大。我的夫君在山谷那头，我真的不能嫁给你。他很快就会来救我的！"

92. 山洞奇遇

图尔凡眼珠一转说："他若是敢来，我正好一刀杀了，省得你牵挂。我们今夜就拜堂成亲，如何？"

南珠冷笑一声说："可没那么容易！他的功夫远胜过刚才那个女的，不信试试便知。"

一会儿山鸡烤好了，还冒着热气。图尔凡撕开一半递给南珠，说："吃吧，吃完洗个澡，就拜堂。我这洞中有温泉，我给你来个鲜花浴。怎么样？"

腹响如鼓，饥肠辘辘。南珠多日没有吃饱过，此刻见到美味，实在难以拒绝，料想他并无恶意，于是接过烤鸡就吃。左一口，右一口，那半只鸡很快就剩下几根骨头。

南珠心里琢磨，洗澡可不行，这家伙怎么可能管得住下半身？如果他趁洗澡乱来，我如何守得住底线？不能做对不起冲哥的事，可该怎么办呢？于是说："你洗可以，我不能闻鸡起舞！"

那图尔凡抿嘴一笑："我知道你的心事，要不我先洗？你也别想溜！"说完，走到洞口，不知扭动哪里的开关，一块巨石转过来将洞门结结实实关上了。

南珠心里一凉，这下真要坏在他的手上！外面的人就算找到洞口又如何才能进来？我唯有拖延时间，才能等到他们来救我。好在这家伙虽然粗鲁，倒也不至于霸王硬上弓。

感觉仍然没有吃饱，南珠见地上还有一只刚射杀的兔子，于是说："你把兔子杀了，我来烤兔子吃，如何？"

图尔凡于是三下五除二，就将野兔内脏收拾得一干二净，让南珠架在火上烤。自己来到另一间洞房，这里有一眼温泉，热气腾腾。别看外面寒冷，里面还有点闷热，正适合洗澡。

不多时，图尔凡就洗完了，穿好衣服出来说："该你洗了，我特地洒了很多鲜花，那水很香的。"

南珠一边吃着野兔，一边回答："我不洗，你别费劲了。"

图尔凡拿出一根绳索，说："南珠，你若是担心我趁机图谋不轨，可以将我手脚绑起来，如何？"

“当真，我可真将你绑了，你别后悔啊！”

图尔凡点点头。南珠拿起绳索，先将他双手捆了死结，又将双脚捆了四四十六圈，并将他放在一间秘密的内室，反锁上门。这才放心去看浴池。

浴池果然被他洒了许多鲜花，有浅黄的菊花，有深红的梅花，还有一些叫不上名字的花瓣飘在水中。这家伙还有点情趣！不如就洗个澡，爽快一会儿。

没有了顾虑，南珠这才走近浴池，宽衣解带，那阵阵清香扑鼻而来，令人陶醉。当温水渐渐漫过白嫩的肌肤，多日的劳累也就烟消云散了。岁月的风沙年复一年不断吹动青春的皱纹，爱情的客船何时停靠幸福的港湾？

那图尔凡好不容易成功劝说南珠去洗澡，心里一直想着要亲眼一睹芳容，无奈双手双脚被绑，动弹不得。听到那边水池中哗哗的响声，图尔凡按捺不住，一连几个翻滚，终于滚到浴池的一个秘密洞口，那洞中有一小孔可以窥见浴池。

透过小孔，图尔凡窥见浴池中的美人果然国色天香，肩若白梨，腰如弯月，丹唇外朗，皓齿内鲜。只是热气不断弥漫有些朦朦胧胧。低垂的发髻如三月的柳枝轻拂水面，高耸的前胸似初升的月牙光华灿灿。柔嫩的肌肤划过水面上的鲜花，白皙的手臂拂过花瓣中的水波。图尔凡看得目不转睛，心旌摇曳。其明眸修眉，延颈秀项，千娇百媚无法一一描述。

浴洗完毕，南珠穿衣离开浴池。左找右找，也不见图尔凡的人影。这家伙跑哪去了？终于在另一个洞口，见到正在翻滚的图尔凡。南珠这才明白他刚才在偷窥自己洗澡。一时羞愤不已，抬腿就朝图尔凡踢来。

“叫你偷看，叫你偷看，不知羞耻的东西！”

图尔凡一边翻滚一边避让，冷不防打翻一个盒子，从洞中滚了出来。图尔凡回道：“我们反正马上要拜堂成亲，看一看又有什么关系？其实，我根本没看清，像是雾里看花一样模糊不清。”

南珠见那个盒子十分精致，外面的盘龙张牙舞爪，料想可能是金银珠宝。于是拿起盒子，打开一看，里面还有一层黄布包裹，再打开黄布。这时，那图尔凡大叫：“不能动我的宝贝！”

南珠心想，什么宝贝我不能动，偏要打开看看到底什么宝贝。这一打开不要紧，南珠看得目瞪口呆，原来是一个硕大的美玉，四角方正，五龙盘钮，通体圆润，上面刻有“受命于天，既寿永昌”八个鸟篆字。难道是传国玉玺？

“这就是传国玉玺吗？怎么到了你这儿？”南珠试探着问。

图尔凡扭动着绳索，说：“正是，你不能动它，它价值连城，弄坏了你赔不起。”

这就是传国玉玺！这就是父汗丢失的传国玉玺！我们历尽千辛万苦，找不到。真是踏破铁鞋无觅处，得来全不费工夫！现在那家伙双手双脚被缚，何不趁此良机，溜之大吉。如果等他解开，想拿走玉玺万万不可能！

想到这里，南珠系好包裹，盖上盒子对地上的图尔凡说：“宝贝暂时借我，多谢了，大哥！”说完，抱起盒子，就去开洞门。

走到洞门口，找到那开关处，却不知如何扭动，弄了好半天，那石门纹丝不动。正急得不知如何是好！

这时只听图尔凡大吼一声，那双手的绳索突然绷断，随后他再解开双脚的绳索，骂道：“小贱人！洗完澡就想溜，还要带上我的宝贝。”

南珠再次扭动开关，这次石门突然打开，正欲逃走。被图尔凡从后追上，轻轻一掌，只用了三成的功力，就被打倒在地。

图尔凡料想她不会武功，如果下手过狠，就会当场毙命。南珠一声惨叫：“我命真苦啊！”那盒子也滚落在地。

图尔凡从地上捡起盒子，说：“小贱人！看你生得冰清玉洁，我尊重你，你不知好歹，还想要我的宝贝！”说完，重新关上洞门。

此时，已是深夜，外面黑乎乎的，什么也看不见。南珠心想这可怎么办？琴妹也回去多时了，为何还不见他们来救我？

图尔凡转身拉过南珠的手，说：“我们都洗浴完华，现在就拜堂成亲。”南珠说：“不拜堂，不拜堂。”

图尔凡一把抱过南珠，将她拥在怀中说：“不拜也行，直接将好事做了，省去那些繁文缛节。”说着，一下就扯掉了南珠那粉红的外衣，露出胸前一片春光。

南珠急得心突突直跳，忽然眉头一皱，计上心来，用手死死拉住外衣说：“大哥，如真要嫁给你，今夜万万不行。这两天，我来假了。今夜拜堂，肯定不吉利，难免有血光之灾。”

图尔凡一惊，问道：“那你说何日吉利？”

“最快也要三日之后，得等我假过以后，方才行礼。”

图尔凡见她说得在理，不像扯谎，于是说：“你可答应嫁给我了，不许反悔。

不过我还是不信，这么巧，刚好来假了？”

南珠趁机挣脱他的怀抱，说：“那我拿样东西给你看。”说完，转身来到浴池旁，迅速咬破手指，找了块布条擦了擦，回来交给了图尔凡。

图尔凡见那布条上果然血迹斑斑，这才深信不疑。

南珠以自己的聪明才智，巧妙地同这位武林高手斡旋，心中暗暗惊喜。好在这图尔凡虽然是个大老粗，但还不至于泯灭人性。

夜深人静，二人在山洞里却并不感到寒冷。南珠睡意渐浓，却拼命地睁着眼睛不肯睡觉，怕就怕这家伙图谋不轨。

图尔凡却十分恼火，好不容易弄回个美人，却碰上这种事，简直是晦气！不如点了她的穴道，试试真假。如果她欺骗我，那就将生米煮成熟饭，让她做我的夫人。

想到这里，那图尔凡伸手往南珠后背点了两下。南珠立即感到一阵头晕，手脚动弹不得。心想，这下完蛋了！整个身子就完全倒在图尔凡的怀里。

图尔凡热血沸腾，一把抱着美人，不知从何处下手。手抚淡紫色的衣袖光滑如水，再看明眸闪亮仿佛夜空中的灯火，再闻如雪的肌肤带着淡淡的清香。

刚伸手解开她的第一条腰带。就听南珠吼道：“你敢动我，除非你不想活了！我看你是活得不耐烦了！找死？”

腰带解了一半，图尔凡正想完全解了，就听见洞外传来猛烈的敲击声。难道这美人的话真的那么灵？还是有神仙来帮她？

“砰砰……”洞外再次传来猛烈的敲击声。图尔凡只好放下南珠，走到洞口，骂道：“哪个龟儿子在外面找死？给我滚出来。”说完扭动开关，将洞门打开。

门外站着一个身材魁梧的年轻人，手持一把宝剑。南珠心中一喜，来人正是司马冲！只听一声骂：“何人在此强抢民女？快快滚出来受死。”

93. 搬兵救美

留春谷外黑漆漆一片，他是如何找到这里的？图尔凡打量了一下年轻人，问道：“来者何人？狗拿耗子多管闲事！我不杀无名之辈。”

“在下司马冲，敢问天黑前是否抢了个美人？你可知道她是谁？”

这时，南珠在洞中大喊："冲哥救我，冲哥救我！他点了我的穴道，我动弹不得。"

听到南珠果然在里面，远远看见她的背影，司马冲挥剑便刺，使出九玄神剑中的一招"大鹏展翅"直奔图尔凡。

图尔凡挥刀应招，见来人使的是九玄神剑，暗暗佩服。只听"咣当"一声，刀剑相碰，九玄神剑果然名不虚传，直震得虎口发麻。连接了三招，图尔凡心头叫好，幸亏年轻人所学不精，功力不深，否则还真是不好对付。

二人打到第五招，图尔凡一招"大漠飞沙"砍得司马冲连剑都持不住，心叫不好，只得步步后退。图尔凡发现他砍来杀去就那几招，了无新意。如果不是剑法古怪，早就吃了败仗，根本占不到便宜。

突然司马冲一剑抽动太慢，被图尔凡抓到空挡，一刀直奔胸口。司马冲挥剑一横刚挡住刀刃，又被图尔凡转身飞起一脚踢到后背。司马冲被踢出一丈多远，连滚带爬才站了起来。

图尔凡咧嘴骂道："龟儿子，就你这两下子还向我要人？回去拉尿照照自己，什么东西？滚！滚得越远越好！"

司马冲没想到技不如人，听到琴妹说南珠被人抓走，就匆匆赶来了。刚好手上拿着青铜宝剑，就想试试九玄神剑的威风，没想到吃了个败仗。

南珠见司马冲被踢倒在地，知道他果然不是对手，只得大喊："你不要打了，赶紧回去，请你师父过来。那传国玉玺就在洞中，记住赶紧回去！快去快回。"

司马冲再次挥剑杀来，那宝剑还夹带着呼呼风声。图尔凡一招"碧鸡报晓"巧妙地避开宝剑的攻击，那刀直奔对手要害。刀剑相碰，发出叮当之声，不绝于耳。不出三招，司马冲躲避不及被削掉一缕头发，顿时惊出一身冷汗。

听说玉玺就在洞中，司马冲这才回过神来，只好一个转身，连滚带爬地逃离了洞口，同时喊了声："你等着，我很快就来。"料想南珠在洞中暂时应该不会有危险。

跑出留春谷，司马冲才松了一口气，太险了！看来人外有人，天外有天，此言不虚。摸黑骑马，根本无心观赏一路风光。远远看见几个黑影晃动，估计二师父他们都返回了。

二郎山界碑处，大家燃起一个火堆，正在烤野鸡、野兔，浓烟飘得很远很远。

多尔衮见大家陆续都到了，唯独不见南珠格格，心中甚是担忧，转身一看司马冲也垂头丧气地回来了，惊问：“怎么样？那人武功很高吗？”

司马冲飞身下马，叹道：“哎，那人使得一把弯刀，琴妹和我都不是对手，看来想救回格格只能从长计议了。”

多尔衮一边吃一边说：“大家都吃点，等一会我们一起上，还怕打不过他？”

司马冲抓起一只烤鸡，咬了一口说：“我走的时候，南珠喊了一声说，玉玺就在山洞里。我们只要杀了那家伙，不但可以救回格格，而且可以找回玉玺。”

众人大吃一惊，没想到苦寻多日的玉玺，就在不远处的山洞。鸿鹄哈哈大笑：“好！好！我们先填饱肚子，马上出发。”说完，埋头啃鸡腿去了。

布占木先吃完，一抹嘴说：“此人是蒙古一流的高手，大家务必小心出招。从前同林丹汗作战十几年，多少英雄好汉都做了他的刀下鬼！”

柳嫣霞听说南珠被抓去要做压寨夫人，心想这事怎么没给我碰上？无论身体如何棒的男人，我都会收拾都服服帖帖。格格，金枝玉叶，做这个夫人实在有失身份。忽然眉头一皱，计上心来。在一旁准备东西去了。

而甄琴想法完全不一样，心里巴不得南珠早点做了别人的夫人，别让冲哥老缠着她。自己虽然回来报了信，但并不急着赶去救她。先生起火堆，劝大家先吃饱肚子，再去救人。

现在真正着急的只有两个人：一个是司马冲，一个是多尔衮。若是格格出了意外，回去如何向哥哥皇太极交代？几人当中，只有南珠不会武功，真正的花拳绣腿。被一个武林高手抓走，要想保住清白，几乎不可想象。

多尔衮胡乱吃了几口，起身对众人说：“既然格格传回消息，玉玺就在洞中，我们就要立即行动，在救回南珠的同时尽快完成大汗交代的任务。还没吃完的带上吃！”说完，翻身上马，带着大家朝留春谷的方向奔来。

再说图尔凡打退了司马冲，关上洞门，朗声一笑：“美人，现在知道我的厉害了吧，跟着我不会让你受委屈，我保证让你天天开心，永远年轻。”

南珠知道只要告诉他玉玺的消息，他们几个人很快就会赶到，于是假装赔笑道：“大哥说话见笑了，我早晚是你的人，你还是把我的穴道解开吧！堂堂的武林高手，还怕一个不会武功的女子？”

仔细想想，图尔凡觉得言之有理，于是伸手在南珠身上点了一下。南珠这才可以伸伸胳膊，走走路了，顿时倍感轻松。

活动了一会儿，南珠感觉到睡意渐浓，于是蹲在一个角落里，说："我就在这里睡一觉。我说过三天后嫁给你。你要是半夜里想占我便宜，我保证你活不过明天早晨。"

图尔凡见她说得有鼻子有眼，也不好造次，于是回到洞里的一个小炕，躺下睡了起来。心想，这一觉该睡得踏实了吧。

迷迷糊糊中，洞门口传来猛烈的敲击声和叫骂声。"开门，龟孙子！开门，龟孙子！……"几个人在洞门口骂得很难听。

南珠听到惊醒，心头一喜，这回有好戏看了，就怕他不敢开门，于是起身朝图尔凡笑说："怎么样，吓得尿裤子了吧？千万别开门，小心性命！"

图尔凡听到敲击声，知道她的救兵来了，本不打算开门，经她这么一激，反而想开门试试："我自小不是吓大的，什么场面没见过？就凭这几个虾兵蟹将，能奈我何？我都让他们一个个滚着回去。不过你不能跑了，得关起来。"说完，起身先将南珠关进另一个小洞里，用带有一个小窗的石门关好洞门，再来到洞门口，扭动开关。

洞门打开，门口站着一群人，正是司马冲一行人。首先出来问话的是布占木，布占木手持火把，问道："你知道你抓的人是谁吗？"图尔凡回答："我不管是谁，只要是我喜欢的就行。"

布占木长剑一拔，在空中划出一道闪光，说："她就是后金国天聪汗皇太极的金枝玉叶，老实放人可免你不死！你是什么东西也配娶格格？！"

图尔凡持刀一挥说："我不管谁的金枝玉叶，那就看我这把刀答应不答应，出招吧。"说完飞身一跃，来到布占木跟前。

布占木自从上次迎亲接错人以后，感觉在格格面前有些抬不起头，迫切需要挣点面子，找点信心，于是挥剑便上，一招"直捣黄龙"，那剑尖很快刺到图尔凡的咽喉。

图尔凡不慌不忙，挥刀一横挡住利剑，那凌厉的攻势转瞬间化为乌有。斗不过三招，布占木被弯刀划伤左大腿，血流如注。

"看你是蒙古人，留你一条小命，滚开！"

多尔衮看得逼真，感觉这家伙刀法的确不同凡响，而且住的地方也不同凡响，在荒山野岭上，难怪世人寻他不着。接连三人都不是他对手，只有让鸿鹄出马，才有必胜的把握。于是对和尚说："二师父，此人是蒙古高手，刀法凌厉古怪，非得请你出马不可。"

鸿鹄将铁棍往地上戳了戳，说："你们都闪开，今晚就让你见识一下真正的中原武术！"

寒风呼号，火光熊熊。图尔凡见这次上来一个穿着袈裟的和尚，刚才同司马冲和布占木打斗时，已消耗些体力，心头顿时一紧，脸上却不露声色地说："已经领教过，刚才那位持剑的年轻人，应该是你徒弟吧？雕虫小技而已！"

"废话少说！"鸿鹄将铁棍在空中划了一道弧线后，直奔图尔凡。图尔凡挥刀抵挡，刀棍一碰，火花四射。鸿鹄一招"开天辟地"，那棍自头顶而下，似有千斤之重。图尔凡一招"铁树开花"以柔克刚，将铁棍的力度化整为零，真正有惊无险。那棍风在夜空中呼呼啦啦，似有摧枯拉朽之势；那弯刀上下翻飞左右开弓，俨然固若金汤。众人看得有些头晕眼花，不知东、西、南、北！

94. 偷梁换柱

二人打了五十多招，不分胜负。一会儿，那弯刀砍在松树上，碗口粗的松树被砍倒在地；一会儿，那铁棍打在山石上，一块巨石被一分为三，纷纷向山下滚落。接着又打了五十多招，仍然难分高低。此时，鸿鹄气喘吁吁，但棍法丝毫不乱。图尔凡微微见汗，但刀法一招比一招更狠。

司马冲见二人打了半个时辰，也不分胜负，心想这何时才能救出格格？于是靠近甄琴说："不如我们俩一起上，双剑合璧定能取胜。"甄琴拿出一把宝剑，交给司马冲。

司马冲持剑从图尔凡左侧杀入，一招"山雨欲来"，剑尖直逼其左胸。甄琴则从图尔凡右侧杀入，一招"白虹贯日"，剑尖直刺其右腰。正同鸿鹄拼打的图尔凡没想忽然杀过来两个人，而且几乎同时，配合默契。好个图尔凡，忽然一招"排山倒海"不仅成功化解鸿鹄的进攻，而且连司马冲和甄琴的双剑也纷纷落空。

只见图尔凡一个闪身，退到一侧。接着鸿鹄一棍从后方打来，图尔凡抽刀招架，紧接着冲琴二人相继杀来。就在四人混战之时，一个黑影冲进洞中，不多时又一个黑影冲出洞口。图尔凡回头一看，以为美人逃了，见一个丽影仍在洞中，心想谅你逃不了。

可面对三人的进攻，图尔凡渐渐有些力不从心。尤其是冲琴二人双剑合璧，十分狠毒，实在防不胜防。鸿鹄的少林棍忽左忽右，变化多端，招式古怪。

图尔凡退到一个大树旁，弯刀被冲琴二人双剑上下夹击，不能动弹。这时鸿鹄一棍刚好从头顶砸来，眼看图尔凡就要脑门开花，突然一条长鞭在半空中就缠住铁棍，鸿鹄这才发现场上又来了一个人。

一个白影在鸿鹄的背后喊道："哪里来的强盗竟敢欺负我的'安达'（蒙古语：好朋友或义兄弟）！"鸿鹄一转身，见对手是一位身材高大的白衣汉子，手持一条软鞭。当即抽出棍的一端，反手就是一棍，那白衣汉子一个闪身，长鞭一挥再次缠住了铁棍。

冲琴二人见来了帮手，忙抽出双剑，朝白衣汉子杀来。这边铁棍和长鞭正在较劲，见二人杀到，白衣汉子主动解脱长鞭，鸿鹄一个趔趄，差点没站稳。

长鞭左右开弓，让冲琴二人一时难以招架。因鞭软，不同于一般硬兵刃，打起来更是飘忽不定。司马冲一招"白鹤亮翅"，攻其上盘；甄琴一招"釜底抽薪"攻其下盘，本是天衣无缝的招数，可白衣汉子用软鞭只一个回合便化解得销声匿迹。

冲琴二人欲再次发动进攻，被鸿鹄叫停："停下，停下，不能再打了，我们走。"

图尔凡高兴地大叫："原来是大哥到了，快帮我收拾这些龟孙子。"白衣汉子说："他们不打了，见到我都吓跑了。"

司马冲见多尔衮也作了退兵的动作，就不再打了，同甄琴一起离开洞门口。这时，借着火把的光亮鸿鹄分明看见洞口写着三个大字：白虎洞。因为天黑被树木掩着，不易被人发现。

想起甄老鳄遇害临终前写的两个半字：白虎加一个三点水。难道此人就是毒害老鳄的凶手？使得一条软鞭，鞭上带有剧毒。鸿鹄担心久战，可能伤到冲儿，不如先退下从长计议。

这白衣汉子正是金鞭法王济尔格，同图尔凡结为"安达"，一起长年隐居在留春谷中，因外出采药几日未归。路途遥远，故半夜才赶回。

济尔格见敌人都撤退了，心中高兴，咧嘴大笑道："兄弟，你死都改不了贪财好色的毛病，肯定是又招惹人家了。今天不是我及时赶到，你的死期就到了。”

图尔凡放下弯刀说：“大哥，本来有两个美人。可不是我抓的，是她们自己送上门的，跑了一个，捉了一个。走，瞧瞧去。”

二人走到洞里，来到小洞前，打开石门，见身穿淡紫色外衣的南珠仍坐在地上，神情惶恐。图尔凡接着问：“听说，你是皇太极的千金，此话当真？”

南珠点点头。济尔格见南珠生得果然国色天香，楚楚动人，于是说：“皇太极刚刚做了后金国的大汗，你最好还是别惹他。”

图尔凡回道：“她已经答应，三天后跟我拜堂成亲，我可没有强逼。她不会武功，跑不了。”

济尔格收起软鞭说：“今夜这几个人就差点要了你的命，若是来个千儿八百的，你恐怕插翅难飞啊！”

夜深人静，三人在洞中各自睡去。

第三天，想起南珠的承诺，图尔凡走进小洞说：“美人，你说来假了，三天后拜堂成亲，夜晚就要兑现了，你还有什么话说？”

南珠泪光闪闪地说：“我无话可说，只是女儿家出嫁，既没有亲人祝贺，也没有一件嫁妆。实在寒碜！”

一旁的济尔格说：“我和图尔凡自结为‘安达’以来，情同手足。既然兄弟要娶这位美人，那我就做个证婚人，祝你们百年好合，白头偕老。”

图尔凡见南珠不再推诿，想是应该答应了。女儿家的心，像六月的天说变就变。嫁给一个武林高手，也比嫁个平民百姓好，毕竟时逢乱世，活命才是最重要的！

二人将白虎洞打扫了一番，不知何处弄来几张红纸，剪成几个喜字，贴在洞里。图尔凡眼神中泛着红光，充满了期待。南珠的眉宇间似乎没有了新娘的羞涩，倒是多了几分成熟。

天色渐晚，烛光闪烁。面对大哥济尔格，图尔凡和南珠开始拜堂，一拜天地，二拜高堂，夫妻互拜。三人推杯换盏，酒足饭饱之后，图尔凡和南珠被送入洞房。

洞里光线昏暗，图尔凡掀开新娘的盖头，问道：“皇太极的女儿果然倾国倾城，你嫁给我可是自愿？”

只听新娘红着脸说：“夫君武艺超群，才纵四海，自然是女人敬佩之人。当然是自愿。”

图尔凡握着南珠的手，感觉有些粗糙，于是问道：“南珠既不会武功，为何手掌也有厚茧？”

南珠答道：“夫君有所不知，南珠自小在乡下长大，干过不少重活儿，并非长在汗宫。”

图尔凡轻轻抱起南珠，放到炕上，刚解开胸前的第一个扣子，解到第二个扣子时，被南珠拦住，问道：“娘子改变主意了？”

南珠狡猾地一笑：“没有，你将宝贝传国玉玺藏在何处？何不拿出来给我瞧瞧？我们既已成婚，你的就是我的，还分什么彼此？”

图尔凡刚刚看见那胸前一片春光，觉得言之在理，于是起身扭动洞中一个茶壶，一间小密室突然打开，拿出一个光滑圆润的宝贝。南珠接过玉玺一打量，果然霞光灿烂，非人间凡品。于是笑道：“夫君又不想做帝王，留这玩意儿何用之有？不如拿到市上卖了，我们买几间宅子好好过日子。”

图尔凡冷笑道：“宝贝价值连城，一般人也拿不出那么多银两。这兵荒马乱的，买了宅子也没日子过，还不如这白虎洞安稳。美人，来吧，我是好多天没沾腥了！”说完，去解她的扣子。

南珠放下玉玺，一头倒在男人怀里，似有万千柔情倾泄而出。一只玉手急切地解开了男人的腰带。淡淡的烛光倾泻出一地羞涩的情话，温暖的山洞回荡着阵阵缠绵的耳语。图尔凡没想到这格格也太主动了，一阵呼风唤雨过后，感觉骨髓都被掏空了，只好沉沉睡去。

等到第二天清晨，一觉醒来，图尔凡发现身边的美人不知去向，宝贝玉玺也不翼而飞。一声大吼，气急败坏。

原来，昨夜陪他入睡的根本不是南珠，而是乔装易容的柳嫣霞。柳嫣霞趁他们打斗之时，悄悄潜入洞穴，和南珠互换了外套，居然骗过了图尔凡，且轻松盗走了玉玺。

话说柳嫣霞怀揣着玉玺，深夜悄悄离开白虎洞。心想，若是惊动二人，自己肯定难以脱身，更不要说偷回玉玺。当下匆匆赶到二郎山界碑处，见多尔衮、南珠一行人正在休息。

南珠睁眼见柳嫣霞平安回来，惊问：“霞姐，你一个人回来，他们有没有追来？”柳嫣霞撕下面皮，露出鲜红的笑脸说：“没有，你看这是什么？”说完从怀中掏出一个宝贝。

南珠见是玉玺，立即翻身起来，叫醒大家。司马冲、多尔衮、布占木等也相继被叫醒。大家听说玉玺已经到手，无不喜出望外。

柳嫣霞扫了一眼大家，说：“我是偷着逃出洞的，天亮以后，他们二人发现玉玺不在，一定会追来。我想我们必须赶紧离开，免得节外生枝。”

多尔衮于是传令：“大家收拾东西，立即启程赶往盛京。”大家都在收拾行李、兵器，唯独甄琴不干，唠叨道：“我好不容易找到杀父仇人，岂能善罢甘休，就此返回？”

司马冲劝道：“琴妹勿急！君子报仇十年不晚。我们好不容易找回玉玺，完成大汗交给我们的任务。以我们的武功双剑合璧也未必是他的对手，还须勤奋练习，以待时机。”

甄琴执意不走，坚定地说：“如果冲哥不愿同我一起复仇，我就一人留下，也要杀了这狗贼！”南珠拉着甄琴的手说：“我们都留下也未必是他们二人的对手，此仇不是不报，时候未到。只要你随我们一起走，他日，我一定会说服父汗出兵助你报仇雪恨。”

司马冲再次苦劝：“如果你一人留下，不仅报不了仇，而且有性命之虞，相当危险。请以大局为重，服从贝勒爷的号令。”经过多次劝说，终使甄琴放弃留下报仇的念头，跟随众人一道赶往盛京。

95. 非常同乡

此时临近五更，刺骨的寒风越刮越紧。大家翻身上马启程。为避开两位武林高手，也只好走为上策。天空中纷纷扬扬飘起了雪花。雪花落地却很少融化，越积越厚。马蹄踏过积雪发出吱吱的声音。借着雪光，大家勉强识路，向着盛京的方向跋涉前进。

寒风挡不住满腔的激情，暴雪冻不住亲人的眷恋。完成任务后，南珠也巴不得早点回到娘的身边，早点向父汗汇报战果。离开留春谷好一程了，队伍稍微放慢了速度，又翻山越岭走了一整天。

第二天，雪渐渐小了。前面又是一个小镇，名叫书香镇。听路人讲，书香镇藏有四书五经等各种经典数不胜数。凡欲取功名者，必到此处一逛。道旁书店云集，茶楼各异，旌旗招展。司马冲一见立即放慢步伐，对南珠说：“此处盛京少有，该好好看看。我们找个地方喝茶，他们不可能追得上了。”

南珠点点头，再看小镇上人来人往，好不热闹。这是小镇最大的一家书店，唤名藏经阁，三层小楼，拾级而上，雕梁画栋，古色古香。大家系好马匹，信步上楼。

此阁卖书卖酒，正是读书人的好去处。大家落座后，小二上前一一奉茶。彼时，邻座有一白面书生，独斟独饮，闷闷不乐。旁边放着一把油纸伞和一个行李包袱。

南珠起身走近说：“这位大哥，有什么烦心事？何不一起来喝茶？”

白面书生沉默半晌，忽而怒道：“玉不琢，不成器。人不学，不知义。这些古训本没有错，错的是你们这些人把世道搞乱了！”

大约是他们手拿兵刃，引起别人的误解。司马冲转身说：“这位小兄弟，此言差矣！恰恰是世道乱，才需要我们这些人。不除暴安良，天下何以太平？”

白面书生起身来到司马冲跟前说：“有田不耕仓廪虚，有书不读子孙愚。现在是有田不能耕，有书不能读！你说你们除暴安良，何以见得？”

司马冲见年轻人生得白净儒雅，风度翩翩，气势不凡，于是问道：“小兄弟，不像是北方人，敢问您家住何方？请坐下详谈。”

那白面书生自我介绍：“在下岭南太平镇人，姓洪，号垂万，名泮洙。”司马冲一听岭南人，高兴地说：“巧了！巧了！原来是同乡，愚兄也出生在岭南太平镇，老家在麒麟村。在下复姓司马，名冲。”

洪泮洙笑道：“我的老家在庐山村，首次进京赴考，没想名落孙山。听说书香镇有很多古籍，特来求取。不想遇到同乡，实属幸会。”

南珠微微一笑道：“洪大哥，原来是因名落孙山而苦闷。那就太巧了。冲哥也曾金榜题名，最终却化为泡影，不过那是几年前的事了。”

眼前的女子，明眸皓齿，纤腰楚楚，风姿绰约。洪泮洙心头一亮。司马冲忙伸手介绍：“这位是我的妹妹，叫南珠。”

洪泮洙叫来小二：“再来一壶好酒，加几个小菜，我要同这位仁兄好好喝几杯。”说完来到司马冲和南珠这一桌，坐了下来。不大会工夫，小二果然搬来一壶五年陈酿，两斤卤牛肉，一盘花生米，一碟炸鸡翅，几块酱猪蹄。

司马冲长叹一声说：“太平镇有一年来了一群海盗，我的爷爷为掩护我们撤退，将唯一的战马让给我爹爹，我们一家三口才逃了出来。爷爷奶奶都死在海盗的乱刀之下。为了过上太平的日子，我们全家逃到北直隶，谁知爹爹又遭人暗算，至今大仇未报。”

洪泮洙紧皱双眉，给司马冲也倒了一杯说：“仁兄背负深仇大恨，怪就怪魏忠贤那些阉党，将大明锦绣江山搞得乌烟瘴气，民不聊生。岭南地处边陲，朝廷鞭长莫及，海盗猖獗不足为奇。”

酒逢知己千杯少！二人喝了一杯又一杯。司马冲又干了一杯说：“皇上查办了魏忠贤，还给冤死的杨涟、左光斗等忠臣平反，处死了通敌叛国的袁崇焕。为何各地起义军势力越来越大？”

洪泮洙干了一杯酒，吃了一块牛肉说：“皇上有心治国，却无力回天。魏忠贤的流毒对大明伤害实在太深了，百姓生活在水深火热之中，岂有不反之理？吾欲为国效力，怎奈才疏学浅，仍需寒窗苦读。仁兄金榜题名，为何未谋得一官半职？”

司马冲左手轻抚着宝剑说：“别提了，刚发榜，连考官都给起义军杀了。我已弃文习武，发誓要报仇雪恨，出人头地。怎奈武艺不精，时常身陷危局，反求他人支援。苟全性命于乱世，不求闻达于异乡。”

南珠忙着给二人倒酒，一人一杯很快就干了。那边多尔衮、鸿鹄、布占木、柳嫣霞、甄琴也吃得挺开心。藏金阁宾客来来往往，有购书的，有吃酒的，有喝茶的，偶尔坐下交流心得，发发牢骚，当属情理之中。

几杯酒下肚，洪泮洙脸色微红，不解地问道：“试问仁兄从哪儿来？又打算往哪儿去？”

司马冲回道：“我们从阿鲁科尔沁来，打算到盛京去，我们得到一件价值连城的宝贝。”

此时，桌底下南珠使劲踩了司马冲一脚，意思叫他不要讲。可司马冲好像不明白，加上本来就喝了几杯酒，接着说：“我们得到真正的传国玉玺，终于完成了任务。”

“不可能，真正的传国玉玺怎么可能流落到民间？我虽然没有见过真正的玉玺，但藏金阁里肯定有人识得真伪。”洪泮洙坚定地说。

南珠惊讶地小声问道：“大哥见多识广，敢问谁识得真伪？小女子孤陋寡闻，请多多赐教。”

洪泮洙目光落在那边书柜旁正在忙碌的一位白胡子老头身上，说：“就是那位，藏金阁的掌柜桐老先生。我刚刚在他那儿购得《道德经》和《资治通鉴》。”

桐老先生须发如雪，身材单薄，学识渊博，正在与一位客人讨价还价。那位客人看中一本《鬼谷子》，又嫌价格太贵，希望能便宜点。二人说了半天，相持不下。

洪泮洙走近掏出一锭银子，说：“这位兄长既然是爱书之人，这本书就算我买，送给你如何？”那位客人拿了书，自然是连连道谢。桐掌柜却对这位年轻人另眼相看。年轻人粗布短褂，并非富家子弟，却出手十分大方。

收下银子，桐掌柜又上下打量了一回眼前的年轻人，颤声道：“鱼，我所欲也；熊掌，亦我所欲也。二者不可得兼，舍鱼而取熊掌者也。这位公子，如果我没猜错的话，一定是有事相求了。”

洪泮洙朗声道：“三人行，必有我师焉。择其善者而从之，择其不善者而改之。先生高见，不幸言中。学生确有一事相求。我的同乡有一件宝物想请先生鉴赏。”

司马冲随即从柳嫣霞的包袱里取出一个精致的木盒。多尔衮欲阻止被南珠拦住。料想，桐掌柜应该不是武林高手，不会有危险。

洪泮洙打开木盒，再打开黄布，果见一枚通体圆润的宝物。鸟虫篆字，绿中泛青。印文：受命于天，既寿永昌。

桐掌柜仔细端详手中的宝物，惊道：“这不是真正的传国玉玺！真正的传国玉玺应该是陕西的蓝田玉制作的，是一种极为罕见的木纹血丝玉，是蓝田玉中的极品。这八个字相传为秦国客卿李斯撰文，咸阳玉工王孙寿精心打磨而成。而这方玉玺为姜花玉，通体温润完美无缺，真正的玉玺，文盘五龙，螭缺一角。相传西汉王莽向皇后逼索传国玉玺，致其怒摔玉玺，崩坏一角，尔后王莽用金子补上一角。”

洪泮洙瞪大眼睛说：“沧海月明珠有泪，蓝田日暖玉生烟。世上没有十全十美之物，何况传国玉玺？历经秦、汉、唐、宋、元、明近两千年，可谓饱经沧桑，历尽劫难。”

桐掌柜接着说：“此玺为圆式钮，而非战国后期流行的坛式钮，当时祭坛流行

‘敬天法祖’。此玺方四寸，高五寸，底纹粗糙，浮雕欠妥。真正的玉玺底座四边浮雕虎面纹，坡面浮雕玄鸟纹，十分生动。均属秦人崇拜先祖的图腾。象征人寿年丰，国祚久长的镇世之宝不可能如此粗糙。因贪图名利，历代玉工仿制者有之。这极有可能是一件仿制品。”

多尔衮横眉怒道：“你胡说！我们历尽艰难找到的玉玺怎么可能是赝品？”柳嫣霞也拔剑吼道：“臭老头！你是吃不到葡萄说葡萄酸吧？我亲眼见他拿出的就是这方玉玺，一模一样。”

南珠接过玉玺仔细看了看，说：“的确是那天我见的那一方，不会有第二方玉玺了。”

第二十章　书生求学遭劫难

96. 绝世兵书

桐掌柜再次看了看玉玺，说："信不信在你，反正我受人之托，做个鉴别，不说假话。这方玉玺八成是假的，不是真品。"

这回麻烦大了！如果这方玉玺是假货，大家都白忙活了。司马冲呆呆看着洪泮洙："没想到遇到行家露馅了，这次想立功难啊！"

洪泮洙一本正经地说："桐老先生是位难得的行家，方圆数百里难寻第二位，对正史野史都有研究，学富五车，才高八斗。"

南珠眨着一双水汪汪的大眼睛，对众人说："如果这方玉玺是假货，那么真品又在哪里？造假者的目的又是什么？我估计造假者的目的是为了掩人耳目，转移敌人的注意力。真的玉玺仍在林丹汗手中。"

桐掌柜颤声说："历朝历代，因为争夺玉玺，无数人兵戎相见，甚至手足相残，父子相害的故事数不胜数。仿制也是迫不得已的手段。因为见的人少，识货的人更是凤毛麟角。"

布占木低声说："倘若我们拿假玉玺献给大汗，被大汗识破，这欺瞒之罪委实背负不起。如今之计只有请贝勒爷拿个主意。"

多尔衮狠狠一拳打在桌子上，说："这个额哲实在可恶！分明在耍我们。南珠分析得对，他们是想转移注意力，真的玉玺仍在他们手中。我们只有杀回去，巧施妙计才可能夺回来。"

南珠接过玉玺交给柳嫣霞说："你先把它藏起来，待我想好了对策再说。如今只有避开白虎洞，直接奔向归化城就有办法了。"

多尔衮于是对众人说："此番任务受人误导，在这方假玉玺上耗费太多时日，幸亏及时发现，才没有酿成大错。我们即刻奔向归化城，边走边想办法。"

甄琴听说要回去，喜不自禁地说："回去好！回去我就有办法报仇了。我第一个赞成！”大家心里其实都不痛快，听甄琴这么一说，感到十分无奈。

司马冲瞪了甄琴一眼说：“我们就是回去也得避开白虎洞，碰上那两个流氓就麻烦了。”

甄琴柳眉一竖说：“怎么，你怕了？我们双剑合璧还怕他们吗？只要我们勤加练习，别说一个济尔格，就是两个也不在话下。从今天开始，我们边走边练。”

此时，大家都吃得差不多了。南珠起身收拾行李，突然有两本书滑落在地上。刚好，被洪泮洙瞧见捡起。一本是《孙子兵法》，一本是《三十六计》，这可是两本绝世兵书！在藏经阁也没有找到。

洪泮洙翻开那本《孙子兵法》，再翻翻《三十六计》，见页面有些发黄，中间不少页码折叠过多次，显然是被人认真研究学习过，于是问道：“这两本书可否借我一阅？”

南珠见《孙子兵法》和《三十六计》落入他人之手，急忙一把抢过来回道：“不行！不行！这是我娘好不容易才弄到的两本兵书，父汗还没有认真研究过，绝不可以落入他人之手。”

洪泮洙失望地说：“我不过是看看，又不要你的书。格格又何必认真？这两本书我也是在一些文章中，见别人引用过其中的经典，一直未曾见过珍藏本。今日得见，三生有幸。”

大家收拾好行李，准备出发。南珠说：“我们马上要去归化城，你又不去，怎能借给你看？”洪泮洙拿起雨伞、包袱，说：“我就随你们去归化城，顺便一睹真正玉玺的光彩。只要你借两本兵书给我看看如何？”

司马冲笑道：“好的！好的！有你这位同乡做伴，我可以听到很多来自家乡的故事。南珠，只要他愿跟我们走，就借他看两天吧。”

辞别桐掌柜，离开藏经阁，洪泮洙跨上马，随大家上路。南珠犹豫了半天，只答应给他一本《孙子兵法》，另一本却不肯给。众人瞧见这一场景，无不笑说这两人是书呆子，爱书如命。

走出书香镇，雪又下大了，纷纷扬扬落下一地晶莹。远山披上一层厚厚的铠甲，闪闪的银光十分刺眼。鸿鹄在小镇上多买了些馒头和煎饼，各人都准备了净水以备路上之需。马蹄踏过，路上留下一串长长的痕迹。

行了半日，天渐渐黑了，得找个地方住宿。一行人加快了速度，前方好不容易才有一家客栈。远远看见一个大红灯笼，四周热气腾腾。大家马不停蹄直奔客栈，得好好休息休息。

南珠刚系好马。洪泮洙不知何处突然蹿了过来，说："你可是答应借本书给我看，要不漫漫长夜如何度过？"林南珠无奈只好给了他一本《孙子兵法》说："给，看完后马上还我，丢了你可赔不起啊！"说完，自己拿着那本《三十六计》认真看起来。

此时的洪泮洙并不知道林南珠和司马冲的关系，以为不过是司马冲的妹妹而已。但见众人都称南珠为格格，料想此女身份不同凡响，不是一般民间女子。举手投足，文质彬彬。云髻峨峨，修眉连娟。明眸善睐，气若幽兰。身姿婀娜，令人忘餐。

洪泮洙拿着书却有些心猿意马，想入非非。这位南珠格格确是位标准的美人，知书识礼，蕙质兰心。刚下马，南珠便在油灯下读书。而且读的还是兵书，真是巾帼不让须眉。

打开《孙子兵法》，洪泮洙始觉茅塞顿开，两千多年前的古人的思想何其高深莫测！当看到"是故百战百胜，非善之善者也；不战而屈人兵，善之善者也。故曰：知彼知己者，百战不殆……"洪泮洙对天长叹，陷入了深深的思索。

大明江山，内忧外患。朝政腐败，风雨飘摇。不缺思想，不缺计谋，缺的正是统兵御敌的将才，救万民于水火之中。可恨自己才疏学浅，报国无门。唯有潜心苦读，以待天时。

洪泮洙正在厢房读书。南珠突然敲门而入，送来两块煎饼，说："洙哥，刚刚就餐寻你不见，别饿坏了身子。我们已经吃过了。"

放下书，洪泮洙仔细打量了一下南珠。上穿百蝶飞舞式的红棉袄，洁白的毛领衬着红扑扑的脸蛋。南珠果然不同于寻常女子，犹如清水出芙蓉，天然去雕饰。

"格格，难得你还惦记着我，我这会儿不饿。我倒是有个问题想请教你。有了这兵法，如何才能治国安邦？这古人的教条真的管用吗？"

南珠微微一笑："管用，当然管用！我记得司马迁的《史记》中有这样一个故事。"

洪泮洙抬头说："那你说来，我愿洗耳恭听。"

"战国时吴王阖闾想攻伐楚国称霸，但不知拜谁为大将？于是伍子胥向他推荐说，有个齐国人孙武，精通兵法，著有兵法十三篇，可堪重用。引见后，吴王见到孙武是位普通的山林闲人，毫无将军的气派，大失所望。孙武却拿出兵书当堂朗读，吴王阖闾拍案叫好，却仍不服气。吴王说，寡人的国家太小，恐怕用不上先生的兵法。孙武说，这兵法能用于大邦，也能用于小国；能用于劲旅，也能用于妇人。”

洪泮洙问道：“《孙子兵法》是兵家经典不假，但如何运用才是大问题。”

南珠笑说：“这正是我要回答的问题。吴王果然从后宫中挑选一百八十名宫女，交给孙武操练，并让两名最宠爱的妃子担任左右队长，等着看孙武的笑话。操练开始，孙武下令，宫女们扭扭捏捏，根本不听号令。孙武三令五申，宫女们散漫惯了，仍旧不听号令，嬉笑不止。于是孙武将两名女队长抓起来要处斩。吴王亲自求情。孙武说，兵法云，将在外君命有所受，执法不严，何以统兵？孙武坚持将两名队长处斩了，并报告吴王说，现在请大王下令，宫女们将赴汤蹈火，所向无敌。吴王失去了两位爱妃，却对孙武的兵法十分佩服，后来果然任命孙武为大将军，帮助吴国完成称霸大业。”

洪泮洙想不到南珠如此博学，连《史记》中的故事都能信手拈来，禁不住叹道：“这个故事确实耐人寻味，这兵法当真高深莫测，奥妙无穷。如果学而不用，终是一纸空文。”

南珠嫣然一笑：“光饱读兵书不会灵活运用，也是不行的。你可听说赵括纸上谈兵的故事？”

洪泮洙呵呵一笑：“这个故事我当然知道，赵括谈起兵法连父亲赵奢都说不过，最后兵败被白起活埋四十万。”

夜深人静，南珠悄悄问了一个有趣的问题：“江山和美人如果让你只选一个，你选哪一个？吴王本来想要美人，结果孙武没给他机会，杀了两个妃子，成就一代霸业。”

洪泮洙吃着煎饼，思虑了半天不知如何答复，许久才回道：“假如上天给我机会，我会毫不犹豫选择江山而放弃美人，因为有了江山自然会有美人，没有江山，美人也是别人的。就像霸王别姬一样，覆巢之下，焉有完卵？”

一听这话，南珠转身就走，生气地说：“果真是个书呆子！”洪泮洙看着她的背影，不知说错了什么话。

97. 飞蛾扑火

南珠走后，洪泮洙吃着煎饼，越吃越没味道，不知是什么话让南珠扫兴。思虑至半夜，终究想不出其中原因。手捧兵书，迷迷糊糊地睡着了。

第二天清晨，一行人再次启程向西跋涉。经过几天的行程，他们再次到达金瓯镇，此镇离归化城有点距离，人烟稀少。鸿鹄下马道："前面就是凤翥镇，也就是甄老英雄遇害的地方，我们不妨在此暂且落脚，从长计议。"

大家先后下马。甄老鳄就安葬在金瓯镇的一个山坡上。睹物思人，甄琴没想这么快又回来了，禁不住眼泪汪汪。司马冲也有些伤心起来。

大家安顿好住宿后，决定去山坡上祭拜老英雄。面对老鳄坟茔上混着冰雪的泥土，甄琴和司马冲双双跪下。甄琴哭道："爹爹，女儿已经查明杀害你的凶手就是金鞭法王济尔格。此人抢劫偷盗，无恶不作！我发誓一定要让他血债血还！"

司马冲也哭道："甄师父，你的九玄神剑，我们正在加紧练习，假以时日，我一定要替你老人家报仇雪恨。安息吧，师父！"大家也倍感伤心，心中一腔怨恨无处倾诉。乌云如墨写满苍穹，那是向仇敌发出的又一封战书……

回到客栈，多尔衮点了几样小菜，对众人说："我们在此安顿下来。那二郎山留春谷离此有数十里，料想两位高手应该不会找到这个地方。大家可放心休息。"

用餐完毕，大家分头休息，一夜倒也平安无事。

第二天，天气越来越冷，布占木打算给南珠买件像样的棉衣，于是敲开南珠的门说："格格，你的棉袄多日不曾更换，我想带你到镇上为你买件新的，不知意下如何？"

南珠正想上街逛逛，于是回道："好的！好的！多谢美意！我也正想上街找双手套。"

司马冲担心有失，邀请甄琴说："琴妹，你陪我们一起去，如何？"

甄琴仍旧沉浸在伤痛中，回道："你陪好你的格格吧，我不想去。"

司马冲正色道："你不陪我去，我下次不陪你练什么剑了。"说完，硬生生将甄琴拉了出来。

四人走在金瓯镇的街道上。街上虽然有些冷，但早市还是挺热闹的。一路上车水马龙，来来往往的人络绎不绝。

走出没多远，在一家衣铺前，南珠停了下来，走进去一看，各种棉衣五颜六色，琳琅满目。布占木进来时差点同一个白衣人撞了个满怀，只得笑道："格格尽管试衣，挑件合身的我来付账。"

司马冲也想给南珠买件，可囊中羞涩，一时不知如何开口。

南珠先是选了件粉红色的，一试太大；又换了件浅黄色的，一试太小；再换了件翠绿色的，再试刚好。店家夸道："姑娘这身材，穿上这件棉袄，那是百里挑一的俊俏。"

店家报完价。布占木一摸钱袋，大叫："不好，我的银子不见了！肯定是刚才那个白衣人偷了。"转身一看，那白衣人不仅不跑，还站在店铺门旁朝自己笑。

布占木拔剑怒道："岂有此理！是不是你偷了我的钱袋子？"

那白衣人冷笑道："是又如何？你欠我的，这点银子还不够呢？"

"我几时欠你的？你跟我说说看。"布占木定睛一看，这白衣人正是图尔凡的大哥金鞭法王济尔格。那晚格斗，看得不太仔细，依稀还记得大体模样。

真是冤家路窄！济尔格哈哈大笑："你们这帮狗娘养的，偷走了白虎洞的玉玺，就这点银子，是不是还欠我们的？"

司马冲、甄琴仔细一瞧，真是济尔格！南珠一见是仇敌，忙脱了棉袄说："我不买了，我们快走。"

济尔格伸手一把抓住南珠的一条胳膊说："小美人，你往哪儿走？你已经是我的弟媳，为何要盗走玉玺？"南珠说："不是我盗走的。"

布占木挥剑便上，吼道："你放开她！我陪你玩玩。"说着，一招"斗转参横"，剑尖直抵济尔格前胸。那济尔格不慌不忙，一招"风樯阵马"将那条长长的金鞭舞成一堵墙。剑尖一碰到软鞭，立即失去动力。布占木知道软鞭有剧毒，碰不得，只好步步为营。眼看软鞭越缠越紧，快到手腕处，布占木不得不放弃宝剑，以求自保。

让人没想到的是，济尔格用软鞭夺得布占木的宝剑后，朝南珠一扔，那宝剑借力后直刺向南珠咽喉。司马冲挥剑欲上可是来不及了。布占木突然猛扑向南珠，那剑生生插进了布占木的胸口。布占木"哎呀"一声，顺势倒在南珠的怀里，伤口处血流如注。

冲琴二人见势立即向济尔格发起进攻，双剑忽左忽右，忽上忽下。济尔格从未见过如此神奇的剑法，不敢轻敌，只得跳开一步来到大街上与二人缠斗。

布占木躺在南珠怀里，颤声道："你是我这辈子最爱的女人！我这回活不了，临走我只求你一件事，给……给我一个拥抱一个吻。"南珠一时热泪盈眶，紧紧抱着布占木的双肩，低头亲吻着他的额角，许久许久……直到布占木闭上双眼。

这一个拥抱如久旱降下的一阵甘霖，红尘中最多的失意都将冲刷干净；这一个亲吻似坚冰下的一股暖流，在人生的冬季送出最温暖的祝福。爱不需要理由，人生因为有爱才值得留恋。人固有一死，为深爱的人而死，那份爱才惊天地泣鬼神……

冲琴二人见布占木已经断气，知道他又欠下一笔血债，于是向他发动最猛烈的进攻。司马冲一招"气冲牛斗"，阳剑直刺其面额；甄琴一招"海底捞月"，阴剑横扫其下盘。

那金鞭法王长鞭一甩，一招"金蝉脱壳"一个筋斗翻到一丈开外。冲琴二人的招式全部落空。二人再次进攻，均不能占到便宜。面对仇敌，甄琴连出绝招，攻其要害均被他化解。可恨二人功夫不够！双方激战三十回合，仍不分胜负。

这时，多尔衮、鸿鹄、柳嫣霞听到打斗声，正从客栈往这里赶。司马冲见状高喊："二师父三师父，快来帮忙！"济尔格远远看见，心想，我已经杀了一人，再打下去恐怕占不到便宜。于是一收软鞭，连翻几个筋斗溜走了。冲琴二人追了半天，也没赶上。

鲜血染红了南珠的衣袖。南珠抱着布占木的双肩猛喊："贝勒爷，贝勒爷，你醒醒。"布占木静静躺在地上，再也听不到任何呼声。

等到多尔衮等三人赶到，布占木已经毙命。那把长剑仍插在胸口。多尔衮用力取出长剑，鲜血一时喷涌面出。大家禁不住潸然泪下……

牺牲一位贝勒爷，多尔衮的心情是沉重的！但是没有找到真正的玉玺，回去如何向皇太极交代？！

柳嫣霞劝道："既然这方玉玺是假的，我们何不将它交出来，免得惹祸上身。"

南珠擦着眼泪说："祸已经惹下了，人已经死了，再交出来也于事无补。"

甄琴收了长剑说："这个假的不能交，不然我们如何找得到那个金鞭法王？只要留着这方假玉玺，就一定有机会报仇雪恨。"

布占木被害，也不能千里迢迢拉回去。况且此时只找了个假玉玺，无法面对江东父老！多尔衮于是决定，就在甄老英雄旁边找个地方安葬。

大家在镇上买了一口棺材，将布占木的遗体草草安葬。北风在山坡上痛苦地呼号！雪花在空中无情地飞舞。

飞蛾扑火，大爱无疆。如果无人挡剑，南珠难逃一死。如果不练神剑，冲琴二人都有危险。只可惜功夫不到家，不能亲手杀了仇敌。此番格斗教训深刻，司马冲和甄琴认识到再不加紧练习，明日倒下的可能就是自己。

多尔衮站在布占木坟前，悲痛地说："为了完成统一大业，为了玉玺，我们失去了一位勇士，可不能失去信心和斗志！现在真的玉玺就在归化城，此镇离归化城不远。玉玺本来是归父汗的，我们要想尽办法，以最小的代价夺回玉玺，完成大汗的夙愿。请布占木安息，在天之灵保佑我们夺回玉玺，不负重托！"

每一个人静静地伫立在寒风中，每一个人心中都藏着熊熊烈火。返回的路上，多尔衮吩咐道："我们每一个人想一条计策，看谁的高明？"大家面面相觑，无言以对。

虽然知道玉玺就在归化城林丹手中，可到底藏在何处？如何顺利进城？又如何平安出城？这都是很棘手的问题。林丹汗兵强马壮，手下高手很多，硬拼肯定是不行的，如何神不知鬼不觉地夺回玉玺？

司马冲的计策一说出，多尔衮就摇摇头；鸿鹄的计策一说出，多尔衮也摇摇头……唯有南珠的计策一出口，多尔衮就笑了。

98. 无能鼠辈

再说林丹汗征服阿鲁科尔沁后，野心进一步膨胀，希望早日统一蒙古各部，进而逐鹿中原。其中一个重要原因就是玉玺仍在自己手中，这传承近两千年的玉玺据说有一种神秘的力量，能够让手下的子民臣服，甚至崇拜，笼络人心。

一日，林丹汗在归化城宫中正在同几位台吉、贝勒，研判当前的军情。其中铁木额禀告说："近期，我军虽然在明朝的大同和阿鲁科尔沁取得了一些胜利，但这里的牧民对大汗并未真心归顺，一有时机他们就组织牧民叛乱。"

一向机敏的阿莽眨眨眼说："前几年投降大汗的鄂尔多斯和永邵部也有类似的情形，他们表面上归顺大汗，其实大都阳奉阴违，并非心悦诚服。"

林丹汗沉思半晌，朗声说："我们有真正的传国玉玺，还愁人心不稳。不如找个机会让各部贝勒、台吉、喇嘛和大臣们来鉴赏一下，让他们知道我这个大汗有没有能力统率他们。"

刚刚进门的额哲听闻父汗的话后，高兴地说："后宫不是正在筹备父汗的四十寿庆吗？再过几天就到了。可否利用这个机会，请各部贝勒、台吉、喇嘛和大臣们来鉴赏一下真正的玉玺？"

铁木额笑道："这个主意甚好！这个主意甚好！好就好在不需要动刀枪，而能让人臣服。"

一番研究终于有了结果。林丹汗长吁一口气道："那就这样，传旨各部贝勒、台吉、喇嘛及各大臣在吾四十寿庆时，鉴赏传国玉玺，以振军心。"

当日，正值林丹汗四十寿诞。归化城汗宫张灯结彩，鼓乐齐鸣。各部贝勒、台吉、喇嘛和大臣们陆续带着厚礼前来祝贺。人们听说可以一睹传国玉玺的光彩，无不交头接耳，翘首以盼。

这个说，大明皇帝朱元璋虽然夺取天下，却没有找到传国玉玺，终是遗憾。那个说，传国玉玺自元顺帝带到大漠，几经周折，终于复归故主成吉思汗的后裔，可喜可贺。

各种山珍海味，鸡鸭鱼肉，齐呈案上。俊美的宫女跳起欢快的舞蹈，各式乐器奏起悠扬的乐曲。那些贝勒、台吉、喇嘛和大臣们纷纷向林丹汗敬酒以示祝贺。

林丹汗笑容可掬，高兴地说："承蒙先祖福佑，传国玉玺再回大元帝国，本该早让各位一睹尊容，因战事频繁，政务繁忙，一直未能如愿。此玺历经劫难，饱经沧桑，但通体温润，光彩依旧。今逢寿诞，不如趁此良机，请各位品鉴。"

只见额哲从厢房里取出一个精致的盒子，在众目睽睽之下打开那个盒子，再解开一个黄色的布包，没想里面竟是一块粗劣的大石头。众皆失色，大失所望。

林丹汗怒道："玉玺何时被人调包，你竟然不知！"

额哲连忙跪下说："父汗，前几日儿臣还拿出来看过，这几日忙于政务无暇顾及。请父汗恕罪！请父汗开恩！"

在场的贝勒、台吉、喇嘛和大臣们都目瞪口呆，此事显然伤及大元帝国的颜面。林丹汗十分震怒，骂道："无能鼠辈！无能鼠辈！若不是今天要品鉴，还不知道何时失窃。传旨马上停止寿庆，派兵全力追查玉玺的下落。"

铁木额抱拳施礼道："大汗英明！窃贼此时应该并未走远，只要通知各部关口，全力搜查，也许还能找回。属下愿领一队人马，迅速通知各部关口。"

阿莽也放下酒杯说："属下也愿带一支精兵，火速查封各边境关口。请大汗下旨。"

额哲在地上跪着请旨："儿臣也愿领兵，戴罪立功，不放过一个可疑的人，力争全力追回玉玺。请父汗下旨！"

林丹汗正色道："准奏！各部马上行动！"

于是一场热热闹闹的寿庆就这样结束了。汗宫一时如临大敌，几队人马迅速集结完毕，陆续冲出归化城，一路查封各边境关口。

大部分关口几乎没发现什么可疑人。人们听说汗宫丢了宝贝，都不敢随便出入。来来往往的都是清一色蒙古人，有赶集的，有放马的，有闲逛的。

一日，铁木额正在一关口检查出入牧民，发现牧民中有一男一女穿着汉族服饰，肤色也不同于蒙古人的古铜色，男的穿着青衫长裤，风度儒雅；女的留着长辫，穿着红袄，亭亭玉立。

铁木额审问道："你们俩是哪里人？要到哪里去？"

女的回答说："我们买了点吃的，要去盛京。"

铁木额吃惊地说："盛京，那不是皇太极的地盘？你们两个汉人去女真人的地盘干什么？"

女的一时唐突，无言以对。男的解释说："盛京那边有亲戚，我们要走亲戚。"

铁木额一声令下："抓起来带走，严加审问。"女的说："我们是良民，又没做错什么事，你们凭什么抓人？"

一个侍卫问："带走，要不要搜身？"铁木额说："搜，全身都要搜。"

于是，两人身上、行李都搜了个遍，也没发现什么可疑物。男的问："你们找什么？"

"汗宫里丢了玉玺，你们回去要好好交代有没有看到过玉玺？"

二人相视半晌，连声说："没，没看见！没，没看见！"

铁木额说："带回去，仔细审问。"这一男一女被几个侍卫带到营帐，二人相继被捆了双手，行李也没收了。

一个侍卫先问女的："老实交代，叫什么？"

“我叫林南珠，去盛京找我爹我娘。”

“不对，盛京都是女真人，你一个汉人，父母怎么可能是女真人？从实招来。”铁木额上下打量这个绝色汉女，她的回答确实让人生疑，这一定是借口，肯定另有隐情。

另一个侍卫问男的：“还有你，老实交代叫什么名？”

“我叫洪垂万，是外出求学的书生。”

铁木额接着问：“那你去盛京干什么？该不会也找爹找娘？”

洪泮洙灵机一动说：“当然不是，我是她的同乡，专门护送。”

那些侍卫在二人的包袱里找到《道德经》《资治通鉴》和《鬼谷子》等看不懂的古籍。其中一个问道：“你们俩是什么关系？”

洪泮洙只好敷衍道：“她……她是我未婚妻。”

如此情形，南珠也不好说什么，心想，这林丹汗果真神速！我们刚刚得手，追兵就已经赶到，十四叔他们还等着食物启程，这可如何是好？不过抓住我们也没用，玉玺不在我们手上，时间一长，他们不得不放人。现在，关键是不能透露我的身份，我的身世现在真的一句话也讲不清！

南珠见这些侍卫眼神十分贪婪，问道：“我们跟玉玺毫无瓜葛，不要耽误了我的行程，快放我们出去吧！”

铁木额心里一盘算，这两个人要去盛京，会不会跟皇太极有什么瓜葛？皇太极肯定也想得到玉玺！再不然，这两个人就是大明的细作，那崇祯皇帝不也想得到玉玺吗？反正，不能放人，找不到玉玺，抓住两个人也好有个交代。于是将二人关在一间厢房里，临走铁木额说：“你们是不可能回去了，不老实交代就待在这儿吧。”

此时，临近天黑，二人腹中饥饿，双手又被缚。南珠叫道：“门都已锁了，还担心我们跑了吗？快给我们松绑。”铁木额命人给二人松绑，解了绳索。

洪泮洙见那些人将包袱也拿走了，叫道：“把包袱还给我们，我可以一日不食，但不可一日无书。”那些侍卫见包袱中没什么值钱的东西，又将包袱还给了二人。

铁木额带二人来到一间火炕，给了一个窝窝头、两床棉被，说：“现在军中缺粮少衣，你们就凑合着吧，既然是未婚妻，就不用我们安排两间火炕了。”说完锁门扬长而去。

估计他们走远，二人这才放松警惕。南珠指着那个窝窝头说：“书呆子，我上次借给你的那兵法看完了没？你说过只要有书，可以不吃饭，这窝窝头就归我了。”

洪泮洙拿出那本《孙子兵法》，说：“早看完了，现在还给你。不过窝窝头归你，那火坑就归我了。鱼和熊掌二者不可兼得，舍鱼而取熊掌者也。”

南珠接过那本《孙子兵法》，展开扉页，赫然见一毛笔字条：蒹葭苍苍，白露为霜。所谓伊人，在纸一方。《诗经》中不是“在水一方”吗？为何改了？在“纸”一方，改一字，而动乾坤，不仅恰如其分，而且生动传神，耐人寻味。

一朵红云飞立即上南珠的脸庞。南珠迅即合上书，不知所措。

99. 共炕而眠

一个窝窝头被掰成两半，南珠吃了一半，留下一半，笑说：“洙哥，你吃一半吧，要不然半夜里饿得做鬼叫。”

洪泮洙刚开始坚持不吃，坐上火炕说：“我只要火炕就够了，睡着了就不饿了。”可过不了多久，肚子真的饿得直叫，最终还是吃下了另一半窝窝头。

过了一会儿，南珠觉得口干舌燥，要喝水。那侍卫根本没留下一滴水，这可如何是好？

洪泮洙也感觉要喝水，于是放下书坐在墙角说：“反正今晚也出不去了，我给你讲一个六角古井的故事，保你不渴就行了。”

“我不信，有这么神奇？”

“我的家乡太平镇通明港有一口六角古井，每一个井角都有一根石柱，每一个青石条都是按易经中八卦阵的图形砌成的，最奇怪的是这口井一年四季清澈见底，无论旱涝，水清如镜，谁落到井里都不会受伤，更不会溺水！你知道这是为什么？”

南珠瞪大眼睛说：“这是什么井？快讲给我听。”

“很久以前，通明港是一个孤岛，住着一群从福建迁徙过来的村民，他们靠着一口很小很小的淡水井维持生活。有一年，岛上来了一个井霸，身材高大，一身武艺谁也打不过。他声称未经他许可，谁也不能动这口淡水井。”

“看来什么时候都有坏人！”南珠不时插话。

洪泮洙回应道："是啊，村民们只好到别处挖井，可岛上到处都挖了，哪里还有淡水井？有人跟井霸争斗，被打得头破血流。烈日炎炎，村民只好祈求苍天。天上的东海龙王、西海龙王、南海龙王听到村民的呼号，就用龙角在岛上为村民凿出一口淡水井。为了感谢三位龙王的恩典，村民们就叫这口井为六角井。"

南珠好奇问道："六角井真是龙王凿的吗？"

洪泮洙接着说："这只是传说，真实性已无从考证。可奇怪是，自从那口六角井凿好之后，井霸那口淡水井就再也没水了。井霸就天天欺负村民，企图霸占那口六角井。原来井霸是天上的一个守门神，因为对各路神仙吃拿卡要，被玉帝贬到通明岛上服役仍然劣性不改，横征暴敛。"

南珠瞪大眼睛说："原来神仙也有吃拿卡要的，没听说过！"

洪泮洙正色说："是的。一日，井霸摇身一变，变成了西海龙王的厨师，偷得龙王的盐葫芦放在井里，那六角井水变得咸苦非凡，不能再喝了。村民再次向天祈求呼号。玉皇大帝听说此事，命二郎神将井霸就地正法。"

"神仙执法也要善恶分明！"南珠小心评论着。

洪泮洙脸色一变："三位龙王听说向玉帝求情，不如将井霸下放六角井当个井神，将功赎罪。为防止井霸再次作恶害人，玉帝命人在六角井里画了一道八卦符，并命三位龙王吐下龙涎在井中。从此六角井再也不怕旱涝，一年四季，水清如镜，而且从来不会有人溺水，似有神仙保佑一般。"

听完这个故事，南珠感觉真的不那么渴了，舌下似有甘泉喷涌而出，于是笑道："洙哥，太平镇通明港真有这样一口六角井？有机会一定要带我去看看啦。"

洪泮洙点点头说："好哇！可现在我们被抓在此，如何脱身都成问题，哪有机会回家乡啊！"

房内明显有些冷，南珠打了一个喷嚏，说："现在后悔了吧？等我想想脱身之计，以后会有机会的。希望十四叔他们快快启程，将宝贝送回去。"

洪泮洙抱着棉被起来，将火炕让给南珠，说："晚上冷，这火炕还是给你睡吧，我一个爷们儿有阳刚之气护身，不怕冷。"

南珠知道他是一片热心，哪里是不怕冷！可同睡一个火炕，这男女授受不亲，的确是个大问题。南珠上了火炕刚睡下，不大一会儿，果然洪泮洙在那边就开始打喷嚏了，而且一连就是三个，晚上穿得少根本不行。

“不行，火炕还是给你吧，我不冷！”南珠将那条棉被卷起，将火炕让给了洪泮洙，刚才那点热气很快就没了。

洪泮洙知道今夜是睡不成了，索性拿起一本《资治通鉴》看了起来，在火炕上睡了一会又要让给南珠。

南珠笑道：“别让了！我睡这头，你睡那头，我就不信天塌得下来！身正不怕不影子斜！”

洪泮洙还是头一回要同陌生的女子同睡一个火炕，而且还是一个天生丽质，绝代窈窕的女子，禁不住一时脸红心跳，颤声说：“我……我们还是不要睡一个炕吧。”

南珠回眸一笑：“我一个女子都不怕，你堂堂男儿还怕什么？冻坏了身子如何同敌人斗智斗勇？”说完将被子一掀，自己和衣睡在洪泮洙的另一头，尽管各睡各的棉被，但仍在一个土炕上。

油灯在夜色中睁着血红的眼睛，侍卫在不远处跺着脚驱寒取暖。夜深了，二人就是靠着一个火炕，度过这个寒夜。在极端困乏下，蒙蒙眬眬中二人都睡着了，虽然是和衣而眠，睡得不是很沉。

直到天亮，有侍卫来敲门，二人这才惊醒。一个侍卫说：“起来！起来！昨晚你们干完了好事，今天该吃点苦头了。”

洪泮洙掀开被子，赶紧爬起来说：“我们什么事也没干，什么事也没干！该不会断我们的粮吧。”

另一个侍卫说：“跟我们回归化城吧，有了你们两个，我们找不到玉玺也能交个差。说不定，大汗一高兴给几个赏钱。”

南珠一骨碌爬起来说：“我不去，我要回盛京！路上冰天雪地，北风吹得像刀割一样疼。”心想，冲哥为何还不来救我？我都失踪那么久了！他们到底在干什么？

这时铁木额走了过来，冷笑道：“跟我们回去见大汗，我们也好有个交代。你们两个挺般配的，打算什么办婚事啊？”

洪泮洙板着脸对南珠，说：“我倒是想跟你结为百年之好，无奈落花有意，流水无情！”

南珠冷冷地回答：“我们落在你们手上，还敢枉谈什么婚事？几时成婚，关你屁事！”

几个侍卫一听火了，立即将二人押出临时牢房，双手一绑，往马背上一扔，一人押一个就上路了。匆忙中，南珠故意将自己那条红围巾丢在路口，铁木额等人也没有发觉，一路向西前进。南珠知道，这条路是通往归化城的必经之路，也只有靠老天保佑了。

南珠虽然不怕骑马，但那迎头风吹起来，的确冰冷入骨。洪泮洙被一个侍卫押着，铁木额押着南珠，一路向前奔驰。这些人立功心切，没找到玉玺，抓两个“替罪羊”回来，也好交差。

瀚海阑干百丈冰，愁云惨淡万里凝。马背上的洪泮洙望着阴沉沉的天际，心里暗暗叫苦，不知还有多远。马蹄踩着积雪，发出清脆的声音。那侍卫仍在挥动着马鞭，一连几鞭下去，那马飞奔如离弦之箭。前方一条小河却没有波涛，全部结成冰块。大家刚开始都不敢过，当第一匹马安全闯过以后，第二匹、第三匹……都接连踏了过去。

飞奔中，南珠忽然想起，林丹汗就在归化城内，自己的亲娘正是林丹汗的一位侧福晋。上次冲哥在敖木伦被俘后差点遇害，幸亏被娘发现才幸免一死。如今自己被抓，十四叔、司马冲到底是鞭长莫及。此次真是福祸难测，凶多吉少。如果透露自己的身份，那刚刚到手的真玉玺就有可能再次落入林丹汗之手；可如果一直秘而不宣，那恐怕连亲娘的一面，也未必见得到。

经过长途跋涉，铁木额等人押着二人终于到达归化城。林丹汗一连几天没有得到关于玉玺的一点消息。阿莽说，没有找到玉玺；额哲说，也没有发现有关玉玺的线索；各路人马似乎都怕引火烧身，均是杳无音讯。唯有铁木额抓了两个活人回来，林丹汗得到消息立即召见。

南珠和泮洙被押进汗宫大殿。只见大殿到处雕龙画凤，粉妆玉琢，十分豪华气派。一条深红的地毯上绣着一条张牙舞爪的龙王，帝王的派头十足。铁木额躬身施礼道：“大汗吉祥！我们在边境口抓到这两个细作。他们明明是汉人，却要去盛京。我们怀疑他们跟皇太极有关。”

林丹汗上下打量着二人，高兴地说：“铁木额言之有理，虽然没有找到玉玺，抓两个细作回来，也算是有功。来人啦，赏铁木额黄金百两，所属人马依律奖赏。”

洪泮洙见状大喊道："我们并非细作，我们是走亲戚的良民。请大汗明鉴！"南珠也装出一副可怜样，哭道："我的爹娘都在盛京，我们根本不是什么细作，你们完全搞错了。"

一旁的额哲见这个汉女生得窈窕丰满，国色天香，顿时眼睛都不肯眨一下，劝道："父汗，我们是不是应该审问一下？这两个人到底跟玉玺有没有瓜葛？"

洪泮洙抢着回答说："我们根本没看见什么玉玺？是你们吓得处处草木皆兵。"南珠一边抹泪一边说："我的爹娘是普通的牧民，哪里见过什么玉玺？"

林丹汗丢了玉玺心里一直埋着一口恶气，既然有可能是细作，宁可错杀也不能放过，于是立即下令："跟他啰唆什么？拉出去杀了！"此言一出，众皆诧异。几名侍卫将二人押住正欲拉出。

100. 密函妙计

额哲忙跪下求道："父汗，万万不可！是不是细作尚未查明，怎可滥杀无辜？今天下未定，正是用人之时，请容儿臣仔细审问，再杀不迟。"

林丹汗冷冷道："你莫不是对这个汉女又动了恻隐之心？前面那个汉女的教训，你都忘了？这些汉人终究是靠不住，与其养虎为患，倒不如快刀斩乱麻。"

刚刚受赏的铁木额见二人相持不下，忙道："大汗英明！还是先查明情况，再作决断好。不如，我同贝勒爷一起审问，不用大汗费心。"

林丹汗总算点头应准。南珠和泮洙在下面着实吓出一身冷汗。如果就这样稀里糊涂被杀了，怎叫人甘心？二人很快从正殿出来，被押到侧殿，一名侍卫吼道："老实点，小心自己的狗命！"

正走着，一条洁白的珍珠项链突然从南珠的怀中滑落，掉到地板上发出清脆的声响。那侍卫立即捡起道："好精致的一条项链！你还说是普通人家的女子，这项链珍珠硕大，通体圆润，绝非凡品，多半是皇子贝勒之物！大家看，吊坠上面还有字——'海枯石烂，天荒地老'！"

南珠一直将项链藏在贴身的内衣，因为走得急不小心滑落，忙喊道："快还给我！快还给我！"

侍卫拾起项链交给额哲。额哲接过项链叹道："果真是人间珍品！世间罕见！

这项链从哪里来？快快从实招来，可免去皮肉之苦。”

洪泮洙忙说：“这项链是我送给她的！你们不要为难她。”

铁木额接过项链仔细一看，见上面还有满文，回道：“你一定在说谎，一个汉人送的项链上怎么可能有满文？胡说八道！你们八成是细作，我看该杀！”

南珠一咬牙坚定地说：“这项链的确不是他送的！它是我爹送给我娘，后来我娘再送给我的。”

额哲立即反驳道：“既然不是他送的，那你们是什么关系？”

南珠一时无语。洪泮洙一口咬定回道：“她是我未婚妻，请你们不要为难她。”

项链上有满文。铁木额眉头一皱，说：“那你爹一定是满人了，而且身份高贵，对不对？”

南珠见一时难以自圆其说，怒道：“是又怎样？不是又怎样？这跟玉玺有什么关系？反正我们没看见过玉玺！快还给我！”

铁木额也不理，拿着项链来到正殿。林丹汗正在批阅奏折。铁木额双手呈上项链，说：“我已审明，这两个人确实是皇太极的细作，有此为证。”

林丹汗拿过项链，见确实圆润光滑，精美绝伦，问道：“此物从何而来？”铁木额回道：“回大汗，此物正是从那位汉女身上滑落，而且她已招认此物原是她爹送给她娘，后来她娘又转送给她。”

“传旨，将二人推出斩首，杀无赦。”林丹汗本来就怀疑二人的身份，见到项链，更加确信自己的判断。

旨意传到侧殿，泮洙和南珠再次惊呆，说假话是死，说真话也是死。二人被四名侍卫押送至殿外。洪泮洙一时不知所措，只高喊：“冤枉啊！冤枉啊！我们根本不是细作。”南珠也吓得花容失色，脸色惨白。

额哲听说仍然要杀，急得连忙进殿跪下，说：“我敢担保他们不是细作，这中间一定是有什么难言之隐。请父汗开恩！请父汗开恩！”

扔下奏折，林丹汗训道：“你妇人之仁，岂能继承大位？你如此仁慈，如何统兵御敌？速速退下，我要休息了。”

见跪请无效，额哲退出殿外，希望能找到让父汗不杀的理由，于是吩咐道：“时辰未到，不得行刑。二位还有什么未了之事，讲来听听。”明晃晃的长刀在阳光下闪着道道哀怨。

南珠忽然想起皇太极留下的密函，不到万不得已不能打开，现在是时候了，于是哭叫："请解开我的双手，我有急事要办。"一名侍卫说："都要死的人啦，还有什么急事未办？"

"你不解开，我做鬼也不放过你。"

额哲示意给她解开，谅她也跑不了。于是那名侍卫放下长刀，给南珠解开了双手。

南珠伸手从口袋里掏出密函，打开一看："人之将死，其言也善"。阿玛为什么留下这八个字？南珠忽然茅塞顿开，对额哲说："你不是想知道我爹是谁吗？告诉你吧，我爹就是盛京的皇太极，但我并不是细作。"

额哲惊道："此话当真？"已经是火烧眉毛，南珠将阿玛的亲笔密函交给他，说："你自己看，这是什么？"

额哲展开密函看到八个字："人之将死，其言也善"。署名果然是皇太极。忙反问道："那你应该是格格，为何流落至此？"

南珠挺直了腰杆说："别问那么多，敢杀我就下刀吧。"

这回，额哲真是吓住了。这可真是最后一根救命稻草！如果真杀了皇太极之女，那无异于引火烧身，得赶紧禀告父汗。额哲一面叮嘱暂缓行刑，一面拿着密函，三步并两步朝父汗休息的后宫跑去。

此时，林丹汗正在侧福晋唐胜蓉处闲聊。胜蓉因凤体欠安，林丹汗多日不曾在此就寝。这几日，感觉神清气爽，中午连吃两碗地瓜粥。林丹汗手拿着那条项链，刚想说话，门外响起敲门声。

额哲在门外焦急地说："儿臣有要事禀告。"

林丹汗一脸不悦："有事明天再说，你先退下。"

额哲大声说："父汗，那个汉女杀不得。"

林丹汗骂道："蠢材！还是为那个汉女求情，这次我偏不依你！"

唐胜蓉笑容满面，款款而来劝道："何事动火？先让他进门再说吧。"

林丹汗将那条项链递给胜蓉，说："让他在门外站着！这是那个汉女身上的东西，我赐给你，你看好看吗？"

胜蓉一见项链，弥勒佛吊坠背面"海枯石烂，天荒地老"八个字依然清晰，脸色突变阴沉，忙跪下说："大汗忘了，上次我们在敖木仑抓了一个汉人，从他身上搜出来正是这条项链。这个汉女会不会是我失散多年的女儿？”

林丹汗这才开门，让额哲进门。额哲忙递上一封信函说：“这是那个汉女身上带的，她说，皇太极正是他爹。如果我们贸然杀了皇太极的千金，消息一旦走漏，皇太极很快就会兵临城下。”

林丹汗见果然是皇太极的真迹，失色道：“快将那个汉女带过来，差点铸成大错。”

额哲快步来到宫外，高喊：“刀下留人！刀下留人！大汗有令，宣汉女觐见。”两名侍卫将南珠押了进来。

南珠不禁暗暗佩服阿玛的锦囊妙计果然管用，只要亮明身份，他们就不敢加害，然而更让她想不到的还在后头。

南珠分明看见林丹汗身旁站一个美艳少妇，一头青丝如三月的柳枝，插满金钗玉坠；一双眼睛似深秋的湖水，饱含无限慈爱；身材匀称，肌肤雪白，完全不像一位上了年纪的母亲。

林丹汗再次打量着南珠，问道：“你果真是皇太极的千金？”

南珠一本正经地回答：“是又怎样？你有本事就杀了我！”

林丹汗指着身旁的少妇问：“那你知道她是谁？”

南珠心里猜可能是娘，可嘴上说：“不认识。”

胜蓉一时热泪盈眶，颤声说：“大水冲了龙王庙，一家人不认一家人。孩子，你不认识我，我也不怪你。都是娘的错，娘不该将你弃于街头，可娘当时也被逼无奈。”

南珠再次看了看眼前这位少妇，跟自己确有几分相像，反问道：“你真的是我娘？”接着“扑通”一声跪了下来，眼泪如断线的珍珠，哭道：“娘啊……娘！真的是你？”

胜蓉将南珠紧紧抱在怀里，泣不成声。数不清，数不清的日日夜夜，那浓浓的思念流过每一天，一直流到今天。数不清，数不清的牵牵挂挂，那剪不断的亲情和着泪水咽进肚里，一直流进血脉。

南珠擦着眼泪说：“冲哥他娘待我恩重如山，是她将我抚养成人，教我识字，教我做人。我进宫前匆匆只见外公最后一面。前几年，外婆就去世了。进宫后不久，我就差人去唐家坳，打算将外公接过来，谁知外公也病逝了。”

胜蓉连连自责道："都是娘的错！刚才差点死在大汗的手上，如果不是额哲及时禀告。都是娘一时糊涂，老天有眼，让我再次见到你。"

二人相拥而泣，泪眼婆娑，过了很久很久。林丹汗一时也深受感动，忙将那条项链交还给南珠说："物归原主，还是还给你吧。胜蓉跟我说过，政务繁忙，我将这事儿给忘了。"

突然间敌人转变为亲人！额哲一时也无法接受，心里仍是半信半疑，找来南珠的行李说："你先休息一下，看看有没有少什么东西？"

这时，有侍卫来报："另一个细作是杀，还是不杀？请大汗明示。"

林丹汗回道："他说不清身份，八成是细作，那就杀了吧。"

第二十一章　祸从天降仇生恩

101. 高手寻宝

南珠说："杀不得！他不是细作，是我的……我的未婚夫。"

林丹汗知道她心里有鬼，当即传旨："那就暂时不杀了，把他关进牢里，听候发落。"于是几名侍卫将洪泮洙押进一间牢房。

再说多尔衮一行人刚刚得到玉玺，正准备上路返回，叫南珠和泮洙二人到小镇上买些食物，可左等右等也不见二人回来。

司马冲骑着马到小镇上找了一圈，发现很多蒙古兵，就是不见二人的影子。到了天黑了，仍然不见二人回来。

多尔衮寻思，天黑仍然不见人，就不会是去玩那么简单，极有可能是被蒙古兵抓走了。刚好二人都不会武功，大家一时疏忽，铸成大错。格格失踪，回去如何向皇太极交代？就算得到真玉玺，皇太极又怎么会高兴？可到底抓到哪儿去了？大家一无所知，什么线索也没有。如何营救更是无从谈起，此事弄得大家焦头烂额，不知所措。

鸿鹄提议说："大家赶紧寻找，为防止再次走失，最好不要分兵，大家伙一起找，也只有这个办法，看看有没有蛛丝马迹。"

甄琴摸了摸包袱中的玉玺，说："真是天有不测风云！若不是我对汗宫熟悉，又怎能轻易盗得玉玺？既然得手，就应该早早离开，现在格格走失，我们是不是先遣人送回玉玺，留下人再找格格。"心想，最好找不到，死了更干净。

司马冲皱眉道："不行啊！我们人生地不熟，留下谁也未必能找回格格？还有我那个同乡洪泮洙如果有个三长两短，叫我如何对得起父老乡亲？"

柳嫣霞望着茫茫银白的路面，方知此行的艰难和险恶！思虑良久说："虽然我们武功都不差，但若是遇到高手，仍然有危险。何去何从？请贝勒爷示下。"

大家沿着雪路一路搜寻，偶遇几个衣衫褴褛的牧民，还有几棵光秃秃的灌木。

多尔衮狠抽一马鞭说：“找！就是挖地三尺也要找到南珠格格，我就不信两个大活人还能飞了？”

找了一整天，一无所获，大家拖着疲惫的身子来到一间草屋下。司马冲坚持走另一条小路，终于在雪地里发现一条红色的围巾，上面还有点点污泥，那分明是南珠用过的围巾！

捡起围巾，司马冲驱马迅速来到大家中间喊道：“找到了！找到了！”柳嫣霞笑道：“找到了，格格人呢？”

“格格没找到，我找到了一条红围巾，就是南珠脖子上的那条。这足以证明她一定经过此路。”

多尔衮接过那条围巾，仔细看了看，说：“确实是格格脖子上那条，快带我去看，是哪条路上捡到的？”

于是司马冲将大家带到刚才捡起围巾的地方。多尔衮一看路的方向，淡定地说：“这条路是通往归化城的必经之路，格格一定是往归化城方向走的！是福是祸，就看她的造化了。”

雪越下越大，大家坐在茅草屋檐下。这时，一队蒙古兵突然急奔而来，大约有二十多匹战马。如果打起来，无论输赢都会很麻烦。多尔衮示意大家先进屋躲起来，别让他们发现。大家先后钻进茅草屋，关上大门，不发出任何动静。那队蒙古兵终于通过，留下一长串清晰的马蹄印。

司马冲在一块草堆上坐了下来，说：“此处离归化城有几百里路，并不远，我们还是先靠近归化城再说吧。无论多难，也一定要救出他们二人。”

多尔衮长叹一声说：“没办法，今晚在此休息一夜，明天就启程赶往归化城，再设法营救。格格如果出了意外，我没法向大汗交代。”

柳嫣霞找来几块干柴，生起篝火。大家围坐过来，一起取暖。丝丝的火苗带来阵阵暖意，也点燃了每个人心中的仇恨。想起死去的甄老鳄，想起死去的布占木，大家都说不出话来。也许每个人的梦想不同，也许每个人的武功不同，但只有此刻的心情是相同的。大家拿出身上不多的牛肉干、鸡蛋饼、羊肉包，纷纷吃了起来。阵阵青烟弥漫在茅草屋里。

天渐渐黑下来，夜色笼罩着四野，远处是白茫茫的雪山。就在每一个人都以为能平平静静过夜时，一阵吼声打破了安宁。

“开门！开……门！”一个壮汉翻身下马，手拿一把弯刀连连敲门。大约也是在雪地里奔波久了，想找个地方歇息。

甄琴身手敏捷，立即起身开门，问道：“哪里来的莽夫？敲什么敲！”因是夜里，光线昏暗，一时没看清。等定睛一看，不禁大吃一惊，花容失色。

那壮汉笑成一尊活佛，道：“美人，真的是你！借个地方歇息一下，怎么样？山不转水转，我们又见面了！”

来人正是降魔快刀图尔凡！那弯刀在黑暗中仍熠熠闪光，令人不寒而栗！柳嫣霞更是没想到，这么快找上门来，真是冤家路窄！图尔凡见那天交手的几个人都在，不禁哈哈大笑：“我踏破铁鞋无觅处，今天给我撞上了，就是这帮龟孙子盗走了我的宝贝！还我玉玺来。”

话音刚落，快刀直逼甄琴前胸。甄琴起身开门，不曾带兵刃，只得连连后退。司马冲见状，将她的宝剑一扔，吼道：“接剑，我们一起上。”甄琴接剑便刺，剑尖直逼对手要害。

冲琴二人各持长剑，首先用的九玄神剑中的一招“兰摧玉折”，刚柔并进。司马冲阳剑攻其大腿，甄琴阴剑攻其小腹，二人勠力同心一起发动进攻。

那图尔凡此前同二人交过手，知道二人双剑合璧也不过如此。谁知今非昔比，此次交手二人经过一番苦练之后，不仅配合默契，而且功力深厚，防不胜防。九玄神剑的精妙在二人的手上演变得出神入化，登峰造极。图尔凡心中不禁暗暗叫好，中原武学果然博大精深，令人叹为观止。

图尔凡一招“闳中肆外”加强防守，那快刀一会左边挡住阳剑，一会右边挡住阴剑，竟仍然能反击二人要害之处，三人一时杀得难分难解。接着冲琴二人使出一招“神工鬼斧”，图尔凡从未见过如此招数，二人双剑一虚一实，一明一暗，一个似神仙，一个像鬼怪，直杀得图尔凡连连招架。但转眼之间，图尔凡又使出一招“狂风暴雨”将二人杀得步步后退。

这要打到什么时候才能取胜？鸿鹄手持铁棍，显得有些不耐烦，叫道：“色鬼！住手，你娶了美人，丢个玉玺算什么？你看看，是格格盗走的玉玺，格格又不在，跟我们有什么瓜葛？你不好好待在留春谷，出来找死！”

图尔凡立即收刀，骂道：“秃驴！我中了你们的美人计，现在是赔了夫人又丢了宝贝！怎么说跟你们没关系？我辛苦找了好几天，总算找到你们了，快快交出玉玺，饶你不死，不然早早送你见如来佛祖。”冲琴二人见难以取胜只好退下。

“休想！”鸿鹄挥棍便上，一招“排山倒海”乃少林棍法中最狠的招数之一，直扑图尔凡前额。图尔凡挥刀招架，刀棍相碰，叮当之声不绝于耳。草屋里，柳嫣霞看图尔凡在专心打斗，料想其不会认出自己扮的南珠格格。

柳嫣霞对一旁的多尔衮低声问：“贝勒爷，要不要将那水货给了他？省得像恶鬼一样死缠着我们。”

多尔衮小声说：“那万一是真货呢？我们不就前功尽弃了？不行，他只有一个人是打不过我们的！”

果然，图尔凡和鸿鹄打到六十多招时，就有些气力不支，那刀法明显不如战冲琴二人时，那样严密，那样精准。图尔凡攻击下盘时，出刀明显缓慢，鸿鹄料他不敌，突然单手一棍劈来。哪知，这是图尔凡的诡计，突然反手一刀向和尚砍来，鸿鹄猝不及防，只好弃棍而退，身子一歪，左手臂被划破一道口子差点跌倒。

图尔凡再次一刀砍来，司马冲见二师父受伤，立即挥剑便上，挡住快刀，同甄琴一起再次杀向图尔凡。不多时，鸿鹄掏布袋放出一条毒蛇，向图尔凡扔去。那毒蛇口吐毒芯，迅速向图尔凡爬去，动作极快。图尔凡自知占不到便宜，只好挥刀离去。

司马冲将金创药粉小心给师父的伤口敷上，又找来一条布包扎好。鸿鹄生气地说：“奶奶的，这家伙刀的确快！我是太轻敌了，没看出他的诡计。”

今天若不是仗着人多，连师父都要吃亏！看来，人外有人，天外有天，此言不虚。图尔凡走后，草屋再次归于宁静，可是大家再也不敢睡得太沉，连睡觉也得睁只眼睛。

第二天清晨，一行人接着向归化城出发。北风呼号，山路崎岖。战马嘶鸣，苍穹阴沉。此行是明知山有虎，偏向虎山行！寒风冻不住必胜的雄心，大雪挡不住浓重的牵挂。为了救回格格，苦点累点大家都无怨言。

大约走了一天，眼前突然出现一座兵营，绕是绕不过去，只有一条道。远远看去，却不见一个士兵。走近一看，确实是座空营。莫非是刚撤走了人马？多尔衮拉住坐骑说：“趁着没人赶紧过，不然就来不及了。”说完，大家迅速冲进了兵营。

突然一声号响，从帐篷里冲出数百人，迅速将几个人团团围住，并摇旗呐喊：“抓活的！抓活的！”

102. 生死未卜

司马冲拨马往回撤，叫道："琴妹，我们双剑合璧一起冲出去。"可眼前的士兵将退路堵得水泄不通，四周剑戟森森。鸿鹄挥棍刚喊："跟我一起冲出去。"手臂传来阵阵疼痛，有鲜血不断从布条渗出。

敌营突然闪出一员猛将，手持弯刀，正是阿莽，冷笑道："你们几个蠢驴！我们的探马早就发现你们几个贼眉鼠眼，心怀不轨。还不快快下马投降，省得爷爷动手。"

多尔衮拔剑喊道："慢！我们同你们无冤无仇，为何要抓我们？"

不远处，贝勒爷额哲出来回话："城里丢了宝贝，凡是可疑之人都要抓。尔等一看便知非我蒙古牧民，当然嫌疑最大。不然，快快下马让我们搜查。"

甄琴长叹一声，早该得手之后，立即回京，省得夜长梦多。为防额哲发现自己，故意将头低下。可此时，额哲已经看见了甄琴，人群中有人极像甄琴，不知是真是假。琴儿不是掉下悬崖死了吗？上百人搜寻几天杳无音讯！她到底是人还是鬼？甄琴越是躲，额哲越是想看个明白，那人到底是不是琴儿？熟悉的眼神、熟悉的发型，难道真的是琴儿？

五个人虽然骑着战马，可四周都是兵马，要冲出去也很难。阿莽突然将手一挥，一队弓箭手一字摆开，纷纷张弓射箭。司马冲、鸿鹄冲在最前面，甄琴和柳嫣霞在多尔衮的后面。一支支箭射过来，司马冲只好挥剑挡箭，可护得了自身，护不了战马。不多时，坐骑中箭了。鸿鹄、多尔衮的坐骑也先后中箭。

多尔衮心想，这样下去我们五个人都要被射死，人和玉玺都没了，于是高喊："停止放箭！我们投降！"

此时，额哲也刚好看清甄琴的脸蛋，那分明是琴儿！于是立即下令："停止放箭！停止放箭！你们放下兵刃！即可免死。"弓箭手立即放下了弓箭。

阿莽等人挥刀上前，钢刀架在脖子上。五个人终于停止抵抗，放下手中兵刃。士兵们上前将五个人先后给绑了，并将行李一查。好家伙！真假两个玉玺全部查获！额哲看见玉玺高兴地说："还说不是你们盗走的？铁证在此，还想狡辩。"转身走到甄琴跟前，见果然是琴儿，笑道："真的是你！你原来并没有死。快告诉我，这些日子你到哪儿去了？"

甄琴放下宝剑被绑，气得不想理他，只回了一句话："贝勒爷，说来话长，你可答应了我们免死，不得食言！"

额哲收了兵器，笑道："好说！好说！先将你们带回去见父汗。"转眼间，美人、玉玺全部找回来了，心里像喝了蜂蜜一样。

此处离归化城约百多里，想不到这些人自投罗网，阿莽想起这事就自鸣得意。将这五个人绑结实了，额哲整顿好队伍，就出发了。战马一路狂奔，马蹄嘚嘚，寒风呼呼。对于从未当过战俘的多尔衮来说，其中的屈辱外人难以想象。唯有装作平民模样，才避免引来无端的羞辱。

"大捷！大捷！启禀大汗，贝勒爷不仅找回了玉玺，而且还俘虏了五人。"有人早早给林丹汗报告了喜讯。

林丹汗喜出望外，连午膳都没用完，连忙迎了出来。只见额哲、阿莽等人领着五名战俘走了进来。汗宫里珠光宝气，粉妆玉琢，到处金碧辉煌，雕梁绣柱自然与盛京不同。

司马冲悄悄问道："近日你们可曾抓到一男一女？"额哲回道："我们是抓到一男一女，跟你们是同一伙的？"

得到肯定的回答，司马冲更是着急，忙问："他们是否平安？"

"少啰唆！你们的死期马上就到了，还管得了别人。"一名侍卫凶巴巴地说。

走进大殿，额哲亲自将真假两方玉玺一起呈上，说："恭喜父汗！贺喜父汗！宝物失而复得，真乃祖宗显灵，福佑我朝。"

林丹汗见两方玉玺再次回到自己手中，自然龙颜大悦，一扫过去的忧愁。为防意外，自己托民间高人仿制了一方假玉玺，故意流落在武林高手处，以转移别人的注意力。没想到两方玉玺都被人盗走，更没想到会失而复得。正所谓人算不如天算，机关算尽又怎么样？

"到底如何得到宝物？快快说来！"

额哲朗声道："今日清晨，探马图格发现这五个人，从服饰看绝非我蒙古牧民。如果贸然上前抓捕，少不了一场恶战。于是儿臣和阿莽布下空营，暗处藏下重兵。这几个人果然自投罗网，儿臣叫弓箭手连射，这才逼得他们缴械投降。一查，玉玺果然在他们行李中，而且是真假两方。这五个人，请父汗发落。"

林丹汗微微一笑："此事办得甚好！传旨，赏额哲、阿莽、图格黄金各五十两，弓箭手每人蟒缎各一匹。将那五个人先带上来。”

五个人摇摇晃晃被押了上来，但傲气十足，见了大汗也不施礼。林丹汗抬头看见司马冲仍旧是一副顽固不化的样子，道：“小白脸，你好像是第二次被俘吧？上次给你逃脱，算你命大。”再一回头，又看见甄琴，美得像一株红辣椒，怪笑道：“哎，这不是琴儿吗？听说你掉下悬崖死了，怎么同这些人交上朋友了？你可是答应嫁给额哲的，是不是反悔了？”

“我爹被你们害死了，还想我嫁给额哲？白日做梦！”甄琴讥笑道。

额哲听说甄老鳄仙逝，一时也不敢相信，忙惊问：“老将军辞世，这是什么时候的事？我只知老将军外出寻女多日未归，不知老将军驾鹤，何来害死一说？”

甄琴双眼满是泪水，哽咽道：“我爹爹……一身武艺，身体一向健壮，若不是……你们设下圈套，怎么会中毒？如今，我中了诡计又落在你们手上，要杀要剐……随便，来个痛快的。”

“你若是想死，那就休怪我无情！”林丹汗走到柳嫣霞身边，见又是一个美人，乐道，“汉人就是美女多！你怎么也干些偷鸡摸狗的事？答应陪我一夜，就放了你，怎么样？”

柳嫣霞柳眉一竖，说：“你身边那么多美人陪着，还不够，我怕你龙体欠安，无福消受。”

林丹汗未料到她如此大胆！本想调戏一番反被其戏弄，又担心陪睡万一睡出麻烦，反送了性命，心里顿生一股怒火。这些汉女留着终是祸水，不如……

这时鸿鹄正在闭目养神，口中念念有词。虽然双手被缚，却是面不改色，心平气定。额哲见他这般模样，笑道：“佛祖在西天是不是等得不耐烦了，我早点送你上路吧。”

林丹汗扫了一眼多尔衮，见这个年经人生得虎背熊腰，异常剽悍，问道：“鞑子，你叫什么名？”

多尔衮半晌没理他。司马冲回道：“他就是天聪汗的弟弟多尔衮，你不能污辱贝勒爷。”

林丹汗笑道：“怪不得我的宝贝放在宫里不翼而飞，原来是天聪汗也想得到它。不过英雄所见略同，看来他没这个运气了。”

其时，阿莽靠近林丹汗小声说：“大汗欲取天下，这几个人留不得！我看这几个人是皇太极的心腹，不仅武艺了得，而且胆略过人。只是不小心中了我们的圈套。”

额哲问道：“父汗，这几个人就是盗取玉玺的真凶，已经人赃俱获。请父汗发落，除了琴儿。”

林丹汗吼道：“全部押进死牢，一个不留！”死牢，意味着不留活口，至于何时动手，就不得而知。平常抓获的战俘，一般关在好一点的牢房。死牢是最差的，那里又脏又臭，吃的是猪食马料，睡的是乱草堆。

五个人被押送到死牢。这里是城里一处偏僻的牢房，外面是一排排侍卫，房门都是碗口粗的木头做成，要开三重铁锁才能进得去。七拐八拐，他们终于被关在一间大牢房里。

一阵恶臭传来，司马冲差点呕吐出来。甄琴直接一口吐在地板上，大家纷纷调头。可这里是没人搞卫生的，要不然也不会这么臭。几个侍卫将他们送到死牢，双手松了绑，又换了铁链。里面空气潮湿，光线昏暗，只有一个小小的天窗透气。真是插翅难飞！

大家坐在一起讨论要不要杀出去，现在腹中饥饿难耐，浑身无力，且兵器尽失，如何杀得出去？总得填饱肚子再说。第一顿饭送进了，几块煎饼、几个馒头，全是黑乎乎的。司马冲拿了一个馒头，咬了一口，还带着点点馊味，不知是什么时候做的。送饭的说，吃得差，说明大汗不会杀你们；如果吃得好，那就必死无疑。

大家一听，这才安心吃了起来。虽然难以下咽，但只要有生存的希望，就会有办法。多尔衮吃着变味的煎饼说：“倘若当时我们继续顽抗，那就不可能活到现在，先吃饱再说。南珠肯定被他们抓到这里，就是生死未卜。”大家在痛苦中熬过了一夜，不知如何才能见到南珠。

第二天中午，牢头突然送来烤羊腿、红烧鸡、卤牛肉、糖醋鱼，外加一壶好酒。大家一时傻眼了！

103. 兵贵神速

如此美食绝不是战俘应该享受的，一定包藏祸心！那牢头放下酒菜就要走，被司马冲一把拉住，问道：“上头有什么吩咐？不如跟我们直说了。”

牢头回道："上头什么吩咐也没有，就是交代我们好酒好菜给你们送来。凭我多年的经验，你们的时日不多了。快吃吧！黄泉路上不做饿死鬼，也别怨恨我们。"

鸿鹄却毫不动色，仍旧坐在地上，伸出右手说："死即是生，生即是死。我佛慈悲，众生平等。文殊菩萨骑狮子，普贤菩萨骑白象，太上老君骑青牛，我就骑着战马走。"

那牢头说完就走了。柳嫣霞苦笑说："二哥，你骑战马走了，扔下我们不管，算什么？你到底想个办法，如何出去？"

别人都不敢吃，担心酒菜有毒，只有鸿鹄抓起一条羊腿就啃，还倒了一碗酒，喝了一大口说："万事也得吃饱再说，他若想害我们，又何必好酒好菜款待？我不管那么多，做个撑死鬼也好过做个饿死鬼。"说完继续狼吞虎咽。

见和尚吃得津津有味，大家也都吃了起来，可心里仍忐忑不安，吃了这顿，不知有没有下顿；过了今天，不知有没有明天。

到了晚餐，牢头送来山鸡炖蘑菇，牛肉焖土豆，红烧猪脚、椒盐猪肚又带一壶好酒，大家心里笼罩着一种不祥的预感。总感觉不像是在坐牢，倒像是在汗宫里享受荣华富贵。

是死是活也顾不上了，反正吃饱再说。大家不由分说，上来就吃。不知林丹汗葫芦里装着什么药，吃完以后，大家相安无事。

夜风呜咽，战马嘶鸣。这一夜，大家睡在干草堆上，胆战心惊，生怕午夜时分突然来一道命令，将他们秘密处决。可睡着睡着，什么事也没有，外面除了呼呼的风声，偶尔几声马鸣，什么也听不见。

第二天，照旧好酒好菜定时送来。众人心里十分不解，却依旧大吃不辞。鸿鹄吃得满嘴流油，笑道："多亏听了贝勒爷的话，不然哪有脑袋吃饭啊？"司马冲吃了几口菜，说："二师父，你倒是想个办法出去才对，不然我们就是人家菜板上的肉，说砍就砍了！"

鸿鹄一抹嘴说："我能有什么办法，现在是叫天天不应，叫地地不灵！找你的格格去吧，也不知她自己怎么样！"大家望着紧锁的铁门只好边吃边摇头。

也不知过了多久，牢房突然打开，只见一个年轻人灰头黑脸被推了进来。大家抬头一看，正是洪泮洙。洪泮洙惊道："果然是你们！我听牢头说昨日抓了几个汉人，我猜可能是你们被俘。我就主动要求同你们关在一起。"

司马冲一把拉住洪泮洙的胳膊说：“你傻啊，这是死牢！你进来能活着出去吗？南珠格格呢？她不是跟你一起被抓走的吗？”

洪泮洙一屁股坐在地上，手上的铁链发出清脆的声音，气愤地说：“女人就骨头软！格格可能已经投降蒙古兵了。”

“不可能，她不会投降蒙古兵的，会不会被蒙古兵害了？”司马冲一再追问南珠的下落：“你同格格什么时候分开的？”

洪泮洙说：“起初是想杀了我们俩，后来从格格上身上掉出一条项链，情况就发生了变化，再后来格格又拿出一道密函，就彻底同我分开了。我照旧坐大牢，她就不见人了！”

说到这时，司马冲寻思格格可能找到她娘了，真是苦尽甘来！心里顿时乐开了花，这次八成又能逢凶化吉！可牢头的话不容你不相信，每次只要战俘吃好的，准要杀头。大鱼大肉已经连吃两天了，第三天有没有吃的还真不好说，只要林丹汗的旨意一到，几个人的脑袋就成了山上断蒂的南瓜！

甄琴听说格格几天不见人，心里也乐，说不定早就被杀了，于是说：“格格想拿大汗的密函来当救命符，说不定死得更快，林丹汗一向讨厌汉女。”

柳嫣霞知道甄琴心里不痛快，故意说气话，忙笑道：“林丹汗讨厌汉女没关系，可额哲喜欢汉女啊！”

洪泮洙似乎听出了弦外之音，说：“哪个女人不希望朝为越溪女，暮作吴宫妃？世间少有例外，能抛弃名利者，实属罕见之奇女子！”

柳嫣霞微微一笑说：“琴妹就是这样的女子，放着个汗妃不做，非要往火坑里跳。”多了一个人，大家你一言我一语，聊得十分热闹。

入夜，凄冷的北风吹得门框吱吱作响，饥饿的战马嘶得人心慌意乱。油灯点亮了夜的眼睛，星辰躲到了心的背后。山雨欲来风满楼，一场血雨腥风仿佛转眼就到。大家或蹲或躺，迷迷糊糊又不敢睡得太沉。

迷迷糊糊中，天又亮了。司马冲摸了摸脑袋还在，一翻身想起来，复又沉沉睡去。不知过了多久，突然牢门打开，牢头送早餐来了。竹篮里尽是馒头、包子、蒸饺还有几个鸡蛋。

牢头说：“都起来吃吧！”放下竹篮，转身又锁上门了。大家正吃得津津有味，不料，牢头拿出一张黄纸，在门口念道：奉天承运，大汗诏曰。草原盗贼，窃吾国宝，乱吾军心。祸起汝等，格杀勿论。午时三刻，门外行刑。

大家一时面面相觑，无言以对。和尚睡得最沉，也最放得下生死，听说旨意到了，忙起身说：“十八年后，世上会再多一个和尚！有什么了不起！”

柳嫣霞哭道：“二哥，我还不想死，不然我们一起杀出去，说不定还有条活路。”

多尔衮刚吃完一个包子，说：“别费劲了，这门都是铁的，凭我们血肉之躯，能奈它何？何况吾等兵刃尽失，若遇追兵，何以抗敌？”

甄琴长叹一声，跪地哭道：“爹爹，想不到就这样要随你而去！大仇未报，到了阴间，女儿无颜以对，苍天啊！”

司马冲欲哭无泪，叹道：“同是天涯沦落人！我不能死，我也是父仇未报，怎能了此残生？我一定要杀出去，还吃个鬼啊？”

洪泮洙闻知后，疾首蹙额道：“当今乱世，民不聊生。为寻真谛，落入敌手。吾死不足惜，可怜父母养育之恩无以报答，可怜天下苍生无人拯救！”

司马冲拉着洪泮洙的手说：“贤弟，悔不该带你到草原，你现在是骥服盐车，若在中原当有一番作为，可惜！可叹！”

那牢头念完汗旨，转身离开，也不管这帮人如何乱成一锅粥。鸟之将亡，其鸣也哀；人之将死，其言也善。一时间，哭的哭，叫的叫，闹的闹，牢房里哀鸿遍野，也无济于事。

转眼到了中午，既不见人来送饭，也不见人来用刑，这就怪了！大家尽管饥肠辘辘，可谁也没想过要吃饭。会不会是时辰未到？可又等了很久，还是不见人影！

午时三刻早过了，仍不见一个蒙古兵，这到底怎么回事？连个送饭的都没有！这就更奇怪了！大家百思不得其解。

突然门外传来一阵马蹄声，马蹄声越来越大，很快冲进来一群人，手上拿着弯刀长枪。司马冲心想，这次真的没救了！南珠也不知搞什么名堂！

多尔衮认出，为首的正是御前侍卫副总管富察勇智，却没有一人抵抗，径直冲进了牢房。人群后面紧跟着一位姑娘，正是南珠格格。大家看得分明，顿时心中大喜。富察副总管几刀就将牢门砍开。赵坤将大家身上的铁链一一砍开。

司马冲不解地问：“你们是如何找到这里的？林丹汗和额哲的兵马都去了哪儿？”

南珠明眸一闪，笑道："凭着那条项链，我和娘终于相认了，没想到很快你们都被抓了进来。我让娘向他们求情，希望能放你们一条生路，可他们根本听不进去，一直想杀你们。于是，我就飞鸽传书给阿玛。"

富察副总管陪同大家走出牢房，边走边说："大汗接到飞鸽传书后，立即就召集人马，联合科尔沁、扎鲁特、巴林、奈曼、敖汉等台吉兵马会于西拉木伦河附近。这次大汗决定再次亲征，不仅要救大家，而且要征服察哈尔部。我们风雪兼程，日夜奔驰。我带领的先锋到达归化城时，本想来一场恶仗，谁知归化城竟然是一座空城。"

赵坤接过话头说："满城只剩几个老弱病残的，根本无人抵抗。林丹汗是不是提前得到什么风声才率部逃走的？我们不得而知，但我们轻易就找到了格格，找到了你们大牢的位置。真是不幸中的万幸！"

大家死里逃生，当然长长松了一口气。此时才突然想起午餐还没吃，有人送来牛肉、煎饼、馒头等。大家立即狼吞虎咽起来，顾不得什么繁文缛节。洪泮洙笑问："格格，你为什么不跟你娘一起走？"

南珠嫣然一笑："我就料到你们可能快到了，于是跟娘说上街买衣服去了。回来时，发现娘还是跟林丹汗他们走了。这叫无可奈何花落去！"

司马冲突然闪到她跟前，接着说："这叫似曾相识燕归来！"

104. 再借兵书

先锋队里的多铎终于见到了他的亲哥哥多尔衮，高兴地合不上嘴："那额哲没有为难你吧？只要一提天聪汗皇太极的大名，他们一定如雷贯耳，吓得屁滚尿流吧？"

多尔衮说："就是头几天吃得太差，后来也不知怎的，天天送进来的是大鱼大肉，反而让我们吃得不安心。是不是南珠格格搞的鬼？"

南珠朝多尔衮做了个鬼脸，笑道："他们巴不得你们早死，还不是我吩咐牢头上好酒好菜。"

一行人在归化城找了几圈，也不见林丹汗和额哲及部属的人，当然也没有找到传国玉玺。林丹汗肯定将真假两方玉玺都带走了，不会留下的。

先锋队在城里收降了一些来不及撤退的士卒。多尔衮命人在城里放话："只要放下武器，一律不杀。愿意归降的，还能得到救治。"许多老弱病残的士卒，过去同林丹汗有过节的，纷纷缴械投降，算下来有几万人。

深夜时分，皇太极的兵马才赶到。多尔衮向皇太极报告了一路的艰辛："大汗，布占木为救格格不幸牺牲。尽管我们历尽千辛万苦，玉玺还是得而复失，有负大汗的期望。请大汗降罪，吾等当认真反省，以后在战场上将功赎罪。"

皇太极拉着多尔衮的手说："你不必过于自责，汉人有句话叫，胜败乃兵家常事。此行让你经受了考验，也让我们摸清了后元的底细。如果不是林丹汗闻风而动，定然会一网打尽。"

南珠将娘的一只手镯悄悄交给皇太极，低声说："这是娘常戴的一只手镯，她让我有机会转交给你。本来，这次是有机会见到娘的，可惜又错过了。"

皇太极仔细看着那只手镯，晶莹剔透，光滑圆润，中间一条碧绿的纹理显得格外诱人，一看便知是上等的精品，于是喃喃自语："胜蓉啊，胜蓉，吾还是晚来了一步，他们一定没走多远，只要奋力追，就一定能追上。"

皇太极立即召集多铎和富察勇智，吩咐道："即刻率领先锋队，向西追击林丹汗，不要让他逃了。"大家得令后，立即整顿人马，再次向西追击，马不停蹄，只留少数人马断后。

队伍追了几天后，仍不见林丹汗的踪影，只俘获一些旧部人马。茫茫大漠，冰天雪地，道路崎岖，每走一程，都十分艰辛。不知不觉，又追了好几百里。前方一座雪山挡住了去路，大家犹豫不决。

性急的多铎拉住缰绳问道："大汗，前面山高路陡，可否停止追击？"皇太极环视四周，寒风卷着雪花，漫天飞舞，于是说："暂停追击，就地扎营。看来老天又要放过他们了，他们跑得比兔子还快。"

南珠拨马靠近父汗说："阿玛，兵法有云，穷寇勿追。况且我们一路收降了几万部众，队伍也壮大了不少。离开归化城，就让他们苟延残喘去吧！"

大家先后下马，取出帐篷，就地取材，支起营寨。有人给皇太极送来马奶、净水。南珠低声问："阿玛，布占木为救儿臣不幸遇害，该如何抚恤慰问叶赫部族人？"

夜幕降临，寒风凛冽。皇太极远眺夜色中的雪峰，颤声道："速速传旨，封布占木的弟弟布占齐为贝勒，统领叶赫部。赏黄金三百两给布占木年迈的父母。可否？”

多铎立即应声：“大汗英明！如此才能安抚叶赫部及其他部将士。另外，是否要追封布占木一个称号？以激励三军将士奋勇杀敌。”

皇太极朗声道：“那就封布占木为‘叶赫猛士’的荣誉称号，速速拟旨，三军将士要向‘叶赫猛士’学习，身先士卒，勇猛杀敌。”

闻讯而来的多尔衮，附和道：“大汗英明！必要的抚恤是不能少的，荣誉称号也是不能少的！这让全军将士能够团结起来，所向披靡，攻无不克，战无不胜。”

刚刚化险为夷，南珠想找司马冲说说话，可沿大营找了两圈也不见人影。天黑了，能跑到哪儿去？这个呆头，刚刚脱离危险，又要生出事端吗？

顶着寒风走在雪地里，南珠心里十分恼火，正想回去休息，迎面走来一位白面书生。正是洪泮洙，一见南珠，彬彬有礼：“洪某见过格格。天黑了，格格不回大营休息，在此做啥？前次借的《孙子兵法》，洪某受益匪浅，在此深表感谢。”

南珠本来就不高兴，冷冷道：“是洙哥，你不也在雪地里乱逛！我在找冲哥，不知道他跑哪儿去了。”

洪泮洙点点头笑道：“听说，你还有一本《三十六计》，可否借我一阅？”南珠摇摇头说：“不行，不行！这本书我现在正在研究，不能借阅。”

一心求学的洪泮洙没想碰了钉子，心中闷闷不乐，收了笑脸说：“格格太小气了吧，不过是一本书而已。”南珠转身眨眨眼说：“洙哥也是能诗能文的大才子，要不这样，我出一副对联，你若能对上，这书就借给你；若对不上，那就休怪我小气了。”

洪泮洙说：“那你就说说看。”南珠嫣然一笑：“上联是，竹篮装笋祖怀孙，请对下联。竹和笋的关系就不用我多说了，你请回吧。”

自己读的书也不少了，洪泮洙一时想不起来，哪里读过？对不出来，只好灰头灰脸地走了。南珠在一旁偷着乐。

洪泮洙回到炕上，翻来覆去睡不着，突然想起这是娘小时候讲的一个故事，说宋代大学士苏东坡被贬海南，途经雷州半岛，到了风光秀丽的湖光岩，却没有留下半句诗文，竟然也是因为这一副对联。苏东坡想打听去湖光岩的路，一位正在插秧的农妇出了上联。苏东坡竟答不上来，只好打马回头。后来，这对联被一位老太婆对出。苏东坡游兴顿失，再也不好意见卖弄自己的诗文了。

夜已经很深了，洪泮洙突然想起了下联，立即翻身起炕，打算找南珠。又担心南珠已经睡下，实在打扰人家。洪泮洙穿好衣服，摸黑来到南珠的营帐外头，小声喊道：“格格，我的下联有了。”

南珠没想到这家伙如此执着！还好自己生气没有睡下，于是开门，让他进来。洪泮洙笑答：“这下联是，禾草捆秧娘抱子。”南珠赞道：“果然是博学才子！我再出一副，看能对否？”

洪泮洙忙拦住说：“格格不能赖账，格格必须先兑现自己的诺言，再出对联。”南珠无奈，只好将看到一半的《三十六计》小心奉上：“限时三日，三日后奉还。我就不再考你了。”

接过那本书，见扉页有些发黄，洪泮洙知道，格格定是用功学习，心中暗暗敬佩，口中答道：“感谢格格赐书，三日后一定奉还。”

那洪泮洙手捧《三十六计》，如获至宝，立即回到炕上，准备睡下，可怎么也睡不着，不如干脆起来看书。于是，他连夜一口气看完了全本，到了快天亮了，实在是累了，才迷迷糊糊睡着一会儿。

南珠将那本书借给洪泮洙后，一时了无睡意，心想冲哥到底上哪儿去呢？在冰天雪地里，他能去哪儿呢？南珠在大帐里各个角落都找遍了，就是不见冲哥的人影。再一找，发现琴妹也不见了。那换下的衣服还在包袱里。

对，一定是练什么剑法去了！此时夜深人静，外面寒风凛冽，他们会到什么地方练呢？南珠急得到处找，可一无所获。走到营帐外，见到两个侍卫，南珠问道：“这附近可有山洞？”侍卫摇摇头说：“这一带，我们也不熟悉，你自己找找看。”

走出营帐，借着火把，远远看见前方有一座山峰。有山的地方，就一定有山洞。他们八成躲在山洞里练剑去了！我若不去，说不定干出好事来。南珠想着，加快了脚步。反正这儿离大营不远，不会有危险。

眼前山高路窄，杳无人烟。走不多远，果见一山洞，洞口传来阵阵青烟。南珠一路小跑，娇喘微微，却听不见一丝声音，为何听不见一点动静？若是练剑，一定会有剑声，洞中隔音差，一定听得到。莫非正在做出格的事？

南珠径直走进洞中，首先发现一堆熊熊篝火，篝火旁躺着一对男女，衣衫单薄，果然是冲哥和琴妹。琴妹还压在冲哥的身上，二人却一动不动，两把宝剑也丢在一边。

不好！一定是走火入魔了！南珠赶紧搬开琴妹，发现腰带未曾松动，人却昏迷不醒。冲哥也是气息微弱，两目紧闭。如此看来，是自己多虑了。

“冲哥，快醒醒！琴妹，快醒来，快醒来。”南珠赶紧扣压二人的人中穴，连扣了好几下，都不见反应。南珠急得快哭了，此处离大营很远，传太医肯定是来不及了。

“快来人呀！”南珠喊声带着哭腔。好一会儿，司马冲突然睁开了眼睛，发现自己正躺在南珠怀里，旁边琴妹仍在昏迷中，一时间满面通红，喃喃道：“你什么时候来的？”

南珠拧着司马冲的耳朵说：“你个猪头！我再不来，明天怕是再也见不到你了。快来看看，琴妹，为何还不醒来？”

105. 寻仇奇遇

司马冲从南珠怀里挣脱，转身扶起甄琴。南珠又按压了几下人中穴。不一会儿工夫，甄琴吐了一口气，才睁开了眼睛，却红着脸一句话也说不出。

南珠问道：“刚才，你们为何双双昏迷？若不是我及时赶到，后果不堪设想。”

甄琴想起刚才同司马冲练习九玄神剑，当练到“双龙闹海”时，不知不觉自己春心荡漾，开了小差，前胸靠着他的怀中太近。可能是司马冲也有些异常，动作明显不到位。这才双双突然昏迷倒地。此时，甄琴才想起爹爹在世时，为何不让自己和冲哥看谱练习剑法？那是为了以防万一，若是在野外，无人施救，断然不行。

司马冲也羞于启齿，只好敷衍道：“我们练了好一阵，可能是太累了吧。”南珠大约猜到其中的秘密，笑道：“是猫，哪有不偷腥的！看来你们以后练剑真要多加小心了。”

甄琴收拾好宝剑，红着脸说：“今天就不用再练了，明日练剑还请格格为我们生火备茶。”

三人起身往大营走。司马冲经历此次挫折，长叹一声道：“光阴荏苒，世事难料，蓦然回首，一事无成。我们父仇未报，却差点命丧大漠，细思极恐。”

南珠遥望大营，思虑良久道：“冲哥琴妹，以你们二人的九玄神剑目前的功力也未必胜得了金鞭法王，不如避实击虚，先找土匪慕容铁算账，或许还绰绰有余。”

可甄琴不这样想，此处距归化城约二百里，离留春谷不远，如就这样放弃，到中原找慕容铁寻仇，那要等到猴年马月才能给爹爹报仇雪恨！那金鞭法王济尔格与图尔凡常住山洞，不与官军一起，只要寻得一个单打独斗的机会，以我和冲哥目前的剑法，定能取胜。

第二天，皇太极传令，大军东撤返回盛京。甄琴悄悄找到司马冲，低声说：“我们二人寻两匹快马，赶在今夜将那济尔格干了。大军人马辎重太多，走不快的，等我们报完仇还能追得上。怎么样？”

言之有理！司马冲一想，别管什么真假玉玺，先报甄师父的仇再说。于是二人准备了三天干粮，找了两匹上等良驹，喂饱了马匹。司马冲担心南珠阻止，只能不辞而别，转身写了一封书信，托泰格交给南珠格格。临行，司马冲吩咐道：“此信只能今晚才能交给格格，切记！免得影响大军行动。”

于是冲琴二人快马加鞭直奔二郎山。二郎山依旧披着皑皑积雪，放眼望去，好一派银装素裹之景象。道旁，一位年轻人倒在积雪上。大约二十岁，汉人装束。甄琴赶紧下马，上前试探，却发现那人早已没有气息，但又不见伤口。仔细查看，口鼻带血，嘴唇发黑，可能是中毒而死。

甄琴只好上马，对司马冲说：“又杀了一个汉人，看来仇人就在不远，我们要小心他的软鞭有毒。”

司马冲狠狠抽了一马鞭，说：“济尔格极恨汉人，如此年纪就惨遭毒手，简直天理不容。我们快点赶路，早点杀了这个畜生！”

不多时，二人再次来到留春谷。谷中仿佛世外桃源，草木茂盛，青翠欲滴，百花芬芳，流香四溢。远远听到，有妇人呼救：“救命啊！救命啊！”

二人系好马匹，司马冲持剑正欲前往，被甄琴一把拉住。

“不可，你忘了上次的教训！别傻，以我们二人对付两大高手，肯定要吃亏。不妨先作壁上观，待机而动。”

司马冲说：“再晚了，那人就没命了。”

此时，天色将晚，谷中被一团团浓雾笼罩。二人小心伏在山洞口，里面的声音听得一清二楚。

“小娘子，你夫君已经给我打发走了，你就留下跟我做个长久夫妻。我保证不让你受苦受累，怎样？”这显然是个男人的声音。

“呸，我们汉人一女不嫁二夫，哪像你们蒙古人全是一群畜生！趁早放了我，免得我夫君将你碎尸万段！”这女子声音锐利，态度坚决。

“看你是个美人，留你一条小命，还不知好歹。若是我二弟在，今晚就上了你，让你做不成良家妇女。”

“要杀便杀，何必婆婆妈妈？想让我答应你，那是痴心妄想。救命啊！救命啊！”

司马冲抡起拳头就敲洞门，说：“图尔凡不在，此时不攻，坐失良机。”甄琴示意他小心，自己躲在门口一侧按兵不动。

只听那女子哈哈大笑：“怎么样，我夫君救我来了。”

那男子一声冷笑：“等我开门，准是我‘安达’回来了。”说完，扭动机关，打开洞门。门口站着一个身材魁梧的年轻人，手持一把宝剑。二人一见，均大失所望。

那男人大吼一声说：“小子！我想起来了，你们盗走玉玺，还敢回来，有种拿命来！”

司马冲见一位美人，倒有几分姿色，双手被缚，神色从容，正在挣扎。那男人一眼就认出是金鞭法王济尔格。

济尔格抓起一把虎头刀，说：“今天，我不用软鞭，就用这把刀来会会年轻人！说，为什么搅坏老子的好事？”

司马冲咬紧牙关说：“来时路上，死了一名汉子，是不是你杀的？你作恶多端，不得好死。今天就让你死个明白，死也别做个糊涂鬼。那玉玺，我们找高人鉴别过，那就是个赝品，不值得争个你死我活。我只问你，在凤翥镇，你是不是鞭死过一个白发老人？”

济尔格厉声道：“一人做事一人当，这两件都是我做的又怎样？就凭你三脚猫的功夫，快快滚，滚得越远越好。”

“我是那白发老人的徒弟，今天你的死期到了，看剑！”司马冲说完，青铜宝剑出鞘后，径直刺向济尔格的前胸。

济尔格横刀挡剑，见年轻人的剑法动作不再拖泥带水，确实有些进步，招招直抵要害。

司马冲忽一招“釜底抽薪”攻其下盘，忽一招“白鹤亮翅”攻其上盘，逼得济尔格连连招架。二人斗了三十多个回合，从洞中打到洞门口，不分胜负。济尔格正专心接招拆招，冷不防洞门口有人斜刺一剑，正中左上臂。原来是甄琴早就埋伏在暗处，只等引他到位。

济尔格痛得长叫一声，立即转身退到洞中。趁这工夫，甄琴将那女子绳索划断，叫她快快上马。那女子迅速挣脱绳索，跑出洞门。

不一会儿，济尔格从洞中取出一条长长的软鞭，笑道："刚才我没用软鞭，让你占了便宜，现在让你们尝尝软鞭的厉害。"说时迟，那时快，那软鞭已从半空中抽过来。

甄琴当然不敢大意，一招"孔雀开屏"牢牢护住面门。司马冲阳剑发威，直刺其右手臂。哪知他收鞭一撤，又向司马冲抽来。司马冲只好反攻为守，一招"白虹贯日"再次发起攻击。

那济尔格刚才左臂中剑，好像无事一般，这会儿软鞭威力无比。冲琴二人双剑合璧，连使三个绝招，他都能应对自如。软鞭不时在空中发出凌厉的声响。甄琴料想如此下去，定不能取胜。

于是，甄琴就地向济尔格投了一把沙子，转身对司马冲说："我们走！"二人退到洞口，翻身上马，甄琴和那女子同坐一匹马，飞奔而去。

济尔格见眼前一团白雾，手中的鞭子仍在空中发威，只是再也找不到敌人了。美人也不知什么时候不见了，只留下一地叹息。听到马蹄声，知道他们逃走了，也无可奈何。

三人行至来时的路，找到刚才倒地的年轻人。那女子下马，发现果然是自己的夫君。一时痛哭不已，泪如雨下。女子哭道："我本是汉人复姓慕容名叫灵，因避战火逃到蒙古。前日，行至二郎山，遇到那使鞭的汉子，将我抓去欲强逼为妻。又将上门讨人的夫君杀害，真是丧尽天良！幸亏二位恩公救得民妇，愿做牛做马报答二位的恩情。"

司马冲和甄琴下马后，将她夫君找了块地方，准备草草掩埋。冻土挖开，异常艰难，好在带有兵刃，倒也不费力。事毕，司马冲说："我们是远道寻仇，并非专程来救你，事已至此，你也不必多谢，节哀顺变吧。我们还要赶路。"

慕容灵仍不停地擦着眼泪，问道："敢问二位是何方高人？赶往何处？如今孤零零一人，我不知如何是好。"

远眺茫茫雪山，甄琴说："我们是跟随皇太极大军的汉人，本想干掉仇人，谁知功夫不到，只好保全性命返回追赶大军。"

慕容灵擦干眼泪，想了想就跪在地上说："过去我们一味逃避兵灾，终不是办法，听说皇太极兵强马壮，善待汉人，今日遇见贵人，不如请二位带我去投军，我愿做牛做马听从差遣。"

司马冲也有些犹豫，在这荒山野岭，一个弱女子如何苟活？只好应道："救人一命胜造七级浮屠！那就送佛送到西天，带上吧。"

那慕容灵自然千恩万谢，再次上了甄琴的战马。三人一路追赶大军。也算是不幸中的万幸了。

不几日，三人终于赶上大军。南珠刚刚见到平安归来的冲哥，高兴了没几天，回到稻香阁突然发现，洙哥归还的《三十六计》和那本《孙子兵法》不翼而飞。更为蹊跷的是，甄琴的《九玄神剑》和《甄家枪法》也不见踪影！到底是何人所为？大家百思不得其解，南珠和甄琴为此茶饭不思。

第二十二章　兵由乱起假做真

106. 良禽择木

赤地千里，饿殍遍野。再说山西的闫勃、慕容铁之流日日招兵买马，操枪弄刀，声势日渐壮大。朝廷官军几次攻伐，均未得手。又一轮更大规模的剿匪战即将于下月初打响。义军大营气氛骤紧，各营均在厉兵秣马，枕戈待旦。

一日，慕容铁、邱峰正在操场指挥练兵。闫勃和师爷吴雕技正在大堂饮茶。吴雕技阅过近几日的战报，呷了一口茶水朗声道："我等追随寨主也有多年，从蘅塘转战到山西，经过浴血奋战才有如今的栖息之地。战报上说，山西的李自成克敌无数，捷报频传，寨主以为此人如何？"

闫勃思虑许久，才说："听说李自成粗衣淡饭，严以律己，不好酒色，不掠财资。此乃王者气质，可成大器！"

吴雕技笑道："寨主高见！李自成提出'均田免粮''平买平卖''割富济贫'等口号具有很大的号召力。俗话说，枪打出头鸟。我们何不归附？免得成了朝廷的攻伐对象。如若孤军苦战，难保日后不被朝廷各个击破。"

闫勃再喝了口茶水，冷笑道："师爷言之有理！此事宜速不宜迟。"

其时，有人突然进门奏报："寨主，不好了！有一队人马正朝大营杀了过来。有几千精兵！"

闫勃立即下令："速速传令，整顿人马，准备迎敌。"难道是官军讨伐时间提前了，好杀个措手不及。闫勃一边抓起随身宝剑，一边问道："来者何人？"

探马回道："离此约五里，看不清旗号。"

"再探！务必看清。"探马应了一声，飞身上马冲出了大营。

那吴雕技跟随寨主闫勃身后，来到操场。其时，早有传令兵吹起号角。一声长鸣，响彻寰宇。慕容铁、邱峰带着各自人马急速向大营外行进。一时间尘土飞扬，喊声震天。

闫勃骑着战马，高声道："将士们，大明王朝，横征暴敛，这些朝廷走狗，一向阳奉阴违，欺男霸女。今天他们找上门来，正是我们报仇雪恨之时。"

大队人马刚刚冲出大营门口，只见敌军已经杀到眼前。大家抬头一看，旗帜上一个硕大的"闯"字，这不是闯王李自成的兵马！哪里是朝廷剿匪的官军？

为首的壮汉一把拉住缰绳，吼道："我们是闯王李自成的部下，叫你们当家的出来搭话。"

闫勃纵马上前，说："我就是黑峰寨寨主闫勃，你们为何带那么多人马？有种不杀官兵，专搞窝里斗！"

那壮汉一声冷笑："你问问你的部下，昨夜都干了些啥？"

闫勃转身问慕容铁、邱峰："你们昨夜有何行动？"

慕容铁上前奏报："昨夜属下已完成你前日下达的粮草收缴任务，共劫获小米二十石，草料五十担，杀死敌军三人。这些已写入战报文书，不知寨主是否看过？"

闫勃本想夸奖几句，料想此事可能惹祸，于是问道："你们劫的是谁的粮草？"

慕容铁忙回道："我们劫的可是朝廷的民脂民膏，杀死的人都穿着朝廷的官服。"

闫勃冲着壮汉答道："我部人马昨夜抢过一些粮草，但那是朝廷的官粮，与你何干？"

那为首的壮汉再次冷笑道："昨夜我部在玉环山的一批粮草被劫走，据交战人说，劫粮草的人逃往黑峰寨大营方向！你们还有什么话说？快快交还粮草！"

慕容铁驱马上前，拔刀一挥应道："慢，如何证明这批粮草就是你们的？"

那壮汉也驱马上前，惭愧地说："我部守粮草的士卒，为防官军偷袭，故意穿着朝廷的官服。没想到聪明反被聪明误！"

话说至此，情况已经明白。闫勃哈哈一笑："误会一场，误会一场！真是大水冲了龙王庙，一家人不认一家人。我们真正的敌人都是朝廷官军，怎么不是一家人呢？既是我们劫了你们的粮草，定当奉还。请先退兵转告闯王，闫某明日一定带上粮草，亲自登门谢罪。

那为首的壮汉这才转怒为喜，收了兵器说："那好，我们这就退兵，明日你若食言，决不轻饶。"

那队突如其来的精兵转瞬间扬尘而去。闫勃吩咐道："他们撤了，我们也撤回吧，继续操练。”于是大队人马开始向大营回撤。

正在回撤的慕容铁拨马靠近寨主，说：“寨主，不行啊！我们好不容易搞到这批粮草，难道真要拱手送人？”

闫勃黑眼珠一转，说：“你懂个屁！只顾眼前的蝇头小利，却不知大树底下好乘凉啊！”

一行人回到大营。师爷吴雕技悄悄对慕容铁说：“将军有所不知，如若这批粮草真是误劫，就一定要奉还。‘将欲取之，必先与之’的道理，将军一定知晓。当今乱世，朝廷百足之虫，死而不僵，唯有投靠李自成，才能谋求长久生存之道。”

那慕容铁虽嘴上点头，心里终是不开心。操场练了几场后，中午回到营帐，喝着闷酒。一杯接着一杯，无人敢上前阻止。大家都知道，他是个地道的酒鬼，高兴也要喝，烦恼也要喝；无事也要喝，有事更要喝。

次日，根据约定，黑峰寨的人将前日所劫粮草装好马车，准备送往李自成的大营。吃到嘴的肉要吐出来，这毕竟不是件痛快事！很多士卒觉得脸上没有光彩，甚至有些窝火。

只有师爷和少数几个首领明白道理，于是传达将令：寨主亲率一支精兵押送粮草前往李自成大营。大家整顿好队伍，浩浩荡荡就上路了。

盛夏时节，烈日炎炎，草木茂盛。成片成片的农田无人耕种，长满各种野草。一座又一座荒山无人开垦，站着无数乔木。队伍从村头走到村尾，也难见到一头牛、一只鸡。尽管义军想了很多办法，尽量不抢掠，但老百姓见到带刀的队伍，还是躲得远远的。

经过几个时辰的跋涉，队伍终于到达玉环山大营。守营的士卒急忙通报，有人送粮草来，而且还是前天刚被人劫去的。大家面面相觑，不敢相信，这年头还有人做这种傻事！

不多时一位彪形大汉健步走出大营，正是闯王李自成！闫勃远远看见那壮汉，生得虎背熊腰，一双眼睛炯炯有神，透着一股灵气。李自成双手抱拳道：“这位壮士就是小霸王闫寨主吧？久仰！久仰！在下李自成有失远迎。”

闫勃翻身下马，也抱拳施礼：“久闻闯王大名，如雷贯耳，不敢劳你大驾迎接。在下闫勃，失敬失敬。”

队伍在大帐外停了下来。李自成将闫勃迎进了大帐，亲自倒了一碗茶水说：

“请坐，请坐，昨日有属下兵马到贵寨骚扰，实在抱歉！还望海涵。”

闫勃指着帐外的队伍，大声说：“都是属下有眼无珠，误劫了将军的粮草，今日如数奉还，特来赔罪。”

李自成哈哈大笑：“岂敢岂敢，准备茶水，请弟兄们到帐内休息。”

帐外的队伍陆续走了进来，受到热烈的欢迎。闫勃喝着大碗茶，话锋一转说：“多年来，我部除暴安良，劫富济贫，替天行道，早已是朝廷的眼中钉，肉中刺。听说将军‘均田买粮’‘平买平卖’，穷苦百姓纷纷投靠。在下有意投靠将军门下，共举义旗，开创伟业，不知将军意下如何？”

李自成笑道：“寨主多虑了，李某求之不得。只盼穷人早日翻身做主，只盼天下再无横征暴敛，当今朝廷是我们共同的敌人，我们只有联合起来，团结起来，才能攻无不克，战无不胜。区区一点粮草何必送来，快快拉走。”

闫勃脸色一拉生气地说：“我等诚心诚意送粮过来，难道将军怀疑我们完璧归赵之心？刚拉过来，岂能拉回去？”

李自成见状，只好收下，随即传令：“将所有粮草，拉至粮库，人员随后到大帐休息。”

师爷吴雕技向李自成报告了目前士兵和马匹的数量。李自成向闫勃宣布了义军的纪律，随后说：“没有纪律的义军，将是一盘散沙，既不能打仗而且很容易被官军击败。”

慕容铁和邱峰等听后十分钦佩，表示愿意听从李自成的号令。李自成当晚传令：“虽然义军很穷，但还是要设小宴为新军接风洗尘。”

闫寨主所属骨干和李自成的部将于当晚喝着小酒。虽然下酒菜尽是些干萝卜、腌野菜等，大家也吃得十分香甜，谈得十分火热。

小宴接近尾声，忽探马来报：“蒲县县令在家中被杀，首级不知去向，尸体干瘪，似被人吸过血一样。官军怀疑是义军所为，务请做好准备。”

李自成下令探马退下，心想，我没有派人刺杀县令，到底是何人所为？随即问众人：“你们有没有派人刺杀县令？”大家都摇头示意没有。他想，这县令一向贪赃枉法，确实该杀，但并不是我们派人杀的！此人杀人手法怪异，不仅取了人家首级，还要吸干人家鲜血！真是闻所未闻！

107. 避实击虚

第三天，晨光微现，太阳便点燃了人们的怒火。一探马冲进李自成的大帐，报告："闯王，有一队官军正朝大营杀来，离此有十余里，约有五千精兵。"

李自成翻身起床，操起佩刀，朗声道："传令各营，准备随我迎敌，再探！"探马迅捷退出。早有人将号令传遍各营，义军纷纷操枪驱马。大营一时间龙腾虎跃，杀气腾腾。

自起义以来，很少有官军主动杀向义军，大多是义军主动向官军发起攻击。李自成寻思来者不善，善者不来！官军一向贪生怕死，政令不通，腐败不堪。今日为何偏向虎山行？

不多时，李自成带领张献忠、老回回、闫勃等部出营迎敌。各路人马鱼贯而出，马蹄嘚嘚，旌旗招展，一场恶战即将拉开帷幕。

队伍刚行至营外，官军就已杀到。为首的是一位肥头大耳的将军，厉声问道："快叫李自成下马投降，爷爷饶他不死！"

冲在最前面的慕容铁吼道："好大的口气！我今天倒要看看谁先死，也不撒尿照照自己，什么东西！"

胖将军骂道："大胆刁民！竟敢谋害县令，以下犯上者杀无赦。"

慕容铁知道战场不是讲理的地方，就回了一句："县令死了，我们谁不拍手称快？有种就过来。"

那胖将军露出猪八戒一般的肚皮，手提一口长弯刀，直奔慕容铁而来。其时二人的战马越来越近，慕容铁手持一把短剑，明显处于劣势。

眼看近了，胖将军一刀砍向慕容铁的前胸。慕容铁挥剑一挡，早将内功化整为零。胖将军大吃一惊，想不到敌营中真有高手！我这口弯刀罕有对手！紧接着，一招"大鹏展翅"，再次砍向慕容铁的左肩。慕容铁一招"轻歌曼舞"将他的凌厉攻势巧妙化解。

然而三十招过后，慕容铁渐渐处于下风，不仅气喘如牛，而且出剑的速度慢了很多。那胖将军抓住了战机，一刀快过一刀。慕容铁连连招架，最后竟然震得宝剑落地，让人大跌眼镜。

那胖将军一拨马，转手朝慕容铁肩头就是一刀。众人眼见慕容铁首级即将落地。谁知“扑通”一声倒地却是胖将军，慕容铁却安然无恙。胖将军在地上滚了一圈，鲜血流了一地。

原来，神箭手邱峰眼看慕容铁宝剑落地，即将被杀，突然放了一支冷箭射中了胖将军的咽喉，救了慕容铁一条小命。

官军以为倒地的是慕容铁，竟然欢呼起来。直到看见胖将军的遗体，才发现情况不对。邱峰趁乱将慕容铁救回。这时闫勃一声令下，全军主动出击冲向官军。官军将士大多没明白胖将军是如何死的，就稀里糊涂地败下阵来。

官军一路败退，义军乘胜追击，直杀得官军丢盔弃甲，望风而逃。这些朝廷兵长期养尊处优，根本没上过战场，一打起来就会跑。

官军一直退到蒲县县城，城墙又高又陡，还有护城河。前面的队伍刚进城，城门便关上，吊桥也收起了。义军追至城下，前进不得。李自成想趁着士气高昂一鼓作气拿下城池，于是下令攻城。

有人东拼西凑，找来几块木板拼成一块桥板，能过去人，战马却很难过桥。刚过去十几个勇士，就碰到城上敌军放箭，滚石，被射死，打死了几个。

天将正午，李自成传令午饭后再攻城。谁知这次官军准备充足，又增加了一批士兵在城上把守，义军伤亡惨重。有人建议在城外扎营过夜，明日商议后再战。

吴雕技仔细察看地形后，找到李自成说：“此城城墙太高，易守难攻，需悄悄准备数十条长梯，破之不难。”

众人点头称是。第二天李自成命人悄悄准备长梯，组织敢死队近百人。发誓不破城池，决不罢休。

至第三天傍晚，义军突然攻城，数十条长梯分别架至城下。近百名敢死队手持兵器，强行登城。官军措手不及，想不到义军如此勇猛。箭也放完了，石头也砸光了。义军仍像潮水一般蜂拥而至，城墙下血流成河，到处是尸体！

此时夜幕降临，义军再次开始攻城，眼见城破在即。已经有两条长梯的勇士登城了。城墙上，突然，黑暗中冲出一个黑衣蒙面人，手持一把青龙偃月刀，一刀便砍断一条长梯，不一会儿工夫，就将数十条长梯全部砍断。那黑衣人刀法凌厉，动作迅猛。义军中一时无人能敌，被砍死的敢死队员更是数不胜数！

李自成借着火光，远远看见那个黑衣人，甚是怪异，到底是何方高人？为何阻我攻城？又戴着面罩，不肯泄露身份！如果是朝廷御前侍卫，大可不必蒙面；

如果是义军将领，又何必阻我攻城？见过猪走路，没见过猪上树！

攻城一时受阻，义军只好撤退。残兵败将退回到玉环山大营。李自成召集骨干开会，总结战场得失。慕容铁一脸惭愧，首先拱手：“感谢邱峰救命之恩，此次虽没有攻下城池，但也重挫了官军锐气，谅他也不敢轻易挑衅。”

邱峰紧皱双眉，对众人道：“那胖将军的确该死，可这蒙面人到底是谁？刀法如此了得！若是明日战场相遇，我等危矣！”

闫勃细细思虑后说：“这半路上杀出个程咬金，还戴着面罩，我敢断定绝不是什么官军将领，否则何必多此一举？不过，我们仍须小心才是，以免遭其毒手。”

慕容铁突然大谈兵法，笑道：“孙子曰，夫兵形象水，水之形，避高而趋下；兵之形，避实而击虚。进攻蒲县，显然敌人准备充分，不如进攻大宁。”

末了，李自成小心决断，对众人说：“既然蒲县有高人守护，我们不如暂时避其锐气，转而攻大宁城，大家以为如何？”众人大都点头称是，只是不明白这慕容铁为何突然对兵法如此精通。

大宁县离蒲县不过八十里，位置十分显要，历来为兵家必争之地。此时进攻大宁意在攻其不备，志在必得。于是李自成令各部好好休整，养精蓄锐。

再说这大宁县也不太平，聚集着一帮土匪，匪首叫谭门庆，人称“色鬼”，此人不好酒肉，就喜欢女人。当时的大宁县有家有名的青楼，名曰醉鹤楼。谭门庆慕名从蘅塘来到山西，就是想一饱醉鹤楼的胭脂。谁知醉鹤楼长期被几个县令、府台、乡绅霸占，外人没有重金很难涉足。偏偏谭门庆穷得叮当响，又好这一口，怎么办？

一日傍晚，谭门庆想起醉鹤楼头牌阿婵的芳泽多日未沾，就同哥们邬若鹫一起来到醉鹤楼。哪知醉鹤楼被几个乡绅包了，拒不接多余的客人。谭门庆一气之下将老鸨一顿痛打，将阿婵房里正在偷欢的男人赶了出来。谭门庆鸠占鹊巢睡到阿婵的房里，邬若鹫也睡到另一个女人的炕上。当晚那男人气急败坏叫来几个士兵，砸开谭门庆的房门。谭门庆好梦不成，被逼穿衣应战，杀了一个士兵，打伤两人。邬若鹫失手打死了老鸨，杀了两个士兵。这回，二人真正得罪了乡绅，官军到处捉拿凶手。谭门庆、邬若鹫且战且退，逃出醉鹤楼，躲到一座荒山上。

自此，谭邬二人打着“伐无道，伸正义”的大旗，招兵买马，占山为王，将一帮流氓、土匪召集起来，形成一股不可小觑的武装力量。谭门庆也想将县令、府台杀光，怎奈兵力不够。朝廷也曾派兵围剿，无奈山高路险，力不从心。

一日，谭门庆得到密报："有一大队人马在向县城杀来。"开始以为是朝廷的援兵，当观察到旗号为"闯"字时，这才喜出望外。朝廷和来兵双方攻城激战正酣。谭门庆找到邬若鹫商量说："我们不能作壁上观，应该当机立断消灭腐败的朝廷。"邬若鹫点头称是。

乘着夜色，谭门庆率领一队人马突袭大宁县县衙，正值县衙空虚，防守薄弱，直杀得县衙哀鸿遍野，鸡犬不留；邬若鹫率领一队人马夜袭朝廷的粮库，将粮草抢劫一空。正在激战守城的官军听说后院遭袭，无心恋战，防线很快被义军突破。三更时分，县城被攻陷。义军如潮水一般冲进城中，一路烧杀抢掠，伤亡不计其数，战场惨不忍睹。

李自成得报，有人作乱，所以攻城顺利。至天亮时分，谭门庆和邬若鹫一起来见李自成。李自成大喜道："感谢二人鼎力相助，如不嫌弃，同我们一起共举反明大旗，如何？"谭邬二人抱拳道："在下求之不得！"于是二人的队伍迅速编入李自成的大军，起义军如百川归海，其势越发不可阻挡。

第二天深夜，刚刚得胜的义军酣睡正香，从东营的墙角突然窜出两个人影直奔闫勃的大帐，紧接着又奔到慕容铁的大帐，值营的卫兵发现后，立即大喊："有刺客！有刺客！快快传信！"

108. 父仇如山

听到喊声，大批义军迅速向两个黑影追去。两个黑影左冲右突，不多时砍杀几人倒地。追兵越来越多，两个黑影只好翻墙消失在夜色中。

李自成得到有刺客的消息，感到好生奇怪，这里一不是皇宫，二不是官府，刺客到底有何企图？义军大营物资短缺，绝不是为了钱财！莫不是冲着我李某人而来？侍卫说，那两个人武功了得，手持宝剑，一般人根本不是他们的对手。

这两个人不是别人正是司马冲和甄琴，他们为何突然出现在山西义军大营？他们来义军大营到底有何居心？

这还得从二人返回盛京说起。司马冲和林南珠随大军平安归来，母亲林娟秀高兴得合不拢嘴，远远地站在城门外等了半个时辰才见到。司马冲下马紧紧拉着娘的手，诉说一路的艰辛、别后的痛苦。南珠干脆扑到娘的怀抱里，有说不完的离愁别恨，讲不完的三长两短。

得知甄老英雄遭遇不测，林娟秀禁不住老泪纵横，拉着甄琴的手泣道："老英雄对冲儿有养育之恩，我们无以为报，他却撒手人寰，这叫人如何承受！冲儿一定要让那个恶贼血债血还。"

司马冲回道："我和琴妹双剑合璧几次均未得手，只怪技不如人！"大家返回盛京城内，各自休息。

一日，南珠在稻香阁在清理书籍时，发现洙哥归还的《三十六计》和《孙子兵法》不见了！这是绝版的兵书，即使是藏经阁也没有。若是落入坏人之手，将不堪设想。莫不是洪泮洙干的？他一路尾随就是为了这两本经典，可谓用心良苦！南珠突然想起，洪泮洙半路辞别的情形。

快接近北京之时，洪泮洙突然找到司马冲等人说："京城开考的日子临近了，我需要赴京一试笔墨，只能在此向故人辞行。"司马冲亲自挑选了一匹良驹，回道："贤弟一路与我们同甘共苦，在下感谢不尽，只盼早日蟾宫折桂，造福万民。"巧的是，临走洪泮洙对兵书一事只字未提，莫不是心中有鬼？洪泮洙单骑离开大军的时候，那天雪花依旧飞扬，寒风依然凛冽……

南珠将自己的想法告知司马冲。司马冲不信："洙弟才纵四海，聪慧过人，怎会干这种勾当？几次借书也都如愿，如果临走偷窃，日后有何面目再见故人？此事八成另有其人。"

二人正商议，甄琴忽然一脸狐疑闯了进来："怪了！怪了！我的《九玄神剑》和《甄家枪法》也找不到了，我记得前天还翻看过。"司马冲和南珠二人一起来到甄琴的住所，翻箱倒柜，七旮八旯都找遍了，就是不见那两本。

司马冲追问："你不是有个婢女叫慕容灵吗？问问她。"甄琴这才想起慕容灵昨天一早已辞行走了。临走慕容灵说，她过不惯这里的生活，请求放她一条生路。

甄琴一拍脑袋说："我当时也没多想，看她可怜就放她走了，还送给她盘缠五十两银子。"

南珠眨了眨那双水灵灵的眼睛，说："不用找了，肯定是这个贱人偷了。她有没有说去了哪里？"

甄琴一拍桌子说："她只说回中原，没说去哪里。她曾说，她爹在义军中。茫茫世界，要找一个人，那不亚于大海捞针。”

望着远处的山峦，南珠细细一想说：“那也未必，只要现在启程，没准还能追上。”

司马冲抓起宝剑说：“我和琴妹现在就收拾行李，即刻赶往中原。中原那么大，我们对这个妇人知之甚少。没有高人指点，怕是很难找到。”

南珠听说冲琴二人真的要走，有些后悔刚才不该出这个主意。可是不去中原如何才能找回失去的兵书和剑谱？

于是南珠带着冲琴二人，向皇太极禀告丢失兵书和剑谱一事，请求三人一同前往中原找寻。皇太极摇摇头说：“刚刚以身犯险，救得脱身，又要生出事端。南珠不能去，让他们俩去吧。”

南珠坚定地说：“我虽然不会武功，可以一路给他们出谋划策。还……”皇太极望着司马冲和甄琴二位，终于明白少女的用心，摆摆手说：“行，行！就让你去，你可要小心行事，不可生出事端。找得到就找，找不到也要平平安安回来！”

南珠双膝下跪，深深一拜说：“谢谢阿玛！我一定小心谨慎，不负厚望。”

刚回来没几天，又要辞行。林娟秀看着司马冲，一直抹眼泪，说：“儿行千里母担忧。此行无论兵书能否找到，你都要平安回来。你们三人同行，我很放心。冲儿的武功进步不小吧，若是见到闫勃和慕容铁二贼，格杀勿论！”

想起父仇未报，司马冲紧皱双眉，低声说：“都怪儿资质鲁钝，武艺不精，以至今日大仇未报。”

林娟秀抓起桌上的青铜剑，交给司马冲，颤声说：“君子报仇十年不晚。当年楚平王无故杀害了伍子胥的哥哥伍尚和父亲伍奢。伍子胥带着公子胜从楚国逃到宋国，又从宋国逃到郑国。楚平王下令到处捉拿伍子胥。伍子胥夜不能寐，须发全白逃到吴国，投靠到公子光的门下，被吴王任命为大夫、副将，发兵六万，经过五次战役终于占领楚国的国都。其时，楚平王已经死了。伍子胥就将楚平王的尸体挖出来，抽尸三百鞭，以报父兄被杀之仇。这就是伍子胥鞭尸的故事。我不要你鞭尸，我只要你兑现自己的誓言！”

司马冲接过母亲的宝剑，飞身上马，同南珠和甄琴三人一起上路了。雪山挡不住如火的信念，寒风挡不住奔驰的仇恨，乌云挡不住流星的哀怨。穿过草地，穿过河畔，穿过连绵起伏的山脉，一路上到处是饥寒交迫的灾民，到处是光秃秃的田地。看不够兵荒马乱的村头，睡不稳风雨飘摇的客栈。

三人经过连日的艰苦行程到达山西，一边走一边打听，当年黑峰寨的闫勃到哪儿去了？还有那慕容铁到哪儿去了？真有人说了实情，到李自成的帐下了。司马冲想不到变化真快，这闫勃像黑泥鳅一样溜得快，上哪儿去找李自成呢？

三人到达山西地界后，跑了一整天也没找到休息的地方，到了傍晚，总算找到一家农户。这家农户只有一个寡妇和三岁的小娃。寡妇说："俺夫君去年给官府抓去当兵战死，剩下孤儿寡母艰难度日。李自成的兵马现在就在大宁县扎营，千真万确。"

南珠想了想说："今夜你们二人先去大营探探虚实，切不可恋战，待摸清情况后再作打算。"

于是冲琴二人深夜摸进义军大营，透过朦胧的灯光，从窗缝中分别看见闫勃和慕容铁正在帐中争论着什么，几年不见二贼没什么变化。司马冲转身刚想冲进去，右腿不小心碰倒了一根木桩，响声立即惊动了侍卫。甄琴心里骂，这个呆头，关键时候这么不小心！

一个侍卫过来，发现了二人，大叫，引来越来越多的人将二人团团围住。冲琴二人见势，一番打斗过后，只好翻过东边的围墙逃脱。

回到家里，司马冲自责道："都怪我心急，碰倒了木桩，惊动侍卫，不然今晚就报了大仇。"南珠扯着司马冲的耳朵说："临走我是怎样叮嘱你的？你幸亏没有下手，不然你们很难脱身。"

甄琴说："听说他们刚刚打了一仗，警惕性很高，不太容易得手。我们还是另选良机为宜。"

李自成听说两个刺客逃走，十分恼火，于是召集部将开会商讨下步的作战部署。刘宗敏、闫勃、慕容铁等先后到达李自成的营帐。大家刚刚坐好，还没开始。

突然有探马进来报告："蒲县副总兵也被人在野外杀害，头颅被挂在城墙上，体内的鲜血被人吸干。另外有大队官军正在距此约八十里的小镇扎营，约有万人。"

李自成示意探马退出，朗声道："我们在大宁取得小胜，那是因为有内乱，捡了个便宜。明朝的官军时刻准备要消灭我们，大家畅所欲言，共谋良策。"

闫勃展开一幅地图，指着蒲县说："这次杀死蒲县副总兵和前日加害县令的应该是同一人，我们绕开蒲县是高招。义军攻占大宁的消息很快传到朝廷，朝廷的官军不日就会杀来。”

慕容铁再次搬出兵法，冷笑道：“兵书上讲，檀公三十六策，走为上策。我们留在大宁，无异于坐等官军来剿灭。”

手持几份战报的刘宗敏起身说：“目前纵观各地战报，山西现在正是官军进攻的重点，只有河南的官军相对较少，我们能否考虑攻占河南？”

最后，李自成面对众人定下决心：“我们依兵法进军错不了。俗话说，留得青山在，不怕没柴烧。我们迅速休整，向河南进军。”可众人心里还有一个疑问，那个残杀两个官员，又在城墙阻击义军的神秘的黑衣人到底是何方高人？蒲县是不敢攻了，不如另辟新径，再展宏图。

109. 师徒邂逅

第三天，南珠经过一番谋划，先引蛇出洞设法让二贼离开义军大营，只要在一个偏僻的地方就可以放手歼灭，又不至于被大军拖住不得脱身。冲琴二人连称此计甚妙。

当夜，冲琴二人再次夜闯大宁，却发现人去营空，大军已不知去向。二人懊悔不已，只好返回农户。

司马冲将宝剑往地上一扔说：“义军中一定有高人，怎么会这么快就溜了。”南珠说：“这叫打草惊蛇，他们可能觉察到危险，选择逃避不失为一步高招。”

那寡妇做了一桌好饭菜，可三人都没胃口。甄琴垂头丧气道：“二贼去了哪里？我们无从知晓，这才是最难的问题。”谁知南珠说一了句：“先吃饱饭再说，到路上一打听，总会有人知道风声。”司马冲暗暗惊叹南珠的聪慧。

于是三人吃饱饭后，接着上路去打听。山西的乡间小道，一下雪放眼全是白茫茫一片，一出太阳，雪就开始融化，道路泥泞十分难行。行了半日，好不容易到了一个小镇，街上车水马龙，热闹非凡。有卖棉衣的，有卖木炭的，有卖菜的，有卖肉的，叫卖声不绝于耳。

司马冲找到一个卖炭的老汉问道：“老伯，听说闯王的队伍专给穷人做好事，不知现在到哪儿去了？”

老汉捡起一块掉在地上的木炭，瞪了他一眼说：“好景不长啊！此等军机大事，老朽不知。你买炭吗？不买就靠远点。”

南珠见状说：“今天天冷，我们买点木炭生火也好。”甄琴捡了几块黑炭，放在竹篮中。老汉用杆秤一称，才两文钱。司马冲付了钱，拿了木炭，继续往前走。

三人走到一个转弯处，赫然见到一座豪华气派的楼房，廊腰缦回，檐牙高啄，门楼上书“醉鹤楼”三个大字。司马冲以为是吃饭的地方，忙带着二人走了进去，说：“有好酒好菜尽管上。”

谁知迎面走来一位粉妆玉琢的美人，十指似春笋藏勃勃生机，双眸如秋井含款款深情。那美人笑问：“公子大驾光临，敝楼蓬荜生辉。好酒好菜不在话下，不知公子相中哪位知音？”

接着一阵香气扑面而来，南珠立即明白此处并非一般酒楼，而是专供男人消遣的风月场所。随后南珠故意踩了司马冲的左脚，红着脸道：“弼马温，这里不是吃饭的地方，我们走。”

司马冲感到一阵脚痛，这才明白为什么南珠一定要跟随！女人似乎都是这样。甄琴也看出这里的气候非同一般，一般男人是消遣不起的，更何况自己是女儿身？于是转身就要逃离。

那美人见好不容易来了一位公子，立即一扬手，这时从侧房里涌出一群姑娘，花枝招展的，五六人一下子将司马冲团团围住。那美人吩咐道：“姑娘们，不能让这位公子走了。”可能是战乱的原因，这种地方生意也不好，几天也不见一位男子光临。

于是这一群姑娘将司马冲围住，这个拉胳膊，那个扯衣袖。这个问：“你看我美不美？”那个问：“公子喜欢什么样的？”司马冲自小哪里见过这阵势，一时不知如何应答，只感到心惊肉跳，魂不附体。

南珠和甄琴不得不回头将那群如狼似虎的姑娘拉开，将司马冲救了出来。离开醉鹤楼，一阵寒风吹来，司马冲倒也清醒了许多，看见路边有一家简陋的小客栈，说：“那种地方我消受不起，为感谢二位抢救之恩，我就在这儿请客了。”

南珠冷笑道：“如果你只身一人是不是九头牛也拉不回？男人都是这个样！”说完，到了小客栈取出刚买的木炭，生起火炉。

彼时，司马冲分明看见一顶小轿落在醉鹤楼门前，轿中走下一位黑须剑眉的中年人。他立即叫两位轿夫离开，自己独自进了醉鹤楼。出门有轿夫的当然不会是平民百姓，定是达官贵人无疑。勿用多言，这一夜，醉鹤楼的六弦琴上将飞扬起几曲醉人的和弦；这一夜，醉鹤楼的鸳鸯被中自然是柔情缱绻……

小客栈在火炉的照耀下暖融融的。甄琴叫来小二点了几样山肴野蔌，三人吃得倒也香。入夜，小二安排三人各自睡去。

寒风轻扣着冬日的门环，烛光摇曳着故乡的眷恋。司马冲刚刚躺下，就听见远处传来惨叫声，像猫又像狗，让人不时心惊肉跳。不知过了多久，司马冲迷迷糊糊从炕上爬起，来到后门的一条小巷，小巷古色古香，弯弯曲曲一眼望不到头。

司马冲借着雪光，分明看见父亲司马云从小巷那头走来，手持红缨枪，面带微笑地说："冲儿，都长这么高了，爹爹想你想得好苦啊！"司马冲回道："娘说你被人害死，我在你的坟前发誓要为你报仇雪恨，可坏人至今逍遥天涯。"

司马云轻拍他的肩头说："父仇固然要报，可你上有老母，家有娇妻，亦不可白白丢了性命。如今天下大乱，你学好本领，更应救万民于水火，杀奸人于战场。大明气数已尽，大顺亦是乌合之众，你应好自为之。国恨家仇，二者不可颠倒，理应先国后家。"

司马冲听后如醍醐灌顶，甘露洒心，回道："冲儿一定不负爹爹教导，以天下苍生为己任，上不愧天子，下不愧万民。"

话音刚落，司马云的身影立即消失在小巷的尽头。司马冲一直往前方寻找，走了一程又一程，就是不见父亲的身影。突然，脚下一绊，司马冲差点摔了一跤，一个黑乎乎的东西滚了出来。定睛一看，那分明就是一颗人头！再仔细一看，分明就是昨天坐轿子到醉鹤楼的那位乡绅，黑须剑眉，错不了。

司马冲惊出一身冷汗，吓得赶紧回到小客栈，敲开南珠和甄琴的房门。此时已接近黎明时分，大约五更天，南珠睡得也不踏实，听到有人敲门，立即翻身起炕。见是冲哥，忙问："什么事？"

司马冲脸色泛白，急道："不好了，出人命了，昨天进醉鹤楼那个乡绅被人杀了，头颅被扔在后巷的山坡上。"

刚刚起炕的甄琴立即抓起宝剑说："那是家黑店，昨天要是不将你拉出来，下场就是这样！"

司马冲连连点头，说："你们要不要去看看？"南珠说："看什么看！有什么好看的？我们收拾东西赶紧走人，此地一定有古怪。"于是，三人提着行李，牵着马匹，从后巷出发了。

此时天还没亮，南珠翻身上马，走出没多远，看见地上好像有件花花绿绿的衣服，走近一看，那分明是一具遗体，而且没有头颅。三人下马一看，这遗体不见头颅，也没有血迹。

司马冲急问："这人头哪去了？"甄琴回道："是不是刚才被你踢到山沟里去了？"司马冲一拍脑袋，这才想起刚才的遭遇。

南珠看了看四周说："别管那么多，我们赶快走。"

一个沙哑的声音在黑暗中传来："别走了，拿命来！"

说时迟，那时快。一把青龙偃月刀正朝南珠砍来，甄琴反应神速，立即拔剑挡住。司马冲分明看见黑暗中有人杀来，立即拔剑还击。刀剑相碰，叮当之声不绝于耳。冲琴二人双剑合璧仍不能敌，三招过后，接连处处招架。

司马冲想不到世上高手竟如此之多，不禁定睛问道："来者何人？"那人抬头一看，司马冲惊道："师父，真是令狐师父！"

来人正是江湖人称"独眼关公"的令狐霸，穿一身黑袍，手持一把青龙偃月刀。令狐霸连忙收刀，笑道："真的是冲儿，你几时到的中原？"

司马冲也收剑笑道："为寻仇人，我刚刚到的中原，没想到刚找到，又让他逃脱。"

令狐霸看了一眼司马冲眉心一颗红痣，问道："多日不见，你的武功进步太小，你的仇人逃哪儿去了？"

"我的仇人投靠李自成了，师父为何放下佐领不干回到中原？"

令狐霸长叹一声道："哎，一言难尽啊！你走以后，没大仗打了，那奥巴台吉便要我传授刀法给蒙古人，虽然不讨厌蒙古人，但蒙古人跟满人关系很铁，经常狼狈为奸。我恨不得将满人统统杀光，为家人报仇。我借口家乡受灾，告假回到中原。谁知家乡天灾事小，倒是兵灾让百姓苦不堪言。前些天，我得知有人要攻城加害家乡父老，急忙赶到城墙将乱兵斩杀殆尽，保得一方平安。我的斩妖十八刀已练到接近九九八十一层，需要人血才能提升功力。不过我不会杀平民百姓，只杀贪官污吏。我在醉鹤楼的必经之道设伏，专杀达官贵人，为民除害。"

司马冲忙向师父跪下说："我的剑法虽见长，但刀法仍不熟练，在战场上几次技不如人，差点送命，恳求师父点拨一二。"

此时，天已放亮。令狐霸领着三人回到小客栈，仔细思索后说："冲儿身材魁梧，四肢雄健，应是学习长刀的好身手，在掌握基本刀法后为何仍然进步迟缓？"

南珠扫了一眼司马冲说："是不是冲哥天资不足？"令狐霸摇摇头，半晌不语。

110. 兵不厌诈

司马冲叫来小二，为师父点了几样早点。令狐霸摆摆手说："不用不用，我刚刚吸了那家伙的血，此刻不需要吃早点。如若不然，你也吸点人血，看看能否提升功力。"

司马冲连忙双膝跪地说："万万使不得！万万使不得！子曰：'何以报德？以直报怨，以德报德'。"

令狐霸轻理长须怒道："我杀的都是坏人，吸的都是坏人的血，有何不妥？你既不肯吸人血，那如何提升功力？为师也没办法了！"

一旁的南珠忽然灵机一动，悄悄对司马冲说："我有办法了，你起来吧，别傻了。"

司马冲坚持不肯起来，说："如果靠吸人血，难免伤及无辜，就算练成盖世神功，终是失德之举。唯有以德报怨，才能化解天下仇恨和纷争。"

甄琴也过来扶起司马冲，说："别跪了，你的大道理根本行不通！不以牙还牙，坏人如何才能消灭？起来，我们一起吃点早餐再说。"

于是，大家一起吃着早餐。唯有令狐霸不动筷子，在一旁当看客。南珠又悄悄对着甄琴一阵耳语，大家都不知她到底想出了什么主意。

用餐完毕，令狐霸将司马冲带至后院，跨上战马，将马战刀法的三个绝招"运斤成风""塞翁失马""风卷残云"一一演示了一遍。司马冲也持刀上马，将三个绝招一一巩固了一遍。雪地里长刀霍霍，寒光闪闪。

南珠和甄琴两人骑马外出。临行，南珠说："你好好练，我们很快回来。"说完二人向雪山进发了。

练了约半个时辰，司马冲突然收刀问道："青龙刀这种兵器虽然杀伤力大，可携带不便，实为其软肋。如何破解这个难题？"

令狐霸仔细端详着自己那把青龙刀，说："这个不难，明天我们找一家铁匠铺，打一把可折叠的青龙刀给你，如何？如果好使，我也换一把。”

司马冲点点头。令狐霸接着说：“今天为师将马战刀法的最后三招教给你，你要用心练习，将斩妖十八刀发扬光大。‘降龙伏虎’‘河东狮吼’和‘项庄舞剑’这三招，我先讲‘降龙伏虎’这招，要控制好出刀的时机和力度，要恰到好处。我先演示一遍……”

战马嘶鸣，寒风呼号。那青龙刀忽左忽右，忽上忽下，犹如飞龙腾空，令人不寒而栗。司马冲练到“项庄舞剑”时，突然反手一刀竟将一棵碗口粗的大树从中劈开两半。几只小鸟惊恐地四处飞逃，雪花洒落一地。

二人练完刀法回到客栈，正在休息。忽然传来一阵马蹄声，原来是南珠和甄琴回来了。只见南珠提着一头刚刚射杀的野鹿，找来一只碗，再次割开鹿的喉管，放了一大碗鹿血。

南珠端着一碗鹿血放到司马冲的面前，说：“传说鹿血大补元气，强精益肾，定能提升功力。”

令狐霸哈哈一笑：“还是格格聪明睿智，那就请冲儿试饮。”

司马冲端起碗一饮而尽，擦了擦了嘴说：“今晚我们吃鹿肉，大家一起开开荤，如何？”于是叫来小二，将鹿皮一扒，让大家美美吃了一顿鹿肉。

第二天，南珠从一位河南的盐商处得知，李自成的兵马去了河南。所到之处，饥民一呼百应，纷纷投靠义军旗下。兵荒马乱，商贾惨淡，盐商被逼回到家乡。

甄琴一边收拾行李，一边说：“就是找到天边，我也要找到剑谱。我们即刻前往河南，如何？”

南珠眨着眼睛说：“起义军最近行动十分诡秘，说不定他们得到兵书指引，也未可知。我们若不早早夺回，后果不堪设想。”

令狐霸点点头说：“格格言之有理，我们不如速速赶往河南。”于是一行人收拾行李，跨马上路往河南方向飞奔而去。

此后一年多，四人往返各地寻找义军，却总不得机缘。

再说李自成率部从山西攻入河南，河南的乡绅、权贵一时张皇失措，胆战心惊，纷纷上疏朝廷请求救兵。崇祯急派昌平镇副总兵左良玉率军赶往河南平叛，明宣大总督张宗衡带领官兵也往河南赶。大军压境，形势骤紧，河南的百姓已是风声鹤唳。

李自成感到形势对自己不利，当晚就召开义军骨干会议。慕容铁就提议说："官军都往河南赶，我们何必非要碰硬？不如杀个回马枪再攻入山西，山西的辽州守军不多，机不可失，时不再来。"

众将都说慕容将军的计策高明，不妨一试。

第二天一早，起义军突然拆寨拔营，一路向北挺进，神不知鬼不觉奔到辽州城下。辽州守将果然猝不及防，仓皇逃窜，义军趁势攻下城池。百姓们纷纷夹道欢迎义军，搬出仅剩的酒肉给义军将士。

然而，好景不长。明总兵尤世禄率大军很快奔辽州而来。一场恶战很快打响，官军接连攻城，义军只好放箭。尤世禄和他的儿子副将尤人龙被射伤。战斗进入胶着态势，双方互不相让，各有损伤。义军虽然先得城池，但兵器、粮草短缺并没有真正缓解，一旦战斗持续下来，就显得军心不稳，力不从心。

为避免被官军围剿，李自成决定且战且走，连夜率军十万退回到家乡陕西。在陕西的车厢峡，义军遇到前所未有的困难：其时正值六月伏天，阴雨持续了二十多天，山洪暴发，峡水大涨，道路泥泞不堪，行军异常之艰难。这一带山高路陡，草木茂盛，出口都被官军把守。领军的是总督陈奇瑜，官军居高临下，或投石袭击，或放火烧寨，对义军进行围剿。陈奇瑜围峡七十余天，却不敢入峡杀敌。

义军兵缺弓箭，马缺草料，正值生死存亡之际，义军将领意见不一。有主张突围的说："当务之急，我们找到一个突破口奋力突围，拼死一战也许还有取胜的希望。"有主张投降的说："目前官军占据绝对优势，我军人马不能久战，唯有请降，保全性命。留得青山在，不怕没柴烧。"

晚餐时，李自成和众将吃着野菜粥，心里乱成一锅粥。只见慕容铁吃得十分香，还掏出半壶小酒喝完一口，笑道："兵法云，兵者诡道，静不露机，云雷屯也。我们何不向官军示弱？然后……正所谓假痴不癫……"

李自成立即心领神会，当即派人向陈奇瑜送去贿银，说义军走投无路，决定接受朝廷的招安。陈奇瑜拟好招安协议，每一百人派一名安抚官监视，负责遣回原籍安置，并上报朝廷，得到崇祯皇帝的批准。一场轰轰烈烈的农民起义眼看就要化解，朝廷上下无不欢欣鼓舞。

阴雨绵绵，道路崎岖。这一年，司马冲一行人再次冒雨赶到河南，准备大干一场，于是不得不沿路打听。

一位砍柴的老农说：“起义军是来过河南，我儿子就在其中，可又去了哪里？老朽确实不知。”

南珠猜想可能是老农担心几个人对起义军不利，不肯说出义军的最新动向。一行人在河南徘徊了好多天，不知所措。

大家并未灰心，只好向路人再打听。这天，他们在河边遇到一位洗衣服的老妇。南珠上前问道：“老奶奶，我们是投奔义军的，敢问是否知道义军去向？”

老妇放下衣服，双手颤抖着说：“孩子，别去投义军了！义军被围在陕西一个叫车厢峡的地方，快完蛋了。”

司马冲惊道：“你是如何得知的？”

老妇说：“前天有官军过来征粮，无意中透露消息的。信不信在你，我劝年轻人别去蹚那浑水了，好好过日子。”

南珠说：“我们费了千辛万苦才找到这里，岂能就此放弃？”

于是一行人往陕西连夜奔袭，可到了车厢峡却不见义军一人。

原来根据招安协议，起义军与官军打成一片后，换得粮食、兵器、马料，朝廷派出五千名安抚官，将义军四万余人马送出栈道。可一出栈道，起义军几乎同时杀死安抚官，重举义旗，令官军措手不及。同时义军以摧枯拉朽之势向官军发起猛烈地攻击，死伤者不计其数。官军只好节节败退，义军去向再次不得而知。

四人到达车厢峡只发现一些马粪、土灶等垃圾，十分沮丧。其时，烈日炎炎，阳光如火。走着走着，司马冲突然一头从马上摔了下来，口吐白沫，不省人事。行李和刀剑也落在地上。

南珠立即翻身下马，上前将司马冲扶起，喊道：“冲哥，你怎么了？快醒醒！快醒醒！”

甄琴也翻身下马，取出装水的葫芦，急道：“冲哥，喝口水吧！到底怎么回事？”

令狐霸上前看了看，摇摇头说：“未受伤，也未中毒，却不省人事。老夫也未见过这种病！”

南珠擦了擦他嘴角的白沫，说：“可能是天气炎热，怪病复发，此处没有名医，如何是好？”

第二十三章　寻兵书福祸有依

111. 争风吃醋

南珠翻了翻地上的行李包袱，发现娘临走前放了两包草药，正是岭南的名医开的草药，专治这种怪病。

于是几个人就近找了一间草棚，将昏迷中的司马冲抬到阴凉处。甄琴给他喂了几口水，仍不见苏醒。

所到处刚好有一个行军灶，南珠将锅洗了洗，又从远处寻得井水，打开草药放入铁锅中，煎了起来。

甄琴放下司马冲，说："我们要不要找个郎中看看？他一向身体挺棒的。"

令狐霸将几匹战马系在阴凉处，回头说："冲儿在石井下中过蛇毒，也许余毒未清也有可能。"

一会儿，水药煎好了。南珠盛了一碗，一口一口小心给司马冲喂服。服药后，司马冲只是昏睡，不再吐白沫。除了喂药，大家也想不出更好的办法。

可一个时辰过去了，司马冲仍不见苏醒。甄琴也急了，找来一把破扇子，又解开他的领口。扇了好一会儿，仍不见醒来。

见小徒迟迟不醒，令狐霸也心急如焚，强行将其扶起，运功打通周身各穴。但见司马冲面色苍白，四肢无力，神志仍然不清。

大家都没见过这种怪病，一时束手无策。司马冲怕是很难挺过这一关了！现在呼吸微弱，一口白沫又吐了出来。

一颗泪珠悄悄滑过面庞，甄琴忍不住沉痛的心情，想起爹爹被害，大仇未报，冲哥突然病起，危在旦夕。正值烈日当空，闷热无比，甄琴一头汗水和着泪水潸然而下，只好掏出汗巾擦拭。

南珠默默喂着药，小心为其擦拭。甄琴只好起身，抬眼望去，不远处有一方小池塘。池水上生得满满一池莲叶，莲叶上尽是数不清的洁白的莲花。那莲花大都已经凋谢，有的枝干折断浸在水中，有的花瓣脱落在风中摇曳。

想起自己的境遇好比此刻风中的莲花，叶落香消，无依无靠，命运之神竟如此残酷！如此恶毒！甄琴一时失声抽泣。

南珠见状，生气道：“冲哥又没死，你哭什么？”

甄琴含着泪水回道：“俺心比天高，命如纸薄，怎比你金枝玉叶？我并非哭冲哥，我是在哭自己，身如浮萍，停辛伫苦！”

南珠放下药汤碗，说：“想那么多，何用之有？当务之急是如何救得冲哥，只要用心想，办法总会有的。”

甄琴仍抽泣道：“这荒山野岭去哪儿找得到郎中？就算找到郎中，也不一定会治这种怪病！上次带回的药好像也不见效，这可如何是好？”

南珠苦笑道：“你不是也喜欢冲哥吗？为什么不能为冲哥去请郎中？哭有屁用，亏你还有一身武艺，平常人有几个能胜得了你！”

令狐霸好像突然明白点什么，点头说：“言之有理，琴儿，还是你辛苦一趟吧，这里有我和格格在，没事。不管找不找得到郎中，总得一试，谋事在人，成事在天。”

无奈，甄琴只好带着宝剑跨马上路，飞奔而去。一路上，放眼望去，青翠青翠的杨树林随风摇晃着无限生机，淡黄淡黄的野菊花次第盛开着朵朵相思。

这些甄琴都无心观赏，现在到哪儿找郎中？陕西这地方地广人稀，跑了十多里也不见人烟。又跑了十多里，才到一个小镇上。小镇青砖青瓦的几座民宅坐落在大山的一侧，一条小溪从镇东头流到西头，倒也清新别致。

一位骨瘦如柴的老大爷正在路边的地上挖野菜。不远处的田地里庄稼刚刚收割，只剩下半截枯杆。甄琴只好下马施礼道：“敢问大爷，此处可有郎中？”

老大爷抚着长长的白须道：“姑娘要找郎中？牛角镇方圆十里恐怕难找了。”

甄琴苦求道：“哥哥得了急病不省人事，请大爷帮帮忙。”

老大爷长叹一声说：“起义军到处招兵买粮，只要会点医术的早就跟着走了，还会在这儿等死。我家中还有老伴、两岁的孙子，一家人一天没吃东西了。”

甄琴见身边一个竹篮里刚挖的半篮野菜，已明白大爷所言不虚，于是掏出一小把草药说：“老大爷可识得这几种草药？上次哥哥发病就是用这几种草药治好的。”

老大爷一见，高兴地说：“这几种草药这一带大山里多得很，快随我来采。”

于是甄琴跟着老大爷采药，不一会儿工夫，采了一大把。

刚采完，正准备告辞。忽然，道上飞奔而来三匹快马，下来三位彪形大汉，其中一个右手臂文着青龙的，弯刀指着老大爷，吼道："快将野菜交来，饶你不死。"

那老大爷一见这情形转身对甄琴说："孩子，快跑，你打不过他们的。"提着竹篮刚想跑，冷不防，一把钢刀从背后飞掷而来，可怜身材单薄的老汉当场被杀了个破肚穿！老大爷前胸后背血流不止，挣扎了几下就断气了。

那青龙臂将老大爷后背的钢刀拔出，一把抓过竹篮，转身对甄琴说："小妞，趁早将野菜交出来，省得大爷动手。"说完三人一起杀了过来。

甄琴突然宝剑出鞘，骂道："你们是哪里来的强盗？竟然为一点野菜杀人！"那剑径直刺向刚才行凶的汉子。

那青龙臂没想到小妞会使剑，立即挥刀招架，答道："我们是'黑熊小霸王'闫将军的手下，奉命在此筹集粮草，凡是有粮不交的格杀勿论！"

话音刚落，那宝剑已到耳畔，青龙臂刚挡住来剑，不料宝剑一转直刺胸口。青龙臂躲闪不及，胸口被刺，只听"哎呀"一声，弯刀已落地。

甄琴从青龙臂身上将剑一抽，问道："有种的就过来，如此筹集粮草，跟抢劫有什么不同？"

另两名汉子挥刀杀了过来，其中一个长着鹰钩鼻的回道："听说最近有一批朝廷的军粮路过牛角镇，闫将军奉命在此伏击，我们已经两天没吃上饭了。"

甄琴挥剑左右开弓，一招"孔雀开屏"连战两人，剑光闪闪令人目眩。两名大汉从未见过如此剑法，心知今天碰到高手了，如此斗下去，根本占不到便宜。

果不其然，三人战不到十回合，鹰钩鼻前胸衣衫被划破，另一名汉子左手臂划出一道口子。那鹰钩鼻连忙叫："停，停，停！好男不跟女斗，我们走！"

甄琴本想取他们二人性命，想想还是算了，得饶人处且饶人。看着二人连滚带爬，狼狈不堪地逃离，心中甚是宽慰。于是拿着老大爷的草药，立即飞奔返回。

南珠见甄琴一个人回来，司马冲仍然昏迷不醒，生气地说："你请的郎中呢？白跑了半日，还有脸回来。"

甄琴掏出刚挖的草药说："这一带方圆二十里的郎中全部投军了，现在只能自救。这是一位老大爷帮忙采的几样草药错不了，我们试试吧。"

南珠斥道："老大爷会医术，为何不请过来？"

"老大爷已经被人杀了！他只是认识这几种草药，现在世道乱，为了点野菜，有人居然草菅人命。"

刚好带的干草药用完，甄琴诉说着一路的遭遇，将刚采的草药洗尽后用水煎熬。熬好后，南珠给司马冲端了过来。司马冲服药后，大约过了半个时辰，果然苏醒。

司马冲睁眼后惊道："我是不是从太上老君的炼丹炉里出来的？现在只感到浑身闷热无比，刚才我怎样了？"

南珠喜极而泣："你个弼马温！总算醒了，你昨天晕倒，可把我们吓坏了。"

令狐霸笑道："看来还是新鲜的草药效果好，两位美女为你争得面红耳赤，你打算娶哪位啊？"

司马冲翻身坐起来，苦笑道："我是孙悟空转世，注定为理想奋斗成佛，谁也不娶！"

甄琴突然跳起来，拧着司马冲的耳朵说："好个没良心的！我是五百年前，在五行山给你送水果的仙女，前世在佛前跪求了五百年，佛终于赐给我一段尘缘，你却恩断义绝，忘得干干净净。"

南珠更是怒火冲天，拧住司马冲的脸肉说："我本是南海观世音菩萨修炼千年的侍女，因恋人间繁华，偷了观音的佛珠，即将打入十八层地狱。是你向观音求情免于处罚，菩萨才赐我一段姻缘，并以南海珍珠为咒，助你飞黄腾达。可你三心二意，你今生若负我，来世我一定在观音面前控告你。"

思虑良久，司马冲竟说："那就都娶了，你们一文一武岂不快哉？"此言一出，甄琴首先恼火，骂道："我出生入死几次救你于危难之中，你还是要娶别人，终是狼心狗肺！"这边南珠也恼羞成怒："你若见异思迁，乱采野花，下辈子让你做猪做狗。"

令狐霸突然起身拉开南珠和甄琴："二位莫急，我有一计可解此结……"

112. 真假粮草

"快说什么办法？"司马冲也不耐烦了。

令狐霸吞吞吐吐好半天才说："你们一个武艺超群，一个足智多谋；一个想找剑谱，一个要找兵书；我看不如这样，谁先找到剑谱或兵书，谁嫁给冲儿，怎么样？”

甄琴首先表示赞同：“此计甚好！公平合理。”南珠也跟着说：“那就请师父做个见证，谁先找到兵书或剑谱，谁就嫁给冲哥。”

司马冲长叹一声说：“我不同意也不行啊！谁曾想她们二人水火不容。世间万物无论功名利禄，无论爱情友情亲情，皆讲一个缘字。天雨虽大，不润无根之草；佛法无边，只渡有缘之人。”

甄琴见司马冲康复，说起话来钩深致远，当下心喜，挖来野菜认真做了一顿野餐。四人吃得好不开心，唯有南珠在默默思索下步行动。

“听那一伙强盗说，最近有一批朝廷的军粮要经过牛角镇，因此闫将军带兵在那一带伏击。”用餐完毕，甄琴无意中说出重要情报。

南珠忽然眨着眼睛，靠近司马冲的耳朵小声说：“……只要如此这般，定能报得父仇，夺回兵书。”

司马冲将南珠的计策告诉师父。师父一拍大腿说：“此计甚好！他们伏兵估计不会很多，只需我们三人上就行了。”

南珠说：“我也要去，不然如何找回兵书？”

收拾好行李，司马冲拦住南珠说：“格格不会武功，不必以身犯险，只要在一边接应就行了。”

“我要去，我要去！”南珠一再央求。令狐霸思忖半天说：“不妥，带上你，我们就好像被捆住手脚，万一你被抓住，会很麻烦。”

四人立即分头行动。司马冲找来几辆马车，南珠和甄琴在山上割了很多野草装在车上。令狐霸在山里花银子请了几个车夫。一切准备妥当，吩咐南珠在一座小山上接应。一行人这才赶着马车往牛角镇方向奔去。

再说义军攻下宝鸡、麟游等地后，不久再次进入河南荥阳，召开了著名的“荥阳大会”。李自成将十三家七十二营义军统一起来，人数迅速发展到数十万人。兵马多了，粮草不足再次成为战斗力的瓶颈。

闫勃带领所属人马，在牛角镇的山冈上埋伏了好几天。因为所带的干粮不多，只好遣回去一批，剩下三十多名精兵。闫勃出发前已在李自成的案前立下军令状，此次一定要筹集到粮草，无论想什么办法。早前得到消息，有一批朝廷的军粮要经过牛角镇，只是不知哪一天到。

这天傍晚，经过一天酷热的伏兵正在树林里休息，远远望见几辆马车疾驰而来。马车上高高鼓起的粮草十分醒目，前后还有带刀的侍卫押运。

闫勃远远就看见飞驰的马车，立即下令："准备出击。"

神箭手邱峰瞄准时机，一箭射中首辆马车将军的咽喉，将军应声落马。后面马车的侍卫也给纷纷中箭，不一会儿工夫，已倒下四五人。

闫勃带着人冲到近前才发现，刚才射中的不过是戴着面具的稻草人。几个车夫也先后钻到车底下躲避，根本无人反抗。大家只好将马车围了起来。

这到底怎么回事？邱峰只好上前仔细检查，走到一辆马车前，打开一个粮袋一看，里面装的竟是杂草、沙石，根本没有一粒稻谷，更没有一粒大米。

邬若鹫提着弯刀本想大干一场，生气地说："这是唱的什么戏？朝廷就拿这个做军粮？不会吧？"

闫勃看了看这情景，指着一辆装满杂草的车摆摆手说："将这些草料拉回去喂马也行！"说着将杂草搬开一捆，准备仔细盘查。

不料，从草堆里突然飞出两人，一男一女正是司马冲和甄琴。司马冲手持利剑，骂道："闫勃老儿，你也会上当啊！还记得在下吗？上次为救人才让你走脱，这次敢跟我一决高低吗？"

闫勃哈哈一笑："原来是司马云的小崽子，今天我刚吃饱一顿野菜，正好陪你玩玩。"

邱峰挥手示意闫勃说："你且退下，我先来会会他。"说完一剑刺向司马冲左肩。司马冲挥剑轻松挡开，答道："你我无冤无仇，快快闪开。"

那邱峰哪里肯走，一心要取他性命，却不知他的剑法已今非昔比。司马冲一招"声东击西"明攻腹部实攻面部，剑尖直逼邱峰左眼。邱峰一招"青云直上"立即避开他的剑尖，笑道："多日不见，你剑法确实进步不小。"司马冲一招比一招狠，直杀得邱峰心里暗暗叫苦，却又佯装镇定。

那边甄琴挥剑直奔闫勃，其势如破竹。闫勃虽年事已高，但那口青龙宝刀仍运斤成风，虎虎生威。甄琴一招"斗转参横"长剑似闪电横空，厉声问道："你就是当年谋害司马云的帮凶？"闫勃不敢怠慢，挥刀挡剑答道："是又如何？小姑娘，不要狗拿耗子多管闲事。"甄琴一听仇人挑衅，更是怒火中烧，剑光霍霍，招招直逼要害。

这边邬若鹫打算将草料搬下来运回山中，不料从车上杂草中再次飞出一人，手持青龙偃月刀，正是令狐霸。令狐霸厉声问道："你们是不是偷了两本书《孙子兵法》和《三十六计》？从实招来。"

邬若鹫挥刀回道："邬某日前在慕容将军案前看过此书，但是否偷窃在下不知。"刚接了两招，发现此人刀法了得，怪招频频，料想自己不敌，立即指挥手下精兵一齐上。

邬若鹫带着一帮精兵将令狐霸团团围住。这帮精兵也是精心挑选出来的，个个武艺不差，但面对令狐霸，斗不到十招，便被砍死两人，砍伤三人。众人大惊，已无心再战。

面对甄琴凌厉的进攻，闫勃渐感不支，见那边队伍被令狐霸杀得丢盔弃甲，担心有失。于是寻得一匹快马，正翻身上马，被司马冲看见。

司马冲见闫勃想溜，担心机不可失，时不再来，于是杀退邱峰，也找了一匹马，可一时找不到青龙刀。正着急，令狐霸从乱军中杀回来，将手中的青龙刀一掷说："接着，快去追，车上还有一把，我知道在哪儿。"

司马冲接过师父的青龙偃月刀，纵马就追，骂道："闫勃老儿，休得逃走。"闫勃好不容易找了匹快马，一路狂奔。

本来闫勃马快，司马冲马慢些，又耽误了一会儿。追了半天，也没追上。可天不遂人愿，闫勃偏偏走了一条断头路，路尽头是一堵土墙。只好拨马往回走，正好迎面碰上司马冲。

司马冲大吼一声："哪里走，吃我一刀。"说完举刀便砍。闫勃挥刀招架，两刀一碰，直震得虎口发麻。司马冲一招"项庄舞剑"，出刀慢慢吞吞，闫勃以为他是打累了，正暗自高兴。却不料那刀直奔右腿砍来。

闫勃挥刀阻挡，好不容易解开这招。紧接着，司马冲再次挥刀使出一招"风卷残云"，出刀迅捷，直扫前胸。闫勃有些心慌，使出绝招回击，怎奈力不从心，刚出刀就被迫招架。

二人斗到十多个回合，不见胜负。忽然，司马冲使出刚学的绝招"降龙伏虎"，那刀看似朝马首方向，不用担心，可很快变招，直到近时，那刀锋直向人首。闫勃刚想休息片刻，怎料那青龙刀已到胸口，抽刀阻挡已来不及。说时迟，那时快，司马冲一刀就将闫勃的脑袋砍掉，滚落于马下。

刚斩了闫勃，司马冲准备返回去救师父，却迎面碰上逃命的邱峰。邱峰骑着快马，猛然发现闫勃的首级，血淋淋的，滚到沙坑里，面目狰狞，雪白的胡须上尽是鲜血，于是狠狠骂道：“好你个狗崽子！你敢杀了闫将军。”

司马冲提着带血的青龙刀，指着邱峰说：“有种的过来受死！”邱峰拿着短剑自知不是司马冲的对手，又不敢靠近他，只能远远地叫骂：“狗崽子！我们不会放过你！”说完拨马冲上另一条路。

那路上，邬若鹫领着残兵败将正被令狐霸和甄琴追赶。令狐霸高喊：“不能放虎归山！留下活口，他们会来复仇的！”司马冲方才后悔放过邱峰，随即拍马就追。那马受惊后长长的一声嘶鸣，响彻山谷。

听说闫勃被杀，令狐霸和甄琴露了会心的笑容，可丝毫没有放松追赶。两个跑得慢的伏兵，被令狐霸就地斩杀。邱峰和邬若鹫带着几个伏兵很快逃得不见踪迹。

司马冲打扫战场，见死了几个车夫，唯独不见慕容铁，气道：“真正的仇人这次没到，只杀了个帮凶，可惜！可惜！”令狐霸说：“兵书就在慕容铁手上，只有找到慕容铁才能夺回兵书。”一场战斗结束，大家又陷入迷茫。

三人回到山上，却发现再也找不到南珠格格。格格骑的战马仍系在树上，行李也在，就是不见人影。

113. 美妾风波

种种迹象显示格格是人被抓走了！大家最担心的事还是发生了，这一带山不高，林不密，不会有野兽。到底是官军干的，还是义军干的？无从知晓！司马冲一屁股坐在地上，长刀一扔，刚才胜利的喜悦已经荡然无存。

格格如有三长两短，回去如何向娘交代？更没法向皇太极交代！司马冲惊出一身冷汗，却又无计可施。大家只得分头在附近找，看看有什么线索。

只有甄琴心中暗喜，巴不得格格死了才好，只是嘴上不能说出来。

走到山冈上，见一位老妪正在捡柴。司马冲上前问道：“老奶奶，这一带有些什么土匪或强盗？有一个妹子在这儿失踪了。”

老奶奶放下柴禾，答道：“这一带官军较少，离此东南约三十里主要是闯王的兵马。我的两个儿子在家没饭吃，饿得不行，也投了闯王。”

令狐霸望了望东南方，说：“不要在此浪费时辰了，八成是闯王的人干的。妹子落到土匪手上，恐怕凶多吉少。”

司马冲谢过老妪，转身一鞭抽在马屁股上，说：“事不宜迟，我们走，直奔东南方义军大营。”

三人赶到义军大营时，天已过晌午。甄琴劝道：“冲哥不要着急，此时若进营必然要大战一场，不如等天黑以后再行动好。格格聪明睿智，一定不会有事。”

于是一行人只好在大营外，找了个偏僻的地方，挖点野菜充饥等待。

烈日炎炎，山路流火。战车辚辚，兵马萧萧。自从投靠李自成，慕容铁不仅封了将军，而且还分到几位美妾。义军不能征税，只能杀乡绅，分家产。前天义军刚抄了一副总兵的家，不仅分得一批军饷，而且还分得几位美人。这个明朝副总兵家里的粮食发霉生虫，也舍不得分给穷人吃；穷人卖儿卖女，他却霸占七八个美妾。

车里副总兵的两个小妾正在流着眼泪。按照先前的约定，一个分给慕容铁，一个分给谭门庆。两位将军都是此前战斗中立过战功的，分个美人也不为过。义军士兵押着战车，穿过崎岖的山路，顶着如火的骄阳，终于抵达临时军营。

士兵领着两位美人先到了慕容铁的帐下。慕容铁见其中一位左腮长着一颗小痣，窈窕丰满，十分可爱；另外一位姿色平平，泪眼婆娑。慕容铁吩咐左右留下美人痣。

那美人痣粉面含羞刚刚被送到后房，立即传来一个声音。

“明明不是这位，谁换的？”那声音一听就知是色鬼谭门庆的。

慕容铁从内房走出，应道：“是我换的，那位爱哭的扫把星留给你吧。”

谭门庆脸色一沉说：“不行，闯王已经答应将美人痣给我，你说换就换？”

慕容铁拔出宝剑，说：“你才来几天，敢跟我抢美人？快滚开！”

谭门庆随手操起一杆红缨枪，骂道：“狗娘养的，不将美人痣交出来，我捅死你。”

二人一个操枪一个持剑，乒乒乓乓打了起来，一时难分高低。

早有人向李自成报告。李自成急匆匆赶来，吼道：“都给我住手！两个将军为瓜分美人打起来，这要传出去太难听了。”

慕容铁收剑应道：“闯王评评，上次战斗是我功劳大，还是他功劳大？”

李自成赶走围观的士兵，说：“当然是慕容将军功劳大，可在战前，我已经答应将美人痣许给他做妾，只能委屈将军了。将军不是爱酒吧，我这就命人多给你十坛好酒，怎么样？”

酒鬼慕容铁犹豫半天，还是拿不定主意。不多时，果然有人将一坛一坛好酒搬到慕容将军帐下。

谭门庆这才将美人痣领走，将姿色平平的扫把星留下给慕容铁。扫把星一进门仍旧哭哭啼啼，大约是怀念故人，全然不顾场合。慕容铁吼了声，别哭了。扫把星这才止住哭声。

夜幕降临，凉风习习，军营里灯火阑珊。前天的腌菜、臭豆腐不见了，取而代之的是红烧猪蹄、隔水蒸鸡、清炒腊肉、酱香板鸭。大家心里都明白，不抄家哪来的这些好菜？

菜上齐了，自然少不了好酒。慕容铁吩咐倒酒，一坛好酒很快底朝天。慕容铁今天要迎娶第五个小妾，一大批手下干将前来祝贺。虽然义军有规定不准强奸妇女，但正式纳妾却不在军纪约束范围内。

面对美酒，慕容铁兴致勃勃，同手下干将推杯换盏，好不热闹。几碗酒下肚仍然面不改色，不多时桌上的“大好河山”被瓜分得差不多了。

在众人的簇拥下，慕容铁和扫把星拜过堂后，被送入洞房。只有扫把星的哭泣声穿过帐篷在夜色中久久回荡……

那边谭门庆的纳妾婚宴也如期举行，这帮穷兄弟当然少不了一顿胡吃海喝，毕竟饿得久了连鬼都要吃人。

谭门庆和美人痣也是像模像样地拜过堂后，才被送进了洞房。虽然军营里条件简陋，但不该省的一样也不会拉下。美人痣突然看见洞房里挂着绳索、皮鞭、神油等工具，转身就想溜，被谭门庆又捉了回来。于是，洞房里不时传来女人的尖叫声，像鬼哭又像狼嚎……

这天午餐后，李自成拖着沉重的脚步回到帐中，刚想躺下，邱峰突然进来禀报：“我们安排劫粮的闫将军被杀了！”

李自成惊问：“是什么人干的？”

邱峰低声回道：“可能是他多年的仇家，并非朝廷官军所为。”

“有没有劫到粮草？其他人伤亡多少？”

“他们居然用假粮草来骗我们，双方各有伤亡，我方伤八人，死五人……”邱峰将战场情况详细做了禀告，最后冷笑一声说，“撤退的时候，手下抓到一位民女，好个国色天香，将军不知是否有意？”

邱峰素闻李自成不好女色，但对属下较为宽容，说不定赏给自己，那就正好来个顺水推舟。等到民女被带到帐前时，不想，李自成却说：“别糟蹋了，你哪里人？会些什么？”

那民女回道：“我是北直隶李氏，小名腊梅，会做饭跳舞，还识得字。”

李自成说：“看你年纪还小，不如留在军中做饭吧。”

这民女正是南珠格格。那天南珠独自一人在山上采野菜，不料被三名巡山的义军发现。他们倒也没有调戏她，只是将南珠押回大营听候发落。

南珠不会武功，一时又无法同司马冲他们联系，心想，兵书和剑谱都在义军慕容铁那里，不如跟他们去一趟，见机行事。

就这样，南珠被安排到伙房做饭。邱峰心里恨得咬牙切齿，却也无可奈何，奉命解开南珠手上的绳索时说：“别忘了，上次不是我找个老太婆顶包，说不定你早就被砍了脑袋。”

南珠认出邱峰左耳少了一半，那是被赵坤割的，回道：“你还好意思提，上次不是你调包，我早就逃了。”

邱峰疑惑地问：“你既是皇太极的格格，为何流落山村？莫不是骗吃骗喝的小混混，如不是有几份姿色，怕早没了小命。”

南珠心想，真实身份可不能随便说，只好摆摆手应道：“你最好离我远点，别乱操心。”

到了伙房，南珠干起来一切都轻车熟路，切菜洗菜炒菜，样样精通，这些娘从小就教会了。可伙房的大娘活像个母夜叉，对南珠又恶又狠，刚切完菜，洗完菜，又对南珠吼道：“阎王都不要你，说明你就是个贱骨头！把那堆柴劈了。”

南珠来到柴房，面对脸盆粗的木头，十多斤的板斧，确实吓了一跳。这活儿哪是个小姑娘干的？可不干又不行，这怎么办呢？南珠只好抡起板斧，一斧头下去，那木头将斧头吃住，提又提不起来，劈又劈不下去。

南珠好不容易将斧头取出，只好一次劈一小块，费了九牛二虎之力，才将那块圆木劈完。忽然隔壁传来刺耳的剑声，那风声一阵比一阵紧。

放下斧头，南珠走近隔壁的房门，从门缝中一瞧，不禁大吃一惊。习剑的正是冲哥和甄琴救回的婢女！南珠依稀记得这个婢女叫慕容灵，此前根本不会武功，跟自己一样是个旱鸭子，为何摇身一变，变成了会飞的白天鹅？

在这间小小的柴房里，慕容灵剑光闪闪，上下翻飞，令人目不暇接。南珠忽然明白，她一定是偷了甄师父的剑谱，在习剑。南珠刚转身想离开，只见从墙角站起一汉子，不是别人正是慕容铁！那汉子小声说："灵儿，你这招不对，应该这样……"

南珠这才明白，二人是父女关系，慕容灵原来就是慕容铁之女。冲哥好心救了她，她却狼心狗肺，恩将仇报。可兵书和剑谱到底在哪儿？南珠一时也无计可施，它们一定是被藏起来了。

114. 智取剑谱

为了不暴露自己的身份，南珠从伙房找了些黑炭，将脸上故意抹黑了几块，又将精美的头发故意搞乱，斜披在一侧脸边，整个人活像个女鬼。

天渐渐黑了，慕容铁父女仍在专心练剑，不肯离开柴房。南珠只好披头散发，伸直双手在黑夜跳跃前进，那情形就像一具僵尸，边跳边叫道："阎王有令，快走！快走！"

慕容灵果然听到叫声，收剑问道："这是什么地方？"慕容铁回道："那边是一处坟地，义军扎营没那么多讲究。"

慕容灵怨道："扎什么地方不好，偏要扎在坟地！你听，你听！"慕容铁侧耳一听，感觉不像人的声音，再循声望去，远处一个黑影在跳跃，双手伸直分明就是一具僵尸！

慕容灵拉着父亲的手说："咱们快走！咱们快走！这什么地方？"慕容铁亲眼所见异常之情形，不由得不信，只好匆匆离开柴房。

待二人离开后，南珠走进柴房，仔细搜寻各个角落，却没发现兵书，也没找到剑谱。到底藏在哪里？南珠一筹莫展。

等到吃晚饭的时间，慕容灵随大家都去大帐外了。南珠偷偷潜入慕容灵的房内，里里外外都找了个遍，就是不见兵书和剑谱。床铺底下，尽是些破棉被、乱稻草。包袱里尽是些旧衣服、鞋子、围巾等。难道她是放在身上了？既然房内没有，藏在身上方便看可能性极高。她做梦也想不到，这么快有人找上门了。

从慕容灵的房间回来，突然听到有人喊："快过来，将军有事传唤。"南珠这才洗了一把脸，三步并两步赶了过去。

那边慕容铁的脸色铁青，吼道："近日战场捷报频传，本将军欲开怀畅饮，怎奈无人跳舞！找到人没有？速速过来。"

南珠悄悄换了件舞衣，同慕容铁的几位美妾一起来到将军的帐前。夜幕低垂，灯火闪烁。乐声响起，如泣如诉。

堂上只有慕容将军一人，案前摆着各种山肴野蔌。将军一边观舞一边饮酒。首先跳的是古典名舞《丽人行》。南珠穿着长长的水袖舞衣，虽然来不及涂脂抹粉，仍不失国色天香。因为灯光昏暗，慕容铁倒也没认出格格身份。

最是那一个羞涩的回眸，牵动心底串串浓烈的相思；最是那一阵水袖的风声，送来腮边款款如火的柔情；最是那一丝动人的弦乐，拂动案前张张甜美的笑靥。

借着旋转后短暂的停顿，南珠看见慕容铁醉眼蒙胧，一杯接一杯喝得十分忘情，完全没有将军应有的样子。

南珠忽然看见案角放着一本《孙子兵法》，封面左上角有一个污点是那样熟悉。这分明就是自己看过的那本，大概是慕容灵给的吧？难怪到处找不到。

接下来表演的是《夜雨双唱》，南珠同众美人一起翩翩起舞。彩袖拂过的瞬间仿佛百花盛开的三月，令人流连忘返；脚尖旋转的刹那宛如嫦娥驾临的月宫，令人回味无穷。

一曲终了，场上正在表演《越女吟》，音乐刚刚响起，慕容将军忽然招手。南珠看样子是冲着自己的，于是停下来，靠近将军案前说："将军何事？"

慕容铁微笑道："你不用跳了，过来陪我喝一杯。"

南珠怕他认出，故意推辞道："奴婢不敢！奴婢不敢！"

慕容铁放下手中的酒杯，连连招手说："我好像那里见过你，你叫什么名？"

南珠只好说："奴婢姓李，叫银杏，与奴婢相像的女子很多，将军一定是记错了。"

走到案前，南珠只好在将军身边坐下，取出一个酒杯，满满地斟上。恍惚中，慕容铁似乎不记得南珠的身份，只说："你舞跳得棒，人也生得俏！不如坐下陪我喝一杯。”

南珠瞧了一眼案角的那本《孙子兵法》，发现底下还有一本《三十六计》，确认就是自己的丢失两本兵书。南珠心想，现在人多眼杂，不是下手的时机，于是端酒回道：“将军海量，奴婢自叹不如。这杯酒先干为敬。奴婢会几支山歌，愿为将军献丑。不过有个小小条件，每唱完一支，将军得饮酒三杯才唱下一支，不知意下如何？”说完一饮而尽。

慕容铁急欲听山歌，忙叫人将舞蹈散去，应道：“如此公平，如此公平！就依你所言，不得耍赖。”

这时，跳舞的都散去了，只剩下几个倒酒的。南珠清了清嗓子，柔声唱道：“明月出天山，苍茫云海间……”这是汉代乐府歌曲《关山月》，相传由唐代大诗人李白作词，描写了古代边防将士的艰难困苦。

一曲唱罢，慕容铁果然饮酒三杯。南珠眼珠一转，接着唱起《木兰辞》：“问女何所思，问女何所忆……昨夜见军帖，可汗大点兵……愿为市鞍马，从此替爷征……”

歌声铿锵有力，婉转悠扬。慕容铁不得不竖起大拇指，南珠将花木兰替父从军的民族气概表现得淋漓尽致。没什么说的，慕容铁接着又干了三杯酒。

南珠接着唱起岳飞的《满江红》：“怒发冲冠，凭栏处、潇潇雨歇。抬望眼，仰天长啸，壮怀激烈。三十功名尘与土，八千路云和月。……靖康耻，犹未雪。臣子恨，何时灭！……壮志饥餐胡虏肉，笑谈渴饮匈奴血。……”

这次南珠的歌声中充满着刀光剑影，刻骨铭心的仇恨，但仍旧抒发了一腔爱国主义的激情。慕容铁似乎没有听出弦外之音，倒是沉醉在岳飞慷慨激昂的民族情感中，照旧又喝了三杯。

南珠还想唱一首《扬州慢》，刚开口就被慕容铁拦住。慕容铁放下酒杯对南珠说：“今……今晚歌也够了，舞也够了，酒也够了。我要习剑，你们都……都走开。”说完拔出腰间长剑，众人吓得纷纷散去。

慕容铁借着酒劲来到那间柴房，手中的宝剑立即飞舞起来，夜色中不时传来嗖嗖的剑风声。

南珠紧随其后，一切都看在眼里。随即，她返回慕容铁的案前，轻松取回两本兵书。此时，慕容铁的大帐内刚好无人。

拿到兵书，南珠回到柴房外，从门缝往里一看，那慕容灵再次回到柴房，在父亲慕容铁的指导下练剑。在昏暗的灯光下，慕容灵从怀中掏出剑谱，问道："这里有鬼，为啥非要在这儿练剑？"

慕容铁笑道："有鬼的地方才不会有人来，你这剑谱怎么来的还不知道吗？"慕容灵回道："爹爹言之有理，所以剑谱我一直随身带着，谅他也奈何不得。"

南珠心想，这父女狼狈为奸，居然也混到起义军的队伍中，真是可恶至极。可惜自己不会武功，不能与其硬碰硬的争斗。但如何让她放下剑谱？还真是个问题。

现在装神扮鬼是没用的！忽然，南珠想到一个主意，只要将身上带的各种花粉撒在草木灰中，然后顺风吹进柴房，他们就练不成了。

南珠找来厨房里用的吹火筒，将身上带的各种花粉与草木灰一拌，顺着门缝往慕容灵的方向吹呀吹，吹呀吹……

慕容铁父女正在专心习剑，练着练着，不知不觉浑身汗淋淋的。慕容灵伸手不停地在额间、手臂上擦汗，忽然感到身上奇痒难耐。慕容铁却没事儿。只有南珠偷偷躲在暗处笑。

慕容灵收剑道："爹爹，今晚就别练了，我要回去洗澡，身上确实奇痒难耐。"慕容铁道："既然这样，今晚你就别练了。"

南珠掩嘴而笑，一直尾随着慕容灵。只见慕容灵一边挠着痒，一边回到自己的房间，三下五除二脱下了外套，径直向洗澡间而去。

就在这时，南珠悄悄溜进慕容灵的房间，只见《九玄神剑》和《甄家枪法》果然在她衣服的口袋里。南珠竟神不知鬼不觉偷回剑谱和枪法。

拿到剑谱和枪法后，南珠回到伙房。又一个问题来了，怎样逃出去？门口全是侍卫，凭自己是绝对冲不出义军大营的。他们发现丢了兵书和剑谱，一定会到处搜寻。如果放在身上，万一搜身，就人赃俱获，有嘴也说不清。

思来想去，南珠决定将《九玄神剑》和《甄家枪法》藏在伙房的一堆木柴里，又将兵书藏在自己的行李包袱中。分开藏也是为以防万一。心想，这次打赌，自己赢定了。

可是，她错了。刚从门缝里看见慕容铁还在练剑，南珠转身想离开柴房。突然从柴房的大门处升起一团熊熊大火，浓烟迅速弥漫。柴房里本来就堆了很多木柴、杂草，只要碰到火星，那是救都没法救。

很明显，这是要烧死慕容铁！南珠刚想喊救火，可转身一想，烧死活该！这种人死有余辜，门也被火封了，看他插翅也飞不出这柴房。

南珠抓起行李包袱，就往外冲。火势越来越大，这时不远处有人发现起火，高喊："着火了，救火啊！"很快，有人赶了过来。南珠想拦也拦不住，只拼命跑。只是想不明白，怎么好端端的柴房突然着火了。

115. 血债血还

有人往柴房泼水，可火势太大，不多时柴房四周都燃起浓烟，风助火势，火借风威。南珠只知道逃离火场，黑暗中往前奔跑，却不小心同一个人撞了个满怀。

这个人正是邱峰。邱峰认出是南珠格格，笑道："果然是你放的火，慕容将军是不是还在柴房？"

南珠回道："火不是我放的。"

邱峰骂道："好狠毒的格格！你同慕容将军有仇，也不该放火烧死他！我没工夫跟你胡扯，我要先去救慕容将军，回头再找你算账。"

此时大火已将柴房门烧着了，人根本无法逃生。邱峰急忙从伙房提来一桶水，往房门一泼，同时高喊："慕容将军，能出来吗？"

正在练剑的慕容铁虽然喝高了，但发现四周都着火了，也稍稍清醒了点，听到喊声回道："火太大，出不来。"那火苗烧得两丈余高，人根本无法靠近。

邱峰指挥众人，不断地往柴房门处泼水，很快门口的火小了些。慕容铁挥剑往柴房门上一阵乱砍，好似摧枯拉朽一般，那门很快被砍倒。慕容铁纵身一跃，从破损的房门处跳了出来，只是手上腿上几处被烫伤。

见将军成功脱险，邱峰十分高兴，问道："好端端的，为何着火了？一定是有人纵火，想置将军于死地。"

慕容铁问道："那是谁？"

"就是那个抓回来的民女，她是皇太极的格格。"

慕容铁狠狠地说："我早就说过，此女留不得，终于养虎为患。"

于是，邱峰带着大家去找寻南珠。黑暗中，南珠躲在一个帐篷的角落里，大气不敢出。邱峰找了一圈，也没发现南珠的影子。

众人正怒火中烧，提着刀无处发泄。突然，拐弯处闪出一男一女。女的直奔邱峰，男的直奔慕容铁。

慕容铁已认出是司马冲，厉声问道：“司马小儿，今夜的火是你放的吧？”

司马冲挥剑回道：“冤有头，债有主。血海深仇，没齿难忘！火是我放的又怎样？今夜天不收你，我来收！”

慕容铁知道躲是躲不开的，借着酒劲骂道：“王八蛋！看我怎样收拾你。来，吃我一剑！”说完一剑直刺司马冲前胸。

柴房那边仍然火光冲天。司马冲挥剑一挡，一个闪身使出九玄神剑中的“斗转参横”的招式，剑锋直指慕容铁的门面。

慕容铁暗暗吃惊，心想，幸亏我刚才和灵儿一起练过这招，不然可要吃亏了，于是使出一招“山鸡舞镜”以柔克刚将司马冲的招式轻松化解。

司马冲接着使出一招“上树拔梯”，这是九玄神剑中最狠毒的一招。那剑锋看似帮助敌人攻己，随后立即变招杀敌于意料之外。

慕容铁一见，不慌不忙拿出一招“破釜沉舟”，将司马冲的剑招拆得七零八落，杀气荡然无存。

那边甄琴与邱峰杀了几个回合，很快就将邱峰杀得毫无还手之力。眼看司马冲无法克敌，甄琴飞起一脚，正好踢中邱峰的屁股，骂道：“蠢驴！快滚开。”邱峰一下子滚了好远。

甄琴挥剑靠近司马冲道：“我们双剑合璧，记住口诀要领。”

司马冲点点头，将长剑一收，同甄琴站在一起。

慕容铁虽然看过剑谱，因为没有学完，当然不知九玄神剑的奥妙，更没有掌握其阴阳二剑的精华。此刻，面对二人的进攻，以为不过是多一个人而已，完全没当一回事。

甄琴挥剑攻其下盘，如釜底抽薪；司马冲持剑攻其上盘，似九天揽月。慕容铁立即顾此失彼，阵脚大乱，心想这是什么招数？难道今晚要栽在晚辈手上？

忽然司马冲一招“恫瘝在抱”，剑锋直奔慕容铁的咽喉；甄琴一招“未雨绸缪”，剑尖如绵里藏针，很快直奔慕容铁的裤裆。慕容铁眼看就要死在双剑之下，只好偷偷掏出自己的独门暗器“血燕王”，转身对着司马冲发了出去。

这一幕刚好被甄琴看见。甄琴喊了一声：“小心暗器！”司马冲差点忘了，立即挥剑一挡，那“血燕王”被剑锋反弹回来，正好射中慕容铁的前胸。

只听慕容铁惨叫一声，正想掏出第二枚暗器，被司马冲一剑砍中手腕，站着摇晃了几下，就倒地七窍流血，气绝身亡。那“血燕王”浸过剧毒，见血封喉，这就叫以彼之道，还施彼身。以“血燕王”行走江湖数十年不败的慕容铁竟然死于自己的独门暗器。真是让人不敢相信！

邱峰见慕容铁倒地，知道无可救药，立即召集人马：“快快给我围住这几个人，别让他们跑了。”很快，不断有人带着兵器杀了过来。

司马冲持剑高喊：“此人是我的杀父仇人，今天是他咎由自取，死有余辜。兄弟们与我无冤无仇，我不会滥杀无辜，请快快让道。”

且说令狐霸进了义军大营后，左冲右突出入如无人之境。刚刚看见南珠在跳舞陪酒，这会儿不知跑哪儿去了。

柴房那边起火了，格格应该不会在人多的地方。令狐霸找了一匹快马，走着一条小道，边走边喊：“南珠格格，我来救你了。”

喊了半天，无人应答。迎面杀过来一队人马，为首的正是邬若鹫。邬若鹫挥刀吼道：“有种别跑！今天让我会会你的长刀。”

令狐霸拍马挥刀冲了过来，一招“塞翁失马”那刀初出时看似无力，变招后直奔敌人的头颅。邬若鹫挥刀死死护住门面，对付完这招后，情知不妙，且战且退。几招过后，邬若鹫不得不虚晃着长刀，退到一边，给令狐霸让出一条道。

此时，躲在帐篷里的南珠心想，外面正在格斗的到底是什么人？当隐隐约约听到有人喊自己，南珠才明白可能是冲哥他们杀了进来。于是，看准时机，南珠就跑了出来。

刚出来，黑暗中冲出一个人，手持长剑，正是色鬼谭门庆。谭门庆见南珠一身舞衣，亭亭玉立，冷笑道：“多日不见，越发娇艳动人。今天，你就从了我吧。”说完强拉着南珠一只手。

南珠后悔不该出来，碰到色鬼只能斗智，于是探问道：“想不到你还认得我！那边是什么人在打斗？”

谭门庆抚摸着那只温软的玉手，心里就像喝了蜂蜜一样，回道：“做梦都想着你，那边是慕容将军的仇人杀了进来，跟你没关系。”此时的谭门庆根本不知南珠的身份，还以为是民间美女。

南珠想挣脱他的手，可谭门庆抓得死死的，只好暂时顺从，央求道：“还是带我去看看热闹吧。”

面对美女苦求，谭门庆只好拉着南珠往起火的方向走，走着走着，只听背后一阵风声，说时迟，那时快，一把长刀砍了过来。

谭门庆转身挥剑阻挡，幸亏反应快，不然小命休矣！来人正是令狐霸，高喊：“格格快上马。”

南珠已认出是大师父令狐霸，心中大喜，当即一把将谭门庆推开，翻身上了令狐霸的战马。谭门庆自知不是令狐霸的对手，倒在地上，哪敢起来再战！

那边仍然火光冲天，令狐霸拍马往着火的方向走，问道：“我们还要去找兵书和剑谱，格格可有消息？”

南珠此时才想起，剑谱还藏在伙房的木柴里，心想不好，答道：“兵书已偷回，剑谱藏在木柴里，不知烧着没有？”

令狐霸不得不折服格格的智慧，笑道：“还是格格足智多谋，能在乱军中偷回兵书，真不是一般人能干的！快去柴房。”

二人走到伙房的柴房附近，只见大火已将柴房烧得面目全非，四周全是熊熊大火，无法靠近。可怜世间再无《九玄神剑》和《甄家枪法》两本秘籍！那一场大火成了人们心中永远的伤痛！

此时，司马冲和甄琴在混战也刚刚抢到战马。猛然看见师父和南珠，司马冲喜出望外，喊道：“格格，我们杀了慕容铁，要不要去找兵书和剑谱？”

南珠也看见冲琴二人，苦笑道：“不用找了，兵书在我这儿，剑谱已被烧了，我哪里知道你们要放火！”

甄琴仍然不信：“偏偏就你的兵书盗回了，我的剑谱和枪法被烧！”南珠指着着火的柴房说：“我费尽心机才从慕容灵身上盗回剑谱和枪法，藏在柴房，谁知你们这么快放火！”甄琴围着柴房转了半天，也无法靠近。

四人奋勇杀敌，终于冲出义军大营。到次日清晨，大家行至一家小店边休息。突然，一只鸽子落在南珠的跟前，脚上系一张纸条。南珠小心取下一看：

大汗有要事商议，务请速速回京。林娟秀　九月初三日

第二十四章　平干戈满汉联姻

116. 盛食厉兵

这显然是娘的亲笔信！南珠将纸条转给司马冲说：“现在兵书已找回，不如早早回去。我们离京也有近两年，不知父汗急召我们有什么事？”

司马冲遥望眼前的崇山峻岭，喃喃问道：“军机大事，当然不便透露。我们还是赶路要紧。不知师父可否愿意同我们回盛京？”

令狐霸轻抚青龙刀说：“我一向讨厌满人，若不是青龙刀谱仍在额哲处，我是不愿再回去的。”

司马冲劝道：“满人并非个个都是坏人，良莠不分，冤冤相报，何日是终？此次回京，一定从长计议，助师父夺回刀谱。”

于是一行人整装向着盛京的方向出发。秋高气爽，艳阳高照。马蹄嘚嘚，尘土飞扬。道旁的梧桐伸出浅黄的手掌挥舞着沉重的思恋，远处的白杨站成出征的士兵背负起不屈的信念，山间的小溪流成横卧的琴弦弹奏着动听的歌谣。

大家风雨兼程，经过连续多天的长途跋涉终于抵达盛京。盛京的街道青砖铺路，白玉雕栏，远处亭台楼阁，曲曲折折，美不胜收。此处自然不同于乡间野岭，大家顿时感觉心旷神怡。

听说司马冲、林南珠已到，林娟秀喜出望外，忙出门迎接。南珠拉着娘的手说：“这次我不仅找回了兵书，冲哥还报了父仇——闫勃被杀，慕容铁在格斗中死于自己的暗器。”

看着司马冲消瘦了许多，林娟秀一边收拾行李，一边含着眼泪说：“你爹在天显灵了！你爹在天显灵了！”

司马冲向母亲介绍说：“这是令狐师父，这次顺利复仇，首先应感谢令狐师父，其次应感谢琴妹。”

令狐霸和甄琴随大家一起休息。南珠问娘：“父汗因何事急召我们回京？”林娟秀回道："可能是玉玺的事，上次半途而废，大汗当然不悦。速速见过大汗就明白了。"

休息片刻后，四人一起来到汗殿前。小德子通报后，皇太极处理完手上的奏章，立即召见。南珠将一路的情况一一向父汗禀报。听说南珠格格成功盗回兵书，且平安归来，皇太极龙颜大悦，笑道："格格足智多谋，这次不用再派兵支援了。"

司马冲指着师父，补充道："大汗，这位是科尔沁奥巴台吉手下的令狐霸佐领，是我的第二位师父，不仅传我武艺，而且在战场上还救过南珠格格。"

皇太极思虑片刻，即命人拟旨。不多时，小德子宣道：

> "奉天承运，大汗召曰。参领司马冲德才兼备，屡建功勋，晋升为镶白旗副都统，南珠格格深通兵法，才智过人封为镶白旗军师，交由多尔衮节制；佐领令狐霸、柳嫣霞晋升为参领，汉女甄琴提升为佐领，仍由奥巴台吉节制。钦此——"

四人一起跪下，齐声谢恩。司马冲听说晋升为镶白旗副都统，一时受宠受惊，心里忐忑不安。南珠估计大战在即，忙问道："阿玛如此恩典，吾等感激不尽。不知有何重任？请尽快明示，南珠也好早早谋划。"

皇太极立即宣多尔衮觐见，多尔衮到后，命令狐霸、甄琴退出，随后朗声说："据探马密报，林丹汗患天花已崩于青海托里图。吾思虑再三，此时是消灭察哈尔部的最好时机，这次就由十四弟做主帅，统兵一万西征。司马冲、南珠还有奥巴台吉就交你节制。"

多尔衮立即跪谢："感谢大汗栽培，此时敌军人心不稳，机不可失，时不再来。臣弟一定夺回传国玉玺，为大汗进取中原扫除障碍。"

皇太极转身对南珠说："见到你娘，务必抓活的。"南珠想了想，笑说："父汗言之有理，南珠知道怎样做。假以时日，察哈尔部东山再起，如想剿灭就难了。"

皇太极赶紧扶起多尔衮说："这些年，你随我南征北战，你的威望、功勋、经验足以担当主帅的重任。速速整顿兵马，尽快出征。"

这一天，演兵场上旌旗招展，战马嘶鸣。多尔衮带领岳托、萨哈廉、豪格、司马冲和南珠及八旗精锐约万人列队完毕。皇太极亲自为多尔衮斟酒送行，高声道:“苍天在上，厚土在下。察哈尔部早已众叛亲离，此次西征务必斩强敌于塞外，救黎民于水火。请满饮此杯，愿早日凯旋。”

多尔衮喝下那杯践行酒，回道:“大汗英明，八旗勇士，战鼓一响，所向无敌。将士们，随我前进！”言毕，一队八旗劲旅浩浩荡荡离开盛京，奔驰在西去的大道上。

经过几十天的艰苦跋涉，队伍到达离托里图（今鄂尔多斯南部乌审旗）约只有一百里的一个小山坳，大家都十分疲惫。多尔衮下令休整，同时商讨对敌计策。

茫茫戈壁，人迹罕至。北风肆虐，冰天雪地。再说林丹汗带着家眷和忠勇之士西奔至青海。两年后的夏秋之际，林丹汗不幸染上天花，竟一病不起，逝于青海大草滩，享年四十三岁。

办完父汗的葬礼，额哲时常显得无所适从，刚刚臣服不久的鄂尔多斯部、永邵部、土默特部的酋长也极少过来报告本部的兵马情况。父汗的离世使察哈尔部的统治陷入空前的危机。

一日，铁木额和左蹊正在训练青龙刀队。额哲突然来到练兵场，见士兵们面黄肌瘦，练起来有气无力，无精打采，训道:“如此练习刀法，能有什么长进？”

铁木额回道:“贝勒爷，我们虽然有刀谱，可士兵们连窝窝头都吃不饱，哪有力气练？”

额哲看着左蹊刀法没什么长进，淡淡地说:“难怪左跷被杀，你这刀法确实不堪一击。”

正在练刀的左蹊说:“归化城附近有很多武林高手，贝勒爷何不盛情邀请？”

额哲灵机一动，说:“行，你就别练了，这个任务就交给你。一定要给我请到真正的武林高手，我可以保证让他们衣食无忧。”

铁木额笑道:“贝勒爷英明！青龙刀队的操练任务就交给我就行了，没有高手我们怎能护得住宝贝？”

左蹊得令后，收拾行李，当天就出发了。经过几天的行程，终于到达归化城下。左蹊拿出后元小朝廷的告示，在城墙上贴了起来。

今天下大乱，豪杰辈出。后元朝廷，求贤若渴。凡武林英豪，文坛贤士经考核后，皆可入朝为官。有意者可到托里图。

告示一贴出，本以为会应者如云，谁知反响平平，民众议论纷纷，有意者寥若晨星。

左蹊也想不明白，为何民众不愿入朝为官？做官可以衣食无忧，在乱世中可保家人平安。在归化城附近，左蹊徘徊了很久，也问了很多牧民。有的说，没读书肚子里没墨水，怕朝廷相不中；有的说没习武，自己花拳绣腿，哪里能做将领？

听牧民说，二郎山留春谷有两位武林高手，这告示他们未必知晓。左蹊仔细一想，不如亲自去一趟，当即，跨马前往二郎山。

当左蹊赶到留春谷时，不禁为眼前的景色着迷。这里绿树成荫，百花盛开，风光旖旎。远处流水潺潺，鱼虾成群，荷叶茂密。

左蹊敲开石门，恰逢图尔凡、济尔格正在午休。左蹊高喊："二位师父，二位师父，朝廷有难，特命小人左蹊前来请二位出山。"

金鞭法王济尔格翻身起来，骂道："小王八羔子！打扰老子休息。你说受朝廷委托可有凭据？"左蹊拿出朝廷盖过印的告示，呈了上来。

降魔快刀图尔凡翻身起来一看，说："滚，老子有难的时候，朝廷的人在哪儿？滚得越远越好。"

左蹊说："凭二位的武功，在下可保证你们后半生锦衣玉食，荣华富贵。"

济尔格骂道："胡说！托里图地广人稀，穷山恶水，那里的人火耕水耨，茹毛饮血，何来荣华富贵？快滚！快滚！"

左蹊碰了一鼻子灰，只好悻悻返回。到了托里图后，左蹊将情况如实禀告额哲。额哲同铁木额商量道："这如何是好？如果皇太极派兵杀过来，以我们现有的兵马如何对敌？"

铁木额说："如今之计，只有委屈贝勒爷和我一起去请，别忘了我们手上还有玉玺，也许还有转机。"

经过反复权衡，额哲最终决定试试。于是三人重返二郎山，几天的艰苦行程确实让三人身心疲惫。额哲的大腿在马背上磨起了厚厚的茧。左蹊中途染上风寒，几乎无法骑马。

这次到达留春谷，图尔凡和济尔格正在石洞门口习武。济尔格的软鞭将洞口的树木斩断数根。铁木额见状赞道："可惜金鞭法王一身武艺！在下铁木额和贝勒爷打扰了。”

济尔格收鞭见来了三人，冷笑道：“如若是接我们去朝廷做官，那就请回吧。如若是切磋武艺，就请出招。”

额哲赶紧下马，躬身施礼道：“在下林丹汗大贝勒额哲，特来拜访二位高人。汉人有句古话，闻鼙鼓而思良将。后元朝廷内忧外患，正是用人之时。两位高人何不出山建功立业，非得住在山洞呢？”

图尔凡收刀细细打量这位贝勒爷，回道：“汉人的朝廷历来有鸟尽弓藏，兔死狗烹的恶习。他们那些皇上只可共患难，不可共富贵。倒不如老死马厩，颐养天年。”

117. 冤家有缘

额哲再次施礼道：“吾是成吉思汗的子孙，绝不干汉人朝廷的勾当，请两位三思，勿失良机。”

济尔格见僵持不下，于是邀请道：“贝勒爷从遥远的托里图赶来，不如到山洞喝碗热酒再说。”

图尔凡将三人迎进洞中，又拿出珍藏的好酒，切了几斤牛肉，烤了一堆土豆和两只山鸡。五人围坐在山洞中，气氛一下缓和了很多。济尔格每人斟了一碗酒，说：“这洞中本来有件宝贝玉玺，那年来了几个汉人给骗走了。听说是美人计，最后赔了夫人又丢了宝贝，图尔凡，对不对？”图尔凡低着头，脸红得像关公。

一碗热酒下肚，额哲笑道：“实不相瞒，你那个玉玺现在我这儿。”图尔凡一惊，忙问道：“此话当真？你们是如何得到这宝贝的？”

一旁的左蹊自豪地说：“那几个汉人被我们抓到了！真假两个玉玺都在我们这儿。”

济尔格再次质问：“此话当真？你们还有真假两个玉玺！？”

铁木额笑容满面，回道：“千真万确！如有虚言，愿五雷轰顶。”

额哲端起酒碗说：“来，我敬两位前辈一碗。如今世道，光靠单干是不行的，得靠谋划，靠群体的智慧。两位前辈武艺超群，可仍不免落入别人的算计！”

济尔格喝完碗中酒，点点头说：“贝勒爷所言不虚，当今乱世，只有在朝廷才能有一番作为，单打独斗也难免会吃亏。”

图尔凡几碗酒下肚，态度来了个转变，高声道：“我同意大哥的意见，不如我们答应他们出山。”

额哲见有了转机，正色说：“父汗得到传国玉玺后，就命玉匠仿制了一个，以转移坏人视线。今两个玉玺都落入我朝，实是众望所归，吉祥之兆。今父汗驾鹤，吾正筹备称汗大典。如两位前辈加盟，可封为将军。敢问可否？”

酒过三巡，其乐融融。济尔格回道：“我们二人本不打算出山，今贝勒爷千里迢迢，盛情相邀。当唯马首是瞻，为后元朝廷竭尽绵薄之力。”

于是，济尔格、图尔凡收拾行李，同额哲等三人一道离开了白虎洞。到了托里图，额哲将二人均封为将军，相当于都统之职，可统领超万人马。

后元朝廷为二位将军举行了隆重的接风宴。接风宴过后，额哲命人为二人各送一套新棉被和绣花枕头。额哲亲自拿着绣着红艳梅花的枕头，对图尔凡说：“此枕乃汗宫裁缝采用上等棉料精制而成，柔软舒适，花色艳丽，愿将军不离不弃，好梦成真。”

图尔凡见大哥的枕头绣的是莲花，自己的枕头绣的是高贵的梅花，正是自己梦寐以求的，高兴地回道：“多谢贝勒爷美意！我就缺个夫人，看样子难啦！”

额哲命下人为将军铺好炕上用品，笑道：“这有何难，宫里美人唾手可得，就怕将军瞧不上。”

二位将军受封后，每日协助训练兵马，传授武艺，讨论阵法。一时间为后元朝廷带来不少的新气象。额哲感到十分满意。

一日深夜，降魔快刀图尔凡正躺在炕上休息，忽听室内有异响。习武之人警觉很高，猛地翻身起来，见一个黑影在帐内忽左忽右。此时，士兵都已经休息，图尔凡想可能是刺客。

今天碰到我该你倒霉！图尔凡一个箭步冲了过去，朝黑影一掌打来。蒙面黑衣人挥剑刺来，让图尔凡倒吸一口冷气，没想到这家伙会两下子。

图尔凡一个闪身躲过，在室内抓起自己的弯刀。弯刀到手，立即如鱼得水。那蒙面黑衣人“嗖嗖嗖”连刺三剑，图尔凡左右挥挡，一一化解。

蒙面黑衣人没想到碰上劲敌，剑法丝毫不乱，稳扎稳打。图尔凡一招“睚眦必报”，那刀密如狂风，忽左忽右，忽上忽下，杀得那黑影不敢恋战。图尔凡大声吼道："抓刺客！抓刺客！"

那黑衣人见势不好，虚刺一剑，从东边敞开的窗户飞身一跃，打算脚底抹油溜了。谁知，从后面有人一掌拍来，打得蒙面黑衣人宝剑落地，当场跌倒。

原来，金鞭法王济尔格听到刀剑声，起身赶来，只一个回合就将刺客击倒。二人合力将那黑衣人绑了个结结实实，又撕开面纱。原来是个绝色美人，再仔细一看，没想到这不是上次抓过的南珠吗？

图尔凡大吃一惊，骂道："小贱人，我四处寻你不着，你倒是自投罗网！"只听那美人说："你不在山洞里待着，跑这来干什么？"

"我们还拜过堂，睡过觉，你将我那宝贝弄哪儿去了？"

"快别提你那宝贝玉玺，我们找人鉴别过，地地道道的假货！"

"假货你也得还给我，快从实招来，弄哪儿去了？"

那美人笑道："我们刚偷到真货，就被额哲连人带货被抓，你还问我要？"

济尔格问道："那今天来干什么，老实回答？"

那美人回道："还不是惦记那宝贝！"

图尔凡哈哈一笑："没想到我们是冤家路窄吧！"

此时夜深人静，除了济尔格，好在没有惊动更多人。济尔格也笑道："既然是夫人到了，还要绑着干啥？"

图尔凡刚想给她解开绳索，忽然一摸脑袋，说："我好像记得南珠并不会武功，几个月不见，你的轻功和剑术如此了得？说，你到底是不是南珠？"

那美人一本正经地说："是不是，你自己都不相信自己的眼睛，还用问我？"图尔凡一挥手"啪啪"连抽她两个耳光。

这时，那美人的脸上出现了明显的皱褶。图尔凡用手一撕，一张人皮面具立即脱落下来。但仍然是一张美丽的面庞，只是脸蛋更圆，肤色稍红。

图尔凡惊得下巴都快掉地了，连声问："快说，快说，你到底是谁？为何要扮成别人？"

昏黄的灯光下，美人更加艳丽，只淡淡地说："事已至此，我就实不相瞒。我本是中原三怪之一'飞天云燕'柳嫣霞，流浪于江南塞北多年，也算小有名气。此次奉军师之命进营打探玉玺的下落，扮成南珠的模样主要是为防万一被抓，也好利用她的特殊身份脱身，没想这么快就被你们识破。现在要杀要剐，请便，来个痛快点的！”

图尔凡大惑不解：“那晚同我拜堂成亲的，到底是你，还是南珠格格？”

“当然是我，南珠格格早就回去了。就凭你还能娶格格？”

济尔格一听，长笑一声：“还绑着干啥？真的是夫人驾到。我还打算带你到贝勒爷面前请功呢！”

图尔凡朝柳嫣霞摆摆手说：“慢着，慢着，你是我的夫人不假，可你也不能为皇太极卖命，那玉玺不在我这儿。”

那柳嫣霞灵机一动，突然莞尔一笑：“我想好了，不能再为皇太极卖命，只希望好好跟夫君过日子。”

图尔凡这才伸手解开柳嫣霞的绳索。济尔格见刚才的刺客变成了夫人，回了声：“好好休息吧！”就离开了图尔凡的房间。

刚刚挣脱绳索的柳嫣霞顿觉神清气爽，想起自己多年颠沛流离，尽管阅人无数，但那些男人大都是擅跳的青蛙，无一钟情于己。可眼前的男人却是敌军的将领，如何能托付终身！？

图尔凡见夫人松绑后也没有急着逃走，于是关好房门试探道：“听你刚才肺腑之言，倒也诚恳！我们分别多日，你就没有思念夫君？”

柳嫣霞转身坐在炕沿上，羞涩地回道：“起初是不想，后来……后来就不同了！”

图尔凡顺势将她抱到炕上，柔情款款似晚风轻拂春天的杨柳，小心翼翼如采摘一朵冰山上的雪莲。温暖的舌尖轻轻顺着鼻尖落在那张美丽的脸庞，久久不愿离开。酥红的巧手轻轻顺着肩膀扣在那坚实的腰际，久久不愿松开……

二人缠绵到深夜。图尔凡感觉十分疲劳不知不觉沉沉睡去。因为第二天要晨练，图尔凡起来得很早，天还没亮，就翻身起炕来到操练场。其时，柳嫣霞仍在梦中，睡得正香。

天边露出粉红的霞光，柳嫣霞一翻身发现自己一个人躺在炕上，昨夜与他又做了糊涂事！这可如何是好？难道真要背叛两位大哥和皇太极，与他做一对长久夫妻？

想到这里，柳嫣霞一拳打在那绣着梅花的枕头上，感觉枕头柔中带硬，与众不同。于是仔细摸了摸那个梅花枕头，拆开边线终于发现了一个惊人的秘密。

118. 棋逢对手

那枕头里藏着的正是司马冲丢失的斩妖十八刀刀谱！为何到了图尔凡的枕头里？柳嫣霞不得而知。可现在怎么办？过一会儿，图尔凡回来就会发现这个秘密。

柳嫣霞拿着真正的刀谱，缝好边线，心想现在不走，更待何时？于是施展绝顶轻功，迅速离开了托里图大营。

多尔衮、司马冲、南珠和令狐霸正在研究下步行动。大帐里悄无声息。突然，柳嫣霞飞快进门施礼道："贝勒爷，嫣霞有重要军情禀报！"

多尔衮抬头道："参领平安就好，有事但讲无妨。"

柳嫣霞目光扫过众人，见确无外人，才说："白虎洞中的两个蒙古高手均已投敌军，我们不得不防。"

南珠忙问道："我们见你一夜未归，担心你有个三长两短，现已派舒木尔和扎克图前去营救。你可曾看见二位？"

柳嫣霞摇摇头说："我从托里图一路赶回，不曾看见二位。二位都是奥巴台吉手下的一流高手，想必不会有事。"

多尔衮忙扶起柳嫣霞，问道："可有玉玺的消息？"

柳嫣霞掏出一本有些发黄的书籍，说："谁也不知他们将玉玺藏于何处，这次侥幸偷回斩妖十八刀刀谱。"

听说偷回自己的刀谱，令狐霸忙接过左看右看，笑道："正是失窃多日的刀谱！三妹应记大功一次。"

南珠放下手中的兵书，正色道："功当然应该记。但刀谱失窃多日，额哲训练的青龙刀队恐怕早已成气候，一旦开战，我方可能损失惨重。如能在战前消灭他们，方才是上策。"

司马冲给柳嫣霞冲了一碗奶茶，端给她说："三师父辛苦了！我们是否应该派出精兵接应舒木尔和扎克图？"

此时大帐内走进一僧人，正是鸿鹄，朝多尔衮躬身施礼道："贝勒爷，贫僧愿领一队精兵去营救奥巴台吉的两员干将。"

多尔衮没有马上回应。只听南珠说："孙子曰，昔之善战者，先为不可胜，以待敌之可胜。我军长途跋涉，将士疲惫，不宜贸然出兵。如打草惊蛇，暴露大队八旗秘密，后果得不偿失。”

多尔衮回道：“军师所言极是，眼下我军需要休整，不可贸然出击。要救两位，只需派司马冲、甄琴、令狐霸和鸿鹄四人前往即可。四人由司马冲副都统指挥，要见机行事，不可贪功恋战。”

令狐霸、鸿鹄、司马冲和甄琴四人得令后，带着兵刃翻身上马就出发了。

岁弊寒凶，雪虐风饕。此时的托里图天气说变就变，刚才还有点阳光，转眼间雪花就卷起满眼的惆怅，直往人脸上砸。四人来到托里图一处山坡上，四周已是白雪皑皑，寒风呼啸。

前方一串长长的马蹄印仍然没有被积雪盖住。照着马蹄印走，错不了。路上有一匹死去的战马，几支折断的长枪被扔在路旁。

显然这里刚刚经过一场惨烈的战斗！鲜血将枯草染得红彤彤的，雪花还来不及覆盖。又一匹棕色的蒙古马倒在雪地里！那马还有一丝气息，脖子上被刀砍了一道长长的口子，血快流干了。

鸿鹄突然惊叫：“这不是舒木尔骑的那匹战马吗？那马左股上一道伤疤，出征时我记得就是骑的这匹蒙古马。”那舒木尔和扎克图呢？这里离托里图大营不远，二人武功在军营里也是数一数二的，会不会换了坐骑？

司马冲朗声道：“我们就在附近找找，看有没有二位的下落。”

四人立即分头寻找，山坡上躺着几具遗体。令狐霸突然下马，翻起一具遗体说：“这不是扎克图吗？我送给他装水的葫芦还在，这是谁干的？”

只见扎克图伤在脖子处，脑袋几乎切断，遗体已经僵硬。鸿鹄伸出右手竖掌道：“阿弥陀佛，善哉！善哉！愿我佛保佑他，早日脱离苦海，投胎转世，魂归极乐。”

那边，甄琴也发现一具遗体，胸口的刀痕足有一尺来长。鸿鹄走近一看，失色道：“阿弥陀佛，果然是舒木尔，你到底遭受何人杀戮？”

司马冲见此情景，痛心地说：“大军未至，已先损两将，看来敌军中一定有高手！我等务必小心应战。”

令狐霸仔细查看二人的伤口，颤声道：“二人的武功在大营里也是百里挑一，尤其是舒木尔有万夫不当之勇。伤口又宽又长，八成是死于青龙刀之下。”

看着两位勇士倒在雪地里，四人悲痛不已。甄琴抬眼望去，远处有一间茅草房，在雪地十分显眼。这里离托里图不远，有个人家不足为奇。现在风雪正猛，不如正好避一避。

本来想营救二位，不料竟死于雪地。如何向他们的亲人交代？此处离盛京迢迢数千里，怎能马革裹尸而还？司马冲道："不如我们将他们就地掩埋，也算对得起他们在天之灵。"

大家用刀剑在雪地刨了一个大坑，将二人合葬一处。事毕，大家向茅草房赶去，想休息片刻再返回。走近一看，茅草房空无一人，屋里有桌有椅，一间土炕却无人生火。桌下有一堆木炭似有人居住。

如果茅草房有主人，那人到哪儿去了？如果无人，放一堆木炭干什么？司马冲正在狐疑，令狐霸、鸿鹄、甄琴都系好马匹，走了进来。大家一屁股坐了下来，想起死去的舒木尔和扎克图，心情都十分沉重！

忽然，外面响起阵阵马蹄声。司马冲起身走出茅草房一看，大惊道："不好，有伏兵，快快上马。"大家解开缰绳，翻身上马，只见不远处一队兵马蜂拥而至。奇怪的是，这队兵马大都手持长长的青龙刀，十分凶悍。

令狐霸挥刀冷笑道："冲儿，赶紧换上折叠的青龙刀准备迎敌。刀谱失窃后，他们是不是训练了这支刀队？"

司马冲立即收了宝剑，换了折叠的青龙刀，回道："正是，他们训练了这支刀队准备大展宏图，逐鹿中原。今天是棋逢对手，看我怎样收拾他们！"

不多时，那青龙刀队已到眼前，约有二十多人。为首的正是铁木额，身后是阿莽和左蹊等青龙刀队骨干。铁木额高举手中的青龙刀说："你们是皇太极的人吧？快快下马投降，本将军可在贝勒爷面前保你们不死。不然，很快让你们脑袋像滚西瓜。"

司马冲骂道："王八蛋！舒木尔和扎克图两位是不是你们干的？"不远处，阿莽回道："两位已被我们的青龙刀队消灭，识相的赶紧下马投降。"

鸿鹄一听，立即拨马挥棍朝阿莽杀来。阿莽将弯刀在空中舞成一团白花。二人不是第一次交手，阿莽知道少林棍的厉害，不敢轻敌，当即使出自己的独门刀法"两面三刀"，那刀忽左忽右，让人眼花缭乱。

鸿鹄使出少林棍法"劈山十三棍"中的一招"栋折榱崩"，那棍似有千斤之重，朝阿莽打来。阿莽挥刀抵挡，直震得虎口发麻，牙关颤抖。二人你来我往斗成一团，不分胜负。

令狐霸见到青龙刀已成气候，一时怒发冲冠，拍马挥刀朝左蹊杀来。铁木额知道左蹊不是他的对手，纵马朝令狐霸杀来，吼道：“狗贼，别欺负小辈，有种我们会会。”说完一刀砍向他的马首。

两刀一碰，寒光四射。令狐霸沉着应对，这是敌营中的真正的高手，刀法凌厉古怪，既有蒙古刀法的强悍，又带有本门刀法的狡猾。铁木额用的也是一把青龙刀，只是比令狐霸的稍轻点。

铁木额第一招失手，立即使出蒙古刀法中的“暮虢朝虞”，这招极为阴毒，那刀像是要砍马首，实则是要砍人首，稍不留神，脑袋就要“搬家”。

好个令狐霸，只一招“塞翁失马”，那刀划了两个小圈，既护住了自己的上身，又护住了马首。令铁木额倒吸一口冷气，想不到中原有如此的高手！

铁木额将刀一横，一招“犁庭扫闾”，横扫对手腰部。令狐霸一招“项庄舞剑”轻松将其化解，那刀分秒不差死死护住腰部，令人无懈可击。

蒙古刀法十几招进攻后，铁木额已经黔驴技穷。可此时令狐霸的刀法早已今非昔比，已经练到接近九九八十一层。令狐霸越战越勇，铁木额用斩妖刀法杀来，那是张飞吃豆芽——小菜一碟，每招应对自如。二人激战两百回合不分胜负。可能是连续多次胜利，让铁木额太轻敌。忽然，令狐霸右手护胸，似胸口疼痛，左手持刀。铁木额以为机不可失，立即放松警惕，挥刀直奔其胸口。这时令狐霸，忽然躲至马的一侧，左手一刀，正好砍中铁木额的脑袋。可怜一代蒙古名将！首级如西瓜一般滚出老远。

那边两名青龙刀队员向甄琴杀来，长刀扫过之时，寒光耀眼之极。甄琴剑短，面对青龙刀，砍杀起来，总归处于劣势。司马冲担心琴妹有失，拍马杀了过来。

一名青龙刀队员朝甄琴头顶竖劈一刀，被甄琴死死顶住。抽刀过后，甄琴被逼拔出备用剑，双剑全力反击。一招“孔雀开屏”，将双剑舞得如铁桶一般，纵然长刀也无可奈何。然后突然向敌人发起攻袭，一剑飞刺敌人咽喉。顷刻间，一名队员咽喉中剑坠马。

司马冲正在同另一名队员厮杀，无法脱身。甄琴正欣喜之际，冷不防，一把青龙偃月刀从身后砍来，正对着她后颈。来袭的是青龙刀双冠之一左蹊。眼看已无法躲闪，情形危险之极。

119. 招外有招

突然一把短剑飞射而出，正中左蹊右手腕，那青龙刀随即坠地。不远处，司马冲看得仔细，大喊一声："琴妹小心后面！"说完抽出短剑向左蹊射去。

甄琴回头一看，左蹊虽然受伤，仍然重新持刀顽抗，随后双剑杀向左蹊。左蹊毕竟功夫不浅，很快从容应对，长刀左右开弓，杀得甄琴冷汗涔涔，一时也无可奈何。

司马冲挥刀杀向左蹊，一招"运斤成风"，青龙刀直奔左蹊后背，来势凶猛。左蹊从甄琴处抽刀来战，一转身那两把青龙刀正好硬碰硬，尖锐之声顿时响彻耳鼓。

那左蹊一招"风卷残云"，虽然功力肤浅，但招式古怪，攻法凌厉。刀尖直奔左肩，司马冲自然识得本门刀法，一招"声东击西"，那是本门刀法的绝杀之一，长刀既解左肩之危，又奔敌人前胸而去。

可没想左蹊识得这招，身子一侧躲到马背后，青龙刀扑了个空。左蹊虽然手腕受伤，仍在坚持战斗，随即翻身上马，持刀吼道："有什么好招都使出来吧，看有没有我不会的！"

司马冲心想，斩妖十八刀不见得你都会吧？记得师父说过，后面的绝杀招式是以前面的招式为基础，基础招式没练好，绝杀是练不好的。必要时，因敌制胜，见机行事。

司马冲忽然立马横刀不动，叫道："不好，不好，我眼睛进沙子了，什么也看不见。"说完拨马就撤。甄琴信以为真，说："冲哥，你先走，这家伙就交给我吧。"那一双宝剑很快杀向左蹊。

左蹊见对手要溜了，以为是立功的时候到了，大喊一声："哪里走？"说完避开甄琴，纵马就追，单手提刀，自然也就放松了警惕。

司马冲眼看着，左蹊越来越近，忽然转身一招"降龙伏虎"，那青龙刀直奔左蹊前胸。左蹊猝不及防，胸口重重吃了一刀，当即坠马。司马冲再次上前又补了一刀，左蹊终于气绝身亡。

那边令狐霸杀了铁木额后，被几个青龙刀队员团团围住。可这些队员哪里是他的对手，不一会儿工夫，被杀得七零八落，丢盔弃甲。雪地里横七竖八，躺着青龙刀队员的遗体。

阿莽正在同鸿鹄杀得难分难解，忽然抬头一看，青龙刀队几乎消灭干净，赶紧喊道："快撤！快撤！"可是已经晚了，最后两名队员与司马冲和甄琴搏斗后，也相继被杀害。

眼看着只剩下阿莽一人，情况万分危急。忽然一声号响，从山坡上冲出大队人马，为首的正是额哲，身后还有两员猛将图尔凡和济尔格。

额哲一看战场形势，惊道："动作太慢，我们来晚一步，来晚一步了！"阿莽退到额哲身边，禀告道："贝勒爷，大事不好！刚才铁木额和左蹊阵亡，还有……还有青龙刀队几乎全军覆没！"

额哲没想到这几个人的武功如此了得，自己苦心训练的青龙刀队竟毁于一旦。刚刚杀了皇太极两员干将，现在竟遭如此惨败！于是立即下令："将这几个人给我围起来，看他们往哪儿逃？"

这队人马从左右两侧渐渐将四人合围起来。甄琴指着趾高气扬的济尔格，对司马冲说："想不到金鞭法王什么时候投靠了他们！今天要好好露一手。"司马冲说："他们蛇鼠一窝，沆瀣一气有什么好奇怪的！"

不经意间，额哲也发现了朝思暮想的甄琴，熟悉的秀发飘荡着淡淡的哀怨，温情的双眸深藏着无限的眷恋。额哲对众将士再次下令："除了那位美人，其余的人一律格杀勿论。"

甄琴也看见了额哲，冷笑一声说："呸，黄鼠狼给鸡拜年——没安好心。"这时，四人被大队人马团团围住，但谁也不敢靠近，中间留下一个很大的圈子。

降魔快刀图尔凡自告奋勇："贝勒爷，就收拾这三个人是吧？用不着那么多兵，我先来收拾这个臭和尚！不用骑马。"由于担心他们骑马逃跑，图尔凡率先从马上下来，准备在雪地里战斗。

鸿鹄被他一激，也从马上下来，持棍骂道："龟孙子！上次上了你的当，有种的就过来吧。"这次鸿鹄稳扎稳打，那棍法快而不乱，似有排山倒海之势。

图尔凡也不甘示弱，那刀犹如狂风暴雨，招招正对来袭之棍。可不知为什么，图尔凡感觉拿刀的内力确有些不足，自从昨夜同柳嫣霞缠绵过后，精神有些恍惚，有劲儿使不上来。

刀棍相碰，火光四射。二人打了五十个回合。鸿鹄突然收棍虚点，似有胆怯之意。图尔凡以为机不可失，挥刀直奔鸿鹄前胸。哪知鸿鹄使的少林棍法的秘招之一“引蛇出洞”，反手一棍正好击中图尔凡右手腕。图尔凡“哎呀”一声，弯刀落地。

鸿鹄正想一棍朝他脑门劈去，被阿莽挥刀挡住救下。

济尔格没想兄弟败下阵来，当即挥鞭道：“又上了女人的当！我来玩玩。”令狐霸担心鸿鹄有失，拦住济尔格道：“让我来会会他。”

一个是软鞭，一个是青龙刀，到底谁更胜一筹？司马冲忽然喊道：“师父小心，他的软鞭有毒！”

济尔格挥鞭如金蛇狂舞，令狐霸挥刀似霹雳横空。二人打得难分难解，一晃六十个回合不相上下。

甄琴示意司马冲叫道：“停！停！杀父之仇，不共戴天，让我们来会会。”济尔格笑道：“别一个个上，你们俩一起上。”

司马冲从马上下来，放下青龙刀，取出宝剑，与甄琴一起杀向济尔格。阴阳双剑合璧的厉害，济尔格上次见识过，坦然道：“你们汉人搞的把戏不过如此，尽管都使出来吧。”

第一招“双龙闹海”，司马冲阳剑似游龙，缓缓而来；甄琴阴剑如毒蛇，盘旋待机。济尔格长鞭左右开弓，中间死死护住门面，双剑待到近处仍然无懈可击。

第二招“劳燕分飞”，阴阳双剑先从中间进攻，然后从左右两侧再次刺来。这本是九玄神剑的毒招之一，普通人是防不胜防。哪知济尔格右手收鞭，左手从地上抓起一名受伤的青龙刀队员，向冲琴二人扔来。双剑来不及躲闪，直接刺入那人胸膛。那人当场断气，额哲见了也不忍直视，可见济尔格之狠毒。

不知不觉三人打了四十多回合，仍不见胜负。济尔格不禁暗暗佩服中原武术的精妙，值得蒙古武士好好学习。方才同令狐霸交手，体力消耗太多，这会儿竟气喘吁吁，有些力不从心。

甄琴想起爹爹惨死，一时义愤填膺，越战越勇。司马冲想起布占木之死，面对仇敌，心中的怒火越烧越旺。司马冲轻喊一声“狼奔豕突”，阳剑如饿狼下山，直奔济尔格咽喉；甄琴心领神会，阴剑似野猪争食直奔济尔格小腹。这本是九玄神剑的天衣无缝的绝招，料想济尔格必败无疑。

谁知济尔格一个鹞子翻身，忽然腾空而起，软鞭将二人的双剑死死缠住，同时凌空一脚，正踢中司马冲的左脸。司马冲当场踢翻在地，满嘴是血。转身又一脚踢中甄琴的胸口。甄琴倒地动弹不得。济尔格转身哈哈大笑：“中原武术到底是花拳绣腿！不过如此！”

司马冲忽然爬起来，朝济尔格喷了一口鲜血，飞起一剑，正中他前胸。济尔格没想到高兴得太早，刚才二人故意露出破绽，正是麻痹敌人，招式还没使完。

甄琴再次飞刺一剑，正中济尔格咽喉。济尔格软鞭落地，倒地身亡。

须臾之间，额哲见两大高手一死一伤，足见四人勇猛至极，转身冷笑道：“今天让你们插翅难飞。琴儿，只要你留下，其余三人我可以放行。”

甄琴回道：“谢谢你的好意，我不能留下。我喜欢的人是冲哥，无论生死。”额哲苦劝道：“你已答应嫁我，为何反悔？那小子已有意中人，我好歹是个贝勒爷，哪里不如那小子？”

“你不会明白花蕊对树根的情意！今天不放行，我们就要冲了。”

“给我放箭，除了那美人，统统射死！”额哲断然下令。

令狐霸、鸿鹄先后上马。甄琴为司马冲找来马匹。司马冲刚刚走到马前，准备翻身上马。这时，敌人已张弓搭箭，突然，一支冷箭正射向司马冲。

甄琴高喊一声：“冲哥小心！”说完一个箭步冲到司马冲前面，那支本来射向司马冲的箭，射中甄琴的前胸。

司马冲见状，立即挥剑连斩数支利箭，同时抱起甄琴上马。那马立即撒蹄就跑，利箭纷纷落地。

鸿鹄边跑边用铁棍挡箭。令狐霸在前方开路，司马冲紧随其后。鸿鹄断后，见此情形只好掏出布袋，将一袋毒蛇向敌军撒去。那些弓箭手见一群花花绿绿的毒蛇从天而降，顿时阵脚大乱，更无心放箭。一些士兵先后被毒蛇咬伤。

不多时，司马冲等四人就冲出敌军包围，并将他们远远地抛在身后。此时，司马冲连喊数声“琴妹”都不应，其伤口在不断流血。

120. 龙凤呈祥

回到大营，司马冲将战情一一向多尔衮等人禀告。得知舒木尔、扎克图战死，群情悲愤。火炬点燃了人们心中的仇恨，钢刀擦亮了人们满腔的悲情！

司马冲抱着昏迷不醒的甄琴。南珠迅速传来医官。医官见甄琴嘴唇发黑，鼻孔带血，料定箭头有毒。一番救治后，甄琴终于苏醒，右手紧紧勾着司马冲的脖子，喃喃道："冲哥，抱……抱我！抱……抱我！我永远爱……爱你！"一滴滴泪水从她的脸庞悄然滑落。尔后，溘然长逝。那支毒箭仍在胸口颤抖。那双眼睛却迟迟不肯瞑目！

"琴妹！琴妹！……"司马冲不停呼唤着，可仍然无法找回那一缕香魂。南珠想起琴妹数次冒死施救，也禁不住潸然泪下……

寒风吹不尽满地凄凉，雪花落不尽无边思恋！曾记否多少青梅竹马的岁月珍藏在记忆的扉页上，曾记否多少嬉笑怒骂的丽影珍藏在羞涩的梦境中。夜阑人静，料理完甄琴的后事，司马冲怀着沉痛的心情，提笔写下一首七律《葬花》：

昨日香腮昨日红，
今朝枝断到头空。
深山璞玉思娃女，
野径梅花醉雪翁。
缕缕魂融泥为墓，
涟涟泪下雨生虹。
多情总被寒风劝，
谁诉痴心酒气中？

第二天，多尔衮下令全军直扑托里图。得知额哲兵马不多，南珠提议，采取先围后歼、攻心为上的策略。趁着大雾，兵马悄悄对察哈尔部完成了包围，并逐渐缩小包围圈。茫茫大漠，黑云翻滚。一场大战即将打响。

南珠眨着大眼睛对多尔衮说："十四叔，听说苏泰太后的弟弟南褚就在军中。如果派他去劝降，说不定可免一战。"

多尔衮赞道："军师言之有理！他们不过三千人马，与我们一万八旗兵交锋，无异于以卵击石。马上派南褚去敌营。"

南褚奉命只身来到敌营。苏泰太后听说失散多年的弟弟来了，马上传召。二人相拥而泣。额哲见南褚来自敌营，更是忐忑不安，高声道："儿臣愿领精兵，保护母亲杀出重围。”

南褚指着不远处的八旗兵说：“额哲一片孝心，苍天可鉴。可包围你的是一万八旗精锐，就算你血战冲出包围，也走不多远。况且青龙刀队刚刚消灭，两大高手一死一伤。你有多少胜算？投降是你挽救部众的最佳选择。”

苏泰太后擦干眼泪说：“你父汗不在，军心涣散如何交战？凭匹夫之勇，只会白白流血牺牲。到头来，我等福晋及部众无依无靠。那唐胜蓉本来就是皇太极的小情人，相信他们一定会善待。”

南褚再劝道：“只要你们投降，我会说服天聪汗和贝勒爷善待你们后元部众……”一番苦口婆心，终于使额哲说出了放下武器，弃暗投明的条件。南褚回营向多尔衮报告了这一喜讯，并邀请贝勒爷赴宴会商谈。

多尔衮、岳托、萨哈廉、豪格四贝勒应邀来到额哲的帐篷。为显示诚意，只带少数卫士。大帐内，苏泰、唐胜蓉、额哲依次落座。

山肴野蔌，齐呈案上。鸡熟汤沸，酒香扑鼻。苏泰太后起身道：“天聪汗英明神武，我等真心归降，但须贝勒爷对天盟誓，确保后元家族及部众平安。我还有厚礼献上。”众人面面相觑，不知何礼？

多尔衮举起酒杯，器宇轩昂，朗声道：“长生天在上，我代表众贝勒起誓，后金国与察哈尔部化干戈为玉帛，若不能保证你们平安，甘愿遭天谴。”岳托、萨哈廉、豪格纷纷起身举杯表示赞同。大家一起痛饮。

酒过三巡，额哲从后堂取出一个精致的盒子打开后，面向多尔衮呈上说：“这就是真正‘制诰之宝’传国玉玺！我愿献给天聪汗皇太极，以示忠心。只有天聪汗才能威震四海，德配神器！”

众人一看，只见玉玺玉龙盘旋，光华灿烂，在灯光下闪闪发亮。这件稀世珍宝，历经沧桑，兵不血刃，再次回到多尔衮的手中。

多尔衮接过真的传国玉玺，与仿制玉玺确实不同，喜不自禁，回到大帐。消息传开，全军将士无不欢欣。一场即将暴发的血战终于化解。

大军准备凯旋。察哈尔部有人报告，那天被毒蛇咬伤二十五名士兵，其中十人死亡，十五人仍生命垂危，希望能得到解药。鸿鹄得知消息，立即掏出解药，说：“罪过！罪过！早知今日，何必当初？拿去救人吧！愿佛祖保佑，他们都起死回生。”说完，鸿鹄施放布袋中所剩的毒蛇，让它们都回归自然，不再害人性命。

那些被蛇咬的士兵得到解药后，一个个转危为安，对汉人更是感激涕零，真心归降。令狐霸见状十分吃惊，找到鸿鹄和司马冲说："此战过后，我和二师父重回科尔沁石井，不问俗事。可否？"

司马冲劝道："不可，师父不可抛弃徒儿！还有更大的恶战！"

令狐霸说："冤冤相报何时了？师父过去杀了不少满人，那是因为满人杀了我全家。终于我明白，满人中也有不少真英雄！我决心不再杀满人练功了。如今皇太极推行满汉一家亲，我不能再添乱了。只要你善待满人，多做有助于民族团结的事，师父就满意了。"

大军回撤半路上，令狐霸和鸿鹄辞别司马冲和林南珠等人，准备重新回到科尔沁石井下。司马冲与二位师父含泪依依惜别。

早有信使将捷报传至盛京。皇太极听说此战不仅降服了后元朝廷察哈尔部，而且还缴获了真正的传国玉玺，坚持要率众贝勒、诸大臣、福晋们出城迎接。

次日，城外旌旗招展，香雾缭绕。面对各位贝勒、大臣、福晋，多尔衮恭恭敬敬向皇太极呈送"制诰之宝"传国玉玺。皇太极在三跪九叩之后才承受这一国之重器。

皇太极激动地说："天佑后金，此战大捷，缴获玉玺，平定大漠，功在千秋。将士们辛苦了！吾当嘉奖多尔衮及有功人士。统一天下，任重道远。我辈当卧薪尝胆，戒骄戒躁。"

多尔衮交完玉玺，回道："天聪汗德配神器，众望所归。除此之外，我们还有厚礼献上。"众人不解，不知大军还收获了什么宝贝？

只见队伍中走来一群佳丽，此乃林丹汗后宫嫔妃。个个花容月貌，人人国色天香，败军妇女却秋毫无犯，足见多尔衮军纪之严。

人群中走出一位风姿绰约的少女，正是南珠格格，手拉着一位美人，见皇太极施礼道："父汗吉祥，父汗可还认得她？"

双眸似秋水含九天哀怨，两鬓如蚕丝藏无限深情！那美人亭亭玉立，冰清玉洁，极像南珠，低声问道："你可是当年的黄公子？"

往事如烟，历历在目。皇太极如梦方醒，应道："你就是胜蓉？你就是当年的胜蓉？我正是那位黄公子。"说完，移步上前。

那美人躬身施礼，手呈一条精美的珍珠项链，说："大汗万福金安！我正是唐胜蓉，可认得此物？”

皇太极接过珍珠项链，只见颗颗珠圆玉润，洁白闪亮，墨绿色的弥勒佛吊坠背面刻着“海枯石烂，天荒地老”的字迹仍然清晰可见。那是爱情的誓言，那是不朽的承诺，可如今……

皇太极低声喃喃道：“没错，没错！这就是我当年送你的那条，想不到我们的女儿已经成人！我已经封她为南珠格格。当年因为两国边疆封锁才有负于你，我对不起你！”

唐胜蓉止不住热泪盈眶，低声道：“当年，你若托人带个口信，我也不会嫁给林丹汗。这些事，还提它干什么？”

皇太极拉着胜蓉的手说：“上天让我们再次重逢，让我们一起回宫。我一定加倍补偿于你，否则我决不做这个大汗！”

此时，南珠拉着司马冲的手也走了过来，笑道：“战前，冲哥担任副都统消灭他们的青龙刀队立下大功，不然他们哪会那么快投降！父汗打算如何奖赏？”

皇太极高声对胜蓉说：“你看，我们的南珠格格真的长大了。你不就是想让父汗赐婚吗？速速传旨，凡有意成婚的报上名来。后宫要举行一场盛大而隆重的婚礼。”

南珠回道：“不对，我们有约在先，谁先找回兵书，谁就嫁冲哥。如今，琴妹不在！布占木也不在！”

队伍刚进城，就听有人进门报告：“大汗，我们抓到一大明奸细。”皇太极说：“扫兴！拉出去杀了。”

司马冲远远看见那五花大绑的奸细不是别人，正是洪泮洙，一番盘问后，忙下跪道：“大汗，误会，误会！此人是我岭南家乡的故友，是专程来看望我和南珠的。”

皇太极叫住下人道：“且慢！既是故友，为何鬼鬼祟祟？你不知宫中正在筹办婚礼吗？死罪可免，那就罚他表演一个节目。”

洪泮洙松绑后说：“我是秀才遇见兵，有理说不清。我刚到门口，因为语言不通比画了半天，也没说明白，就把我抓了进来。我确实不知宫中要筹办婚礼，又没带贺礼，这要表演什么好呢？”

彼时，林娟秀放开司马冲和林南珠，走到洪泮洙跟前低声耳语一番。洪泮洙立即破涕一笑："我自小生在岭南，这个节目宫中一定闻所未闻，就包在我身上。"

司马冲轻推南珠肩膀说："趁大汗心情好，你去给我们提婚吧。"林南珠羞得满脸通红，回道："弼马温，这种事叫我如何开口！你去。"司马冲说："我不敢去，大汗动不动要杀人，要娶他的千金，还不等于要割他的肉！还是你去好！"林南珠看着不远处的父汗，说："我开不了口，还是你去。"

二人推来推去，僵持不下。林娟秀领着二人，在皇太极跟前跪下说："大汗吉祥！司马冲历经磨难，已报父仇，对珠儿矢志不渝；南珠格格聪明伶俐，初建微功，对冲儿一片痴心。民妇斗胆请大汗赐婚。"

皇太极半晌不作声，那意思要等他们提婚。这时，殿前又来一对男女，蒙古降魔快刀图尔凡拉着"飞天云燕"柳嫣霞一起跪下说："大汗金安！汉女嫣霞色艺双全，婚姻屡遭波折；图尔凡历经战乱，至今无妻。不想我们情有独钟，惊闻大汗推行民族团结，蒙汉通婚，特斗胆请婚。"

柳嫣霞诚恳道："游戏人生，依靠男人只会换来悲痛！嫣霞愿改邪归正，自强自立，从此退出江湖，相夫教子，推进团结。恳请大汗成全！"

皇太极正惊喜，刚想表态，殿下又来一人，原来是唐胜蓉。胜蓉擦着眼泪，跪下说："佛语道，人在尘中，不是尘；尘在心中，化灰尘。既然佛祖赐给我们一段尘缘，就请大汗补给我们一个婚礼吧。"

殿下已跪倒一大片。皇太极伸出双手道："快快平身，快快平身！满汉通婚，从吾做起。今日所请，一律准奏。另赐堂弟济尔哈朗娶苏泰，额哲娶次女马喀塔，明日一起完婚。钦此。"

次日，艳阳高照，彩旗招展，鼓乐齐鸣，风清气爽。皇太极和唐胜蓉，司马冲和林南珠，图尔凡和柳嫣霞，济尔哈朗和苏泰，额哲和马喀塔，众新郎新娘盛装而出，诸贝勒、台吉、大臣和各位福晋于大殿上翘首以待一场别开生面的表演。

只见身为龙首的洪泮洙背负三名小孩，分别扮成龙角、龙眼、龙舌，接着由众仆穿着艳装，人连人，人背人，组成一条长长的龙的身躯，龙尾由一名大人背一名小孩扮成。在锣鼓的伴奏下，翩翩起舞，形成一幅龙图腾的壮观景象。众人无不称奇，无不称绝！

林娟秀面向众人解说道："今天由洪泮洙领头表演的人龙舞是一种起源于岭南

东海岛的独特舞蹈。这人连人，人背人昭示着华夏儿女各民族团结一心的奋斗精神；这龙抬头，龙摆尾展示着中华崛起不畏艰难愈挫愈勇的拼搏精神……恭祝各位新郎新娘比翼双飞，早生贵子，举案齐眉，白头偕老。”

唐胜蓉将那串洁白的珍珠项链小心套在南珠的颈项。林南珠紧紧拉着司马冲的手，脸上露出幸福的笑容……

翌年四月，皇太极于盛京称帝，改国号为大清。

（小说完结，谢谢阅读）

在逆风中展开梦想的翅膀

——长篇小说《南珠传奇》后记

饶燕文

人海茫茫，知音难觅。沧海横流，沉浮谁主？岁月的风沙不曾遮挡命运的双眼，年轻的阳光依旧穿透心头的乌云……

是什么力量支撑我完成这部奇怪的小说？说它奇怪，是因为这部小说既不同于流行的先锋小说，也不同于火热的网络小说。它以一个又一个故事向读者释放强大的磁力。我的文字是拙劣粗浅的，但“丑小鸭”也有自己的梦想！

小说创作从2015年酝酿动笔至2019年底修改完成，历时五年几乎全部是业余时间创作，个中艰辛只有自己知道。笔记本键盘前后敲坏了两个，我不得不改接台式机键盘。写到八万多字的时候卡文，三个月不知如何接下文！写到二十多万字的时候，不小心掉了五千多字，可能是忘了保存就退出了，第二天我再也找不到原稿。我到电脑城去找高手恢复，仍然不能“妙手回春”。没有办法，我只好含泪重写。写到三十多万字时，我肩周炎犯了，胳膊一伸直就疼，一直疼了一年多。可“屋漏偏逢连夜雨”，申报市的扶持遭遇“滑铁卢”，面临繁重的修改任务。没有市的扶持资金，意味着要自掏腰包出版。我一度想“金盆洗手”不干了，可那样几年的辛苦将付之东流，情何以堪！于是，我埋头对小说做了多次修改，并咬牙完成了这部长篇。2020年底，这部小说终于荣获湛江市文艺精品创作扶持奖。接着就开始艰难而又严格的出版流程。

是雄鹰，就不会畏惧天空的高远；是劲帆，就不会畏惧大海的宽广！而我只是大千世界中才智平平的小人物。在第二次修改中，我将男主的出生地改在雷州，同时融入爬刀梯，跳傩舞，跳人龙舞等岭南文化热点，后面讲述了清代雷州首位进士洪泮洙求学的故事，在着力讲好广东故事的同时，还穿插《孙子兵法》《三十六计》和传国玉玺等中国古典文化元素，使全篇充满岭南气派、中国特色。小说中的原创诗词可能还有些瑕疵，我只是想在弘扬古典文学传统方面作一些积极的探索。

关于讲故事，莫言在一次采访中说，淡化故事不等于没有故事，没有故事短篇可以，像马尔克斯的《伊莎贝尔在马孔多观雨时的独白》就写一个女人看着窗外暴雨时的胡思乱想。但如果是长篇，或是一个中篇小说，没有故事，那怎么读?《南珠传奇》表面上讲述了一对苦命鸳鸯九磨十难的爱情故事，故事披着爱情的外衣，其实另有所图。其他人物也有不同的象征和暗喻。小说围绕爱情、亲情、家事、国事展开一幕幕精彩的人生场景。那到底精彩在哪儿？各个人物到底暗喻啥？我只能抛砖引玉，不能越俎代庖。

关于武打，金庸曾自称“大多数小说的里面的招式，都是我自己想出来的”。所谓的招式其实都是“纸上谈兵”，不过是小说家的手段而已，一切武打都是为了塑造人物，营造场景服务。《南珠传奇》中的九玄神剑和斩妖十八刀等剑法刀法不过是子虚乌有，大家不必深究。青少年朋友切不可模仿，以免误入歧途。金庸大师已经仙逝，我辈永远无法超越他的经典，只能借鉴一些小说的构思和手段供后人品味。多少爱恨情仇，多少满汉互戮，终究挡不住历史潮水的冲击，挡不住民族和解的脚步。满族、蒙古族、汉族今天都是中华民族不可分割的一部分。

单纯的长篇小说在技术不断进步的今天，无论如何也敌不过影视剧强大的冲击力和感染力！因此，我主张长篇小说应积极为影视剧服务，为影视改编创造条件。面对制片人和导演，长篇小说应该是待嫁的新娘。我认为影视剧才是这个时代文化的主角。这部小说我有意增强了故事性、悬念感，努力营造陌生化、具象化、诗意化的人物场景。无论男女，良好的代入感为你的阅读，点亮了一盏心灯；无论文武，精彩的舞台感为你的欣赏，奉献了一场文字盛宴。跌宕起伏的情节环环相扣，会让你欲罢不能；亦庄亦谐的搞笑盘根错节，会让你忘却烦恼！读下去，你会发现它比剧本更具有文学性。

这部小说将历史事件和人物传奇融为一体，它不同于纪实类历史小说，也不同于完全架空的网络小说。历史上，皇太极确实娶过林丹汗的遗孀，足见他的政治智慧不同凡响。小说中的主要战争结局尊重历史资料，经过细节则侧重于人物的刻画，除皇太极、多尔衮、林丹汗、李自成、洪泮洙等历史名人外，林南珠、司马冲、甄琴、唐胜蓉等主要人物均为虚构。惊心动魄的历史事件为创作提供了肥沃的土壤，而传奇人物和历史人物终于在一起成长成熟，争奇斗艳。

位卑未敢忘忧国！在小说即将付梓之际，新冠肺炎仍在全球猖獗，人类遭遇自二战以来最严重的生存危机。无数生命凋零，多少亲人辞世！甩锅推责那是制造战争的借口，睚眦必报将引发更惨烈的核战。疯狂的人类需要精神救赎！混乱的世界需要中国智慧！中国巨轮在逆流中乘风破浪，中国文学在风雨中艰难跋涉。文学是灯塔，在迷茫中为人们放射出希望的光芒；小说是绿洲，在风沙中为人们绽放生命的惊喜……

是为后记。

2022 年正月于湛江